AUSTRIACA

D1936075

Buch

Ein Zeuge der Zeit zwischen Zweitem Weltkrieg, Staatsvertrag und voller Freiheit Österreichs ist Fritz Molden. In seinem zweiten Buch läßt er die Geschichte Österreichs nach dem Krieg, die zugleich eine Geschichte der Ost-West-Beziehungen ist, Revue passieren. Da geht es um den schwarzen Markt, um politische Entführungen und Verschleppungen ebenso wie um parteipolitische Verwicklungen. Da wird von den führenden Männern Österreichs wie Leopold Figl, Julius Raab, Karl Gruber, Christian Broda, Adolf Schärf und Bruno Kreisky berichtet. Als Sekretär des Außenministers, als Journalist und als Herausgeber einer politisch einflußreichen Tageszeitung hat Fritz Molden die historischen Ereignisse aus nächster Nähe verfolgt und jene sehr genau beobachtet, die die Hebel der Macht bedienen.

... und Autor

Fritz Molden, geboren 1924 als Sohn des Chefredakteurs der »Neuen Freien Presse« und der Schriftstellerin Paula von Preradović. Nach der Wiederherstellung Österreichs 1945 war er Sekretär des österreichischen Außenministers, dann Diplomat und Leiter der österreichischen Informationsstelle in New York, danach Redakteur der »Presse« in Wien. Nach dem Tod seines Vaters übernahm Fritz Molden das Blatt als Herausgeber und Chefredakteur. Er verlegte bis 1962 mehrere Tages- und Wochenzeitungen, baute dann in Wien eine moderne Großdruckerei und gründete schließlich 1965 den Verlag Fritz Molden. Sein erstes Buch liegt bereits als Goldmann Taschenbuch vor: »Fepolinski & Waschlapski« (26709).

FRITZ MOLDEN

BESETZER, TOREN, BIEDERMÄNNER

EIN BERICHT AUS ÖSTERREICH 1945–1962

Wilhelm Goldmann Verlag

Für Otto und die Freunde

Made in Germany · 4/82 · 1. Auflage · 116
Genehmigte Taschenbuchausgabe
© 1980 by Verlag Fritz Molden
Wien–München–Zürich–New York
Umschlagentwurf: Atelier Adolf & Angelika Bachmann, München
Umschlagfotos: Archiv »Die Presse«, Wien
Druck: Presse-Druck Augsburg
Verlagsnummer: 26743
Lektorat: Cornelia Schmidt-Braul
Herstellung: Sebastian Strohmaier
ISBN 3-442-26743-9

INHALT

	Einleitung	9
1. Kapitel	Die Heimkehr der Toren	13
2. Kapitel	Land der vier alliierten Zonen	27
3. Kapitel	Noblesse oblige!	43
4. Kapitel	Der Tor hat seine Schuldigkeit getan	65
5. Kapitel	Die Besetzer setzen sich fest	81
6. Kapitel	Goldene vierziger Jahre	93
7. Kapitel	Kalter Krieg in Österreich	119
8. Kapitel	Der Staatsvertrag	139
9. Kapitel	Aufruhr im Osten	159
10. Kapitel	Die Schlacht	175
11. Kapitel	Unternehmen Wanzen-Zerdrückung	223
12. Kapitel	Der Zeitungskrieg	259
13. Kapitel	Das Festival	275
14. Kapitel	Die Faust im Nacken	305
	Epilog mit Torenfalle	333

DOKUMENTATION:

Beilage I	Zweites Kontrollabkommen	335
Beilage II	Staatsvertrag	347
Beilage III	Fakten und Klarstellungen zum Zeitungskrieg	397

Erklärung einiger Abkürzungen und Bezeichnungen 417
Personenregister 418

ÖSTERREICH 1945–1955
Besatzungszonen der Alliierten

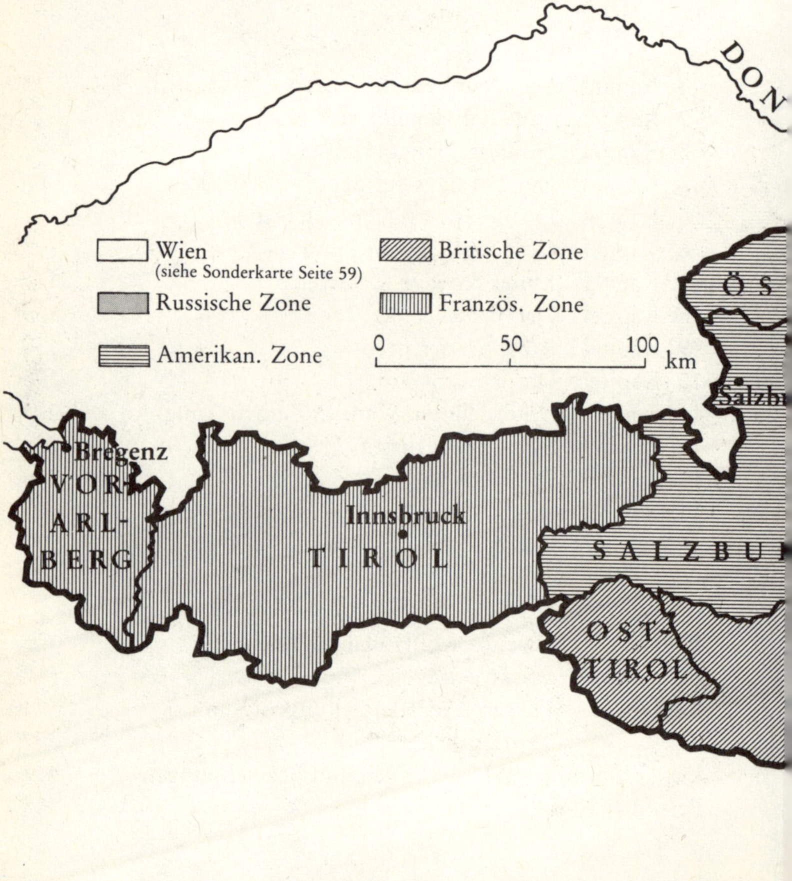

U
OBER-
NIEDER-
Linz
WIEN
ERREICH
ÖSTERREICH
Eisenstadt
LAND
BURGEN
STEIERMARK
Graz
G
ÄRNTEN
Klagenfurt

EINLEITUNG

Ich möchte nicht verfehlen, die Leser dieses Buches gleich von Anfang an davor zu warnen, sich etwa der Illusion hinzugeben, es handle sich hier um eine Fortsetzung meines vor vier Jahren erschienenen Buches *„Fepolinski und Waschlapski auf dem berstenden Stern“*. Diese Autobiographie befaßte sich mit der Kindheit, dem Bubenalter und der Entwicklungsperiode eines aus Wien stammenden jungen Mannes in einer bemerkenswerten Zeit. Ich habe damit versucht, die Welt um mich herum darzustellen und Ereignisse, wie sie für mich erkennbar waren oder sich im Zusammenhang mit mir abgespielt haben, zu schildern.

Mit persönlichen Abenteuern und Erlebnissen, mit der Schilderung einer jäh zerstörten heilen Welt von gestern, mit alledem kann ich in dem hier vorliegenden Buch nicht dienen. Was ich vielmehr versucht habe, ist die Niederschrift eines Berichtes aus dem Österreich in der Zeit von 1945 bis 1962. Ich habe mich bemüht, in diesem neuen Buch die mir wesentlich erscheinenden Ereignisse jener Periode darzustellen, mit denen ich selbst genügend befaßt war, um mich berechtigt zu fühlen, sie niederzuschreiben. Es sind in Österreich in dieser Zeit natürlich auch viele sehr wesentliche Dinge passiert, die ich aus Mangel an persönlicher Erfahrung oder auch aus mangelnder Fähigkeit, mich in dieses oder jenes Thema hineinzudenken, nicht behandelt habe. Daher kann dieses Buch nur eine sehr fragmentarische Darstellung sein: Österreich zwischen dem Kriegsende, dem Beginn der alliierten Besetzung und jenem Zeitpunkt Anfang der sechziger Jahre, in dem die Sturm- und Drangperiode der Zweiten Republik ihrem Ende zuging. Bis zu jenem Augenblick also, da die Bürger des wiedererstandenen Staates im angenehmen Bewußtsein getaner Arbeit und erfolgreicher Lösung der angefallenen Probleme begannen, sich in den Liegestuhl des Wohlstandes zurückzulehnen, um auf der Bühne, die von Proporz und Koalition errichtet worden war, den Ablauf des auf biedermeierliches Happy-End abgestellten Erfolgsstückes „Vom Staat, den keiner wollte, zur Insel der Seligen" genußvoll zu betrachten.

In dieser Zeit traten die „Toren", die in meinem Buch eine nicht unwesentliche Rolle spielen, von der Szene ab. Wer waren diese Toren? Ich verstehe unter dieser Bezeichnung jene jungen und in öffentlichen Angelegenheiten unerfahrenen Leute, die sich nach dem Anschluß, manche schon ab 1934 gegen Gewalt und Diktatur aktiv zur Wehr gesetzt haben, wobei es gleichgültig ist, ob sie im Gefängnis, im KZ, in der Strafkompanie, in einer normalen Wehrmachteinheit, in irgendwelchen ganz oder halb geschwindelten zivilen Funktionen oder auch in der Emigration die Jahre überdauert und ihren Beitrag zum Zeitgeschehen geleistet haben. Das wesentliche Kriterium für einen „Toren" ist wohl, daß er sich aktiv und bewußt für die Befreiung und die Wiedererrichtung Österreichs einsetzte, jedoch mit diesem Einsatz nicht notwendigerweise eine Karriereplanung verbinden wollte.

Die Widerparts der „Toren" in diesem Buch sind neben den „Besetzern", die eine periphere Rolle spielen, obwohl sie immer wieder für Spannung zu sorgen wissen, die „Biedermänner". Als Gegenspieler zu den naiven Toren ist diese Spezies höchst planmäßig und gezielt am Werk, sie verfügt auch über entsprechende Erfahrung, und im übrigen ist auch ihr ein gehöriges Maß an Patriotismus nicht abzusprechen.

Während also die „Toren" abtraten, sind die Biedermänner geblieben. Die gab es wohl immer in Österreich. Spätestens seit der Hofkamarilla Karls VI., Maria Theresias und Josefs II., seit dem Wiener Kongreß, seit Metternich und Hofrat Gentz und seit der Aufblähung des kaiserlichen Beamtenapparates nach der Revolution des Jahres 1848. Die Biedermänner konnten sich auch in den in der zweiten Hälfte des vorigen Jahrhunderts entstehenden politischen Parteien köstlich weiterentwickeln. Sie wurden zu einem unvermeidlichen Bestandteil unseres öffentlichen Lebens; sie haben sich dieses Landes bemächtigt und lassen es nie mehr aus ihren ungezählten kleinen Händchen. Umgekehrt würde es unser Österreich, das die Toren zu neuem Leben erweckt haben, ohne Biedermänner gar nicht mehr geben. Nicht zuletzt waren sie es, die das Funktionieren des Staates ermöglichten – nicht sehr schnell, nicht sehr fortschrittlich, nicht immer zur vollen Zufriedenheit; aber immerhin, das Werkel rennt. Sie sind die harmlose, demokratische und österreichische Version der östlichen „Nomenklatura".

Dies ist eine politische Darstellung. Die Fragen der Wirtschaft, jene der Kultur sind, wenn überhaupt, nur am Rande gestreift. Ebenso ist es ein Bericht, der die Akteure zwar aufzählt, auf die Bühne treten läßt und ihnen manch wichtige Rolle zuweist. Aber es ist keine Sammlung von Anekdoten. Figl mit seiner Liebe zum Wein, Raab mit seiner Leidenschaft für die Virginia, der flinke Pittermann – für jeden gern ein böses Wort – und auch der manchmal grantige Hofrat Schärf scheinen hier nur als Akteure im politischen Spiel auf. Einige für die Vollständigkeit des Zeitbildes relevante Personen werden nicht erwähnt, weil ich ihnen jene Diskretion angedeihen lassen möchte, auf die lebende Personen Anspruch haben. Dieses Prinzip zwang mich beispielsweise dazu, ein ganzes Kapitel – nämlich jenes über Südtirol – auszulassen. Auch sonst habe ich etliche an sich verlockende Passagen gestrichen, um mögliche Rufverletzungen zu vermeiden.

Im ganzen aber hoffe ich, daß dieser Bericht von Besatzung und kaltem Krieg, vom Leben in den wilden vierziger Jahren, vom Kampf um den Staatsvertrag, von den begeisternden und dann so deprimierenden Wochen vor und in Budapest 1956, vom Zeitungskrieg und vom Festival der Kommunisten und schließlich von der „Faust im Nacken" der österreichischen Medienmacher unter den Liebhabern postkakanischer Historie einige Leser finden wird. Nehmt alles nur in allem, ist auch dieses Buch eine zwar kritische, aber um so leidenschaftlichere Liebeserklärung an Österreich. Ohne seine Biedermänner, seine Herren Karl und seine verrückten Toren wäre Österreich mitsamt all den Schwächen seiner Bürger nicht so geworden, daß man ausgerechnet nur hier und nirgendwo anders leben kann und will.

1. KAPITEL

DIE HEIMKEHR DER TOREN

Joseph Frankenstein, Leutnant im 2677. Regiment, OSS, United States Forces in Austria, ließ die langen Beine in den Fallschirmjäger-Hosen und den geschnürten Sprungstiefeln von der Kante des niederen Daches des Alpbacher Heustadels, auf dem er saß, hinunterbaumeln und hielt mir eine Predigt:

„Wenn ich einer von euch wäre, ein Österreicher, dem kein Military Governor Vorschriften machen kann, dann würde ich nicht lange mit Gruber in Salzburg die alten christlichsozialen Mumien der Systemzeit beweihräuchern, sondern gleich weiterfahren bis nach Wien und dort eine ordentliche Regierung auf die Beine stellen. Eine Regierung, die nicht nur von 1918, 1927 und 1934 redet, sondern die diesen Krieg dort mitgemacht hat, wo sich alle aufgehalten haben, die jetzt im befreiten Europa an die Macht kommen: nämlich im Untergrund und im Widerstand. Aber was macht ihr? Ihr antichambriert vor den verkalkten Hofräten und den altverdienten Parteifunktionären jener Parteien, die es schon von 1918 bis 1938 zu nichts gebracht haben, außer zu Posten für sich selbst. Schande über euch, wenn ihr so weitermacht, habt ihr in sechs Monaten dieselbe Bürokratie im Lande wieder an der Macht, die seinerzeit so fest an ihren Sesseln klebte, daß selbst Hitler alle Mühe hatte, sie wegzufegen. Na, mir soll's recht sein, ich gehe heim in die USA, aber bei euch frage ich mich, wozu ihr eigentlich gekämpft und schließlich unverdienterweise auch noch diesen Scheißkrieg mitgewonnen habt?"

Frankenstein, Sohn eines altösterreichischen Edelmanns aus Hall in Tirol, 1938 aus politischer Abneigung gegen Hitler ausgewandert und 1945 in den letzten Kriegsmonaten als amerikanischer Offizier nach Tirol heimgekehrt, blickte uns provokant an. Wir – das waren einige von jenen, die in diesem Buch als „Toren" gekennzeichnet werden – saßen an einem wunderschönen Augusttag des Jahres 1945 auf einer Bergwiese nahe der Bischoferalm, etwa auf halbem Weg von Alpbach zum Gratlspitz. Wir waren als Teilnehmer der „Ersten Internationalen Hochschulwochen des Österreichischen College" in das alte Bergdorf Alpbach gekommen und hatten den schönen Tag genutzt, um vom Aussichtsberg Gratlspitz das frischbefreite Tiroler Unterland zu betrachten. Bei der ersten Rast war es dann zwischen Frankenstein und mir zu einer Diskussion gekommen, das unvermeidliche Thema Nummer eins: Was soll mit Österreich, eben befreit, vierfach besetzt, provisorisch regiert und fast verhungert, werden? Da ich am nächsten Tag mit Landeshauptmann Karl Gruber, Exwiderstandschef von Tirol und Gründer seiner Österreichischen Staatspartei, nach Salzburg zur ersten Länderkonferenz der neuen „Österreichischen Volkspartei" und anderer „bürgerlicher" Gruppen im Nachkriegsösterreich reisen sollte, war ich mit im Zentrum der Diskussion. Sollten wir die enge Bindung der Widerstandszeit aufrechterhalten und versuchen, unseren eigenen Weg zu gehen, quasi als durch den Untergrund gefilterte Erneuerungsbewegung eine eigene politische Kraft zu werden? Oder war es vernünftiger, in die Schablonen der alten Parteien hineinzusteigen, ja diese von innen zu unterwandern? Im fernen, für uns im Sommer 1945 weit, weit weg liegenden Wien, von dem wir durch drei Besatzungszonen und die Ennsbrückengrenze getrennt waren, schien das Experiment bereits gelaufen und schiefgegangen zu sein. Die Widerstandsgeneration der ersten Stunde, sofern sie die Gestaposäuberungen der letzten Kriegsmonate und vor allem das Gemetzel während der Schlacht um

Wien, dem unter anderen auch mein alter Kumpan Major Karl Biedermann zum Opfer gefallen war, überstanden hatte, begann am 10. April von ihrem Hauptquartier, dem Palais Auersperg, aus, den Nukleus einer beginnenden Verwaltung und Regierung aufzubauen. Ein Bürgermeister wurde von der Widerstandsbewegung 05 in Wien eingesetzt und vorerst von den Sowjets bestätigt. Erste Kontakte für eine Regierungsbildung wurden mit sowjetischen Vertretern gepflogen. Aber der Traum war kurz, die Sowjets hatten sich schon entschieden – sicher von ihren austro-kommunistischen Ratgebern aus dem Moskauer Exil stark beeinflußt –, nicht die 05-Linie zu spielen, sondern in den Tälern des Wechselgebirges und des Semmerings nach dem alten Staatskanzler Karl Renner zu suchen. Mit Renner als eindrucksvoller, wenn auch durch das ominöse „Ja" des Jahres 1938 leicht lädierter Galionsfigur fuhren die Vertreter der alten Parteien unter vollem Wind wieder in die österreichische Regierungsverantwortung. Zumindest mit dem Segen der sowjetischen Besatzungsmacht ausgestattet. Nach wenigen Tagen mußte nicht nur der 05-Bürgermeister von Wien wieder gehen, sondern es begann auch der Rückzug aller Widerstandsvertreter aus den Wiener Regierungsvierteln. Lediglich Staatssekretär Dr. Raoul Bumballa verblieb noch bis zur Wahl im November 1945 im Innenministerium. Die Männer des Widerstands begannen in Wien die zweite Alternative auszuprobieren. Einige ihrer führenden Vertreter gingen in die ÖVP, wie etwa Hans Becker, Emil Oswald, der Wiener Parteimann Johannes Eidlitz, der der erste Organisationsreferent der ÖVP wurde, oder Herbert Braunsteiner, den man als ÖVP-Emissär in den (von Wien aus gesehen) „Wilden Westen" entsandte. Bei den Sozialisten konnten sich Männer des Widerstandes, wie Christian Broda, Felix Slavik, Franz Olah und andere, in der neuen Sozialistischen Partei bald profilieren.

Wien war weit von Tirol, im Jahre 1945 weiter als Paris und oft Washington. Wir im Westen mußten unsere eigene Entscheidung treffen. Noch gab es in der Innsbrucker Museumstraße das „Leitungsamt der Widerstandsbewegung für die von den westlichen Alliierten besetzten Gebiete". Ich hielt das Ganze für unrealistisch. Wir waren nicht – wie etwa eine kommunistische Kaderpartei – angetreten, um die Macht im Staate zu erkämpfen. Unser Ziel war einzig gewesen, die Nationalsozialisten und das Dritte Reich zu vertreiben und Österreich zu befreien. Innenpolitik nach der Befreiung schien mir nicht Sache der Widerstandsbewegung. Ich war daher dafür, die Widerstandsbewegung so schnell wie möglich aufzulösen, wer wollte, konnte von mir aus in Zukunft am Wochenende Widerstandsbewegungs-Veteranen-Vereinsmeierei betreiben. Für irgendwelches Heldentum nach Ladenschluß gab es keinen Bedarf. Der Krieg war vorbei und die ganze Widerständlerei auch. Wir hatten da ja nicht mitgemacht, weil wir nachher Bezirkshauptmann oder Minister werden wollten. Erstens wartete keiner auf uns, und zweitens hatte ich nicht die geringste Lust, mir jetzt von irgendeinem Parteisekretär zwanzig Jahre lang mein Leben und mein Denken vorschreiben zu lassen, damit ich dann vielleicht in den Nationalrat einziehen würde.

„Fritz, sei doch nicht so verbohrt, und tu nicht so auf idealistisch. Natürlich wollt ihr, und sollt ihr auch, nachdem ihr den Kopf hingehalten habt, jetzt noch einen Happen von der fetten Beute abbekommen. Wenn man sich ansieht, was die Rußkis und der Franzmann so alles abmontieren, wird ohnehin für euch Brüder nicht viel übrigbleiben. – Aber Scherz beiseite, es geht sicher nur ohne die alten Parteien. Die Burschen aus den Parteisekretariaten lassen euch natürlich nicht an die Futterkrippe. Macht euch doch eine eigene Partei! Wie der Gruber mit seiner Staatspartei – was sagst du jetzt?"

„Jetzt, mit den vier Besatzungselefanten im viergeteilten Porzellanladen, kannst du keine neuen Parteien gründen. Jetzt heißt es, alle schön an einem Strick ziehen. Du wirst sehen, auch der Gruber schwenkt bald ein mit seiner Staatspartei – und auf die Weise kriegen wir ihn vielleicht wenigstens in die Regierung. Im übrigen muß ja nicht jeder in die Politik gehen, mich beispielsweise lockt der Journalismus viel mehr."

Ein paar Monate später – die schönen Tage von Alpbach waren längst vorüber, die Salzburger Länderkonferenz war vorbei und die Tiroler Staatspartei in der neuen ÖVP aufgegangen – war Gruber Minister und ich sein Sekretär am Wiener Ballhausplatz. Es war eine aufregende und hochinteressante Zeit, es gab wenig zu essen, aber sonst kaum persönliche materielle Probleme. Sorgen machten wir uns in den Monaten nach Kriegsende nur relativ wenig. Wir kannten noch kein Sicherheitsdenken, für uns war die optimale Sicherheit ja schon die Tatsache, daß der Krieg aufgehört hatte, daß es keine Gestapo mehr gab. Die Tatsache, daß ein anderer Diktator mit einem ebensogut trainierten Polizeiapparat bereits in unsere Stadt Wien eingezogen war, kam uns erst allmählich zum Bewußtsein. Die Vergewaltigungen, die Beschlagnahmen und die Menschenverschleppungen durch die sowjetische Besatzungsmacht schienen Spätfolgen des Krieges. Wir identifizierten diese Erscheinungen nicht mit dem System der Sowjetunion. Wir fühlten uns frei und relativ sicher, wir waren ja keine Nazis gewesen, weswegen sollten uns die Russen oder sonst jemand etwas zuleide tun? Jeder von uns, der während des Krieges, in jener Zeit, da es kein Österreich geben durfte, noch an dieses Land geglaubt hatte, der sah sich nun in seinem Glauben bestätigt und fühlte sich am Tor zum Paradies.

Im Moment sah es zwar noch gar nicht nach Paradies aus, das Land war ärmer als je zuvor, vierfach besetzt, von fremden Truppen verwaltet, mit einer schwachen, kaum über die Grenzen Wiens hinaus effektiven Regierung, mit schlechtesten materiellen Verhältnissen, mit Hunderttausenden Staatsbürgern, die noch als Kriegsgefangene auf die Heimkehr warteten, kurz, es war ein armseliges Land, das wir so euphorisch als den Mittelpunkt alles Erstrebenswerten betrachteten.

Aber wir waren sicher, daß alles möglich war, nichts schien ausgeschlossen, denn das Schwierigste, das, was noch vor einem knappen Jahr völlig unrealisierbar geschienen hatte, nämlich der Sturz der nazistischen Diktatur und die Wiedererrichtung Österreichs, die Beendigung des Krieges, alles das hatte ja schon stattgefunden, und wir hatten unseren wenn auch kleinen Anteil daran gehabt. Jetzt lebten wir wiederum in einem Land, das zwar langsam, aber doch unterwegs zur Freiheit war und vielleicht sogar wieder zu materiellem Wohlstand. Wir waren nicht anspruchsvoll. Wir hatten in unserer Kindheit die ärgste Wirtschaftskrise in einem Österreich miterlebt, an dessen Existenzfähigkeit nicht einmal seine größten Freunde glauben wollten. Wir waren in einem Land aufgewachsen, in dem es zwei Bürgerkriege in einem Jahr gegeben hatte und bürgerkriegsähnliche Zustände zum Alltag gehörten. In diesem Österreich erlebten Hunderttausende Arbeitslose das Schicksal, das in den dreißiger Jahren auch uns als wahrscheinliche Zukunft vorschwebte.

Im Rückblick waren wir, die Toren, in unserer Selbsteinschätzung arrogant und in unseren Ansprüchen hochgestochen. Wir glaubten, zu einer auserlesenen Generation zu gehören und da wiederum zu einer Elite. Wir glaubten, daß die Neugestaltung Österreichs, die Neugestaltung Europas, ja überhaupt die Neugestaltung der Welt, die den Zweiten Weltkrieg überstanden hatte, quasi uns aufgetragen worden sei und daß wir die Chancen, die sich uns boten, nun zu nutzen hätten. Aber eben nicht auf dem materiellen Sektor! Solche Ansprüche stellten wir erst später, wohl zur Kompensation der Enttäuschung über die Mißerfolge, die wir auf ideellen Gebieten schließlich zu verzeichnen hatten. Im Anfang wollten wir die Welt verbessern, wollten ein neues Land schaffen und glaubten, am Anbeginn einer neuen, großartigen Zeit zu stehen.

Damals fanden sich viele, die schon im Kriege befreundet gewesen waren, zusammen. Naturgemäß in Gruppierungen, die ungefähr den Lagern entsprachen, in die sie als junge Männer, zum Teil fast noch als Kinder, vor dem Jahre 1938 hineingeraten waren. Und zu ihnen waren jene dazugestoßen, die sich zwischen 1938 und 1945, in der Zeit des Anschlusses, zu dem Gedanken einer Eigenständigkeit Österreichs, zu dem Gedanken eines Abschüttelns der Herrschaft der nazistischen und faschistischen Diktatur bekannt hatten. Diese Gruppen waren zunächst ohne Organisation, hatten am Anfang nicht einmal Namen und nur sehr vage Ziele. Man konnte nicht einmal von „Mitgliedern" reden, vielmehr waren sie ein Freundeskreis und sonst nichts. Im Krieg und im Widerstand bildeten sich zum erstenmal kleine Organisationsformen, die nach der Befreiung 1945 in dieser oder jener Form fortlebten. So wurde in Wien etwa der „Quiritenklub" gegründet: Wilfried Gredler gehörte dazu, Johannes Eidlitz, Georg Zimmer-Lehmann, Lujo Tončić-Sorinj, Kunata Kottulinsky, Fritz Schoeller, Georg Fürstenberg, Robert Baier, Fritz Wittgenstein, Fritz Grohs, Kurt Skalnik und viele andere.

Dieser Klub – der Name „Quiriten" zeigt, daß wir keinen Mangel an Selbsteinschätzung besaßen – war im wesentlichen durch ein Band zusammengehalten, nämlich durch die Ablehnung des Nationalsozialismus, ferner durch die Erlebnisse im Zweiten Weltkrieg, in dem wir ähnlich geartete Positionen eingenommen hatten. Wir bekannten uns selbstverständlich zu einem demokratischen Österreich im Sinne der westlichen Demokratie. Wir glaubten an eine freie Welt, die nichts mehr mit Diktaturen und ihren Folgerungen zu tun hatte; an eine christliche Welt, denn die Welt des Antichrist hatten wir ja eben miterlebt. Wir glaubten an eine Welt, in der mehr Toleranz herrschen sollte als in den Jahren unserer Jugend vor dem Jahr 1938, aber auch an eine Welt, in der der geistige, politische, wirtschaftliche und kulturelle Fortschritt herrschte.

Natürlich gab es viel größere Kreise, mit viel klareren Zielsetzungen, die sich zum Teil schon in den ersten Wochen nach dem Kriegsende im Jahr 1945 zusammengetan hatten, das waren jene jungen Leute, die aus den Lagern der alten Parteien kamen oder neu zu ihnen stießen. Also zum Beispiel die jungen Menschen, die in der sozialistischen revolutionären Bewegung und in der Sozialdemokratischen Partei zu Hause gewesen waren oder sich neu dazu fanden. 1945 lautete der offizielle Titel: „Sozialistische Partei Österreichs" und dazu in Klammern „Sozialdemokraten und Revolutionäre Sozialisten". Die Polarisierung in der Sozialdemokratie – das Entstehen zweier

Organisationen, die eine gemäßigt, die andere radikal –, die eine Folge der Ereignisse des Februar 1934 und der folgenden illegalen Periode der Partei war, bestand noch in diesen Anfangsjahren der Zweiten Republik, zumindest im Parteinamen, weiter fort. Der Zusatz in Klammer „Sozialdemokraten und Revolutionäre Sozialisten" verschwand jedoch bald. Die Partei aber war und ist wieder eine sozialdemokratische Partei geworden, wie immer sie auch heißen mag.

Viele der jungen Leute des Jahres 1945 sind die Führer der Sozialistischen Partei von heute. Ich hatte eine ganze Anzahl von Freunden, die im sozialistischen Lager aktiv wurden und schon im Krieg – sei es im Widerstand, sei es im Exil, sei es auch in der deutschen Wehrmacht – den Sozialismus als Ideal hatten. Drei Beispiele: Ernst Lemberger, Sozialdemokrat seit frühester Jugend. Seine Mutter war sozialistische Bezirksfunktionärin in Wien. Er war aus Österreich nach Frankreich und dort in die Résistance gegangen, er hatte es zum Commandant gebracht, war der höchstdekorierte Offizier ausländischer Herkunft im französischen Maquis. Lemberger ist im Winter 1944/45 mit mir in das noch „großdeutsche" Wien gefahren und hat am weiteren Ausbau der 05 und des Provisorischen Österreichischen Nationalkomitees (POEN) und damit der österreichischen Widerstandsbewegung wesentlich mitgewirkt. Er wurde Diplomat.

Ein anderes Beispiel: Franz Hartl war, aus der sozialistischen Jugend kommend, in der sozialistischen illegalen Bewegung tätig gewesen. Im Zweiten Weltkrieg wurde er als deutscher Soldat gefangengenommen, war in Frankreich als Betreuer der österreichischen Soldaten in den Kriegsgefangenenlagern tätig und kehrte nach dem Krieg nach Österreich zurück. Auch Hartl ging in die Diplomatie.

Drittes Beispiel: Hans Thalberg, Wiener Student, 1938 in die Schweiz emigriert, schloß sich dort 1943 einer österreichischen Gruppe an. 1944 haben Thalberg und ich Kontakt gefunden und gemeinsam in der Schweiz die Verbindungsstelle der österreichischen Widerstandsbewegung aufgebaut. Thalberg spielte eine hervorragende Rolle in dieser Bewegung, kam 1945 nach Österreich zurück und trat sofort in das Außenministerium ein. Thalberg ist österreichischer Botschafter in der Schweiz, Lemberger und Hartl sind schon gestorben.

Dieser jungen Generation sozialdemokratischer, sozialistischer und sozialliberaler Richtung gehörten auch andere an, wie etwa der vor wenigen Jahren verstorbene Dr. Emanuel Treu, ebenfalls ein Mann des Exil-Widerstandes in der Schweiz, ein österreichischer Patriot, der dann auch im Außenministerium gedient hat. Hierher gehört Felix Slavik, den ich nach Kriegsende in Wien kennenlernte, von dessen Existenz – Slavik war einer der aktivsten Widerständler gewesen – ich bereits vieles gewußt hatte und für den ich aus dieser Zeit des Widerstandes und des unmittelbaren Aufbaues nach dem Krieg noch heute große Hochachtung habe. Christian Broda lernte ich wenige Wochen nach Kriegsende in Oberösterreich kennen, wo er eine Widerstandsgruppe angeführt hatte. Er kam dann als Anwalt nach Wien und machte große politische Karriere. In späteren Jahren habe ich mit ihm gemeinsam vieles in die Wege geleitet. Uns verband eine fast unglaublich nahe geistige Beziehung zu den Grundwerten, die uns wichtig erschienen, obwohl wir stets in verschiedenen politischen Lagern gestanden sind.

Unter den Kommunisten gab es eine Reihe von jungen Leuten, die 1945 noch versucht haben, einen eigenständigen Weg zu gehen. Das hat sich allerdings bald aufgehört; ich denke an Ilse Benedikt, die im Krieg in der Schweiz eine kommunistische Zelle führte und die unter fürchterlichen Gewissenskämpfen versuchte, gleichzeitig dem Widerstand zu helfen und die Weisungen der kommunistischen Kommandozentrale in Moskau zu befolgen. Es ist der armen Ilse Benedikt ihr Leben lang nicht gelungen, sie ist nicht zuletzt am gebrochenen politischen Herzen gestorben. Ich denke an Peter Rubl, der zumindest in den ersten Monaten nach dem Krieg Kommunist war, ein begeisterter, junger, nach Freiheit sich sehnender Mensch. Der sich daher, so schwer es ihm auch fallen mochte, doch wieder vom Kommunismus trennen mußte. Die letzten Jahre seines Lebens war er mit diesen Problemen nicht mehr behaftet.

Die größte Gruppe aber, die sich in den Frühjahrstagen des Jahres 1945 formierte, war jene aus dem katholischen Lager. Ihre Angehörigen stammten aus der alten Christlichsozialen Partei, ihr nahestehenden Verbänden, wie dem Heimatschutz, vor allem aber, was die Akademiker betraf, aus dem CV. Der CV hatte das Dritte Reich relativ gut überstanden, die Anzahl jener, die zu den Nazis übergegangen waren, war ziemlich klein. Die Cartellbrüder hatten einander auch in der Kriegszeit nach Möglichkeit geholfen und sich sofort nach dem Krieg wieder zusammengetan. Hier gab es eindeutige und klare Verhältnisse.

Ich denke hier an Herbert Braunsteiner, der mir im Juni 1945 aus Wien nach Innsbruck die Nachricht brachte, daß meine Eltern heil an Leib und Seele aus dem Wiener Gestapogefängnis befreit worden waren. Braunsteiner war im Auftrag der neuen Volkspartei in Wien illegal über die Zonengrenze – die eiskalte Enns schwimmend überquerend – nach dem Westen geschickt worden, um erste Kontakte anzuknüpfen. Uns erschien er wie ein Bote aus einer anderen Welt. So schnell hatte sich die östliche von den westlichen Zonen wegentwikkelt. Heute, 35 Jahre später – Braunsteiner ist inzwischen Arzt und Rektor der Universität Innsbruck geworden –, wird erst erkennbar, wie wichtig die schnelle Bildung einer Regierung in Wien und wie essentiell das Zusammengehen der Länder West- und Südösterreichs einige Monate später mit der Regierung Renner für die Erhaltung der Einheit war. Ein Blick nach dem geteilten Deutschland genügt, um sich vorstellen zu können, wie sich Wien und Salzburg, Eisenstadt und Bregenz auseinandergelebt hätten, wenn nicht eine im ganzen Lande anerkannte Regierung 1945 allgemeine und freie Wahlen durchgeführt hätte, die von den Alliierten akzeptiert wurden. Ich denke an Felix Hurdes, Rechtsanwalt, Patriot der ersten Stunde, der für seine Überzeugung ins Gefängnis und in das KZ gegangen war und nach dem Krieg die undankbare Aufgabe hatte, dem Volk, das Grillparzer, Stifter und Wildgans hervorgebracht hatte, die „Hurdestanische“ Unterrichtssprache nahezubringen, da das Wort „deutsch“ so verpönt war, daß es als Schulfach nicht aufscheinen durfte. In der Volkspartei ist der zarte und romantische Hurdes früh dem robusteren und zielbewußteren Julius Raab erlegen, ebenso wie sein Freund Leopold Figl. Oder Karl Gruber, einer der eigenständigsten Politiker dieser Zeit. Sohn eines sozialistischen Lokomotivführers im urschwarzen Tirol, lernte Gruber früh, selbständig zu denken. Diese Praxis legte er im Dritten Reich und im Widerstandskampf nicht ab. Obwohl durch seine lange Abwesenheit in Tirol fast unbekannt, wurde er doch am Tage der Befreiung Innsbrucks einstimmig zum Vorsitzenden des Exekutivausschusses der Tiroler Widerstandsbewegung und damit zum ersten und einzigen nicht von den Alliierten bestellten Landeshauptmann im Österreich des Jahres 1945 gewählt. Gruber gründete seine eigene Partei: die Österreichische Staatspartei, eine liberal-progressive Partei, die, in ihrem Programm auf heutige politische Verhältnisse übertragen, am ehesten mit der Liberalen Partei Gaston Thorns in Luxemburg verglichen werden könnte.

Um gegenüber den Besatzungsmächten geschlossener auftreten zu können, hat Gruber dann seine Staatspartei in der Volkspartei aufgehen lassen. Für die Volkspartei wirkte er danach acht Jahre lang als Außenminister und Sprecher der westlichen Bundesländer. 1953 gelang es Raab, nach Figl und Hurdes auch Gruber abzuschießen. Gruber diente seinem Lande und seiner Partei weiter. Diese aber hatte unter Raabs Führung einen ultramontanen Kurs eingeschlagen, dessen Folgen sich erst Jahrzehnte später, dann aber um so deutlicher, zeigen sollten.

Eine wesentliche Rolle spielte bei dieser Entwicklung der großen konservativen Partei der Einfluß des CV, der, ebenso wie im sozialistischen Lager der Bund Sozialistischer Akademiker (BSA), in den späten vierziger Jahren zu einer Art großer Stellenvermittlung wurde, was auf die Dauer die innere Schlagkraft des CV erheblich schwächte. 1945 gab es noch eindeutige weltanschauliche Grundlagen und ein klares Bekenntnis zu Österreich. Jene Teile des katholischen Lagers, die sich 1938 dem Nazismus zugewandt hatten, wurden mit großer Härte abgestoßen, Leute wie etwa Dr. Anton Böhm oder andere. Der Kreis des CV war hart im Nehmen, aber auch hart im Geben und vergaß nicht so schnell. Daraus ergab sich ja auch die Einstellung der neu gegründeten Österreichischen Volkspartei (der Nachfolgerin der Christlichsozialen Partei) gegenüber den Nazis. Die ÖVP war von 1945 bis 1949 viel härter den Nazis gegenüber als etwa die Sozialistische Partei. Diese war elastischer und hat sich leichter getan, vor allem jungen Leuten und Akademikern, die aus nazistischen Kreisen kamen, bei sich eine Heimstatt zu geben und ihren Umdenkprozeß mitzuformen.

Die dritte traditionelle Gruppierung, die ihre Wurzeln in der Monarchie hatte, das deutschnationale Lager, gab es nicht mehr. Die Anhänger dieser Richtung, die Großdeutschen, waren nach 1933 oder spätestens 1938 mit fliegenden Fahnen zu den Nazis gestoßen. Ein winziger Rest, der die liberale Tradition hochhielt, zog sich nach dem Anschluß tief enttäuscht in die schweigende innere Emigration zurück. Eine kleine Gruppe allerdings sprang über den eigenen Schatten und kämpfte im Untergrund gegen jene, die schöne alte Worte, wie Volk und Deutschtum, durch ihre Greueltaten zu Schimpfworten gestempelt hatten. Die Prominenten unter den „Ehemaligen“ saßen in den Entnazifizierungslagern Glasenbach (bei Salzburg) und Wolfsberg in Kärnten. Die sowjetische Besatzungsmacht schickte „ihre Nazis“, wenn es sich um (nach sowjetischer Sicht) führende Leute handelte, nach Sibirien. Um die Mitläufer kümmerte sie sich nicht und überließ die Entnazifizierung den österreichischen Behörden.

Die Kommunisten sind hier nur zu erwähnen, weil sie durch die Anwesenheit der sowjetischen Besatzungsmacht eine überdurchschnittliche Rolle spielten. 1945 bestand ihr Minilager (bei den Wahlen im November erhielt die KP nicht einmal fünf Prozent der Stimmen) aus den Resten der von der Gestapo dezimierten heimischen KP und dem ebenso kleinen Häuflein, das die stalinistischen Säuberungen von den 1934 nach Rußland gegangenen KP-Anhängern und linken Schutzbündlern übriggelassen hatten. Dieser geeichte Rest, von Koplenig über Zucker-Schilling bis Ernst Fischer (der erst 1968 absprang), war eindeutig stalinistisch eingestellt. Auch Franz Honner, ehemaliger Kommandant des österreichischen Partisanenbataillons im jugoslawisch-kärntnerischen Grenzgebiet, konnte das Kainszeichen, das der österreichischen KP als Erfüllungsgehilfin der Besatzungsmacht in den Augen der Bevölkerung eingebrannt war, nicht mehr entfernen.

Das war also die österreichische politische Umwelt, in der meine Freunde und ich uns zurechtzufinden hatten. Zu den schwarzen und den roten Akteuren auf unserer politischen Bühne, die schon begannen, die eben erst wiedererstandene Republik unter sich aufzuteilen, kamen das Phänomen der „Ehemaligen“ und die lästig im Gefolge des mächtigen russischen Bären herumbellenden kommunistischen „Wadelbeißer“. Dahinter aber bildeten die Besatzungsmächte die weltpolitische Szenerie. Bald sollten die Sowjets und die Amerikaner ihren kalten Krieg bis in das letzte österreichische Dorf hineintragen.

2. KAPITEL

LAND DER VIER ALLIIERTEN ZONEN

Der Winter von 1945 auf 1946 hatte es ganz schön in sich. Mitten im Wahlkampf für die ersten Nationalratswahlen nach dem Krieg, in der zweiten Novemberhälfte, waren wir oben im nördlichen Waldviertel, im Gmünder Bezirk, kräftig eingeschneit worden. Wenn uns der „Iwan", wie die Soldaten der Roten Armee damals genannt wurden, nicht mit zwei starken Zugfahrzeugen zu Hilfe gekommen wäre, wären wir glatt ein paar Tage in irgendeinem gottverlassenen Nest zwischen Litschau und Heidenreichstein festgesessen. Auch ein Irrsinn, uns mit einem halbkaputten Wagen auf die Reise zu schicken. Der Fahrer der sowjetischen Selbstfahrlafette, der uns mit einer Kette aus dem Graben gezogen hatte, lächelte uns an und hielt uns die Wodkaflasche einladend hin. Bei dem eisigen Wind griff selbst mein Boß Karl Gruber, damals Unterstaatssekretär in der Provisorischen Staatsregierung Renner, der sonst um alkoholische Getränke einen weiten Bogen zu machen pflegte, gerne zu. Der Iwan grinste über das ganze Gesicht:

„Du gut Towarisch Kommissar, Smrt Faschismo, es lebe sowjetisch-österreichische Allianz." Dann bekamen auch unser Fahrer und schließlich ich einen kräftigen Schluck verpaßt. Das Zeug brannte nicht schlecht, die müssen ja schön was vertragen, die Rußkis in ihren sibirischen Wintern. Wir klapperten mit unserem museumsreifen BMW weiter. Er krächzte immer jämmerlicher, und schließlich war es aus.

„Maschin kaputt", meinte unser Fahrer, in Angleichung seiner Sprache an den Jargon der Besatzungsmacht. Glücklicherweise hatte es unser Wagen noch bis zur Ortseinfahrt von Alt-Nagelberg geschafft, so daß wir nur ein paar hundert Meter in das Dorf hineinstapfen mußten. Es war schon später Nachmittag, und die Dunkelheit brach schnell herein. Die wenigen Häuser schienen unbewohnt, auf jeden Fall war alles dunkel, und die Türen waren mit Brettern vernagelt. Schließlich stießen wir auf eine Art Gasthaus, hinter dessen gesprungenen Fenstern ein Licht schimmerte. Nichts wie rein, ein ängstlicher alter Mann empfing uns mißtrauisch:

„Wir haben nichts zu essen, der Russe hat alles mitgenommen, und den Rest haben uns die Flüchtlinge, die Sudetendeutschen, die hier über die tschechische Grenze kommen, abgenommen." Seine Frau, die, in eine Pferdedecke gehüllt, vor einem Kanonenofen saß, fügte verächtlich hinzu: „Nur so, gestohlen halt – weder Geld noch gute Worte, G'fraster, elendiges, heimatloses G'sindel, sind einem bald noch die Russen lieber, die teilen wenigstens."

Zu guter Letzt wurden die beiden Alten doch noch zutraulich. Wir tauschten Zigaretten und Benzin gegen eine warme Suppe, einen heimischen Tee und einen Platz am Ofen. Der Alte wanderte sogar mit unserem Fahrer zum nahen Stationsgebäude der Lokalbahn, wo sie einen Bahnbeamten aufstöberten, der über den Bahntelegrafen nach Gmünd vermeldete, daß in Alt-Nagelberg ein Regierungsmitglied gestrandet sei. Der Gmünder Stationsvorstand morste zurück, man werde versuchen, ein Fahrzeug aufzutreiben, um uns zu holen, im schlimmsten Fall würde uns eine Draisine der Litschauer Schmalspurbahn nach Gmünd bringen.

Einstweilen hatten wir also Zeit, saßen um den glühenden Ofen, schlürften unseren Tee und besprachen die Zeiten. Unser Wirt verstand die Welt nicht mehr. Jetzt sei der Krieg schon gut ein halbes Jahr zu Ende, aber von seinen zwei Söhnen habe er noch immer nichts gehört. Der eine sei bei Kriegsende irgendwo an der Oder gestanden, von dort habe er zumindest die letzte Nachricht geschickt. Der andere war Flak-Kanonier gewesen, zu Weihnachten 1944 zum letztenmal auf Urlaub, dann zurück an die Front im Ruhrgebiet. Wir versuchten zu trösten und notierten die Namen. Ich versprach, im Innenministerium, wo man sich um die Heimkehrer kümmerte, nachzuforschen. Um diese Zeit einen Kriegsgefangenen zu suchen, kam der Suche nach einer Stecknadel in einem Heuhaufen gleich. Aber mit Glück und Gottes Hilfe gelang es vielleicht.

Die Sorge um die Rückkehr der Kriegsgefangenen war damals besonders groß. Die Heimkehrertransporte aus dem Osten, die gewöhnlich über den für Empfang, Versorgung und Entlausung eingerichteten Bahnhof Wiener Neustadt geleitet wurden, waren nur noch dünn besetzt. Die Engländer hatten ihre Gefangenen schnell heimgeschickt, die Amerikaner wollten ihre auch loswerden, hatten aber Transportprobleme, da die Masse der PWs (Prisoners of War) im tiefen Süden der Staaten und in Texas in Lagern saßen. Die Russen und die Franzosen wollten die Arbeitskraft ihrer Gefangenen für den Wiederaufbau einsetzen. Erst ab 1947 gelang es den Bemühungen der Bundesregierung, die Heimkehr der Kriegsgefangenen zu beschleunigen. Die letzten Heimkehrer kamen aber erst im Jahre 1955 (also zehn Jahre nach Kriegsende) zusammen mit den von den Sowjets nach dem Krieg aus politischen Gründen nach Sibirien oder an das Eismeer Verschleppten am Wiener Neustädter Bahnhof an. Ein Wunder, daß so viele überlebt haben. Unter den „Politischen" waren auch etliche Frauen, wie beispielsweise die tapfere Dr. Margarethe Ottilinger, die 1948 als junge Beamtin im Vermögenssicherungs-Ministerium von der sowjetischen Kontrolle an der Ennsbrücke aus einem Dienstauto geholt wurde. Sie verschwand spurlos im Archipel Gulag und kehrte erst bei Abschluß des Staatsvertrages nach Österreich heim.

Unsere Gastgeber in Alt-Nagelberg entschuldigten sich immer wieder, daß sie uns nichts Anständiges zu essen geben könnten. Der einstmals stolze Wirt und Bauer war nun selbst auf die Rationen der Lebensmittelkarten angewiesen. Noch bis in den September hatte die Regierung, unterstützt durch alliierte Hilfslieferungen – im Osten war es vor allem die russische Erbsenspende, die allerdings bezahlt werden mußte –, der Bevölkerung eine tägliche Lebensmittelration von 1550 Kalorien garantieren können. Dann verschlechterte sich die Lage schnell. Die Alliierten (mit Ausnahme der Amerikaner) hatten selbst nicht genug, denn auch in England, Frankreich und vor allem Rußland wurde gehungert.

Die noch aus der deutschen Zeit stammenden Vorräte waren erschöpft – häufig genug geplündert –, wegen der Kriegsereignisse war ein Großteil der Felder in Ostösterreich nicht bebaut worden, und gleichzeitig stieg die Zahl der zu Versorgenden ständig. Allein die Flüchtlinge (Displaced Persons) waren von 300.000 im Mai 1945 auf fast 600.000 bei Jahresende angestiegen. Die alliierten Kommandeure hüteten ihre Zonengrenzen und damit ihre Vorräte eifersüchtig, so daß Transporte, etwa von Wels nach St. Pölten, erst nach wochenlangen Verhandlungen abgefertigt werden konnten, wobei dann häufig die zu transportierenden Lebensmittel schon verdorben waren. Bis Weihnachten 1945 fielen die täglichen Zuteilungen auf etwa 1000 Kalorien pro Person, um schließlich im Frühjahr 1946, zur Verzweiflung des hilflosen Ernährungsministers Frenzel, auf 600–700 Kalorien täglich abzusinken. In dieser Situation kamen dann endlich größere Lieferungen der UNRRA (Lebensmittelhilfe der Vereinten Nationen), und auch die USA stellten 150.000 Tonnen bei. Die Rationen konnten wieder auf 950 Kalorien angehoben werden. (Zum Vergleich: 1980 ißt der Durchschnittsösterreicher 2600 Kalorien am Tag.)

Mit Ausnahme der „Amis“ (Amerikaner) ernährten sich alle Besatzungstruppen aus dem Lande. Ende 1945 waren dies noch immer etwa 150.000 Russen, 20.000 Engländer und 15.000 Franzosen. Die amerikanischen „Selbstversorger“ zählten etwa 20.000 Mann. Ab Frühjahr 1946 verringerten die Alliierten ihre Truppenstärken sehr, selbst die mißtrauischen Russen hatten Anfang der fünfziger Jahre nur noch etwa 40.000 Mann in Österreich stehen.

Überhaupt fehlte es wirklich an allem und jedem, die Bahn konnte nicht fahren, weil sie keine Kohlen, keine Lokomotiven (teils durch Luftangriffe zerstört, teils von den Alliierten „befreit") oder keine Holzschwellen für die Schienen hatte.

Es war keine sehr gnadenvolle Zeit, wer nicht mitmachen wollte oder konnte, blieb liegen und ging unter. In diesem Winter 1945/46 sind arme und kranke Menschen in großer Zahl ganz einfach verhungert oder erfroren, weil sie keine Beziehungen hatten, das Vitamin B, wie es allgemein genannt wurde. Vitamin B war für alles notwendig: um für die zerstörten Fenster Glas zu beschaffen, damit Schnee und Kälte abgehalten wurden; um Koks, Kohle oder Briketts für die Öfen herbeizuschaffen; um Heizöl oder Spiritus für das Kochen zu organisieren, denn Gas gab es noch kaum.

Es gab auch nur wenige Straßenbahnlinien, die aber nur zu jenen wenigen Stunden verkehrten, wenn es Strom gab, und es fuhren auch keine Autobusse. Noch im Winter 1945/46 war in Wien nur etwa die Hälfte der Straßenbahnlinien in Betrieb. Autos waren für den Durchschnittsösterreicher ein vollkommen phantastischer, ferner Traum. Wer ein Auto hatte, war ein großer Mann. In diesem Fall stand man allerdings auch vor dem täglichen Problem, woher das Benzin nehmen, wie einen kaputten Reifen ersetzen. Die Autos waren natürlich Vorkriegsmodelle, die bei Kriegsende übriggeblieben waren oder bei der Abrüstung durch die großdeutsche Wehrmacht irgendwo in Heustadeln oder unter Holzstößen versteckt worden waren und nun wieder in Zirkulation kamen. Die letzte Bereifung stammte aus dem Jahre 1939 oder war im Krieg mit Bunareifen, deutschem Kunstgummi, erfolgt, deren Qualität schlecht und deren Überlebensdauer gering war. All dies machte also den Besitz eines Autos zu einem sehr zweifelhaften Vergnügen.

Im Sommer 1945 hatte mich der damalige Tiroler Landeshauptmann Karl Gruber beauftragt, mit dem Wirtschaftsreferenten der Tiroler Landesregierung, Dr. Willi Görz, nach Mailand zu fahren, um zu sehen, ob wir den Transport von Lebensmitteln, die dort noch in Lagerhäusern der einstigen deutschen Wehrmacht vorhanden waren, nach Tirol ermöglichen könnten. Ich trug damals amerikanische Uniform und konnte mich als amerikanischer Verbindungsoffizier frei bewegen. Es gelang mir auch, eine amerikanische Einreisegenehmigung in das Gebiet der 5. US-Armee, das heißt nach Italien, zu ergattern. Und so fuhren wir los. Zuerst nach Bozen, wo wir Südtiroler Freunde trafen, Kanonikus Gamper, die Brüder Amonn und Friedl Volgger, der eben erst aus dem KZ nach Hause gekommen war. Volgger war einer jener Südtiroler, den die Nazis verfolgt hatten, weil er sich nicht für die Parole der Auswanderung der Südtiroler ins Dritte Reich und damit in die damals von der deutschen Wehrmacht besetzten sowjetischen Gebiete einsetzen und weil er nicht an die Zukunft der Südtiroler als Wehrbauern im Kaukasus glauben wollte.

Wir blieben ein paar Tage in Südtirol, konnten schon dort einiges an Lebensmitteln für Österreich organisieren. Zwei Züge mit Mehl und Getreideprodukten fuhren vom Bozner Bahnhof, wo sie unnütz herumgestanden waren, nach Innsbruck ab. In Bozen gab es interessante Gespräche, die Südtiroler glaubten wieder an ihre Zukunft, sie hofften, der Friede von St-Germain, der sie Italien zugesprochen hatte, könne rückgängig gemacht werden und die Provinz Bozen zu Österreich kommen, eine damals auch in Innsbruck und sogar in Wien weitverbreitete Hoffnung.

Ich persönlich glaube, daß es im Sommer des Jahres 1945, um genauer zu werden, in der Zeit zwischen Anfang Mai, also zwischen der Kapitulation der deutschen Südwest-Armee, die sich der amerikanischen 5. und der britischen 8. Armee in Italien ergab, und dem August 1945, als es den Italienern erst möglich war, die effektive Regierungsgewalt in den Provinzen Bozen und Trient wieder an sich zu ziehen, möglich gewesen wäre, Südtirol via facti wieder an Österreich anzugliedern. Die britischen und amerikanischen Truppen, die in Südtirol einmarschierten, hatten wenig Verständnis für die Expansionsgelüste der Italiener, die sie eben drei Jahre bekämpft hatten, hatten auch wenig Erfahrung mit der Provinz Südtirol und hätten wahrscheinlich eine resolute Aktion der Südtiroler Bevölkerung ganz einfach zur Kenntnis genommen. Es wäre dann bei den nachherigen Friedensverhandlungen wesentlich schwieriger gewesen, die Südtirolfrage so leichthin und unter Beibehaltung der Brennergrenze von St-Germain zu behandeln.

Daß es zu der schnellen Aktion im Mai 1945 nicht gekommen ist, ist auf das Zögern der Südtiroler selbst zurückzuführen. Die Südtiroler hatten seit 1939 schwere und furchtbare Erlebnisse gehabt. Hitler und Mussolini hatten 1938 beschlossen, wie es damals immer hieß, für ewige Zeiten und ein für allemal das Problem der Brennergrenze zu lösen. Der Verzicht Hitlers auf Südtirol sollte der Dank für Mussolinis Zustimmung zum Anschluß Österreichs sein, und zwar in der Form, daß in einer Abstimmung in der Provinz Alto Adige, wie die Italiener Südtirol nennen, entschieden werden sollte, wer in Südtirol verbleiben und sich somit zur italienischen Nationalität bekennen würde oder wer sich zur deutschen Nationalität bekennen wollte und dann nach Deutschland abwandern müsse. Jene, denen die Muttersprache wichtiger als ihre Heimat erschien, wurden Optanten genannt, die Nichtoptanten, die „Dableiber“, waren bereit, die schon bisher geübte Italianisierung auf sich zu nehmen, wenn sie nur in ihrer Heimat bleiben konnten.

Diese Abstimmung führte zu einem sehr scharfen Bruch innerhalb der Südtiroler Bevölkerung, manchmal ging es bis in die Familien hinein. Brüder zerstritten sich, der eine wollte nach Deutschland gehen, um seiner Muttersprache treu zu bleiben, der andere wollte der Heimat treu bleiben und dafür lieber italienisch sprechen. Es war ein schwerer Gewissenskonflikt für die Südtiroler, und Mussolini, der höchst aktiv an der Italianisierung Südtirols arbeitete und eine ganze Reihe von sehr dynamischen Italienern dort eingesetzt hatte, verstand es, seine Karten bestens auszuspielen.

Mehr als zwei Drittel der Bevölkerung optierten für die deutsche Version, das heißt, sie wollten die Heimat verlassen, um ihre Sprache, ihre Kultur beibehalten zu können. Diese Leute sollten, wie es ursprünglich geheißen hatte, nach Deutschland, in die Ostmark, wie damals Österreich hieß, in die Donau- und Alpengaue, zum Teil auch nach Bayern, umgesiedelt werden, später, nach der Besetzung Polens, sprach man von Bezirken in Südost-Polen und wieder später, nach dem Beginn des Krieges mit der Sowjetunion, hieß es, sie würden deutsche Wehrbauern am Don und Donez und schließlich sogar im Kaukasus sein. Durch den Ausbruch des Krieges verzögerte sich die Umsiedlung, und ein Großteil jener, die optiert hatten, blieben überhaupt im Lande. Wiederum ein Großteil derjenigen, die bereits nach Deutschland oder Österreich umgesiedelt waren, kehrten nach dem Krieg wieder in die Heimat zurück. Etliche Zehntausend allerdings sind auf den Schlachtfeldern des Zweiten Weltkrieges geblieben, und etliche Tausend dürften sich in anderen Ländern, sei es in Österreich, sei es in der Bundesrepublik, niedergelassen haben. Auf jeden Fall erlitt das Südtiroler Volkstum einen empfindlichen Aderlaß, ganz zu schweigen von dem schweren inneren Konflikt zwischen den beiden Lagern, den Optanten und den Dableibern. Dieser Konflikt, ebenso wie eine allgemeine Lethargie und Entschlußlosigkeit haben wahrscheinlich 1945 die notwendigen Aktionen verhindert, die vielleicht das Unrecht von St-Germain wiedergutgemacht und Südtirol zu Österreich zurückgebracht hätten.

Auf die Reise hatten wir uns in einem schönen Fiat-Sportkabriolett gemacht, das einst für den Kreisleiter von Innsbruck, Prims, als Sonderanfertigung hergestellt worden war. Von Bozen fuhren wir weiter nach Mailand. Willi Görz führte dort mit den zuständigen Leuten der italienischen und vor allem der alliierten Verwaltung Gespräche. Ich mußte eilig nach Innsbruck zurück, um eine Bankvollmacht zu holen. Das besorgte ich auch mit Hilfe des Landeshauptmannes rasch, bekam die notwendigen Bankdokumente und fuhr ebenso eilig, um Görz nicht zu lange warten zu lassen, wieder zurück in die lombardische Hauptstadt.

Es war etwa 4 Uhr früh – die Morgendämmerung hatte gerade eingesetzt –, als ich von Innsbruck kommend die Westuferstraße des Gardasees entlangfuhr. Die Straße war in den Kämpfen der letzten Apriltage des Jahres 1945 stark beschädigt worden, die sich zurückziehenden Deutschen hatten etliche Tunnels und Brücken, die diese Straße an dem kurvenreichen Ufer des Gardasees zieren, in die Luft gesprengt. Ich hatte es eilig, war kein sehr erfahrener Autofahrer, kannte kaum die Verkehrszeichen und brauste fröhlich und irgendein Liedchen trällernd die Straße entlang, als ich plötzlich zu meinem grenzenlosen Erstaunen feststellen mußte, daß ich durch die Luft flog. Ich war aus einem Tunnel auf eine nicht mehr vorhandene Brücke losgefahren und flog nun in Richtung See. Glücklicherweise war es ein schöner Sommertag, und mein Auto war, trotz der nächtlichen Stunde, offen gewesen. Der schöne Fiat des Kreisleiters Prims versank im Gardasee. Ich erreichte schwimmend mit meiner Aktentasche, in der sich die Bankpapiere befanden, unschwer das nahe Ufer. Dort fror ich ein wenig, aber es war nicht sehr kalt, und so konnte ich zwanzig Minuten später auf der Ladefläche eines großen amerikanischen Lkws Platz nehmen, der mich nach Brescia mitnahm. Von dort ging es dann weiter nach Mailand. Willi Görz hatte Getreide, Schokolade und Milch für Tirol zu organisieren. Da ich glücklicherweise von den Kriegstagen her mit dem obersten Kommandeur der norditalienischen Parti sanenarmee, General Cadorna, Sohn des berühmten italienischen Heerführers des Ersten Weltkrieges, bekannt war, gelang es mir zusammen mit Willi Görz schon nach wenigen Tagen, einen anderen, allerdings wesentlich weniger eleganten Fiat zugewiesen zu erhalten, mit dem wir dann schließlich, leicht bepackt mit Versprechungen, die sich innerhalb von wenigen Wochen sogar im wesentlichen in die Tat umsetzen sollten, nach Innsbruck zurückkehrten. Der Fiat gefiel aber auch Willi Görz sehr gut, und da er mit Abstand der Rangältere von uns beiden war, behielt er ihn.

Ich hingegen mußte mich in Innsbruck wiederum auf

Autosuche machen. Nach wenigen Tagen teilte mir der zuständige Mann bei der Tiroler Landesregierung strahlend mit, es sei soeben ein Auto gefunden worden, das jemand im Heu eines Stadels im Oberinntal versteckt hatte. Ob ich das Auto haben wolle? Es war ein Citroën, Baujahr 1929, ein Auto mit zwei Stufen, die auf beiden Seiten zum Fond hinaufführten, kleinen Blumenvasen und wunderschönen Samtsitzen. Man thronte etwa 1,20 Meter über dem Boden, konnte weithin die Landschaft überblicken, Hindernisse früh erkennen und sich bei etwaigen Unfällen auch noch rechtzeitig retten. Das Auto verbrauchte etwa dreißig Liter Benzin auf 100 Kilometer, fuhr schnell und sicher, hatte einen Achtzylindermotor und ganz schlechte Reifen. Sie waren fast völlig durchgefahren und hatten kein Profil mehr. Ansonsten war das Auto köstlich, ich bekam es zugewiesen und nannte es „Tante Amalie“, denn es erinnerte mich an eine Großtante, die ebenso königlich, robust und altmodisch-schön gewesen war. Ich beschaffte mir einen Tiroler Zulassungsschein und bezahlte für dieses Fahrzeug stolze 2500 Mark an die Landeskraftfahrstelle. Allerdings war es ein kurzer Traum vom Autoglück, denn schon nach wenigen Wochen waren drei von den vier Reifen so kaputt, daß man sie nicht mehr erneuern konnte, und Ersatz gab es nicht. Ich wollte den Wagen natürlich nicht mehr hergeben, denn wer besaß damals schon ein Auto? Ich bockte es also in einer Innsbrucker Garage auf und versuchte, geeignete Ersatzreifen für dieses Fahrzeug zu beschaffen. Es waren Michelinreifen einer Größe, die schon lange nicht mehr erzeugt wurde. Ungefähr zwei Monate später hatte ich die Chance, mit Hilfe von französischen Freunden, die in der Zwischenzeit Tirol besetzt hatten – die Amerikaner waren nach Salzburg abgezogen –, aus einem Nachschublager der französischen Armee die für „Tante Amalie“ geeigneten Reifen zu ergattern. Als ich sie dann endlich im Spätherbst wieder flott hatte, brachte ich sie nach Wien und fuhr sie den ganzen Winter hindurch, auch während des Wahlkampfes, der mich in die russisch besetzten Gebiete Niederösterreichs und des Burgenlandes brachte.

„Tante Amalie“ war eindrucksvoll, hatte eine laute Hupe, und sogar die sowjetische Besatzungsmacht achtete sie hoch.

Um aber nun in Wien das notwendige Benzin für „Tante Amalie“ auftreiben zu können, mußte ich mich tief in die Gefilde des Schleichhandels, also in den berühmten Resselpark, begeben. Der Resselpark, ein heute durch die architektonischen Leistungen der Gemeinde Wien der Vergangenheit angehörendes Stück des Wiener Karlsplatzes – jetzt erhebt sich dort jener ominöse Hügel, unter dem sich nicht nur der Wienfluß, sondern auch die neue U-Bahn versteckt haben –, dieser Resselpark war, wie, weiß ich nicht, schon im Sommer 1945 zum Zentrum aller Schwarzhändler geworden. Es trafen sich dort Österreicher, Russen, Amerikaner, Franzosen, Engländer, eine Unzahl in den letzten Kriegswochen nach Wien verschlagener Ausländer anderer Art, um ihre Geschäfte abzuwickeln. Im Resselpark konnte man alles bekommen, wenn man nur dafür bezahlte. Gewöhnlich übrigens nicht in Geld, sondern wiederum in Ware. Ich kann mich erinnern, daß ein Freund von mir eines Tages stolz erschien und mir die abenteuerliche, ja unglaubliche Geschichte erzählte, er habe sich im Resselpark soeben ein Flugzeug eingehandelt. Als ich ihn fragte, was er eigentlich mit einem Flugzeug machen wolle, sagte er: „Ich werde es sicher nicht selbst verwenden, aber ich werd' schon jemanden finden, der es brauchen kann.“ Und wirklich, zehn Tage später hatte er jemanden gefunden, einen Ungarn, der das Flugzeug übernahm; wie ich dann später hörte, soll er es mit Hilfe der Russen nach Budapest gebracht haben. Er hatte das Flugzeug, in Teile zerlegt, nach Ungarn transportiert, und dort soll es dann die erste Maschine der nachkriegsungarischen Zivilluftfahrt dargestellt haben. Für dieses Flugzeug bekam mein Freund mehrere Autos, die allerdings im wesentlichen nur noch in Grundbestandteilen vorhanden waren. Diese Autos wiederum ließ er sich in einer Werkstatt zusammenbauen, machte aus vier Pkws drei und konnte diese drei dann sehr günstig verkaufen. Genauso geschah es auch mit anderen Dingen: Lebensmittel, Kleidungsstücke, Bedarfsgegenstände aller Art konnte man im Resselpark verkaufen und kaufen. Das Ganze spielte sich am hellichten Tag ab; größere Transaktionen wurden allerdings gern am Abend, nachdem es dunkel geworden war – Straßenbeleuchtung gab es noch kaum –, abgewickelt. Man traf sich, wußte nur irgendeinen Decknamen seines Geschäftspartners, besprach die Geschäfte, begab sich dann vielleicht in das nicht allzu weit entfernte Café Mozart hinter der Oper, ein weiteres berühmtes Zentrum des Schwarzhandels dieser Zeit, konnte dort bei einer Tasse Ia-guten Kaffees, den man auch wiederum gegen entsprechende Valuta bekommen konnte, bald handelseins werden. Diese Geschäfte waren notwendig, da die Versorgung der Stadt und ihrer Bewohner, ja man kann sagen, des ganzen Landes, nur zu einem Minimalteil offiziell, also auf dem „weißen Markt", sichergestellt werden konnte.

Sehr häufig erfolgten, besonders im Sommer 1945 in Wien, die Lebensmittelzuteilungen ausschließlich in Erbsenform, den berühmten Iwanerbsen, wie sie genannt wurden, denn sie stammten aus russischen Armeebeständen, die die Sowjets der österreichischen Regierung zur Verfügung gestellt hatten. Die Erbsen hatten den Vorteil, daß sie auch gleich die notwendige fleischliche Nahrung beinhalteten, denn in fast jeder Erbse saß ein kleiner Wurm. Neben Erbsen, später dann Bohnen, gab es auf die Lebensmittelkarten wenig Mehl, selten Brot, noch seltener Fett, ganz, ganz selten Butter. Schokolade und Zucker gab es nur zu hohen Feiertagen, wie zum Beispiel zu Weihnachten. Ich erinnere mich auch, daß im Dezember 1945 ein Päckchen Zigaretten abgegeben wurde, und zwar auf einen Abschnitt der Rationierungskarte. Die Bevölkerung konnte sich mit diesen Karten gerade mit Müh und Not am Leben erhalten.

Wer aber wirklich überleben wollte, wer Kinder hatte, die er ernähren mußte, der mußte entweder durch seiner Hände Arbeit oder durch Handelsgeschäfte zusätzliche Lebensmittel oder wiederum Dinge, die man in Lebensmittel bzw. Heizmaterial umsetzen konnte, beschaffen. Das heißt, man ging eben nach der Arbeit noch einmal arbeiten, verdiente noch einmal und konnte damit am schwarzen Markt etwas kaufen, oder man war schlau und machte gleich Handelsgeschäfte. Da ein Großteil der Bevölkerung noch nicht wieder in den Arbeitsprozeß eingegliedert war, sehr viele Fabriken noch zerstört waren und ihre Produktion noch nicht wieder aufgenommen hatten und viele Ämter noch zugesperrt waren, hatten relativ viele Menschen relativ viel Zeit. Sie konnten sich daher mit dem beschäftigen, was schon unsere Vorväter in einer Zeit, als sie noch als Jäger oder Fischer durch die Auwälder der Donau zogen, getan haben, sie befaßten sich eben den ganzen Tag damit, sich mit dem Lebensnotwendigsten für den nächsten Tag zu versorgen.

Zu allem brauchte man ganz dringend die notwendigen Beziehungen. Wer Beziehungen hatte, war ein gemachter Mann und stand im Zentrum der Aufmerksamkeit. Beziehungen besaß man schon, wenn man einen Angestellten der Gaswerke kannte, den man mit guten Worten und etwas Nachhilfe in Form von Butter oder Benzin oder sonst etwas dazu veranlassen konnte, das Haus, in dem man wohnte, wiederum an die Gasleitung anzuschließen. Hätte man warten wollen, bis man normal an der Reihe war, konnte es Jahre dauern. Beziehungen hatte man auch zu irgend jemandem, der in der städtischen Textilzuteilung saß. Dort konnte man sich einen Bezugschein für einige Meter Stoff beschaffen. Entweder brauchte man selber einen Anzug, oder man konnte den Stoff wieder tauschen. Und so ging es weiter. Natürlich gab es auch noch andere Beziehungen: etwa Beziehungen, um einen Ausweis zu erhalten.

Die meisten Menschen hatten ursprünglich überhaupt keinen gültigen Ausweis. Langsam wurden sogenannte I-Karten ausgestellt. Diese hatten im Anfang nur einen Stempel: jenen der lokalen österreichischen Polizeibehörde, später zwei Stempel, einen österreichischen und einen von der jeweiligen Besatzungsmacht, und schließlich kamen immer mehr Stempel dazu, und ich glaube, es war etwa Ende 1946, als man zu guter

Letzt auf seiner I-Karte mindestens 11 Stempel haben mußte, um die Ennsbrücke, die Hauptverbindungsstelle zwischen dem russisch besetzten Österreich und dem amerikanisch und weiter westlich französisch besetzten Westen, zu überschreiten.

Und der jeweilige russische Kontrollsoldat an der Ennsbrücke zählte die Stempel zweimal ganz genau, und wenn sie stimmten, dann war es in Ordnung, und wenn sie nicht stimmten, dann gnade Gott. Dann kam man erst einmal in einen Bauernhof, den die Russen in der Nähe der Ennsbrücke requiriert hatten, wurde dort von einem Dolmetscher und einem russischen Offizier ausgefragt. Hatte man Glück, so konnte man vielleicht nach ein paar Stunden den Weg nach Wien zurück antreten, um sich um die restlichen Stempel zu kümmern. Wenn man aber Pech hatte, unangenehm auffiel oder gar auf einer jener unzähligen Listen, die die Besatzungssoldaten bei sich herumliegen hatten, aufschien, kam man in das nächste Gefängnis, gewöhnlich zuerst nach St. Pölten, von dort dann, wiederum mit Glück, in die Freiheit oder, mit weniger Glück, nach Baden bei Wien, wo der NKWD sein Hauptquartier für die Sowjetzone hatte und von wo sehr viele der Eingelieferten nach Rußland abgingen. Nun, um die richtige Anzahl von Stempeln für die Ausweiskarte zu bekommen, mußte man natürlich auch wieder Beziehungen haben. Denn auch das war nicht so einfach. Beziehungen zu den österreichischen Polizeibehörden, Beziehungen zur jeweiligen Besatzungsmacht, Beziehungen auch nur zu den Übersetzern, die die Mitglieder der Besatzungsmacht freundlich beeinflussen konnten, Beziehungen hinten, Beziehungen vorn. Das Vitamin B war der wichtigste Artikel im täglichen Leben des Österreichers der frühen Besatzungszeit.

Mir ging es in diesem Winter 1945/46 außerordentlich gut. Als persönlicher Sekretär des Außenministers unternahm ich einige Auslandsreisen nach Zürich, nach Paris, nach Südtirol und nach Italien, was anstrengend, aber interessant und vor allem stets kalorienreich war. Ich durfte auch in der Regierungskantine, die im ehemals luxuriösen Restaurant „Drei

Husaren" untergebracht war, auf Kosten der Regierung und ohne Lebensmittelmarken essen, und hie und da bekamen wir irgendwelche Sonderbons ausgestellt. Es gab sogar manchmal Alkoholzuweisungen; ich erinnere mich, daß uns zu Weihnachten 1945 der Niederösterreichische Bauernbund, dessen Direktor ja der eben neubestellte Bundeskanzler Leopold Figl war, je fünf Doppelliterflaschen Wein schenkte. Das war ein großes Geschenk, und meine Familie konnte wochenlang auf den Bauernbund anstoßen. Es gab noch andere Vorteile: Ich bekam eine, wenn auch nicht sehr große Benzinzuteilung, ich konnte mir Stoffe kaufen, denn schließlich mußte ja der Sekretär des Außenministers halbwegs gut angezogen sein.

Ich hatte mit meinem Schulkameraden Peter Erb eine kleine Wohnung im dritten Bezirk am Heumarkt. Das war in der britischen Zone. Wir hatten also nicht zu befürchten, daß uns irgendwelche „Unbekannte" aus der Sowjetunion entführen würden. Das alte Haus besaß einen Hof, in dem wir unser Auto abstellen konnten, ohne Angst haben zu müssen, daß es am nächsten Tag ohne Reifen dastehen würde. Wir hatten sogar ein Badezimmer, dessen Badeofen man mit Koks heizen konnte. Und Koks konnten wir uns – so wie fast alles andere – organisieren. Die Ursache dieses Glückszustandes war weniger meine Beschäftigung im Außenministerium als die Tatsache, daß Peter Erbs Familie in der Nähe von Groß-Enzersdorf ein großes Gut besaß. Ein wunderschönes, wenn auch etwas verfallenes altes Schloß mit dem Namen „Tavonath", und dort hinaus fuhr der gute Peter allemal wieder mit meinem Auto, schlachtete ein Schwein und brachte es nach Wien. Von den verschiedenen, aus der Verwertung dieser Schweine sich ergebenden Möglichkeiten profitierten wir dann jeweils mindestens zwei Wochen. Dann nahm er sich wieder mein Auto und holte das nächste Schwein. Als Gegenleistung dafür, daß ich das Schwein mit aufessen durfte, und auch als Kompensation für die Folgeerscheinungen dieser Schweine, nämlich zum Beispiel schöne Mädchen, die uns gern Gesellschaft leisteten, Minister, die uns huldvoll zulächelten, wenn wir ihnen eine Wurst verehrten, Inhaber von allen möglichen Geschäften, die bereit waren, im Tausch gegen Schweineschmalz etwas abzugeben, dafür also, daß ich all dieser Vorteile und Genüsse teilhaftig werden konnte, stellte ich Peter jeden zweiten Tag mein Auto samt Benzin zur Verfügung. Das heißt bis zu jenem Zeitpunkt, an dem Peter Erb sich seinerseits mit Hilfe von einigen geschlachteten Schweinen ein Auto zulegen konnte.

Peter Erb und ich hatten es jedenfalls sehr schön in unserer Wohnung, manchmal hatten wir allerdings auch Probleme: Einmal explodierte der Heizofen, den wir so stark geheizt hatten, daß sich Holzgas entwickelte; einmal schlachteten wir ein Schwein in der Badewanne und konnten dann durch Wochen die Wohnung vom Gestank des Blutes nicht mehr frei kriegen.

Einmal wollten wir ein Fest veranstalten, zu dem wir auch einige Mitglieder der Regierung eingeladen hatten, aber unser Fest schien daran zu scheitern, daß die mühevoll eingekauften Alkoholika unterwegs von einem sowjetischen Posten im zweiten Bezirk beschlagnahmt worden waren. Im letzten Moment gelang es mir, mit Hilfe von amerikanischen Freunden aus einer US-Army-Kantine Whisky zu besorgen, und das Fest konnte dann doch noch stattfinden.

3. KAPITEL

NOBLESSE OBLIGE!

Noblesse oblige! Da saß ich am Ballhausplatz 2, als Sekretär des Herrn Außenministers. Nota bene! Ich, der einundzwanzigjährige Lausbub aus der Osterleitengasse, dem die meisten Schuldirektoren am liebsten gleich am ersten Schultag das Abgangszeugnis in die verdreckte Bubenhand gedrückt hätten, den die Gestapo verhaftet und die Geheime Feldpolizei durch halb Europa gejagt hatte, der mit dem Fallschirm ins falsche Tal abgesprungen war und der schließlich mit alliierten Generälen – egal, ob Russen, Amerikaner oder Franzosen – für die Widerstandsbewegung verhandelt hatte wie ein Erwachsener. Oder vielleicht mehr wie der Hauptmann von Köpenick?

Nun wie auch immer, ich hatte alles und alle überstanden: die Schulen samt Direktoren, die Gefängnisse, das Strafbataillon, die Angst im Krieg und bei den Partisanen, die ewige Hetze der Flucht, das Todesurteil in absentia und sogar ihn, Hitler, den ich als einzigen hassen gelernt hatte, als seine Schergen in jener fernen, nie vergessenen Stunde der Schmach meine Mutter verprügelten. Alles überstanden und überlebt. Nur die Zähne fehlten im Oberkiefer – Granatsplitter –, und auf dem linken Ohr war ich taub – eine Bombe war daneben explodiert –, doch das waren nur kleine Opfer auf dem Altar des wiedererstandenen Vaterlandes.

Am Ballhausplatz zu sitzen ist ein erhebendes Gefühl. Besonders für einen wie mich, der bisher meist nur hin und her rennen mußte, nie aber sitzen konnte (außer unfreiwillig dank der Gestapo). Seit Jahrhunderten wurde hier Weltpolitik gemacht. Der alte Fürst Kaunitz hat hier seiner Kaiserin Maria Theresia das Reich erhalten. Metternich hat vom Ballhausplatz mehr oder weniger heilige Allianzen gesponnen, und hier am Ballhausplatz war 1914 jenes Ultimatum an Serbien verfaßt worden, das schließlich zum Ersten Weltkrieg führte. Ein paar Wochen später, als ein Staat nach dem anderen sich auf die Seite der Entente schlug, soll dann ein Witzbold unten neben dem großen Tor des Palais eine Tafel angeschlagen haben: „Kriegserklärungen werden im k. u. k. Ministerium des kaiserlichen Hofes und des Äußeren täglich nur von 2–4 Uhr nachmittag, und zwar in der Kanzlei des Protokollchefs entgegengenommen." Vier Jahre später war es dann mit dem kaiserlichen Hof vorbei und wieder zwanzig Jahre später mit Österreich überhaupt und seinem Außenministerium. Dort regierte zeitweise der Reichshitlerjunge von Führers Gnaden, Baldur von Schirach, und kurz nachdem er im Frühjahr 1945 beschlossen hatte, seinen geliebten Führer doch noch im Stich zu lassen und statt des Heldentodes die Flucht ins sichere Tirol zu wählen, da wurde es eine Zeitlang still um das ehrwürdige Haus, das auf seiner dem Michaelerplatz zugewandten Seite noch einen Bombentreffer abbekommen hatte.

Schon ein paar Wochen später tönten wieder erste Schritte über das Kopfsteinpflaster des Hofes, kurze, diskrete Schritte, wie nur österreichische Beamte der höchsten Dienstklassen gehen können. Und so ist Österreich wieder auf dem Ballhausplatz eingezogen: Die Sektionschefs Heiterer-Schaller und Chaloupka, die Ministerialräte Sobek und Scheichelbauer und der Gesandte Wildner sollen die ersten gewesen sein, die den Ballhausplatz wieder in Besitz genommen haben.

Dann, im Oktober 1945, war Karl Gruber als Vertreter des Westens in die Regierung und damit als Chef des Außenamtes, mit mir als Vorzimmerpinsch, am Ballhausplatz eingezogen. Als Gruber mich fragte, ob ich als sein Sekretär mit ihm kommen wolle, war ich sofort begeistert. Erstens versprach der

Job hochinteressant zu werden, und zweitens wollte ich mich am Ballhausplatz gründlich umsehen. Ich war ja schließlich das vierte Mitglied unserer Familie in unmittelbarer Generationsfolge, das dort tätig sein sollte. Begonnen hatte es mit Urgroßvater Johann Nepomuk Freiherr Falke von Lilienstein, der in den siebziger und achtziger Jahren des vorigen Jahrhunderts als Sektionschef im k. u. k. Ministerium des kaiserlichen Hofes und des Äußeren das sogenannte Preßbüro leitete – vielleicht in prophetischer Voraussicht der Karrieren seiner Nachkommen. Dieser alte Sektionschef Falke war der Großvater meiner Mutter mütterlicherseits. Der nächste Herr war mein Großvater Berthold Molden, der als Hofrat in kaiserlichen Diensten am Ballhausplatz amtierte und von dem übrigens im Juli 1914 der erste Entwurf (verfaßt in Form eines Aide mémoire für den Außenminister Graf Berchthold) des Ultimatums an Serbien stammte. Und schließlich hatte auch mein Vater Ernst Molden als junger Attaché am Ballhausplatz in den Jahren 1915 und 1916 Dienst getan, bevor er zu seiner ersten Auslandsverwendung an die k. u. k. Gesandtschaft nach Kopenhagen abging. Allerdings schien ein ungünstiges Omen über allen Moldens am Ballhausplatz zu schweben, keiner war dort alt geworden, alle waren den Verlockungen des Journalismus erlegen und zur Zeitung abgewandert. Lediglich der alte Baron Falke hatte brav ausgeharrt, bis ihn offenbar aus Ärger über dienstliches Ungemach allzu früh der Schlag traf. – Nun, ich beschloß, es einmal zu probieren.

Als persönlicher Sekretär des Außenministers, der für alle nicht direkt das Amt betreffenden politischen und persönlichen Angelegenheiten seines Chefs zuständig war, hatte ich einen Schreibtisch im Vorzimmer des Ministers. Gegenüber am zweiten Schreibtisch saß der andere, jeweils vom Amt beigestellte Sekretär des Ministers, mit dem ich natürlich eng zusammenarbeitete. Zunächst wechselte dieser Sekretär häufig. Denn Außenminister Gruber hatte am Anfang ein gehöriges Gfrett mit diesen „Ministersekretären". Es gab einige Herren, mit denen er sich schwertat oder die sich mit ihm schwertaten.

Besonders liebenswert war Olivier Resseguier, damals Mitte dreißig, der aus dem Krieg nach Hause gekommen und seinen Dienst am Ballhausplatz eben wieder angetreten hatte. Er wurde Karl Gruber als Sekretär zugeteilt. Die beiden Herren paßten überhaupt nicht zueinander. Resseguier war ein träumerischer, an der Lösung großer geistiger und weltanschaulicher Probleme interessierter Mensch, der die Dinge langsam und liebevoll betrachtete, vorsichtig zu recht klaren Überzeugungen gelangte und diesen dann auch deutlich Ausdruck gab. Gruber, ein kraftvoller Dynamiker, aus dem Widerstand kommend, nach Wien als Vertreter der westlichen Bundesländer entsandt, war ein Mann der Tat. Jeden Tag hatte er mindestens ein Dutzend Gelegenheiten, die Taten wirklich durchzuführen. Als Unterstaatssekretär der Provisorischen Regierung und dann als Außenminister der endgültigen Bundesregierung, als Tiroler ÖVP-Spitzenkandidat im Wahlkampf des Herbstes 1945, als Repräsentant des Westens in Wien gab es für ihn und um ihn herum genug zu tun. Vor allem aber mußte immer alles sofort getan werden, die schnellen Entscheidungen Grubers sollten ebenso schnell in die Tat umgesetzt werden. All dies widersprach völlig dem Charakter und dem Temperament Resseguiers. Es gab Katastrophen am laufenden Band, Mißverständnisse, kurz gesagt, Resseguier war unglücklich und Gruber höchst unzufrieden. Ich hatte die undankbare Aufgabe, zwischen den beiden Herren zu vermitteln. Schließlich gelang es mir, Gruber davon zu überzeugen, daß es sinnlos wäre, aus einer wunderschönen, zierlichen Gazelle, so etwas ähnliches war nämlich Resseguier, wenn man das so wohlgeratene Mitglied einer österreichischen Grafenfamilie ins Tierreich übertragen wollte, ein Nilpferd zu machen. Daher mußte für Resseguier im Außenministerium ein anderer Posten gefunden werden. Dies geschah, und zur Erleichterung beider Herren wechselte Resseguier aus dem Sekretariat des Bundesministers in eine andere Abteilung. Ich bekam ein anderes Visavis. Ich glaube, der nächste Kollege war Hans Coreth, später ein Spitzendiplomat des Außenamtes, zuletzt Botschafter beim

Heiligen Stuhl. Coreth, ebenfalls ein Graf und ein hervorragendes Produkt alter österreichischer Beamtentradition, wußte Gruber anders anzupacken. Ohne liebezudienern, kam er dem Minister entgegen, stellte sich den Anforderungen, wuchs mit ihnen und war bald für Gruber nahezu unentbehrlich. Schließlich übersiedelte aber auch Coreth in eine andere, nämlich in die politische Abteilung.

So stand eines Tages wieder ein neuer Mann im Vorzimmer des Außenministers (der damals übrigens „Bundesminister ohne Portefeuille" hieß), um sich zum Dienst zu melden. Er trug Knickerbocker, in Österreich Pumphosen genannt, und hatte sich – eben erst aus der Kriegsgefangenschaft heimgekehrt – zum Dienst im Außenministerium gemeldet: Der Mann hieß Dr. Kurt Waldheim. Ich hatte Gruber geraten, Waldheim sogleich in sein Sekretariat zu holen. Er schien mir ein Pragmatiker, und das war es, was Gruber dringend benötigte, um Ruhe, Sicherheit, organisatorische Klarstellung und eine stetige Entwicklung in das Chaos des eben erst aus dem Nichts wiedererstandenen Außenministeriums zu bringen. Vom ersten Tag an war Gruber mit Waldheim sehr zufrieden, der ja dann auch die größte Karriere machte, die man überhaupt machen kann. Er wurde schnell Botschafter, dann Außenminister und schließlich Generalsekretär der Vereinten Nationen. Waldheim war sehr fleißig und ehrgeizig, persönlich ein lieber Kerl, kameradschaftlich und seinen Kollegen zugetan. Ich habe mich gut mit ihm verstanden, obwohl wir in vielen Dingen völlig verschieden waren, und das hat von allem Anfang an eine Freundschaft geschaffen, die durch das ganze Leben geblieben ist.

Im Außenministerium gab es damals noch eine Reihe hervorragender junger Leute, die in den darauffolgenden Jahrzehnten ihren Weg gemacht und die österreichische Außenpolitik wesentlich mitgestaltet haben. Max Löwenthal etwa, später in einer Zeit Botschafter in Rom, in der es nicht leicht war, Österreich in Italien zu vertreten, und der es verstanden hatte, die Position seines Gastlandes in Österreich verständlich zu machen, ohne gleichzeitig jemals die Vertretung der österreichischen Interessen in Italien und damit auch die Vertretung der Südtiroler Anliegen unter den Tisch fallen zu lassen. Da war der junge Legationssekretär Dr. Heinz Haymerle, den ich einmal im Arlberg-Expreß im Gang des Schlafwagens vor Grubers Coupétür zwischen Innsbruck und Wien dem Außenminister vorstellen konnte. Damals war „Heinzi" Haymerle, aus seiner alpinen Heimat kommend, in Tiroler Tracht gekleidet, nach Wien unterwegs. Er wirkte so jung, daß Gruber glaubte, es handele sich um den Sohn des Herrn, den ich ihm vorstellen wolle. Er war sehr erstaunt, als sich herausstellte, daß der vermeintliche Gymnasiast fertiger Doktor der Jurisprudenz war. Haymerle kam damals auch gleich ins Auswärtige Amt und hat es zu höchsten Positionen gebracht: Botschafter bei den Vereinten Nationen, in Moskau und Generalsekretär des Ministeriums. Oder Kurt Enderl, ein fröhlicher Tennisspieler, der sich von der disziplinierten, dem alten Geist des Ballhausplatzes entsprechenden Atmosphäre wie ein lichter Farbfleck abhob und es wahrscheinlich auch nicht immer leicht hatte, sich in diese für ihn neue Welt hineinzufinden. Es ist ihm aber hervorragend gelungen. Ein ausgezeichneter Diplomat war auch Georg Schlumberger, aus der Vöslauer Sektdynastie, der etwa gleichzeitig mit mir am Ballhausplatz anfing. Ein Freund aus Widerstandstagen war Dr. Ludwig Steiner; ursprünglich Sekretär Grubers in Innsbruck und des nächsten Tiroler Landeshauptmannes Weißgatterer, wurde er in das Außenministerium berufen, war später Sekretär des Bundeskanzlers Julius Raab, dann Staatssekretär im Außenministerium in der Regierung Gorbach, Botschafter in Athen, politischer Direktor des Ministeriums und schließlich Abgeordneter und außenpolitischer Sprecher der Österreichischen Volkspartei. Luki Steiner hatte zu jenen jungen Wehrmachtsoffizieren gehört, die in den ersten Maitagen des Jahres 1945 die Stadt Innsbruck befreiten.

Sie kamen aus dem Krieg, der Gefangenschaft, aus Konzentrationslagern oder aus dem Widerstand. Sie arbeiteten auf dem

Ballhausplatz, in den Ministerien oder in den Landesregierungen, sie alle, die 1945 angetreten waren, um nunmehr im Frieden ihrer Heimat zu dienen. Sie fingen bei den Gerichten an, in den Bezirkshauptmannschaften oder im Wiederaufbau der Wirtschaft. Wo man in jenem ersten Jahr hinkam, traf man da und dort, oft in entscheidender Position, einen der Freunde aus den Kriegstagen an, einen jener, die mit von der Partie gewesen waren, als es darum ging, Österreich wieder zu einem freien Land zu machen.

Fast überall standen diese Männer der ersten Stunde in einem kräftigen Konkurrenzkampf mit Kollegen, die über die politischen Parteien ihren Weg zu machen begannen oder, wenn sie früheren Jahrgängen angehörten, ihre schon seinerzeit, vor dem Anschluß, ersessenen Sessel in den jeweiligen Institutionen wieder einnehmen wollten.

Zwar begannen die beiden großen Parteien, ÖVP und SPÖ, schon in emsigem Wettstreit die möglichst absoluten Ansprüche in der Personalpolitik anzumelden. Aber das Parteibuch war in den ersten Jahren der Zweiten Republik noch keine unbedingte Voraussetzung, um einen guten Job zu erhalten. Man wußte sehr oft nicht, ob der Kollege am Nachbartisch bei dieser, bei jener oder bei gar keiner Partei war. Nach der Normalisierung der Verhältnisse hat sich das aber leider bald geändert, und schon in den frühen fünfziger Jahren war die Parteizugehörigkeit wesentliche Voraussetzung für eine Karriere im öffentlichen Dienst. Die große Koalition gebar den „Proporz“ und erhob ihn bald zur absoluten Maxime. In der verstaatlichten Industrie ging es so weit, daß in Wien das Witzwort umging, man habe bei den Stahlwerken der Alpine Montan drei neue Generaldirektoren einstellen müssen: einen Roten, einen Schwarzen und einen, der die Arbeit tue. Eine deutliche Anspielung auf die Tatsache, daß die Postenbesetzung nach Parteifarbe sehr häufig nicht auf die fachlich notwendige Qualifikation der Bewerber Rücksicht nahm.

Das Außenministerium bildete diesbezüglich durch viele Jahre eine rühmliche Ausnahme. Sowohl Gruber wie auch seine

Nachfolger hielten den diplomatischen Dienst aus der Einflußsphäre der Parteisekretariate heraus. Gelenkt wurde der Auswärtige Dienst im Jahre 1945 natürlich noch nicht so sehr von jenen jungen Leuten, die etwa zusammen mit mir ihre Schreibtische am Ballhausplatz bezogen, sondern von den Männern, die schon vor dem Jahre 1938 das Rückgrat des Amtes gebildet hatten. An der Spitze der erste Generalsekretär des Außenamtes nach dem Kriegsende, der gestrenge Gesandte Heinrich Wildner, der, noch aus den großen Traditionen des k. u. k. Außenministeriums herstammend, das Amt nach dem siebenjährigen Bruch durch die deutsche Besetzung wieder auf die richtigen Geleise stellte. Ich sehe Wildner heute noch deutlich vor mir: klein, alt und zierlich, hinter seinem altmodischen Schreibtisch sitzend und irgendwelche richtungweisenden Erlässe aus der Zeit der Okkupation Bosniens und der Herzegowina durch die kaiserlichen Truppen zitierend.

Der Gesandte Norbert Bischof wurde unser erster Nachkriegsbotschafter in Moskau. Er hatte zeitweise im deutschen Außenamt gedient, ohne selbst je ein Nazi gewesen zu sein. Im Jahr 1945 war er sofort wieder da und gehörte zu den faszinierendsten Gestalten dieser Zeit. Er wirkte wie ein Künstler, wußte höchst lebendig zu diskutieren, seine Auffassungen änderten sich relativ schnell, was mit seinem starken Interesse für seine jeweilige Umgebung zu tun hatte, in die er sich ganz einlebte. Als Botschafter in Moskau vertrat er sehr stark die Auffassungen der sowjetischen Regierung, selbstverständlich ohne Kommunist zu sein. Aber er hatte auch früher die Standpunkte seiner jeweiligen Gastländer sehr stark in sich aufgenommen. Bischof kam das Verdienst zu, in einer Rede des sowjetischen Außenministers Molotow die ersten Anzeichen für eine Bereitschaft Moskaus, Österreich freizugeben, entdeckt zu haben. Da gab es den Gesandten Wimmer, der später Botschafter in London war. Oder Vollgruber, der schon vor dem Krieg Gesandter in Paris war und nun auf diesen Posten zurückkehrte. Es gab den Gesandten Kleinwächter, nach dem Krieg österreichischer diplomatischer Vertreter in Washington, wo er auch schon vor dem Jahre 1938 gewesen war. Es war die gute, alte Garde des Ballhausplatzes; einige von ihnen hatten in ihrer Jugend noch im k. u. k. Außenministerium gedient und brachten in die kalten Amtsstuben des Jahres 1945 noch einen leisen Hauch der großen weiten Welt.

In einer Zeit, in der es schon als Auszeichnung galt, im Dienst des Außenministeriums nach Feldkirch oder gar nach Zürich reisen zu dürfen, war es sehr eindrucksvoll, wenn ältere Kollegen von Washington, von Bombay oder gar von China aus der Zeit vor dem Krieg berichteten; es schien, als erzählten sie von Orten auf einem anderen Stern. Ich war stets mit Ehrfurcht erfüllt, wenn mich einer dieser Herren auch nur eines Gespräches würdigte, und war sehr stolz, wenn manche auf mich zukamen und sagten: „Ja, ja, ich habe ja deinen Vater gut gekannt, wie geht's denn dem lieben Ernst?" Dann erinnerte ich mich, daß Papa von 1916 bis 1921 unter dem letzten Kaiser Karl wie auch unter dem ersten Präsidenten Renner als Diplomat gedient hatte. Aufgrund von Differenzen mit dem damaligen Staatssekretär für Auswärtige Angelegenheiten, dem Sozialisten Otto Bauer, schied er 1921 aus dem Ministerium aus und trat dann in die Redaktion der „Neuen Freien Presse" ein. Jedenfalls hatte mein Vater etliche Freunde im Außenministerium, und sogar an meinen Großvater Berthold konnten sich einige noch erinnern.

Mein Chef, Außenminister Gruber, hatte damals wenig Chancen, in die Weltpolitik einzugreifen. Österreich war ja 1945 nicht mehr jene Großmacht, die es noch 1914 gewesen war, sondern ein eben erst wiedererstandener, von vier Besatzungsmächten okkupierter, in seiner Souveränität außerordentlich eingeschränkter Staat. Die Aufgaben des Außenministers bestanden vor allem im Kontakt mit den Besatzungsmächten und nur zum geringsten Teil in der Wahrnehmung der Beziehungen mit dem übrigen Ausland. Ich hatte mehrfach Gelegenheit, mit Außenminister Gruber und einigemal auch im Gefolge des damaligen Bundeskanzlers Ing. Leopold Figl an Verhandlungen mit den Hochkommissaren der Alliierten, vor allem mit dem sowjetischen Hochkommissar Marschall Iwan Konjew, seinem Vertreter, Generaloberst A. S. Scheltow, und dem Wiener Stadtkommandanten der Sowjets, dem Generalleutnant H. F. Lebedenko, teilzunehmen, ebenso aber auch mit dem amerikanischen Hochkommissar, General Mark Clark, und seinem politischen Berater, dem Gesandten John Erhart, sowie auch mit dem französischen Hochkommissar General Marie-Emile Béthouart und dem britischen Hochkommissar General Sir Richard McCreery. Es war eine faszinierende Atmosphäre: Gewöhnlich fanden diese Besprechungen in den jeweiligen Hauptquartieren der alliierten Hochkommissare statt. Das war bei den Sowjets das „Hotel Imperial“ und bei den Amerikanern das Gebäude der Oesterreichischen Nationalbank. Mit den Engländern traf man sich informeller im „Hotel Sacher“ oder in der britischen Botschaft in der Reisnerstraße. Die Gespräche mit den Franzosen fanden im „Hotel de France“ oder in der französischen Botschaft statt.

Etliche Male nahm ich auch an Besprechungen im Gebäude des Alliierten Rates für Österreich teil, der sich im Palais der Industriellenvereinigung am Schwarzenbergplatz, der damals zeitgemäß Stalinplatz hieß, befand. Vor dem Palais Schwarzenberg hatten die Sowjets das Denkmal für die in Österreich gefallenen sowjetischen Soldaten errichtet. Diese Verhandlungen mit den Alliierten waren für mich von größtem Interesse, denn sie zeigten schon sichtbar auf, welche Gegensätze zwischen den Verbündeten des Zweiten Weltkrieges bereits wenige Monate nach dem Ende des Krieges herrschten. Die ersten Anzeichen der aufziehenden Unwetter des kalten Krieges machten sich in Wien in diesem ersten Nachkriegswinter bereits deutlich bemerkbar.

Die westlichen Alliierten waren im großen und ganzen in den meisten Fragen einig. Es gelang hingegen kaum jemals, die Sowjets mit der Politik der westlichen Alliierten auf Gleichklang zu bringen. Diese Politik war wiederum im wesentlichen, wenn auch keineswegs immer mit den Bedürfnissen der österreichischen Regierung ident, während die sowjetische Politik, die sehr stark auf eine Ausschöpfung der österreichischen wirtschaftlichen Hilfsmittel in ihrer Zone hinzielte, natürlich mit den österreichischen Wünschen nach Erhaltung der Substanz und nach schnellem Wiederaufbau nur schwer zu vereinen war. Darüber hinaus aber gab es eben die fundamentalen Differenzen zwischen einer kommunistischen Diktatur, wie der von Stalin beherrschten Sowjetunion, und den parlamentarischen westlichen Demokratien.

Die ersten Nationalratswahlen, die im viergeteilten und von den Alliierten besetzten Österreich im November 1945 stattfanden, schufen eindeutige politische Verhältnisse. Die Österreichische Volkspartei errang mit 85 Mandaten die absolute Mehrheit, ihr folgte die Sozialistische Partei mit 76 Mandaten. Die Kommunisten erlitten eine schwere Niederlage. Mit schäbigen vier Mandaten von 165 zogen sie, die bis zur Wahl zusammen mit ihren sowjetischen Beschützern noch von einem Wahlresultat von etwa je einem Drittel Sozialisten, Volkspartei und Kommunisten geträumt hatten, in das frei gewählte Parlament ein. Für die Sowjets muß diese Niederlage ihrer Schützlinge ein großer Schock gewesen sein. Man hatte offensichtlich weder in Moskau noch im Wiener Sowjet-Hauptquartier damit gerechnet, daß eine solche Schlappe auch nur möglich wäre. Die politische Lage sah daher im Winter 1945/46 etwa so aus:

Es wurde eine Konzentrationsregierung gebildet; die Volkspartei stellte den Bundeskanzler: Leopold Figl. Die Sozialistische Partei erhielt den Vizekanzler: Dr. Adolf Schärf. Der Regierung gehörte auch noch ein Kommunist an, nämlich der Energieminister Dr. Altmann. Zwei Jahre später schied Altmann und mit ihm die KP aus der Regierung aus; ÖVP und SPÖ blieben für zwanzig Jahre in der Koalition unter sich.

Schon in den ersten Jahren hatten die Kommunisten in der Regierung nicht mehr viel mitzureden, ihre Stärke bestand ausschließlich darin, daß sie unter dem Schutz der sowjetischen Besatzungsmacht standen. Dies wußten sie allerdings in Ostösterreich eindeutig auszunützen. Die Landes- und Bezirksbehörden in den sowjetisch besetzten Bundesländern Niederösterreich und Burgenland, im Mühlviertel – Oberösterreich nördlich der Donau – sowie im sowjetischen Sektor von Wien mußten sich ständig, mehr oder weniger erfolgreich, gegen russische Pressionen aller Art zur Wehr setzen. Die politischen Polizeibehörden, etwa die Staatspolizei, waren zu einem hohen Prozentsatz mit kommunistischen Elementen durchsetzt. In den ersten Wochen und Monaten nach Kriegsende konnte eben die lokale Besatzungsmacht auf die Ernennung von Polizeibeamten großen Einfluß nehmen. So war auch der Chef der Wiener Staatspolizei, Dr. Heinrich Dürrmaier, ein Kommunist, und viele andere Spitzenpositionen bei der Gendarmerie und Polizei in Ostösterreich befanden sich in kommunistischer Hand. Darüber hinaus hatten die Sowjets einen erheblichen Teil der Industrie in Ostösterreich als sogenanntes deutsches Eigentum beschlagnahmt und im Juni 1946 endgültig in einer Holding-Gesellschaft, die USIA genannt wurde, zusammengefaßt.

Diese USIA-Gruppe bildete einen Staat im Staate des österreichischen Wirtschaftslebens. Zu ihr gehörten unter anderem die österreichischen Erdölfelder von Zistersdorf und Matzen samt den vorhandenen Raffinerien, gleichgültig, wer früher ihre Besitzer gewesen waren. Ferner der große Komplex der Österreichischen Donau-Dampfschiffahrts-Gesellschaft, die bis 1938 zu einer der größten Binnenschiffahrtsgesellschaften der Welt gezählt hatte, sowie eine große Gruppe von Industriebetrieben, wie beispielsweise die Floridsdorfer Lokomotivfabrik und viele andere. In all diesen Betrieben konnten sich die Kommunisten unter sowjetischer Protektion breitmachen. Ihr Einfluß wirkte sich in Ostösterreich bis zum Jahre 1955 aus; erst mit dem Abzug der Besatzungsmacht und mit dem Übergang der USIA-Betriebe in österreichische Hand wurden die letzten Schutzgebiete der Kommunisten in Österreich wieder aufgelöst und in das normale Wirtschaftsleben integriert.

Ferner hatten die Kommunisten auch einen starken Einfluß

auf die RAVAG – den Wiener Radiosender –, dessen Hauptquartier sich in der Argentinierstraße im vierten Bezirk, also im russischen Sektor Wiens, befand. Ihre Nachrichtensendungen hatten daher eine starke russophile und pro-kommunistische Schlagseite. Ebenso kontrollierten die Russen die größte Druckerei Österreichs am Wiener Fleischmarkt, wo früher einmal das „Neue Wiener Tagblatt“ und etliche andere Tageszeitungen produziert und die als deutsches Eigentum von den Sowjets beschlagnahmt worden waren.

Die Sowjets waren nicht nur nicht bereit, ihre Herrschaft im Osten Österreichs aufzugeben, sondern im Gegenteil bemüht, die Trennung zwischen den Zonen zu verstärken. Die Kontrollen wurden ständig erschwert, es wurde immer komplizierter, den Staat zusammenzuhalten, und es wurden ständig Versuche unternommen, um die außerparlamentarische Position der Kommunisten zu stärken. Im Osten, außerhalb von Wien, war die Autorität der österreichischen Zentralbehörde nur sehr beschränkt durchzusetzen. Die Bezirkshauptleute, die draußen an der „Front“ ein hartes Dasein führten und schwere Prüfungen zu erdulden hatten, bekamen ihre Aufträge vom Innenministerium bzw. von der Landesregierung, konnten diese aber zum Teil nur mit Zustimmung der lokalen sowjetischen Kommandanturen durchführen. Dies wirkte sich vor allem auf dem Gebiet der Sicherheit verheerend aus.

Die Menschenräuber waren unterwegs, Entführungen an der Tagesordnung. Es kam immer wieder vor, daß in den sowjetisch besetzten Gebieten Österreichs oder sogar auch aus den westlichen Besatzungszonen Leute entführt oder verhaftet wurden. Die Polizei in den von den Sowjets besetzten Bezirken Wiens war kommunistisch durchsetzt; jede Säuberung wurde von der Besatzungsmacht verhindert. Der Menschenraub wurde daher oft von solchen, den Sowjets hörigen Polizisten durchgeführt. Sie wickelten ihre Opfer häufig in Teppiche und transportierten sie mit Fahrzeugen der Besatzungsmacht ab. Die Verschleppten verschwanden solcherart bei Nacht und Nebel und oft auf Nimmerwiedersehen in den sowjetischen

Gefängnissen in Baden bei Wien oder im Wiener vierten Bezirk in der Taubstummengasse. Man erfuhr lediglich, daß die Unglücklichen meist über das sowjetische Transitlager in Györ (Ungarn) in die Sowjetunion gebracht wurden. (Bevorzugte Straflager waren dort Workuta am Eismeer und Magnitogorsk.) Soferne sie nicht vorher starben, blieben die meisten dieser Häftlinge bis zum Abschluß des Staatsvertrages in sowjetischen Lagern. Die österreichische Regierung, die Öffentlichkeit und die engsten Angehörigen erfuhren oft erst viele Jahre später, ob die Entführten noch am Leben oder irgendwo in der fernen sibirischen Eiswüste umgekommen waren.

Diese Unsicherheit, die über Österreich lastete, hatte einen wesentlichen Einfluß auf die Bemühungen der Regierung, zusammen mit den Westmächten Abhilfe zu schaffen. Das gelang zum Teil im sogenannten „Zweiten Kontrollabkommen" (siehe Dokumentation, Beilage I, Seite 335), das die vier Besatzungsmächte im Juni 1946 schlossen. Beim Abschluß dieses Abkommens stimmten die Sowjets irrtümlich, wahrscheinlich aufgrund eines technischen Fehlers (vielleicht auch nur eines Übersetzungsfehlers), einer Abwicklungsmodalität zu, die genau konträr zu ihren eigenen Interessen stand und der sie an keinem anderen Punkt der Welt je zugestimmt hatten. Es wurde nämlich, im Gegensatz zum Alliierten Kontrollrat für Deutschland oder zum Sicherheitsrat der Vereinten Nationen, nicht das Veto eines Staates als verbindlich erklärt, das heißt, daß die Sowjetunion einen Beschluß der österreichischen Regierung bzw. ein österreichisches Gesetz mit ihrem Veto im Alliierten Rat nicht verhindern konnte, sondern es mußten aufgrund des Textes des Zweiten Kontrollabkommens die normalen österreichischen Gesetze von einer Mehrheit der Besatzungsmächte abgelehnt werden, ansonsten traten sie automatisch nach dreißig Tagen in Kraft. Lediglich bei Verfassungsgesetzen genügte das Veto einer Besatzungsmacht. Auf diese Weise war der Einfluß der Sowjets doch wesentlich eingeschränkt. Regierung und Parlament bemühten sich, Verfassungsgesetze zu vermeiden.

Ich hatte schon durch meine Erfahrungen aus der Kriegszeit besonders engen Kontakt mit den Amerikanern und konnte meine Beziehungen zu den Vertretern der US-Besatzungsmacht damals entsprechend ausbauen und meine Kenntnisse der amerikanischen Mentalität wesentlich erweitern. Gruber hat mich dann auch zwei Jahre später aufgrund meiner Erfahrungen nach Amerika entsandt.

Die Amerikaner standen ursprünglich der Provisorischen Staatsregierung unter Renner skeptisch gegenüber, weil sie argwöhnten, eine sowjetische Marionettenregierung wie in Polen, Ungarn, Rumänien und Bulgarien vorgesetzt zu bekommen. Als aber aus den freien Wahlen im November 1945 die Regierung Figl als einwandfrei demokratisch, legal und verfassungsmäßig gewählt hervorging, entschlossen sich die Amerikaner, mit ihr eng zusammenzuarbeiten und die österreichische Karte zu spielen. Die Kooperation mit den amerikanischen Dienststellen war daher eine sehr herzliche. Mit den Franzosen und den Engländern ergaben sich vereinzelt in lokalen Bereichen kleinere Reibereien, die aber nie zu wesentlichen Problemen führten. Die wirklichen Probleme lagen in der Auseinandersetzung mit der sowjetischen Besatzungsmacht in Österreich und in den immer stärker werdenden Meinungsverschiedenheiten zwischen den westlichen Alliierten und dem sowjetischen Element im Alliierten Rat für Österreich.

Erster amerikanischer Hochkommissar in Österreich war General Mark Clark, der siegreiche Befehlshaber der 5. US-Armee, die seit 1943 in Afrika, dann in Sizilien den Krieg gegen die Armeen Mussolinis und des Dritten Reiches geführt hatte, um schließlich bei Kriegsende an der Brennergrenze zu stehen. Tirol, Salzburg und Oberösterreich waren von den von Nordwesten kommenden Einheiten der 7. und der 3. US-Armee besetzt worden. Die 5. Armee übernahm dann diese Gebiete und räumte gemäß den Beschlüssen von Jalta im Juli 1945 den Franzosen Tirol und Vorarlberg als Besatzungszone ein. So umfaßte die US-Zone schließlich Salzburg sowie Oberösterreich ohne das Mühlviertel, das die Sowjets besetzten. Die

Engländer erhielten die beiden Bundesländer Kärnten und Steiermark, wobei die Russen die von ihnen besetzten Teile der Steiermark mit Graz und bis Judenburg im Tausch gegen das Mühlviertel räumten.

Die Amerikaner waren Anfang Mai bis in den Raum von Amstetten vorgedrungen. Sie räumten auch das westliche Niederösterreich, ebenso wie das Mühlviertel, als schließlich im Laufe des Sommers die endgültigen Besatzungszonen, die sich zehn Jahre lang halten sollten, etabliert wurden.

Burgenland, Niederösterreich und das Mühlviertel bildeten die sowjetische Besatzungszone, die Zonengrenze von Passau bis zur Enns war die Donau; markante „Übergänge" aus der Sowjetzone waren die Ennsbrücke und der Semmering. Wien war in fünf Sektoren eingeteilt, die Sowjets saßen in den Bezirken II, IV, X, XX, XXI, XXII und XXIII. Der britische Sektor umfaßte die Bezirke III, V, XI, XII und XIII. Die Franzosen erhielten die Bezirke VI, XIV, XV, XVI, und der amerikanische Sektor umfaßte die Bezirke VII, VIII, IX, XVII, XVIII, XIX.

Der erste Bezirk bildete den sogenannten internationalen Sektor. Dieser Bezirk war von keiner Besatzungsmacht definitiv okkupiert, vielmehr wechselte die Kontrolle jeden Monat, es gab jeweils einen russischen, einen amerikanischen, einen englischen und einen französischen Monat. Das spielte insofern eine wesentliche Rolle, als während des russischen Monats die Sowjets – Militärpolizei und NKWD bzw. die österreichische kommunistische Polizei – in der Lage waren, im ersten Bezirk Verhaftungen vorzunehmen und auch dort ansässige Firmen zu beschlagnahmen. Während des russischen Monats gab es im ersten Bezirk daher immer wieder Schwierigkeiten, und auch die Bundesregierung, deren Ministerien meist im ersten Bezirk beheimatet waren, mußte sich ständig mit diesem Problem auseinandersetzen.

Für uns im Außenministerium, die wir ja in jener Zeit primo loco eine Verbindungsstelle zu den alliierten Besatzungsmächten darstellten, war es daher von großer Bedeutung, welche

WIEN 1945–1955
Besatzungszonen der Alliierten

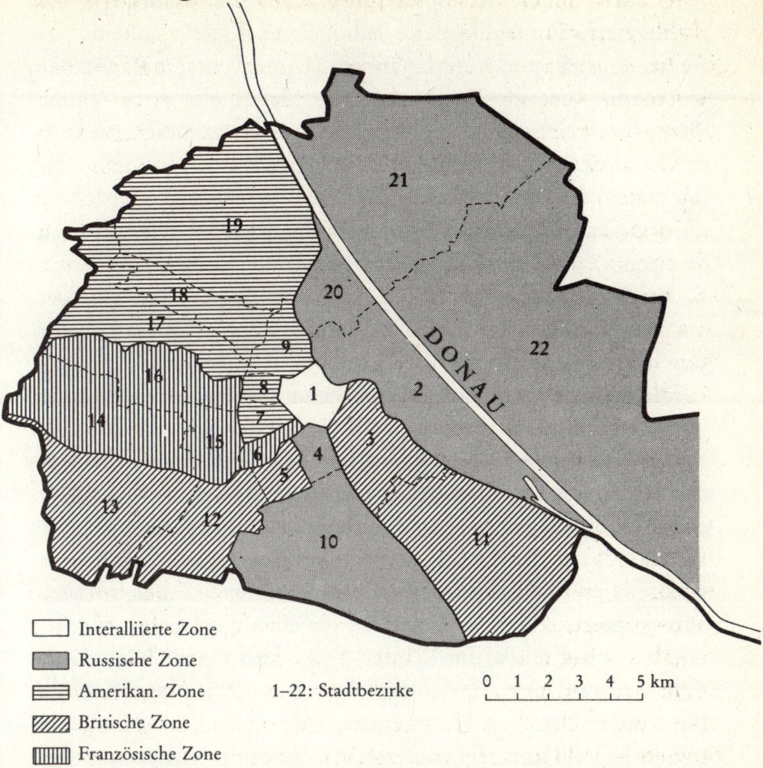

Macht gerade die Kontrolle ausübte. Es gab auch eine interalliierte Militärpolizei, die aus Vertretern aller vier Besatzungsmächte bestand. Ihre Patrouillen fuhren in dem berühmten Viererjeep durch Wiens Innenstadt. Der Jeep wurde von der amerikanischen Militärpolizei beigestellt; darin saßen stets vier Militärpolizisten: ein Russe, ein Amerikaner, ein Franzose und ein Engländer. Alle, bis auf den legeren Engländer, mit Stahlhelm und natürlich in der Uniform ihres Landes. Diese

„Vier im Jeep" kontrollierten im internationalen Sektor und an den Sektorengrenzen, um Auseinandersetzungen zwischen den Angehörigen der vier Besatzungsmächte zu verhindern. Die interalliierte Patrouille hatte lediglich in Angelegenheiten der Besatzungstruppen untereinander zu intervenieren. Trotzdem waren die Vier im Jeep ein starker Sicherheitsfaktor. Immer wieder wandten sich Österreicher in ihrer letzten Not, wenn sie gerade von irgendeinem Besatzungssoldaten ausgeplündert oder wenn Frauen belästigt oder gar vergewaltigt wurden, an die Vier im Jeep, an die interalliierte Kontrolle. Die Sektorengrenzen in Wien waren nicht besonders gekennzeichnet, nur an wichtigen Übergängen aus dem US-Sektor hatten die Amerikaner Tafeln aufgestellt: „You are leaving the American sector, you are entering the Soviet sector."

Die Sektorengrenzen innerhalb von Wien konnte man vollkommen frei überschreiten; man mußte jedoch aufpassen und sich, stand man etwa aus irgendwelchen Gründen den Sowjets oder auch einer anderen Besatzungsmacht nicht zu Gesicht, aus dem Sektor der entsprechenden Besatzungsmacht heraushalten. Es war daher das Leben in Wien in der zweiten Hälfte der vierziger Jahre ein etwas unsicheres Vergnügen, aber trotzdem haben die meisten von uns es, wie es eben ging, genossen. Wir tanzten – beginnend im Winter 1946 – auf einem Vulkan und das im wahrsten Sinne des Wortes. Nach der Wahl im November 1945 entwickelte sich eine nur durch Mangel an Lebensmitteln und Heizmaterial etwas beeinträchtigte euphorische Stimmung, die ziemlich nahtlos in den ersten Nachkriegsfasching überging.

Nach dem Dreikönigstag am 6. Januar beginnt in Wien der Fasching. Nach der langen Pause der Kriegsjahre konnte und wollte man sich wieder unterhalten. Einige der althergebrachten und traditionellen Feste fanden wieder statt, die verschiedenen Ballveranstaltungen wurden von Monat zu Monat zahlreicher. Als Sekretär des Außenministers hatte ich die etwas ermüdende, aber doch faszinierende Aufgabe, mit dem Minister auf die diversen Bälle gehen zu müssen. Damals war es in

Österreich üblich, daß ein Minister alle seiner Partei nahestehenden Ballveranstaltungen besuchte. Auch die Bälle der diversen Wiener Gewerbetreibenden, etwa der Ball der Fleischer-Innung, der Ball der Tischler-Innung usw., aber auch andere Bälle, wie der Tiroler Ball in Wien oder aber die großen, repräsentativen Bälle, wie der Ball der Technik und Industrie oder der Jägerball, gehörten dazu.

Der Besuch dieser Bälle war im Winter 1946 allerdings mit gewissen Hindernissen verbunden. Erstens hatte niemand ordentliche Abendkleidung. Man ging also in einem dunklen Anzug oder oft auch nur mit einer dunkelgrauen Hose und einer Jacke, die man von irgendwoher bekommen hatte, frischfröhlich auf die diversen Bälle und Feste. Die als direkte Folge der Ernährungskrise meist schlanken und ranken Damen hatten sich abenteuerliche Kostüme zusammengestellt, und die Fröhlichkeit kannte keine Grenzen. Jeder brachte seinen Alkohol selber mit. Man erschien mit einer oder auch mehreren Flaschen Wein auf dem Ball, wickelte aus einem in Zeitungspapier eingehüllten Paket einige Wurstsemmeln oder, wenn man ganz fein war, vielleicht sogar ein Schnitzel und begann zuerst einmal zu essen und zu trinken, um sich dann erst dem Tanzvergnügen hinzugeben. Die meisten der damaligen Nachkriegsbälle zeichneten sich auch sonst durch sehr informelle Verhältnisse aus. Die Orchester oder Musikkapellen besaßen zum allergrößten Teil keine einheitliche Abendkleidung und waren manchmal auch unvollständig, weil einige der Musiker noch in Gefangenschaft waren.

Häufig begegneten Gruber und seine Begleitung, zu der unweigerlich auch ich gehörte, dem unermüdlichen Bundeskanzler Leopold Figl. Dieser war als niederösterreichischer Bauer in der Lage, seine Freunde mit Wein und Lebensmitteln bestens zu beteilen. Wenn Figl auf einem Ball erschien, pflegte er alle, die sich in seiner Umgebung befanden, einzuladen. Dadurch waren wir dann schließlich so an die Figlsche Gastfreundschaft gewöhnt, daß wir selber nichts mehr mitbrachten. Es war dann immer sehr traurig, wenn der Bundeskanzler bei irgendeinem Ball absagen mußte, gewöhnlich weil er bei einem der alliierten Hochkommissare, die noch nichts von unserem Fasching wußten, allzulang durch Besprechungen festgehalten wurde.

Das Nachhausegehen von solchen festlichen Anlässen war allerdings etwas riskanter, besonders wenn man sich in Damenbegleitung befand. Die Russen hatten nämlich schnell herausgefunden, daß sich hier eine gute Gelegenheit bot, um den Herren die Uhren und den Damen die Unschuld zu rauben. Man vermied daher nach Möglichkeit die russischen Bezirke, was aber dann schwierig war, wenn etwa die jeweils Angebetete gerade in einem solchen Bezirk wohnte. Ich verehrte damals eine besonders schöne junge Dame namens Beate, die im zweiten Bezirk zu Hause war, in einer Straße unweit des Praters. Wenn ich sie nach Hause brachte, hatten wir uns jedesmal vorher ganz genaue Sicherheitsvorkehrungen ausgedacht. Ich ging voraus, blickte jeweils ums Eck, schaute, ob irgendwo vielleicht russische Soldaten zu sehen waren, dann kam sie nach, wobei sie über ihr weißes Abendkleid einen dunklen Soldatenmantel ihres Vaters geworfen hatte, um nicht schon aus der Ferne von den Russen als weibliches Beutestück erkannt zu werden. Es ist mir so gelungen, die gute Beate mindestens ein dutzendmal in diesem Winter gut nach Hause zu bringen, und ich selber bin auch, mit einer einzigen Ausnahme, immer ungeschoren nach Hause gekommen.

Bei dieser einzigen Ausnahme hielten mich die Russen in der Böcklinstraße im zweiten Bezirk auf, es waren drei oder vier Soldaten, und ich mußte ihnen meine Uhr opfern. Ich hatte aber, wie damals auch viele andere meiner Landsleute, in weiser Voraussicht eine ganz alte Uhr, die ich als Bub zu meinem vierzehnten Geburtstag bekommen hatte, um den Arm, und daher war der Verlust nicht allzu schmerzlich. Die Russen freuten sich, gaben mir noch einen freundschaftlichen Tritt in das Hinterteil und ließen mich laufen. Anderen ist es nicht immer so gut gegangen, aber eine Sache war klar: gab man den beutesuchenden russischen Soldaten gleich irgend etwas, waren sie fast immer gutmütig und freundlich. Das, was sie nicht vertragen konnten, war irgendeine Form von Abwehrreaktion oder gar die Behauptung (vielleicht sogar richtige Feststellung), daß man nichts hätte, was man ihnen geben könnte. Das hielten sie für eine faschistische Provokation und pflegten dann ihre Opfer zu verprügeln. Gab man ihnen aber das, was man hatte, zum Beispiel eben eine alte Uhr, so waren sie zufrieden und ließen einen manchmal sogar einen Schluck aus der Wodkaflasche machen. Soweit gingen sie aber leider an diesem Abend bei mir nicht, was mich betrübte, denn es war eine bitterkalte Winternacht.

4. KAPITEL

DER TOR HAT SEINE SCHULDIGKEIT GETAN

In diesem Winter wanderte ich auch öfters mit meinem Minister vom Ballhausplatz durch den Volksgarten ins Parlament. Ursprünglich hatte die Provisorische Nationalversammlung im Niederösterreichischen Landhaus in der Herrengasse getagt, jedoch im Winter 1946 kehrte sie in das Parlamentsgebäude zurück, das provisorisch renoviert worden war, so daß der Nationalrat dort arbeiten konnte. Es war eine bunt gemischte Gesellschaft, die die erste gesetzgebende Versammlung Österreichs nach dem Zweiten Weltkrieg darstellte. Ich hatte als Ministersekretär die Möglichkeit, etlichen dieser Sitzungen beizuwohnen und kann mich noch genau an einige der führenden Sprecher der politischen Parteien – damals waren es ihrer drei, nämlich die Volkspartei, die Sozialistische Partei und die Kommunistische Partei – erinnern.

Zuerst ist hier der damals noch vom Parlament gewählte Bundespräsident Dr. Karl Renner zu nennen, der ja als Staatskanzler der Provisorischen Staatsregierung vom Mai 1945 bis nach der Novemberwahl vorgestanden hatte. Mit Renner hatte ich bei der Vorbereitung der Nationalratswahlen 1945 und schon bei der ersten Länderkonferenz relativ viel zu tun gehabt. Die Länderkonferenz hatte im September 1945 in Wien stattgefunden. Das Resultat dieser Konferenz, die im Niederösterreichischen Landhaus stattfand, war die Anerkennung der Provisorischen Staatsregierung Renner, die durch Vertreter der westlichen und südlichen Bundesländer, also jener, die sich außerhalb der sowjetischen Besatzungszone befanden, erweitert wurde. Ich gehörte zur Delegation des damaligen Tiroler Landeshauptmannes Karl Gruber und konnte bei diesem Anlaß mit Staatskanzler Renner in Kontakt kommen und ihn gründlich beobachten.

Renners engster Mitarbeiter war Dr. Adolf Schärf. Ich kannte Schärf schon, denn im Februar 1945, während noch die deutsche Herrschaft in Österreich voll präsent war, hatte ich als Verbindungsmann zwischen dem österreichischen Untergrund und den westlichen Alliierten zusammen mit meinem Freund Ernst Lemberger Gelegenheit gehabt, den damaligen Rechtsanwalt und Strafverteidiger Dr. Adolf Schärf in einer Verhandlungspause zwischen zwei Volksgerichtsprozessen im Wiener Justizpalast zu treffen. Damals hatte Schärf zugestimmt, in das Provisorische Österreichische Nationalkomitee einzutreten und damit die sozialdemokratische Front voll in die gemeinsamen Widerstandsbemühungen zu integrieren. Als ich Schärf im Herbst 1945 wieder traf, kam dieser freundlich auf mich zu und betonte seine Freude und Erleichterung, daß Lemberger und ich nach unserem Treffen im Justizpalast noch heil aus Wien heraus- und, ohne von der Gestapo aufgegriffen zu werden, in das alliierte Hauptquartier hatten zurückgelangen können. „Ihr Jungen habt mit eurer Zusammenarbeit in der 05 vorexerziert, daß sich im Widerstand die verschiedenen politischen Lager Österreichs vereinigen können. Jetzt müssen wir alle hier dafür sorgen, daß wir auch ohne Hitler zusammenbleiben können", sagte Schärf zu mir und fügte hinzu: „Ich hoffe, daß Gruber und die anderen Herren aus dem Westen auch von diesem Geist beseelt sind." Ich habe mir Schärfs Worte damals genau notiert, da ich Gruber darüber berichten wollte.

Viele Jahre später, als ich Schärf, der in der Zwischenzeit Bundespräsident geworden war, 1959 auf seinem Staatsbesuch in die Sowjetunion begleitete, konnte ich ihn, als wir gerade auf dem Flaggschiff der sowjetischen Schwarzmeerflotte von Jalta nach Sotschi kreuzten, fragen, warum er eigentlich im Frühjahr

1945 nicht die gemeinsame Widerstandsbewegung 05 und deren politisches Instrument, das Provisorische Österreichische Nationalkomitee, zur Basis für die politische Neugliederung herangezogen habe. Schärf erklärte mir, daß die im April 1945 in Wien im Palais Auersperg anwesenden politischen Vertreter der 05 „naive und unerfahrene Leute“ gewesen seien. Sie hätten weder die Fähigkeit noch die Möglichkeit besessen, mit der sowjetischen Besatzungsmacht zu verhandeln und eine funktionierende Verwaltung für Wien oder gar eine Regierung zu bilden. Dafür seien nur die geschulten – und seinerzeit gewählten – Repräsentanten der großen politischen Gruppen von ehedem in Frage gekommen. Deshalb sei er auch – da man den 1934 von Dollfuß abgesetzten sozialdemokratischen Bürgermeister Karl Seitz bei Kriegsende nirgends finden konnte – für den früheren Schutzbundführer und General Theodor Körner als Bürgermeister von Wien eingetreten und habe Karl Renner, den Staatskanzler von 1919, unterstützt. Auf der bürgerlichen Seite sei als „unbelastet durch die Dollfuß-Ära“ Leopold Kunschak, ein seinerzeit führender Mann der Christlichsozialen, in Frage gekommen. Soweit der Standpunkt Dr. Schärfs zur Lage im Frühjahr 1945. Es gibt für mich keinen Grund, an seinen Ausführungen zu zweifeln, sie entsprachen nicht nur der wirklichen Entwicklung, sondern auch der Interessenlage der Parteiführer, besonders aber auch der Sozialisten zu diesem Zeitpunkt:

Der Tor (in diesem Fall die Widerstandsbewegung) hatte seine Schuldigkeit getan, der Tor konnte gehen – und er wurde schnellstens hinausexpediert. Auf breiter Front hievten die Politiker der alten Parteien sich wieder in die Machtpositionen, die ihnen von den Besatzungsmächten freigegeben wurden. Unterstützt wurden sie von Beamten, die, wenn sie keine Nationalsozialisten gewesen waren, wieder in ihre Ämter zurückkehrten oder, wenn sie sich als Nationalsozialisten kompromittiert hatten, um so mehr die Protektion irgendeiner Partei benötigten, um sich in der Nach-Hitler-Ära zu halten oder erneut zu bestätigen. Die Hofräte und die Politiker der

Ersten Republik und des Dollfuß-Schuschnigg-Regimes hatten eines gemeinsam: ein tiefes Mißtrauen gegen die „Abenteurertypen", die gefährlichen „Parzivale" und „Amateurpolitiker" der Widerstandsbewegung. Da die meisten der „alten" Politiker und Beamten nicht bei der Widerstandsbewegung gewesen waren und sich daher keinerlei heldenhafter Taten zur Befreiung des Vaterlandes rühmen konnten (Ausnahmen wie Figl oder Schärf bestätigen die Regel), begannen sie schnellstens die Männer des Widerstandes, die sie als Konkurrenten im Kampf um die zu vergebenden Machtpositionen betrachteten, zu diskriminieren. Dabei fanden sie natürliche Verbündete einerseits in den Kommunisten – die ja ihre These, daß lediglich sie allein gegen Hitler gekämpft hätten, aufrechterhalten mußten – und andererseits bei den ehemaligen Nazis, die naheliegenderweise für den Widerstand gegen ihren geliebten Führer wenig übrig hatten und ihn als „Hochverrat gegen das Dritte Reich" betrachteten.

Als die Rote Armee zwischem dem 8. und dem 12. April 1945 Wien besetzte, traf sie allerdings nur auf eine vorhandene österreichische Autorität: „Diese erste aller österreichischen Zivilverwaltungen amtierte im Palais Auersperg – sie setzte sich aus den Spitzenfunktionären der (Widerstandsbewegung) 05 zusammen, die noch während der Kämpfe ein provisorisches Komitee gegründet hatten" (Zitat aus Hellmut Andics: Neue Österreichische Geschichte, vierter Band: Die Insel der Seligen, Österreich von der Moskauer Deklaration bis zur Gegenwart, Seite 73, Wien 1976). Die Mitglieder dieses Komitees hießen Dr. Raoul Bumballa (Vorsitzender), Georg Fraser, Eduard Seitz, Viktor Müllner, Dr. Franz Sobek, Emil Oswald und Hermine Hrdlicka. Gründer und ursprünglich Vorsitzender dieses Ausschusses war Dr. Hans Becker gewesen, der dem katholischen Lager angehörte und zu dem die Fäden sehr vieler Widerstandsgruppen liefen. Nach seiner Verhaftung im März 1945 trat Bumballa an seine Stelle. Zu den engsten Mitarbeitern des „Siebener-Ausschusses" gehörten noch Prälat Jakob Fried, Felix Slavik und Lilli Altbach. Der „Siebener-Ausschuß" war von jenen Widerstandsgruppen, die sich im März 1945 nach der Verhaftung fast aller Führer des Provisorischen Österreichischen Nationalkomitees erneut zur Zusammenarbeit gefunden hatten, als Spitze anerkannt worden. Zwei der Ausschußmitglieder von ihnen bezeichneten sich als Sozialisten, vier gehörten dem bürgerlich-christlichsozialen Lager an und eines (Frau Hrdlicka) war Kommunistin. Darüber hinaus trafen die ersten Sowjetoffiziere im Palais Auersperg noch die Führer der militanten Einsatzgruppen der 05 an: Männer (wiederum laut Hellmut Andics) wie Nikolaus Maasburg, Wilfried Gredler, Georg Zimmer-Lehmann, Johannes Eidlitz, Herbert Braunsteiner, Erich Rubak, Ralph Svetlik, Herbert Baumann und Willy Thurn-Taxis. Andere, wie der Führer des Widerstandes in der Wehrmacht, der dann von den Sowjets als erster Polizeipräsident von Wien eingesetzte Major Carl Szokoll, und die Oberleutnants Igler und Scholik, stießen bald hinzu. Doch war eine Anzahl der militärischen Führer, wie Major Karl Biedermann, Hauptmann Adolf Huth und Oberleutnant Rudolf Raschke, noch dem SD in die Hände gefallen und wegen ihrer Rolle bei dem Aufstandsversuch der 05 gegen die deutsche Wehrmacht zum Tode verurteilt und am 8. April in Floridsdorf auf offener Straße gehenkt worden. Nach der Einnahme von Floridsdorf holten sowjetische Soldaten die Leichen von den Lichtmasten.

Das war also die Lage, die die Russen in Wien vorfanden, als sie die Stadt besetzten. Von Politikern war noch weit und breit keine Spur. Die Situation war so eindeutig, daß das sowjetische Oberkommando den aus Moskau eingeflogenen Spitzenmann der KPÖ, Ernst Fischer, am 13. April zuerst einmal in das Palais Auersperg brachte, damit er dort mit den Führern der Widerstandsbewegung und damit der einzigen vorhandenen österreichischen Autorität verhandle. Ernst Fischer allerdings hatte mehr politisches Fingerspitzengefühl als die sowjetischen Frontgeneräle: Er erkannte sofort – und hier, wenn auch nur hier, war er sich in der Einschätzung der Lage mit Adolf Schärf einig –, daß die Führer der Widerstandsbewegung höchst unangenehme Partner einer neuen politischen Konstellation sein würden.

Denn diese jungen Leute waren abseits politischer Ideologien mit viel Idealismus zum Kampf gegen den übermächtigen Diktator und sein Regime angetreten, sie dachten dabei nicht an politische Parteien, nicht an zukünftige Machtpositionen und auch nicht daran, nach welchem Schlüssel die zurückzuerobernden Ämter dann aufzuteilen wären. Sie dachten im Grunde nur an Österreich, das ihnen wie ein reichlich romantisches Traumbild à la Wildgans vorschwebte. Untragbar sowohl für Parteiideologen wie auch für Praktiker der Politik. Daher waren sich alle „alten" Politiker von Renner über Schärf, Raab und Kunschak bis Koplenig und Fischer einig: Hinaus mit der Widerstandsbewegung!

Wie gelang es aber nun den „alten" Politikern und ihren Verbündeten, die Männer der Widerstandsbewegung, die ja in Wien in den entscheidenden Tagen des April alle vorhandenen Positionen in der Hand hatten und zu diesem Zeitpunkt auch von der Besatzungsmacht als einziger Gesprächspartner und auch als einzige zivile Verwaltungsautorität anerkannt wurden, so schnell und so komplett aus ihren Positionen und damit ein für allemal – als Gruppe – von der sich eben konstituierenden politischen Bühne der Nachkriegszeit hinwegzufegen? Einerseits lag es wohl an den unendlich größeren dialektischen und taktischen Erfahrungen und Kenntnissen der alten Politiker und andererseits an der geradezu kindlichen Naivität der Widerständler selber und an ihrem mangelnden Wissen um die politischen und die praktischen Zusammenhänge. Nicht zuletzt lag es auch an der arroganten Verachtung, die die Widerständler für die „Systempolitiker und Parteisekretäre", die ja schon 1933, 1934 und 1938 alles falsch gemacht hätten und mit denen man sich nicht einmal an einen Tisch setzen sollte, empfanden. Diese fetten Politbonzen, die 1938, als Hitler einmarschierte, gar nicht laut genug ihr „Ja" zum Anschluß hatten hinausschreien können und die sich dann, als Not am Mann war, weil die anständigen Männer dieser Politikergeneration längst als

KZ-Häftlinge in Dachau, Buchenwald oder Mauthausen einsaßen, furchtsam in ihre Verstecke in allen besseren österreichischen Sommerfrischen zurückgezogen hatten, schienen für die Männer des Widerstandes keine Partner. Von diesen Biedermännern hatte man dann exakt sieben Jahre lang nichts mehr gehört, genau bis zu dem Zeitpunkt, da die vier Alliierten, unterstützt von den Männern des österreichischen Widerstandes, die deutschen Besetzer wieder aus Österreich hinausgeworfen hatten. Just in diesem Augenblick – deus ex machina – erschienen im Schweinsgalopp die Politiker – sich noch einmal vorsichtig umblickend, ob nicht vielleicht die SS zurückkäme –, um dann mit lauter Stimme die Macht und die Pfründen im Staat wieder für sich in Anspruch zu nehmen. Mit solchen Herren wollte ein Großteil der Widerständler nichts zu tun haben, sie selber hatten ihre Arbeit ohnedies getan.

Diese Gruppe legte die Waffen beiseite und ging nach Hause, zurück in ihr ziviles Leben, das sie ja nur verlassen hatte, um das Land befreien und den Diktator vertreiben zu helfen. Sie gingen zurück auf die Schulen oder Universitäten, zu ihren Arbeitsstätten und ihren Familien. Soweit sie nicht gestorben sind, leben sie heute noch. Als Universitätsprofessoren zwischen Wien, Innsbruck, Graz, Salzburg, aber auch München, Stanford und Harvard. Als Ärzte, als Taxifahrer, als Eisenbahner und Journalisten, Bundesheeroffiziere, Industriebosse oder Gewerkschaftsfunktionäre. Dreißig Jahre lang hatte die Republik sie vergessen, dann erinnerte sich ihrer ein neuer Bundeskanzler, Bruno Kreisky, der anno 1945 als junger Heimkehrer aus der Emigration von den „Alten“ vielleicht ebenso enttäuscht gewesen war wie seine damaligen jungen Widerstandskollegen. Der österreichische Widerstand feierte eine späte Renaissance. Eine Medaille für „Verdienste um die Befreiung der Republik“ wurde in größerer Zahl, zum Teil auch posthum, verliehen. Bei den Verleihungszeremonien trafen sich die alten Kameraden im Festsaal des Ballhausplatzes, ein teils rührender, teils fast tragisch-komischer Augenblick: Veteranen unter sich. „Servus, weißt du noch, vor dreißig

Jahren, damals im Auersperg, als der Maasburg zum Kriegsministerium durchbrechen wollte." Lang ist es her. Bei einem Glas Wein gedachten die älteren Herren ihrer großen Stunde, als sie, und sie allein, Österreich repräsentierten. Dann waren sie weg von der Bühne, und die Politiker haben wieder zu regieren begonnen. Möglicherweise war das auch besser für die Zweite Republik, zumindest in der Anfangsphase von erfahrenen Fachleuten und nicht von naiven, von jeder Verwaltungspraxis unbeleckten romantischen Dilettanten geführt und verwaltet zu werden. Es mag besser gewesen sein, honoriger war es sicher nicht. Aber es war ja nie ein besonderes Merkmal unserer Politiker, sich der feinen britischen Art zu bedienen. Und vom sprichwörtlichen Dank des Hauses Österreich haben wir ja auch schon alle gehört.

Es gab übrigens auch noch eine andere Gruppe von aktiven Widerständlern, die durchaus bereit war, mit den alten politischen Kräften zusammenzuarbeiten und nach einem gemeinsamen Weg zur Bewältigung der schier übermächtigen Probleme und Schwierigkeiten, die sich unmittelbar nach der Befreiung allenthalben im Lande stellten, zu suchen. In Wien kamen diese „Kollaborateure" im besten Sinn des Wortes nur sehr beschränkt zum Zuge. Weder die sowjetische Besatzungsmacht noch die alten politischen Parteien, die sich schnell mit der Besatzungsmacht arrangiert hatten, wollten viel mit ihnen zu tun haben.

Ein typisches Beispiel ist der Fall des Major Szokoll, der der Führer des militärischen Widerstandes gewesen war und alles getan hatte, um Wien unzerstört der Roten Armee zu übergeben und damit viele Tausende Menschenleben zu retten. Nach Beendigung der Kämpfe stellte sich Szokoll als Polizeichef zur Verfügung und amtierte vom Palais Auersperg aus mit einer stolzen Streitmacht von ein paar hundert Widerstandskämpfern, die rot-weiß-rote Armbinden, aber nur wenige Waffen besaßen. In den einzelnen Bezirken hatten sich unter der Aufsicht der jeweils anwesenden Sowjetoffiziere lokale, gewöhnlich kommunistische, Polizeieinheiten gebildet, die sich aber nicht selten als reine Räuber- und Plündererbanden entpuppten. Szokoll wollte diesen Mißständen ein Ende bereiten und wandte sich mit einer Petition an das sowjetische Oberkommando, in der er um den Schutz der Zivilbevölkerung vor den „Plünderungen und Vergewaltigungen allein herumziehender russischer Soldaten“ ersuchte. Wenige Tage später wurde Szokoll verhaftet, in Baden vor ein sowjetisches Militärgericht gestellt und beschuldigt, ein Agent des Westens zu sein. Er wurde zwar schließlich freigesprochen, aber nicht enthaftet und konnte erst einige Wochen später aus einem russischen Gefangenenlager fliehen. Aber die Kommunisten und die Sowjets waren einen unbequemen Polizeichef los.

Dr. Raoul Bumballa war, als Chef des politischen Komitees der 05 während der Kämpfe um Wien, bei der ersten Regierungsbildung Dr. Renners Ende April doch nicht ganz zu übergehen. So erhielt Bumballa als einziges Mitglied der Widerstandsbewegung in dieser aus dreißig Mitgliedern bestehenden Regierung den Posten eines Unterstaatssekretärs im Innenministerium zugewiesen. Bumballa konnte keiner Partei zugezählt werden, der ÖVP-Clique war er als Außenseiter unheimlich, und Sozialisten und Kommunisten betrachteten ihn als Urbild des Negativen: als einen „bürgerlichen Widerstandskämpfer“. Bumballa wurde immer mehr isoliert, Gerüchte wurden kolportiert, er befasse sich mit Schleichhandel (was man zu diesem Zeitpunkt von jedem österreichischen Staatsbürger mit demselben Recht sagen konnte, denn ganz ohne Schleichhandel konnte sicher keiner überleben). Als es dann Ende September zur Neubildung der Regierung kam, hatte Raoul Bumballa resigniert und schied aus. Das erste und einzige Mitglied der Widerstandsbewegung, das der ersten Regierung Renner angehörte, verblieb keine sechs Monate in diesem lauteren Kreise von Berufspolitikern, die notabene ihre Regierungssitze ja nicht zuletzt dem österreichischen Widerstand verdankten – denn ohne Widerstand hätten die Alliierten laut Moskauer Deklaration von 1943 wohl kaum Österreich als befreites Land mit eigener Regierung akzeptiert, sondern es viel eher so wie das besiegte Deutsche Reich behandelt.

In Tirol lief die Sache etwas anders. Der dortige Aufstand der Widerstandsbewegung wurde im Gegensatz zur Entwicklung in Wien ein voller und durchschlagender Erfolg. Die Widerstandsbewegung 05 hatte alle wichtigen Punkte Innsbrucks und Tirols besetzt, bevor die ersten Alliierten, in diesem Fall die Amerikaner, einrückten. Der Chef der Widerstandsbewegung, Karl Gruber, wurde auch sofort zum Landeshauptmann gewählt und von den Amerikanern nachträglich im Amt bestätigt. In Tirol war daher die erste Landesregierung eine Mischung von Widerstandsführern und alten Politikern. Noch dazu hatten etliche dieser Politiker, wie etwa Professor Dr. Reuth-Nicolussi oder der Innsbrucker sozialistische Anwalt Dr. Karl Höflinger, höchst aktiv am Widerstand teilgenommen. Als dann allerdings Gruber im Herbst 1945 nach Wien ging, wurde auch die Tiroler Landesregierung bald wieder auf den bewährten Vordermann gebracht: Beamte und Politiker in holder Eintracht unter sich; an die Widerstandskämpfer erinnerte bald nichts mehr außer einer Gefallenen-Gedenktafel am Innsbrucker Landhaus und einem (von den Franzosen errichteten) Denkmal.

Und Gruber in Wien: Die Tatsache, daß er aus der Widerstandsbewegung kam, wurde mit leichtem Schock hingenommen. Aber da Gruber damals eine sehr starke Position hatte – er genoß das volle Vertrauen der westlichen Bundesländer und galt überdies als der Vertrauensmann der Amerikaner –, konnte man sich nicht über ihn hinwegsetzen und reklamierte ihn schließlich für die ÖVP, als deren Tiroler Spitzenkandidat er dann auch durch viele Jahre Wahlschlachten schlug.

Als jedoch Julius Raab, geradezu das Sinnbild des „alten Politikers", taktisch besonders geschickt operierend, seinen Busenfreund Leopold Figl zuerst als Bundesparteiobmann und sodann als Bundeskanzler abservierte und ihn jeweils durch seine eigene Person ersetzte, als er sich dann auch des jüngeren und moderneren Felix Hurdes entledigte, da war auch das letzte Stündchen für den prominentesten Widerstandskämpfer auf der innenpolitischen Bühne gekommen: Unter lächerlichen Vorwänden zwang Raab Dr. Gruber, sowohl das Außenministerium wie auch seinen Sitz im Parlament aufzugeben. Auch der letzte Tor hatte seine Schuldigkeit getan, er mußte gehen. Die „alten" Politiker aber waren wie eh und je unter sich, umgeben lediglich vom servilen Nachwuchs, der ihnen von den Parteisekretariaten fein gesiebt zugeführt wurde.

Doch zurück zu meiner Lehrzeit im österreichischen Parlament des Winters 1946. Bei den Sozialisten ragte da auch der greise Bürgermeister von Wien, Theodor Körner, mit seinem schönen weißen Bart und seiner kerzengeraden Haltung, stets im dunklen Anzug, aus der Masse der Abgeordneten hervor. Körner, im Ersten Weltkrieg Generalstabschef der k. u. k. Isonzo-Armee, später General der Volkswehr und schließlich Kommandant des Schutzbunds, der Wehrformation der Sozialdemokraten, war eine starke und eigenwillige Persönlichkeit. Als er nach Renners Tod Bundespräsident wurde, hatte ich öfters Gelegenheit, mit ihm zu sprechen. Er erzählte mir gerne, besonders als er mich bei einem Aufenthalt in Alpbach zu längeren Spaziergängen mitnahm, Geschichten aus der alten Armee und seinen Schutzbundzeiten. Neben ihm verblaßte der zweite „Schutzbundgeneral" Julius Deutsch ein wenig, der übrigens auch bei seiner eigenen Partei in Ungnade fiel und einsam und verbittert starb. Den Alterspräsidenten des Parlaments, Karl Seitz, sah ich nur wenige Male, er war schon schwerkrank aus der Haft heimgekommen. Hingegen hatte ich öfters mit dem ebenso sympathischen wie eindrucksvollen „Schani" Böhm, dem populären Präsidenten des neuerstandenen Österreichischen Gewerkschaftsbundes, zu tun. In seiner Umgebung traf ich auch zum ersten Mal einen jüngeren dynamischen Gewerkschafter, der jahrelang mit Figl im KZ Dachau gesessen hatte: Franz Olah, noch nicht im Parlament, aber auf dem besten Wege, eine große Karriere zu machen.

Auf seiten der Volkspartei hatte ich neben Gruber und dem

liebenswerten, wenn auch nicht immer ganz ernst zu nehmenden Kanzler Leopold Figl, dessen hohen persönlichen Mut im Verkehr mit den harten sowjetischen Besatzungsherren ich aus persönlichem Miterleben bezeugen kann, viel Kontakt mit Felix Hurdes, dem jungen Generalsekretär und Unterrichtsminister. Mit ihm verbanden mich Kontakte zum katholischen Jugendbund Neuland aus der Zeit vor 1938 und die Tatsache, daß Hurdes häufig im Hause meiner Eltern verkehrte. Ich lernte den damals schon sehr kranken Landeshauptmann von Niederösterreich, Josef Reither, kennen, der nach jahrelanger KZ-Haft nach Kriegsende wiederum die Führung seines Landes übernommen hatte, und eine ganze Reihe anderer Politiker der Volkspartei, Ferdinand Graf aus Kärnten, damals ein schlanker Mann, später nach dem Staatsvertrag der erste Verteidigungsminister, ferner Heinrich Gleißner, einen feinen und liebenswerten Herrn, der schon von 1934 bis 1938 Landeshauptmann von Oberösterreich gewesen war und es 1945 wiederum wurde. Er verkörperte die Kontinuität in der Innenpolitik, denn er blieb Landeshauptmann bis 1971 und ist heute noch ein lebendes Beispiel für die Stabilität der Politik in den Ländern. Zu den Vertretern der Volkspartei, die ich aus jenen Tagen in Erinnerung habe, gehört noch Lois Weinberger, Minister ohne Portefeuille und Vizebürgermeister von Wien, der Vizepräsident des Gewerkschaftsbundes Altenburger und eine Reihe von Politikern aus den Bundesländern, der Landeshauptmann von Vorarlberg Ilg, der Landeshauptmann von Salzburg Rehrl und schließlich last, not least der zu diesem Zeitpunkt nach einer Zurückweisung durch die sowjetische Besatzungsmacht etwas im Hintergrund stehende Präsident der Handelskammer Ing. Julius Raab, der später zum „Staatsvertragskanzler“ und zur entscheidenden Figur der österreichischen konservativen Politik werden sollte. Raab hat das Parteistatut und damit die Bündestruktur der Österreichischen Volkspartei in der zweiten Hälfte der vierziger Jahre so zusammengeschweißt, daß sich die ÖVP noch heute in den achtziger Jahren daran die Zähne ausbeißt.

In der österreichischen Innenpolitik kannten sich damals alle relativ gut; es war ein kleiner Kreis, verbunden durch die Kameraderie der gemeinsamen KZ- und der Gefängniserlebnisse, waren doch sozialistische und konservative Politiker zusammen in den Zellen oder Baracken gesessen. In diesen Lagern war auch ein Teil jenes Prozesses vor sich gegangen, der zur Überwindung der bis 1938 unüberwindbar scheinenden Schranken zwischen dem sozialistischen und dem konservativen Lager in Österreich geführt hat. Nach dem Jahre 1945 war ohne weiteres denkbar, was man sich nach 1934 und vor 1938 nicht vorstellen konnte, daß Leute wie Figl und Schärf Tage und Abende lang zusammengesessen sind, und zwar nicht nur in sachlichen Gesprächen, sondern auch in gutem persönlichem Einvernehmen. Es gab da zum Beispiel die Beziehung zwischen dem Gewerkschaftspräsidenten Böhm und dem Kammerpräsidenten Julius Raab. Obwohl Julius Raab nach außen hin eher Schwierigkeiten hatte, Kontakte zu pflegen, hat er sich mit dem Schani Böhm, seinem Partner auf der Arbeitnehmerseite, persönlich und menschlich offensichtlich sehr, sehr gut verstanden, und viele Probleme wurden auf dieser Ebene gelöst.

Überhaupt hat die Auflockerung des Kontaktklimas zwischen den Vertretern des sozialistischen und des konservativen Lagers nach dem Jahre 1945 zur Stabilisierung der politischen Verhältnisse, aber in der Folge auch zur Zementierung des Koalitionsgedankens geführt. Es schien den Politikern beider großer Parteien ganz einfach am schönsten, am einfachsten und am leichtesten, die Koalition weiterzuführen und brüderlich die wirtschaftlichen, kulturellen und anderen Machtpositionen im Lande aufzuteilen. Das hatte in der Besatzungszeit im wesentlichen positive Ergebnisse, man konnte nämlich geschlossen gegenüber alliierten Störungsmanövern auftreten, man konnte geschlossen die Einheit des Landes betonen und sie dann schließlich auch bis zum Staatsvertrag durchsetzen. Aber es hatte auf der anderen Seite den Nachteil, daß häufig wesentliche Positionen eben entweder doppelt oder mangelhaft besetzt wurden.

In den späten vierziger Jahren konnte man hier schon die Ansatzpunkte zu jener Entwicklung entdecken, die schließlich ein Jahrzehnt später zum breiten Unbehagen der österreichischen Bevölkerung mit der großen Koalition und mit dem Proporzgerangel, das man immer negativer zu sehen begann, führte. In jenen Tagen war es so, daß die wesentlichen Wirtschaftsministerien ÖVP-nahe waren, nämlich das Finanzministerium, das damalige Schlüsselministerium für Vermögenssicherung und Wirtschaftsplanung unter Leitung des später sehr umstrittenen Ministers Dr. Krauland und das Handelsministerium, damals unter der Leitung des alten und erfahrenen Politikers Heinl. Diese drei Ministerien waren zuständig für die verstaatlichten Banken und für die Führung jenes Teiles der verstaatlichten Industrie, der nicht von den Sowjets beschlagnahmt und in Rahmen der USIA-Republik, die ja einen Staat im Staate in Österreich bildete, eingeschlossen war. Und damals kamen natürlich sehr viele junge Leute neu in die großen wirtschaftlichen Institutionen hinein, die gewöhnlich noch von erfahrenen Männern aus der Zwischenkriegszeit geführt wurden, von jener Generation, die gekennzeichnet wird durch Figuren wie den Generaldirektor der Creditanstalt, Dr. Josef Joham, den damaligen Präsidenten der Industriellenvereinigung, Dr. Hans Lauda, und seinen langjährigen Vizepräsidenten und späteren Nachfolger, Dr. Franz Josef Mayer-Gunthof.

Diese Männer, die den Ersten Weltkrieg als aktive Soldaten und Offiziere mitgemacht hatten, waren, geprägt von der Krise der Zwischenkriegszeit, von einem intensiven Sicherheitsdenken beseelt, sie waren jedem Abenteuer, jedem Risiko abhold und sahen unter anderem im Zollschutz und in ähnlichen Schutzmaßnahmen der Regierung für die Wirtschaft das allein seligmachende Mittel, um den Wiederaufbau durchführen zu können. Sie fanden durchaus gleichgesinnte Partner auf der Arbeitnehmerseite. Auch dort waren mit Johann Böhm, den führenden Funktionären des damaligen sozialistischen und Gewerkschaftslagers Probst und Proksch Männer an der Spitze, die ebenfalls die finsteren und düsteren Erfahrungen der zwanziger und dreißiger Jahre noch deutlich in ihrer Erinnerung hatten und die daher sozialen Frieden, Zusammenarbeit und möglichste Vermeidung aller den friedlichen und behutsamen Fortschritt hemmenden Auseinandersetzungen fördern wollten. Diese Atmosphäre hat sicher die Entwicklung wesentlich mit beeinflußt, daß Österreich in den vierziger und fünfziger Jahren und bis in unsere Zeit von den großen sozialen Streitigkeiten, von Streiks und ähnlichen Dingen, fast hundertprozentig verschont geblieben ist. Und retrospektiv ist heute zu sagen, daß die unübersehbaren und gewichtigen Vorteile der Machtergreifung der „alten" Politiker und damit der Etablierung dieser Sozialpartnerschaft, die in den Jahren unmittelbar nach dem Kriege ihre Wurzel hatte, die Nachteile doch überwogen haben, und auf diesem Sektor zumindest haben Raab und Böhm, Figl und Schärf, und wie sie alle damals hießen, eine unserem Land höchst nützliche und die sogenannte „Insel der Seligen" erst möglich machende Politik betrieben.

Auf der anderen Seite ist allerdings auch zu bemerken, daß die völlige Blockierung der politischen Szene mit der Monopolisierung der Abwicklung fast aller öffentlichen Angelegenheiten (einschließlich auch fast der gesamten Presse und des Rundfunks) durch die „alten" Politiker, die „Biedermänner" der Vorkriegsgeneration, Österreich in den folgenden Jahrzehnten beträchtliche schöpferische Entwicklungsmöglichkeiten genommen hat. Statt nach zwölf Jahren Diktatur und nach der negativen Auslese, die ein Krieg immer unter Fähigen herbeiführt, alle Fenster und Türen des Staatswesens weit aufzureißen und für jede neue gute Idee und für jeden neuen guten Mann dankbar zu sein, beschloß man einen Rückzug in die eigene politische Vergangenheit durchzuführen. Als verläßliche Mitarbeiter am großen Unternehmen der Neugestaltung des Landes wurden nur die in der Mehrzahl mittelmäßigen und mit ihren Methoden schon mindestens einmal gescheiterten, aber dafür ideologisch verläßlichen Parteikader der beiden großen politischen Lager herangezogen. Notwendigerweise ergab sich daraus eine gleichfalls bestenfalls mittelmäßige Nachwuchserwartung, während die guten jungen Nachwuchskräfte in ihrer Masse das Ausland oder Karrieren in der Wirtschaft einem ebenso kleinkarierten wie langwierigen Marsch durch die Parteiinstitutionen vorzogen. Die bereits geschilderte Proporzmentalität tat dann ein übriges. Die Folgen dieser Kehrseite der Entwicklung bekamen die Parteien dann etwa zwanzig Jahre später (die SPÖ in ihrer Krise 1963 bis 1966) und die ÖVP ab 1970 zu spüren. Vielleicht hätte man 1945 die Toren allerseits doch nicht so schnell gehen lassen sollen?

5. KAPITEL

DIE BESETZER SETZEN SICH FEST

Im Januar 1946 war „Die Presse“, vorerst wegen Papiermangels als Wochenzeitung, wieder erschienen. Mein Vater, der bis 1938 stellvertretender Chefredakteur der „Neuen Freien Presse“, der damals bedeutendsten Zeitung Österreichs und früher auch der großen Habsburger-Monarchie, gewesen war, hatte seit Sommer 1945 mit einigen Freunden die Wiederherausgabe des Blattes vorbereitet. Dies erwies sich jedoch als ein hürdenreiches Unternehmen. Vorerst hatten anno 1938 die in Wien einmarschierenden nationalsozialistischen Machthaber nach einigen internen Machtkämpfen auf direkte Weisung Hitlers, der die „Neue Freie Presse“ seit seiner eigenen freudlosen Wiener Jugendzeit als „plutokratisch-liberal-jüdisches Hetzorgan“ kennen- und hassengelernt hatte, die Einstellung des Blattes angeordnet. Hitler befahl sogar, das unersetzliche Archiv der Zeitung, das auf das Gründungsjahr 1848 zurückging, zu vernichten, die Maschinen an ein NS-Parteiorgan nach Oberschlesien abzugeben und das Redaktions- und Druckereigebäude in der Fichtegasse anderen Zwecken zuzuführen. Und da man damals auch den unsinnigsten Befehlen des Führers nicht zu widersprechen wagte, geschah alles wie angeordnet, einschließlich der Verbrennung des Archivs.

Die Aktien der „Österreichischen Journal A.G.“, der Eigentümerin der „Neuen Freien Presse“, übernahm ein NS-Verlag in Berlin im Wege der Enteignung, und somit war die Firma im

Jahre 1945 nicht nur mittellos, sondern auch deutsches Eigentum. Das wiederum bedeutete, daß die Russen aufgrund ihrer Auslegung der Potsdamer Beschlüsse die Hand darauf legen konnten. Es wurde daher beschlossen, eine neue Firma zu gründen, deren Teilhaber neben Papa sein alter Freund, der Bankier Friedrich Maurig, ferner die Industriellen Hans Lauda und Manfred Mautner Markhof wurden. Papa beschloß auch, der Zeitung, als deren Herausgeber und Chefredakteur er zeichnen würde, einen anderen Namen zu geben. Und zwar jenen, den sie bei ihrer ersten Gründung trug: „Die Presse". Er hatte sich das alles noch bei seinem letzten Aufenthalt im Wiener Gestapogefängnis, im Winter 1945, ausgedacht. Die Zeitung sei ja nicht mehr wirklich neu (weil schon 1848 gegründet) und in Anbetracht der Besetzung des Landes auch nicht ganz frei, daher sollte aus der „Neuen Freien Presse" wieder die „Presse" werden. Vor allem aber wollte man damit den Sowjets jede Handhabe nehmen, das Blatt zu beschlagnahmen.

Es gab unendliche weitere Schwierigkeiten, da zuerst keine alliierte Lizenz zu bekommen war. Die Russen erklärten im Alliierten Rat, in Wien gäbe es mit den vier Zeitungen der Besatzungsmächte, den drei Parteiblättern der zugelassenen Parteien ÖVP, SPÖ und KPÖ sowie einer groteskerweise von allen drei Parteien gemeinsam herausgegebenen Tageszeitung, „Neues Österreich", schon genug Zeitungen. Eine unabhängige Tageszeitung hielten die Sowjets nicht nur für überflüssig, sondern auch für politisch gefährlich. Schließlich gelang es mir, die Amerikaner, die ja bereits in ihrer Zone die unabhängigen Zeitungen „Salzburger Nachrichten" und „Oberösterreichische Nachrichten" zugelassen hatten, dazu zu bewegen, eine Lizenz für die „Presse" zu erteilen, unter der Voraussetzung, daß sich der Sitz der Zeitung im amerikanischen Sektor befinden würde. Obwohl bereits Redaktionsräume in der Wollzeile im ersten Bezirk, also im internationalen Sektor der Stadt, gemietet waren, wurde nunmehr in der Seidengasse im siebenten Bezirk noch ein kleines Büro dazugenommen, das im Impressum des Blattes als Verlagsleitung aufscheinen sollte.

Dann erhielt Papa endlich die langersehnte Lizenz, und der Start der Zeitung war für Anfang Dezember 1945 geplant. Aber wieder wurde nichts daraus, denn das österreichische Innenministerium weigerte sich, das notwendige Papierkontingent zur Verfügung zu stellen. Papa intervenierte überall, aber vergeblich. Schließlich ging er zu Innenminister Oskar Helmer, einem niederösterreichischen Sozialdemokraten alter Schule. Helmer hörte sich Papas Anliegen an und erklärte dann freundlich, daß er ihm leider kein Papier zuteilen werde. „Wissen S', lieber Herr Doktor Molden, von mir kriegen S' kein Papier für Ihr liberales Blatt'l. Wenn ich Ihre ‚Presse' vielleicht auch auf die Dauer nicht verhindern werd' können, verzögern kann ich's sicher." Punkt, aus, so war's, und Helmer behielt recht, denn die „Presse" erschien erst Ende Januar 1946, als es endlich gelungen war, aus dem Kontingent für den amerikanischen „Wiener Kurier" Papier freizubekommen. Aber leider eben nur genug für eine Wochenzeitung.

So erschien die „Presse" vorerst als einmal wöchentlich herausgebrachte Tageszeitung jeden Donnerstag. Die Zeitung war sofort ein großer Erfolg, kein Wunder, war es doch die erste freie Zeitung im Nachkriegswien, die die Welt sah, wie sie wirklich war und nicht durch die Brillen einer Besatzungsmacht oder einer politischen Partei.

An großen Namen und hochbegabten Mitarbeitern bot allerdings die Redaktion dieses bescheidenen sechzehnseitigen Blattes alles, was man sich im damaligen Wien nur wünschen und vorstellen konnte. Es war sofort eine große Ehre, bei der „Presse" arbeiten zu dürfen, und jeden Tag meldeten sich neue Herren oder Damen, die mit von der Partie sein wollten. Von den Mitarbeitern des neuen Blattes stammten, außer Ernst Molden selbst, der Leitartikler Richard Charmatz, der Wirtschaftsredakteur Dr. Eugen Kahn sowie die Redaktionssekretärin Elli Heringer-Fritsch aus der alten „Neuen Freien Presse". Weitere ehemalige Angehörige der Redaktion der „Neuen Freien Presse", die durch die Kriegsereignisse ins Ausland verschlagen worden waren, meldeten sich wieder zum

Dienst und wurden beim Wiederaufbau des internationalen Korrespondentennetzes eingesetzt:

Dr. Ernst Benedikt (der Sohn des legendären Herausgebers der „Neuen Freien Presse") wurde Korrespondent in Stockholm, Dr. Fritz Kessler übernahm London, Louis Barcata ging nach Rom, Theodor F. Meysels nach Jerusalem und Ferdinand von Cles übernahm die Berichterstattung aus Westdeutschland. Einige Jahre später kamen dann noch Marlene Manthey in Washington D.C. und Dr. Thomas Ross in Belgrad dazu.

Aus der Redaktion des „Neuen Wiener Tagblattes" stammten der von allen und besonders von mir heißgeliebte Milan Dubrović (Stichwort „Blum Blum"), der 1953 nach dem Tode meines Vaters, als ich Herausgeber des Blattes wurde, die Chefredaktion übernehmen sollte. Dann der berühmte und strenge Musikkritiker Heinrich Kralik, unterstützt vom ebenso hochbegabten Erwin Mittag. Aus dem Tagblatt kam auch unser Schlußredakteur Emanuel Häussler, genannt „Lord Semmelbrösel". Über ihn gab es viele schöne Geschichten.

Häussler war ein guter Redakteur, aber auch ein begeisterter Tarockspieler. Als Schlußredakteur mußte er immer bis etwa 11.30 Uhr nachts Dienst machen, bevor er zu seiner Tarockpartie in einem benachbarten Kaffeehaus enteilen konnte. Im Oktober 1958 lag der arme Papst Pius XII. im Sterben. Die Agonie dauerte tagelang. Jeden Abend wurde die ganze Zeitung auf das bevorstehende traurige Ereignis umgebaut; statt bis um halb zwölf mußten wir alle und natürlich vor allem auch Häussler bis um 2 oder 3 Uhr nachts Dienst machen, der arme Papst konnte und konnte einfach nicht sterben. Häussler hatte schon zwei Tarockpartien versäumt; nun schien sich in der dritten Nacht sein trauriges Schicksal erneut zu wiederholen. Endlich um 1 Uhr nachts kam über die United Press eine „Blitzmeldung": Papst Pius XII. soeben verstorben. Nun mußte die bereits in Druck befindliche Zeitung aufgehalten werden, die Maschinen wurden gestoppt, eine neue Seite eins mußte schnellstens produziert werden. Alles stand um den „Umbruchtisch" herum: Otto Schulmeister, der damalige Lokalchef Thomas Chorherr, Emanuel Häussler und ich.

Ein Metteur eilte geschäftig vorbei: „Auf der Seite eins ist neben der Papstmeldung noch ein Platz frei, etwa 12 Zeilen einspaltenbreit, da muß schnell was hin!"

Chorherr sprang in die Bresche: „Klar, wir brauchen noch einen ganz kurzen Kommentar!"

Ich nickte: „Natürlich einen Kommentar, den soll der Schulmeister, unser Papstexperte, schreiben."

Häussler, wie immer als „Lord Semmelbrösel" in elegante graue Flanellhosen und in ein weites Salz-und-Pfeffer-Sportsakko aus feinstem Tweed gekleidet, war ohnedies schon sauer, auch die dritte Tarockpartie war im Eimer. Der Neusatz eines erst zu schreibenden Kommentars würde wieder Zeit in Anspruch nehmen. Häussler wandte sich verärgert mir zu:

„Einen Kommentar wollen Sie unbedingt haben? Von mir aus: Hostien hat er nebbich gern gegessen!"

Doch zurück zur Redaktion der „Presse": Von den ehemaligen „Wiener Neusten Nachrichten" kam deren früherer Chefredakteur Hans Mauthe, der bei uns das innenpolitische Ressort übernahm, ferner der Gerichtssaalberichterstatter Arnold Wasserbauer. Von der Grazer „Tagespost" erschienen Dr. Oskar Stanglauer, der bei uns stellvertretender Chefredakteur wurde, und der reizende Walther Urbanek, der die Ressorts Technik und Militär betreute. Ludwig Derka leitete den Lokalteil.

In der Außenpolitik arbeiteten Dr. Otto Schulmeister, Dr. Adam Wandruszka und ich. Später kamen Wolfgang Oberleitner und Ludwig Marton. Die Theaterkritik nahmen Hofrat Rudolf Holzer und später Prof. Piero Rismondo, zeitweise auch Friedrich Torberg und Dr. Rudolf Weys, der auch den Film betreute, wahr. Der Leiter des für die „Presse" wichtigen Wirtschaftsteiles „Economist" wurde Josef Lamprecht, ihm zur Seite standen Heinz Marchart und Dr. Eugen Kahn. Nachfolger Lamprechts war Ernst W. Nußbaum. Die Kunstkritik übernahm Dr. Bruno Fleischmann, später Jörg

Lampe, das Feuilleton Dr. Siegfried Melchinger. Das Sportressort führte Bruno Prohaska, später Kurt Jeschko mit Wolfgang Igler und Dieter Seefranz. Schließlich holte ich noch Hans Zerbs als Polizeireporter ins Blatt, Erich Hellmensdorfer als Chef vom Dienst, Johannes Eidlitz als stellvertretenden Chefredakteur, Ilse Leitenberger als Beilagenredakteurin und ab 1954 Gustav Peichl, den großartigen „Ironimus"-Karikaturisten.

Dieses Team wurde anfänglich noch von dem ehemaligen „Redaktionsstenotypisten" der „Neuen Freien Presse", Adolf David, betreut, der schon im Jahre 1912 in der Redaktion arbeitete und damals für Felix Salten dessen edelpornographisches Werk „Josephine Mutzenbacher" auf der Maschine abschrieb. Für diese damals verruchte Arbeit erhielt David von Salten 1000 Kronen, Salten selbst bekam von einem Mäzen 10.000 Kronen für das gesamte Werk, das zuerst nur als Privatdruck erschien und später ein Klassiker der erotischen Literatur geworden ist.

Die Redaktion der „Presse" amtierte von Januar 1946 bis zum Sommer 1948 in der Wollzeile, als Gast des hilfreichen Dr. Emmerich Morawa; dann übersiedelten wir in das ehemalige Palais Reitzes in die Universitätsstraße und schließlich 1956 in das „Pressehaus" am Fleischmarkt.

1946 wurden jede Woche so viele Exemplare zu 16 Seiten gedruckt, als eben genug Papier da war, die Auflage lag zwischen 80.000 und 120.000 Exemplaren, die regelmäßig nach zwei Tagen ausverkauft waren. Im ganzen Jahr 1946 ist nie auch nur ein einziges Exemplar unverkauft zurückgekommen, so glücklich waren die Menschen, endlich wieder ein freies und offenes Wort zu Gesicht zu bekommen, denn es hatte ja schon seit 1934 in Wien immer irgendeine Zensur gegeben.

Zensur gab es übrigens noch immer, aber es war eine Nachzensur, die von den Russen so ausgeübt wurde, daß sie, wenn ihnen der Inhalt einer Nummer der „Presse" nicht paßte, in ihrer Zone von österreichischen Polizisten bei den Zeitungsständen und in den Tabaktrafiken alle noch vorhandenen

Exemplare beschlagnahmen ließen. Das führte dazu, daß viele Zeitungshändler „Die Presse" von vornherein unter der „Budel" verkauften oder gleich alle gelieferten Exemplare für Stammkunden versteckten. Später gingen die Russen dazu über, in ihrer Zone generelle Verbreitungsverbote für ihnen unangenehm auffallende Zeitungen zu erlassen. „Die Presse" war zusammen mit der „Arbeiter-Zeitung" das österreichische Blatt, das von den Sowjets am häufigsten beschlagnahmt wurde. Wir betrachteten dies als große Ehre, wenn es auch bei andauernden Verbreitungsverboten recht einschneidende Erlöseinbußen mit sich brachte.

Als nun die erste Nummer der „Presse" endlich erschienen war, erneuerte Papa seinen Vorschlag, ich sollte sobald als möglich in die Redaktion des Blattes eintreten. Sosehr mich die Arbeit bei Außenminister Gruber faszinierte und soviel ich in seinem Sekretariat auch lernen konnte, so zog es mich doch mit allen Fasern zum Journalismus und zur Zeitung. Im übrigen war mir nach einem halben Jahr Tätigkeit am Ballhausplatz schon klargeworden, daß ich kaum das nötige Sitzfleisch und die richtige Mentalität für einen guten Beamten mitbrachte. Es gab da die Beispiele meines Großvaters und meines Vaters, die ihre Karrieren im Außenamt aufgegeben hatten, um zum Journalismus zu wechseln. Ich beschloß daher, der Familientradition zu folgen, begab mich eines Tages im März 1946 zu meinem hohen Chef und trug ihm die Bitte vor, im Laufe des Frühjahrs aus dem Außendienst ausscheiden zu dürfen. Gruber, der ja selber nicht aus der Beamtenkarriere kam, hatte Verständnis für meinen Drang zur Zeitung und willigte ein, mich nach den Vorbereitungen und dem Anlaufen der Pariser Friedenskonferenz, an der Österreich ja in der Frage Südtirol beteiligt war, ziehen zu lassen.

In Paris beschäftigten sich die Außenminister der Alliierten im April mit dem italienischen Friedensvertrag. Am 30. April beschlossen sie, die österreichischen territorialen Ansprüche anzuhören. Gleichzeitig erklärten sie allerdings, daß die Brennergrenze erhalten bleiben solle, was in Wien begreiflicherweise große Aufregung verursachte, da beide Erklärungen einander diametral widersprachen.

Ich fuhr noch mit der österreichischen Delegation nach Paris und hatte Gelegenheit, die schwierigen und in der ersten Phase erfolglosen Verhandlungen unserer Delegation mitzuerleben. Österreich versuchte damals zuerst eine territoriale Lösung durch Anerkennung des Selbstbestimmungsrechtes für Südtirol. Als die Alliierten dies klar ablehnten, kam es zu Verhandlungen über die Abtretung eines Teiles von Südtirol, wobei das Wipptal und das Pustertal jeweils von der Wasserscheide bis Brixen zur Diskussion standen, jedoch waren vor allem die Südtiroler Vertreter selbst gegen eine solche „Salamitaktik". Sie wiesen mit Recht darauf hin, daß eine Rückkehr dieses Gebietes zu Österreich nur etwa ein Drittel der ungefähr 240.000 deutschsprachigen Südtiroler erfaßt hätte, der Rest der Volksgruppe noch kleiner geworden und daher der Bedrängnis durch die übermächtigen Italiener noch mehr ausgesetzt gewesen wäre. Auch war die Bereitschaft der Italiener, das Pustertal abzutreten, ohnedies nur sehr beschränkt vorhanden, und zwar sicher nur unter der Voraussetzung, daß Österreich gleichzeitig auf alle anderen Ansprüche verzichtet hätte. Das konnte und wollte Österreich nicht tun, und das wollten vor allem auch die Südtiroler selbst nicht.

Es muß heute zur Klärung der geschichtlichen Wahrheit gesagt werden, daß alle die Gespräche und später auch die Vereinbarungen zwischen Gruber und de Gasperi in Paris immer und ausschließlich nur nach Rücksprache der österreichischen Delegation mit den in Paris anwesenden Südtiroler Vertretern geführt wurden. Gruber war sehr darauf erpicht, in allen Verhandlungsphasen die Zustimmung der Südtiroler zu erhalten. Die Vorwürfe, die man ihm später in Österreich machte, er habe quasi Südtirol verkauft, waren wirklich fehl am Platze.

Im Frühjahr 1946 hatte Österreich auf dem internationalen Parkett fast überhaupt nichts mitzureden. Die Verhandlungen waren dementsprechend schwierig, um so mehr, als die Italiener sich der Unterstützung der Amerikaner versichert hatten. Die Amerikaner waren aus mehreren Gründen geneigt, den italienischen Standpunkt in Sachen Südtirol zu fördern. Erstens gab und gibt es in den USA eine große Anzahl von Italoamerikanern, die in der Innenpolitik eine wesentliche Rolle spielen. Zweitens schien damals Italien durch die Kommunisten sehr gefährdet. Die Amerikaner aber waren höchlichst daran interessiert, ein nichtkommunistisches Italien auf ihrer Seite zu haben. Drittens war der amerikanische Chefdelegierte bei der italienischen Friedenskonferenz in Paris, der Diplomat James Dunn, als Botschafter in Rom vorgesehen und neigte daher von vornherein dem italienischen Standpunkt zu. Außerdem waren die Sowjets zu diesem Zeitpunkt, durch die Erfahrungen der österreichischen Nationalratswahl vom November 1945 gewitzigt, völlig auf italienischer Seite. In Österreich gab es 4 Prozent Kommunisten, in Italien über 30 Prozent. Schon daraus ergab sich, daß die Sowjets den italienischen Standpunkt fördern würden. So mußte der erste Versuch Österreichs, im Frühjahr 1946 Südtirol zurückzuholen, scheitern.

Im Spätsommer 1946 kam es dann doch zu einer zweiten Verhandlungsrunde, wiederum in Paris, bei der nächsten alliierten Außenministerkonferenz. Gruber war wiederum dort, und es wurde dann nach langen Verhandlungen das berühmte Gruber-de-Gasperi-Abkommen geschlossen, das eine Autonomie für die Südtiroler, aber eben nicht nur für die Südtiroler allein, sondern für die beiden Provinzen Bozen und Trient, also auch für das italienischsprachige „Welschtirol", vorsah. Diese beiden Provinzen sollten eine „Region" bilden, für die eine relativ große Autonomie vorgesehen war. Das hätte aber wiederum geheißen, daß die Südtiroler auch in der nunmehr autonomen Region in die Minderzahl gekommen wären, weil ja im Trentino fast nur Italiener leben und diese, zusammen mit der italienischen Minorität in der Provinz Bozen, in der gesamten autonomen Region wiederum eine Mehrheit dargestellt hätten. Es war klar, daß auf die Dauer eine solche Lösung weder die Südtiroler noch die Österreicher befriedigen konnte, aber es war das Maximum dessen, was zu diesem Zeitpunkt herauszuholen war. Schon nach der ersten Phase der Pariser Verhandlungen im Mai 1946 schied ich mit einem lachenden und einem weinenden Auge aus dem Sekretariat Gruber und damit aus dem Außenministerium aus.

Nach Wien zurückgekehrt, fand ich eine desillusionierende politische Szenerie vor. Die Euphorie, daß man quasi die Zweite Republik mit dem Wiedereinverleiben Südtirols beginnen könnte, war einer nüchternen Einschätzung gewichen, man hatte gesehen, daß Österreich in der Welt wenig oder fast nichts zu sagen hatte und daß wir uns damit zufriedengeben mußten, eine bescheidene Autonomie für Südtirol nach Hause zu bringen. Gleichzeitig war damals eine andere territoriale Frage zur großen Sorge der österreichischen Regierung und vor allem der Kärntner Bevölkerung akut geworden. Marschall Tito hatte den jugoslawischen Anspruch auf Südkärnten erneuert, er wollte etwa 2500 Quadratkilometer südkärntnerisches und südsteirisches Gebiet annektieren, das von zirka 160.000 Menschen bewohnt war. Von diesen waren nach neutralen Schätzungen etwa 25.000 Slawen oder „Windische“. Die Sowjets unterstützten bis zum Jahre 1948, also bis es zum Bruch zwischen der Sowjetunion und Jugoslawien kam, Titos Forderung, während die westlichen Alliierten an dem Standpunkt der Moskauer Deklaration festhielten, daß Österreich in den Grenzen von 1937 wiedererstehen sollte.

In Österreich selbst war ein zweiter schwerer Schlag auf die Regierung niedergegangen, denn im Mai 1946 hatten die Sowjets endgültig die Übernahme des sogenannten deutschen Eigentums in sowjetischen Besitz durchgeführt. Dies geschah, obwohl das österreichische Parlament im April des Jahres 1946 die Verstaatlichung großer Teile der österreichischen Industrie beschlossen hatte, nicht zuletzt um eine Beschlagnahme durch alliierte Mächte zu verhindern.

Ein Jahr nach Kriegsende sah es in Österreich nicht gut aus. Die wirtschaftliche Lage war katastrophal, die vitalsten Bedürfnisse der Bevölkerung konnten nur in geringstem Umfang befriedigt werden; weder war das Lebensmittelproblem gelöst, noch war es bisher möglich gewesen, die Industrieproduktion in größerem Rahmen wieder anlaufen zu lassen. Die politische Situation war durch einen ständig verstärkten Druck der sowjetischen Besatzungsmacht gekennzeichnet. Die Kommunisten versuchten mit Hilfe des sozialistischen Zentralsekretärs Erwin Scharf eine sogenannte Aktionseinheit der Kommunisten und Sozialisten herbeizuführen. Der Parteivorstand der Sozialistischen Partei beschloß aber im April 1946, eine solche Einheitsbewegung mit den Kommunisten abzulehnen und an der bisherigen selbständigen Führung der Partei und einer Zusammenarbeit mit der Österreichischen Volkspartei in der Regierung festzuhalten. Dies führte schließlich nicht nur zur Trennung der Sozialistischen Partei von Erwin Scharf und seinen Gefolgsleuten, sondern auch letztlich zum Ausscheiden des einzigen kommunistischen Vertreters aus der österreichischen Regierung, des Energieministers Dr. Altmann. Überdies wurde Österreich wider Willen in die sich verschärfende Auseinandersetzung zwischen Ost und West hineingezogen.

Ich spürte dies ganz deutlich bei meinen Kontakten mit den Vertretern der amerikanischen Besatzungsmacht in Österreich, mit denen ich im Auftrage des Außenministeriums ständig engen Verkehr gepflogen hatte. Einige meiner Freunde aus den Kriegstagen befanden sich noch in Wien. Captain Rudolf Charles von Ripper, ein geborener Österreicher, der es zum hochdekorierten Truppenoffizier in der amerikanischen Armee gebracht hatte und der in der letzten Phase des Krieges in Kärnten mit dem Fallschirm abgesprungen war, residierte im Hotel „Brauner Hirsch“, wo auch mein ehemaliger Kommandeur bei der OSS für Österreich, Alfred C. Ulmer, sein Hauptquartier hatte. Im Sommer 1945 waren sie noch geneigt gewesen, die brüderliche Waffengemeinschaft mit den Sowjets hochzuhalten. Im Frühjahr 1946 hingegen wurde bereits eine andere Sprache gesprochen, nun ging es um die Notwendigkeit des Aufbaus einer Abwehr gegen eine weitere sowjetische Expansion in Mitteleuropa. Diese Gefahren und die sich daraus ergebenden Konsequenzen sah natürlich auch die österreichische Regierung. Sie mußte aber sehr vorsichtig vorgehen, denn es wäre von katastrophalen Folgen begleitet gewesen, hätte sich die Regierung damals in irgendeiner Form – außerhalb der wenigen zur Verfügung stehenden legalen Möglichkeiten – in Gegensatz zur sowjetischen Besatzungsmacht gestellt. Es bildeten sich aber Gesprächskreise, in denen die Möglichkeiten einer gemeinsamen Abwehr etwaiger kommunistischer oder sonst von den Sowjets ausgehender Maßnahmen zur Okkupation von ganz Österreich oder zur Abtrennung der Ostzone vom Rest Österreichs diskutiert wurden. Ich hatte damals Gelegenheit, sowohl mit einer Reihe von österreichischen Regierungsvertretern wie auch mit amerikanischen Diplomaten und Offizieren solche Gespräche zu führen und wurde später, als der kalte Krieg wirklich einsetzte, in diesem Zusammenhang nochmals von meinem früheren Chef Außenminister Gruber eingesetzt.

Der Gegensatz zwischen der Politik des Westens und der der Sowjets in Österreich wurde nun auch auf dem wirtschaftlichen Sektor immer deutlicher. In der ersten Besatzungsphase hatten auch die westlichen Besatzungsmächte aus Österreich wirtschaftliche Vorteile gezogen, besonders die Franzosen transportierten aus Vorarlberg und Tirol Industrieanlagen nach Frankreich, die Engländer ernährten sich weitgehend aus dem Lande, und die Amerikaner nahmen für ihre Besatzungstruppen in extensiver Weise Benefizien in Anspruch. Seit Anfang 1946 aber wendete sich hier das Blatt weitgehend. Die Stärke der westlichen Besatzungstruppen wurde wesentlich reduziert, daher war ihr Gewicht in Westösterreich nicht mehr so groß, und die von der Bevölkerung zu tragenden Lasten wurden geringer. Überdies begannen die Amerikaner, einige Zeit darauf auch die Briten und schließlich sogar die Franzosen, die Kosten ihrer Besatzungstruppen in Österreich selbst zu tragen, während die Österreicher die Kosten der sowjetischen Besatzungsmacht in den von ihr besetzten Gebieten voll zu finanzieren hatten. Langsam begannen die Amerikaner aber auch den wirtschaftlichen Wiederaufbau Österreichs zu fördern.

6. KAPITEL

GOLDENE VIERZIGER JAHRE

Buchfeldgasse Nr. 6, ein nicht sehr interessant aussehendes Haus in einer schmalen Gasse im bürgerlichsten Quartier der Wiener Vorstädte, in der Josefstadt, gleich um die Ecke vom berühmten Theater. Ich wartete schon geraume Zeit an der altmodischen Haustür, bis mir vielleicht doch jemand aufmachen würde. Endlich schlurfte der Hausmeister herbei, ein Schlüssel wurde im rostigen Schloß gedreht, ein fröhliches Gesicht begrüßte mich. Herr Soukup ließ mich herein, bei ihm war die Welt noch in Ordnung. Leider, teilte er mir mit, sei der Aufzug wieder einmal kaputt. Nun, das war nichts Neues. Ich ging also fünf Stockwerke hinauf, ganz oben unterm Dach wohnten Georg und Inge Zimmer-Lehmann. Dort war ich, wie jede Woche einmal, auch an diesem lauen Juni-Abend nach dem Essen – après nannte man das damals noch – eingeladen. Inge Zimmer-Lehmann hatte es trotz Nachkriegswirren und Mangelerscheinungen aller Art fertiggebracht, schon im ersten Nachkriegsjahr wieder einen Wiener Salon auf die Beine zu stellen. In ihrem Hause trafen wir uns. Wir, das war ein gutes Dutzend Freunde, junge Journalisten, Politiker, ein paar Leute aus den Banken und der Wirtschaft, ein paar Schauspielerinnen, Maler, Künstler, eine sonderbare und eher unkonventionelle „Jeunesse dorée" der vierziger Jahre.

Eva Weber und ihr späterer Mann Atti Auer, mein Bruder Otto Molden, der Architekt Ferdinand Kitt, Heinrich und

Helga Treichl, Lisa Srbik, die austroamerikanischen Diplomaten und Offiziere Harald Frederiksen, Johannes Imhof, Bob Kauf, Rudolf von Ripper, dann Christl Mosing, Maidy Kaan und wie sie alle geheißen haben mögen. Natürlich auch der Kreis aus dem Quiriten-Club! Das Geschwisterpaar Fritz und Dorli Czerwenka, Herbert Braunsteiner und seine Frau Liesl. Eine Clique, die sich zum Teil aus den ehemaligen „Bewohnern" des Widerstandspalais Auersperg, in dem im April 1945 die Befreiung Wiens in der letzen Schlacht geplant wurde, zusammengefunden hatte. Zu dem ursprünglichen Auersperg-Kreis kamen dann andere dazu, und schließlich war eigentlich die „Buchfeldgasse" zum Zentrum einer eigenen Gruppe geworden. Die Seele des Hauses und des ganzen Kreises war Inge Zimmer-Lehmann, der spritzige Geist aber kam vom Hausherrn, dem damaligen stellvertretenden Chefredakteur der „Furche", Georg Zimmer-Lehmann. Es war eine fröhliche, schöne Zeit in der Buchfeldgasse, es gab wenig zu essen und auch nicht viel zu trinken, aber unendlich viele Ideen, in jeder Woche ein neues Set von Plänen, Vorschlägen, Hoffnungen, die größer wurden, auch wenn sie nie in Erfüllung gingen, und ein Konzept für eine neue Welt, an der jeder von uns täglich ein kleines Stückchen bauen wollte.

Kettenrauchend saß man bis um 4 Uhr früh, diskutierend, lachend, weit offen die Türe zum Leben, zum Frieden, zu einer neuen Welt. Alte Freunde stießen dazu, eben aus der Gefangenschaft zurück, plötzlich auftauchend, nicht mehr erwartet, freudig begrüßt. Robert Baier, Rafael Spann, Fritz Neeb, Fritz Hansen-Löwe, Otto Schulmeister, Wiki Wittgenstein, die schönen Musen aus dem Burgtheater, Judith Holzmeister und Inge Konradi, und viele andere mehr. Man traf sich nicht nur in der Buchfeldgasse, aber dort war das Zentrum. Manchmal lud uns Dorothea Monti draußen in der Probusgasse in Heiligenstadt ein. Manchmal waren wir bei Fritz Schoellers alter Tante in der Himmelpfortgasse. Manchmal trafen wir uns in meinem Elternhaus in der Osterleitengasse und sehr oft auch beim Martinkovits in Sievering, einem damals ganz stillen Heurigen, bei dem irgendwo im Eck, quasi als zweite Garnitur, einer auf der Zither spielte, dessen Name Anton Karas mit dem berühmten Film „Der dritte Mann“ den Weg um die weite Welt machen sollte. Manchmal fuhren wir hinaus aufs Land zum Puka Fürstenberg nach Strobl, zum Pipo Thurn nach Rastenberg, zu den Waldsteins auf einem Schloß bei Loidsberg im oberen Waldviertel oder zum Karl Draskovich nach Güssing ins südliche Burgenland. Reiseunternehmungen waren schwierig, aber Schwierigkeiten konnte man ja damals viel leichter überwinden als später, denn wir alle hatten diesbezüglich Routine. Wenn man kein Auto hatte, fuhr man mit der Bahn, und wenn die Bahn stehenblieb, trachtete man per Anhalter weiterzukommen. Draußen am Land gab es mehr zu essen und wiederum sehr viel Zeit, um zu diskutieren. Kunata Kottulinsky tauchte auf, Wolf In der Maur, Rudi Hiller, aus allen Ecken kamen sie wieder zusammen, die Freunde und Weggenossen von früher, die plötzlich wieder eine kleine Welt bildeten, in der man sich zu Hause fühlen und in der man hoffen konnte, ein Stück des Weges gemeinsam zu gehen.

Nächte in den ersten Lokalen, die in der Wiener Innenstadt wieder entstanden, im „Strohkoffer“ im Kärtner-Durchgang, in der „Splendid-Bar“ gleich neben dem Stephansplatz, wo Direktor Köhler wieder seine Protegés zu einem Gratiswhisky einlud, und in der neu entstandenen „Edenbar“, die später zu einer unserer Hochburgen werden sollte. Und dann natürlich das alte Schloß Dietach im Oberösterreichischen bei Wels, das Onkel Max Bleyleben gehörte und in dem die Brüder Alfred und Karl-Anton Bleyleben Haus hielten. Rudi Strasser tauchte dort oft mit wechselnder weiblicher Begleitung auf, Marielene Herz, schon damals von ihrem Rudi Salis betreut. Eine sehr österreichische Welt, nicht so unbeschwert und nicht so dekadent, wie sie in den Stücken von Schnitzler und Hofmannsthal beschrieben wird, aber dafür eben dreißig Jahre später, nach Bürgerkrieg und Krieg und doch wieder fröhlich und von wesentlich mehr Optimismus und Glauben an die Zukunft durchdrungen als die Generation vor ihr.

Auf den Cocktailpartys der alliierten Hochkommissariate fanden wir ersten Kontakt zur großen weiten Welt. Besonders die britische Botschaft schloß sich uns auf. Es gab einen jungen Botschafter und späteren Hochkommissar, Sir Harold Caccia, der mit seiner entzückenden Frau und einem ganzen Stab von jungen Diplomaten uns geradezu eine Tür aufmachte aus unseren abgekapselten, engen österreichischen Verhältnissen, in die wir durch Besatzung vielerlei Art zu einer Art Inzucht geistiger Natur getrieben worden waren. Die Caccias zeigten uns, wie es anderswo sein konnte. Später taten das auch andere Diplomaten. Aber die englische Botschaft in der Reisnerstraße war quasi unsere erste Station am Weg hinaus in die Welt. Bei den Amerikanern war es die Villa der US-Diplomatin Eleanor Lansing Dulles, der außerordentlich brillanten Schwester der Brüder John Foster und Allan Welsh Dulles, von denen der eine später US-Außenminister, der andere der Chef des CIA werden sollte, in der Sternwartestraße, wo wir uns häufig trafen. Vor allem auch, um ihrer Nichte Joan artig den Hof zu machen.

Im Sommer hatten wir unser eigenes internationales Rendezvousplätzchen in Alpbach, wo das Österreichische College, im Juli 1945 von meinem Bruder Otto und von Simon Moser gegründet, alljährlich seine Veranstaltungen abhielt. Dort wurde wiederum diskutiert, aber diesmal auf einer anderen Ebene. Studenten und Professoren aus Deutschland, der Schweiz, Frankreich, Italien, England und natürlich auch aus Österreich trafen hier zusammen. Politiker stießen dazu, und es wurde über Europa gesprochen, einem etwas fabelhaften fernen Gebilde, das uns aber faszinierte, denn es war chic, europäisch zu denken. Kurze Zeit später stand auch der Marshallplan vor der Türe, es schien, als ob ein einiges Europa nicht mehr nur ein Wunschtraum sei, sondern auch eine Realität werden könnte. Und Alpbach war in jeder Beziehung der ideale Platz, um es vorwegzunehmen. In Alpbach ist übrigens jetzt, 35 Jahre später, noch einiges von diesem Geist der vierziger Jahre in Österreich geblieben. Es ist noch immer ein bißchen Abenteuer dabei und guter Wille zum Verstehen anderer, zum Zusammenkommen mit anderen und zum Meistern neuer Probleme und Situationen. Alpbach hat noch immer seine Krisen, so wie es sie damals hatte, und daher auch noch immer die Chance, weiterzuwachsen und sich weiterzuentwickeln. Auf jeden Fall war Alpbach in der Zeit von 1945 bis 1950 geradezu eine Offenbarung für junge Menschen, und wir freuten uns schon das ganze Jahr, im Sommer in das Tiroler Dorf zu kommen. Von Alpbach aus haben übrigens dann viele von uns den Weg in die Welt angetreten, denn in Alpbach ließen sich Kontakte finden. In Alpbach traf man Leute, die man später in Paris, in London, in Zürich oder in New York wieder ansprechen konnte. Es war ja ein langwieriger Prozeß für uns alle und vor allem für jene von uns, die die ganze Zeit des Dritten Reiches hatten im Lande bleiben müssen.

Im Alpbach der vierziger Jahre gab es keine Badezimmer und keine Bergbahnen, keine Nightclubs und keine Grillstuben. Es gab Vierbettzimmer ohne Fließwasser, ein paar altmodische Gasthöfe und wunderschöne Bergwiesen, auf denen die Arbeitskreise saßen und diskutierten, und es gab den berühmten Geist von Alpbach, nachher viel gepriesen und viel geschmäht, der nicht nur im Obstler, den es auch damals schon gab, seinen Ursprung hatte, sondern eben auch in der Bereitschaft jener, die nach Alpbach kamen, sich aufzumachen und miteinander zu sprechen. In diesem Sinn hat sich an Alpbach eigentlich nichts geändert.

Es war damals gar nicht so einfach, von Wien nach Alpbach zu kommen. Im allgemeinen fuhr man mit der Bahn. Diese, noch keineswegs voll elektrifiziert, verkehrte langsam und nicht sehr häufig. Es gab zwei Schnellzüge, die von Wien nach dem Westen fuhren, den berühmten Arlberg-Expreß und den Rot-Weiß-Kurier. Fahrtzeit, je nach Belieben der an der Enns und bei Leogang kontrollierenden alliierten Überwachungsorgane, von Wien bis Innsbruck zwischen zwölf und zwanzig Stunden. Im allgemeinen ging es in etwa drei Stunden von Wien bis St. Valentin. Kurz nach St. Valentin blieb der Zug auf offener Strecke stehen, wenige hundert Meter vor der berühmten Ennsbrücke. Dann begann eine Kontrolle durch die Sowjets, die mindestens ein bis zwei Stunden in Anspruch nahm. Mit Glück kam man durch. Der Zug setzte sich wieder in Bewegung, fuhr aber nur über die Brücke, um erneut stehenzubleiben. Jetzt waren die GIs dran. Die waren großzügiger, kontrollierten nur flüchtig, aber bespritzten jedermann mit einem Insektenmittel, das angeblich dazu geeignet war, das Einschleppen von ansteckenden Krankheiten in die amerikanische Zone zu verhindern. Dann ging es wieder weiter über Linz bis Attnang-Puchheim. Dort wurde die Dampflokomotive gegen eine elektrische ausgetauscht. Das dauerte für gewöhnlich wiederum eine gute Stunde.

Dann über Salzburg und Zell am See nach Leogang, letzte Station in der amerikanischen Zone. Neuerliche Kontrolle, diesmal kein Juckpulver, aber dafür genaues Nachsehen, daß man um Gottes willen nichts aus der „reichen" amerikanischen Zone in die ärmere französische hinüberschmuggle. Wiederum ein paar Kilometer weiter, in Hochfilzen, französische Kontrolle, ziemlich pedantisch, denn hier war man stets auf der Suche nach Kriegsverbrechern. Schließlich blieb der Zug in Brixlegg stehen, damals eine prächtige Expreßzugstation, heute halten dort leider fast nur noch Personenzüge. Man war zwar zusammengequetscht, aber doch gut über die Runden gekommen, hatte sich mit etlichen Leuten unterhalten, hatte vielleicht einige Läuse oder Wanzen als ungebetene Weggenossen eingeheimst und war schließlich glücklich und dankbar in den altmodischen Autobus hineingeklettert. Zwischen gackernden Hühnern und der rundlichen Botenfrau schön verpackt, ging's hinauf nach Alpbach. Durch die alten romantischen Tunnels, in denen der Bus manchmal in der Kurve steckenblieb, und auf einer Straße, die knapp zweieinhalb Meter breit war. Oben im Dorf stand dann der Bürgermeister Alfons Moser, nickte freundlich, und man war wieder zu Hause, so wie jedes Jahr, in Alpbach beim College.

Auch in Wien war das Sekretariat des College einer unserer

Treffpunkte. Es befand sich damals in der Kolingasse im Hause der Studentenschaft. Unsere Treffs im Collegesekretariat waren von großer Bedeutung, weil dort etwa alle drei Monate eine Palastrevolution stattfand und nächtelange Sitzungen darüber zu entscheiden hatten, wer a) dem Vorstand angehören sollte, b) aus demselben entfernt werden müsse und wie c) die Generallinie des College in den nächsten sechs Wochen aussehen sollte. Aber das war eigentlich nicht der Grund, sich dort zu treffen, die Kolingasse und ihre ganze Entourage war eben „in". In der Kolingasse gab es auch eine Studentenbühne, das „Theater der Hochschülerschaft". Dort wurden Ausstellungen gezeigt, Diskussionen geführt und wilde Partys gefeiert. Ein anderes Zentrum wiederum war das Atelier von Fritz Wotruba in der Böcklinstraße im zweiten Bezirk, wo der Meister zwischen großen Plastiken gastfreundlich Wein ausschenkte. Wir hatten weder einen Mangel an Treffpunkten noch einen Mangel an Diskussionsthemen. Wir hatten auch keinen Mangel an Mädchen, der einzige Mangel, der häufig bewältigt werden mußte, war der an Geld.

Aber auch Geld spielte groteskerweise in diesen Jahren keine wirkliche Rolle. Von einigen Profischleichhändlern abgesehen, verdiente niemand sehr viel, aber man kam durch. Die Ansprüche waren natürlich wesentlich geringer als heute, und viele der Wünsche, die man hatte, waren auch ohne Geld zu erfüllen. Wir waren fast eine klassenlose Gesellschaft. Allerdings eine mit etlichen Mäzenen, die uns über Wasser hielten. Überdies waren wir dabei, uns bürgerliche Existenzen zu schaffen. Das ging nicht sehr schnell, aber es ging recht erfolgreich. Per saldo hat sich unser Kreis auf dem Sektor der bürgerlichen Karrieren, des Vorwärtskommens, des Geldverdienens, ohne allzu große Schwierigkeiten entwickelt. Unsere Niederlagen haben wir nicht dort erlitten, sondern bei den Versuchen, uns im öffentlichen, im politischen Leben zu betätigen, aber das lag noch weit in der Zukunft. In den vierziger Jahren wähnten wir uns – wie Toren eben träumen – noch im Mittelpunkt des Geschehens.

Heute scheint es notwendig, daran zu erinnern, daß die

Einkommensverhältnisse in diesen Jahren völlig andere waren. So erhielt ich als Sekretär des Außenministers ein Monatsgehalt von 228 Mark und dann ab 1. Januar 1946 von 228 Schilling. Dazu kamen noch Zulagen, so daß ich schließlich einen Bruttobezug von etwa 250 Mark aufzuweisen hatte, von dem aber wiederum alle möglichen Abzüge weggenommen wurden. Auf die Hand bekam ich genau 205 Mark bzw. Schilling. Mit 205 Schilling konnte ich mir ohne Schwierigkeiten die auf Lebensmittelmarken erhältlichen Waren kaufen. Ich konnte mit diesen 205 Schilling auch die öffentlichen Verkehrsmittel benützen. Damit war allerdings mein Monatsgehalt schon ausgegeben. Diese 205 Schilling, die ich da verdiente, standen allerdings in keiner Relation zum Wert von Dingen, die ich erfreulicherweise zusätzlich zu meinem Einkommen zur Verfügung hatte.

Ich erhielt zum Beispiel jeden Monat von amerikanischen Freunden ein CARE-Paket zugeschickt. Ein CARE-Paket in der Währungsstruktur des Jahres 1946 entsprach ungefähr dem Wert von 200 Zigaretten. 200 Zigaretten wiederum waren damals zirka 220 Schilling wert.

Nun startete ich im Winter 1946 einen Nebenberuf. Ich begann für eine Kolumne im amerikanischen Nachrichtenmagazin „Newsweek“ zu schreiben. Einmal in der Woche schickte ich Nachrichten an die Redaktion in New York, und wenn die etwas davon brauchen konnten, so zahlten sie mir dafür wiederum in CARE-Paketen. Ein CARE-Paket kostete damals 10 Dollar, wenn man es von Amerika aus an einen Empfänger in Europa schickte. Ich bekam für meine Meldungen gewöhnlich 25 Dollar pro Story, wenn sie gut, und 15 Dollar, wenn sie mittelmäßig war. Manchmal allerdings konnten sie meine Berichte auch gar nicht brauchen. Die Meldungen bezogen sich auf Verhältnisse und Entwicklungen im mitteleuropäischen Raum, die Lage in den Oststaaten und auch auf andere Themen, die ich aus meiner Sicht halbwegs beurteilen konnte. Für diese meine „News“, die ich da hinüberschickte, konnte ich im Monat etwa mit einem Einkommen von 50 Dollar rechnen. Das entsprach fünf CARE-Paketen. Fünf CARE-Pakete entsprachen wiederum ungefähr 1000 Schilling.

Ich war nun schon bei einem Gesamteinkommen von 1425 Schilling angelangt. Mit 1425 Schilling war man, wenn man nicht gerade wie ein Krösus leben wollte, in durchaus guten Verhältnissen. Ich kam damit nicht nur selber anständig durch, ich konnte von den CARE-Paketen einen Teil zu Hause abliefern, so daß die Eltern eine bessere Lebensbasis hatten. Ich erinnere mich noch, daß ich Weihnachten 1945 und 1946 mit Hilfe von angesparten CARE-Paketen köstliche Weihnachtsgeschenke für Familie und Freunde anschaffen konnte. Also mit 1425 Schilling monatlich ging es einem im Jahre 1946 recht gut.

Das Geldverdienen war relativ leicht, wenn man sich etwas anstrengte und bereit war, neben seinem Hauptberuf noch einen Nebenjob auf sich zu nehmen. Der allergrößte Luxus war, manchmal in ein Schleichhandelsrestaurant schlemmen zu gehen. Damals gab es auf dem Kohlmarkt ein Lokal – dort, wo jetzt das Espresso Arabia untergebracht ist –, in dessen rückwärtigem Teil sich ein Restaurant befand, in dem man völlig markenfrei sehr gut essen konnte. Dort kostete allerdings eine Mahlzeit für zwei Personen mindestens soviel wie mein Monatsgehalt im Außenministerium, nämlich damalige 200 Schilling. Wenn man versuchen will, eine Relation zur heutigen Kaufkraft herzustellen, so muß man bedenken, daß ein solcher Job heute mit mindestens 15.000 Schilling bezahlt wird. In einem CARE-Paket befanden sich ein Pfund Käse, ein Pfund gesalzene Butter, mindestens ein Pfund Wurst, ein Viertelpfund Tee, ein Viertelpfund Kaffee, ein halbes Pfund Schokolade, ein Pfund Zucker, zwei Pfund amerikanische Teigwaren, dann kleine Rationen Zigaretten, schnell kochbare Konserven, eine Fischkonserve und noch ein paar andere kleine Dinge des täglichen Gebrauches.

Ich hatte Bekannte, die im Zuge der Kriegsereignisse aus Ungarn nach Österreich gekommen waren, sich schnell an das hiesige Geschäftsleben gewöhnt hatten und dabei nach dem

Krieg geschickt die Möglichkeiten des Schwarzmarktes ausnützten. Innerhalb von wenigen Jahren verdienten diese Leute ein Vermögen, das schließlich groß genug war, ihnen im Westen Österreichs den Aufbau einer großen Handelsorganisation für ein Spitzenprodukt der Markenartikelindustrie aus dem benachbarten Deutschland aufzuziehen. Das waren einfach fähige junge Burschen, die sich nicht scheuten, 18 Stunden am Tag zu arbeiten und den Möglichkeiten, die der damalige Schwarzmarkt bot, konsequent nachzugehen. Daß die Geschäfte, die auf diesem „freien Markt" gemacht wurden, nach dem Strafgesetz nicht legal waren, wußte jedermann, aber nachdem auch fast jeder zumindest passiv mit dem Schwarzmarkt zu tun hatte, war kaum jemand daran interessiert, Polizei und Gerichte einzuschalten. Es galt als ein Gentlemandelikt, sich am schwarzen Markt zu betätigen, solange es nicht ausschließlich und professionell betrieben und nicht mit Waren gehandelt wurde, die anrüchig erschienen.

Die „Presse" ging in den ersten Jahren ganz hervorragend, und mein Vater als Herausgeber und Verleger zerbrach sich Ende 1946 den Kopf, was er mit den unerwarteten Überschüssen anfangen sollte. Seine Kompagnons, die großen Bankiers und Industriellen, empfahlen ihm, Reserven zu bilden oder eine Dividende auszuzahlen. Aus irgendwelchen steuerlichen Gründen war das aber dann nicht möglich, und Papa nahm schließlich den ganzen Gewinn, ließ ihn von seinem Buchhalter durch die Anzahl der Angestellten dividieren und quasi als Weihnachtsgeschenk auszahlen. In einer Zeit, die noch keineswegs durch gesetzlich gesicherte Weihnachtsgehälter verwöhnt war, wurde Papas Maßnahme in der Redaktion begeistert aufgenommen. Lediglich unser Hausbankier, Herr Maurig, warf einen teils amüsierten, teils besorgten Blick auf Papa und meinte, ein richtiger Businessman würde aus ihm wohl nicht mehr werden. Damit hatte er recht, aber es änderte nichts an Papas Freude darüber, daß er seinen Redakteuren zu Weihnachten ein schönes Geschenk machen konnte. Die kaufmännische Geschäftsführung überließ mein Vater – weil ihm ohnedies ein Graus – einem lieben alten Kommerzialrat, der allerdings mehr mit der wirtschaftlichen Problematik der Jahrhundertwende vertraut war. Ein paar Jahre später sollte uns diese Entwicklung viel Kopfweh verursachen, aber einstweilen hatten wir jede Menge Geld, und ich wurde als Sonderberichterstatter zur feierlichen Staatsgründung nach Indien und im Anschluß daran nach Ostasien geschickt, um über den Kampf Tschiang Kai-scheks gegen Mao auf den blutigen Schlachtfeldern zwischen Nanking, Shanghai und Kanton zu berichten.

Die Schwierigkeit mit dem österreichischen Schilling bestand darin, daß er im innerösterreichischen Verkehr einen relativ stabilen Wert besaß, während sich seine Relation zum Dollar schnell veränderte. Der offizielle Kurs des Dollars zum Schilling war anfänglich 1:10, dann wurde er im Jahre 1946 auf 1:14 angehoben und wieder zwei Jahre später auf 1:26, eine Relation, die bis in die siebziger Jahre hielt. Der wirkliche (freie) Dollarkurs lag um die Jahreswende 1946/47 bei etwas über 100 Schilling pro Dollar, wobei zu sagen ist, daß der Schilling ja bereits Ende 1945 durch die erste Währungsreform etwas geläutert worden war – man hatte überschüssige Geldbeträge auf breiter Front eingezogen und Konten einfrieren lassen. Von einem Tag auf den anderen durfte man nur den Gegenwert von 200 Schilling pro Person umtauschen; der Rest war eingefroren. Der Schilling hatte daher im Jahre 1946 eine etwas bessere Position als die Reichsmark, die ja noch bis Ende 1945 auch in Österreich die offizielle Währung gewesen war. Ein Dollar war also am freien Markt 100 Schilling wert, während der offizielle Kurs 1 Dollar ist gleich 10 Schilling betrug. Das waren Unterschiede, die geradezu aufreizend wirken mußten, sich hier in Geschäfte einzulassen.

Es begann daher bald ein schwunghafter Handel von allen möglichen Leuten, die sich von Wien in die Schweiz begaben, um dort Geldwechselgeschäfte zu machen. Die Schweiz war neutral, die Schweiz war ein Nachbarland, das sich schnell den Österreichern erschloß, und es war relativ leicht, eine Ausreisegenehmigung in die Schweiz zu bekommen. Also versuchte man, irgend etwas am schwarzen Markt zu verkaufen, dann in die Schweiz zu reisen und sich dort Schweizer Franken zu beschaffen. Mit diesen Schweizer Franken wiederum würde man, das schwebte zumindest vielen wie eine Fata Morgana vor, alles auf der Welt kaufen können. Damals begann sich, schnell wie ein Strohfeuer, ein großes Geschäft zu entwickeln, das bald in Wien das Tagesgespräch bildete, einige Leute zu Millionären machte, andere allerdings um ihr Vermögen und manche sogar ins Gefängnis brachte.

Im Frühsommer des Jahres 1946 tauchten in Wien Unmengen von Pfundnoten auf. Diese Pfundnoten wurden zu relativ günstigen Kursen angeboten, anscheinend handelte es sich um die Bestände der Ungarischen Nationalbank – so wurde es zumindest behauptet –, die in Westösterreich nunmehr von Ungarn, die sich auf der Flucht befanden, zu günstigen Kursen abgegeben wurden. Viele Leute kauften Pfunde in großem Stil ein, begaben sich in die Schweiz, um die begehrten Banknoten auf dem freien helvetischen Devisenmarkt günstig zu placieren. Damals war das Verhältnis von Pfund zu Schweizer Franken etwa 17.60 Franken zu 1 Pfund, und das bedeutete wiederum, daß 1 Schweizer Franken auf dem freien Markt zirka 25 Schilling wert war. Viele Wiener „Experten", die sich solche Pfunde beschaffen konnten, eilten nach Zürich, um das Geschäft ihres Lebens zu machen. Das ging eine kurze Zeit lang gut, dann aber kam es zur Katastrophe. Es stellte sich nämlich heraus, daß der größte Teil der in Österreich aufgetauchten und in die Schweiz verbrachten Pfundbestände gefälschte Noten waren. Hitler hatte während des Zweiten Weltkrieges Millionen von Pfundnoten ganz meisterhaft fälschen lassen, um erstens Unordnung in die alliierte Kriegswirtschaft zu bringen und zweitens mit gefälschten Pfunden die für die deutschen Kriegsanstrengungen notwendigen Rohstoffe auf internationalen Märkten einkaufen zu können.

Durch Jahre hindurch waren diese von den Deutschen so hervorragend gefälschten Pfundnoten überall für echt entgegengenommen worden. Sobald nun unsere österreichischen

Helden allerdings in der Schweiz auftauchten und Riesenmengen gefälschter Noten aus NS-Beständen, die bei Kriegsende im Salzkammergut versteckt worden waren, auf den Markt warfen, flog die Fälschung auf. Einer nach dem anderen der österreichischen Glücksritter wurde von der kantonalen Fremdenpolizei in Zürich angehalten und mußte feststellen, daß sein Reichtum zu nichts zerronnen war und er noch von Glück reden konnte, wenn nicht noch ein Strafverfahren wegen Handels mit gefälschten Geldmitteln eingeleitet wurde. Es war ein kurzer Traum, dieses Pfundfieber, ein paar Monate lang regte es die Österreicher auf, wie einst der Goldrausch den Wilden Westen, bis es dann zu dem großen Debakel kam.

Es gab Bevölkerungsgruppen, für die es sehr schwierig war, Geld zu verdienen und sich in den langsam wieder anlaufenden Wirtschaftsprozeß erneut einzuschalten. Da waren einerseits die mittellosen Flüchtlingsmassen, die aus dem Osten einströmten, und anderseits die Parias der späten vierziger Jahre, die zeitweise – wie es schien – Unberührbaren, nämlich die registrierten Nazis. Kurz nach Kriegsende kam es in den verschiedenen Besatzungszonen zur Registrierungspflicht für ehemalige Nationalsozialisten. Es gab riesige telefonbuchähnliche Listen, in denen Hunderttausende, ja vielleicht Millionen von nationalsozialistischen Funktionären, Deutsche und natürlich auch Österreicher, aufgezeichnet waren. In diesen Listen gab es solche Fälle, die nur zu einem Entnazifizierungsverfahren führten, andere, die sogenannten „automatic arrest cases" (automatische Verhaftungsfälle), bedeuteten, daß alle Personen, die auf diesen „Arrest"-Listen standen, sogleich festgenommen und in eines der Nazi-Internierungslager eingeliefert werden mußten. Es passierte sehr häufig, daß Personen irrtümlich auf solche Listen gesetzt wurden oder daß es zu grotesken Verwechslungen kam.

Beispielsweise erinnere ich mich noch ganz genau, daß in den ersten Monaten nach dem Kriege das amerikanische CIC, das Counter Intelligence Corps der US-Armee, das entsprach ungefähr der politischen Polizei der amerikanischen Armee, die unsinnigsten Bocksprünge vollführte. Eines Tages erschienen einige CIC-Beamte im Tiroler Landhaus, um Karl Gruber, damals Widerstandschef und Landeshauptmann, zu verhaften. Da ich damals noch in amerikanischer Uniform amtierte, kam ich als erster mit den CIC-Leuten in Kontakt und versuchte ihnen zu erklären, daß Gruber kein Nazi war, sondern das genaue Gegenteil. Die CIC-Bosse legten ihre Colts auf meinen Tisch und spuckten ihre Kaugummis aus: „Well, you stupid ass, you have no idea about anything, just look at this list." Dann hielten sie mir eine Liste unter die Nase, auf der ganz groß stand: „Dr. Karl Gruber, Jahrgang 1909, Kreisleiter von Königsberg-Ost – war criminal II. degree – automatic arrest, Mitglied der Waffen-SS" usw. Es war ganz klar, ein Dr. Karl Gruber, noch dazu 1909 geboren, im gleichen Jahr wie unser Landeshauptmann, allerdings Kreisleiter von Königsberg, wurde gesucht. Das Ganze stellte sich in diesem Fall innerhalb von wenigen Minuten als Irrtum heraus.

Viele andere hatten unter irrtümlichen Verhaftungen weit mehr zu leiden und sind oft Monate eingesessen. Die Mehrzahl jener allerdings, die eingesperrt wurden, ist nach den damaligen Gesetzen berechtigterweise verhaftet worden. Man ging anfänglich sehr streng vor, aber nach wenigen Jahren wurde die Durchführung sehr gemildert. Aber die Lagergemeinschaft der „Glasenbacher" und „Wolfsberger", nämlich jener, die dann noch oft jahrelang in Glasenbach oder Wolfsberg, in den zwei größten Entnazifizierungslagern Österreichs, zusammen saßen, hat zu einer starken Identifizierung von Gruppen geführt, und es entstanden neue Loyalitäten, die sich im Jahre 1949 bei der Gründung des VdU, des Verbandes der Unabhängigen, aus dem dann später die Freiheitliche Partei hervorging, wieder zeigen sollten.

In der ersten Nachkriegszeit waren diese Nazis jedenfalls in einer schwierigen Situation, viele von ihnen wurden von den Gemeinden wie Zwangsarbeiter zu allen möglichen öffentlichen Arbeiten herangezogen. Ich kann mich noch erinnern, wie ich eines Tages, auf der Döblinger Hauptstraße gehend, plötzlich einige würdige ältere Herren vor mir erblickte, die Trümmer wegräumten. Als ich näher hinsah, war einer davon ein mir sehr gut bekannter Arzt, der andere ein Notar, beide hochanständige Leute, beide allerdings auch Herren, die in der Nazizeit aus ihrer Begeisterung für den Führer kein Hehl gemacht hatten; jetzt mußten sie also dafür die Straßen räumen. Es gab also zunächst viele Zehntausende von ehemaligen Nazis, die teils in Lagern festgehalten, teils zur Zwangsarbeit herangezogen wurden. Das hat sich relativ schnell geändert, aber viele von ihnen konnten eine Anzahl von Berufen bis etwa 1950 nicht ausüben. Dann wurden diese Gesetze modifiziert, es wurde alles viel milder gesehen, und ab 1950 haben „Ehemalige", wenn es sich nicht um „Kriegsverbrecher" handelte, keine wirklichen Schwierigkeiten mehr gehabt.

Eine der Hauptchancen, der Verfolgung zu entgehen, bestand darin, bei einer politischen Partei unterzuschlüpfen. Die Sozialisten, die sowieso einen großen Mangel an intellektuellem Nachwuchs verspürten, zeigten sich hier nicht nur geschickter, sondern auch weitblickender. So etwa in Kärnten, wo durch die spezielle Situation des jahrzehntelangen Volkstumskampfes ein großer Teil der leitenden Akademiker und bessergestellten Intellektuellen in der Zeit des Anschlusses irgendwie zu den Nazis gestoßen war, weil sie eben der Meinung gewesen waren, die Nazis würden für eine Erhaltung des nationalen Raumes in Kärnten Sorge tragen. Im Jahre 1945 mußten sie alle entnazifiziert werden, die Engländer waren hier ziemlich stur. Die Österreichische Volkspartei war 1945 eindeutig auf die Linie der Ablehnung aller Überbleibsel des Dritten Reiches und des Nationalsozialismus festgelegt. Die ÖVP ging hier so weit, daß der damalige Bundeskanzler Figl in einer Rede kurz vor den Wahlen 1945 erklärte, es würde den belasteten österreichischen Nazis nicht schaden, wenn sie ein paar Jahre nach Sibirien kämen, man sollte sie gegen die noch in Rußland festgehaltenen österreichischen Kriegsgefangenen austauschen. Im Augenblick war dieses Statement von Leopold Figl, der schließlich selbst viele Jahre im KZ gesessen war, nicht schädlich für die ÖVP, denn die registrierten Nationalsozialisten konnten im Jahre 1945 ohnedies nicht wählen; sie waren vom Wahlrecht ausgeschlossen. Aber viele der Betroffenen mögen sich diese Bemerkung lange Jahre gemerkt haben und dann lieber zu einer Partei gegangen sein, die sie nicht von vornherein so negativ klassifizierte.

Die Sozialisten machten in Kärnten noch 1945 ihre Türen und ihre Herzen für ehemalige Nationalsozialisten weit auf, und das Resultat war bald nicht zu übersehen, die Kärntner SPÖ konnte schnellstens zuerst die relative und dann die absolute Mehrheit im Kärntner Landtag erkämpfen, sicher nicht zuletzt mit Hilfe des breiten nationalen Elements, das früher in Kärnten eigentlich die erste Geige gespielt hatte. Nach dem Jahre 1945, als die „Ehemaligen" nur zwischen ÖVP und SPÖ wählen konnten – die KPÖ kam ja für sie von vornherein nicht in Frage, da sie sich mit den Forderungen Titos identifizierte –, da wandten sie sich begreiflicherweise nicht an die Leute, von denen sie als Verbrecher bezeichnet worden waren. So wurde Kärnten sozialistisch, und so wurde ein beträchtlicher Teil des Apparates der österreichischen Verwaltung in den Ländern und auf Bundesebene mit nationalen Elementen „unterwandert". Von den führenden ÖVP-Politikern hat damals nur Alfred Maleta in seiner „Oberweiser" Aktion versucht, die Ehemaligen anzusprechen.

Dazu kam noch, daß die ehemals Nationalen und Großdeutschen in Österreich, die dann später der Einfachheit halber und übersimplifizierend als Nazis bezeichnet wurden, eine aus ihrer Tradition heraus eher antiklerikale Gruppe darstellte. Daher war es für diese Gruppe viel leichter, zur SPÖ zu stoßen, die in den vierziger und frühen fünfziger Jahren doch noch eine eher antiklerikale Haltung einnahm, während die ÖVP sich damals noch als eine eindeutige christlich-katholische Partei bezeichnete. Es wurde bei den Sozialisten niemandem übelgenommen, daß er ursprünglich aus einer schlagenden Studentenverbindung kam, bei der ÖVP hingegen konnte man in jener Zeit nur schnell und problemlos Karriere machen, wenn man beim CV war. Und das hat sich bis in die späten sechziger Jahre im wesentlichen so erhalten. Der große Reinhard Kamitz, Vater der österreichischen Variante der „Sozialen Marktwirtschaft", Mitbegründer des „Raab-Kamitz-Kurses" und Liberaler vom Scheitel bis zur Sohle, bildete mit seinem „Akademikerbund" wohl nur die Ausnahme, die die Regel bestätigt.

Die Sozialisten hatten allerdings dann in der Zwischenzeit ihr Pendant zum CV, nämlich den Bund Sozialistischer Akademiker, den BSA, ins Leben gerufen. Schließlich war man dann in den Blütejahren der großen Koalition entweder mit einer CV- oder mit einer BSA-Punze abgestempelt, und wenn man keine der Punzen vorweisen konnte, dann waren die Chancen, einen Posten im öffentlichen Bereich zu erhalten – sagen wir es vorsichtig –, nicht überwältigend.

Von den „großen Nazis", die es ja auch in Österreich durchaus gegeben hat, ist nur ein relativ kleiner Teil den damaligen strengen Volksgerichtsverfahren zum Opfer gefallen. Bei den Volksgerichtsprozessen in den Jahren 1945–1949 gab es auch noch die Todesstrafe. Es wurden auch ein paar Dutzend Leute zum Tode verurteilt und einige davon hingerichtet, aber die Zahl jener, die ohne Zweifel todeswürdige Verbrechen begangen hatten und nach dem damals geltenden Gesetz auch mit der Todesstrafe zu rechnen hatten, war sicher zwanzig- bis fünfzigmal so groß wie die Zahl derer, die nun auch tatsächlich angeklagt und verurteilt wurden. Hier hat sich die österreichische Gerichtsbarkeit von vornherein bemüht, Haßjustiz zu vermeiden. Das hat sich sicher per saldo günstig ausgewirkt, denn der innere Friede ist relativ schnell wiederhergestellt worden.

Umgekehrt steht fest, daß die große Milde in der Verfolgung von Naziverbrechern dem Ansehen Österreichs in der Welt eher geschadet als genützt hat. Man hat im Ausland und vor allem natürlich bei den Hauptbetroffenen, nämlich den seinerzeit Emigrierten, bei jenen, die im letzten Moment der Vergasung entgangen oder „von der Kohlenschaufel für den nächsten Ofen gerade noch heruntergesprungen" sind, kein großes Verständnis für diese Milde finden können. Auch die Alliierten, die fünf Jahre lang gegen Hitler Krieg führen mußten, waren recht verblüfft, daß man unmittelbar nach dem Kriege nicht nur Mitläufer, sondern oft auch wirkliche Hauptbeteiligte und schwer belastete Nazis nach kurzer Zeit wieder laufen ließ und sie nach wenigen Jahren auch schon wieder in Spitzenpositionen erblicken konnte.

Der Filmstar Walter Slezak, der Sohn des unvergeßlichen Sängers Leo Slezak, der selbst ein Wiener ist und keineswegs Jude, sagte 1978 in den USA in der berühmten TV-Talkshow von Dick Cavett, der Unterschied zwischen den Deutschen und den Österreichern sei der, daß die Deutschen Nazis waren, während die Österreicher Nazis seien. Als ich dann wenige Wochen später ebenfalls zu dieser Talkshow in New York eingeladen wurde und von Dick Cavett nach meiner Meinung gefragt wurde, hatte ich beträchtliche Mühe, 30 Millionen amerikanischen Fernsehzuschauern klarzumachen, daß die Österreicher nicht, wie Walter Slezak es so drastisch ausgeführt hatte, heute noch alle Nazis seien. Richtig ist, daß man hier sicher nicht das Kind mit dem Bad ausschütten sollte, daß aber die in Österreich schon in den vierziger Jahren und auch später noch weit verbreitete Mentalität: „Die armen Nazis, da hat keiner was dafür können, die sind ja eh schon gestraft genug", nicht die Basis darstellt, mit der wir uns in der weiten Welt einen guten Ruf machen können. Heute ist das ja nun Gott sei Dank zum Großteil Geschichte und vorbei.

In der allerersten Zeit nach dem Kriegsende gab es noch ein interessantes Phänomen, das sich sehr von allem unterschied, was wir heute zu erleben gewohnt sind. Vom Jahr 1938 bis zum Jahr 1945 war Österreich bekanntlich ein Bestandteil des Großdeutschen Reiches. Der Name Österreich, ja später sogar der Begriff Ostmark, war auf Weisung des Führers eliminiert worden, es gab nur noch die „Donau- und Alpenreichsgaue", alle mit einem eigenen Reichsstatthalter. Diese selbständigen Reichsgaue, insgesamt waren es der Reichsgau Niederdonau, einschließlich des nördlichen Burgenlandes, der Reichsgau Wien, der Reichsgau Steiermark, einschließlich des südlichen Burgenlandes und ziemlich großer aus Slowenien und Jugoslawien herausgeschnittener Teile der Südsteiermark, der Reichsgau Kärnten, zu dem man dann Teile von Krain dazugeschlagen hatte, der Reichsgau Tirol–Vorarlberg, der Reichsgau Salzburg und schließlich der Reichsgau Oberdonau, dem man wiederum Teile des tschechoslowakischen Teiles des Böhmerwaldes dazugeschlagen hatte. Es gab also sieben Reichsgaue, aber es gab kein Österreich mehr. Und – wie gesagt – sogar der Name Ostmark war verpönt, weil er zu sehr an Österreich erinnern konnte.

Während dieser „Anschluß-Zeit" kamen viele Deutsche nach Österreich, zum Teil als deutsche Soldaten, zum Teil als Zivilisten, die in Österreich gerade in den ersten Monaten nach dem Umbruch Tausende von Positionen für sich in Anspruch nahmen, denn überall dort, wo Nichtnazis oder Juden an der Spitze von Unternehmungen oder Amtsstellen waren, kamen nun österreichische „illegale Nazis" oder aber in viel größerer Zahl „Reichsdeutsche" zum Zug, um sich diese fetten Pfründen anzueignen. Es entwickelte sich so von 1938 bis 1945 aus dem früher herzlichen deutsch-österreichischen Verhältnis eine gespannte Beziehung, die auch dadurch nicht verbessert wurde, daß die etwa 600.000 in die deutsche Wehrmacht eingezogenen Österreicher von den Kommißbrüdern aus dem „Altreich" oft von oben herab und als „Hilfswillige" behandelt wurden. Durch ein halbes Jahrtausend hatten sich Preußen, Bayern, Sachsen, Schwaben und Österreicher als Brüder betrachtet und einander in dem lange Zeit von Wien aus regierten Reich trotz mancher Konflikte gut verstanden. Noch im Jahre 1938 haben wesentliche Teile der österreichischen Bevölkerung – es ist nicht die Aufgabe dieses Buches, noch einmal auf die Diskussion einzugehen, wie groß oder wie klein diese Teile waren, aber auf jeden Fall waren es wesentliche Minderheiten, ich persönlich schätze sie auf etwa 30 bis 40 Prozent der Gesamtbevölkerung – den Einmarsch Hitlers mit größter Begeisterung begrüßt, während die Mehrheit ihn teils resignierend, teils ablehnend zur Kenntnis nahm.

In der Zeit von 1938 bis 1945 aber hatte sich die Beziehung zwischen den Deutschen als Besatzungsmacht und den Österreichern (jetzt von den Quislingen und den Kollaborateuren abgesehen) wesentlich verändert. Die österreichischen Nazis, die 1938 gedacht hatten, für sie würden nun die goldenen Zeiten anbrechen, sahen sich bitter enttäuscht. Sogar prominente Führer aus der österreichischen illegalen nationalsozialistischen Bewegung wurden keineswegs immer zu Herren in der eigenen Heimat, sondern wurden häufig als kleinere Funktionäre irgendwo ins besetzte Ausland abgeschoben. Nur wenige Ausnahmen, wie der „Anschlußkanzler" Seyß-Inquart oder SD-Chef Kaltenbrunner, brachten es zu ganz großen Positionen in der Hierarchie des Dritten Reiches. In der Masse wurden die österreichischen Nazis auf die Seite geschoben, und reichsdeutsche Parteigenossen übernahmen ihre Positionen und besaßen den überwiegenden Einfluß in allen politischen, wirtschaftlichen und kulturellen Belangen in Österreich.

Außerdem kam eine immer größer werdende Zahl von ganz normalen deutschen Reichsbürgern nach dem eben befreiten Österreich, um sich hier alle jene Dinge anzuschaffen, die man draußen, im „Altreich", wie es damals hieß, schon nicht mehr bekam. Und so fuhren sie vor und kauften hier von Butter über österreichische Qualitätstextilien, über Wein, Schnaps und Fleisch alles mögliche ein, was man eben mitschleppen konnte.

Dann begann der Krieg, zuerst gab es fast immer Siege, aber dann, mit dem Beginn des Rußlandfeldzuges, war der Krieg nicht mehr so fröhlich; schließlich waren es mehrere hunderttausend Österreicher, die im Zweiten Weltkrieg gefallen sind. Das Schreckensregime der Gestapo in Österreich verhaftete immer mehr Menschen. Tausende wurden hingerichtet, und Zehntausende sind in den Konzentrationslagern und Gefängnissen umgekommen. Ganz zu schweigen von den hunderttausend österreichischen Juden, die die grauenhafte Endlösungspolitik Hitlers nicht überlebt haben.

Alles das zusammen verschlechterte die Beziehungen zwischen Deutschen und Österreichern zunehmend. Wenn es auch, etwa in der deutschen Wehrmacht im Fronteinsatz, noch immer ein gutes Einvernehmen gab, so wurde doch in Österreich, sowohl im ländlichen Bereich wie auch in den Städten, vor allem in Wien, die Sympathie für das „Tausendjährige Reich“ und seine Bürger immer geringer, man wollte mit den „Piefkes“, wie sie genannt wurden, nichts zu tun haben. Die „Piefkes“ ihrerseits befanden sich häufig in einer grotesken Situation, denn viele der Deutschen, die sich 1938 in der „Ostmark“ niederließen, waren gerade deshalb nach Österreich gekommen, weil sie keine Nazis gewesen waren und weil sie gehofft hatten, sich in der Anonymität in Österreich leichter durchschlagen zu können. Hier sind viele tragische Mißverständnisse entstanden.

Nach dem Jahr 1945 mußte sich die österreichische Regierung natürlich bemühen, für Österreich einen besseren Status herauszuschlagen, als er dem benachbarten Deutschland, dem Hauptverlierer des Krieges, blühen würde. Die österreichische Regierung konnte sich dabei auf die berühmte Moskauer Deklaration des Jahres 1943 stützen, wo die Alliierten erklärt hatten, Österreich würde als erstes Naziopfer befreit und als selbständiger Staat in den Grenzen von 1937 wieder entstehen. Es wurde allerdings dort auch darauf hingewiesen, daß der Anteil Österreichs an seiner Befreiung eine wesentliche Rolle bei der Beurteilung durch die Alliierten spielen würde. Deswegen war es ja auch so wichtig, daß man sich bemüht hatte, die Aktivität der Widerstandsbewegung besonders zu intensivieren.

Österreich hat also erklärt: Wir sind ein befreites Land, wir waren nie im Krieg mit den Alliierten und sind daher auch kein geschlagener Feind. Am Anfang gab es da einige Irrtümer, etliche alliierte Besatzungsdienststellen hatten das nicht richtig begriffen. Aber nach ein paar Monaten hatten eigentlich alle erfaßt, daß Österreich etwas anderes war als Deutschland. Die österreichische Regierung ihrerseits hatte nun ein Riesenproblem, denn Hunderttausende ehemaliger deutscher Soldaten und Zivilisten, aber auch viele „Volksdeutsche“, die aus dem südosteuropäischen Raum, wo sie seit Jahrhunderten als Bauern oder Gewerbetreibende gelebt hatten, flüchten mußten, befanden sich bei Kriegsende in Österreich. Dazu kamen dann noch fremde „Displaced Persons“, Flüchtlinge, zum Beispiel Ukrainer, Russen, Polen, Ungarn, Jugoslawen, Tataren und etliche mehr. Die nichtdeutschen Flüchtlinge wurden in den großen DP-Camps (Displaced-Persons-Lagern) von der UNRRA (United Nations Relief and Rehabilitation Administration) betreut. Die Ernährung und die Vorsorge für die Volksdeutschen und die Reichsdeutschen, die sich in Österreich befanden, überließ man der österreichischen Regierung. Es kam dann zu komplizierten Verfahren, wer bleiben konnte, wer weggehen mußte. Die Volksdeutschen sind in der Mehrzahl in Österreich geblieben, und etwa eine halbe Million von ihnen hat sich definitiv in Österreich angesiedelt und die österreichische Staatsbürgerschaft angenommen. Die Reichsdeutschen hingegen sind in ihrer großen Mehrzahl in ihre Heimat zurückgegangen, es gab damals auch für sie kaum die Möglichkeit, die österreichische Staatsbürgerschaft zu erwerben.

Wie hat sich nun das Verhältnis zwischen Deutschland und Österreich nach diesen sehr schwierigen Jahren und nach den vielen Mißtönen von beiden Seiten in der Nachkriegsperiode entwickelt? Ich selber war bereits im Sommer 1945 mehrfach in Deutschland gewesen, in Bayern, in Württemberg, und bin dann im Herbst dieses Jahres von Außenminister Gruber nach München geschickt worden, um eine „heikle Mission“ durchzuführen.

Der damalige Landeshauptmann von Salzburg hatte eine Kampagne unterstützt, die von einigen Salzburgern entriert worden war, um die Rückgliederung des sogenannten Rupertiwinkels an Salzburg und damit an Österreich zu erreichen. Salzburg war bis 1805 ein reichsunmittelbares Land gewesen, und die Salzburger Fürsterzbischöfe waren souveräne Herrscher. Eines Tages, als einer von ihnen wieder einmal Geld benötigte, um ein schönes Lustschloß zu bauen, hat er den Rupertiwinkel, das ist jenes Stück Land, das tief in den österreichischen und Salzburger Raum aus Bayern hereinschneidet und zu dem Berchtesgaden und Reichenhall gehören, an den bayrischen Kurfürsten verkauft. Dieses Geschäft hat die Salzburger später geärgert, und nun sahen sie plötzlich im Jahre 1945 eine Gelegenheit, den Rupertiwinkel wiederzukriegen. Auch praktisch wäre das gewesen, denn die große österreichische Längsverbindung vom Osten nach dem Westen und von Salzburg nach Tirol führt nämlich auf der Bundesstraße 1 über die Stadt Reichenhall und den Steinpaß wiederum ins Salzburgische, nach Lofer hinein. Und diese Straßenverbindung hätte man damit zurückbekommen. Noch expansionslüsternere Salzburger waren sogar der Meinung, daß eigentlich das ganze Gebiet bis zum Inn, also einschließlich Traunstein und Chiemsee, zu Salzburg kommen sollte.

Auf jeden Fall haben sich die Bayern, als sie von dieser Geschichte hörten, sehr verständlicherweise empört und aufgeregt. Der damalige bayrische Ministerpräsident Dr. Högner, ein Sozialdemokrat der alten Schule, hielt eine große Rede, in der er sagte: „Wir haben zwar keine Waffen, aber wir werden mit Dreschflegeln und Sensen die Österreicher aufhalten, bevor sie uns den geliebten Rupertiwinkel stehlen können." Die österreichische Regierung hatte damals andere Sorgen, als sich mit der durch nichts gerechtfertigten Annexion von bayrischen Landesteilen zu beschäftigen. Überdies bestand die große Gefahr, daß, wenn man da genau zu rechnen begonnen hätte, man vielleicht dann den Rupertiwinkel zu Salzburg geschlagen hätte, aber ebensogut hätten dann die Bayern sagen können, was ist mit dem Innviertel, das war doch früher auch einmal bayrisch, und dann hätten wir wieder in Oberösterreich ein mindestens ebenso großes Stück Land verloren. Kurz gesagt, die österreichische Regierung hat richtigerweise keinen Gefallen an diesen Aspirationen der Salzburger gefunden und beschlossen, die Sache gar nicht ernst zu nehmen.

Ich wurde nach München zum Ministerpräsidenten Högner

geschickt, mit dem damals die österreichische Regierung überhaupt keine direkten Beziehungen haben konnte – das Deutsche Reich war völlig zerschlagen, es gab in Deutschland mit Ausnahme der Landesebene noch keine wirkliche Regierung, und es war der österreichischen Regierung vom Alliierten Rat geradezu untersagt, mit Nichtmitgliedern der Vereinten Nationen, ohne Zustimmung des Alliierten Rates, diplomatische Beziehungen zu pflegen. Daher konnte jeder Kontakt zu den benachbarten bayrischen Landesstellen nur inoffiziell und informell erfolgen. Ich fuhr also nach München und begab mich zum bayrischen Ministerpräsidenten Högner. Einer seiner Assistenten, der später im Rahmen der Spiegel-Affäre berühmt gewordene Oberst Oster, ein Sohn des am Offiziersputsch vom 20. Juli 1944 beteiligten und hingerichteten Generals Oster, empfing mich sehr freundlich und brachte mich in das Arbeitszimmer des Ministerpräsidenten. Dr. Högner war ein lieber, besonders kluger und toleranter Herr, und es wurde mir nicht schwer gemacht, nach wenigen Minuten klarzustellen, daß die österreichische Bundesregierung nicht im entferntesten daran denke, Okkupations- oder Annexionsgelüste für bayrische Landesteile auch nur zu unterstützen, und daß man sich doch um Gottes willen in Bayern keine Sorgen machen solle. Högner war bald überzeugt, und es schloß sich dann ein langes Gespräch über die Entwicklung der Lage in Bayern und in Österreich und über die Entwicklung der Beziehung der beiden Nachbarn an.

Högner war ein großer Freund Österreichs, wie überhaupt die meisten Nachkriegspolitiker in Deutschland Österreich sehr positiv gegenüberstanden. Sie alle dachten nicht mehr im entferntesten daran, daß Österreich noch vor kurzer Zeit ein Teil des Großdeutschen Reiches gewesen war und es womöglich wieder einmal werden könnte. Ich habe in den ganzen Nachkriegsjahren in vielen, vielen Gesprächen mit deutschen Gesprächspartnern, ganz egal, ob es der SPD-Führer Schumacher, der spätere CDU-Kanzler Dr. Konrad Adenauer, der Nachfolger Schumachers, Ollenhauer, die CSU-Führer in

Bayern, der junge Franz Josef Strauß oder der deutsche CDU-Minister Kaiser war – ich habe von keinem dieser Männer jemals auch nur mit einem Wort den Eindruck empfangen, sie dächten an eine Möglichkeit, den Anschluß nochmals unter demokratischen Vorzeichen durchzuführen. Das war für uns Österreicher eine Beruhigung, denn schließlich hatte knapp zehn Jahre früher ja das Dritte Reich unter Brechung aller nur möglichen internationalen Verträge Österreich okkupiert.

Ich glaube, daß der Verlauf des Krieges und der Zusammenbruch des Dritten Reiches sowohl in Deutschland wie auch in Österreich hier ein völliges Umdenken herbeigeführt haben. Denn auch in Österreich gibt es ja, abgesehen von ein paar unbelehrbaren Altnazis, die noch immer im Eichenwald ihren Teutonengott suchen und die daher auch den Gedanken an ein großdeutsches Reich noch immer nicht begraben können, keinen vernünftigen Menschen mehr, der an einen neuerlichen Anschluß denken würde. Österreich hat seine Lektion gelernt und Deutschland die seine. Es ist evident, daß sich die Beziehungen zwischen beiden Ländern nach dem Jahre 1945 positiv entwickelt haben, in einer Atmosphäre der gegenseitigen Achtung und des gegenseitigen Verständnisses. Ich glaube, daß eine der erfreulichsten Entwicklungen, die in den Nachkriegsjahren in Mitteleuropa vor sich gingen, eben jene war, daß sich die Wunden in den deutsch-österreichischen Beziehungen so schnell schlossen und daß aus einem Haufen von Scherben, Bitterkeit, Blut und Tränen in kurzer Zeit wiederum die Basis für eine gesunde und freundschaftliche Zusammenarbeit entstand.

7. KAPITEL

KALTER KRIEG IN ÖSTERREICH

Das Restaurant „Kronenhalle" am Zürcher Bellevueplatz zählt zu den besten der Welt und zeichnet sich noch dadurch aus, daß in den diversen Speisesälen und Gastzimmern wie in einer permanenten Ausstellung eine auserlesene Sammlung von Bildern der größten modernen Meister der Malerei zu sehen ist. Aber selbst der schönste Chagall kann es kaum mit der Güte jener saftigen und doch knusprigen Bratkartoffeln, die man in der Schweiz als Rösti bezeichnet, messen, die in der „Kronenhalle" zum geschnetzelten Kalbfleisch oder zum T-Bone-Steak serviert werden. Dieses köstliche Lokal würde eigentlich im Guide Michelin nicht drei, sondern fünf Sterne verdienen. Dort versammelte im Herbst des Jahres 1946 mein alter Freund aus Kriegstagen, Gero von Gaevernitz, einen kleinen Kreis weither angereister Freunde bei einem ausgiebigen Abendessen zu einem Gespräch über die Entwicklung der Lage in Mitteleuropa.

Die Runde war recht international zusammengesetzt, aber die meisten Herren kannten sich von früher. Oberst Weibel war dabei, der Chef des Nachrichtendienstes des Schweizerischen Generalstabes, dann Dr. Josef Müller, genannt „Ochsensepp", einflußreicher Politiker aus München, der im Zweiten Weltkrieg aktiv im Widerstand gewesen und der Gestapo nur durch rechtzeitige Flucht in den Vatikan entkommen war. Ferner der Amerikaner Howard Chapin, nun Industrieller in

New York, während des Krieges Oberst und Chef des OSS (Office of Strategic Services) beim Oberkommando der 5. amerikanischen Armee in Caserta. Schließlich noch ein Franzose, den ich im Jahre 1944 im Hauptquartier des Generals Lattre de Tassigny in Besançon als Ia des dortigen Deuxième Bureau getroffen hatte, und ich. Ich fühlte mich sehr geehrt, daß Gero von Gaevernitz, während des Krieges in deutschen und österreichischen Belangen die rechte Hand von Allen W. Dulles und seither als Deutschamerikaner um die Wiederherstellung normaler Beziehungen zwischen Washington und dem mitteleuropäischen Raum bemüht, mich junges Würstchen in diesen illustren Kreis mit eingeladen hatte. Allerdings war da auch noch ein anderer Österreicher, Rechtsanwalt und Fachmann für internationale Finanzfragen, der dem österreichischen Widerstand eng verbunden gewesen war. Bald sollte es mir klarwerden, warum man mich nach Zürich geholt hatte.

Gaevernitz gab eine Übersicht über die weltpolitische Lage, die von Chapin in bezug auf die militärisch-strategische Situation in Mitteleuropa ergänzt wurde. Chapin wußte Bescheid, da er im Sommer 1945 aus Washington nochmals nach Mitteleuropa mit Schwerpunkt Österreich entsandt worden war, um dort die Intentionen der Sowjets und die Lage in diesem Teil der Welt zu analysieren. Auch Weibel und sein französischer Kollege trugen einiges zur Lagebeurteilung bei, ebenso Müller, der, informiert von seinen christdemokratischen Freunden in Berlin, über die rapide Entwicklung der von den Sowjets besetzten ost- und mitteldeutschen Gebiete zu einem kommunistischen Bollwerk berichtete.

Die Lage in Polen, Rumänien und Bulgarien schien bereits rettungslos verfahren, die Sowjets hatten ihre Satellitenregime dort endgültig stabilisiert, die demokratischen Parteien waren vernichtet. In Rumänien schien die Absetzung des aus optischen Gründen noch wie ein Schoßhund der kommunistischen Machthaber gehaltenen Königs Michail nur eine Frage kurzer Zeit. Auch in Jugoslawien hatte Tito die letzten bürgerlich-demokratischen Vertreter der seinerzeitigen Kairoer jugoslawischen Exilregierung mit unbedeutenden Ehrenämtern in der Versenkung verschwinden lassen.

In der Tschechoslowakei und in Ungarn waren die Dinge noch im Fluß. In beiden Ländern bestanden noch demokratisch gewählte Regierungen, zwar unter starker kommunistischer Beteiligung, aber doch mit nichtkommunistischer Mehrheit. Das änderte sich nicht lange danach, in der Tschechoslowakei übernahm der Kommunist Gottwald die Macht, und in Ungarn stand der der Kleinen Landwirtepartei entstammende Ministerpräsident Ferenc Nagy auch schon auf der Abschußliste.

Die deutsche Sowjetzone war schon konsequent zu einem kommunistischen Vasallen Moskaus umgestaltet. Und so schien der rote Satellitengürtel von der Ostsee bis zur Adria bald komplett. Lediglich in Griechenland hatte britische und amerikanische Unterstützung einen Sieg der kommunistischen Partisanenarmee mit aktiver jugoslawischer und bulgarischer Hilfe bisher verhindert. In Österreich war infolge der Anwesenheit von Truppen der westlichen Alliierten die Entwicklung noch offen. Gaevernitz und Chapin berichteten, der amerikanische Präsident Harry S. Truman habe sich entschlossen, der sowjetischen Expansionspolitik mit allen Mitteln Einhalt zu gebieten. Wenn nötig auch mit Waffengewalt.

Es kam dann zu einer längeren Diskussion über die Chancen Österreichs, als einheitliches Staatsgebilde zu überleben. Die Gefahr der Teilung nach dem sich in Deutschland eben anbahnenden Muster drohte. Schließlich wurde auch die Möglichkeit erörtert, daß die Russen versuchen könnten, ganz Österreich zu besetzen, was allerdings nach Meinung aller Gesprächsteilnehmer, in Anbetracht der Anwesenheit westlicher Besatzungstruppen in den südlichen und westlichen Bundesländern, einen sofortigen heißen Krieg zur Folge haben würde und schon aus diesem Grund sehr unwahrscheinlich sei. Hingegen wurde die Möglichkeit eines von den Sowjets unterstützten kommunistischen Staatsstreichversuches in Wien und Ostösterreich, der auch über eine dann neu zu bildende, kommunistisch dominierte Bundesregierung Einfluß auf die westlichen Zonen nehmen könnte, als mögliche Variante angenommen. Es ergab sich bald, daß im Falle eines erfolgreichen kommunistischen Putsches in Wien und Ostösterreich die Bundesregierung, um ihre Handlungsfreiheit zu bewahren, wohl oder übel den Regierungssitz in eine Stadt außerhalb des Einflußbereiches sowjetischer Truppen, also nach Westösterreich, verlegen sollte. Es wurde auch ausführlich über die Möglichkeiten gesprochen, einen solchen Putsch scheitern zu lassen, indem man die Abwehrkraft der ostösterreichischen Bevölkerung und der nichtkommunistischen Institutionen, insbesondere der politischen Parteien, der Gewerkschaften, der Bauernverbände usw., entsprechend stärkte.

Anschließend, als bereits dicker Zigarrenrauch in breiten Schwaden über dem kleinen Extrazimmer der „Kronenhalle" hing, kehrte die Diskussion noch einmal zum Grundsätzlichen zurück. Die Allianz der Kriegstage war nach dem endgültigen Sieg über Hitler, Mussolini und deren japanischen Achsenpartner schneller als erwartet wieder auseinandergefallen. Während die Westmächte, an der Spitze die Amerikaner, ihre Truppen nach Hause sandten und sich anschickten, den Frieden in allen Zügen zu genießen, hatten die Russen planmäßig begonnen, möglichst große Teile Europas ihrem roten Imperium einzuverleiben.

Als ich am folgenden Morgen mit dem Arlberg-Expreß vom Bahnhof Zürich-Enge aus zurück nach Wien reiste, erinnerte ich mich, daß ich kaum ein Jahr vorher mit dem gleichen Zug aus der Schweiz nach Wien gefahren war und die von mir verehrte Joan Dulles begleitet hatte. Damals hatte ich noch an den baldigen Abzug der Besatzung und den Ausbruch ewigen Friedens geglaubt. Es war ein kurzer Traum gewesen. Statt des langersehnten Friedens schien uns nun eine unabsehbar verlängerte Dauer des vierfachen Besatzungsregimes und ein „kalter Krieg" bevorzustehen.

Im Schweizer Grenzbahnhof Buchs, wo der Zug, wie es damals üblich war, eine gute Stunde hielt, kaufte ich mir nicht nur noch Mengen von guter Schweizer Schokolade, sondern auch am Zeitungskiosk neben einem Haufen völlig unzensurierter Schweizer Zeitungen eine dort in etwas vorschneller Erwartung der Öffnung der Grenzen für die nach kriegsbedingter Absperrung von Fernweh erfaßten, reisehungrigen Schweizer Automobilisten als Neuheit ausgehängte Straßenkarte Europas. In den langen Stunden der Fahrt nach Wien, wo der ebenso verwahrloste wie überfüllte Zug erst am nächsten Vormittag eintraf, hatte ich genügend Zeit, mir die geographische Situation Österreichs, die sich aus den geopolitischen Schnittpunkten seiner prekären Lage zwischen Ost und West ergab, erneut einzuprägen.

Bei Passau, wo der Inn in die Donau mündet, begann damals der Eiserne Vorhang, da das nördlich des Stromes liegende Mühlviertel bereits sowjetische Besatzungszone war. Dahinter lag die Tschechoslowakei, die ab 1948 zum „Ostblock" gehörte, erst westlich von Passau gab es Nachbarn, die keine Bedrohung darstellten: das amerikanisch besetzte Bayern, dann im Westen die freundlich gesinnte Schweiz und schließlich im Südwesten Italien bis nach Tarvis. Dort begann wieder der kommunistische Bereich: Jugoslawien, damals noch in Reih und Glied mit den anderen Satelliten Moskaus. Dann, im Osten, grenzt Österreich an Ungarn, 1946 zwar sowjetisch besetzt, aber noch mit einem Schimmer von Demokratie, die aber bald brutal beendet werden sollte.

Österreichs Lage schien strategisch gesehen fast hoffnungslos, denn es war mehr als zur Hälfte von sowjetisch kontrolliertem Gebiet umgeben. Der Großteil der Industrie Österreichs, die Erdölfelder sowie die wichtigsten Verkehrsverbindungen lagen im von den Sowjets besetzten Ostösterreich. Und die von den westlichen Alliierten besetzten Sektoren Wiens schienen wie eine Insel im Meer. Seit dem Zweiten Kontrollabkommen im Sommer 1946 unterstanden zwar im Osten wie im Westen Polizei, Gendarmerie und Grenzschutz der Regierung, aber de facto hatte diese in der russischen Zone nichts zu melden. Die Sowjets übten dort die Kontrolle aus, und alle Versuche der Österreicher, ihre Souveränität durchzusetzen, scheiterten. Es konnte zwar aus dem Osten jeder, der einen sowjetischen Stempel hatte, nach Österreich herein, wir Österreicher aber konnten nicht hinaus. Wir hatten schon genügend Mühe, über die Ennsbrücke oder über den Semmering ins eigene Land, in den eigenen Westen oder Süden zu reisen. Es war eine fast unerträgliche Situation.

Auf der internationalen Szene kündigte sich der kalte Krieg immer deutlicher an. Das mußte natürlich auf Österreich mit seinen vier Besatzungszonen seine Auswirkungen haben. Die Regierung war sich der Schwäche ihrer Position durchaus bewußt. Wenn die Sowjetunion wollte, konnte die Falle, in der wir alle saßen, innerhalb von Stunden, ja von Minuten zuschnappen. Die Russen mußten nur die Ennsbrücke und den Semmering-Übergang sperren. Die westlichen Alliierten in Wien konnten sie quasi aushungern, denn im Gegensatz zu Berlin gab es innerhalb der von diesen besetzten Sektoren Wiens keine Flughäfen, mit Ausnahme eines winzigen „Airstrips", wie ihn die Amerikaner nannten, am Donaukanal, ungefähr an der Stelle des heutigen Pressehauses, und einer ebenso winzigen britischen Landebahn in Schönbrunn, aber beide waren nur für einmotorige Maschinen verwendbar.

Das heißt, die Russen konnten Ostösterreich innerhalb von Stunden vollkommen unter ihre Kontrolle bringen, soweit sie diese nicht ohnehin schon besaßen, sie konnten die westlichen Alliierten in der Stadt Wien zernieren. Bei Annahme dieser Hypothese wären diese für ihre Weiterexistenz in Wien von der Gefälligkeit und vom guten Willen der Sowjets abhängig gewesen, die nach Belieben die Durchfahrt von Zügen mit Lebensmitteln und Nachschub durch ihre Zone genehmigen konnten oder nicht. Dies war ein düsteres Bild. Man muß sich erinnern, mit welcher eiskalten Aggressivität 1946 die Sowjetunion dabei war, sich die eben gemachten Eroberungen endgültig einzuverleiben und nach neuen Opfern Ausschau zu halten. Sie vernichtete in Rumänien, in Bulgarien, in Ungarn, in der Tschechoslowakei und in Polen – von den schon 1940 einverleibten und 1944 wiedereroberten baltischen Staaten ganz zu schweigen – konsequent die letzten Reste noch westlicher, demokratischer und parlamentarischer Systeme. Die Sowjetunion hatte das Ziel, sich einen sicheren Satellitengürtel, einen „Cordon sanitaire“, zu schaffen. Bedenkt man all das, so wird man leicht verstehen, daß es 1946 recht wenig Hoffnung zu geben schien, ausgerechnet Österreich würde das Schicksal seiner unter sowjetischer Kontrolle stehenden Nachbarn erspart bleiben.

Die Entwicklung in der damaligen deutschen Sowjetzone, der heutigen DDR, schien eher darauf hinzuweisen, daß das, was die Sowjets dort taten, auch das Vorbild für spätere Maßnahmen in Ostösterreich sein könnte. Aus diesem Grund wurden von westlicher Seite Bemühungen intensiviert, Vorbereitungen für den Fall zu treffen, daß solche Ereignisse in Österreich eintraten. In den Stäben der westlichen Alliierten, insbesondere der Amerikaner, wurden stillschweigend kleine Einheiten gebildet, die zusammen mit den kompetenten Stellen der österreichischen Bundesregierung Möglichkeiten einer Kooperation für den Fall X ins Auge fassen sollten.

In Westösterreich kam es zur Bildung der sogenannten B-Gendarmerie. Die B-Gendarmerie sollte den Nukleus für ein späteres Heer darstellen, in ihr wurden Offiziere des österreichischen Bundesheeres oder der deutschen Wehrmacht, also Österreicher, die bereits Offiziers- und Kriegserfahrung hatten, ebenso wie Unteroffiziere dieser Einheiten zusammengefaßt, und es wurde so in den verschiedenen westlichen und südlichen Bundesländern die erste Basis für eine österreichische Armee gelegt. Diese Einheiten sollten mit der Zeit in bezug auf Training und Ausrüstung so weit kommen, daß sie im Falle eines Falles auch mit eingreifen konnten.

Ebenso wurden in den westlichen Bundesländern und in den westlichen Sektoren von Wien auch andere Vorkehrungen in Erwägung gezogen und angegangen. Man trachtete, sich eine genaue Kenntnis der Situation in der sowjetischen Zone zu verschaffen und mit dortigen Bürgermeistern und sonstigen Funktionären Kontakte zu pflegen, so daß im Falle einer völligen Abschneidung der Ostzone durch die Sowjets noch Verbindungen im Untergrund erhalten werden konnten. Auch für Kommunikationsmöglichkeiten, vor allem Funkgeräte, sowie für Waffen und entsprechend geschultes Personal sollte gesorgt werden, um in der Ostzone eventuelle Anstrengungen für eine Wiedervereinigung Österreichs unterstützen zu können. Man versuchte auch, ein Netz von Kommunikationslinien und Stützpunkten über ganz Österreich zu legen, welches im Falle einer Besetzung auch der westlichen Zonen Österreichs durch die Sowjetunion oder durch ihre Satelliten die Widerstandskraft des Landes möglichst erhalten und stärken sollte. Es wurden hier wiederum vor allem Leute herangezogen, die im Zweiten Weltkrieg im Widerstand Erfahrungen gesammelt hatten. Deswegen war es naheliegend, daß schon im Sommer 1946 einige Herren bei mir erschienen, Österreicher wie auch alliierte Offiziere, die mir die Frage stellten, ob ich bereit wäre, mich für einen solchen Notfall zur Verfügung zu stellen. Nachdem ich ja erst knapp vor einem Jahr, im Sommer 1945, aufgehört hatte, mich zur Verfügung zu stellen, erschien mir die große Fragezeremonie fast komisch, und ich erklärte sofort meine Bereitschaft, wieder mitzumachen.

Ich fand mich bei einem kurz darauf einberufenen Gespräch in einem Kreis, in dem mir kaum einer der Anwesenden unbekannt war. Es waren im Grund dieselben Typen, die bis zum 8. Mai 1945 gegen das Dritte Reich gekämpft und mitgeholfen hatten, Österreich wiederum zu einem freien Staat zu machen, die sich jetzt ohne viel Gerede wieder zusammenfanden, um, wenn notwendig, diese wiedergewonnene Freiheit auch gegen eine andere Diktatur zu verteidigen. Keiner war dabei besonders vergnügt, denn sieben Jahre Besetzung und Untergrundkampf hatten uns eigentlich gereicht. Wir hatten ja auch im Grunde nicht das geringste gegen die Sowjetunion oder unsere anderen östlichen Nachbarn. Wir wollten nur im eigenen Haus in Ruhe gelassen werden, wir wollten, daß unser Staat frei und auf die Art, wie seine Bürger es eben wollten, existieren konnte. Daher gab es gar keine langen Diskussionen unter uns, ob und warum wir uns für eine solche Aktion zur Verfügung stellen sollten.

Es war ein großer Kreis: einerseits Leute, die an wichtigen Schlüsselstellungen im öffentlichen Leben, in Regierungsinstitutionen, in der Wirtschaft, bei den Medien oder bei den Sicherheitsdienststellen tätig waren. Anderseits Mitarbeiter der Bahn, der Post, von Großbetrieben der Ostzone und viele Bauern. Ich wurde naheliegenderweise aufgefordert, Kontakte mit meinen alliierten Freunden erneut zu etablieren und zu pflegen. Ich bin schon im Jahre 1947 zum erstenmal nach England und Amerika gereist und habe vorher mit diversen alliierten Stäben in Wien und im Westen Österreichs entsprechende Kontakte aufgenommen. Alles dies geschah stets im Einvernehmen mit unseren Vertrauensmännern bei der österreichischen Bundesregierung, die aber natürlich offiziell mit diesen Dingen nichts zu tun haben konnte. Wir waren uns auch im klaren darüber, daß die Regierung uns nicht schützen konnte, wenn etwas auffliegen würde. Aber auch im Widerstand hatte es ja keinen Schutz gegen den Zugriff der Gestapo gegeben. Ich selbst hatte mehrfach Gelegenheit, sowohl mit dem damaligen Bundeskanzler Figl wie auch vor allem mit dem Innenminister Oskar Helmer, dem Außenminister Dr. Karl Gruber und dem Staatssekretär im Innenministerium Ferdinand Graf ausführliche Gespräche zu führen, und es ist nichts geschehen, was nicht grundsätzlich abgesprochen gewesen wäre.

Im Außenministerium war unser Verbindungsmann der Botschafter Dr. Ernst Lemberger. Im Innenministerium fungierte als Verbindungsmann der Sektionschef Dr. Pammer. Wir hatten eine Reihe von Offizieren der B-Gendarmerie als Kontaktmänner zu diesem in Entstehung begriffenen Kader. Wir hatten ferner enge Kontakte zur österreichischen Gendarmerie, die im Gegensatz zur Wiener Polizei keineswegs kommunistisch infiltriert war und daher als verläßlich galt. Natürlich konnten die einzelnen Gendarmerieposten in der russischen Zone selbst nur wenig tun, aber sie waren verläßliche

Partner und bereit, zu helfen. Einen sehr engen und guten Kontakt besaßen wir zum Österreichischen Gewerkschaftsbund, denn was immer damals geplant wurde, wäre ohne die Mitarbeit und die Hilfe der Arbeitnehmerorganisation und der Arbeiter selbst draußen in der sowjetischen Zone unmöglich gewesen. Der damalige Gewerkschaftsführer Franz Olah und viele seiner Kollegen waren in diese Gespräche involviert. Olah selbst hat in verschiedenen großen Aktionen und auch auf einer Reise nach Amerika, bei der ich Gelegenheit hatte, ihm und Lemberger in New York beizustehen, sich sehr für diese Angelegenheiten eingesetzt. Dasselbe galt übrigens auch für führende Funktionäre im Österreichischen Bauernbund, denn ohne die Hilfe der Bauernschaft, die wir vor allem über den damaligen Landeshauptmann von Niederösterreich, Steinböck, erreichten, wären Vorbereitungen dieser Art nicht möglich gewesen.

Im Westen und Süden Österreichs waren es die Landeshauptleute, die uns die Möglichkeiten und die Unterstützungen der Landesverwaltungen zur Verfügung stellten: besonders in der Steiermark, aber auch in Oberösterreich, in Salzburg und in Tirol. Allgemein gesprochen kann gesagt werden, daß die Vorbereitungen vor dem wirklichen Ausbruch des kalten Krieges, also vor dem Frühjahr 1947, noch in ziemlich embryonalem Stadium standen, man hoffte noch immer, das Ganze würde überflüssig sein. Das entscheidende Ereignis, durch das uns klar wurde, daß dem leider nicht so sei, war die Zerstörung der ungarischen Demokratie und die Übernahme der Macht in Ungarn durch die kommunistische Partei im Frühjahr 1947. Von dann an konnte es keine Zweifel mehr geben, wie es weitergehen mußte.

Die Maßnahmen wurden entsprechend energisch betrieben. Im Frühjahr 1948 aber erfuhr offenbar der NKWD durch eingeschleuste Spitzel einiges über diese geplanten und im Gange befindlichen Aktionen. Es kam zu einer Verhaftungswelle, der im Laufe des Jahres 1948 etwa 300 Personen zum Opfer fielen. Die prominentesten unter jenen, die damals verhaftet wurden, waren Dr. Rafael Spann und Frau Dr. Margarethe Ottilinger, die mit der Durchführung des ERP-Programms betraute Ministerialrätin. Dr. Ottilinger wurde – wie ich schon früher berichtet habe – an der Ennsbrücke aus einem Auto geholt, in dem sie zusammen mit ihrem Minister zu einer Besprechung fahren sollte, und verschwand in den Lagern der Sowjetunion, Dr. Rafael Spann wurde aus dem Zug geholt und verschwand ebenfalls im fernen Sibirien. Diese beiden, aber noch viele andere mehr, wie etwa der Kriminalinspektor Anton Marek oder der Gendarm Johann Viridus, die in diesem Zusammenhang von den Sowjets verhaftet wurden, kamen erst im Jahre 1955, also beim Abschluß des Staatsvertrages, nach Österreich zurück. Sie hatten sieben Jahre lang in den Lagern des Gulag ihren Einsatz für ein freies Österreich büßen müssen. Hut ab vor Ottilinger, Spann, Marek und allen jenen, die damals bereit waren, nach zehn Jahren Krieg und Besatzung noch einmal ihren Kopf hinzuhalten.

Ich selber war im März 1948 im Zusammenhang mit den Vorbereitungen für Aktionen zum Schutz der staatlichen Einheit Österreichs nach Amerika geflogen, um die Möglichkeit einer Unterstützung solcher Aktivitäten zu erörtern. Ich traf dort Dr. Hans Igler, der sich im Zusammenhang mit einem Young-leader-Reiseprogramm in Amerika aufhielt. Es war am Tag, nachdem Prag endgültig in kommunistische Hände gefallen war. Masaryk hatte sich umgebracht, die Kommunisten hatten die Macht übernommen. Gottwald war zum Chef der kommunistischen ČSR gemacht worden. Wir saßen beide sehr betroffen in einem kleinen New Yorker Hotel und unterhielten uns, was nun geschehen solle.

Wir waren nicht ganz sicher, ob wir überhaupt noch nach Österreich zurückkommen könnten, denn es schien so, als ob nach der Tschechoslowakei jetzt auch Wien und Ostösterreich dem sowjetischen Koloß einverleibt werden sollten. Igler und ich überlegten, wo wir mehr tun, wo wir mehr von Nutzen sein könnten: in Amerika oder in Österreich? Wäre es vielleicht vernünftiger, gleich jetzt in den Staaten zu bleiben und hier die

Basis für die spätere Tätigkeit einer Exilregierung oder für Hilfsmaßnahmen für die in Westösterreich sich dann neu formierende Rest-Österreich-Regierung in die Wege zu leiten? Wir diskutierten vier oder fünf Stunden und wußten eigentlich keinen wirklichen Ausweg. Wir besprachen uns dann mit Freunden, einer davon war der Historiker Clemens von Klemperer, ein anderer war Allen W. Dulles, damals Rechtsanwalt in New York, und kamen schließlich zum Schluß, daß wir zurückgehen sollten.

Wir wollten zu Hause sein, wenn es losgehen sollte, und wir wollten auch nicht die Lehren der Jahre 1938 bis 1945 vergessen. Denn jene, die damals nach dem deutschen Einmarsch oder, soweit es Sozialisten waren, schon nach dem Februaraufstand 1934 ins Exil oder in die Emigration gegangen waren, hatten bald den Kontakt mit der Heimat verloren und draußen doch nur sehr wenig für die Heimat tun können. Und als die Emigranten dann nach dem Kriegsende 1945 in die alte Heimat zurückkehrten, war dort – besonders im Rahmen der wiedererstandenen parteipolitischen Strukturen – eigentlich keiner mehr auf sie neugierig. Nur wenige Emigranten sind wieder politisch in führender Funktion tätig gewesen. Einer von ihnen war Oscar Pollak, der Chefredakteur des Zentralorgans der SPÖ „Arbeiter-Zeitung“ wurde. Und die große Ausnahme ist natürlich Dr. Bruno Kreisky, der es vom Sekretär eines österreichischen Emigrantenvereins in Schweden zum Parteivorsitzenden der SPÖ und zum Bundeskanzler brachte.

Igler und ich wollten also nicht Emigrantenschicksale anvisieren, wir machten uns aber umgekehrt beträchtliche Gedanken darüber, wie es nun in Österreich, im Falle einer sowjetischen Intervention – der seit Ungarn 1956, Tschechoslowakei 1968 und Afghanistan 1979 gebräuchlich gewordene Terminus technicus von der vom Opfer erbetenen „brüderlichen Hilfeleistung“ war uns damals noch nicht geläufig –, weitergehen solle. Wir waren uns im klaren darüber, daß im Falle eines sowjetischen Eingreifens und einer Isolierung der Ostzone Österreichs bzw. der Errichtung eines sowjetischen Satellitenregimes in

Wien alle Bemühungen für eine Erhaltung oder Wiedererringung der Einheit und der Freiheit Österreichs nur dann erfolgversprechend sein konnten, wenn – im Westen Österreichs oder, wenn das nicht mehr möglich sein sollte, im Ausland – eine Exilregierung, die international Anerkennung finden konnte, vorhanden war.

Wir erinnerten uns sehr wohl daran, was nach dem Jahre 1938 das Nichtvorhandensein einer österreichischen Exilregierung bedeutet hatte. Die Exilregierungen der Polen, Holländer, Belgier, Norweger, Griechen, Tschechoslowaken und allen voran de Gaulles Freies Frankreich hatten im Zweiten Weltkrieg unendlich viel für ihre Länder tun können. Die Anerkennung dieser Länder als Opfer der Aggression war viel schneller erfolgt als die Österreichs. Da sich im März 1938 Schuschnigg, wenn auch aus sehr honorigen Motiven heraus, geweigert hatte, ins Ausland zu gehen, konnte er von den Nazis festgenommen werden. Die österreichische Regierung hörte zu existieren auf, und durch die Tatsache, daß Bundespräsident Miklas zurücktrat und Seyß-Inquart, der ihm vom Dritten Reich vorgesetzt wurde, mit der Amtsführung betraute, war eine Situation entstanden, die zumindest zu „staatsrechtlichen Mißverständnissen" Anlaß geben mußte. Für uns war es also klar, wir sollten zurück nach Österreich, denn dort konnten wir mehr tun als im Ausland, aber alle Voraussetzungen für eine Exilregierung oder für eine Regierung in Westösterreich mußten schnellstmöglich geschaffen werden; ebenso aber auch Grundlagen für einen etwaigen Widerstand im Falle eines kommunistischen, sowjetisch unterstützten Staatsstreiches.

Dr. Hans Igler und ich sind dann beide kurz darauf nach Österreich zurückgekehrt, Igler als Abteilungsleiter in die Abteilung 5 des Vermögenssicherungsministeriums, wo er die anlaufende Marshallplanhilfe und den ERP-Fonds zu verwalten hatte, und ich zu meiner Zeitung. Beide haben wir auf unsere Art sodann versucht, die sowieso sehr limitierte Freiheit, in der sich das damalige Österreich befand, zu erhalten. Verglichen mit den Ostblockstaaten war es noch immer eine immense

Freiheit, weil ja auch die Westmächte präsent waren und daher eine völlige Unterdrückung der parlamentarischen Demokratie, wie in der Tschechoslowakei oder in Ungarn, in Österreich nicht möglich war. Wir hofften auch unseren Beitrag dazu zu leisten, daß das Land wirtschaftlich wieder gesunden und als freier Staat in einem freien Europa überleben könne. Damals war an eine Funktion als neutraler Staat noch nicht zu denken. Die Neutralität, wie sie der Nationalrat schließlich im Gesetz vom 26. Oktober 1955 verankerte, wäre damals weder den Sowjets noch den westlichen Alliierten, noch auch den Österreichern verständlich zu machen gewesen.

Die Überlegung scheint interessant, daß Österreich erst in der ersten Hälfte der fünfziger Jahre zu diesen Erkenntnissen in Sachen Neutralität gekommen ist, daß wir in der zweiten Hälfte der vierziger Jahre hingegen noch eindeutig in der Ost-West-Relation denken mußten. Allerdings herrschte in der Sowjetunion damals noch Stalin, und im Westen hatte man sich auf eine „Eindämmung" des Sowjetimperialismus eingerichtet. Der kalte Krieg war in vollem Gange. Erst unter dem wesentlich aufgeschlosseneren Regime Chruschtschows wurde die Zeit für den Abschluß des Staatsvertrages und für eine „Neutralisierung Österreichs" reif.

Die Verschärfung der Lage, die sich in der Tatsache widerspiegelte, daß nunmehr alle nördlichen, östlichen und südöstlichen Nachbarn Österreichs kommunistisch waren und Jugoslawien noch fest im stalinistisch-sowjetischen Lager war, hatte natürlich ihre Auswirkungen auf Österreich. Die Kommunisten wurden von Tag zu Tag lauter und frecher. Die Verhaftungen österreichischer Bürger mehrten sich derart, daß in Zeitungen wie der „Presse" und der „Arbeiter-Zeitung" regelmäßig Kolumnen mit Titeln wie „Menschenräuber unterwegs" erschienen. Fast täglich war da zu lesen, wer wiederum wo verhaftet, festgenommen und unbekannten Ziels über irgendwelche Grenzen verschleppt worden war.

Wir mußten daher unsere Bemühungen zur Abwehr eines offenbar bevorstehenden Eingreifens der Sowjetunion in Österreich beschleunigen. Es wurde auch eine Reihe von Maßnahmen durchgeführt, die sich insbesondere auf die Errichtung eines Netzes von Stützpunkten in Ostösterreich bezogen, wobei getrachtet wurde, die Basis für eine Untergrundtätigkeit im Falle einer Machtübernahme der Kommunisten zu schaffen. Ferner ging es um die Vorbereitung der Verteidigung Westösterreichs im Falle eines Angriffes aus dem Osten. Alle diese Planungen erfolgten in Zusammenarbeit mit den westlichen Alliierten. Schließlich wurden Vorbereitungen – und dies war nur eine rein österreichische Angelegenheit – für die Übersiedlung der Bundesregierung von Wien nach einer westösterreichischen Stadt oder, falls dies auch nicht mehr möglich sein sollte, in das westliche Ausland in Angriff genommen: und zwar vor allem in Salzburg und New York.

Ab Mai 1948 ereigneten sich die schon erwähnten Verhaftungen durch die Sowjets bzw. durch in ihrem Dienste stehende österreichische Polizisten.

Zu unserem Schrecken erwies sich, daß die sowjetische Geheimpolizei, damals hieß sie NKWD, durch Spitzel oder sonstige Methoden in das im Aufbau befindliche Abwehrnetz zum Schutz der österreichischen Demokratie eindrang. Die Lage verschärfte sich von Tag zu Tag. Wir mußten feststellen, daß das in einem westlichen Sektor Wiens liegende Büro beschattet wurde. Dort liefen damals die Fäden der Planung und Durchführung unserer Tätigkeiten in einer zentralen Verbindungsstelle zusammen. Nun entdeckten wir, daß die dortigen Telefone abgehört wurden. Verbindungspersonen (V-Männer) in Niederösterreich und im Burgenland verschwanden von einem Tag zum anderen. Es wurde immer deutlicher, daß sich um uns ein Netz immer mehr zusammenzog.

An einem schönen Augustmorgen des Jahres 1948 war ich im Begriff – es war etwa 9.30 Uhr –, in die Redaktion der „Presse“ in der Wollzeile in der Wiener Innenstadt zu gehen, um meinen täglichen Dienst anzutreten. Am Haustor des Gebäudes, in dem sich auch heute noch die Großvertriebsfirma Morawa befindet, hielt mich der Hausmeister auf und sagte:

„Herr Molden, i weiß net, aber i wollt's Ihnen nur sagen, oben bei Ihnen in der Redaktion im vierten Stock da sitzen zwei Herren."

Ich fragte: „Was für Herren?"

„Ja, i weiß net genau, aber i glaub' es sind Herren von der Besatzungsmacht, sie haben nach Ihnen schon g'fragt, und i glaub', die warten oben auf Sie."

Ich bedankte mich höflich beim freundlichen Hausmeister und beschloß, nicht in das Büro im vierten Stock hinaufzusteigen, sondern so schnell wie möglich zu verschwinden. Mir fiel ein, daß der August ein „russischer Monat" war, das heißt, daß die Sowjets in diesem Monat den Vorsitz im Kontrollrat innehatten und damit auch die Kontrolle der Wiener Innenstadt ausübten. So wanderte ich etwas unschlüssig zu meiner Wohnung, die sich damals auf der Tuchlauben befand, einer Altstadtstraße ebenfalls im ersten Bezirk. Gewitzigt durch die Erfahrung in der Wollzeile, wo mir ja wirklich nur das freundliche Dazwischentreten des Hausmeisters ein gutes halbes Dutzend Jahre in Sibirien erspart haben dürfte, begab ich mich schon viel vorsichtiger zu dem alten Mietshaus, betrachtete die Umgebung, sah nichts Besonderes, bemerkte aber, daß einige Häuser weiter ein russisches Auto stand, ein Zivilwagen mit russischer Nummer. Damals fiel ein Auto auf einer Innenstadtstraße wie der Tuchlauben noch auf. Ich wartete ein wenig; nach etwa 10 oder 15 Minuten erschien die Hausmeisterin im Haustor. Ich ging zu ihr und fragte, ob vielleicht für mich etwas abgegeben worden sei. Sie sagte:

„Na, ab'geben is nix worden, aber oben bei Ihna in der Wohnung san zwa Herren, ich glaub', es san Russen oder Polizei." Ich bedankte mich neuerlich und verließ so schnell wie möglich den so ungastlich gewordenen ersten Bezirk. Vom Schottentor ging ich noch ein Stück weiter zu Fuß, denn bei der Straßenbahnhaltestelle der Linie 38 sah ich eine österreichische Polizeistreife stehen, und man konnte ja nicht wissen . . ., da, wie erwähnt, die Wiener Polizei damals noch ziemlich stark kommunistisch durchsetzt war. Ich ging weiter durch die

Liechtensteinstraße stadtauswärts – ich befand mich schon im amerikanischen Sektor –, hinauf zur Schwarzspanierstraße und bestieg dort eine Straßenbahn, die nach Döbling fuhr. Bei der Station Billrothstraße–Peter-Jordan-Straße stieg ich wieder aus und ging zum Haus meiner Eltern in der Osterleitengasse. Von dort aus verständigte ich einige Freunde von meinem Erlebnis und warnte sie, daß ihnen Ähnliches drohen könnte. Wie sich herausstellte, waren auch die Wohnungen von zwei meiner Freunde in diesen Tagen solchen Besuchen ausgesetzt, und sie entzogen sich durch ähnliche Zickzackmärsche oder andere taktische Manöver ihrer Verhaftung. Beide mußten dann Wien verlassen, der eine ging nach Oberösterreich, und der andere reiste kurze Zeit später als Vertreter einer staatlichen Institution ins westliche Ausland. Ich selber blieb einige Tage bei meinen Eltern in der Osterleitengasse und besprach die Situation mit meinen amerikanischen Freunden.

Diese erklärten sich sofort bereit, mich mit einem kleinen Flugzeug, das auf dem winzigen Airstrip der Amerikaner auf der Heiligenstädter Lände starten könne, nach Salzburg auszufliegen. Damals konnte man sich zwar in Wien ohne Kontrolle von Sektor zu Sektor bewegen, aber schon die Zu- und Ausfahrt vom amerikanischen Flughafen Langenlebarn bei Tulln, von dem auch die Flugzeuge der Pan American Airways nach Frankfurt flogen, wurden von sowjetischer Militärpolizei kontrolliert. Ebenso wurden die Eisenbahnzüge an der Zonengrenze von den Sowjets kontrolliert. Ich nahm also sehr dankbar das Angebot meiner amerikanischen Freunde an, und Johannes Imhof, der damals einer Abteilung des CIC vorstand, übernahm die Vorbereitungen. Einige Tage später konnte ich in Heiligenstadt eine kleine einmotorige Maschine besteigen, der amerikanische Pilot begrüßte mich freundlich, und los ging's. Ich hatte nur ein kleines Köfferchen mit, denn es war nicht viel Platz. Wir flogen friedlich über Niederösterreich in Richtung Westen und landeten zuerst auf dem Hörschinger Flugplatz bei Wels und schließlich in Salzburg. Dort erwarteten mich einige Freunde, und meine kleine Odyssee war überstanden.

Kurze Zeit später wurde ich von Außenminister Gruber, der erfahren hatte, daß ich – im Grunde arbeitslos – in Salzburg herumsaß, nach New York verpflichtet. Dort war ich am Aufbau des österreichischen Informationsdienstes in New York beteiligt, hatte mich aber daneben auch weiterhin um die Vorbereitungen zur Sicherung der österreichischen Unabhängigkeit zu kümmern. Ich hatte in den darauffolgenden eineinhalb Jahren Gelegenheit, mit einer ganzen Reihe von prominenten österreichischen Persönlichkeiten, die im Zusammenhang mit diesen Aktionen nach Amerika kamen, Kontakt zu pflegen und verschiedene Aufgaben in Amerika zu erledigen. Einer meiner Hauptpartner war übrigens damals mein alter Freund aus Kriegs- und Widerstandszeiten, Dr. Ernst Lemberger. Mein Vorgesetzter im Informationsdienst, Dr. Martin Fuchs – auch er wurde später Botschafter –, der während des Krieges in Paris und später in New York im Dienste der österreichischen Sache gestanden hatte, war in diese Dinge eingeweiht und gab mir die nötige Rückendeckung, so daß ich in unserem kleinen Büro in der Fifth Avenue in New York Aufgaben erfüllen konnte, die ja in keiner direkten Verbindung mit der österreichischen Regierung und dem diplomatischen Dienst stehen durften.

Bis zu meiner Rückkehr aus Amerika, Anfang 1950, war es meine Aufgabe, zu erreichen, daß die Bereitschaft der Amerikaner zunehmend wuchs, die österreichischen Bemühungen in dieser Hinsicht zu unterstützen. Wesentlich freilich war, daß die österreichischen Regierungsstellen alles taten, um – anders als im Jahre 1938 – rechtzeitig die Grundlagen für eine Weiterexistenz Österreichs zu schaffen, auch wenn diese durch Eingreifen einer ausländischen Macht in Wien oder in ganz Österreich bedroht oder gar zerstört werden sollte. Wir werden nie genau wissen, wie es im anderen Falle ausgegangen wäre, da ja die Sowjets schließlich den Plan einer Teilung Österreichs (nach dem Muster der deutschen Sowjetzone) fallengelassen haben.

Ins Gewicht fiel damals wahrscheinlich, daß der Absprung

Titos aus dem sowjetischen Lager die strategische Situation in Mitteleuropa doch wesentlich verschoben hatte und innerhalb der sowjetischen Hierarchie ziemliche Gegensätze in der Frage Österreich bestanden. Im Jahre 1949 war übrigens der Chef des NKWD in Österreich abgesetzt und, wie ich viel später erfuhr, in der Sowjetunion unter Anklage gestellt worden. Dieser Wechsel in der Führung des NKWD wiederum mag mitgespielt haben, daß Ende 1949 den zuständigen österreichischen Regierungsstellen von sowjetischer Seite mitgeteilt wurde, es stünde meiner Rückkehr nach Wien nichts mehr im Wege. Ich könnte also ohne Befürchtungen nach Wien heimkehren.

Ich bin dann auch, dem Ruf meines Vaters folgend, wieder in die „Presse" eingetreten, um die Verlagsleitung zu übernehmen. So kehrte ich, wenn auch mit etwas gemischten Gefühlen, Ende 1949 nach Wien zurück. Ich werde nie vergessen, wie ich damals in Tulln auf dem amerikanischen Flughafen ankam und mich fragte, stimmt, was uns die Russen mitteilen ließen, oder werde ich jetzt doch noch am Ausgang des Flughafengeländes verhaftet? Es geschah aber gar nichts, ich fuhr friedlich vom Flughafen nach Wien und blieb von diesem Moment an völlig unbelästigt. Die Auseinandersetzungen zwischen der sowjetischen Besatzungsmacht in Österreich und mir haben sich von da an nur noch in den Spalten der „Presse" und der sowjetischen „Österreichischen Zeitung" abgespielt.

Den Abschluß dieser Periode des kalten Krieges in Österreich bildete wohl zehn Monate später der letzte aktive Versuch der Kommunisten und ihrer Schutzherren, der Sowjets, das Steuer in Ostösterreich doch noch herumzuwerfen und die demokratisch gewählte österreichische Regierung durch eine kommunistisch dominierte Marionettenregierung zu ersetzen. Im Oktober 1950 riefen die Kommunisten zu einem Generalstreik auf, der aber fast nur von Arbeitern der USIA-Betriebe, die unter direktem Druck der Kommunisten und Russen standen, befolgt wurde. Aber alle Versuche, die im Österreichischen Gewerkschaftsbund organisierte Masse der Arbeiterschaft, die ja zum größten Teil der Sozialistischen Partei angehörte, mitzureißen, scheiterten kläglich. Da es den Kommunisten nicht gelang, die Arbeiterschaft zum Streik zu veranlassen, versuchten sie durch Gewaltakte, Betriebsbesetzungen, Sperren von Kreuzungen und Brücken, die Lähmung des Verkehrs zu erzwingen. In Wiener Neustadt, wo USIA-Stoßtrupps öffentliche Gebäude stürmten, verhinderten die Sowjets gewaltsam den Einsatz der Gendarmerie-Alarmeinheiten. Der Putschversuch brach aber an dem einheitlichen Abwehrwillen der Bevölkerung zusammen. Geführt von dem Gewerkschafter Franz Olah gingen Arbeitergruppen gegen die Kommunisten vor und vertrieben sie. Damit brach dieser Versuch zusammen, der der letzte war, in Ostösterreich die Demokratie zu stürzen. In den folgenden Jahren wurde die KPÖ auch von ihren Schutzherren, den Russen, nicht mehr für voll genommen und in der österreichischen Innenpolitik zu einer völligen Quantité négligeable. Für den Österreicher waren die Kommunisten längst Erfüllungsgehilfen der Sowjets. Mit dem Scheitern dieses Putschversuches haben auch Bemühungen der Sowjets, in der Ostzone Österreichs ein prokommunistisches Regime ins Leben zu rufen, aufgehört. Das wiederum führte zur Beendigung des kalten Krieges in Österreich. Schließlich und endlich hat die Entwicklung, wohl auch durch das „Tauwetter" nach Stalins Tod ausgelöst, dazu geführt, daß sowohl Sowjets wie westliche Alliierte ihre Standpunkte änderten, daß fünf Jahre später der Abschluß des Staatsvertrages und damit die Freigabe Österreichs möglich wurde.

8. KAPITEL

DER STAATSVERTRAG

Anfang des Jahres 1955 – im siebzehnten Winter, in dem Österreich von fremden Truppen, zuerst deutschen und dann alliierten, besetzt war – schien die Bevölkerung resigniert zu haben, und die Stimmung war eher schlecht. Die Befreiung des Landes von der drückenden Last der Besatzung schien in unabsehbare Ferne gerückt. Die Außenministerkonferenz der Großen Vier, die im Jahr zuvor in Berlin den Staatsvertrag erneut behandelt hatte, war ohne Fortschritte zu Ende gegangen. Eine Reihe von Kompromißvorschlägen, die von Österreichs Regierung, des ewigen Wartens müde, vorgebracht wurden, blieben ohne Erfolg.

Einiges allerdings hatte sich doch geändert. Nach dem Tode Stalins 1953 war in Moskau eine neue Führungsgruppe an die Macht gekommen. An der Spitze standen, nach dem kurzen blutigen Beria-Intermezzo, zuerst Malenkow und dann Chruschtschow. Obwohl noch immer Molotow, der schon im Jahre 1939 den Pakt zwischen Hitler und Stalin unterschrieben hatte, Außenminister war, schien doch im Kreml ein neuer Wind zu wehen. Die Fronten des kalten Krieges hatten sich verhärtet, aber auch beruhigt. Der Eiserne Vorhang schien endgültig an den Grenzen Osteuropas niedergegangen zu sein. Gleichzeitig aber hatte sich das Besatzungsregime in Österreich in allen Zonen, zuerst in den westlichen, dann aber auch in der sowjetischen, wesentlich gemildert. Viele Einheiten der Besatzungstruppen, vor allem der westlichen Alliierten, waren abgezogen worden. Eine Reihe von Erleichterungen war den Österreichern als eine Art Ersatz für den noch immer nicht zustande gekommenen Staatsvertrag gewährt worden.

Die Amerikaner hatten schon lange auf eine Bezahlung der Besatzungskosten verzichtet. Aber auch in der sowjetischen Zone gab es eine ganze Reihe von Änderungen. Die Sowjets waren in den Dörfern und Städten Niederösterreichs und des Burgenlandes kaum noch präsent. In Wien waren die Besatzungsmächte weitgehend aus dem Straßenbild verschwunden. Die wirtschaftliche Einheit des Landes war wieder völlig hergestellt, und an den berüchtigten Kontrollstellen, am Semmering und an der Ennsbrücke, wurden nur noch formelle Kontrollen durchgeführt.

Auch das tägliche Leben hatte sich weitgehend normalisiert. Schon Ende des Jahres 1947 war durch die zweite Währungsreform ein wesentlicher Impuls für die Wirtschaft entstanden. Der Schilling hatte wieder einen stabilen Wert. Vor allem der Marshallplan gab seit 1948 dem Wiederaufbau der österreichischen Industrie und damit der Wirtschaft kräftigen Auftrieb. Nach langen Auseinandersetzungen hatte die österreichische Regierung mit Hilfe der westlichen Alliierten durchgesetzt, daß der Marshallplan auch in der sowjetischen Zone voll zum Einsatz gelangte, wobei allerdings die Kennzeichnung der durch den Marshallplan – auch ERP (European Recovery Programme) genannt – wiederaufgebauten oder neuerstellten Industrien nicht in der gleichen Weise erfolgen durfte wie im Westen. Diese kleine Geste zur Beruhigung des sowjetischen Mißtrauens oder besser gesagt zum Ausgleich für sowjetische Minderwertigkeitskomplexe hatte aber niemanden etwas gekostet und wurde gerne hingenommen, wenn dafür nun die Ostzone Österreichs in den Genuß von Marshallplanmitteln gelangen konnte. 920 Millionen Dollar, das waren etwa 25 Milliarden Schilling nach den Kursen der fünfziger Jahre, waren in diesen Jahren aus den Vereinigten Staaten nach Österreich geflossen und hatten sich sodann in Österreich vervielfacht. Denn die Marshallplanmittel wurden vollkommen umsonst zur Verfügung gestellt. Die USA verlangten lediglich, daß die Mittel aus der Marshallplanhilfe als besonders billige Kredite – „ERP-Kredite" – der österreichischen Wirtschaft für produktive Investitionen zur Verfügung gestellt würden. Dadurch entstand eine Art rotierender Fonds, der ERP-Fonds, in den Zinsen und Kapitalrückzahlungen eingingen, um Jahr für Jahr wieder neu in die Wirtschaft zurückzufließen. Noch heute, mehr als dreißig Jahre nach dem Start des Marshallplanes, kann Österreichs Regierung jährlich Hunderte Millionen Schilling aus ERP-Mitteln vergeben.

Die Marshallplanhilfe wirkte wie der langerwartete Regen nach einer großen Dürre. Die österreichische Wirtschaft, vor allem im Westen des Landes, aber auch zunehmend in der Ostzone, begann sich erneut zu beleben. Besondere Exportindustrien erhielten großzügige Unterstützung. Die österreichische Papierindustrie etwa konnte zu einem der wesentlichsten Ausfuhrfaktoren des Landes werden, allerdings erst, nachdem ihre völlig veraltete Maschinenausstattung in den Jahren 1949 bis 1955 völlig erneuert worden war. Kamen anfangs amerikanische Maschinen nach Österreich, so konnten später Marshallplangelder auch für Maschinen und Waren aus anderen Herkunftsländern verwendet werden. Der Aufschwung der österreichischen Wirtschaft in diesen Jahren ist geradezu frappierend gewesen. Dies wirkte sich bald auf den Sektor der Konsumgüterindustrie aus.

Allerdings war noch immer ein Zurückbleiben der Sowjetzone, also Ostösterreichs, festzustellen, vor allem wohl auch deshalb, weil dort die Sowjets sich einen wesentlichen Teil der Industrie, die sogenannten USIA-Betriebe, unter dem oft fadenscheinigen Vorwand, es handle sich um deutsches Eigentum, angeeignet hatten. Diese Betriebe konnten am Wiederaufbau durch den Marshallplan nicht teilnehmen. Die Unsicherheit über die Zukunft der unter sowjetischer Kontrolle stehenden Gebiete war auch Investitionen nicht förderlich. Aber auch die 1955 an Österreich zurückgegebenen Betriebe machten zunächst, weil sie ihre östlichen Abnehmer verloren hatten, eine Krise durch. Schließlich wurden auch sie wieder zu neuem Aufblühen gebracht. Ganz haben aber die sogenannten USIA-Betriebe ihre Rückständigkeit in einzelnen Zweigen überhaupt nie mehr verloren, da ihre Umstellung zu spät erfolgte. So hat die Donau-Dampfschiffahrts-Gesellschaft den Vorsprung, den die östlichen Schiffahrtsgesellschaften in den vierziger und fünfziger Jahren errungen haben, nicht mehr einholen können. Betriebe wie die Floridsdorfer Lokomotivfabrik, die nicht rechtzeitig ihre Produktion von den überholten Dampflokomotiven auf andere Artikel umgestellt hatte, gerieten in ernste Schwierigkeiten.

Die politische Befreiung des Landes, das heißt der Staatsvertrag, ließ aber nach wie vor auf sich warten. Nach einer kurzen Euphorie, verursacht durch die schon erwähnten Zugeständnisse auch von seiten der sowjetischen Besatzungsmacht, kam immer wieder neuer Katzenjammer. Zwar hatten die Sowjets am 30. Juli 1953 auf die Bezahlung der Besatzungskosten durch Österreich verzichtet. Und diesem Beispiel folgten in den nächsten Monaten die Franzosen und Engländer. Sie reduzierten ab 1954 ihre Besatzungstruppen so stark, daß die nunmehr von ihnen selbst getragenen Kosten sie nicht weiter belasteten. Aber 1954 waren immer noch etwa 35.000 bis 40.000 Mann Sowjettruppen in Österreich – vor allem in Niederösterreich – anwesend.

Die Franzosen hatten nur noch 400 Gendarmen in Tirol und Vorarlberg belassen, alle anderen Truppen abgezogen. Zur Sicherung der amerikanischen Nachschublinien von Livorno, wo sich der Nachschubhafen für die US-Truppen in Österreich befand, hatten die Amerikaner kleine Kontingente amerikanischer Truppen, insgesamt etwa 300 Mann, in Tirol stehen, was mehrfach zu heftigen Protesten der Sowjets im Wiener Alliierten Rat führte. Dies entbehrte nicht einer gewissen Komik, wenn man sich daran erinnert, daß die in Ungarn stationierten Divisionen der Roten Armee offiziell nur zur „Sicherung der Nachschublinien für die sowjetischen Besatzungstruppen in

Österreich" eingesetz waren. Die amerikanischen Besatzungstruppen in Oberösterreich und in Salzburg betrugen im Jahre 1953 15.000 Mann und sind dann wiederum, nachdem die Amerikaner ihre Präsenz in Triest aufgegeben hatten, um rund 4000 auf 19.000 Mann angestiegen. Die Engländer hatten noch 3000 Mann in ihrer Zone, so daß also insgesamt etwa 22.000 Mann westlicher Besatzungstruppen etwa 35.000 bis 40.000 Mann sowjetischer Truppen in Österreich gegenüberstanden. Gleichzeitig waren in den Westzonen die Vorbereitungen für den Aufbau der B-Gendarmerie weitergegangen, und diese armeeähnliche Truppe wurde bis Anfang 1955 auf zirka 8000 Mann verstärkt und bildete somit den Kader des zukünftigen Bundesheeres.

Die Russen hatten im Jahre 1953 nach dem Tode Stalins, als sie offensichtlich eine Anzahl von Versöhnungs- und Entspannungssignalen setzen wollten, auch eine Reihe von anderen, wenn auch im wesentlichen optischen Zugeständnissen an Österreich gemacht. So wurden beispielsweise die Vertretungen der Sowjetunion in Wien und Österreichs in Moskau in den Rang von Botschaften erhoben. Auch die alliierte Zensur, die bis dahin wie zum Hohne mit dem Stempel „Österreichische Zensur" tätig war, aber von alliierten und im späteren Verlauf nur noch von sowjetischen Kontrolloren beaufsichtigt wurde, wurde schließlich auf sowjetischen Vorschlag aufgelöst. Es schien also so, als ob die Sowjets nunmehr in Österreich mit den Westmächten in eine Art von Popularitätswettbewerb um die Gunst der österreichischen Bevölkerung eintreten wollten.

Um so enttäuschender war dann der Rückschlag in den Verhandlungen um den Staatsvertrag. Im Sommer 1953 hatte Außenminister Gruber den Premierminister Indiens, Nehru, um eine Intervention bei den Sowjets ersucht und damit einen neuen Impuls gegeben. Aber die Sowjets lehnten den sogenannten „Kurzvertrag" ab, und die Verhandlungen blieben ergebnislos.

Im November 1953 trat Außenminister Gruber unter dem

Druck von Julius Raab, der schon im Frühjahr dieses Jahres nach langen ergebnislosen Koalitionsgesprächen mit der FPÖ Figl ausgebootet und sich selbst zum Bundeskanzler gemacht hatte, zurück. Gruber ging als Botschafter nach Washington, und Figl wurde sein Nachfolger im Außenministerium am Ballhausplatz.

Figl genoß in Österreich große Popularität, mußte sich aber in seinen neuen Job als Außenminister erst einarbeiten, was dadurch erschwert wurde, daß er weder Fremdsprachen beherrschte noch über Erfahrungen auf dem Sektor der internationalen Politik verfügte. Durch seinen großen persönlichen Charme wie auch durch ein starkes Einfühlungsvermögen gelang es ihm aber, diese Schwierigkeiten bald zu überwinden, und er wurde schließlich der populärste Außenminister, den Österreich in der Zweiten Republik gehabt hat. Insbesondere war Figl in den Verhandlungen mit der sowjetischen Besatzungsmacht und in den Endrunden der Verhandlungen mit Moskau um den Abschluß des österreichischen Staatsvertrages ein Atout, da er sich im Laufe der Jahre seiner Tätigkeit als Regierungschef das Vertrauen seiner sowjetischen Gesprächspartner erworben hatte. Vielleicht gerade wegen des Mutes, mit dem er häufig sowjetischen Ansinnen entgegentrat, und auch wegen seiner großen Ehrlichkeit, die sich immer wieder als schlagend erwies und ihre Wirkung gerade auch bei den sowjetischen Gesprächspartnern nicht verfehlte.

Doch auch Figl konnte die Verhandlungen der Außenminister in Berlin im Januar 1954 in Fragen des österreichischen Staatsvertrages noch zu keinem positiven Ergebnis bringen. In den wesentlichen Fragen biß er vor allem bei den Sowjets auf Granit. Molotow gab sich besonders besorgt um die Gefahr eines möglichen Anschlusses Österreichs an Deutschland bzw. an die Bundesrepublik Deutschland, die damals gerade der westlichen Verteidigungsgemeinschaft beitreten sollte. Diese Besorgnis war natürlich schon deshalb absurd, da ja der Entwurf des österreichischen Staatsvertrages (die endgültige Fassung liegt diesem Buch in der Dokumentation bei) im

Paragraph 4 einen Anschluß Österreichs an Deutschland ausdrücklich untersagte.

In den Jahren nach 1952 war es übrigens keineswegs nur die Sowjetunion, die dem Abschluß eines Staatsvertrages mit Skepsis gegenüberzustehen schien. In den USA war General Eisenhower zum Präsidenten gewählt worden. Ich hatte 1952 in Chikago an der Republican Convention, dem Parteikongreß der Republikanischen Partei, der den Präsidentschaftskandidaten wählt, teilgenommen. Dabei konnte ich öfters mit John Foster Dulles sprechen. Dieser war seit Jahren der außenpolitische Berater von Thomas Dewey, dem Gouverneur von New York und mehrfachen Präsidentschaftskandidaten der Republikaner. Als solcher wurde er auch von der demokratischen Administration Präsident Trumans seit 1946 im Sinne einer gemeinsamen Außenpolitik zu allen wichtigen internationalen Konferenzen beigezogen. Dulles galt schon damals als sicherer Kandidat für den Außenministerposten, sobald ein republikanischer Präsident gewählt würde. John Foster Dulles stand den Intentionen der Sowjetunion – zu diesem Zeitpunkt war bekanntlich Stalin noch am Leben – mit größtem Mißtrauen gegenüber. Er vertrat eine Politik des „Containment", also der Eindämmung der Expansionsgelüste der Sowjetunion in aller Welt, und war auch in Fragen der europäischen Politik bereits mehrfach nachdrücklich für eine Befreiung der von der Sowjetunion unterworfenen osteuropäischen Nationen eingetreten.

Während der Pariser Außenministerkonferenz des Herbstes 1948, wohin ich von Gruber als Beobachter entsandt worden war, hatte ich mit Dulles schon mehrfach über Fragen des Staatsvertrages und allgemein über die europäische Sicherheit und die Position Österreichs im kalten Krieg gesprochen. Dulles zeigte sich hinsichtlich des Staatsvertrages ausgesprochen pessimistisch. Sein Standpunkt war, zumindest bis zum Beginn des Jahres 1955, die Sowjetunion werde keinesfalls ehrlich bereit sein, Österreich aufzugeben. Alle Versuche der Sowjetunion, Österreich zu neutralisieren, mußten die Position des Westens in Europa schwächen. So schien es klar, daß, nachdem der neue US-Präsident Eisenhower wie erwartet John Foster Dulles zu seinem Außenminister gemacht hatte, die amerikanische Außenpolitik in der Frage des Staatsvertrages vorsichtiger und gegenüber allen Initiativen, die Österreich vielleicht in Richtung Moskau ergreifen würde, mißtrauischer reagieren würde. Außenminister Gruber hatte schon seit dem Jahre 1945 enge und herzliche Beziehungen mit den Amerikanern unterhalten. Nach seinem Rücktritt verbesserte zwar seine Entsendung als Botschafter nach den USA die österreichischen Kontakte mit der amerikanischen Regierung in Washington, gleichzeitig aber funktionierte der direkte Draht, der bis dahin über das Wiener Außenministerium geführt hatte, nicht mehr so tadellos. Allerdings gelang es Figl schon nach kurzer Zeit, nicht zuletzt durch seine seit den Jahren der Besetzung guten Beziehungen zu den Amerikanern, die Verbindungen zu den USA wieder auf das gewohnte freundschaftliche Niveau zu bringen. Dennoch standen im Jahre 1954 die Amerikaner allen österreichischen Bemühungen, der Sowjetunion entgegenzukommen, mit großer Zurückhaltung gegenüber. So haben beispielsweise die Amerikaner 1954 den österreichischen Wunsch abgelehnt, ihre Besatzungstruppen in Oberösterreich und Salzburg zu reduzieren, um dadurch auch die Sowjets zu einer weiteren Reduktion ihrer Besatzungstruppen bewegen zu können.

Die Situation schien zu diesem Zeitpunkt weitgehend verfahren. Ich hatte mehrfach Gelegenheit, bei Besuchen in Washington mit dem amerikanischen Außenminister und seinem Bruder, dem neu ernannten Chef des CIA, Allen W. Dulles, mit dem ich seit der Kriegszeit persönlich und dann durch die Ehe mit seiner Tochter Joan auch familiär verbunden war, lange Gespräche über Fragen des Staatsvertrages zu führen. Beide Herren standen zwar den österreichischen Wünschen positiv gegenüber, aber ihr Mißtrauen gegenüber etwaigen Konzessionen an die Sowjetunion war nach wie vor bemerkenswert groß, insbesondere bei Außenminister John

Foster Dulles. Gleichzeitig waren allerdings die sowjetischen Bemühungen, guten Willen zu zeigen, unübersehbar. Sogar noch zu Stalins Lebzeiten, 1952, hatten die Waffenstillstandsverhandlungen in Korea endlich eine Wendung zum Besseren genommen. Sofort nach seinem Tode zeigten die neuen Machthaber in Moskau in verschiedenen Bereichen der internationalen Politik eine großzügigere Haltung.

Dies hatte sich auch in Österreich dokumentiert, wo die Sowjets endlich dem Beispiel der westlichen Alliierten gefolgt waren und ihren Hochkommissar, der bis dahin immer ein General gewesen war, zuletzt der Generalleutnant Wadim Swiridow, durch einen Diplomaten, nämlich den Botschafter Iwan Iljitschow, ersetzten. Die Amerikaner hatten schon seit dem Jahre 1950, als der Hochkommissar Generalleutnant Geoffrey Keyes abberufen worden war, Diplomaten als Hochkommissare. Der erste war Walter J. Donnelly, und ihm folgte sodann Llewellyn Thompson, der bis zum Staatsvertrag im Lande blieb. Der stellvertretende Hochkommissar der Amerikaner war von 1950 bis 1955 Walter Dowling, der später als Botschafter in Bonn und in anderen wichtigen Metropolen wirkte. Dowling und Thompson haben mit großer Sympathie und Liebe immer wieder den österreichischen Standpunkt wahrgenommen und „Tommy“ Thompson, der ja später amerikanischer Botschafter in Moskau wurde, war geradezu ein Bannerträger der österreichischen Wünsche und Ansprüche in Sachen Staatsvertrag. Des weiteren wurde die amerikanische Politik zu dieser Zeit von einigen jungen US-Diplomaten mit beeinflußt und gestaltet: Walter Yost, Coburn Kidd, Martin S. Herz und Johannes Imhoff waren die wichtigsten.

Recht ähnlich war auch die Situation bei den Engländern, wo im Juli 1950 der letzte militärische Hochkommissar, Generalmajor Sir John Winterton, nach Hause fuhr und durch den populären Botschafter Sir Harold Caccia, heute Lord Caccia, ersetzt wurde. Im letzten Jahr vor dem Staatsvertrag ist Caccia dann durch den Botschafter Sir Geoffrey Wallinger ersetzt worden. Bei den Franzosen war General Béthouart Ende 1950 nach Paris zurückgekehrt; ihm folgten die Botschafter Jean Payart, Jean Chouvel und schließlich unmittelbar vor dem Staatsvertrag der Botschafter François Seydoux als Hochkommissare.

Es muß übrigens hier gesagt werden, daß auch der letzte sowjetische Hochkommissar, Iljitschow, und insbesondere der stellvertretende Hochkommissar Gesandter S. M. Kudrjawtschew sich bemühten, den österreichischen Standpunkt zu verstehen. Damals konnten zum erstenmal österreichische Journalisten mit sowjetischen Vertretern engere Kontakte anknüpfen. Dies sollte, was meine Person betrifft, dazu führen, daß sich wenige Jahre später ein fast freundschaftliches Verhältnis zu dem damaligen sowjetischen Botschafter Lapin entwikkelte.

Am 8. Februar 1955 hielt der sowjetische Außenminister Molotow anläßlich einer Sitzung des Obersten Sowjets, die sich mit der Ablösung Malenkows durch Bulganin befaßte, eine lange Rede, in der er unter anderem die Lösung der Frage des österreichischen Staatsvertrages ein Hauptziel der sowjetischen Außenpolitik nannte. Wesentlich war aber vor allem, daß Molotow in dieser Rede, wenn auch nur fast nebenbei, erklärte, der Abzug der Besatzungsmächte aus Österreich könnte unter Umständen auch durchgeführt werden, ohne daß es vorher zum Abschluß eines Friedensvertrages für Deutschland kommen müßte.

Weder die großen Nachrichtenagenturen noch auch die Austria-Presse-Agentur hatten diesen Hinweis Molotows auf den österreichischen Staatsvertrag als besonders wichtig bemerkt. Ich erhielt in der „Presse"-Redaktion die Aussendungen der sowjetischen Nachrichtenagentur TASS. Als ich sie an diesem Tage durchblätterte, stieß ich auf die im vollen Wortlaut wiedergegebene Molotow-Rede. Routinemäßig las ich die Rede genau durch. Dabei fiel mir die erwähnte Passage auf. Einem fast unbewußten Gefühl nachgebend, daß es sich hier um eine wesentliche Angelegenheit handeln könnte, schrieb ich für „Die Presse" des nächsten Tages folgenden Leitartikel:

Der sensationelle Wechsel in der obersten Führung der Sowjetunion stand gestern so sehr im Vordergrund des Weltgeschehens, daß den Ausführungen des sowjetischen Außenministers Molotow, die er unmittelbar nach der Ernennung Bulganins zum Ministerpräsidenten in vielstündiger Rede dem Obersten Sowjet vortrug, nicht ganz die notwendige Aufmerksamkeit geschenkt wurde. Die Rede Molotows verdient es aber keineswegs, im Schatten anderer, wenn auch vielleicht nach außen hin dramatischerer Ereignisse übergangen zu werden ...

Für Österreich aber ist in erster Linie die Erklärung des sowjetischen Außenministers zur Frage des Staatsvertrages von Bedeutung. Die von den verschiedenen Weltagenturen ausgegebenen Übersetzungen dieses Absatzes variieren ein wenig. Wenn man sich auf die von der sowjetischen Agentur TASS verbreitete Version, die die ‚Presse' heute an anderer Stelle im Wortlaut publiziert, verlassen kann, hat Molotow auch hier etwas Neues zu sagen gehabt. Er erklärte zum erstenmal und im Gegensatz zu allem, was Moskau seit der Berliner Konferenz immer wieder betonte, daß die Sowjetunion unter Umständen gewillt sei, den Abschluß des österreichischen Staatsvertrages und darüber hinaus vor allem auch den Abzug aller Besatzungstruppen aus Österreich durchzuführen, ohne auf den Abschluß eines Friedensvertrages mit Deutschland zu warten. Moskau würde damit bereit sein, auf eine Koppelung der Lösung der österreichischen Frage mit dem in unabsehbarer Ferne liegenden deutschen Friedensvertrag zu verzichten.

Dieser neue Ton in der Erklärung Molotows sollte sowohl von der österreichischen Regierung wie auch von den zuständigen Stellen der Westmächte einer genauen Prüfung unterzogen werden. Vielleicht ergibt sich hier endlich doch eine Möglichkeit, die österreichische Frage vom deutschen Komplex zu trennen und die eingefrorenen Verhandlungen wieder in Bewegung zu bringen. Es wäre allerdings völlig unangebracht, sich durch die Worte Molotows zu einem falschen Optimismus verleiten zu lassen. Denn noch immer wird auch in dieser seiner jüngsten Erklärung die angebliche Remilitarisierung Deutschlands in unmittelbaren Zusammenhang mit Österreich gebracht und es besteht die Gefahr, daß seine Vorschläge wiederum nur zur Untermauerung sowjetischer Propagandathesen à la Anschlußgefahr dienen sollen. Denn Punkt 3 der Österreich-Erklärung Molotows, in dem die unverzügliche Einberufung einer Viererkonferenz gefordert wird, spricht schon wieder davon, daß auf diesem Treffen die deutsche ebenso wie die österreichische Frage behandelt werden soll. Es sollte indessen nicht übersehen werden, daß sich in der Rede des sowjetischen Außenministers gerade seine Erklärungen über Österreich durch einen besonders zurückhaltenden und keineswegs unfreundlichen Ton auszeichneten.

Dies mein Leitartikel vom 9. Februar 1955. Soweit mir bekannt ist, war es die erste öffentliche Stellungnahme im Westen zur sensationellen, wenn auch wie stets etwas verklausulierten Rede des sowjetischen Außenministers, die in letzter Konsequenz wenige Monate später zum Abschluß des österreichischen Staatsvertrages führte. Vorerst allerdings stieß ich mit meiner Analyse auf wenig Gegenliebe. Sowohl am Ballhausplatz wie auch in der amerikanischen Botschaft lächelte man eher mitleidig über meine offensichtlich voreiligen Schlüsse und empfahl mir, doch bei solchen Kommentaren in Zukunft mehr Vorsicht walten zu lassen und nicht so schnell auf reine Propaganda hereinzufallen.

Aber diese Haltung sollte sich ändern. Unserem Botschafter in Moskau, Norbert Bischof, einem hervorragenden Kenner der sowjetischen Verhältnisse, war der besondere Ton in der Molotow-Erklärung ebenfalls aufgefallen. Er sondierte im Kreml und berichtete nach Wien. Nun stand in wenigen Tagen ganz Österreich Kopf: Die Regierung erbat sowohl über Botschafter Bischof als auch direkt auf dem Wege zwischen dem Außenministerium und der sowjetischen Botschaft in Wien Präzisierungen des Standpunktes Molotows. Bei verschiedenen Gesprächen mit meinen amerikanischen Freunden mußte ich aber erfahren, daß diese nach wie vor der Ansicht waren, es handle sich hier nur um einen Propagandaschlager, um einen Bluff der sowjetischen Politik, nicht aber um eine ernst zu nehmende Geste.

Doch in den nächsten Wochen stellte sich heraus, daß die Sowjets es durchaus ernst meinten, was bei den westlichen Alliierten eher Unbehagen hervorrief. Kanzler Raab entschloß sich schließlich, nach Moskau zu fahren und mit der sowjetischen Regierung unter Führung von Bulganin und Parteichef Chruschtschow direkt zu verhandeln. Der Staatsvertragsdelegation gehörten neben Raab, Vizekanzler Schärf und Außenminister Figl auch der Staatssekretär im Außenministerium, Bruno Kreisky, an.

Der österreichische Staatsvertrag in seiner endgültigen Form stellte zweifellos gegenüber den früheren Entwürfen in wesentlichen Punkten einen erheblichen Fortschritt dar. So begeistert die Österreicher waren, so reserviert war zunächst die Haltung bei den westlichen Alliierten und vor allem bei den Amerikanern. Die Russen wollten mit dem Staatsvertrag eine große Geste setzen, um ihren Willen zur Entspannung zu demonstrieren. Natürlich führten sie in taktisch sehr geschickter Weise die Verhandlungen so, daß in der Öffentlichkeit, und zwar nicht nur in Österreich, der Eindruck entstehen mußte, ausschließlich das sowjetische Entgegenkommen ermögliche den Staatsvertrag. Dies entsprach allerdings keineswegs den Tatsachen. Die westlichen Alliierten hatten ja schon seit vielen Jahren, spätestens seit dem Jahre 1947, in allen jenen Punkten, die die Sowjets schließlich widerwillig konzedierten, den Österreichern grünes Licht gegeben. Überdies bewiesen die westlichen Alliierten den Österreichern in einem ganz wesentlichen Punkt von vornherein ihren guten Willen, nämlich in der Frage des sogenannten deutschen Eigentums in ihren Zonen. „Deutsches Eigentum“, beschlagnahmt als Wiedergutmachung für die von Deutschland angerichteten Kriegsschäden, war aber meist österreichisches Eigentum, das nach 1938 in deutsche Hände gekommen war, oft mehr durch Zwang als auf reellem Wege. Von einigen Demontagen in der französischen und britischen Zone unmittelbar nach Kriegsende abgesehen, gaben sie dieses Eigentum voll und ganz zurück. Die Sowjets forderten im Jahre 1955 – nach zehn Jahren unentgeltlichen Raubbaus an diesen Betrieben – als Preis noch 150 Millionen Dollar, dazu noch weitere zwei Millionen Dollar für die Werte der Donau-Dampfschiffahrts-Gesellschaft und schließlich zehn Millionen Tonnen Rohöl als Entschädigung für die Rückgabe der Ölquellen, Förderanlagen usw. in Niederösterreich. Dies waren immerhin erhebliche Forderungen, die von Österreich an die Sowjetunion im Laufe von zehn Jahren bezahlt werden mußten. Was die Österreicher in Moskau aushandelten, war das sogenannte Moskauer Memorandum, in dem die österreichische Regierung ihre Absicht erklärte, dem Nationalrat ein Gesetz über eine immerwährende Neutralität des Landes, „nach Schweizer Muster“, vorzulegen. Die endgültige Fassung des Staatsvertrages – in Wien Mitte Mai 1955 noch ausgehandelt – enthielt eine Reihe von Bestimmungen, die eine Wiederholung des Anschlusses von 1938 verhindern sollten, Einschränkungen hinsichtlich der Bewaffnung österreichischer Streitkräfte – keine Raketen, keine Waffen aus Deutschland –, ferner Paragraphen zum Schutz der Minderheiten.

Bei den Verhandlungen in Moskau waren die Österreicher bemüht, die Definition des Begriffes „Neutralität“, der im Staatsvertrag selbst bekanntlich gar nicht vorkommt, so zu formulieren, daß nicht etwa eine politische, sondern ausschließlich eine militärische Neutralität gemeint war. Die Sowjets stimmten schließlich zu. Es hätte sonst die Gefahr bestanden, daß Österreich an internationalen Handelsabkommen nicht hätte teilnehmen können.

Am 16. April waren Raab, Schärf, Figl und Kreisky im Triumph aus Moskau zurückgekehrt. Noch landete ihre Maschine auf einem sowjetischen Flugplatz, dem von Vöslau, südlich von Wien. Ein Bataillon der österreichischen Gendarmerie leistete die Ehrenbezeigung, ein Zeichen der wieder erwachenden österreichischen Souveränität.

Nun ging es hauptsächlich darum, die westlichen Alliierten

davon zu überzeugen, daß die Russen es diesmal ernst meinten, daß es sich nicht um eine Falle handelte, in die die „naiven Österreicher“ hineingetappt waren. Den Bemühungen der Regierung und insbesondere des Botschafters in Washington, Gruber, gelang es schließlich, vor allem den amerikanischen Außenminister John Foster Dulles zu überzeugen: Der Staatsvertrag in dieser Form war die bestmögliche Lösung nicht nur für Österreich, sondern auch für die friedliche Entwicklung in Mitteleuropa. In der ersten Maihälfte konnte eine Botschafterkonferenz in Wien – de facto die bisherigen Hochkommissare – letzte Einzelheiten des Staatsvertrages diskutieren und eine Reihe noch offener Fragen lösen. So wurde der Ablauf fixiert: Innerhalb von neunzig Tagen nach der Ratifizierung des Vertrages, spätestens aber am 31. Dezember 1955, sollten auch die letzten Besatzungstruppen Österreich verlassen haben.

Die feierliche Unterzeichnung des Staatsvertrages durch die vier alliierten Außenminister, Molotow, Dulles, Macmillan und Pinay, fand am 15. Mai 1955 im Schloß Belvedere statt. Am Tage zuvor war es Figl noch gelungen, die Entfernung des Passus über die Mitverantwortung Österreichs für den Zweiten Weltkrieg aus der Präambel des Staatsvertrages zu erreichen. Damit war die Frage einer österreichischen Mitschuld am Zweiten Weltkrieg, die im letzten Jahrzehnt eine Rolle gespielt hatte, formell getilgt.

Am Abend dieses Tages gab die Regierung im Schloß Schönbrunn einen Staatsempfang; bei dieser Gelegenheit traf ich mit Außenminister Dulles zusammen. Er schien mir nicht besonders fröhlich gelaunt. Auf meine Frage, was er nun vom endgültigen Text des Staatsvertrages halte, erklärte er mir: „Ich hoffe, es wird gut für euch ausgehen. Ich bin aber nicht sicher, ob der Vertrag nicht doch noch einige Fallen enthält. Ihr müßt gut aufpassen, daß ihr euer Staatsschiff durch die Konflikte der kommenden Jahrzehnte hindurchsteuern könnt, ohne daß euch dabei die von den Sowjets verlangte immerwährende Neutralität zu starke Fallschlingen legt.“ Dann lächelte er aber schließlich doch und sagte: „Ich kann sehr gut verstehen, daß deine

Landsleute und du heute ein großes Fest feiern wollt. Laßt uns darauf trinken." Und zu meinem großen Erstaunen nahm John Foster Dulles ein Glas Wein – normalerweise pflegte er, außer hie und da einen Whisky, nur sehr wenig zu trinken – und stieß mit mir auf die Zukunft Österreichs an.

An diesem Abend ereignete sich noch eine andere kleine Episode. Wenige Minuten nach unserem Gespräch – ich stand noch in der Gruppe um den amerikanischen Außenminister – erklärte Dulles, den Empfang vorzeitig verlassen zu müssen, da er noch in der Nacht zu einer anderen Konferenz fliegen müsse. Außenminister Figl wollte es sich nicht nehmen lassen, Dulles zu seinem Wagen zu begleiten, und erklärte, er kenne sich in Schönbrunn gut aus und wisse einen kurzen Weg hinunter auf den Vorplatz des Schlosses, auf dem man die großen Massen der feiernden Festgäste in den Sälen des Schlosses vermeiden könne. Dulles und seine Begleitung folgten Figl, der sie entlang der Gesamtfront des Schlosses Schönbrunn in den linken Flügel und dort zu einer Türe brachte, die ins Freie führen sollte. Dort angekommen stellte sich freilich heraus, daß es sich um die Türe zur Herrentoilette handelte. Dies bewirkte schließlich sogar bei John Foster Dulles ein lautes Lachen, und so schloß der Abend auch für den sorgenvollen amerikanischen Außenminister mit einem heiteren Akzent.

Als Herausgeber der „Presse" hatte ich schon am Vormittag desselben Tages an der Unterzeichnung des Staatsvertrages im Schloß Belvedere zusammen mit einigen anderen Journalisten teilgenommen und muß gestehen, daß es ein großer und bewegender Augenblick war, endlich nach zehnjähriger Besetzung dieser feierlichen Zeremonie beiwohnen zu können. Bewegend war der Moment, als Leopold Figl mit dem Dokument des Staatsvertrages in Händen auf den Balkon hinaustrat und den Tausenden Wienern, die im Belvederepark versammelt waren, zurief: „Österreich ist frei!"

Zehn Jahre, nein, unter Einschluß der deutschen Besetzung siebzehn Jahre, hatten wir auf diesen Tag gewartet. Mir schien es fast wie die Erfüllung dessen, wofür ich meine ganze Jugend hindurch mit meinen Freunden gekämpft hatte. Es war ein großer Augenblick, aber es schien auch der richtige Moment, um in die Zukunft zu blicken, sich nicht nur der Opfer und der schweren Zeiten der Vergangenheit zu erinnern, sondern auch die Aufgaben, die uns bevorstanden, ins Auge zu fassen. Ich habe dies damals in einem Leitartikel festgehalten, der mir die Stimmung und die Gedanken jener Tage deutlich wiederzugeben scheint:

ÖSTERREICHS ZUKUNFT HAT BEGONNEN

Im Sommerschloß des Prinzen Eugen im Oberen Belvedere wird heute vormittag von den Außenministern der vier Großmächte und dem österreichischen Außenminister das Dokument unterzeichnet, das Österreich die Freiheit und Unabhängigkeit wiedergibt und mit dem Ende der Besatzung zugleich eine neue Epoche eröffnet.

„Eine Nachricht ist heute aus Sarajewo eingetroffen, welche die ganze Monarchie auf das tiefste erschüttern wird ..." Mit diesen Worten verkündete die Extraausgabe der „Neuen Freien Presse" am 28. Juni 1914 die Ermordung des Thronfolgers Franz Ferdinand. Die aufgestörten und verschreckten Wiener, die an jenem sommerlichen Abend vor 41 Jahren den Kolporteuren die Blätter aus den Händen rissen, konnten noch nicht ahnen, in welchem ungeheuren Ausmaß diese Schlagzeile zur düsteren Tatsache werden sollte. Nicht nur die österreichisch-ungarische Monarchie, nein das ganze gesättigte und, wie es schien, so wohlfundierte alte Europa, das im beginnenden zwanzigsten Jahrhundert den Höhepunkt seiner Bedeutung als Zentrum des Erdballs erreicht hatte, wurde durch die Folgen der Schüsse von Sarajewo förmlich aus den Angeln gehoben. Eine Welt, die in den Jugendtagen unserer Väter trotz aller Anzeichen des drohenden Sturmes noch für völlig unerschütterlich gehalten wurde, stürzte im Geschützdonner der Materialschlachten von Gorlice bis Verdun, an der Maas und am Isonzo endgültig zusammen.

Österreich aber konnte seit dem Juni 1914 seine Ruhe nicht wiederfinden. Als das große Donaureich sich in den November-

tagen des Jahres 1918 in seine Bestandteile auflöste, konnten sich die Heimkehrer jener Tage im klein gewordenen Vaterland, dem man die gesamten Lasten eines verlorenen Krieges, nicht aber die Möglichkeit zu einer, wenn auch bescheidenen Existenz gelassen zu haben schien, nicht zurechtfinden. Das übriggebliebene, schmal gewordene Land wurde immer wieder von den Fieberschauern der politischen, wirtschaftlichen und sozialen Folgen des großen Zusammenbruches und des sich in seiner Grundstruktur wandelnden europäischen Raumes erschüttert. Das Österreich der Ersten Republik, an dessen Sinn und Lebensfähigkeit seine eigenen Bewohner nicht richtig glauben konnten, zerbrach daran ebenso wie der kurzlebige Ständestaat, dessen nur von einem Teil des Volkes unterstützte politische und wirtschaftliche Stabilisierungsbestrebungen, von der übrigen Welt verlassen, dem Marschtritt deutscher Divisionen nicht standhalten konnten.

Am 11. März 1938 verschwand Österreich von der Landkarte. Aber gleichzeitig begann an diesem Tag der innere Gesundungsprozeß des österreichischen Volkes. Gerade der „Anschluß" und seine Folgen ließen in den Menschen vom Neusiedler- bis zum Bodensee, vom Böhmerwald bis zu den Karawanken ein Zusammengehörigkeitsgefühl entstehen, wie es vordem unbekannt war. Die Heimkehrer des Zweiten Weltkrieges kamen nicht mehr wie ihre Väter Anno achtzehn in ein künstlich aufgezwungenes und fremdes Staatsgebilde, sondern in die durch Besetzung und Krieg jedem bewußt gewordene echte Gemeinschaft des österreichischen Vaterlandes zurück.

Auf diesen Grundlagen konnte die Zweite Republik ihre innere und äußere Existenz aufbauen. Eine Existenz allerdings, die trotz einer spontanen Bejahung durch das Staatsvolk und einer in früheren Jahrzehnten fast undenkbar erschienenen Zusammenarbeit aller maßgebenden politischen Gruppen und Faktoren, durch die vierfache Besetzung in Frage gestellt war. Die Zonenschranken an der Enns und auf dem Semmering teilten ja nicht nur Österreich in zwei Teile, sie bildeten gleichzeitig die Grenzlinie einer in zwei Lager aufgespaltenen Welt. Der Machtkoloß der Sowjetunion hatte sich bis tief in das Herz Europas vorgeschoben und er schien immer weniger daran zu denken, die einmal erreichten Raumgewinne wieder aufzugeben. Das russische „Njet", das durch mehr als 250 Sitzungen fast zehn Jahre lang die Fertigstellung des österreichischen Staatsvertrages und damit die Befreiung des Landes verhinderte, schien eine allmähliche, dann aber definitive Teilung Österreichs vorzubereiten.

Der nach Ministerpräsident Bulganin keineswegs gefühlsmäßig bedingte Moskauer Entschluß, Österreich freizugeben, ist in erster Linie auf die im letzten Jahr sich entwickelnden Verschiebungen der weltpolitischen Konstellation, vor allem im europäischen Raum, zurückzuführen. Die Stärkung der freien Welt durch die Ratifizierung der Westunion und die Einbeziehung der Bundesrepublik Deutschland in das Europäische Verteidigungssystem hat die Männer im Kreml zu einer kühlen und nüchternen Revision ihres Konzepts veranlaßt. Österreich, in den letzten zehn Jahren zum bloßen Objekt der Weltpolitik degradiert, kam dabei glücklich zum Zuge. Dank einer günstigen weltpolitischen Konstellation, die seine Staatsmänner im richtigen Augenblick richtig zu nützen verstanden, aber auch dank seiner eigenen Beharrlichkeit im Kampf um die Freiheit, mit der es die vielen Gefahrenmomente seit 1945 immer wieder überwinden konnte. Österreich hat sich den heutigen Freudentag, an dem die Großen der Welt das historische Dokument des Staatsvertrages im Schloß Belvedere unterzeichnen werden, redlich verdient. Es weiß aber, daß es seine teuer erkämpfte Freiheit als kleines Volk im Herzen Europas auch in Zukunft mit ganzer Kraft wachsam zu verteidigen bereit sein muß. Denn Österreichs Zukunft als freier Staat hat nun begonnen; uns fällt es zu, sie richtig zu gestalten. Wir haben Österreich als freien und souveränen Staat zurückgewonnen, wir wollen es frei und stark erhalten, des Dichterwortes bewußt: „Der Österreicher hat ein Vaterland und liebt's und hat auch Ursach', es zu lieben."

So hatten wir also schließlich den Staatsvertrag erreicht. Alles das, was die Österreicher in der Zeit des Naziregimes, im Zweiten Weltkrieg, in den Gefängnissen und im Widerstand oder auch an der Front draußen mitgemacht hatten, war schließlich nicht vergeblich gewesen. Auch die Zeiten der alliierten Besetzung, die Hungerwinter der Nachkriegszeit, der kalte Krieg, die sowjetischen Verfolgungen, alles das hatte schließlich doch zu einem positiven Abschluß geführt. Österreich war frei. Wir, die wir durch mehr als fünfzehn Jahre wie ein verschworenes Freikorps für Österreich zusammengestanden waren, konnten daran auch einen gewissen Anteil beanspruchen.

Die Stimmung in Österreich in diesen Tagen und Wochen war natürlich eine außerordentlich positive und gelöste. Wir hatten das Gefühl, daß eine neue, eine große Zeit beginne. Allerdings war es uns auch klar, daß wir nun vor neuen Aufgaben stünden. Nicht nur die Regierung, sondern weite Teile der Bevölkerung glaubten, daß Österreich nun in der Lage sein werde, die großen Probleme zu meistern und seine Zukunft fest in die Hand zu nehmen. Am 25. Oktober verließ eine britische motorisierte Schwadron ihre Kaserne in Klagenfurt und überschritt die Grenze nach Italien. Damit hatte die letzte alliierte Einheit Österreich verlassen. Einige Wochen vorher waren schon die letzten Russen und Ende September die letzten Amerikaner abgezogen. Österreich war nun im wahrsten Sinne des Wortes frei, und so konnte auch der österreichische Nationalrat als frei gewähltes Parlament in einem freien, nicht mehr besetzten Lande in einer Sitzung am 26. Oktober mit den Stimmen der ÖVP, SPÖ und der VO (Kommunisten) die immerwährende Neutralität des Landes beschließen.

9. KAPITEL

AUFRUHR IM OSTEN

Der Abschluß des Staatsvertrages hatte tiefgreifende Folgen: natürlich zunächst für Österreich selbst. Der Abzug der Besatzungstruppen ließ einen wesentlichen Grund für das Bestehen der Koalition der beiden Großparteien, SPÖ und ÖVP, wegfallen. Dennoch blieb dieses Regierungssystem weiter bestehen, volle elf Jahre. Es führte zu einer Versteinerung, einer Totalisierung des sogenannten Proporzes – der Aufteilung von Staat und Staatswirtschaft nach dem Parteibuch. Gleichzeitig begann, dank des Fleißes, der Initiative und des Einfallsreichtums der Österreicher, eine Epoche großen wirtschaftlichen Aufschwungs. Welch ein Gegensatz zu den Zeiten vor 1938, als viele diesem Staat zwischen Neusiedler See und Bodensee die Lebensfähigkeit absprachen! Aber auch in der Kultur, der Wissenschaft und eigentlich in allen Bereichen mit Ausnahme des politischen Lebens begannen sich die Impulse auszuwirken, die der Staatsvertrag, der Abzug der Besatzungskräfte und damit die wiedergewonnene Freiheit dem Lande gaben. Es war eine Zeit voll neuer Ideen, voll Aktionen und voll Dynamik, wie man sie in Österreich wahrscheinlich seit den Jahren der Gründerzeit in der zweiten Hälfte des 19. Jahrhunderts nicht mehr gekannt hatte.

Außenpolitisch mußte sich Österreich in mancher Beziehung umstellen und den neuen Verhältnissen anpassen. Zum erstenmal in seiner Geschichte war das Land „neutral". Diese

Neutralität mußte man erst ausloten, erst ihre Grenzen und ihre Möglichkeiten erkennen. Es war klar, daß Österreich weder dem im Entstehen begriffenen westlichen Verteidigungsbündnis beitreten konnte, noch – und dies wurde immer klarer – der in statu nascendi befindlichen europäischen Wirtschaftsgemeinschaft, der EWG, aus der später die Europäische Gemeinschaft, die politische Verbindung der westeuropäischen Staaten, werden sollte.

Es begann auf diesem Sektor ein langwieriger und oft kontroversieller Prozeß der Suche und Selbstbesinnung, der schließlich dazu führte, daß sich Österreich der Europäischen Freihandelszone, der EFTA (European Free Trade Association), die unter Führung der Engländer ins Leben trat, anschloß. Dies geschah in der Hoffnung, daß eines Tages EWG und EFTA sich vereinigen würden. Den von starken Kräften erwünschten Beitritt Österreichs zur EWG verhinderte – selbst in der Form einer Assoziierung – die sehr deutliche Ablehnung Moskaus. Aber auch zur Vereinigung von EWG und EFTA kam es nicht, dafür bröckelte die Freihandelszone ab, vor allem durch den Beitritt Englands zur EWG. In der Theorie existiert die EFTA heute noch; Österreich konnte nach langen, mühsamen Verhandlungen 1972 mit der EWG einen Vertrag „besonderer Art" schließen, der ihm Rechte einräumt, die etwas geringer sind als die der assoziierten Länder.

Weit bedeutungsvoller waren aber die – zunächst überhaupt nicht erwarteten – Auswirkungen, die der Staatsvertrag über die Grenzen Österreichs hinaus hatte. Eine erste Folge war ein Gipfeltreffen der Großen Vier in Genf im Sommer des Jahres 1955, bei dem zwar nicht viel herauskam, aber dessen Einberufung und dessen Ablauf wohl erst durch die Haltung der Sowjetunion in Sachen Österreich möglich geworden war. Die ernstesten Konsequenzen des Staatsvertrages ergaben sich jedoch in Osteuropa. Sein Abschluß löste politische Erschütterungen aus, die bis zu revolutionären Bewegungen und schwersten militärischen Konflikten führen sollten. In den osteuropäischen Ländern hatte man den Abschluß des Staatsvertrages und die Freigabe Ostösterreichs durch die Sowjets mit geradezu leidenschaftlicher Anteilnahme verfolgt. Begreiflich war dies besonders in Ungarn, das mit Österreich im Laufe der geschichtlichen Entwicklung besonders eng verbunden gewesen war. Dazu kam, daß ursprünglich die Stationierung der sowjetischen Truppen in Ungarn und in den anderen südosteuropäischen Satellitenstaaten Moskaus aufgrund von Verträgen erfolgt war, die die Aufrechterhaltung der Verbindungslinien zu den Sowjettruppen in Österreich zum Vorwand nahmen. Der Wegfall dieser Begründung ließ Hoffnungen Raum gewinnen, es könnten die Russen nun auch zum Beispiel Ungarn verlassen. In Polen – wo es vor dem Abschluß des Warschauer Paktes genau solche Verträge gegeben hatte, nur daß die Verbindung zu Ostdeutschland den Vorwand abgab – waren es die Erbitterung über jahrelange Ausbeutung durch Rußland (historisch der Erbfeind Polens) und der Auftrieb durch die Entstalinisierung der nationalen Gefühle – ebenso wie in Ungarn –, die das Land in den Aufruhr führten. Ein ähnlicher Truppenstationierungsvertrag wie mit Ungarn bestand auch mit Rumänien, aber dort besaß das Regime volle Kontrolle über Land, Leute und vor allem die intellektuellen Schichten.

Jugoslawien war schon seit 1948 aus der Reihe der Satelliten Moskaus ausgeschieden und hatte seinen eigenen Weg zum Sozialismus eingeschlagen. Der Bruch Titos mit Stalin im Jahre 1948 war nicht zuletzt die Folge der Ideen von Milovan Djilas – Arbeiterselbstverwaltung und Privatinitiative –, seines damaligen „Kronprinzen" und ideologisch-politischen Hauptberaters. Tito baute einen eigenständigen kommunistisch-föderalistischen Staat in Jugoslawien auf. Er brach aber auch mit Djilas, den er wegen allzu offener Erkenntnis der ideologischen Schwäche des Tito-Systems und einer Hinwendung zur westlichen Demokratie zuerst entmachtete und dann ins Gefängnis werfen ließ. Doch gelang es Tito, die seit Jahrhunderten miteinander verfeindeten Völker Jugoslawiens zusammenzuhalten, nicht zuletzt durch die gemeinsame Angst vor einer sowjetischen Intervention. Dabei half ein relativ großer wirtschaftlicher Wohlstand als Folge der relativ liberalen Politik und einer im Vergleich zu den kommunistischen Nachbarn immerhin noch recht großen persönlichen Freiheit des einzelnen.

Das Beispiel Jugoslawiens hatte schon Ende der vierziger Jahre in den Ostblockstaaten seine Wirkung getan; überall gab es „Nationalkommunisten“, die für ihr Land mehr Unabhängigkeit von Moskau erstrebten. Aber Stalin hatte schon die Anfänge solcher Bewegungen in Blut zu ersticken versucht: In der Tschechoslowakei, in Ungarn, in Rumänien, in Bulgarien waren nach Massenverhaftungen führende Kommunisten als „Revisionisten“, das heißt als „Agenten Titos und des Westens“, liquidiert worden. Nach dem XX. Parteitag der KPdSU, nach der „Entstalinisierung“, begann der „Nationalkommunismus“, das Streben nach einer gewissen Unabhängigkeit, nach liberalen Zuständen, wieder aufzublühen. Und nun war etwas Besonderes geschehen.

Nicht nur hatte sich die Sowjetarmee aus Ostösterreich zurückgezogen, sondern die sowjetische Regierung hatte auch im Gegensatz zu ihrer in allen anderen Teilen der Welt verfolgten Politik – das benachbarte Deutschland wie auch das ferne Korea können als Beispiele aus dieser Epoche gelten – im Einvernehmen mit den Betroffenen, in diesem Fall mit der österreichischen Regierung, und in einem von allen vier Alliierten des Zweiten Weltkrieges gemeinsam erarbeiteten und unterzeichneten Vertrag unter der Bedingung der „Neutralisierung“ ihre Zustimmung zur Wiederherstellung einer nach westlich-demokratischen Prinzipien regierten freien österreichischen Republik erteilt. Damit hatte sich die geopolitische Lage in Mitteleuropa verschoben. Ostösterreich hatte bis zum 26. Oktober 1955 noch eine Art von Sicherheitskordon zwischen dem ebenfalls besetzten Ungarn und dem Westen gebildet. Alle anderen Nachbarn Ungarns hatten kommunistische Regime, und überall standen – mit Ausnahme Jugoslawiens – sowjetische Truppen. Nun ergab sich für die Magyaren plötzlich die Situation, im Westen ihres Staatsgebietes eine freie, demokratische Republik als Nachbarn zu besitzen. Das Verschwinden der sowjetischen militärischen Präsenz aus dem westlichen Nachbarland schien Ungarn ein Tor in die freie Welt zu öffnen. Hatte der neue Machthaber im Kreml, Nikita Chruschtschow, zugelassen, daß die Österreicher unter der Bedingung, ihren Staat neutral zu halten, in die Freiheit entwichen, so war vorstellbar, daß den Ungarn etwas Ähnliches gestattet würde, vielleicht mit einer „sozialistischen Variante".

Natürlich waren den ungarischen Studenten, den Intellektuellen und Politikern die Hintergründe der Entwicklung rund um Österreich nicht klar, und ebenso natürlich konnten auch wenige Monate nach dem Abschluß des Staatsvertrages die historischen Perspektiven, die wir heute, 25 Jahre später, deutlich erkennen können, in Budapest noch nicht in ihren Zusammenhängen erkannt werden. Dies um so weniger, als ja die ungarische Bevölkerung auf die wenigen in den kommunistischen Zeitungen und im Staatsrundfunk bekanntgegebenen Fakten angewiesen war oder bestenfalls westliche Sender abhörte, besonders „Radio Free Europe", das von den Amerikanern über eine private Gesellschaft aufgrund von Verträgen mit der Bundesrepublik Deutschland in München betrieben wurde. Dieser Sender vertrat sehr nachdrücklich die Politik des „Containment", der Eindämmung des sowjetischen Einflusses, und auf weitere Sicht die Befreiung der versklavten Nationen Osteuropas. „Radio Free Europe" sendete in tschechischer, slowakischer, bulgarischer, polnischer, ungarischer, rumänischer und albanischer Sprache täglich Nachrichten und Kommentare, die in Osteuropa durchaus als eine Aufforderung, selbst zur Befreiung vom sowjetischen Joch beizutragen, aufgefaßt werden konnten, ja selbst als ein In-Aussicht-Stellen westlicher Hilfe. „Radio Free Europe" ließ durch seine Berichterstattung etwa ganz falsche Vorstellungen über die Möglichkeiten der UNO entstehen. Zusammen mit der erwähnten Tendenz der Außenpolitik von John Foster Dulles fand diese Propaganda bei den osteuropäischen Nationen großen Widerhall. Da war wiederum Ungarn jenes Land, das seine Grenze mit dem Westen freibekommen hatte, das nun ohne Kontrolle durch die Sowjets mit dem Westen verkehren konnte und daher am schnellsten und deutlichsten reagierte.

Die erste Explosion erfolgte jedoch in Polen. Dort hatten sich schon im Juni 1956 durch die mißliche wirtschaftliche Lage verursachte Arbeiterunruhen ereignet. Breite Teile der Bevölkerung zeigten offen ihre Unzufriedenheit mit dem kommunistischen System, das die Vereinigte Polnische Arbeiterpartei, mit dem ehemaligen Sozialisten Cyrankiewicz als Ministerpräsidenten, in den vergangenen zehn Jahren mit eiserner Faust etabliert hatte. Im Herbst verstärkten sich die Unruhen in Polen. Die Folge war im Oktober 1956 die Machtübernahme durch die gemäßigten Nationalkommunisten. Selbst eine Reise Chruschtschows nach Warschau hatte nichts gefruchtet, trotz all seiner Bemühungen wurde der Nationalkommunist Gomulka zum Ersten Sekretär der Polnischen Arbeiterpartei gewählt. Der sowjetische Marschall Rokossowski – polnischer Herkunft –, der seit 1949 den Oberbefehl über die polnische Armee innehatte, wurde abgesetzt und mußte in die Sowjetunion zurückkehren. Diese Entwicklung in Polen, dem sich die Ungarn seit 1848 freundschaftlich verbunden fühlten und das auch nach dem Zweiten Weltkrieg ein ähnliches Schicksal wie Ungarn erlitten hatte, blieb in Budapest nicht ohne Wirkung.

War in Polen die Arbeiterschaft die Speerspitze der Revolution gegen die sowjetischen Hintermänner des bolschewistischen Systems und seine polnischen Vollstrecker, so standen in Ungarn Intellektuelle und vor allem Studenten an der Spitze der Volkserhebung. Schon 1848, als sich die Ungarn gegen die habsburgische Herrschaft erhoben und in einer großartigen Revolution weite Teile des Landes befreiten, waren es die Studenten gewesen, die das geistige Zentrum der Bewegung darstellten und vor allem auch die intellektuelle Munition lieferten. Anno 1848 mußte sich Kaiser Franz Joseph, der auch in Wien und in Italien Revolutionen zu bewältigen hatte, an das zaristische Rußland um Hilfe wenden und konnte schließlich nur mit Unterstützung einer russischen Armee den ungarischen

Aufstand blutig niederschlagen. Viele Führer des Aufstandes wurden von den Russen gefangengenommen und an die Österreicher ausgeliefert, die sie vor Standgerichte stellten, zum Tode verurteilten und hinrichteten.

Im ungarischen Volk war die Erinnerung an den Freiheitskampf des Jahres 1848 und an die Rolle der Russen bei der Niederschlagung der Revolution nie verblaßt. Als 1947 die letzte nichtkommunistische Regierung unter dem Führer der Kleinen Landwirtepartei Ferenc Nagy abgesetzt wurde, die Kommunisten unter Leitung des stalinistischen Exponenten Mathias Rákosi die Macht übernahmen und ein bis dahin auch im Ostblock unbekanntes Terrorregime errichteten, wurde in den Magyaren die Erinnerung an den Freiheitskrieg des Jahres 1848 wieder lebendig. Im Jahre 1953 wurde Rákosi als Ministerpräsident durch den gemäßigten Kommunisten Imre Nagy abgelöst, um der schon damals großen Unzufriedenheit der Bevölkerung, aber selbst großer Teile der Partei, Rechnung zu tragen. Diese Lockerung war jedoch nur von kurzer Dauer und wurde bald darauf wiederum rückgängig gemacht. Auch die angestrebte rasche Industrialisierung Ungarns, der sogenannte „neue Kurs", den Nagy zu forcieren versucht hatte, blieb stecken. Unter dem Stalinisten Hegedüs trat 1955 eine erneute Verschärfung ein. Die Opposition war jedoch nicht mehr zu zügeln, wobei der Abzug der sowjetischen Besatzungstruppen aus dem westlichen Nachbarland Österreich eine ganz wesentliche Rolle gespielt haben dürfte.

Im Sommer und Frühherbst 1956 kam es zu immer größeren Demonstrationen, vor allem von Studenten, in Budapest und anderen ungarischen Städten. Der Ausbruch der Unruhen im befreundeten Polen, der Sieg der nationalkommunistischen Richtung über die Stalinisten dort waren der zündende Funke in das Pulverfaß Ungarn. Die friedlichen Demonstrationen verwandelten sich in einen extremen Ausbruch der Volkswut gegen das verhaßte stalinistische System und besonders gegen die Geheimpolizei AVO. Es kam in Budapest zu blutigen Straßenschlachten, die von den verschreckten und völlig überraschten kommunistischen Machthabern nicht mehr unterdrückt werden konnten. Am 23. und 24. Oktober 1956 erreichte der ungarische Volksaufstand seinen ersten siegreichen Höhepunkt. Die Regierung Hegedüs trat zurück, ein neues Kabinett unter Führung des populären und gemäßigten Imre Nagy wurde gebildet, und wenige Tage später gehörte das spätstalinistische Regime Ungarns wie ein Spuk der Vergangenheit an. Es schien, als ob eine neue Zeit für Ungarn angebrochen wäre, eine Epoche der Freiheit und der Demokratisierung.

Die sowjetische Armee hatte auf den Hilferuf der Regierung Hegedüs am 23. Oktober in Budapest Truppen, insbesondere Panzerverbände, eingesetzt. Normalerweise lagen die sowjetischen Einheiten, die Ungarn seit 1945 besetzt hielten, in Garnisonen etwa 100 Kilometer von der ungarischen Hauptstadt entfernt. Nun mußten diese Truppen nach Budapest gebracht werden, um gegen die Freiheitskämpfer und starke Einheiten der ungarischen Armee, die zu den Aufständischen übergegangen waren, eingesetzt zu werden. Den ungarischen Aufständischen gelang es damals, das kommunistische Regime mit seinen Polizeistreitkräften und die sowjetischen Truppen niederzukämpfen. In diesem Moment waren offensichtlich auch die Sowjets auf das tiefste über die Entwicklung in Ungarn überrascht und schockiert. Um Zeit zu gewinnen, stimmten sie schließlich einer Aufforderung des neuen Ministerpräsidenten Imre Nagy zu und zogen ihre Truppen bis zum 30. und 31. Oktober aus Budapest zurück.

Zu diesem Zeitpunkt hatte bereits die ganze Welt vom Aufstand in Budapest, vom Wechsel der Regierung und von der Machtübernahme durch ein neues Kabinett unter Ministerpräsident Imre Nagy, dem auch schon Vertreter der nichtkommunistischen, seit 1948 verbotenen demokratischen Parteien, wie insbesondere der Kleinen Landwirtepartei und der Sozialdemokraten angehörten, mit zunehmender Bewunderung zur Kenntnis genommen. Im Westen hoffte man, daß die Ereignisse von Warschau, wo soeben der gemäßigte Gomulka an die Macht gekommen war und die Sowjets anscheinend sich zurückzuziehen gewillt waren, ebenso wie nunmehr die Revolution in Ungarn der Auftakt zu einer neuen Entwicklung in ganz Osteuropa sein würden. Man hoffte, daß es nun zu einem graduellen Rückzug der Sowjets aus den von ihnen unterjochten osteuropäischen Staaten kommen würde.

Diese Meinung war, wie sich kurz darauf herausstellen sollte, nicht nur außerordentlich naiv, sondern basierte auf vollkommen falschen Voraussetzungen. Man hatte nämlich auch in den westeuropäischen Metropolen aus dem Zustandekommen des österreichischen Staatsvertrages falsche Rückschlüsse auf die künftige Politik des Kremls gezogen. Die Sowjets hatten in Österreich der Neutralisierung des Staates und dem Abzug der Besatzungstruppen zugestimmt, weil sie zu der Überzeugung gekommen waren, Österreich als Ganzes nicht in ihren Einflußbereich ziehen zu können. Chruschtschow war damals zu der Einsicht gelangt, keine Macht dürfe einen Atomkrieg riskieren: es wäre ein Krieg, in dem es nur Besiegte und keine Sieger geben könne. Darüber hinaus war die strategische Überlegenheit des Westens damals noch sehr groß. Selbst wenn eine Eingliederung Ostösterreichs nicht zu der atomaren Auseinandersetzung geführt hätte, so wäre doch eine Verschlechterung der strategischen Lage für die Sowjets entstanden: Der frei bleibende Teil Österreichs, wohin sich die legitime Regierung aus Wien zurückgezogen hätte, hätte gar nicht anders können, als sich der NATO anzuschließen. Die Neutralität Österreichs bedeutete dagegen für Moskau Vorteile: Nun reichte ein neutraler Keil von Ungarn über Österreich und die Schweiz bis in die französischen Alpen; die NATO war zweigeteilt, Italien von Deutschland getrennt. Die Sowjetunion glaubte auf diese Weise friedlich ihren Besitzstand in Osteuropa konsolidieren und eine Beendigung des für sie auch aus wirtschaftlichen Gründen nur schwer durchzustehenden kalten Krieges herbeiführen zu können.

Keineswegs aber hatten die Sowjets auch nur im entferntesten an irgendeine Freigabe der von ihnen kontrollierten osteuropäischen Nationen gedacht. Deswegen mußte auch für sie die Entwicklung in Polen, aber noch mehr der Aufstand in Ungarn eine besonders peinliche Überraschung darstellen. Es war klar, daß sie nunmehr schnell reagieren mußten. Die Situation für eine solche sowjetische Gegenaktion in Ungarn schien in weltweiter Sicht gesehen auch günstig: In Amerika standen Anfang November Präsidentschaftswahlen unmittelbar bevor. Dort hatten Präsident Eisenhower und sein Außenminister Dulles andere Sorgen als Ungarn; dies um so mehr, als in der letzten Oktoberwoche ein britisch-französisches Landeunternehmen am Suezkanal gegen das Nassersche Ägypten angelaufen war. Dieses Unternehmen stand im Gegensatz zur Außenpolitik der Vereinigten Staaten und wurde auch durch ein Ultimatum von John Foster Dulles an die britische und die französische Regierung im entscheidenden Augenblick blokkiert. Doch die große internationale Krise rund um die Suezintervention bot den Sowjets eine günstige Gelegenheit, um die unumgänglich notwendige Aktion in Ungarn durchzuführen. Ein längeres Zuwarten schien aus Moskauer Sicht größte Gefahr zu bergen. Das Beispiel Ungarns und Polens konnte auch bei anderen Völkern Osteuropas Schule machen. Es gärte von Ost-Berlin bis Bukarest.

Die ungarische Regierung, eben erst inmitten schwerer Straßenkämpfe in Budapest gebildet und ohne wirkliche Information über die Lage in Ungarn selbst, ganz zu schweigen von der Situation in der weiten Welt draußen, ebenso auch ohne Kontakt mit ihrem bisherigen Schutzherrn und Verbündeten, der sowjetischen Regierung, benahm sich mutig, aber höchst unvernünftig. Sie versuchte, die Stunde zu nützen und neben der Forderung nach Abzug der sowjetischen Truppen auch gleich die Neutralität Ungarns zu deklarieren. Die Regierung Nagy stellte ihr Land unter den Schutz der UNO. Allein dieser Schritt zeigte die kindliche Naivität, die die Gemüter und Köpfe dieser kurzfristigen Regierung in Budapest beherrschte.

Als der ungarische Volksaufstand begann, war ich in der Bundesrepublik Deutschland. Bundeskanzler Raab stattete dort einen Staatsbesuch ab, an dem ich als Herausgeber der „Presse" mit anderen österreichischen Journalisten teilnahm. Wir befanden uns gerade in der neuen deutschen Hauptstadt Bonn und verbrachten in dem Gastschloß der deutschen Bundesregierung auf dem Petersberg hoch über dem Rhein einen festlichen Abend, als ich von meiner Wiener Redaktion die ersten alarmierenden Nachrichten über einen sich ausbreitenden Aufstand in Ungarn erhielt. Ich begleitete noch Raab nach Hamburg, telefonierte aber alle paar Stunden mit meiner Wiener Redaktion. Unser Redakteur Eugen Géza Pogany, der im außenpolitischen Ressort der „Presse" die ungarischen und südosteuropäischen Angelegenheiten wahrnahm, berichtete mir aufgeregt über die Entwicklung in Ungarn. Er reiste in diesen Tagen wiederholt nach Budapest. Dazwischen kehrte er immer wieder für kurze Zeit nach Wien zurück, um seine Berichte für die „Presse" zu schreiben. Von Budapest zu telefonieren war damals sehr schwierig, und es schien daher fast praktischer, alle paar Tage die wenigen Stunden Fahrt nach Wien zu unternehmen. Die Nachrichten aus Ungarn veranlaßten mich schließlich, die österreichische Delegation in Stich zu lassen und mit dem nächsten Flugzeug nach Wien zurückzukehren.

Indessen hatte es den Anschein, als ob der ungarische Aufstand schon erfolgreich beendet sei und das Unglaubliche sich ereignen werde, nämlich ein Rückzug der Sowjets aus Ungarn. Von Wien aus begannen wir nun mit der alten Schwesterstadt an der Donau, Budapest, schnellstens wieder engere Beziehungen aufzunehmen. Die Ungarn hatten sich an uns gewandt und gebeten, ihnen bei der Wiedererrichtung einer freien Presse behilflich zu sein. So fuhr ich am 31. Oktober nach Ungarn und traf in Györ, dem alten Raab, der wichtigsten Stadt Westungarns, mit Vertretern der ungarischen Journalisten zusammen, um eine rasche Beschaffung von Setz- und Druckmaschinen zu besprechen. Ein Großteil der ungarischen Druckereien, vor allem in Budapest, war nämlich im Winter 1944/45 zerstört worden, als die Sowjets den Deutschen in erbitterten

Kämpfen die ungarische Hauptstadt abrangen. Andere waren während der Tage des ungarischen Volksaufstandes, wo sich die Wut der Bevölkerung nicht zuletzt gegen die kommunistischen Zeitungen richtete, schwer beschädigt und unbenützbar gemacht worden.

Als erste Maßnahme beschlossen wir, vier Setzmaschinen aus der eben von mir übernommenen Druckerei am Fleischmarkt in Wien abzumontieren und nach Budapest zu überstellen. Ebenso wollten wir versuchen, eine der Druckmaschinen, die am Fleischmarkt standen, nach Budapest zu transportieren, oder aber, was noch besser gewesen wäre, eine neuere Maschine aus der Schweiz oder aus Deutschland nach Ungarn zu bringen. Diese Gespräche in Györ am 31. Oktober und 1. November schienen eine friedliche Epoche des Wiederaufbaues eines demokratischen und freien Ungarn zu verheißen. Meine Gesprächspartner waren durchwegs junge Leute, hatten erst nach dem Jahre 1945 ihre Studien beendet, andere besuchten noch die Universitäten, und alle miteinander hatten von Zeitungen wenig Ahnung. Lediglich zwei unserer ungarischen Gesprächspartner waren Fachleute, nämlich graphische Ingenieure, die in Budapester Druckereien arbeiteten. Ansonsten war die Stimmung in Györ ausgezeichnet, es war eine freie Stadt, die Leute jubelten uns schon zu, wenn sie nur mein Auto mit dem österreichischen Kennzeichen sahen. Ich kehrte also mit einem relativ guten Gefühl nach Wien zurück, wenn ich auch dem Frieden nicht ganz traute. Wir waren damals aber alle das Opfer einer Euphorie und litten an einem schweren Fall von „wishful thinking", nämlich am Wunschdenken, daß sich in Ungarn plötzlich – entgegen allen Erfahrungen der vergangenen Jahrzehnte – ein Wunder tun sollte, das Wunder der freiwilligen Aufgabe eines eroberten Landes durch die Sowjets.

Der ungarische Aufstand vom 23. Oktober war für die Russen ebenso unerwartet gekommen wie für die damalige ungarische Regierung Hegedüs. In den ersten Tagen schien es sich um eine Revolte liberaler und nationalistischer Cliquen innerhalb der kommunistischen Partei gegen die alte stalinistische Garde um den Parteisekretär Gerö zu handeln. Die Betrauung des gemäßigten nationalkommunistischen Imre Nagy mit der Ministerpräsidentschaft war ein Schritt im Bemühen der Sowjets, die Lage in Ungarn noch einmal unter Kontrolle zu bekommen. Fälschlich hielt man dies damals im Westen für einen Schritt auf den sogenannten „titoistischen Weg". In der Tat dürfte den Nationalkommunisten um Nagy in jenen Tagen eher das Beispiel Polens und Gomulkas vorgeschwebt sein. Aber bevor sie noch daran denken konnten, die innere Liberalisierung des ungarischen Kommunismus weiter zu betreiben und gleichzeitig zu versuchen, das Verhältnis zur Sowjetunion auf eine neue Basis zu stellen, war ihnen selbst und dem offensichtlich gleichfalls völlig überraschten Führungsteam des Politbüros in Moskau die ungarische Volkserhebung, die sich nach den jeder Revolution eigenen Gesetzen ausbreitete, längst über den Kopf gewachsen. Aus einer internen kommunistischen Auseinandersetzung war über Nacht eine das ganze Land lawinenartig mitreißende Freiheitsbewegung geworden, die ihren Hauptfeind in dem Symbol des stalinistischen Terrors der vergangenen Jahre, der Geheimpolizei AVO, und vor allem in den Sowjettruppen – dem deutlichsten Symbol der Unterdrückung – sah. Der verzweifelte Versuch des Stalinisten Gerö, des Aufstands der Massen durch die Sowjetstreitkräfte Herr zu werden, führte nicht nur zu einem völligen Mißerfolg, sondern mußte die Wut des Volkes noch vergrößern.

Innerhalb weniger Tage brach sodann der durch zwölf Jahre ausgebaute und scheinbar fundierte Apparat des kommunistischen Machtsystems völlig in sich zusammen. Schon war aus der nationalkommunistischen Regierung eine große Koalition geworden, schon hatten sich die verschiedenen nichtkommunistischen Parteien wieder etabliert, und schon mußte Nagy, um nicht selbst hinweggefegt zu werden, die Forderung nach völligem Abzug der sowjetischen Truppen und den Austritt Ungarns aus dem Warschauer-Pakt-System bekanntgeben. Auch die Befreiung des Kardinals Joszef Mindszenty und seine triumphale Rückkehr in das Erzbischöfliche Palais von Budapest waren ein Markstein in dieser Entwicklung, weg vom kommunistischen Staat und hin zu einer normalen westlichen Demokratie.

Bis zu diesem Augenblick scheinen der Kreml oder besser gesagt die sowjetische Führung um Chruschtschow, Bulganin und Mikojan bereit gewesen zu sein, gute Miene zum bösen Spiel zu machen und die schließlich durch ihre eigene antistalinistische Politik ausgelöste ungarische Entwicklung zumindest de facto zur Kenntnis zu nehmen, in der Hoffnung, sie noch in normale Kanäle zu lenken. Ähnliches war ja eben in Polen gelungen. Vielleicht hat man sogar in Moskau in jenen Tagen den Abzug der Sowjettruppen aus Ungarn ernsthaft in Erwägung gezogen. Als aber in Budapest die letzten kommunistischen Dämme brachen und die keineswegs koordinierte oder organisierte Revolution immer neue Forderungen antikommunistischer und antisowjetischer Natur auf ihre Fahnen schrieb, als schließlich die ungarische Luftwaffe den Sowjettruppen ein Ultimatum stellte und deren sofortigen Abzug unter beschämenden Bedingungen forderte und als vor allem immer mehr der treuesten Trabanten und Henkersknechte der Sowjetherrschaft in Ungarn, nämlich Angehörige der AVO, der Geheimpolizei, von den tobenden revolutionären Massen erschlagen wurden, kam es zum großen Umschwung in der Politik des Kremls. Dieser Umschwung wäre allerdings aufgrund der geschichtlichen Entwicklung in der Sowjetunion seit 1917 vorauszusehen gewesen.

Es kann kein Zweifel darüber bestehen, daß vor allem die den Sowjets völlig ergebenen und noch weitgehend auf der alten stalinistischen Linie stehenden Satellitenregierungen in Prag, Pankow (DDR), Bukarest und Sofia in Moskau verzweifelt darauf drängten, die Entwicklung in Ungarn nicht völlig aus der Hand gleiten zu lassen. Die Führung der Roten Armee mußte sich ferner sagen, daß eine ungestrafte Vernichtung des kommunistischen Systems in Ungarn und ein Rückzug der sowjetischen Streitkräfte in kürzester Frist zu ähnlichen Entwicklungen in anderen Satellitenstaaten führen müßten. Eine solche Entwicklung hätte aber über Nacht nicht nur das mühsam errichtete sowjetische Kontrollsystem über weite Teile Osteuropas zerstört, sondern auch die gesamte strategische Verteidigungsposition Rußlands an ihren vitalsten Punkten gefährdet.

Während also die Sowjets offiziell noch mit der Regierung Imre Nagy verhandelten und das Zentralkomitee in Moskau noch lendenlahme Erklärungen abgab, beschloß Marschall Schukow, seine Divisionen marschieren zu lassen. Dreizehn Panzerdivisionen und drei Infanteriedivisionen der Elitetruppen der Sowjetarmee wurden aus der Tschechoslowakei, aus Rumänien und aus der Sowjetunion selbst nach Ungarn in Marsch gesetzt und begannen dort den westlichen Grenzraum abzuriegeln. Die militärische Intervention der Briten und Franzosen am Suezkanal spielte Schukow in die Hände. Der sowjetische November-Feldzug gegen Ungarn hätte aber wohl auch dann stattgefunden, wenn das anglo-französische Expeditionskorps nicht in Port Said gelandet, der Westen nicht mit Streit untereinander beschäftigt gewesen wäre oder in den Vereinigten Staaten keine Präsidentenwahl stattgefunden hätte. Es stand ganz einfach für die Sowjetunion und für die Aufrechterhaltung ihres Machtsystems in Europa zuviel auf dem Spiele.

10. KAPITEL

DIE SCHLACHT

Samstag, 3. November 1956.

Am frühen Vormittag, den ich in meinem Wiener Büro am Fleischmarkt verbrachte, teilten mir Freunde, die mit Hilfsaktionen für Ungarn befaßt waren, telefonisch mit, in Miskolc in Nordostungarn sei eine schwere Kinderlähmungsepidemie ausgebrochen, dreißig Kinder seien schon gestorben. Man müsse in diese von den Freiheitskämpfern besetzte, aber sonst von der Welt abgeschnittene Stadt sofort Gammaglobulin bringen. Innerhalb weniger Stunden gelang es den Hilfsorganisationen, die notwendigen Gelder aufzubringen und in Wiener Spitälern und Apotheken einige Liter des wertvollen Mittels aufzutreiben. Das Internationale Rote Kreuz konnte jedoch am Samstag keine Transporte nach Ungarn mehr abfertigen, da die Lage im österreichisch-ungarischen Grenzgebiet durch das Vorrücken sowjetischer Panzerkräfte ernsthaft gefährdet schien. Ich erklärte mich daher bereit, den Impfstoff mit meinem Wagen von Wien nach Miskolc zu bringen, und bat Eugen Géza Pogany, den eben erst aus Budapest zurückgekehrten Ungarn-Mitarbeiter der „Presse", der das Land kennt und neben Ungarisch auch Russisch und Tschechisch spricht, mich zu begleiten. Pogany erklärte sich sofort bereit.

Da die Grenze bei Hegyeshalom schon gesperrt war, fuhren wir zu Mittag über die österreichische Grenzstelle Klingenbach nach dem ungarischen Ödenburg, wo uns die Führung der dortigen Freiheitskämpfer in der Montanistischen Hochschule mit frenetischem Beifall begrüßte, uns aber nach längeren Ansprachen mitteilte, es sei nicht mehr möglich, nach Budapest durchzukommen. Wir beschlossen, es trotzdem zu versuchen, und fuhren in Richtung Raab weiter. Bei Kapuvar stießen wir auf die ersten sich in Richtung Ödenburg bewegenden Sowjetpanzer, die uns aber ungehindert passieren ließen. Kurz vor Györ, bei der Abzweigung nach Hegyeshalom, mußten wir durch ein ganzes Heerlager von etwa vierzig sowjetischen Tanks mit allen Arten von Hilfsfahrzeugen fahren, und in Györ selbst herrschte bereits die düstere Atmosphäre einer sowjetisch besetzten Stadt. Ich erinnerte mich wehmütig der friedlich-fröhlichen Stimmung am Allerheiligentag, als ich, erst vor wenigen Tagen, ein paar Stunden in Györ verbracht hatte, in der sich die tiefe Erleichterung der Bevölkerung, endlich wieder in Freiheit leben zu können, so deutlich widergespiegelt hatte.

Wir fuhren über Komorn nach Budapest weiter. In einer Entfernung von 50 Kilometer vor der Hauptstadt konnten wir auf der von uns befahrenen Straße keinerlei sowjetische Truppenbewegungen feststellen. Am Stadtrand von Budapest wurden wir von ungarischen Soldaten kontrolliert, aber als Österreicher freundlich begrüßt. Neben der Straße waren einige Feldhaubitzen in Stellung gegangen, aber von wirklichen Verteidigungsmaßnahmen war keine Rede.

In Budapest selbst herrschte zum erstenmal seit Wochen wieder normales Leben. Die Straßenbahn fuhr, die Stadt war beleuchtet, wenn auch Zerstörungen als Folge der Kämpfe der vorangegangenen Woche überall zu sehen waren. Wir fuhren zum Parlament, sahen ein Dutzend ungarischer Panzer, die es schützen sollten, und eine größere Zahl ausländischer Wagen. Ein ungarischer Wachtposten teilte uns mit, die Regierung Nagy halte soeben eine Pressekonferenz ab. Durch lange halbverdunkelte Gänge und durch den großen Sitzungssaal des Abgeordnetenhauses, an unzähligen Wachen vorbei, führte man uns in ein großes Zimmer, in dem der stellvertretende

Ministerpräsident Tildy und der Minister Zoltan Vas Vertretern der internationalen Presse Erklärungen abgaben.

Es war ein gespenstisches Bild, das in seiner düsteren, ratlosen Geschäftigkeit an den Vorabend des 11. März 1938 in Wien erinnerte. Es war offensichtlich, daß die Regierung Nagy nicht mehr Herrin der Lage war. So fragte mich Zoltan Vas, ob ich den Eindruck habe, daß Westungarn von Sowjettruppen besetzt werde, Tildy hingegen erklärte immer wieder, die Situation entspanne sich, da der erfolgreiche Abschluß von Verhandlungen zwischen dem Verteidigungsminister Pál Maléter und dem kommandierenden sowjetischen General Malinin über den geordneten Abzug der Sowjettruppen noch für diesen Abend erwartet werde. Tildy fügte hinzu, man habe Zusicherungen, daß keine weiteren Sowjettruppen mehr ins Land strömen würden.

Anschließend gingen wir in das Büro des Ministerpräsidenten, wo wir zuerst Pál Maléter und dann Nagy selbst trafen. Unser kurzes Gespräch war, soweit es Nagy anging, von einer Mischung aus fast naiver Zuversicht und Resignation gekennzeichnet. Pál Maléter war wortkarg, aber schien entschlossen, seinen Weg zu Ende zu gehen. Er verließ uns bald, um jene Verhandlung mit den Russen wiederaufzunehmen, von der er nie mehr heimkehren sollte.

Im Hotel „Duna“ bezogen wir ein bequemes Zimmer mit Bad und Balkon, Blickrichtung Donau, Zitadelle und königliche Burg. Ich gab noch am Abend einen Bericht an die „Presse“ durch, dessen Inhalt sich ebenso wie die Berichte von achtzig anderen Journalisten, die diese zur selben Stunde an ihre Blätter absandten, schon am nächsten Morgen als überholt erweisen sollte. Bis spät in die Nacht saßen wir in der Halle. Lange sprach ich mit dem Generalsekretär der italienischen Rechtssozialisten, Abgeordneten Matteotti, und dem deutschen FDP-Politiker Prinz zu Löwenstein, die beide nach Budapest gekommen waren, um Hilfsmaßnahmen zu koordinieren, sowie mit etlichen ausländischen Journalisten über die Lage. Wir waren uns alle einig, daß Ungarn sich in einer völlig unklaren

Situation befinde und die Sowjets ihre Karten noch nicht auf den Tisch gelegt hätten. Wenige Stunden später erfuhren wir nur allzu genau, welchen schrecklichen Trumpf sie auszuspielen im Begriffe waren. Pogany und ich beschlossen, Sonntag um 5 Uhr nach Miskolc weiterzufahren und zu trachten, noch am selben Tage nach Wien zurückzukehren.

Sonntag, 4. November.

Um 4.30 Uhr weckte schweres Artilleriefeuer mich und Pogany recht unsanft aus dem Schlaf. Wir eilten auf den Balkon. Hinter den Hügeln von Buda konnten wir deutlich Flammenschein und auch Mündungsfeuer schwerer Artillerie erkennen. Wenige Minuten später begann auch im Osten, vermutlich in Csepel oder Budaörs, ein heftiges Artillerieduell. „Ich sehe schwarz für Miskolc“, meinte ich, während Pogany lakonisch mit den Schultern zuckte und mit der Feststellung, auch im Kriege müsse man sich rasieren, im Badezimmer verschwand. Zwanzig Minuten später hörte ich das typische Geräusch über das Pflaster rasselnder Panzerketten, das uns in den folgenden Tagen nicht mehr aus den Ohren kommen sollte. Von unserem Balkon aus sah ich drei schwere T-54-Tanks, die die Geleise der Zweierlinie den Strom entlang hinauffuhren; für einige Minuten hielten sie unterhalb unseres Hotels und rollten dann in Richtung Parlament weiter. Plötzlich begann in der Nähe heftiges Geschützfeuer. Auf dem budaseitigen Brückenkopf der Freiheitsbrücke versuchten ungarische Einheiten sowjetische Panzer aufzuhalten. Auch vom Parlament her wurde geschossen. Das schnelle und harte Ticken von Maschinengewehren mischte sich in das dumpfe Aufbrüllen der Panzergeschütze. Die ersten Fensterscheiben im Hotel zersplitterten. Pogany hatte das Radio angedreht. Der „Freie Sender Kossuth“, wie Radio Budapest seit drei Tagen hieß, sandte seit 5.15 Uhr immer wieder in ungarischer, englischer, französischer, deutscher und russischer Sprache einen Aufruf der Regierung Nagy. Dazwischen spielte man die ungarische Nationalhymne.

Ich werde den mit typisch ungarischem Akzent gesprochenen deutschen Aufruf, den ich in diesen Stunden vielleicht zwanzigmal hörte, nicht vergessen: „Ministerpräsident Imre Nagy teilt mit: Heute nacht haben sowjetische Truppen mit starken Kräften die ungarische Hauptstadt angegriffen, in dem offensichtlichen Bestreben, die legale ungarische Regierung zu überwältigen. Die ungarische Armee hat den Kampf aufgenommen; die Regierung bleibt auf ihrem Posten. Dies teilen wir dem ungarischen Volk und der Weltöffentlichkeit mit."

Ab 7 Uhr kommen ununterbrochen verzweifelte Hilferufe verschiedener patriotischer Organisationen über den Rundfunk. Die freie Welt wird dringend gebeten, Ungarn sofort zu helfen. Der letzte Aufruf stammt vom Schriftstellerverband: „Laßt die Freiheit an der Donau nicht zugrunde gehen. Helft uns, aber helft uns sofort!" Wenige Minuten später, um 7.15 Uhr, unterbrechen Schüsse die Melodie der Nationalhymne. Der „Freie Sender Kossuth" verstummt.

Um 8 Uhr haben die Kämpfe in der Gegend des Hotels „Duna" zugenommen, auf einer Parkfläche, die vom Hotel zur Donau hinunterführt, liegen die ersten Leichen. Es sind junge Studenten mit grün-weiß-roten Armbinden, die mit einem Maschinengewehr versucht hatten, die russischen Tanks aufzuhalten. Gegen 9 Uhr wird es ruhiger, und plötzlich bringt jemand die Nachricht, das Parlament sei von Sowjets besetzt und die Regierung Imre Nagy verhaftet worden. Wir sitzen bedrückt in der Halle herum, der russische Coup scheint geglückt zu sein, das freie Ungarn wurde innerhalb weniger Stunden durch Verrat und Heimtücke überrumpelt. Wir erfahren, daß Pál Maléter bereits am Abend vorher bei seinen Besprechungen mit den sowjetischen Militärs von russischer Geheimpolizei verhaftet worden war, und wir wissen, daß damit der ungarische Widerstand seinen stärksten Führer verloren hat. Aus den Vorstädten und aus Buda ertönt weiterhin Artilleriefeuer. Am späten Nachmittag besetzen Sowjettruppen nach hartem Kampf die ungarische Presseagentur MTI. Die diensttuenden Redakteure haben sich verteidigt und sind bis auf den letzten Mann gefallen.

Ich telefoniere mit dem österreichischen Gesandten,

Dr. Peinsipp, von dessen tapferem Verhalten in den ersten zwei Wochen der ungarischen Revolution ich schon in Wien so viel gehört hatte. Er teilt mir mit, daß es ihm gelungen sei, noch um 7.30 Uhr einen Konvoi des Steirischen Roten Kreuzes, der gestern hier eingetroffen sei und in der Nacht seine Arznei- und Lebensmittel in der Gesandtschaft abgeladen hatte, nach Österreich abzufertigen. Etwa dreißig Österreicher, die in der Gesandtschaft Zuflucht gesucht hätten, seien mit dem Konvoi Richtung Heimat abgefahren. Der Gesandte habe den ihm zugeteilten jungen Legationssekretär Dr. Libsch mit dem Konvoi mitgeschickt, der ihn auf Seitenstraßen bis Komorn bringen sollte. Viel später erfahren wir, daß es Libsch gelungen ist, die ihm anvertrauten Fahrzeuge über Feldwege und kleine Nebenstraßen aus dem Kampfgebiet herauszubringen und selbst noch am selben Abend in die Gesandtschaft nach Budapest zurückzukehren. Dr. Peinsipp hat somit nicht nur am Beginn der Revolution den ersten Konvoi aus Budapest herausgebracht, sondern auch am Anfang der Schlacht noch den letzten Transport mit Österreichern abfertigen können.

Ich bespreche mit Dr. Peinsipp die Lage der zwölf österreichischen Journalisten und Chauffeure, die sich im Hotel „Duna“ befinden. Wir stellen fest, daß es unmöglich ist, über die hartumkämpften Donaubrücken zu der in einem Villenviertel in Buda gelegenen österreichischen Gesandtschaft durchzustoßen. Der Gesandte rät uns, einstweilen bei einer anderen Gesandtschaft auf der Pester Seite Zuflucht zu suchen, bis die Brücken wieder passierbar sind. Verschiedenen Berichten entnehmen wir, daß auf der Strecke zwischen Budapest und Miskolc und insbesondere in den nordöstlichen Budapester Vororten Rakos und Kerepes schwere Kämpfe stattfinden und daher jeder Versuch, das Polioserum nach Miskolc zu bringen, sinnlos erscheint.

Ich wende mich daher an den Delegierten des Internationalen Roten Kreuzes, Bovey, der auch im Hotel „Duna“ wohnt, und übergebe ihm das Gammaglobulin. Er verspricht, es entweder durch das Rote Kreuz nach Miskolc weiterzusenden oder – wenn dies unmöglich sein sollte – es in Budapest einer geeigneten Verwendung zuzuführen.

Drüben in Buda scheinen die Kämpfe zuzunehmen, aus der Gegend des Moskauplatzes hören wir schweres Artilleriefeuer. Auf unserer Seite ist es ruhiger geworden, nur vereinzelt schießt in einer Nebenstraße ein Maschinengewehr. Der französische Journalist Michel Gordey teilt mir mit, daß er mit Landsleuten zur französischen Gesandtschaft fahren wolle, da die Situation im Hotel „Duna", das zwischen zwei Brücken an der Donau liegt, auf die Dauer sicher unhaltbar sein werde. Liebenswürdigerweise lädt er die westdeutschen, holländischen und österreichischen Journalisten ein, mitzukommen. Der SPÖ-Abgeordnete Peter Strasser taucht in diesem Moment in der Hotelhalle auf und erzählt, daß ihn sowohl die englische wie auch die amerikanische Gesandtschaft, bei denen er Zuflucht suchen wollte, als Ausländer abgewiesen hätten, obwohl auf der Straße zum selben Zeitpunkt Gefechte stattfanden. Strasser schließt sich uns an; die kleine österreichische Gruppe bildet zusammen mit den Holländern und den Deutschen einen Konvoi und verläßt um 10.30 Uhr das Hotel „Duna".

Wir fahren, alle größeren Straßen meidend, an sowjetischen Panzersperren vorbei und, einige Male aus Nebengassen beschossen, zur Stalinstraße, der früheren Andrássystraße. In der Nähe der sowjetischen Botschaft sehen wir ungarisches Militär, das ein Gebäude besetzt hält und – wie wir später erfuhren – gegen sowjetische Panzerangriffe verteidigt. Wir kommen ungehindert in die französische Gesandtschaft, wo es zu diesem Zeitpunkt noch ruhig ist. Die Franzosen nehmen uns auf, obwohl sie selbst fast nichts zu essen haben, ein Akt echter europäischer Solidarität. Die Gegend rund um das Heldendenkmal und das ehemalige Stalindenkmal, von dem nur noch die eisernen Stiefel übriggeblieben sind, sowie das ganze Gebiet des Tiergartens, des Stadtwäldchens und des Villenviertels, in dem sich die Gesandtschaft befindet, steht Sonntag mittag und nachmittag unter der Kontrolle der Freiheitskämpfer. Peter

Strasser und ich begeben uns am Nachmittag auf einen längeren Rekognoszierungsgang und treffen immer wieder auf schwerbewaffnete Patrouillen der Ungarn.

Sie berichten, daß bei der Kiliankaserne (Maria-Theresien-Kaserne) im neunten Bezirk schwere Kämpfe stattfinden. Die Kaserne ist das Zentrum der ungarischen Armee in Budapest, das ehemalige Hauptquartier von Oberst Pál Maléter. Die Kaserne sei von 1200 Offizieren und Kadetten besetzt, die umliegenden Häuserblocks würden von weiteren tausend Freiheitskämpfern verteidigt. Auf der Arenastraße, einer wichtigen Verbindungsader zwischen den nordwestlichen und den östlichen Bezirken der Stadt, rasen den ganzen Nachmittag Lastwagen mit schwerbewaffneten Soldaten und Freiheitskämpfern in Richtung zum neunten Bezirk. Um 15 Uhr wird ein Waffenmagazin am Westbahnhof von den Freiheitskämpfern geöffnet, und große Mengen von Munition und Waffen werden zur Kiliankaserne oder über die noch in ungarischer Hand befindliche Stalinbrücke nach Buda gebracht.

Sowjetische Flugzeuge fliegen ganz niedrig über die Stadt und werfen Flugzettel ab, in denen die Ungarn zur Übergabe aufgefordert werden. Groteskerweise funktioniert das Telefon noch immer, und auch in den nächsten Tagen können wir zumindest mit einigen Stadtvierteln fernmündlich den Verkehr aufrechterhalten. Ich spreche wieder mit Dr. Peinsipp, der mir erzählt, daß über sein Haus hinweg ein Artillerieduell zwischen sowjetischen und ungarischen Einheiten stattfinde. Es ist 16.30 Uhr, aus der Gegend der Sowjetbotschaft, etwa 500 Meter von uns entfernt, klingt starker Gefechtslärm. Gegen 17 Uhr stoßen Sowjetpanzer auf der Arenastraße zum Freiheitsdenkmal vor. Ecke Andrássystraße und Arenastraße kommt es zu Gefechten. Hinter dem Heldendenkmal beim Eingang zum Tiergarten brennt ein Sowjetpanzer aus, dann ist bei uns wieder Ruhe.

Um 18 Uhr kommen Freiheitskämpfer vorbei, fragen, ob man auf der französischen Gesandtschaft wisse, wann die westlichen Truppen in Ungarn eintreffen werden. Wie noch oft in den kommenden Tagen müssen wir das fassungslose Erstaunen der Ungarn sehen, wenn wir ihnen zu erklären versuchen, daß sie mit militärischer Hilfe wohl nicht rechnen können. Ob nicht wenigstens die UNO helfen würde, fragen sie. Als wir ihnen Lebensmittel geben wollen, weisen sie sie zurück. „Wir wollen nicht essen, wir wollen Waffen haben, um unsere Heimat zu verteidigen." Müde ziehen sie weiter. Um 19 Uhr hören wir Radio Wien, das zur einzigen Verbindung mit der freien Welt wird. Wie oft habe ich auf den österreichischen Rundfunk geschimpft, wie glücklich bin ich jetzt, daß es ihn gibt! Wir hören aus dem Radio, daß Ödenburg gefallen und damit der letzte Weg nach Österreich versperrt ist.

Wir machen uns auf einen langen Aufenthalt gefaßt, beschließen, alle Lebensmittel in einen Pool einzubringen und eine Rationierung einzuführen. Es sind 42 Personen in der Gesandtschaft, und bei kleinen Rationen können wir noch vier Tage durchkommen. Es wird ein kleines Komitee gewählt, dem Strasser und ich für Österreich angehören. Am Abend gibt es Suppe und etwas Käse. Für die Frauen sind Matratzen und Decken da, wir anderen legen uns auf den Boden. Ich bin froh, daß ich den schweren Ledermantel mitgenommen habe. Nach 22 Uhr nimmt die Gefechtstätigkeit in unserer Gegend zu. 12-Zentimeter-Artillerie beschießt unser Viertel, es dürfte sich um Russen handeln. Die Frauen werden in den Keller geschickt, nachdem die ersten Fensterscheiben im Parterre zersplittert sind. Gegen Mitternacht wird es ruhiger, nur das Artilleriefeuer aus Buda und aus der Gegend der Kiliankaserne sowie später auch vom Westbahnhof her dauert die ganze Nacht an. Wir sind in Sorge um den Journalisten Hans Germani, der am Nachmittag mit seinem Wagen zur Kiliankaserne fuhr und von dem wir nichts mehr gehört haben.

Montag, 5. November.

Vor 6 Uhr werden wir durch Gefechtslärm in unserer Umgebung geweckt. Auf der Straße vor der französischen Gesandtschaft sammelt sich eine Gruppe von Freiheitskämpfern, etwa 25 bis 30 Mann, einige davon sind verwundet und tragen blutige Verbände. Sie schleppen einige große Flaschen und Kanister Benzin mit sich und machen sich daran, unseren Garten überquerend, die auf der anderen Seite der Andrássystraße zum Schutz der Sowjetbotschaft aufgefahrenen Sowjetpanzer anzugreifen. Sie hätten erfahren, daß Pál Maléter in der Sowjetbotschaft gefangen gehalten werde; nun wollen sie versuchen, gemeinsam mit einigen anderen Gruppen, die von der Seite der Donau her angreifen, den verhafteten Oberkommandierenden zu befreien. Einem Angehörigen der Gesandtschaft gelingt es, die Gruppe davon abzuhalten, das exterritoriale Gebiet der französischen Gesandtschaft zu Kampfhandlungen zu benützen. Die jungen Burschen – keiner sieht älter als zwanzig Jahre aus – grüßen die große französische Flagge und ziehen weiter, die Gasse hinunter. Von der nächsten Querstraße aus greifen sie die Sowjettanks an. Es kommt zu einem schweren Gefecht, und ich stelle später fest, daß es ihnen gelungen ist, einige gepanzerte Mannschaftstransportwagen zu zerstören. Sie hatten schwere Verluste dabei, denn die Leichen, die ich einige Stunden später in den Vorgärten der Andrássystraße liegen sehe, rühren offenbar von diesem Angriff her.

Russel Jones, Chefkorrespondent der UP, der in der amerikanischen Botschaft Zuflucht gefunden hat, ruft an und erzählt, daß die Amerikaner am Sonntag Kardinal Mindszenty Asyl gewährt haben. Mindszenty, der sich ursprünglich in Buda aufhielt und noch Samstag abend eine ergreifende Ansprache über den Rundfunk an das ungarische Volk gehalten hatte, sollte von ungarischen Armee-Einheiten auf der Zitadelle beschützt werden. In den frühen Morgenstunden des Sonntags wurde es jedoch klar, daß in dieser Gegend schwere Kämpfe stattfinden würden, und Freunde legten dem Kardinal nahe, sich in den Schutz der amerikanischen Gesandtschaft zu begeben. Mindszenty widerstrebte anfangs, er wollte die Verteidiger der Zitadelle nicht verlassen. Es gelang jedoch, ihn davon zu überzeugen, daß er der guten Sache mehr nützen könne, wenn er in Freiheit am Leben bleibe. Auf abenteuerlichem Wege ist es dann gelungen, ihn über eine der bereits umkämpften Donaubrücken nach Pest zu bringen und die amerikanische Gesandtschaft zu erreichen. In den Abendstunden des Sonntags verfaßte Mindszenty einen Aufruf an die freie Welt, in dem er diese anflehte, dem verzweifelten ungarischen Volk in seiner letzten Not zu helfen. Da das Funkgerät der amerikanischen Gesandtschaft in diesen Stunden ausgefallen war, dürfte der Appell – soweit ich feststellen konnte – jedoch nicht mehr in die freie Welt hinausgelangt sein.

Vor dem Tor der Gesandtschaft hält – es ist 10 Uhr – ein Rote-Kreuz-Wagen mit wehender, aber schon mehrfach durchschossener weißer Fahne. Wir springen hinaus und tragen unseren Kollegen Hans Germani, den Wiener Korrespondenten des deutschen Nachrichtenmagazins „Spiegel“, in das Haus. Er ist arg zugerichtet. Sein Kopf ist völlig eingebunden, seine Augen sind blau unterlaufen.

Es hat ihn Sonntagabend bei der Kiliankaserne ganz kräftig erwischt. In alter Kriegsberichterstattertradition machte Germani einen Gegenangriff der Freiheitskämpfer auf sowjetische Tanks mit, und als einer der T-54-Panzer explodierte, wurde er verletzt und bewußtlos. Man brachte ihn in das Petöfi-Spital, wo sich ungarische Ärzte seiner aufs beste annahmen, die ihn nunmehr mit einem Ambulanzwagen mitten durch das feindliche Granatfeuer, das dauernd den Eingang des Lazaretts aufs Korn nahm, zu uns brachten. Trotz eines Schädelgrundbruchs war Hans Germani nicht unterzukriegen. Er sprach dauernd davon, seinen Wagen vor der Kiliankaserne bergen zu wollen.

Dr. Quadt, ein reizender bayrischer Arzt, den die Malteser nach Budapest geschickt hatten und der ursprünglich als Spezialist für Kinderkrankheiten mit mir nach Miskolc fahren sollte, nimmt sich Germanis an und macht ihm endlich klar, daß weitere Exkursionen für ihn zu gefährlich seien. Wir legen ihn in ein geschütztes Hinterzimmer, in dem die Fensterscheiben – auch nicht mehr lang – noch ganz sind.

Der Bezirksvorsteher des neunten Bezirkes ersucht die französische Gesandtschaft, einen Waffenstillstand zu vermitteln, um während einer einstündigen Feuerpause etwa 150 Kinder, die krank in der Universitätsklinik liegen, evakuieren zu können. Der Keller, in den man die Kinder gebracht hätte, befinde sich in unmittelbarer Nähe der Kiliankaserne und stehe dauernd unter Beschuß sowjetischer Panzer. Der französische Militärattaché, Major de la Geneste, der ebenso wie der die Gesandtschaft leitende französische Legationsrat in diesen Tagen mit bewundernswerter Ruhe das Schicksal der bei ihm Asylsuchenden lenkt, spricht lange mit dem Ungarn. Die französischen wie auch amerikanische Versuche, die Waffenruhe herbeizuführen, scheitern daran, daß der sowjetische Botschafter erklärt, „er könne in dieser Angelegenheit nichts tun“. Der ungarische Bezirksvorsteher zieht traurig wieder ab.

Gegen Mittag gelingt es mir, durch verschiedene Telefongespräche (Gott sei Dank funktioniert das Telefon noch immer) mit Freunden und Kollegen in anderen Stadtteilen sowie aufgrund eines Gespräches mit einem ungarischen Offizier ein etwas klareres Bild über die militärische Lage zu bekommen. Es steht fest, daß der sowjetische Versuch, die Stadt Budapest durch einen Handstreich zu nehmen und damit den ungarischen Widerstand in der Hauptstadt von vornherein abzutöten, gescheitert ist. In den Nachmittagsstunden des Sonntags hatten sich Teile der ungarischen Armee und große Gruppen der Freiheitskämpfer vom ersten Schock erholt und versucht, den alten taktischen Verteidigungsplan von Pál Maléter, den dieser für den Fall eines sowjetischen Handstreiches ausgearbeitet hatte, in die Tat umzusetzen.

Der Plan hatte darin bestanden, auf beiden Seiten der Donau je einen halbmondförmigen Riegel um die Innenstadt zu errichten und von dort aus die Brücken und das Parlament samt dem Sitz der Regierung zurückzuerobern. Am Sonntagnachmittag gelang es den Ungarn, die Verbindung zwischen der Zitadelle auf dem Gellerthügel, der Burg und dem im zweiten Bezirk gelegenen Moskauplatz herzustellen und bis zu den budaseitigen Brückenköpfen der Kossuth- und der Kettenbrücke vorzudringen. Auch donauaufwärts konnten sie die Häuserblocks bis nahe an die Margaretenbrücke besetzen. Auf der Pester Seite wurde versucht, von dem in ungarischer Hand befindlichen Westbahnhof die Verbindung zum Stadtwäldchen, in dem sich starke Freiheitskämpfereinheiten befanden, herzustellen und den Riegel zu den Stützpunkten am Rákosiplatz und bei der Kiliankaserne, wo sich das Hauptquartier der Armee befand, durchzuziehen. Hier gelang es den Sowjets durch Einsatz starker Panzerkräfte, dieses Manöver zu durchkreuzen und die als Hauptverbindungslinie dienende Arenastraße beim Heldendenkmal zu sperren.

Immer wieder versuchten die Ungarn, diese lebenswichtige Verbindung wiederherzustellen, und als es auf den breiten Boulevards, die den Panzern freies Schußfeld gewährten, nicht möglich war, trachteten sie, einen zweiten Riegel in den dicht besiedelten Gebieten bei der Isabellastraße aufzubauen. Dutzende sowjetische Panzer wurden in der Nacht von Sonntag auf Montag und im Laufe des Montagvormittags bei diesen heldenhaften Anstrengungen zerstört. Aber brannte ein russischer Tank aus, so erschienen fünf neue. Denn zu diesem Zeitpunkt waren bereits vier komplette sowjetische Panzerdivisionen mit insgesamt 1400 Tanks im Raum von Budapest im Einsatz. Die Freiheitskämpfer und die an ihrer Seite fechtenden Einheiten der ungarischen Armee verfügten, mit Ausnahme einer geringen Zahl leichter und mittlerer Geschütze, nur über Maschinengewehre und Handfeuerwaffen. Über den Ausgang der blutigen Schlacht konnte schon Montag mittag kein Zweifel bestehen. Alle Offensivpläne mußten von den Ungarn aufgegeben werden; sie konnten sich nur noch darauf beschränken, die von ihnen ausgebauten Stützpunkte so lange wie möglich zu halten und im übrigen den Kampf mit fliegenden Kolonnen von Gasse zu Gasse aufzunehmen.

Zu diesem Zeitpunkt war man in den Hauptquartieren der ungarischen Aufständischen noch immer von einer bevorstehenden Intervention der UNO und auch westlicher Militärkräfte überzeugt und glaubte, bis dahin aushalten zu müssen. Man machte sich Hoffnungen, daß die in New York tagende Generalversammlung der Vereinten Nationen die Russen zur Einstellung des Feuers in Ungarn veranlassen könnte, und erwartete, daß auch die Vereinigten Staaten nach Abschluß der Präsidentschaftswahlen am Dienstag sofort intervenieren würden. Immer wieder erschienen Abgesandte der verschiedenen Widerstandszentren bei westlichen Gesandtschaften und wollten wissen, ob denn die erwartete Hilfe bald eintreffen werde.

In der Kiliankaserne hatte man einen genauen Plan angefertigt, in dem alle für den Absprung von Fallschirmtruppen auf Budapester Gebiet geeigneten Plätze eingezeichnet waren. Verzweifelt versuchten ungarische Offiziere, westliche Gesandschaften dazu zu bewegen, diese Kartenpositionen weiterzugeben, um den UNO-Truppen das Landen zu ermöglichen. Sie konnten nicht verstehen, daß in der großen Welt draußen niemand die Möglichkeit einer Intervention in Ungarn ernsthaft in Erwägung zog. Und wenn es schon die Offiziere nicht verstanden, so war es für die sechzehnjährigen Burschen, die draußen in der ersten Linie lagen, die von der freien Welt nur durch das Abhören verbotener Radiosendungen eine Ahnung gehabt hatten, noch viel unbegreiflicher. Sie begannen an jenem bitterkalten Montagnachmittag und in der langen Nacht auf Dienstag, in der die Zitadelle auf dem Gellerthügel in die Hände der Russen fiel, die Hoffnung zu verlieren. Aber dann dachten sie wohl an die ersten Tage der Revolution im Oktober – kaum drei Wochen her –, als die Lage auch so düster und verzweifelt geschienen hatte, und an die Tage darauf, als die Freiheit doch siegte und die rot-weiß-grüne Kossuth-Fahne auf den zerstörten Sowjetpanzern wehte. Und sie beschlossen, nicht aufzugeben, sondern weiterzukämpfen.

Irgendeiner brachte immer wieder gute Nachrichten. Draußen auf dem freien Land schien die Sache besser zu stehen. Der Freiheitssender in Dunapentele, den man in Budapest gut hören konnte, berichtete, daß die Stadt fest in ungarischer Hand sei, auch Fünfkirchen und das Gebiet der Uranbergwerke schien von den Ungarn erfolgreich gehalten zu werden, und aus dem Bakonierwald – so erzählten einige mit leuchtenden Augen – sei eine Gegenoffensive zur Befreiung der Hauptstadt im Gange. Sie glaubten die guten Nachrichten, weil sie sie glauben mußten, um die Kraft zu finden, weiterzukämpfen. Sie packten ihre Maschinenpistolen und kletterten aus ihren Kellern über die Trümmer zerschossener Häuser wieder auf die Straße hinauf. Denn die Straßen, Plätze und Gassen von Budapest waren das Schlachtfeld dieser blutenden Stadt.

In unserem Viertel war den ganzen Tag keine Ruhe gewesen, immer wieder mußten wir in den Keller. Mein Versuch, mich die paar hundert Meter zur jugoslawischen Gesandtschaft durchzuschlagen, scheiterte an der ersten Straßenecke kläglich, als von irgendwoher ein Maschinengewehr zu feuern begann.

Abends telefonierte ich wieder mit Dr. Peinsipp. Er ist wirklich ein ungewöhnlich tapferer Mensch. Den ganzen Tag hindurch hat er mitten durch die kämpfenden Linien Medikamente an Spitäler und Lebensmittel an Kinder verteilt. Wir Österreicher sind stolz auf ihn. Jetzt will er versuchen, irgendwie einen Lebensmitteltransport zu uns herüberzubringen. Im Augenblick scheint es aber völlig hoffnungslos, und wir raten ihm dringend ab. Er erzählt, daß die Kämpfe in seiner Gegend an Härte ständig zunehmen und daß die Russen am Moskwa Tér wieder Flugzeuge eingesetzt haben. Wir essen unsere von einer reizenden Linzerin, die einen französischen Gesandtschaftsangestellten geheiratet hat, zubereitete Suppe und machen uns gegenseitig durch die Aufzählung von köstlichen Gerichten, die wir jetzt gern in unserem Wiener Stammbeisel bestellen würden, den Mund wäßrig.

Unser lieber holländischer Kollege Hendrik Baljon, der katholischer Priester und Journalist zugleich ist, hält im Krankenzimmer von Germani eine Abendandacht, an der fast alle teilnehmen. Er findet schöne und warme Worte der Fürbitte für die leidende Stadt. Während draußen das Geschützfeuer zunimmt, sitzen wir noch lange zusammen, hören Radio und diskutieren die Lage Ungarns. Es fallen harte Worte über die UNO, die ihre Ungarnsitzung wieder einmal vertagt hat. Um 0.30 Uhr wird das Geschützfeuer schwächer, und nur noch vereinzelte MG-Stöße gellen durch die diesige Nacht.

Dienstag, 6. November.

6 Uhr. – Das Artilleriefeuer aus Buda und der Gegend der Kiliankaserne dauert an, wir hören es fast nicht mehr und freuen uns, daß bei uns Ruhe herrscht. Noch mehr aber freuen wir uns, daß auch der von den Sowjets besetzte Sender Budapest schweigt. Wie vorbeiziehende Freiheitskämpfer berichten, wurde er in der Nacht, kurz nach 1 Uhr, durch einen ungarischen Überfall außer Betrieb gesetzt. Den ganzen Vormittag bleibt die gequälte Bevölkerung von dem widerlichen und sich ununterbrochen widersprechenden Gezeter des Sprechers der von den Sowjets eingesetzten Regierung Kadar verschont. Am Nachmittag scheint man dann den Sender wieder repariert zu haben, denn die provozierende Sendefolge von Tanzmusik, Standgerichtsdrohungen, Amnestieversprechungen, Appellen an alle nur denkbaren Bevölkerungsschichten und wiederum Tanzmusik fängt von neuem an. Die Tatsache, daß die verschiedenen Aufrufe, Appelle und Ansprachen János Kadars niemals von ihm selbst gesprochen, sondern immer nur verlesen werden, läßt uns – wie sich später herausstellt mit Recht – vermuten, daß es die kommunistische Marionettenregierung noch immer nicht gewagt hat, das von zwei Sowjetgardepanzerregimentern bewachte Szolnok zu verlassen und sich in das umkämpfte Budapest zu begeben. Lediglich der stellvertretende Ministerpräsident Dr. Ferenc Münnich hält sich, ebenfalls von zwei Dutzend russischen Panzern geschützt, im Budapester Parlament auf.

Nach dem Frühstück beschließen Professor Greitemann, Hendrik Baljon und ich, die relative Ruhe auszunützen und uns in das auf der anderen Seite der Westbahn gelegene Szabolcsucca-Spital zu begeben, um dort festzustellen, was man am dringendsten an Hilfe aus dem Westen benötigt. Wir sind im

Gegensatz zu manchen Kollegen optimistisch und hoffen doch, in absehbarer Zeit zu Hause Gelegenheit zu haben, diese Wünsche an die zuständigen Stellen weiterzuleiten. Ohne Schwierigkeiten schlagen wir uns zum Spital durch, wo gerade ein Wagen der vor wenigen Tagen wiedergegründeten Sozialdemokratischen Partei vorfährt und Verwundete abliefert. In der Eingangshalle sitzen etliche verletzte Freiheitskämpfer, die auf Behandlung warten. Wir sprechen mit dem leitenden Arzt, der uns trotz offensichtlich schwerer Überarbeitung überaus liebenswürdig empfängt. Sein Deutsch habe er – so meint er lächelnd – als k. u. k. Truppenarzt im Ersten Weltkrieg gelernt, dies sei leider schon lange her. Er berichtet, daß die Lage in den Spitälern stündlich schwieriger werde. Er selbst habe gestern den Operationssaal in den Keller verlegt, weil oben die Panzergranaten eingeschlagen hätten. Ansonsten ginge es seinem Spital noch relativ gut, da er noch am Samstag vom Internationalen Roten Kreuz Medikamente erhalten habe. In anderen Spitälern wäre es viel schlimmer, besonders die Narkotika gingen aus, und man müsse immer öfter auch schwere Fälle ohne Narkose operieren. Vor allem bestünde überall und auch bei ihm Mangel an Penicillin und anderen Antibiotika. Ferner hätte er für seine Kinderabteilung keine Babynahrungsmittel mehr. Es fehle an Milch und hochwertigen Konserven. Den größten Mangel aber – so meint der Chefarzt – habe er an Chirurgen. Er selbst sei leider Internist und müsse oft tatenlos zusehen. Es sei schrecklich, daß schon in den ersten Kampfphasen seit Sonntag so viele Ärzte ausgefallen seien.

Er erzählt uns von einer jungen Ärztin seiner chirurgischen Station, die, als sie mit einem Ambulanzwagen Verwundete im Kampfgebiet des Westbahnhofs holen wollte, in schweres MG-Feuer geriet und drei Lungenschüsse und einen Schuß ins Rückgrat abbekam. „Wir haben sie gestern nacht operiert und bis jetzt durchgebracht. Wir hoffen sehr, daß sie am Leben bleibt. Sie ist so ein tapferes und liebes junges Mädel." Wir erzählen ihm von unserem eigenen verwundeten Hans Germani, und er erklärt sich sofort bereit, ihn aufzunehmen und nach bestem Vermögen zu pflegen. Die schweren Kämpfe, die einige Stunden später in unserem Viertel wieder aufflammen sollten, machten dann die Überstellung allerdings unmöglich. Gott sei Dank ist Germani dann auch ohne Spitalspflege wieder auf die Beine gekommen.

Zurück in die Gesandtschaft. Hier ruft uns ein französischer Kollege an, der im Hotel „Duna“ geblieben ist, und berichtet, daß das Hotel durch Artilleriebeschuß ziemlich mitgenommen sei, aber der Betrieb notdürftig aufrechterhalten werde. Erstaunlicherweise gebe es noch immer etwas zu essen, und auch ein Teil der Zimmer sei noch benützbar. Mein schönes Balkonzimmer Nr. 307 allerdings habe einen Volltreffer erhalten, und wo früher unsere Betten standen, könne man nun durch ein Loch die Donau betrachten. Pogany und ich schauen einander vielsagend an und denken, daß es doch eine recht gute Idee gewesen sei, in die französische Gesandtschaft zu übersiedeln.

Wegen der prekären Lebensmittellage in der französischen Gesandtschaft beschließen die beiden holländischen Kollegen und ich, uns nochmals auf die Beine zu machen, um zu versuchen, zum „Duna“ zu gelangen. Wir wollen feststellen, ob man von dort Essen in die Gesandtschaft bringen könnte. Vielleicht würde es auch möglich sein, vom Hotel „Duna“ über eine Donaubrücke zur österreichischen Gesandtschaft zu kommen, um zu versuchen, die von Dr. Peinsipp angebotenen Vorräte irgendwie herüberzubringen. In den Vorgärten der Villen, die an das Hietzinger Cottage erinnern und vielleicht von den gleichen Architekten um die Jahrhundertwende gebaut wurden, liegen Leichen ungarischer Freiheitskämpfer, aber auch Russen sind darunter. Junge, bartlose Gesichter, die der Budapester Studenten ebenso wie die der Söhne der Kolchosenbauern aus fernem mongolischen Land.

Steif und blutig weist die Hand eines Toten zum diesigen Himmel. Der Mann in seinem grauen schäbigen Trenchcoat mit den umgeschnallten Patronentaschen war einer der Freiheitskämpfer, die in den frühen Morgenstunden versucht hatten, die sowjetischen Panzersperren an der Ecke der Stalinstraße und des Heldenplatzes zu überwältigen. Der Überfall war im Feuer der schweren T-54-Tanks zusammengebrochen. Jetzt, am Vormittag, herrscht hier im eleganten Villenviertel der Andrássystraße wieder Ruhe, nur ein paar zerschossene Häuser, der Mann im grauen Trenchcoat und zwei oder drei seiner Kameraden, die auf der anderen Straßenseite neben dem Wartehäuschen des Autobusses von einer Panzergranate zerrissen worden waren, erinnern daran, daß sich hier vor ein paar Stunden eines jener Hunderte Einzelgefechte abgespielt hat, in denen die heldenhafte Stadt Budapest in der ersten Novemberwoche 1956 verblutete.

Wir gehen, eng an die Zäune der Vorgärten gedrückt, den breiten, völlig menschenleeren Boulevard in Richtung Innenstadt hinunter, an sowjetischen Tanks vorbei, die immer zu zweit oder dritt feuerbereit ihre Geschützrohre in die Seitenstraßen und hinüber in die Gegend der Sowjetbotschaft, die sie verteidigen sollen, gerichtet halten. Die Sowjetpanzer lassen uns passieren. Manchmal kurbeln sie ihre Maschinengewehre auf uns ein, irgendein junger Soldat überlegt wohl, ob es nicht doch sicherer wäre, diese drei Gestalten abzuschießen. Aber es geht alles gut. Während aus Buda herüber schweres Artilleriefeuer anzeigt, daß die Rote Armee neuerlich versucht, die zerschossene Burg zu erstürmen, wandern wir langsam parallel zur Gorkistraße weiter. Auch aus der Gegend der Kiliankaserne hören wir lebhaften Gefechtslärm.

In der Malinowskistraße muß es heute früh furchtbar hergegangen sein. Fußhoch liegen Schutt und Glasscherben, die Rollbalken der Geschäfte hat der Luftdruck der Panzergeschütze herausgerissen. In einigen Haustoren stehen staubige, zerfetzte Gestalten. Es ist totenstill. „Wir wollen schauen, daß wir hier weiterkommen, das sieht nicht ganz geheuer aus", meint einer von uns. Im selben Augenblick fetzt eine Panzerkanone aus einer Seitenstraße auf uns los. Es gelingt uns, ein zerschossenes Haustor zu erreichen, und ein paar Hände ziehen uns in das schützende Dunkel des Stiegenhauses, dessen

Geländer traurig heruntergebrochen ist. Draußen ist plötzlich die Hölle los. Von einem Dach auf der anderen Straßenseite schießen die Freiheitskämpfer mit Maschinengewehren auf die heranfahrenden Sowjetpanzer. Plötzlich, ganz in der Nähe, ein dumpfer Knall. Sie haben versucht, mit einem Molotowcocktail einen Panzer zu zerstören. Ob es ihnen wohl gelungen ist? Es ist ein ungleicher Kampf in der großen Schlacht um Budapest. Auf der einen Seite 1400 schwere Tanks, Artillerie aller Kaliber, Düsenbomber und unbeschränkter Nachschub. Auf der anderen Maschinengewehre, Handgranaten und zum Panzerknakken Weinflaschen mit Benzin gefüllt, wenig Munition und viele harte nackte Fäuste. Und als Nachschub die vierzehn- und fünfzehnjährigen Buben, deren sechzehn- und siebzehnjährige Brüder vielleicht schon verkohlt am Moskwa Tér, oben in der Zitadelle, drüben am Ostbahnhof oder in den glosenden Ruinen des Calvinplatzes liegen.

Es ist ein ungleicher, ein grauenhafter, hoffnungsloser Kampf. – Wir klettern in den Keller hinunter. Sechzig Menschen kauern dort auf dem nassen, feuchten Boden, darunter sechzehn kleine Kinder. Sie sind schon seit Tagen nicht mehr oben in ihren Wohnungen gewesen, denn wenn sich oben im Hause etwas bewegt, dann krachen die Panzergranaten. Sie sitzen unten mit bleichen, hungrigen Gesichtern, beruhigen die schreienden Babies, die seit Sonntag keine Milch mehr erhalten haben. Und dann kommen sie zu uns. Ein alter Mann im verschlissenen Winterrock, unrasiert wie alle Männer in der Stadt Budapest: „Ich habe zwanzig Jahre in Wien gelebt, bitteschön, und ich möchte Ihnen danken für das, was Sie in Österreich tun. Aber, bitteschön, sagen Sie mir, kommt heute noch die UNO-Kommission? Man wird uns doch jetzt nicht im Stich lassen. Wissen Sie, wir haben immer Radio gehört, den Sender vom Freien Europa, London und die Stimme Amerikas. Unsere Burschen draußen, die kämpfen, die verlassen sich auf euch im Westen. Ihr könnt uns doch nicht im Stich lassen. Wir halten es nicht mehr lange durch. Die Burschen nicht an den Maschinengewehren und wir Alten nicht mit den Frauen und den Babies im Keller. Glauben Sie, daß uns Eisenhower morgen helfen wird, heute ist doch Wahl?" – „Mein Schwager", mischt sich eine junge Frau ein, „ist Lehrer. Er hat Verbindungen, und er hat gesagt, wir können unbesorgt sein, er hat im Radio gehört – und er kann Englisch –, daß die Engländer im Mittelmeer schon die Fallschirmdivisionen zusammenstellen. Er sagt, wir sollen keine Angst haben, sie werden sicher morgen landen. Er sagt, wir können uns auf die Engländer verlassen, sie werden uns nicht im Stich lassen."

Uns schnürt es die Kehle zusammen, wir wissen nicht, wo wir hinschauen sollen, wir schämen uns. Wir nehmen das letzte Stückchen Schokolade aus der Tasche und geben es den kleinen Kindern, nur damit etwas geschieht und damit von etwas anderem gesprochen wird. Später, als es draußen etwas ruhiger wird und wir uns wieder zur Gesandtschaft durchschlagen wollen – es ist klar, daß die vollen Töpfe des Hotels „Duna" für uns heute unerreichbar sind, denn nebenan in der Isabellastraße toben schwere Kämpfe –, wollen uns die Leute nicht weglassen. Sie meinen, es sei für uns auf der Straße zu gefährlich, und wir dürften nichts riskieren, wo wir doch aus Wien gekommen seien, den weiten, langen Weg, um ihnen zu helfen. Wir trauen uns nicht mehr, den Menschen in die Augen zu schauen, und schleichen uns in einer Kampfpause davon. Wir haben Glück und kommen gut nach Hause, obwohl es überall wieder unruhig geworden ist. Auch bei der sowjetischen Botschaft schießen wieder die Panzer.

Kaum sind wir in der französischen Gesandtschaft, geht es auch dort los. Wir haben eben die Mittagssuppe gefaßt, als es kracht und die Fenster in unserem großen Aufenthaltsraum zersplittern. Wir bringen Germani und die Frauen in den Keller und bleiben dann selbst auch gleich unten, denn auf beiden Seiten des Gebäudes wird gekämpft, die Granaten explodieren im Nebenhaus, von dessen Dachbalkon ungarische Maschinengewehre sowjetische Schützenpanzerwagen beschießen. Es ist 13 Uhr, wir haben das Radio mit heruntergenommen und hören Nachrichten von Radio Wien: „Die Lage in Ungarn ist völlig ungeklärt. Angeblich soll in der Stadt Budapest Ruhe herrschen.“ Wir haben uns unter „Ruhe“ etwas anderes vorgestellt.

Unsere Welt wird immer kleiner. Irgend jemand nennt sie „il piccolo mondo del' Don Michele“, mit einer Anspielung auf den guten Michel Gordey, dem wir bekanntlich unser Asyl zu verdanken haben. Wir können nicht mehr auf die Straße, wo schon auf jeden Schatten geschossen wird, und der Militärattaché, den wir gern als höchste Autorität anerkennen, rät sogar vom Luftschnappen im Garten ab. Auch das Telefon funktioniert immer schlechter. Nur die Leitung zur österreichischen Gesandtschaft, zu Dr. Peinsipp, bleibt intakt. Er berichtet, daß das Haus neben der Gesandtschaft am Nachmittag zerstört wurde. Er, der Tag und Nacht im Kugelregen Verwundete und Kinder mit Medikamenten und Speisen versorgt, will uns morgen früh einen Lastwagen mit Essen schicken. Ob der wohl über die Brücke kommt? Unsere Vorräte werden immer geringer.

Am Nachmittag wurde auch die benachbarte jugoslawische Gesandtschaft schwer beschädigt. Ein Legationsrat fand den Tod. Drüben in Buda setzen die Russen zum Endsturm auf die Zitadelle an, nachdem sie von der königlichen Burg nach schweren Verlusten zurückgeschlagen wurden. Allein beim Wiener Tor wurden sechs Panzer zerstört. Das militärhistorische Museum steht in Flammen. Im „Alkazar“ des ungarischen Widerstandes, in der Kiliankaserne, scheint es auch zu Ende zu gehen. Die heldenhaften Verteidiger haben fast keine Munition mehr, und die Verwundeten können nicht mehr geborgen werden, da die Sowjetpanzer auf jeden Ambulanzwagen, und möge er noch so viele Rote-Kreuz-Flaggen tragen, erbarmungslos schießen. Die Russen haben dort schon mehr als zwanzig Panzer verloren. Aber was stört sie das? Vierzig oder fünfzig neue treten an ihre Stelle.

Radio Budapest, am Abend gleich widerlich und dumm wie am Morgen, sendet Jazz und spricht von der „völligen Niederschlagung des Aufstandes der faschistischen Mörder“, nachdem es fünf Minuten vorher das Amnestieangebot um weitere 24 Stunden verlängert und gleichzeitig Waffenbesitz mit sofortiger Erschießung bedroht hat, was doch eigentlich überflüssig sein müßte, wenn die Faschisten ohnedies schon niedergeschlagen sind. Die Nachrichtensendung wird vom Krachen der schweren Artillerie der „Sowjetbefreier", die zum zweitenmal in zwölf Jahren Budapest in Schutt und Asche schießt, übertönt. Am Nachmittag, so erzählt uns ein vorbeikommender verwundeter Freiheitskämpfer, sollen die Reste der wieder aus ihren Löchern gekrochenen AVO einen der Führer des revolutionären Studentenkomitees der glorreichen ersten Aufstandstage erwischt und bestialisch ermordet haben. Im Schutze der Panzer vom Typ Josef Stalin sind also auch diese Hyänen wieder aufgetaucht. Armes Budapest.

Mittwoch, 7. November.

Den Vormittag verbringen wir zum größten Teil im Keller, da in unserem Viertel und auch in unmittelbarer Nähe der Gesandtschaft dauernd gekämpft wird. Wir haben uns schon ganz an das Kellerdasein gewöhnt, einige spielen Karten. Und der Rest führt langatmige Debatten darüber ab, wie und auf welchem Wege man versuchen könnte, aus der kämpfenden Stadt auszubrechen, um nach Österreich, Jugoslawien oder in die ČSSR durchzukommen, von wo es möglich sein würde, die Welt über die düsteren Ereignisse in Budapest zu unterrichten.

Die militärische Lage in Budapest entwickelt sich am Mittwoch so, daß zwar einige Widerstandsbastionen, wie die Burg in Buda, die Gegend um den Moskauplatz, das Gebiet beim Calvinplatz und bei der Kiliankaserne, von den Ungarn noch gehalten werden, daß es aber den Sowjets gelungen zu sein scheint, die Verbindungen zwischen diesen Zentren endgültig zu unterbrechen, um die auf solche Art isolierten Widerstandsnester nacheinander einzeln vernichten zu können. Anderseits tauchen in den verschiedensten Teilen der Stadt immer wieder versprengte oder aus irgendeiner eingeschlossenen Igelstellung ausgebrochene Freiheitsgruppen auf, die einzelne sowjetische Panzer oder kleinere russische Kampfgruppen zum Ziele ihrer Attacken nehmen. Im größten Teil von Budapest befinden sich die von Panzern befahrbaren Straßen unter Kontrolle der Roten Armee, während sich in den Häusern selbst noch vielfach die Freiheitskämpfer halten. Dies führt immer wieder zu furchtbaren Zerstörungen.

Wenn nämlich von irgendeinem Haus eine Freiheitskämpfergruppe oder auch oft nur ein einzelner Mann mit dem MG oder mit der Maschinenpistole Russen beschießt, so werden sofort mit Funk Panzer in größerer Zahl herbeigerufen, die dann nicht nur das in Betracht kommende Haus, sondern den ganzen Häuserblock so lange unter Geschützfeuer nehmen, bis fast kein Stein mehr auf dem anderen steht. Eine äußerst unrentable und für die in den Häusern befindliche Zivilbevölkerung grausame Kampfweise, die aber von den Sowjets wohl einerseits zur Abschreckung, anderseits aber auch angewendet wird, weil sich noch immer keine Infanterie in der Stadt befindet, mit der man Haus für Haus durchkämmen könnte.

Die Rote Armee hatte sichtlich nicht mit so langen und schweren Kämpfen gerechnet, sondern angenommen, die Stadt allein durch die Schockwirkung der auffahrenden Panzer im Handstreich nehmen zu können. Später wurde dann versucht, Infanterie herbeizuholen, doch konnten die ungarischen Eisenbahner wegen des die ganze Woche hindurch lückenlos eingehaltenen Generalstreiks nicht zum Truppentransport herangezogen werden, und die motorisierten Transporte waren offenbar auf den bereits stark verschneiten Karpatenpässen an der ungarisch-sowjetischen Grenze entweder ganz steckengeblieben oder zumindest tagelang aufgehalten worden. Außerdem war die Hauptnachschubstraße der Roten Armee nach Budapest bei Miskolc in Nordostungarn bis zum Wochenende wegen der dort stattfindenden schweren Kämpfe unterbrochen. Erst am Sonntag, dem 11. November, sind nennenswerte sowjetische Infanterieeinheiten in die ungarische Hauptstadt gebracht worden.

Am Mittwoch, dem 7., und noch mehr am Donnerstag, dem 8. November, beginnt in Budapest und den anderen größeren Städten das Problem des Hungers immer brennender zu werden. Seit vergangenem Samstag war es der Bevölkerung unmöglich, Lebensmittel einzukaufen, nicht nur deshalb, weil man inmitten der Kämpfe nur sehr selten und schwer zu den Geschäften gelangen konnte, sondern vor allem deshalb, weil keinerlei Nachschub vom Lande her in die Stadt gebracht werden konnte. Die geringen Lebensmittelvorräte, die sich die Bevölkerung angelegt hatte, waren aufgezehrt und die Bewohner der Stadt verfügten als Bürger eines volksdemokratischen

Landes auch gar nicht über ausreichende Geldmittel, um den übrigens nur in sehr geringem Umfang existierenden schwarzen Markt in Anspruch nehmen zu können. Wenn auch einige in ruhigeren Vierteln gelegene Brotläden ihre letzten Vorräte ausgaben und die Sowjets ganz vereinzelt Brot und Fleischkonserven verteilten, so wirkte dies im großen und ganzen nur wie ein Tropfen auf einen heißen Stein.

Das Ernährungsproblem wird um so ernster, als sich herausstellt, daß auch draußen auf dem Lande keine oder nur geringe Reserven vorhanden sind. Aus vielen der Kolchosen liefen die Landarbeiter schon zu Beginn der Revolution davon, so daß die Maisernte in weiten Gebieten überhaupt nicht eingebracht werden konnte. Da auch die meisten Arbeiter in den Mühlen sich dem Generalstreik anschlossen, verfaulten riesige Mengen von ungemahlenem Getreide. Ähnlich schlecht stand es bei der Fleisch- und Milchzufuhr. Die Situation wurde noch dadurch verschlimmert, daß die Bauern, die in den Revolutionswochen freiwillig und oft sogar umsonst Lebensmittel in die Städte und vor allem nach Budapest geliefert hatten, gar nicht mehr daran dachten, den Aufrufen der verhaßten und mit den Sowjets identifizierten Regierung Kadar zu folgen und unter dem Einsatz ihres Lebens an den mißtrauischen und allzuleicht feuerbereiten Sowjetpanzern vorbei ihre Produkte dem kommunistischen Parteiapparat auszuliefern.

Die frühzeitig hereingebrochene Winterkälte – während der Kampftage gab es schon häufig Temperaturen von etlichen Graden unter Null – zeigte in furchtbarer Deutlichkeit eine andere Gefahr auf, den Mangel an Heizmaterial. Ebenso wie der Hunger und die Seuchen hörte dieser Mangel keineswegs mit dem Ende des offenen Kampfes auf, sondern machte den kommenden Winter für die leidende Bevölkerung der ungarischen Hauptstadt noch schwerer erträglich. Für viele Menschen bedeutete er ganz real die Gefahr zu erfrieren. Nach vorsichtigen Schätzungen sind um den 10. November 50 bis 60 Prozent der Häuser der Stadt ohne Fensterscheiben und mindestens 20 Prozent gänzlich zerstört oder für Wohnzwecke unbenützbar. Die noch vorhandenen Wohnungen werden nur zum allergeringsten Teil geheizt werden können, da die geringfügigen Kohlenvorräte entweder von den Sowjettruppen in Anspruch genommen oder aber für die Spitäler herangezogen werden. Der Generalstreik hatte auch die Kohlengruben erfaßt; seit Wochen ist kein Heizmaterial in die Stadt gebracht worden. Eine Wiederaufnahme der Belieferung ist noch nicht absehbar. Die Bevölkerung holte Türen oder Fensterstöcke aus den zerstörten Häusern, um damit die kleinen Eisenöfen in den Kellern zu heizen.

Die dritte große Plage, die in den Kampftagen begann und deren düsterer Höhepunkt Budapest noch bevorsteht, ist die der Seuchen. Die Ärzte und die Gesundheitsbehörden bangen vor dem Ausbruch einer Typhusepidemie und stehen der nach Miskolc auch in Budapest immer schneller anwachsenden Welle von Kinderlähmungsfällen machtlos gegenüber. Es ist weder Serum noch Gammaglobulin in nennenswerten Mengen vorhanden. Aber auch unter normalen Umständen harmlose Infektionskrankheiten können für die geschwächten Menschen eine tödliche Gefahr bedeuten. Deswegen auch der sich stets wiederholende Notruf der Ärzte nach Penicillin und Sulfonamiden.

Mittags hören wir über die antikommunistische Radiostation „Rákóczi", die man ebenso wie einige andere Freiheitssender auf der Kurzwellenskala unseres Apparates gut vernehmen kann, einen Aufruf des revolutionären Studentenkomitees, in dem die Freiheitskämpfer aufgefordert werden, sich auf das freie Land durchzuschlagen und dort Partisanengruppen zu bilden, wenn ihre Position in der Stadt unhaltbar geworden ist. Am Nachmittag appelliert der Freiheitssender Dunapentele an die Welt um sofortige Unterstützung. Diese Stadt, in der sich wichtige Stahlwerke befinden, sei nach wie vor fest in ungarischer Hand, ebenso der dortige Flugplatz. Der Sender schlägt vor, den Flugplatz für Rote-Kreuz-Flugzeuge zu verwenden. Am Abend gelingt es uns, auch einen anderen Sender hereinzubekommen, der angibt, aus der Fünfkirchner Gegend zu sprechen, und behauptet, daß die Freiheitskämpfer einen Teil der Uranbergwerke vernichtet hätten und die Innenstadt von Fünfkirchen noch immer verteidigen. Am Abend meldet Radio Wien, daß, einem Bericht aus London zufolge, ein Teil der in Budapest befindlichen internationalen Journalisten Zuflucht in der französischen Gesandtschaft gefunden hat. Wir freuen uns, daß die Meldung durchgekommen ist, und hoffen, daß unsere Angehörigen verständigt wurden.

Wir haben den ganzen Tag das Gesandtschaftsgebäude nicht verlassen können. Und einige von uns werden verständlicherweise ungeduldig. Mit Einbruch der Dunkelheit wird es in unserer Gegend ruhiger, dafür hören wir von Ujpest her und auch wieder von Buda, wohl aus dem Gebiet der Burg, schweres Artilleriefeuer. Der Gesandte Dr. Peinsipp, mit dem ich telefoniere, berichtet, daß auch bei ihm draußen heute wieder hart gekämpft worden sei. In der königlichen Burg und beim Moskauplatz dürften ausgedehnte Brände wüten, deren Feuerschein bis zu ihm hinauf leuchte. Er erzählt ferner, daß ein von ihm zu uns abgeschicktes Auto mit Lebensmitteln trotz mehrmaliger Versuche nicht über die von den Sowjets besetzten Brücken gelangen konnte und daher über Nacht in einem Spital Zuflucht gesucht habe. Er hoffe aber, uns morgen zuverlässig etwas schicken zu können. Wir sitzen noch lange in Germanis Zimmer, im kleinen Kreis; es wird fast gemütlich, und plötzlich taucht von irgendwo eine halbe Flasche Kognak auf. Jeder bekommt einen Schluck, und dann gehe ich befriedigt schlafen, denn Peter Strasser und ich besitzen gemeinsam einen Polster. Heute darf ich darauf schlafen, und wenn man den Kopf darauflegt und die Augen zumacht, ist es fast wie zu Hause, man muß sich nur das heimatliche Bett dazu- und das Geschützfeuer wegdenken.

Donnerstag, 8. November.

Dr. Peinsipp hat Wort gehalten. Das ersehnte Lebensmittelauto ist eingetroffen. Wie es sich durchgeschlagen hat, ist uns ein Rätsel, der Chauffeur lächelt verschmitzt und schweigt sich aus. Es gibt herrliche Dinge: Schinkenkonserven, Käse und Butter. Nur Brot ist keines dabei, aber man kann ja nicht alles verlangen. Das Auto fährt weiter zur englischen Gesandtschaft, um auch dort Lebensmittel abzugeben. Wir freuen uns, daß ausgerechnet die englische Gesandtschaft, die sich am ersten Tag geweigert hatte, einem Österreicher Asyl zu gewähren, nunmehr vom österreichischen Gesandten ernährt wird.

Donnerstag früh ist die Kiliankaserne gefallen. Ungarn berichten uns, daß nur siebzehn Mann durch irgendwelche geheime Keller entkommen konnten. Die gesamte übrige Besatzung, die durch die Verluste der letzten Tage schon sehr zusammengeschmolzen war, sei gefallen. So sind die Offiziere, die Kadetten und die zu ihnen gestoßenen Freiheitskämpfer also bis zum letzten zu dem Wort gestanden, das der von ihnen vergötterte Führer, Oberst Pál Maléter, am Tage vor der Schlacht verpfändet hatte: „Meine Leute und ich werden bis zum letzten für die Verteidigung Ungarns und seiner Freiheit kämpfen." Das Schicksal Pál Maléters ist unbekannt, manche fürchten, daß er von den Sowjets gleich nach seiner Verhaftung ermordet wurde, andere glauben, daß er in russischer Gefangenschaft sei, und in Budapest kolportierte Gerüchte wollen sogar wissen, daß es ihm gelungen sei, sich zu den Partisanen im Bakonierwald durchzuschlagen. Wie immer sein Schicksal auch sein mag, für das geknechtete und dennoch weiterkämpfende Ungarn ist der junge Oberst Pál Maléter zum Helden seines Freiheitskampfes, zu einem neuen Kossuth geworden.

Am Donnerstag fällt auch die Bastion um den Calvinplatz,

und es fallen die letzten Widerstandsnester beim Westbahnhof. Drüben in Buda stürmen die Sowjets die Trümmer der alten königlichen Burg. In Ujpest und Csepel, wo sich die Arbeiter in den Fabriken verschanzt haben, dauern die schweren Kämpfe an, die großen Öllager auf der Csepelinsel gehen in Flammen auf.

Pogany, Hans Bálványi, der für die „Tribune de Lausanne“ berichtet, Willi Krasser von der Korrespondenz Reuter und ich beschließen, mit Krassers und meinem Wagen ins Hotel „Duna“ zu übersiedeln. Wir kommen durch und treffen dort eine Reihe von angelsächsischen, Schweizer und deutschen Kollegen. Auch der Delegierte des Internationalen Roten Kreuzes, Bovey, hat die ganze Zeit im „Duna“ ausgeharrt. Da unser Zimmer zerstört ist, beziehen wir ein anderes, und – welch Wunder – es gibt sogar warmes Wasser zum Rasieren. Am Abend wird in der Halle – der Speisesaal ist nach Artillerietreffern unbenützbar – ein undefinierbarer Eintopf ausgegeben. Nach dem Essen lange Telefongespräche mit den verschiedenen Gesandtschaften, am nächsten Tag soll bei der amerikanischen Gesandtschaft ein großer Konvoi, der alle ausländischen Journalisten umfaßt, zusammengestellt werden. Die Sowjets sollen versprochen haben, ihn durchzulassen.

Freitag, 9. November.

Der „große Konvoi" ist schiefgegangen. Sechsunddreißig Wagen hatten sich in der Früh versammelt und waren von der amerikanischen Gesandtschaft losgefahren. Es war ein ruhiger Vormittag, nur auf der Pester Seite der Kossuthbrücke zerschossen Panzer einen Häuserblock. Man ließ uns die Margaretenbrücke passieren, wir erreichten die Wiener Straße und glaubten schon, Budapest hinter uns zu haben. Schwer gefehlt! Sechs Kilometer außerhalb der Stadt bereiteten einige Sowjetpanzer, die die Straße blockierten, unserer Fahrt ein jähes Ende. Nach mehrstündigen Verhandlungen mußten wir zurück. Als wir wieder in Buda einfuhren, jubelten die vor den Brotgeschäften in Schlangen angestellten Menschen. Sie hielten uns für die aus dem Westen eintreffende Kommission der UNO ...

Wir fahren hinauf zum Haus des Gesandten Peinsipp, in dessen Gegend ebenfalls Ruhe herrscht, und finden an Stelle einer distinguierten diplomatischen Atmosphäre den Wirbel eines Lagerhauses. Seine Exzellenz ist gerade dabei, Pakete mit Babynährmitteln für ein Kinderkrankenhaus fertigzumachen, sein Legationssekretär fertigt einen Transport ab, und Frau Peinsipp kocht Kaffee für die in die Gesandtschaft geflüchteten Österreicher. Sie erschrickt nicht einmal, als in der Nähe plötzlich doch wieder eine Panzerkanone kracht. Nur die Löffel in den Kaffeeschalen klirren leise. Der Gesandte hat gute Nachricht für uns. Sein tschechischer Kollege hat ihn soeben telefonisch verständigt, daß die vor drei Tagen auf Intervention Peinsipps auf dem Funkweg in Prag angeforderten Transitvisa für die österreichischen Journalisten genehmigt worden seien. Wir könnten sie am nächsten Morgen in der tschechischen Gesandtschaft abholen. Von der Chance, in vierundzwanzig

Stunden vielleicht schon zu Hause zu sein, in beste Stimmung versetzt, verabschieden wir uns und werden noch reichlich mit Reiseproviant versehen.

Wieder im Hotel „Duna“, erfahren wir, daß man auch ein sowjetisches Papier benötigt, um welches noch am selben Abend im russischen Oberkommando einzureichen sei. Wir stellen eine Liste mit den notwendigen Daten zusammen und machen uns – es ist schon dunkel – in meinem Wagen zur Kommandantur auf den Weg. Wohl fühlen wir uns nicht dabei, denn wenn es schon bei Tag kein Vergnügen ist, durch das kämpfende Budapest zu fahren, bei Nacht ist es zweifellos nur eine Angelegenheit für äußerst gute Nerven, denn es besteht die Gefahr, daß die patrouillierenden Sowjettanks uns in der Dunkelheit für Freiheitskämpfer, aber diese wiederum unseren Wagen für ein sowjetisches Fahrzeug halten könnten. Auch über die Taktik, die wir anwenden wollen, sind wir uns nicht ganz einig. Der eine meint, wir sollten schnell fahren, damit wir nicht so leicht getroffen werden, der andere verlangt, ich solle ganz langsam fahren, dann würden sie sehen, daß wir nichts Böses im Schilde führen, und nicht sofort schießen. Ich beschließe, langsam zu fahren, schon um die unzähligen auf den Straßen herumliegenden Trümmer und Autowracks rechtzeitig zu erkennen. Wir haben – wie üblich – Glück und erreichen unbehelligt das sowjetische Hauptquartier in der Gorkistraße. Ein Panzer kurbelt gemütlich seine Kanone auf uns ein, läßt uns aber dann einzeln aussteigen und an etlichen Wachen vorbei das Kommandogebäude betreten. Irgendein Oberst unterhält sich mit uns, ist ausgesprochen freundlich und verspricht die Passierscheine für den nächsten Morgen.

Samstag, 10. November.
In der Früh war natürlich von Passierscheinen keine Rede. Des ewigen Wartens müde, beschließen Pogany, Krasser, Bálványi und ich, es auf jeden Fall zu versuchen. Wir verabschieden uns von den Kollegen, einige geben uns ihre Berichte mit. Wir versprechen, sie von Wien weiterzubefördern. Andere halten uns für wahnsinnig, weil wir den Schutz des allerdings noch immer imaginären großen Konvois verlassen. Auf der tschechischen Gesandtschaft empfängt man uns freundlich und offeriert uns zur Überbrückung der obligaten dreistündigen volksdemokratischen Wartezeit Barack und Zigaretten. Dann erhalten wir die Visa, und die Tschechen haben sogar – so erzählt uns ein Legationsrat – auf der sowjetischen Kommandantur angerufen und die Zustimmung zu unserer Fahrt erhalten. Allerdings sei die nächstgelegene Grenzstelle bei Szob unpassierbar, da in dieser Gegend noch Kämpfe stattfänden, die Transitvisa wären deshalb für Komorn ausgestellt, von wo es nach Preßburg zwei Stunden sei. Wir danken herzlich, finden die Tschechen reizend und harmlos. Um die Panzersperre auf der großen Wiener Straße zu vermeiden, geht die Fahrt südlich über Budaörs aus der Stadt hinaus. Im neunten Bezirk sieht es traurig aus. In der Béla-Bartók-Straße liegen noch verkohlte Leichen, und am Moriczplatz, wo bis gestern schwere Kämpfe getobt haben, ist kein Haus mehr ganz. Von Csepel donnert Artillerie herüber. Wir nehmen Abschied von Budapest. Ein paar Menschen, die unsere rot-weiß-rote Fahne sehen, winken uns zu.

In Budaörs halten uns russische Panzer auf, ein blutjunger mongolischer Soldat versucht vergeblich, unsere Pässe zu lesen, wir sagen Tschechoslowakei, er lächelt zurück und läßt uns durch. Auch Krasser, der mit Bálványi in seinem Volkswagen hinter uns fährt, kommt durch. Um die großen Straßen zu vermeiden, fahren wir auf kleinen, schlechten, aber dafür von Panzern freien Landstraßen über Bicske durch die Wälder des Vertesgebirges in Richtung Komorn. Einmal treffen wir noch russische Panzer, später, in den Wäldern, winken uns Partisanenpatrouillen zu. Irgendwo bei Tatabánya stoppt uns auch einmal eine ungarische Armeepatrouille. Sie scheint nicht zu wissen, warum sie uns eigentlich aufhält. Vielleicht kontrollieren sie nur noch aus Gewohnheit. Die Kohlengruben von Tatabánya liegen still. Dann fahren wir an großen, völlig verwahrlosten Gütern vorbei. Der Kukuruz ist nicht abgeerntet. Auf den Feldern verrosten Traktoren und Mähdrescher. Weit und breit kein Mensch zu sehen.

Um 15 Uhr sind wir in Komorn. Nach einigen Kontrollen kommen wir zur Donaubrücke, die die Grenze bildet. Die Ungarn stempeln unsere Pässe, und auch der sowjetische Grenzkommandant läßt uns nach längerer Debatte aufgrund unseres tschechischen Visums passieren. Der letzte Sowjetpanzer liegt hinter uns, wir rollen über die Brücke auf tschechisches Gebiet. Bei den Tschechen herrscht peinliche Ordnung, man bittet uns, ein paar Minuten zu warten. Nach einer Stunde werden wir ungeduldig. Ein fetter Oberleutnant der Grenzpolizei mit Hitler-Schnurrbart teilt uns mit, daß er noch keine Antwort aus Prag habe, ob wir durchfahren können. Nach ein paar Minuten kehrt der Oberleutnant wieder zurück, fuchtelt mit einem Paß herum und erklärt, wir könnten nicht weiterfahren, weil irgendwelche Ein- und Ausreisestempel angeblich nicht stimmen. Man führt uns in einen anderen Raum, dessen vergitterte Fenster wir mit wenig Freude zur Kenntnis nehmen.

Es wird Nacht, und der Traum, noch nach Wien zu kommen, zerrinnt. Von der anderen Seite der Donau hören wir Schüsse. Bei Komorn scheint gekämpft zu werden. Ich denke zurück an Budapest und schreibe mir Gedanken für einen Leitartikel auf, von dem ich nicht weiß, ob er je erscheinen wird:

„Es ist Mitternacht, und vor dem Gebäude der tschechischen Grenzpolizei, in dem wir festgehalten werden, stapft ein Posten auf und ab. Ich kann seine Schritte deutlich hören. Ich habe Zeit, um nachzudenken über die Woche des blutigen Kampfes, des Todes von Zehntausenden, über die Not, den Hunger und die Seuchen, die ich eben in Budapest miterlebt habe. Vereinzelte Schüsse, die hin und wieder über die Donau aus dem ungarischen Komorn herüberklingen, führen meine Gedanken zurück in den Schlachtenlärm von Budapest.

Und ich schäme mich von neuem, so wie wir alle, Diplomaten, Ärzte und Journalisten, die wir aus der westlichen Welt kamen, um in Budapest beim Freiheitskampf der gläubigen und vertrauensvollen Jugend eines tapferen kleinen Volkes zu sein, uns in diesen Tagen immer wieder geschämt haben. Wir haben uns geschämt, weil wir nicht wirklich helfen konnten, wir haben uns geschämt, weil die große, freie Welt des Westens, als deren Vertreter wir in Budapest von wildfremden Menschen umarmt und geküßt wurden, in diesen Tagen, da eine abendländische Nation aufgestanden ist, um die Freiheit mit den bloßen Fäusten gegen Sowjetpanzer zu verteidigen, untätig zusah, bis der Kampf im Blut erstickt wurde und sich das Schweigen des Todes über die Trümmerfelder der ungarischen Hauptstadt legte. Wir haben uns geschämt, weil man in London und Paris die Suezkanalkrise und in New York und Washington die Präsidentschaftswahlen für bedeutend wichtiger hielt als die Tatsache, daß die Blüte der ungarischen Jugend in der Kiliankaserne, am Gellerthügel, in der alten Burg und in den Trümmern des Rákosiplatzes verblutete. Eine Jugend, die das geglaubt hatte, was man ihr verantwortungslos jahraus, jahrein über die verschiedenen Sender, deren Phrasen ebenso hohl wie ihre Namen großspurig waren, erzählt hatte. Von der Solidarität der freien Welt mit den geknechteten Völkern Osteuropas, vom Kreuzzug für die Freiheit und von der Notwendigkeit, daß die unterdrückten Nationen sich zuerst selber helfen müßten, damit ihnen dann der Westen hilft. Was man in München, London, Paris und New York bei Weißwürsten oder Whisky predigte, um das tägliche Programm zu füllen, hat das tapfere, aber unüberlegte Volk der Magyaren für bare Münze genommen. Und sie sind aufgestanden, haben die Unterdrücker abgeschüttelt und gewartet, daß die Solidarität des Westens sie unter ihren schützenden Mantel nehmen würde. Und sie haben an die UNO geglaubt, sie hielten es für völlig ausgeschlossen, daß die Vereinten Nationen die Sowjets ungestört und ungehindert ihre blutige Unterdrückungsaktion in Ungarn durchführen lassen würden.

Noch am Donnerstag, als die letzten Zitadellen des Widerstandes wegen Munitionsmangels und übergroßer Verluste zu wanken begannen, wurde ein junger Offizier aus der hartumkämpften Kiliankaserne zu den westlichen Botschaften geschickt, um zu fragen, wann denn endlich die Fallschirmjäger der UNO-Polizeitruppe in Budapest eintreffen würden. Man bitte nur, sie mögen doch nicht später als Freitag kommen, denn länger könnte man die letzten Festungen nicht mehr halten. Völlig fassungslos ist er abgezogen, als man ihm erklärte, daß weder von Fallschirmjägern noch von Polizeitruppen die Rede sein könnte, da die Vereinten Nationen sich bisher nicht einmal zu einem Beschluß in der Ungarnfrage durchringen konnten. Er ging in seine Kaserne zurück, und die jungen Offiziere, die Kadetten, Studenten, Arbeiter kämpften weiter, bis sie keine Munition mehr hatten und Sowjettanks dann über ihre bloßen Leiber hinwegfuhren.

Deshalb, zum Beispiel, haben wir uns geschämt für uns selbst und für die freie Welt, die wieder einmal die Zeichen der Zeit nicht verstand.“

Sonntag, 11. November.

Während der Nacht haben die Tschechen über uns beraten. Der Oberleutnant taucht wieder auf und teilt uns mit, daß unsere Visa ungültig seien, da angeblich die Nummern nicht stimmen. Alle unsere Einwände sind fruchtlos. Er erklärt, wir müßten uns in die Obhut der sowjetischen Sicherheitsbehörden zurückbegeben, die in ihrem Hauptquartier in Tatabánya über unser weiteres Schicksal entscheiden würden. Wenn wir allerdings in der Tschechoslowakei um politisches Asyl ansuchten, könnten wir hierbleiben. Er würde uns dann der Sicherheitspolizei überstellen. Wir beraten uns kurz und beschließen, nicht in die offensichtliche Falle des politischen Asyls hineinzugehen. Nach guter alter, in der Tschechoslowakei noch gültiger stalinistischer Methode würde man dies zweifellos als ein Schuldbekenntnis auffassen und uns dann auch formell jede Verbindung mit unserer österreichischen Gesandtschaft versagen können. Schweren Herzens lassen wir uns zu unseren Autos führen, drehen um und fahren über die Brücke zurück zum wohlvertrauten sowjetischen Panzer. Kalter Nebel liegt über der Donau.

Es wäre übertrieben, zu behaupten, es wäre mir übermäßig heiter zumute gewesen, als uns am ungarischen Brückenkopf ein sowjetischer Unteroffizier mit deutlicher Bewegung seiner Maschinenpistole zum Aussteigen aufforderte. Freund Pogany schaut mich eher vorwurfsvoll an und murmelt, daß ihm ein tschechisches Gefängnis immer noch lieber sei als ein sibirisches Bergwerk. Das geht gegen mich, denn ich hatte das tschechische Asyl abgelehnt. Man führt uns in das Grenzhaus, ein freundlicher Ungar nimmt uns die Pässe ab: „Sie sind die vier Österreicher, die uns schon von drüben avisiert wurden. Man hat Sie nicht in die Tschechoslowakei hineingelassen?“ Es müsse sich, so erklären wir, um ein Mißverständnis handeln, wir hätten ganz friedlich in der Tschechoslowakei übernachtet und kämen nur deshalb zurück, weil wir gehört hätten, die Grenze bei Hegyeshalom sei jetzt frei, und das wäre doch der kürzeste Weg. Der Ungar läßt sich überzeugen, macht die entsprechenden Vermerke und gibt uns die Pässe zurück. Wir erkennen unsere Chance, gehen zu unseren Fahrzeugen hinaus, winken dem uns fragend anschauenden mongolischen Wachtposten freundlich lächelnd mit unseren Pässen zu, er grinst zurück, der Panzer rückt zur Seite, und wir brausen mit Vollgas hinein in die Stadt Komorn, wo wir uns schnellstmöglich in eine Seitengasse verkrümeln.

In Komorn hatten noch Schüsse gekracht, aber hier heraußen im weiten ungarischen Flachland ist es ruhig und friedlich. Eine richtige spätherbstliche Sonntagvormittagsstimmung. Während der Wagen brav Kilometer um Kilometer frißt und uns weit und breit niemand auffällt, habe ich Zeit, nachzudenken. Vor acht Tagen begann die Schlacht um Budapest. Heute, am Sonntag, dem 11. November, erobern Sowjetpanzer die von ihren Arbeitern zu Festungen ausgebauten Industriewerke in Ujpest, während die andere letzte große Bastion des Budapester Widerstandes im Fabriksvorort Csepel noch zwei Tage länger aushalten wird. Am 11. November fällt auch Dunapentele und damit die letzte in ungarischem Besitz befindliche größere Stadt außerhalb Budapest. Bei Miskolc, im Matragebirge, im Bakonierwald und unten im Süden in den Sümpfen von Donau und Theiß sammeln sich die Partisanengruppen. Die erste Phase des sowjetischen Feldzuges gegen die ungarische Freiheit geht zu Ende.

Die Russen haben unter schwersten Opfern, unter Einsatz von fast 5000 Tanks und insgesamt fünfzehn Divisionen zwar den offenen, organisierten Widerstand nach einer Woche harter Kämpfe brechen können, aber ihr Kriegsziel, Ungarn wieder zu einem fügsamen Satelliten zu machen, haben sie nicht erreicht. Sie sind ihm vielmehr ferner denn je, denn nach wie vor befindet sich das ganze Land im völligen Chaos; wo nicht gerade ein sowjetischer Panzer steht, herrscht offener Aufruhr. Der Generalstreik geht weiter, und die Marionettenregierung Kadar kann ihren Machtbereich über einige von den Russen im Parlament zugewiesenen Zimmer hinaus nicht um einen Zentimeter ausweiten. Die Sowjets wissen genau, daß diese Regierung für sie keine Unterstützung, sondern nur eine zusätzliche Belastung darstellt.

Während wir durch Györ, das relativ unbeschädigt zu sein scheint, weiter nach Westen fahren, überlege ich, ob es nicht vermessen sei, zu sagen, daß die 30.000 oder mehr Toten der ersten Kampfwochen in Ungarn für nichts gefallen sind. Nein, ihr Tod war nicht vergeblich, ich glaube ehrlich, dies aussprechen zu dürfen: Durch ihr vorbehaltloses Opfer haben sie ihrem eigenen Volk, der Welt und vor allem auch den sowjetischen Machthabern bewiesen, daß die Magyaren und bald vielleicht auch die anderen Völker des geknechteten Satellitengürtels auf die Dauer nicht in Sklavenketten gehalten werden können. Hinter Györ, wir nennen es noch immer Raab, bei der Abzweigung nach Ödenburg, halten uns wieder Russen auf. Wir kommen ohne Schwierigkeiten durch. In Ungarisch-Altenburg will man uns nicht durchlassen, es gibt lange Debatten, aber schließlich scheint der russische Panzersoldat so verwirrt, daß er uns resigniert zuwinkt, wir sollen weiterfahren. In Hegyeshalom winken uns Kinder zu, als sie die rot-weiß-rote Fahne sehen. Österreichs Verpflichtung, dem ungarischen Volk, mit dem uns so unendlich viel verbindet, in seiner schweren Stunde zu helfen, ist groß. Die Ungarn, die sich zu Recht oder Unrecht vom Westen verraten fühlen und im Osten einem Heer von Feinden gegenüberstehen, haben zu Österreich geradezu unerschütterliches Vertrauen. Für sie ist das Nachbarland im Westen das ideale Vorbild, sie würden sich nur eines wünschen, in der gleichen Situation wie das neutrale Österreich zu sein. Sie haben das Gefühl, daß nur die Österreicher ihnen vom ersten Tag an, ohne jeden Vorbehalt geholfen haben, und es wird an uns liegen, dieses Vertrauen in der Zukunft nicht zu enttäuschen. Es wird in Wien oft von der österreichischen Aufgabe im Donauraum gesprochen. Jetzt ist die Gelegenheit gekommen, diese Solidarität unter Beweis zu stellen. Keine Neutralität kann uns daran hindern, zu helfen, so schnell und so gut es nur geht.

Die in der Ferne auftauchenden Grenzschranken unterbrechen meine Gedanken. Es scheint fast unglaublich, aber da hinten, halb vom ungarischen Grenzhaus verdeckt, weht eine rot-weiß-rote Fahne. Die Ungarn erledigen schnell und ohne Schwierigkeiten die Grenzkontrolle. Russen sind weit und breit nicht zu sehen.

Wir verteilen die letzte, vom Gesandten Peinsipp gestiftete Schokolade an die herumstehenden ungarischen Soldaten. Der grün-weiß-rote Grenzschranken öffnet sich, ein paar Meter noch hinüber, dann ist österreichisches Gebiet. Ich habe sonst keine besondere Vorliebe für Uniformen, aber in diesem Augenblick hätte ich den österreichischen Gendarmen, der uns die Hand schüttelt, umarmen können. Dann gehe ich noch einmal zurück zum Schranken und schaue hinüber ins ungarische Land. Die große Budapester Straße, die die Pußta schnurgerade durchschneidet, scheint sich im grauen Novembernebel aufzulösen, und irgendwo weit unten im Osten liegt die tapfere, aus allen Wunden blutende Stadt Budapest. Noch einmal sehe ich die harten und doch so klaren Gesichter der jungen Freiheitskämpfer vor mir und die müden rotgeweinten Augen der Mütter in den Kellern des brennenden Budapest.

Die Wochen danach.

Mit dem Ende der Schlacht um Budapest und einigen ein paar Wochen andauernden sowjetischen Säuberungsaktionen in ländlichen Teilen Ungarns, wo sich noch Aufständische und Resteinheiten der ungarischen Armee halten konnten, bis sie schließlich, aus Mangel an Munition oder durch den hereinbrechenden Winter gezwungen, die Waffen strecken mußten, ging der große ungarische Aufstand, ging der Traum von einer erfolgreichen Revolution der Freiheit gegen die sowjetische Unterdrückung zu Ende. Der Eiserne Vorhang senkte sich erneut über Osteuropa. Auch in Polen folgte den Frühlingstagen von Posen und Warschau wiederum ein härterer und kälterer Kurs. In Ungarn brauchte der von den Sowjets eingesetzte János Kadar viele Jahre, um wiederum halbwegs normale Verhältnisse in diesem neuerlich zum sowjetischen Satellitenstaat herabgewürdigten Land zu erreichen. Die Sowjets hatten also die Folgen einer gemäßigteren Politik in Osteuropa zu spüren bekommen. Sie waren fest gewillt, die Fehler des Jahres 1956, das heißt das Zugeständnis einer gewissen Liberalisierung in einzelnen ihrer Satellitenstaaten, nicht zu wiederholen und ließen daher die Zügel im osteuropäischen Cordon sanitaire nicht locker. Trotzdem sollte es ihnen zwölf Jahre später in der Tschechoslowakei wiederum passieren, daß aus der kommunistischen Partei selbst eine demokratische revolutionäre Bewegung heranwuchs, die die Zustände im Lande ändern, die stalinistische Versteinerung abschaffen und den Weg zu einer Demokratie freier und westlicher Prägung suchen wollte. Aber auch der „Prager Frühling“ mußte, vom sowjetischen Gesichtspunkt aus in folgerichtiger Weise, da er nicht anders zu bekämpfen schien, mit den Methoden des „Panzerkommunismus“ niedergewalzt werden.

Für uns in Österreich folgte der Tragödie von Budapest noch eine lange Zeit intensiver Befassung mit den Folgen der ungarischen Revolution. Etwa 190.000 Flüchtlinge hatten während und vor allem in den Wochen nach dem Aufstand Ungarn verlassen. Sie waren über burgenländische Grenzübergänge nach Österreich gekommen. Namen wie Klingenbach, Hegyeshalom oder Andau werden für immer in den Köpfen und Herzen jener Österreicher, die den Herbst 1956 bewußt miterlebt haben, verankert bleiben. Es war notwendig, sofort und schnell zu helfen. Unter Leitung meines Bruders Otto Molden war schon während der Kämpfe um Budapest, als ich mich noch in Ungarn aufhielt, ein „Österreichisches Nationalkomitee für Ungarn" ins Leben gerufen worden, dem ich ein noch leeres Stockwerk unseres Pressehauses am Fleischmarkt zur Verfügung stellte. Dort konnte man nun in den folgenden Wochen und Monaten täglich Hunderte von ungarischen Flüchtlingen erleben, die eine erste Hilfe erhielten, registriert wurden und denen man für die Gestaltung ihrer Zukunft behilflich zu sein bemüht war. Eine große Zahl von Freiwilligen, in der Mehrzahl Österreicher, vor allem Frauen, aber auch viele Freunde aus der Schweiz, aus Deutschland, aus Frankreich, England und den Vereinigten Staaten kamen damals in Wien zusammen, um den Ungarn zu helfen. Viele gingen hinunter an die Grenze und bemühten sich um die Flüchtlinge, die im allgemeinen erschöpft im letzten Augenblick den Häschern entkamen und durch die Sümpfe des Seewinkels oder im Süden des Neusiedler Sees bei Klingenbach die Grenze überschritten.

Manche andere aber hatten noch versucht, während der letzten Tage der Kämpfe in Ungarn im Einsatz mit den ungarischen Aufständischen das Schicksal zu wenden. Ich denke da beispielsweise an meinen alten Freund Rudolf Charles von Ripper, der plötzlich auf dem Höhepunkt der Revolutionstage aus Mallorca, wo er damals zu Hause war, in Wien eintraf und mit einem riesigen dunkelbraunen Lederkoffer in meinem Büro erschien. Es war der Vormittag des Tages, an dem ich nach Budapest fahren sollte. Mit den Worten „Wo kann man hier mitmachen?“ öffnete er den Koffer vor meiner Nase. Darinnen befanden sich, fein säuberlich zerlegt und frisch geölt, ein halbes Dutzend Maschinenpistolen mit viel Munition und etliche Handgranaten. „Ripski“, der alte Jagdhund, konnte es ganz einfach nicht aushalten, er mußte mit dabei sein und wollte seinen Beitrag leisten. Ich riet ihm, zu versuchen, irgendwo bei Klingenbach oder Ödenburg nach Ungarn hineinzukommen. Er war dann auch noch bis östlich von Györ vorgedrungen, hatte sich mit ein paar ungarischen Freiheitskämpfern im Bakonierwald verschanzt und erschien erst Wochen später völlig erschöpft und verdreckt in Wien. Ähnlich war es auch vielen anderen gegangen. Die meisten kamen gerade noch zurecht, um das Drama in den Grenzgebieten mitzuerleben. Keiner aber konnte wirklich noch etwas dazu beitragen, das Schicksal zu wenden.

Es war zu spät.

Die Hilfe aber in Österreich kam nicht zu spät, sie kam gerade rechtzeitig. Es war dies für jene, die schon in den Jahren 1945 oder 1938 oder immer dann mit von der Partie gewesen waren, wenn es darum ging, zu helfen oder in Situationen schnell zu entscheiden und Dinge zu tun, wieder eine Chance, sich zu betätigen. Erstaunlicherweise waren es auch wiederum dieselben Gesichter und dieselben Namen, die im Jahre 1956 auftauchten und als Freiwillige bei den Hilfsaktionen für die Ungarnflüchtlinge mitmachten. Es war im Grund genommen derselbe Freikorpsgeist, der uns in den vergangenen zwanzig Jahren, seit es ab 1934 zu den Abwehrkämpfen gegen die nazistische Übermacht gekommen war, während und nach dem Anschluß, während des Zweiten Weltkrieges im Widerstand und dann in der Besatzungszeit immer wieder erneut bewegt hatte und der immer wieder erneut ungefähr dieselbe Gruppe von Menschen anzusprechen und zu motivieren in der Lage gewesen war.

Während der Ereignisse in Ungarn hatte im übrigen auch die österreichische Bundesregierung schnelle Reaktionsfähigkeit bewiesen. Nicht nur die Öffentlichkeit, sondern auch die Regierung hatte aus ihrem Herzen keine Mördergrube gemacht. Es wurde schnell klar, wo die Sympathien des gesamten Volkes lagen, und die Regierung trug dieser Stimmung im Rahmen der durch die Weltlage und durch die Neutralität gesetzten Grenzen durchaus Rechnung. Es ist zu sagen, daß Bundeskanzler Raab in einem damals weit über die Grenzen Österreichs hinaus Aufsehen erregenden Statement zur Lage eine klare Aufforderung an die sowjetische Regierung zum Ausdruck brachte, die Ungarn in Frieden zu lassen, sich nicht in ihre Angelegenheiten einzumischen und das Land zu räumen.

Österreich hatte damit in dieser schwierigen Situation deutlicher und eindeutiger Stellung bezogen, als viele andere westliche Nationen, die wesentlich weiter vom Schuß waren. Angesichts der Tatsache, daß sich ja in Ungarn und in der Tschechoslowakei jenseits der österreichischen Grenze beträchtliche sowjetische Truppenverbände, insbesondere Panzereinheiten aufhielten, gehörte einiger Mut zu der Stellungnahme und der Haltung, die damals Bundeskanzler Raab zu den Ereignissen in Ungarn abgab bzw. einnahm. Das eben erst im Aufbau befindliche österreichische Bundesheer, das kaum über moderne Waffen verfügte, beorderte die Einheiten der Panzerausbildungsschule an die ungarische Grenze. Man konnte in jenen Wochen im Herbst des Jahres 1956 in den weiten Ebenen und Gebieten östlich des Neusiedler Sees und zwischen Bruck an der Leitha, Andau und der österreichisch-tschechischen Grenze, südlich der Donau bei Bratislava (Preßburg) einerseits und dem südöstlichen Grenzraum um Klingenbach und Deutschkreutz anderseits österreichische Panzer und Panzerspähwagen entdecken, die an den Grenzen Wache hielten.

Noch deutlicher war die Reaktion in der österreichischen Öffentlichkeit, vor allem der österreichischen Presse. Hier gab es außer der kommunistischen „Volksstimme", die natürlich ihren sowjetischen Nährvätern die Stange hielt, nur eine klare und eindeutige Meinung, nämlich die der Unterstützung der Ungarn in dieser ungleichen Auseinandersetzung. Auch die Aufnahme der ungarischen Flüchtlinge in so großer Zahl, die ja einem kleinen Land wie Österreich schwierige wirtschaftliche, soziale und auch außenpolitische Probleme auferlegte, wurde von der Gesamtbevölkerung gutgeheißen. Österreich brachte aus staatlichen Mitteln, zum großen Teil aber auch durch private Sammlungen und private Opferfreudigkeit einen Großteil der in den ersten Wochen aufzuwendenden Mittel zur Unterstützung und Aufnahme der ungarischen Flüchtlinge aus eigenem auf. Erst später begannen die internationalen Hilfsmaßnahmen zu funktionieren.

Der amerikanische Vizepräsident Richard Nixon, der etwa zehn Tage nach dem Ende der Kämpfe in Ungarn in Wien erschien, bildete ein Symbol des amerikanischen schlechten Gewissens, als er verspätet und in unzulänglichem Ausmaße amerikanische Hilfsgelder zur Verfügung stellte und die Aufnahme einer sehr begrenzten Anzahl von ungarischen Flüchtlingen durch die Vereinigten Staaten versprach. Während und nach den ungarischen Ereignissen reagierte Amerika in einer kläglichen und nicht seiner großen Tradition entsprechenden Weise. Nicht nur hatte man sich während der Kämpfe kaum mit dem Thema, Ungarn zu helfen, befaßt; die eigenen Präsidenten- und Kongreßwahlen und die Suezkrise wurden in den Vordergrund der Überlegungen gestellt. Aber auch später war die Reaktion der Amerikaner – von den sinnlosen Propagandasendungen des „Radio Free Europe“ abgesehen – eine eher schwächliche. Es ist zu bedenken, daß die 200-Millionen-Nation der USA sich um eine geringere Anzahl von ungarischen Flüchtlingen kümmerte als das kleine und zu diesem Zeitpunkt ja in jeder Beziehung noch ohnmächtige Österreich mit seinen knapp 7 Millionen Einwohnern. Dies soll lediglich ein Hinweis darauf sein, daß die amerikanische Regierung und auch die amerikanische Öffentlichkeit die Situation in Ungarn offensichtlich nicht rechtzeitig erfaßten und dann auch nicht in der Weise reagierten, wie es die Europäer erwartet hätten –

besonders angesichts der tatkräftigen Hilfe, die Amerika Westeuropa nach dem Jahre 1945 in Form des Marshallplanes hatte zukommen lassen.

Die unzulängliche, verständnislose und – wenn man sich an die breitspurigen Hilfsversprechungen erinnert, die im amerikanischen Kongreß im fernen Washington von irgendwelchen im Wahlkampf erhitzten Politikern abgegeben und über das unglückselige „Radio Free Europe" nicht nur an die Ungarn, sondern gleich an alle Osteuropäer in größter Lautstärke gesendet wurden – geradezu verlogene Politik der USA während der ungarischen Revolution im Herbst 1956 hat meiner Ansicht nach die Glaubwürdigkeit der Vereinigten Staaten in Europa erstmals nach dem Kriege in Frage gestellt. Bis dahin hatte man voll Vertrauen auf Washington geblickt. Im Gegensatz zu den alten, ränkespinnenden europäischen Mächten oder gar zum nimmersatten sowjetischen Koloß schienen die USA eine selbstlose, ehrliche, idealistische Politik zu betreiben, und man nahm an, sie würden ihre damals überwältigend scheinende militärische, wirtschaftliche und auch moralische Kraft stets zugunsten der jeweils guten Sache einsetzen.

Nach Ungarn, aber auch nach dem offensichtlich geheuchelten moralischen Melodrama von Dulles und Eisenhower um die anglo-französische Suezaktion, begann das Standbild der immer anständigen, intelligenten und stets uneigennützigen, hilfsbereiten Amerikaner, das wir in Europa allenthalben nach 1945 errichtet hatten, seine ersten deutlichen Sprünge zu bekommen. Wenige Jahre später tauchte dann der „ugly American" in der Literatur auf. – Die Kollegen in den kommunistischen Propagandazentralen hatten ihre Chancen zu nützen gewußt; die ersten Bruchstellen im Vertrauensverhältnis der transatlantischen Bündnispartner wurden sichtbar.

11. KAPITEL

UNTERNEHMEN WANZEN-ZERDRÜCKUNG

Seit dem Jahre 1933 hatte es in Österreich keine wirklich freie Presse mehr gegeben. Damals waren die Zeitungen der Nationalsozialisten – und zum Ausgleich auch die Blättchen der Kommunisten – verboten worden. Außerdem übte die Regierung Dollfuß – nach der Selbstausschaltung des Parlaments und dem Beginn des „autoritären Regimes“ – eine Art Vorzensur aus. Nach der Niederschlagung des Februarputsches 1934 wurde natürlich die gesamte sozialdemokratische Presse, allen voran die „Arbeiter-Zeitung“, das Zentralorgan der Partei, verboten. Von da an wurde auch die Zensur weitaus schärfer gehandhabt, wenn auch nie so perfekt wie in den totalitären Staaten Deutschland, Italien und Sowjetunion. Nur war das Wort Zensur für die Verhältnisse in diesen Ländern irreführend. Die Totalität dieser Regime war so groß, daß überhaupt keine Zeitung erscheinen konnte, in der etwas anderes stand als das, was die Machthaber wünschten. Denn auch der „Samisdat“ ist eine Erscheinung der nachstalinistischen Periode!

Nach der Besetzung Österreichs ließ Hitler schlagartig sämtliche Zeitungen „gleichschalten“. Bewährte Nationalsozialisten, Illegale aus Österreich oder alte Parteigenossen aus dem „Altreich“ wurden als Chefredakteure (Hauptschriftleiter hieß das damals) oder Herausgeber eingesetzt, oft auch als „kommissarische Leiter“, um gleich den ganzen Betrieb zu übernehmen. Früher oder später wurde eine ganze Reihe traditionsreicher Blätter völlig eingestellt, wie „Die Presse“, „Das Neue Wiener Journal“, „Die Stunde“, „Die Reichspost“ und viele andere. Manche Blätter wurden fusioniert. Im Verlauf des Krieges wurde die Zahl der in Österreich erscheinenden Zeitungen immer geringer. Ab 1943 gab es in Wien nur noch den „Völkischen Beobachter“, das offizielle Organ der NSDAP, ferner das natürlich restlos gleichgeschaltete „Neue Wiener Tagblatt“ und die früher großdeutsche, jetzt natürlich nationalsozialistische Nachmittagszeitung „Wiener Neueste Nachrichten“. In den letzten Monaten des NS-Regimes erschien überhaupt nur noch die „Kleine Wiener Kriegszeitung“.

Auch die RAVAG, wie früher der österreichische Rundfunk hieß, war ab 1933 zu einem Regierungsorgan geworden. Nach dem Anschluß wurden aus der RAVAG die Reichssender der einzelnen Gaue. Diese Sender verbreiteten die „Reichseinheitstunke“, nämlich das von Goebbels gelenkte Propaganda-Programm aller Sender des Großdeutschen Reichs.

Am 15. April 1945 erschien in Wien als erste nicht nationalsozialistische Zeitung die „Österreichische Zeitung“, die freilich auch nichts anderes war als das offizielle Organ der Sowjettruppen in Österreich. Als erste von Österreichern gemachte Zeitung erschien dann am 23. April das „Neue Österreich“, das von den drei wiedergegründeten Parteien SPÖ, KPÖ und ÖVP herausgegeben wurde. Noch war ja Krieg, und der Einfluß der Regierung Renner – soweit man in diesen frühen Tagen überhaupt von Einfluß sprechen konnte – beschränkte sich auf Wien und dessen Umgebung. Auch nach der Unabhängigkeitsproklamation am 27. April war die Regierung auf den guten Willen der Russen hinsichtlich Papierbeschaffung und Druckereien angewiesen.

So dauerte es noch geraume Zeit, bis andere Zeitungen erscheinen konnten. Es entsprach ja auch den Methoden der Sowjets, nach Möglichkeit in den von ihnen besetzten Ländern „Einheitsfronten“ der politischen Gruppen zu organisieren, die dann unter kommunistische Führung gerieten. So war auch das „Organ der demokratischen Einheit“, das „Neue Österreich“, zunächst gedacht. Chefredakteur war der prominente Kommunist Ernst Fischer, Schriftsteller und Unterrichtsminister in der Regierung Renner. Später, als von der erwähnten Zielsetzung keine Rede mehr und die KPÖ in ihre Liliputanerrolle verwiesen war, führte der hochbegabte Publizist Dr. Rudolf Kalmar das Blatt. Das „Neue Österreich“ war für damalige Verhältnisse sehr gut gemacht. Das Blatt konnte aber schon in Anbetracht seines geringen Umfanges, nämlich maximal acht Seiten täglich, das Informationsbedürfnis der Bevölkerung nur sehr begrenzt befriedigen. Außerdem waren anfangs sehr viele Bereiche tabu, beispielsweise alles, was mit der sowjetischen Besatzungsmacht oder mit den von den Sowjets besetzten Gebieten Europas zu tun hatte.

Anfang August 1945 folgten dann die Zeitungen der drei politischen Parteien, nämlich die „Arbeiter-Zeitung“, geleitet von dem aus London heimgekehrten Oscar Pollak für die Sozialisten, das „Kleine Volksblatt“, dessen Chefredakteur Dr. Franz Größl war, für die Volkspartei und die „Volksstimme“ für die Kommunisten. Chefredakteur des KP-Blattes war der Erzstalinist Erwin Zucker-Schilling, der in ganz Wien bald „Sacharin-Rubel“ genannt wurde. Sobald die Truppen der westlichen Alliierten in Wien eintrafen, gaben sie sogleich eigene Tageszeitungen heraus, und zwar Mittags- und Abendblätter. Die Amerikaner starteten am 26. August mit dem „Wiener Kurier“ (Chefredakteur Ted Kagan), der wegen seiner völligen Freiheit von jeder Zensur und seiner weitestgehenden Berichterstattung – er hatte auch stets den größten Umfang, da die Amerikaner aus ihren Armeebeständen Papier zur Verfügung stellten – bald die höchste Auflage unter allen österreichischen Tageszeitungen erreichte. Die Engländer gaben „Die Weltpresse“ heraus und die Franzosen „Die Welt am Abend“. Kurze Zeit darauf wurde von den Kommunisten noch eine weitere Zeitung herausgebracht, nämlich „Der Abend“ (Chefredakteur Bruno Frei), die zwar auf Parteilinie stehen mußte, aber in den Boulevard- und Lokalbereichen eine etwas offenere Sprache wagen konnte.

In den westlichen Bundesländern war die Situation von vornherein eine andere. Die Amerikaner hatten in ihrer Zone, also in Salzburg und Oberösterreich, zu der aber ursprünglich auch Tirol gehörte, in jedem Bundesland je eine Lizenz für eine überparteiliche Tageszeitung vergeben: die „Tiroler Tageszeitung", die „Salzburger Nachrichten" und die „Oberösterreichischen Nachrichten". Die Franzosen hatten in Bregenz den „Vorarlberger Nachrichten" eine Lizenz erteilt, während die Engländer in der Steiermark und in Kärnten je eine Lizenz pro zugelassener Partei und Bundesland für Tageszeitungen vergaben. So entstanden in Graz und Klagenfurt bereits kurz nach Kriegsende je eine Tageszeitung der ÖVP, SPÖ und KPÖ, denen erst viel später, nämlich 1949, eine unabhängige Zeitung, und zwar „Die Kleine Zeitung", mit Ausgaben in Graz und Klagenfurt nachfolgen konnte. Obwohl die politischen Parteien nach einiger Zeit auch in der amerikanischen und der französischen Zone Tageszeitungen herausgeben konnten, so holten sie dort nie mehr den Vorsprung der unabhängigen Zeitungen ein. Dies hat sich selbst bis heute nicht geändert, im Gegenteil, die unabhängigen Zeitungen haben ihre dominierende Stellung sogar noch ausgebaut.

In Wien gab es – von den alliierten Blättern abgesehen – bis zum Jahre 1948 keine parteiunabhängige Tageszeitung. Weder die Parteien noch die Alliierten hatten ein besonderes Interesse an einer solchen Zeitung. So konnte das einzige unabhängige Blatt Wiens, nämlich „Die Presse", unter der Leitung meines Vaters 1946 gegründet, die notwendige Lizenz, vor allem aber die Papierzuteilung für das Erscheinen als Tageszeitung lange Zeit nicht erhalten. Sie mußte daher zunächst als Wochenzeitung erscheinen. Erst im Sommer 1948, als die Situation auf dem Papiersektor sich so weit gebessert hatte, daß das Innenministerium die Papierrationierung beenden mußte, war es nicht länger möglich, das Erscheinen einer unabhängigen Tageszeitung zu verhindern. Auch die Amerikaner hatten unterdessen ihre Bedenken fallen gelassen. „Die Presse" erschien als Tageszeitung zum erstenmal am 8. Oktober 1948 mit dem Standort im ehemaligen Palais des Bankiers Reitzes in der Universitätsstraße 5, wohin die Redaktion nun aus der Wollzeile, wo Dr. Emmerich Morawa sie bis dahin hilfsbereit beherbergt hatte, übersiedelte.

Mein Vater, Dr. Ernst Molden, war Herausgeber und Chefredakteur des Blattes, die Mitglieder der Redaktion hatten bis dahin die Wochenzeitung herausgebracht, die übrigens als wöchentliches Nachrichtenmagazin „Wochenpresse" weiterhin erschien. Die neue Tageszeitung steckte vom ersten Tag an in großen Schwierigkeiten. Vorhanden war nur die Begabung ihrer Redakteure, deren grenzenloser guter Wille und deren Einsatzbereitschaft. Alles andere stand in Frage. Die Zeitungen der Parteien sowie das „Neue Österreich", alle im Zeitungsherausgeber-Verband vereinigte Blätter, hatten im Herbst 1948 beschlossen, es sei höchst überflüssig, daß eine zusätzliche Tageszeitung in Wien erscheine. Es wurde deshalb auf die Trafikanten und Zeitungsverkäufer Druck ausgeübt, die „Presse" nicht auszulegen und anzubieten, da sie sonst Schwierigkeiten mit den großen Vertriebsapparaten der eingeführten Blätter zu erwarten hätten. Ein Großteil der Trafikanten und Kioskinhaber widersetzte sich diesem Druck, aber manche waren zumindest in der Anfangsperiode mit dem Aushang der „Presse" sehr zurückhaltend und vorsichtig.

Eine wesentliche Erschwernis bildete die Tatsache, daß die „Presse" anfänglich in der Sowjetzone entweder gar nicht oder nur sehr beschränkt verbreitet werden konnte. Auch der Transport in die westlichen Bundesländer stieß auf Schwierigkeiten, da die sowjetischen Kontrollbehörden an der Ennsbrücke und auf dem Semmering die – sei es per Bahn oder per Achse – beförderten Pakete der „Presse" zurückhielten oder überhaupt vernichteten. Schließlich war nach wie vor die Papierbeschaffung eine äußerst schwierige Angelegenheit, und immer wieder kam es vor, daß am Nachmittag das Papier für die Ausgabe des nächsten Morgens nicht vorhanden war und erst im letzten Moment, gewöhnlich von einer der Zeitungen der westlichen Besatzungsmächte, ausgeborgt werden konnte.

Auch die technische Herstellung der Zeitung war höchst kompliziert, weil die großen Druckereien, die sich entweder im Besitz der politischen Parteien oder unter der Kontrolle der Besatzungsmächte befanden, die „Presse“ entweder aus Kapazitätsmangel nicht drucken konnten oder aus Konkurrenzgründen nicht produzieren wollten. Schließlich wurde die veraltete und durch Kriegs- und Nachkriegszeiten vernachläßigte Drukkerei Metten in der Canisiusgasse unter Vertrag genommen und die „Presse“ dort unter recht schwierigen und primitiven Verhältnissen auf einer uralten Maschine hergestellt. Aber selbst die älteste Maschine war besser als gar keine, und der Jubel in der Redaktion war groß, als schließlich die erste Nummer auf den Markt gebracht werden konnte.

Zu jenem Zeitpunkt arbeitete ich, wie schon berichtet, im österreichischen Informationsdienst in New York. Ungefähr allwöchentlich erhielt ich einen Brief meines Vaters, in dem dieser über Fortschritte, aber auch über die zahlreichen Rückschläge bei der Herausgabe des neuen Blattes berichtete. Von New York aus konnte ich nur wenig tun, um Papa oder der Zeitung zu helfen. Als Diplomat und Angehöriger des Außenministeriums durfte ich natürlich auch nicht für das Blatt schreiben. Mein Vater informierte mich über die Schwierigkeiten, auf die er stieß: Politisch war die Zeitung, schon als sie noch als Wochenzeitung erschien, mit der sowjetischen Besatzungsmacht in Konflikt geraten. Ein Leitartikel, „Jedermann“, in dem mein Vater sich noch 1946 mit den Sorgen der Durchschnittsbürger und ihrer Demokratieeinstellung befaßte, erweckte den Ärger der sowjetischen Besatzungsmacht und übrigens auch weiter Regierungskreise. Seitdem hatten die Schwierigkeiten nicht aufgehört. Es war ganz klar und verständlich, daß man in den Hauptquartieren der alliierten Besatzungsmächte – und nicht nur bei den Sowjets – eine freie Stimme in der Hauptstadt nicht besonders zu schätzen wußte. Sogar die Amerikaner waren manchmal recht unzufrieden mit der Haltung der „Presse“, wenngleich sie in ihrer Besatzungszone nie ein Verbreitungsverbot verhängt haben.

Dennoch waren dies nicht die wirklichen Probleme, denn aus politischer Sicht war mein Vater im Sinne des damaligen Denkens unangreifbar. Angreifbar war man nämlich in den Jahren nach 1945 primo loco nur, wenn man dem Nationalsozialismus nahegestanden hatte. Das traf nun bei ihm wirklich nicht zu, war er doch nicht nur mehrmals von der Gestapo verhaftet, sondern schließlich noch 1945 sogar in ein Volksgerichtshofverfahren verwickelt und erst bei Kriegsende aus dem Wiener Untersuchungsgefängnis der Geheimen Staatspolizei auf der Roßauer Lände befreit worden. Alle Attacken, „Die Presse“ sei ein getarntes neonazistisches oder faschistoides Organ, wie sie anfänglich sowohl von den Kommunisten wie auch von anderen Zeitungen der politischen Parteien geführt wurden, mußten daher ins Leere gehen und per saldo der Lächerlichkeit anheimfallen.

Viel ernster war die wirtschaftliche Lage des Blattes. Als Wochenzeitung hatte die „Presse“ eine hohe Auflage und einen relativ sehr gut bestückten Inseratenteil besessen. Als Tageszeitung litt sie schwer unter den Schwierigkeiten der Papierbeschaffung: Es gab einfach zuwenig Papier, um einen ausreichenden Umfang und damit eine generell zufriedenstellende Information der Leser zu garantieren. Weil daher die Zeitung etwa acht Seiten an Wochentagen anfänglich nicht überschreiten konnte, geriet sie notwendigerweise, besonders gegenüber den alliierten Zeitungen, die damals oft 16 oder 24 Seiten pro Tag aufweisen konnten, ins Hintertreffen. Darüber hinaus waren die Schwierigkeiten, das Blatt in die sowjetische Zone oder aber auch über die sowjetisch kontrollierten Zonenübergänge nach dem Westen zu bringen, so groß, daß ein regelmäßiger Aufbau des Abonnentenstandes in diesen Gebieten fast unmöglich erschien. Es war ja unzumutbar, einem Leser, der die Zeitung, wie es damals in Österreich üblich war und zum Teil noch heute ist, am Ersten jedes Monates abonnierte, abzuverlangen, daß er unter Umständen an jedem zweiten Tag auf sein Leibblatt verzichten sollte. Es ergab sich daher, daß die ständige Leserschaft der Zeitung in den Jahren 1948 bis 1950 auf die westlichen Sektoren Wiens und in reduziertem Umfang auf den Ostsektor der Stadt, wo Beschlagnahmen relativ selten erfolgten, beschränkt war. Die täglich verkaufte Auflage erreichte daher bis Ende 1949, also nach mehr als einem Erscheinungsjahr, kaum mehr als 15.000 Exemplare. Dementsprechend gering war auch der Anzeigenanfall, so daß das Blatt im Herbst 1949 in ernste finanzielle Schwierigkeiten geriet.

Eine Einstellung erschien fast unvermeidlich. Die Inhaber der Zeitung, einige österreichische Industrielle und Bankiers, wollten nicht weiter ihr gutes Geld in dieses, wie es schien, dem Untergang geweihte Blatt investieren. Mein Vater hatte also die ernstesten Sorgen. Ich aber saß weit weg vom Schuß in New York, hilflos und unfähig, etwas für ihn zu tun. Es war wirklich zum Verzweifeln. An einem Wochenende, das ich bei Freunden in New Jersey verbrachte, erzählte ich von den Schwierigkeiten, die wir in Anbetracht der Besatzungsverhältnisse mit unserer Zeitung in Wien hätten. Einige Tage später rief mich ein Freund an, der an diesem Abend mit von der Partie gewesen war, und erklärte mir, er und einige seiner Bekannten wären unter Umständen bereit, mir Mittel für die „Presse" zur Verfügung zu stellen, wenn ich eine persönliche Bürgschaft dafür eingehen würde.

Natürlich war ich bereit, persönlich zu bürgen, aber ich wußte nicht, wie ich die andere Bedingung, die mir gestellt worden war, nämlich daß ich selbst an Ort und Stelle für die gute Verwendung der Gelder sorgen müsse, einhalten sollte. Zu diesem Zeitpunkt mußte ich ja noch immer befürchten, bei einer Rückkehr nach Wien und damit in die Ostzone Österreichs von den Sowjets verhaftet zu werden. Es schien mir fast wie ein Fingerzeig Gottes, daß ich kaum zwei Wochen später die Nachricht erhielt, daß die Sowjets mich offensichtlich von ihrer schwarzen Liste gestrichen hätten und ich daher voraussichtlich unbehelligt nach Wien zurückkehren könne. Ich setzte mich sofort mit meinem Vater ins Einvernehmen. Dieser forderte mich nun auf, so schnell wie möglich nach Wien zurückzukommen, um die kaufmännische Leitung der Zeitung zu übernehmen. Papa, der immer betont hatte, wie wenig ihn die kommerziellen Belange der Zeitung interessierten und wie wenig er auch im Grunde von Vertrieb, Buchhaltung und Anzeigenwesen verstehe, war glücklich, diese Funktionen abgeben zu können.

Im Dezember 1949 reiste ich daher von New York nach Wien zurück, in der Tasche eine Garantie einer amerikanischen Bank, die es mir ermöglichte, in Österreich zwei Millionen Schilling aufzubringen. Das war damals ein Betrag, der der Zeitung nicht nur ein Überleben, sondern auch eine gesunde Weiterentwicklung garantieren konnte. Ich wurde also Verlagsdirektor der „Presse“ und erwarb von den ohnedies ihrer Zeitungsabenteuer müden Gesellschaftern der Presse-Gesellschaft, die aus dem Wirtschafts- und Finanzbereich kamen, Anteile an dem Unternehmen, die schließlich Papa und mir zusammen 50 Prozent aller Geschäftsanteile und somit des eingezahlten Kapitals sicherten. Dafür mußte ich eine Million Schilling auf den Tisch legen, eine weitere Million stellte ich der Firma als Kredit zur Verfügung. Ich wechselte den Vertriebsleiter sowie den Anzeigendirektor aus und war in der glücklichen Lage, zwei erstklassige Fachleute, die überdies noch über eine für damalige Zeiten erstaunliche Dynamik verfügten, nämlich Dr. Georg Zakraisek und Hans Doppler, anheuern zu können. Ich wollte mich bemühen, der Zeitung mit ihrer Hilfe neue Impulse zu geben. Wir versuchten, das Blatt nun mit modernen, von mir in Amerika beobachteten Methoden in die Höhe zu bringen. Nach anfänglichen Schwierigkeiten stellte sich bald der Erfolg ein. Die Auflage verdreifachte sich innerhalb eines Jahres, und bald stieg auch der Anzeigenteil entsprechend an.

1952 konnten wir erstmals eine ausgeglichene Bilanz legen, und ich konnte nun auch mit allmählichen Rückzahlungen an meine amerikanischen Freunde, die mir nicht nur Kredit, sondern vor allem Vertrauen geschenkt hatten, beginnen.

Unter pünktlicher Einhaltung aller Fristen habe ich alle Kredite samt Zinsen bis 1960 zurückgezahlt, was mir schließlich eine große Erleichterung bescherte. Im Jahre 1952 begann ich auch über die „Presse" hinaus zu expandieren. Es ergab sich die Gelegenheit, Anteile an den „Oberösterreichischen Nachrichten" in Linz zu erwerben und diese starke unabhängige Zeitung der westlichen Bundesländer mitherauszugeben. Ebenso unternahm ich damals erste abenteuerliche Gehversuche auf dem Buchverlagssektor, als ich zusammen mit den „Oberösterreichischen Nachrichten" auch einen dort existierenden Taschenbuchverlag, nämlich die „Bärenbuchreihe", übernahm. Mir imponierte damals an diesen Büchern vor allem ihr Werbeslogan: „Jedermann ist gespannt auf den nächsten Bärenband." Ich mußte allerdings bald lernen, und habe dies in späteren Buchverlagsjahren erst genau erfassen können, daß man Bücher – ebenso wie übrigens auch Zeitungen – nur mit zügigen Werbeslogans, aber ohne viel wirklichem Inhalt nicht verkaufen kann. Mitten in dieser Wachstumsphase, am 11. August 1953, starb mein Vater. Er hatte sich kurz nach der Hochzeit meines Bruders einer schweren Operation unterziehen müssen, deren Folgen er wenige Tage später erlegen war. Schon im Mai 1951, also knapp zwei Jahre vorher, war meine Mutter nach langer, schwerer Krankheit von uns gegangen, und so standen mein Bruder Otto und ich recht verzagt und verlassen vor dem noch offenen Grab.

Otto, der sein Österreichisches College führte, mußte wenige Tage danach zurück nach Alpbach, um die Forumveranstaltung – damals hieß sie noch Internationale Hochschulwochen des Österreichischen College – zu eröffnen. Ich residierte auf einmal, ganz auf mich gestellt, von meinen Miteigentümern als alleiniger Herausgeber und Verleger bestätigt, in der Universitätsstraße und sollte im stolzen Alter von 29 Jahren die traditionsreiche Zeitung „Die Presse" herausgeben und das Werk meines Vaters fortsetzen. Ich war keineswegs davon überzeugt, daß mir dies auch gelingen werde. Aber es war mir klar, daß ich vor dieser Aufgabe nicht kapitulieren dürfe. Also hieß es eben die Ärmel hochkrempeln und weitermachen.

Ich bestellte Milan Dubrović, der bisher die „Chronik", also den gesamten nichtpolitischen und nichtwirtschaftlichen Teil der Zeitung, betreut hatte, zum Chefredakteur. Stellvertretender Chefredakteur wurde Dr. Otto Schulmeister, ansonst nahm ich keine wesentlichen Veränderungen in der Redaktion vor, die Verwaltung war ja ohnedies schon früher mein Bereich gewesen.

Ja, eine Veränderung gab es doch: In Bonn wurde die blutjunge, eben vom „Observer" in London zurückgekehrte, hochbegabte Journalistin Gabriele Hühnermann unsere Korrespondentin für die „Wochenpresse". Jahre später ist Gabrielchen „Hühnerkind" – wie wir sie damals von Bonn bis Alpbach und Wien liebevoll nannten – als Frau von Konrad Henkel zur inoffiziellen „First Lady of Germany" aufgestiegen.

Im Anfang passierte das, was mir in den folgenden Jahrzehnten meines Lebens noch sehr häufig passieren sollte: Jeder Mensch in der Wiener Öffentlichkeit war davon überzeugt, daß dieses „groteske Abenteuer", wie sich einer meiner Mitgesellschafter ausgedrückt hatte, nur mit einem Fiasko enden könne. Wie sollte auch ein 29 Jahre junger Mann mit nur geringer Zeitungserfahrung ein großes Blatt wie die „Presse" gesund über die Runden bringen und vor allem die geistigen und politischen Traditionen einer unabhängigen Zeitung wahren können? Nun, die „Presse" ist nicht eingegangen, ebensowenig wie die verschiedenen Unternehmungen, die ich später gestartet habe.

Eines war mir von vornherein klar: daß nämlich auf die Dauer eine Tageszeitung ohne eine eigene Druckerei nicht wirtschaftlich gesund und technisch einwandfrei geführt werden könne. Um mir aber eine eigene Druckerei anzuschaffen, benötigte ich eine stärkere wirtschaftliche Basis, als sie mir damals zur Verfügung stand. Ich mußte daher unser Unternehmen expansiv ausbauen. Im Augenblick war ich allerdings gezwungen, eher an Beschränkungen zu denken, da ich mit meiner eigenen Kapazität ganz einfach nicht in der Lage war, gleichzeitig die „Oberösterreichischen Nachrichten“ und die „Presse“ in Wien zu führen. Ich merkte schnell, daß man eine Tageszeitung nur dann mit Erfolg herausgeben kann, wenn sich Druckerei, Redaktion und Herausgeber in unmittelbarer Nähe – und zwar ist das örtlich gemeint – befinden und wenn man an ihrer täglichen Produktion selbst entsprechenden Anteil nimmt. Ich konnte aber nicht gleichzeitig in Wien und in Linz sein. Da es damals auch weder Autobahn noch Flugzeuge gab, mußte ich auf eine der beiden Unternehmungen verzichten.

In Anbetracht der Nahbeziehung, die ich zur „Presse“ hatte, und der Verpflichtungen des Erbes, das ich nach meinem Vater angetreten hatte, gab es keinen Zweifel in der Entscheidung: Ich verkaufte das in meinem Besitz befindliche Mehrheitspaket an den „Oberösterreichischen Nachrichten“. Dies war rein wirtschaftlich gesehen sicher nicht die richtige Entscheidung, denn die „Oberösterreichischen Nachrichten“ waren eine gutgehende, hochaktive und ausbaufähige Zeitung, die in Oberösterreich fast Monopolcharakter hatte. Die „Presse“ hingegen befand sich noch in einer schwierigen Anfangsphase. Trotzdem war für mich die Entscheidung vollkommen klar und unproblematisch. Es wäre vollkommen unmöglich gewesen, die „Presse“ aufzugeben. Denn damals hätte sich weit und breit niemand gefunden, der sie weitergeführt hätte, und damit wäre das Lebenswerk meines Vaters schon wenige Monate nach seinem Tode vernichtet gewesen.

In den folgenden Jahren stellten wir sowohl die „Presse“ wie auch die „Wochenpresse“ auf neue, den veränderten Zeitläufen entsprechende Grundlagen. Zuerst wurde im Herbst 1954 die „Wochenpresse“ als Nachrichtenmagazin ausgebaut und konnte ihre Auflage unter der Chefredaktion zuerst von Louis Barcata, dann von Eberhard Strohal und schließlich von Wolf In der Maur erheblich steigern und zu einem gesunden Objekt im Hause werden.

Dann begannen wir die Umstellung der „Presse“. Diese war ursprünglich nach dem Kriege noch nach dem alten Beispiel der früheren Wiener Zeitungen in einem dreispaltigen, also sehr altmodischen, wenn auch distinguierten Format erschienen. Nun, das Format konnten wir im Moment nicht ändern. Die Maschinengröße war vorgegeben. Aber wir konnten die Spaltenbreite verändern. Wir gingen daher auf einen vierspaltigen und später sogar fünfspaltigen Umbruch über. Dadurch war auf den einzelnen Zeitungsseiten ein wesentlich modernerer und übersichtlicherer Umbruch möglich, und es konnte auch eine größere Anzahl von Nachrichten untergebracht werden. Die Zeitung befand sich in einer Sturm- und Drangperiode. Es gelang mir, eine Reihe jüngerer Mitarbeiter anzuwerben; einer von ihnen, Dr. Thomas Chorherr, sollte Jahrzehnte später als Nachfolger von Dr. Otto Schulmeister Chefredakteur der „Presse“ werden, ein anderer, Bruno Flajnik, wurde später Chefredakteur der „Wochenpresse“, bevor er allzufrüh einem Autounfall erlag. Eine Stärkung des Unternehmens bedeutete, daß wir 1955 zusammen mit dem Österreichischen Automobil-, Motorrad- und Touring-Club die große Autofahrerzeitschrift „AT“ starteten.

Aber stets war meine Hauptsorge die Suche nach einer eigenen Druckerei. Ein Jahr später stand – nach dem Abzug der Besatzungstruppen – die Zeitungsdruckerei der Steyrermühl-AG am Wiener Fleischmarkt – die größte Druckerei Österreichs – zum Verkauf oder zur Verpachtung. Die riesige Druckerei war seit der zweiten Hälfte des 19. Jahrhunderts in einem halben Dutzend alter Häuser im Herzen der Wiener Altstadt untergebracht. Damals beherbergte das Unternehmen vor allem das „Neue Wiener Tagblatt“ sowie drei weitere zu diesem Konzern gehörende Tageszeitungen und eine größere Anzahl von Wochenblättern. Die Inhaberin all dieser Objekte war schließlich die Papierfabrikations- und Druckerei-Gesellschaft Steyrermühl-AG, die im Jahre 1938 nach dem Einmarsch der Deutschen in Österreich in den Besitz eines NS-Verlagskonzerns übergegangen war. In diesem Sinne war die Druckerei am Fleischmarkt samt ihren Zeitungen nach sowjetischer Lesart deutsches Eigentum.

Im Jahre 1945, nach dem Einmarsch der Sowjets in Wien, wurde daher die weitläufige und vom Krieg weitgehend verschonte Druckerei sofort von den sowjetischen Truppen mit Beschlag belegt. Die Russen etablierten dort die „Österreichische Zeitung". Die Kommunisten schlüpften unter dem Schutz ihrer sowjetischen Freunde ebenfalls am Fleischmarkt unter: Die „Volksstimme" und der „Abend", die beiden kommunistischen Tageszeitungen Wiens, wurden dort ebenso hergestellt wie alle anderen kommunistischen Propagandapublikationen. Im Sommer 1955, nach Abschluß des Staatsvertrages, räumten die Russen den Fleischmarkt und mit ihnen die KPÖ, der sie zum Abschied aus den Reparationszahlungen Österreichs an die Sowjetunion im zwanzigsten Bezirk Wiens eine neue Druckerei bauten.

Übrig blieben riesige leere Gebäude, altmodische Druckmaschinen, Zeitungstransportbänder, von den Druckereiarbeitern liebevoll nachsichtig als „Grottenbahn" bezeichnet. Und dies zu Recht, denn zum Teil führten diese Laufbänder in die Hallen und Keller im dritten und vierten Untergeschoß und verbanden sich so mit den Katakomben der Wiener Innenstadt. Im Frühjahr 1956 wurden nun die Druckerei und die Zeitungsgebäude am Fleischmarkt jedermann, der daran interessiert war, zum Kauf oder zur Pacht angeboten; ihr Eigentümer, die Steyrermühl-AG, die endlich wiederum das Verfügungsrecht über diese Betriebe erhalten hatte, wollte selbst keine Zeitungen mehr herausgeben oder drucken.

Vorerst wurde einmal dem damaligen Bundeskanzler Ing. Julius Raab die Druckerei für die Österreichische Volkspartei angeboten. Raab war nicht nur Bundeskanzler und Parteiobmann, er war auch Herausgeber des an ständiger Leserarmut leidenden offiziellen Organs der ÖVP, „Österreichische Neue Tageszeitung". Raab liebte es, über ein „Leibblatt" oder – wie er sich ausdrückte – „Sprachrohr" zu verfügen. Der Kanzler, wie üblich mit einer langen Virginiazigarre im Munde, erschien also am Fleischmarkt, begleitet von einem Schwanz von Sekretären und Mitarbeitern. Nach eingehender Besichtigung des gesamten Gebäudekomplexes erklärte er, unter Hinweis auf sein geliebtes „Organ“: „Wenn i an Liter Milch brauch’, kauf i ma noch lang ka Kuah.“ Damit war allen Versuchen der Parteipropagandaleute, den Fleischmarkt als zentrale Stelle der ÖVP-Presse zu erwerben und zu adaptieren, ein Riegel vorgeschoben. In der ÖVP bestimmte in diesen Jahren ausschließlich Julius Raab, und so blieb’s dabei.

Eine Zeitlang zeigte sich mein Kollege und Konkurrent jener Jahre, Dr. Ludwig Polsterer, ein eindrucksvoller Unternehmertyp, der mit großer Dynamik fast alles, was in seine Hände geriet, erfolgreich zu gestalten und auszubauen wußte, am Fleischmarkt interessiert. Doch dann gelang es ihm als Herausgeber des „Kurier“, der damals größten österreichischen Tageszeitung, die bis zum Staatsvertrag von den Amerikanern mit Beschlag belegte Druckerei Waldheim-Eberle im siebenten Wiener Bezirk zu kaufen. Auch diese Druckerei war nach Abzug der Besatzungskräfte wieder in österreichischen Besitz gelangt und wurde vom Bundesministerium für Vermögenssicherung verkauft.

Schließlich begann ich selbst langwierige und komplizierte Verhandlungen mit der Steyrermühl-AG und konnte im Frühjahr 1956 einen Pachtvertrag mit den Inhabern der Druckerei abschließen. Danach wurde uns die Druckerei am Fleischmarkt vorerst einmal für zehn Jahre verpachtet. Wiederum lachte ganz Wien: „Was will der größenwahnsinnige Molden eigentlich am Fleischmarkt?“, so fragte man sich innerhalb und außerhalb der Zeitungsbranche. Mit einer einzigen Tageszeitung, die noch dazu nicht mehr als 60.000 Exemplare täglich zu drucken hatte, konnte man doch unmöglich die riesige Kapazität der Fleischmarkt-Druckerei ausfüllen.

Ich gab dem Unternehmen zuerst einmal einen neuen Namen, und ab dem 1. September 1956 prangte über dem Haupteingang zum Fleischmarktkomplex eine große Leuchttafel „Pressehaus“. Als ich das Haus von oben bis unten besichtigt hatte, war ich tief beeindruckt: nicht nur von seiner Weitläufigkeit und den altmodischen, aber sehr perfekten technischen Einrichtungen, sondern auch von den Möglichkeiten, die dieses Gebäude für die Zukunft in sich zu bergen schien. Und damit begab ich mich auf die Suche nach neuen Kunden. Als erstes gelang es mir, die ehemals britische „Weltpresse“, nach dem „Kurier“ das zweitgrößte Wiener Abendblatt, als Kunden auf den Fleischmarkt zu bekommen. Sodann führte ich Verhandlungen mit den Inhabern des Wiener Boulevardblattes „Bild-Telegraf“, der im Jahre 1954 als Konkurrenz zum „Kurier“ gegründet worden war und in der Druckerei Metten in der Canisiusgasse hergestellt wurde. Der „Bild-Telegraf“ war eine unabhängige Tageszeitung, ihr Chefredakteur ein junger Salzburger Journalist namens Gerd Bacher.

Der Herausgeber und Chefredakteur der „Salzburger Nachrichten“, Gustav Canaval, hatte zusammen mit einigen anderen unabhängigen Bundesländer-Verlegern, insbesondere mit dem Herausgeber der „Tiroler Tageszeitung“, Josef Moser, und dem ehemaligen Herausgeber und Miteigentümer der „Oberösterreichischen Nachrichten“, Hans Behrmann, den „Bild-Telegraf“ gegründet. Wie sich allerdings später herausstellte, gehörte zu den Gründern und Miteigentümern als Hintermann des Rechtsanwaltes Dr. Anton Leitner auch Bundeskanzler Julius Raab, der offensichtlich neben seinem leser- und einflußschwachen Sprachrohr „Österreichische Neue Tageszeitung“ auf dem Boulevardsektor politisch und publizistisch Fuß fassen wollte. Natürlich schien Julius Raab in keinem Gründungsprotokoll und auch in keiner Eigentümerliste auf. Das war in Österreich beim Besitz von Zeitungen, Zeitschriften oder ähnlich mediennahen Objekten auch nie üblich gewesen. Die Tatsache aber, daß Raab direkt und intensiv am „Bild-Telegraf“ interessiert war, sollte ich einige Zeit später zu spüren bekommen.

Als Gerd Bacher 1954 aus Salzburg nach Wien kam, war der „Bild-Telegraf“ erst einige Wochen alt, aber schon im Sterben. Es war dem großen Journalisten Gustav Canaval, der gewohnt war, ernste Leitartikel in seinen hochstehenden „Salzburger

Nachrichten" zu verfassen, nicht möglich, zugleich in Wien ein Boulevardblatt zu leiten. Die Zeitung konnte gegenüber dem übermächtigen „Kurier" überhaupt nicht ankommen. Und so mußte Canaval in seiner Verzweiflung Hilfe herbeiholen und engagierte schließlich als Chef des „Bild-Telegraf" seinen eigenen Lokalchef Gerd Bacher, damals 28 Jahre alt, der binnen kurzem dem Blatt neues Leben einhauchte.

Ungefähr zur selben Zeit war ich dafür verantwortlich, daß ein anderer junger Journalist aus der „Provinz", wie es damals noch hieß, nach Wien geholt wurde, der damalige Chefredakteur der „Kleinen Zeitung" in Graz, Hans Dichand. Im Sommer des Jahres 1954 hatten die Amerikaner beschlossen, ihre Tageszeitung „Wiener Kurier" einzustellen und lediglich noch für die Fortdauer der Besatzung ein Wochenblatt herauszubringen. Es gab auf dem Wiener Zeitungsmarkt eine große Aufregung, und jedermann war daran interessiert, diese wichtige Zeitung in die Hände zu bekommen. Die Amerikaner hatten den damaligen Direktor des Wiener Theaters in der Josefstadt, Ernst Haeusserman, der nach dem Kriege als Theateroffizier der amerikanischen Besatzungsmacht fungiert hatte, gebeten, sie bei dieser Placierungsoperation, die für den österreichischen Medienhorizont von großer Bedeutung war, zu beraten.

Haeusserman wandte sich an den jungen Mühlenbesitzer und Filmproduzenten Dr. Ludwig Polsterer und an mich. Polsterer, dynamisch und kapitalstark, sollte der kaufmännische Mentor einer neuen Gruppe sein, ich als Herausgeber der „Presse" der Zeitungsexperte. Nach einigen Verhandlungen kam es schließlich ziemlich schnell zu einer Einigung zwischen Polsterer und mir, wir wollten uns beide mit je 50 Prozent an einer neuen Zeitungsgesellschaft, die den „Kurier" herausgeben sollte, beteiligen und sollten sodann am Tage nach der Einstellung des amerikanischen „Kurier" das neue Blatt wie schon das bisherige Blatt in der Druckerei Waldheim-Eberle herausbringen. Alles schien unter Dach und Fach. Die Amerikaner waren bereit, uns als Nachfolger zu akzeptieren, und ich machte mich auf die Beine, um einen entsprechenden Redaktionsstab sowie die richtigen Leute für Vertrieb und Anzeigengebarung zu finden. Das wichtigste war aber natürlich der Chefredakteur. Ich hatte bei verschiedenen Sitzungen des Verbandes der unabhängigen Presse, dessen Vorsitzender ich zu diesem Zeitpunkt war, in Begleitung des Verlagsleiters der „Kleinen Zeitung" in Graz den jungen und, wie es mir schien, hochbegabten Chefredakteur dieses Blattes, Hans Dichand, kennengelernt. Ich schlug Polsterer Dichand als Chefredakteur vor; er war einverstanden und fuhr schnellstens nach Graz, um mit dem jungen Mann zu sprechen.

Dichand sagte zu und kam nach Wien. Für das Engagement war natürlich der für kaufmännische und finanzielle Angelegenheiten unserer in Gründung befindlichen Gesellschaft zuständige Polsterer verantwortlich. Ich erinnere mich, daß Dichand damals ein Gehalt von 12.000 Schilling monatlich beanspruchte. Polsterer erschien dies zuviel, er bot Dichand 6.000 Schilling, was für damalige Verhältnisse noch immer ein anständiger, wenn auch keineswegs überwältigend großer Bezug war, und Dichand, an der neuen Aufgabe höchlichst interessiert, willigte ein. Zu diesem Zeitpunkt entstanden allerdings für die noch nicht gegründete Gesellschaft und die noch nicht ins Leben gerufene Zeitung Geburtsschwierigkeiten mit den Pächtern der Druckerei Waldheim-Eberle.

Die Druckerei befand sich ursprünglich im Besitz des Berliner Ullstein-Konzerns. Im Zuge der Machtergreifung der NSDAP in Deutschland ging der Berliner Ullstein-Konzern unter dem Namen „Deutscher Verlag" in „arische" Hände über. Der Versuch, die Wiener Druckerei Waldheim-Eberle im Besitz der Familie Ullstein zu erhalten, scheiterte. Waldheim-Eberle wurde an den Verlag der NSDAP übertragen. 1945 wurde Waldheim-Eberle dem Vertreter der Familie Ullstein, einem Ullstein-Schwiegersohn, Fritz Ross, zur öffentlichen Verwaltung übergeben. Fritz Ross führte das Unternehmen gemeinsam mit seinem Schwiegersohn Dr. Heinrich Treichl. Von ihnen wurde der Ullstein-Verlag gegründet, der auch etliche hundert Bücher publizierte. Im Jahre 1948 wurden durch Maßnahmen des Ministers für Vermögenssicherung und Wirtschaftsplanung, Dr. Krauland, die beiden Geschäftsführer Ross und Treichl aus dem Unternehmen hinausgedrängt. Die Firma wurde in das Vermögen der Republik Österreich übernommen und an eine von Dr. Krauland in höchst übler Weise eingesetzte Pachtgesellschaft verpachtet, an der zu 50 Prozent der Österreichische Arbeiter- und Angestelltenbund, also eine Parteiorganisation der ÖVP, und zu 50 Prozent der Betriebsrat von Waldheim-Eberle beteiligt wurden. Mit dieser Pachtgesellschaft mußte jetzt verhandelt werden.

Die Vertreter des Pachtunternehmens erklärten, sie würden unsere neue Zeitung „Kurier" nicht drucken, wenn die ÖVP nicht entsprechend an diesem Unternehmen beteiligt sei. Auch die Amerikaner waren der Meinung, das neue Zeitungsunternehmen sollte eine breitere Basis haben. Zuerst holten daher Polsterer und ich den Verleger der damals sehr populären „Wiener Wochenausgabe", Franz Karmel, in die neuzugründende Gesellschaft und hofften, damit die breitere Streuung des Eigentums genügend dokumentiert zu haben. Doch dies befriedigte zwar die Amerikaner, nicht jedoch die ÖVP. Diese verlangte nach wie vor eine entsprechende Beteiligung. Zu diesem Zeitpunkt beging ich einen der wesentlichsten Fehler meiner beruflichen Laufbahn: Ich war damals zutiefst davon durchdrungen – im Prinzip bin ich es heute noch genauso –, daß eine unabhängige Zeitung nur dann erfolgreich geführt werden kann, wenn sie nicht unter dem Einfluß einer politischen Partei steht. Ich weigerte mich daher, an einer Gesellschaft beteiligt zu sein, an der eine politische Partei – im Grunde genommen gleichgültig welche – wesentlichen Einfluß haben würde. Aus diesem Grund zog ich mich aus dem Projekt „Kurier" zurück, während Polsterer, der von solchen Überlegungen nicht geplagt war, in der Gesellschaft blieb und schließlich den damaligen Generalsekretär der Österreichischen Volkspartei, Dr. Alfred Maleta, als Vertrauensmann der ÖVP in die Gesellschaft hereinnahm. So ist denn auch kurz darauf der „Neue Kurier“ mit Dr. Ludwig Polsterer als Verleger und Hans Dichand als Chefredakteur, aber ohne mich, erschienen. Es ist Polsterer übrigens in den Folgejahren gelungen, sowohl die Anteile von Karmel wie auch die von Maleta zu erwerben und so schließlich Alleineigentümer des „Kurier“ zu sein. Ebenso hat er dann die Druckerei Waldheim-Eberle gekauft.

Anfang des Jahres 1957 waren dann schließlich die Grundlagen der Medienszenerie Wiens und damit Österreichs der Nachbesatzungszeit im wesentlichen gelegt: Dr. Ludwig Polsterer kontrollierte den „Kurier“ und die Druckerei Waldheim-Eberle, ich hingegen die „Presse“ und die Druckerei am Fleischmarkt. Bei Waldheim-Eberle erschien noch die Tageszeitung „Neues Österreich“, die – wie erwähnt – den drei politischen Parteien gehörte und damals noch ein sehr gut verdienendes Objekt war; im „Pressehaus“ am Fleischmarkt hatte ich in der Zwischenzeit die „Weltpresse“ als Kunden angeworben. In der Druckerei Metten erschien die Boulevardzeitung „Bild-Telegraf“, und daneben gab es noch die drei Wiener Parteizeitungen „Volksstimme“ der Kommunisten, „Arbeiter-Zeitung“ der Sozialistischen Partei und „Kleines Volksblatt“ der ÖVP, die in parteieigenen oder ihnen nahestehenden Druckereien produziert wurden. Die amtliche „Wiener Zeitung“, die von der Bundesregierung herausgegeben und in der Staatsdruckerei hergestellt wurde und wird, muß in diesem Zusammenhang nicht beachtet werden.

Im Frühjahr 1957 kam es zu Verhandlungen zwischen den Eigentümern des „Bild-Telegraf“ und mir, da diese ihre Zeitung nicht mehr länger in der Druckerei Metten in der Canisiusgasse herstellen und daher einen günstigen Druckvertrag mit meinem „Pressehaus“ am Fleischmarkt abschließen wollten. In einer sehr komplizierten Verhandlungsserie – deren letzte Runde sich in Innsbruck im Büro des Verlegers der „Tiroler Tageszeitung“, Josef Moser, der mit Abstand der fähigste Mann in der „Bild-Telegraf“-Gruppe war, abspielte – wurde schließlich in einem „Innsbrucker Protokoll“ eine entsprechende Vereinbarung paraphiert; aufgrund dieses

Abkommens wurde der „Bild-Telegraf", dessen Verlagsleitung Hans Behrmann innehatte, in unserer Druckerei am Fleischmarkt hergestellt, auch die Redaktion übersiedelte in das „Pressehaus".

Die Wiener Volkspartei hatte damals einen populären und dynamischen Obmann, den Abgeordneten Fritz Polcar. Dieser Mann hatte den nicht mehr recht gut funktionierenden alten Apparat der Christlichsozialen Partei in Wien in den vergangenen Jahren mit modernen Methoden auf Vordermann gebracht. Zweifellos eine wichtige und imponierende Leistung, war doch das Übergewicht der Sozialisten im „roten Wien" seit 1918 fest etabliert. Polcar hatte sich damit ohne Zweifel bedeutende Verdienste um die Entwicklung der Volkspartei erworben und war offensichtlich aus diesem Grunde dem Bundeskanzler Raab und verschiedenen anderen führenden Persönlichkeiten der Partei angenehm aufgefallen.

Allerdings hatte sich Polcar bei seiner kosmetischen Verjüngungsoperation der Wiener Volkspartei, die nicht nur viel Verstand, sondern offensichtlich auch wesentliche finanzielle Mittel erforderte, gewisser Methoden bedient, die keineswegs allgemeine Zustimmung finden konnten. Es kam daher im Herbst 1957 zu einer öffentlichen Auseinandersetzung über den vermeintlichen Mißbrauch, den Polcar im Zusammenhang mit parteipolitischen Operationen betrieben haben sollte. Polcar wurde der politischen Korruption beschuldigt, insbesondere auch im Zusammenhang mit Firmen, an denen er sich direkt oder indirekt beteiligt haben sollte. Die ganze Diskussion wurde natürlich von den ÖVP-nahen Zeitungen totgeschwiegen und auf nichtsozialistischer bzw. nichtkommunistischer Seite ausschließlich von meiner Zeitung „Die Presse" und vom „Bild-Telegraf" geführt. Beim „Bild-Telegraf" war es vor allem Gerd Bacher, der in dieser Frage eindeutig Stellung bezog, während die Kampagne in der „Presse" im wesentlichen durch Leitartikel von mir getragen wurde. Innerhalb kurzer Frist wurden nun sowohl Gerd Bacher wie auch mir Anträge von ÖVP-nahen Persönlichkeiten gemacht, diese Kampagne zu beenden und „Polcar in Ruhe zu lassen". Wie mir Bacher später erzählte, hat er diese Anträge, die ihm vom Verlagsleiter des Blattes, Behrmann, überbracht wurden und die zweifellos auf diesem oder jenem Wege aus dem Büro des Bundeskanzlers stammten, ebenso abgelehnt wie ich die Vorschläge der mich kontaktierenden Herren.

Mir wurde damals gesagt, daß eine weitere Verfolgung der Angelegenheit Polcar in der „Presse" voraussichtlich dazu führen müsse, daß die Bankinstitute, mit denen die „Presse" bzw. das „Pressehaus" in Verbindung stünden, ihre Kredite, die sie uns bis dahin gewährt hatten, sperren müßten. In diesem Zusammenhang muß ich vielleicht daran erinnern, daß die großen Banken verstaatlicht und – mit Ausnahme der Länderbank, die zur „linken Reichshälfte" gehörte – fast ausschließlich Angelegenheit der Österreichischen Volkspartei waren. Insbesondere Julius Raab konnte über das Finanzministerium bzw. über den von ihm kontrollierten Wirtschaftsbund, eine Teilorganisation der ÖVP, unschwer Einfluß auf die Gestion der Mehrzahl dieser Banken nehmen.

Die „Presse" und der „Bild-Telegraf" verfolgten die Angelegenheit Polcar aber weiter. Es kam schließlich aufgrund von Unterlagen, die in diesen beiden Zeitungen publiziert wurden, zuerst zu einer parteiinternen „Rüge" und später sogar zum Rücktritt des Wiener Parteiobmannes und zu einem gerichtlichen Verfahren gegen ihn. Polcar mußte sich schließlich ganz aus dem politischen Leben zurückziehen. Die von uns erhobenen Vorwürfe hatten sich in allen Punkten als richtig erwiesen, was schon daraus hervorging, daß die vielen damals in diesem Zusammenhang gegen die „Presse" und den „Bild-Telegraf" betriebenen presserechtlichen Gerichtsverfahren durch die Bank mit einer Niederlage der Kläger endeten. Trotzdem oder wahrscheinlich gerade deshalb war die Stimmung in der Volkspartei und damit auch die des Bundeskanzlers von diesem Moment an eindeutig gegen die „Presse", das „Pressehaus", den „Bild-Telegraf" und insbesondere gegen Gerd Bacher und mich gerichtet.

Es wurde immer klarer, daß Bundeskanzler Raab und seine Freunde die ihnen offenbar unerträgliche Haltung der „Presse" und des „Bild-Telegraf" auf die Dauer nicht mehr hinnehmen würden. Der damalige Generaldirektor der Creditanstalt, Dr. Josef Joham, lud mich im Januar 1958 zu einem Gespräch in sein Büro am Schottentor ein. Er eröffnete mir, Bundeskanzler Julius Raab habe ihn ersucht, mich zur Vernunft zu bringen und mich dazu zu bewegen, meine, wie Raab sich ausgedrückt hatte, „starrköpfige und antibürgerliche Haltung" zu ändern. Ich wandte ein, daß die „Presse" ja stets ein nichtsozialistisches und eindeutig bürgerliches Blatt gewesen sei. In den vergangenen Jahren hätten wir auch immer wieder, etwa bei der Präsidentschaftswahl 1957, wo wir gegen besseres Wissen den Kandidaten Raabs, Professor Denk, unterstützten, unsere Haltung unter Beweis gestellt. In der Affäre Polcar hatten wir lediglich offensichtlich mit dem Gesetz im Widerspruch stehende Handlungen an das Licht der Öffentlichkeit gebracht. Und auch das erst, nachdem meine Bemühungen, in mehreren Gesprächen mit dem Bundeskanzler zu erreichen, daß Polcar sich aus dem öffentlichen Leben zurückziehe, gescheitert seien. Ein solcher Rückzug hätte die von uns geplanten Veröffentlichungen hinfällig gemacht. Raab hatte mir damals erklärt, es käme überhaupt nicht in Frage, daß die Österreichische Volkspartei sich einem solchen Ansinnen unterwerfe. Es gehe doch nicht an, daß irgendein Zeitungsschreiber zu bestimmen habe, wer in der ÖVP welche Positionen einnähme. Ich hatte Raab damals erwidert, daß wir keineswegs die Absicht hätten, der ÖVP vorzuschreiben, wer auf welchem Posten sitze oder was die ÖVP überhaupt tue, daß wir es aber als unabhängige Zeitung als unsere Pflicht betrachteten, Mißwirtschaft und Korruption anzukreiden und der Öffentlichkeit bekanntzumachen. Raab erklärte mir damals, auf diese Weise würde ich mit meiner Zeitung nicht mehr weit kommen. Damit war das Gespräch zwischen ihm und mir beendet.

Dies alles berichtete ich nun dem mir außerordentlich gewogenen und sympathischen Generaldirektor der Creditanstalt, der bereits ein guter Bekannter meines Vaters gewesen und immer wieder in schweren Zeiten der „Presse" zur Seite gestanden war. Joham, selbst CVer und mit Raab befreundet, versuchte verzweifelt, einen Kompromiß zu finden und eine Aussöhnung zwischen dem Bundeskanzler und mir herbeizuführen. Ich wies ihn darauf hin, daß ich keineswegs gegen Bundeskanzler Raab oder auch nur gegen die ÖVP eingestellt sei, daß ich aber sicher nicht bereit sei, auch nur einen Zentimeter von dem von uns als richtig befundenen und eingeschlagenen Weg in Sachen Freiheit der Information abzuweichen. Das Gespräch führte eigentlich zu gar nichts, außer daß Joham versicherte, sich noch einmal bemühen zu wollen, die ÖVP von jenen Handlungen, die sie gegen mich im Schilde führe, abzubringen.

In den darauffolgenden Wochen mußten wir allerdings feststellen, daß der „Bild-Telegraf", der wie erwähnt eigentumsmäßig von Dr. Anton Leitner, einem Vertrauensmann des Bundeskanzlers, kontrolliert wurde, die Zahlungen für seinen Druck im „Pressehaus" weitgehend einstellte. Nach relativ kurzem Überlegen wurde uns klar, was hier nun gespielt werden sollte. Der „Bild-Telegraf" zahlte die fälligen Druckrechnungen nicht. Damit sollte die Situation unseres „Pressehauses" erschwert und unsere finanzielle Basis geschwächt werden. Gleichzeitig sollte durch die Nichtzahlung der überfälligen Rechnungen die Finanzsituation des „Bild-Telegraf" in anderen Richtungen verbessert werden. Würden schließlich die Schulden des „Bild-Telegraf" an uns eine Summe erreicht haben, die auch die Basis unserer eigenen Operationen in Frage stellen könnte, glaubte man mich in die Knie zwingen zu können. Behrmann und Leitner hatten Raab davon überzeugt, daß wir etwa bis zu vier Millionen Schilling Schulden anlaufen lassen würden, bevor wir etwas unternehmen könnten. Zu diesem Zeitpunkt sollte der „Bild-Telegraf" eingestellt werden. Jeder Versuch, die Schulden des „Bild-Telegraf" an uns einzutreiben, würde an einem rechtzeitig angemeldeten Konkurs des „Bild-Telegraf" scheitern. Als letzte Handlung vor der Konkursanmeldung sollten die Eigentümer schließlich den Titel „Bild-Telegraf" an das Zeitungsunternehmen des Dr. Polsterer, also an den „Neuen Kurier", übertragen. Wir wären schließlich mit einer uneinbringlichen Forderung von vier Millionen Schilling dagestanden, Dr. Polsterer hätte den – schuldenfreien – Titel „Bild-Telegraf" in die Hand bekommen, um nach Gefallen ein neues Blatt herausbringen zu können, und wir hätten nur ad calendas graecas gegen ein im Konkurs befindliches Unternehmen prozessieren können. Das war Behrmanns Meisterplan, der uns allerdings durch einige befreundete Personen relativ frühzeitig bekannt wurde. Ab etwa Ende Februar waren uns die taktischen Schritte der Gegenseite, also jener Gruppe, die sich aus Raab, Polcar, dessen Berater Dr. Johann Wollinger (einem hohen Wiener ÖVP-Funktionär), dem Zeitungsverlag von Dr. Ludwig Polsterer, dem Rechtsanwalt Dr. Anton Leitner und dem Verlagsleiter des „Bild-Telegraf" Hans Behrmann zusammensetzte, weitgehend klar. Wir erfuhren auch fast täglich, welche weiteren Schritte in Vorbereitung waren. Es blieb uns allerdings nicht erspart, nun auch selbst entsprechende Pläne zu entwerfen und zu realisieren.

Ich begab mich damals zu den Sprechern der Eigentümer der „Neuen Weltpresse", einer Gruppe, die wir scherzhaft als die „fortschrittlichen liberalen Kaufleute" bezeichneten. Die Sprecher dieser Gruppe, die in Wirklichkeit einen in Medienfragen gemäßigten und modernen Flügel der sozialistischen Partei repräsentierten, waren der damalige stellvertretende Generaldirektor der Länderbank AG., Dr. Franz Ockermüller, einerseits und der Rechtsanwalt Dr. Christian Broda, zu diesem Zeitpunkt noch nicht Abgeordneter, anderseits. Ich besprach mit diesen beiden Herren die Lage, klärte sie über die in Gang befindlichen Machinationen gegen die „Presse" und das „Pressehaus" auf und stellte die Möglichkeit eines einvernehmlichen Vorgehens zur Diskussion. Dr. Ockermüller und Dr. Broda erklärten sich bereit, im Falle einer Auseinandersetzung zwischen der „Presse" und den Eigentümern des „Bild-Telegraf" oder, besser gesagt, zwischen mir und den Vertretern der

Österreichischen Volkspartei unsere Position nach Möglichkeit zu unterstützen und auf jeden Fall den Druck der „Weltpresse“ bei uns fortzusetzen. Dr. Ockermüller versicherte mir ferner seine Bereitschaft, falls uns von seiten ÖVP-naher Banken der Kredit gesperrt werden sollte, alles in seinen Kräften Stehende zu tun, um uns laufend über andere Bankverbindungen mit den notwendigen Kreditmitteln zu versorgen. Als nächstes besprach ich mich mit Gerd Bacher, dem Chefredakteur des „Bild-Telegraf“. Ich mußte ihn nicht mehr aufklären, denn er wußte im wesentlichen über die Entwicklung Bescheid. Wir beschlossen schließlich, auch hier im Einvernehmen vorzugehen und, falls uns die Verhaltensweise der derzeitigen Eigentümer dazu zwingen sollte, für den dann eventuell eingestellten „Bild-Telegraf“ im unmittelbaren Anschluß eine Nachfolgezeitung ins Leben zu rufen.

Der Druckvertrag mit den Eigentümern des „Bild-Telegraf“, den ich im Februar 1957 in Innsbruck abgeschlossen hatte (siehe Dokumentation, Beilage III, S. 397), enthielt eine Klausel, in der ausdrücklich vorgesehen wurde, daß wenn der „Bild-Telegraf“ mit der Begleichung von Druckrechnungen in Höhe von mehr als zwei Millionen Schilling im Rückstand sei und daß, falls es uns nicht gelang, diese Druckrechnungen nach mindestens zweimaliger schriftlicher Mahnung einzutreiben, das „Pressehaus“ – also ich – berechtigt sei, den „Bild-Telegraf“ einzustellen und sofort eine Nachfolgezeitung, sogar mit gleichem Namen, zu publizieren. Die Aufnahme dieser Klausel in den Vertrag hatte ich ein Jahr vorher durchgesetzt, weil mir bekannt war, daß der „Bild-Telegraf“ schon bei der Druckerei Metten, wo er vorher Kunde gewesen war, Millionen Schulden gemacht hatte. Forderten die armen Drucker bei dem Verlag dann die Schuld ein, so hatte Behrmann stets erklärt: „Na ja, wenn Sie noch einmal das Geld fordern, werde ich eben einstellen oder weggehen, und dann können Sie überhaupt nichts mehr machen!“

Es gab auch für uns nur die Möglichkeit, entweder den „Bild-Telegraf“ bzw. die für ihn verantwortlichen Männer zu veranlassen, den Ernst der Situation zu erkennen, die notwendigen Mittel aufzubringen und die offenen Rechnungen zu bezahlen, oder aber, wenn das nicht möglich war, schneller zu handeln als die Gegenseite. Das hieß, wir mußten in dem Moment, wo die Frist, die im Druckvertrag vorgesehen war, abgelaufen war, sofort eingreifen, den „Bild-Telegraf" einstellen und eine Nachfolgezeitung erscheinen lassen. Selbstverständlich haben wir uns dabei peinlichst genau an die Bestimmungen des Druckvertrages gehalten, das heißt, wir haben nicht zweimal, sondern insgesamt sechsmal schriftlich bei „Bild-Telegraf" unsere offenen Forderungen eingemahnt. In diesen entscheidenden Tagen habe ich immer wieder die Herren der Geschäftsleitung des „Bild-Telegraf", Hans Behrmann und Direktor Rubesch, in mein Büro gebeten und immer wieder in Gegenwart von Zeugen ersucht, ihre Verbindlichkeiten zu begleichen. Ich habe sie auch auf die möglichen Folgen des Nichtzahlens aufmerksam gemacht.

Offensichtlich haben die Verantwortlichen des „Bild-Telegraf" nicht daran geglaubt, daß wir Ernst machen könnten. Wie ich dann später von verschiedenen Beteiligten gehört habe, war man der Meinung, daß über politische und finanzielle Kanäle, also über den Bundeskanzler oder/und über unsere Hausbanken der Druck auf uns so verstärkt werden könne, daß wir eine Einstellung des Druckes des „Bild-Telegraf" nicht wagen würden. In der ersten Märzwoche wurde nun eindeutig klar, daß der „Bild-Telegraf" nicht bereit war, zu zahlen. Auch der bisherige Rhythmus, laufende Rechnungen nach etwa acht bis zehn Wochen zu bezahlen, wurde nicht mehr eingehalten. Das Blatt stellte ganz einfach die Zahlungen überhaupt ein. Gleichzeitig erfuhren wir, daß die Verhandlungen mit dem Inhaber des „Neuen Kurier", Dr. Polsterer, bereits ziemlich weit gediehen waren und man also nur die offenen Rechnungen im „Pressehaus" noch hoch genug auflaufen lassen wollte, um uns damit einen entsprechenden Schaden zuzufügen.

Als die Zweimillionengrenze überschritten war, habe ich die beiden Direktoren des „Bild-Telegraf" noch einmal zu mir gebeten und sie ein letztes Mal darauf aufmerksam gemacht, daß wir nicht länger zuwarten könnten, und auch darauf verwiesen, daß sie ja durchaus zahlungsfähig seien. Es war uns schließlich bekannt, wer die wirklichen Eigentümer dieses Unternehmens waren. Allein die Tatsache, daß der Generaldirektor der größten österreichischen Bank in dieser Woche mehrmals bei mir für den „Bild-Telegraf" intervenierte, bewies eindeutig, daß der „Bild-Telegraf" in der Lage sein mußte, sich Geld zu beschaffen. Am 10. März 1958 lud mich Generaldirektor Joham noch einmal in die Creditanstalt zu einem Gespräch ein. Joham nahm dabei wiederum auf Bundeskanzler Raab Bezug. Ich habe mir Notizen über dieses Gespräch gemacht und kann daher meine Argumente zum besseren Verständnis dieser komplizierten Materie noch relativ genau wiedergeben. Ich bemerkte gegenüber Joham, daß es für die Führung der Österreichischen Volkspartei und insbesondere für einen so selbstsicheren und an die Machtausübung durch einsame Entschlüsse gewöhnten Herrn wie Bundeskanzler Raab offensichtlich sehr schwierig sei, die Existenz, die Aufgabenbereiche, die Funktionen und die moralischen Verpflichtungen eines unabhängigen Journalisten überhaupt zu erfassen. Für Raab und die Menschen seiner Welt, das heißt für die Kaste der Parteifunktionäre in Österreich, waren Journalisten im wesentlichen angestellte Subjekte, Leute, die man sich gegen ein kleines Entgelt anlachte und die das zu schreiben hatten, was ihnen angeschafft wurde. So war ja auch seinerzeit die Funktion der alten Parteipresse gewesen, die die Meinung der politischen Partei, der sie gehörte, vertrat, und zwar „for better and for worse".

Raab hat den Journalismus und die ganze Welt der Zeitung nie anders gesehen. Von ihm war der Ausspruch bekannt: „I brauch' mei' Organ." Für ihn war jede Zeitung das „Sprachrohr", das „Organ" irgend jemandes und hatte daher auch so und nicht anders zu dienen. Mehr erwartete er von einem Journalisten auch gar nicht; schrieb einer gut für die Partei, dann war's in Ordnung und dann war er ein guter Journalist.

Den Mann der eigenen Partei entlohnte man dafür, achtete ihn nicht gerade sonderlich, aber man schätzte ihn doch. War er dagegen ein Mann der Gegenseite, so hat man das respektiert. Der Chefredakteur der „Arbeiter-Zeitung", Dr. Oscar Pollak, beispielsweise wurde von Raab zwar als Gegner gesehen, aber persönlich geachtet. Der Begriff des unabhängigen Journalismus aber existierte in der Welt des Julius Raab nicht. Er tat diese Spezies als käufliche Boulevardschreiber oder ähnliches ab. Ideologie und Meinung war nach Raabs Ansicht nur den entsprechend klassifizierten und zugelassenen Parteien und deren „Sprachrohren" gestattet.

Raab hatte eine tiefe Abneigung gegen Liberale, er selber kam aus dem erzultramontanen Lager des CV, war ein Landesführer der niederösterreichischen Heimwehr gewesen, hatte den sogenannten Korneuburger Eid, der auf ein faschistisches Programm verpflichtete, mitgeschworen. Obwohl er zweifellos von der Christlichsozialen Partei in die Heimwehr entsandt worden war, um ihre Interessen wahrzunehmen, so hielt er doch nicht sehr viel vom Funktionieren der parlamentarischen Demokratie. Er war ohne Zweifel ein großer österreichischer Patriot und soll – wie ich immer gehört habe – seinen Freunden ein guter Freund gewesen sein. Sicher war er ein guter Regierungschef, wohl auch ein Staatsmann – wie seine Politik bezüglich des Staatsvertrages bewies. Nach seiner schweren Erkrankung im Jahre 1957 allerdings verlor er sein bis dahin fast untrügerisches „Gespür" für die jeweils richtige politische Entscheidung und begann auch schwere taktische Fehler zu machen. Mit Sicherheit war er ein Autokrat; ob er auch ein guter Führer seiner Partei war, bezweifle ich. Ich glaube vielmehr, daß er à la longue durch die von ihm herbeigeführte Versteinerung der Strukturen und Konstruktionen, besonders der „bündischen Gliederung", und durch die Vernachlässigung der Heranbildung geeigneter Nachwuchspolitiker der Volkspartei weit mehr geschadet als genützt hat. Aber darüber kann man sicher verschiedener Meinung sein.

Ich betrachtete mich vom ersten Tag an als unabhängiger und

liberaler Journalist. Meine ersten Erfahrungen und Eindrücke hatte ich als ganz junger Mensch im Krieg gewonnen. Unmittelbar nach Kriegsende empfing ich meine Impulse aus den angelsächsischen, amerikanischen und schweizerischen politischen Welten, wo die Bedeutung des freien und unabhängigen Journalismus sehr groß geschrieben wird und nichts so wichtig ist wie das Recht der freien und unabhängigen Meinungsäußerung, das durch nichts beeinträchtigt werden darf. Sicher gibt es auch da Extreme und Übertreibungen, die unter Umständen sehr schädlich sein können. Aber im Prinzip scheint mir die Existenz freier Zeitungen mit unabhängigen Journalisten in jedem Lande wichtiger und für die politische Freiheit bedeutender zu sein als die Sorge, ob sie vielleicht in manchem Extremfall in ihrer Berichterstattung zu weit gehen und Fehler machen könnten. Solche Fehler oder Irrwege kann man immer noch ahnden, und in diesem Sinne bin ich auch für ein strenges Pressegesetz. Aber bevor man Gesetze über die Bestrafung von Journalisten, die Fehler begangen haben, macht, muß vorerst einmal die gesetzlich garantierte Freiheit bestehen, daß der Journalist überhaupt schreiben kann, was er denkt und was er für gut hält – dies immer im Rahmen der Gesetze. Das war meine Meinung, und die war von den Auffassungen des Bundeskanzlers Raab meilenweit entfernt.

Raab hatte schon ein dreiviertel Jahr vor den Ereignissen um den „Bild-Telegraf“ seinem tiefen Mißvergnügen über mich Ausdruck gegeben. Er mußte im Frühjahr 1957 nach dem Tod des Bundespräsidenten Theodor Körner eine Entscheidung treffen, die für die österreichische Innenpolitik von recht wesentlicher Bedeutung war, nämlich wen die Österreichische Volkspartei als Kandidaten für die bevorstehende Wahl des Staatsoberhauptes aufstellen solle. Raab, der „Staatsvertragskanzler“, befand sich damals auf dem Höhepunkt seiner Macht und seiner Popularität. Hätte er selbst kandidiert, wäre er wahrscheinlich gegen den weit weniger populären Kandidaten der Sozialisten, Adolf Schärf, als sicherer Sieger aus der Wahl hervorgegangen. Raab, ein ausgesprochener Machtmensch, hatte nicht die mindeste Lust, auf die Ausübung dieser Macht als Kanzler und Parteiobmann zu verzichten, um sich auf einen wenn auch den ehrenvollsten Repräsentationsposten abschieben zu lassen.

Darum mußte ein anderer Kandidat gefunden werden. In diesem Zusammenhang hatte Raab mich zu einem Gespräch in das Bundeskanzleramt eingeladen. Er erinnerte mich an Artikel, die ich in der „Presse" geschrieben hatte, und besonders an mehrere Gespräche, die wir miteinander geführt hatten. Schriftlich wie mündlich hatte ich betont, es wäre sinnvoll, für das Amt des Staatsoberhauptes eine über den Parteien stehende unabhängige Persönlichkeit aufzustellen. Ich hatte Raab gesagt, es wäre meiner Meinung nach möglich, auf diese Weise die Hürde der 50 Prozent zu überspringen, die bei der vorigen Bundespräsidentenwahl, der ersten Wahl durch das Volk, der Kandidat der ÖVP, Dr. Heinrich Gleißner, im zweiten Wahlgang nicht geschafft hatte. Ich vertrat die Ansicht, daß der sozialistische Kandidat am ehesten zu schlagen sei, wenn man ihm nicht einen Funktionär der Österreichischen Volkspartei, sondern eine überparteiliche Persönlichkeit entgegenstelle, die dann auch für freiheitliche und liberale Wähler wählbar wäre. Raab hatte meinen Ausführungen zwar mit Interesse zugehört, schien ihnen aber keine besondere Bedeutung zuzumessen.

In der Zwischenzeit hatte er aber offenbar darüber nachgedacht und es sich anders überlegt. Er ließ mich also zu sich kommen. Es war Mittagszeit, als ich bei ihm im Bundeskanzleramt auf dem Sofa der großen Sitzecke Platz nahm. Auf einem kleinen Tischchen neben sich hatte Raab einen Teller mit einer Knackwurst stehen, das von ihm bevorzugte Mittagmahl; er nannte es „Beamtenforelle" und ließ „sie" sich fast täglich kommen. Er bot mir auch eine „Beamtenforelle" an, und ich akzeptierte dankend. Raab eröffnete das Gespräch mit der Mitteilung, er werde nunmehr meine Anregung aufgreifen und einen unabhängigen Kandidaten aufstellen. Auf meine Frage, wen er dabei im Auge habe, sagte er: „Den Professor Wolfgang Denk."

Dieser Professor Denk war ein feiner alter Herr, ein berühmter Arzt und großartiger Chirurg. Aber ich mußte Raab erklären, daß ich diese Wahl für höchst ungeeignet hielt. Raab schaute mich grenzenlos erstaunt an und sagte: „Wieso? Sie haben doch immer gesagt, Sie wollen einen unabhängigen Kandidaten."

„Einen unabhängigen Kandidaten schon, Herr Bundeskanzler", erwiderte ich, „aber nicht einen unpolitischen."

Ich betonte, daß ich es für unglücklich hielte, wenn die ÖVP einen noch so guten Arzt, der sich aber nie in seinem Leben mit Politik beschäftigt habe, aufstellen würde. Der Mann, der das Staatsoberhaupt aller Österreicher sein sollte, müsse jemand sein, der sich mit den öffentlichen Angelegenheiten ausgiebig befaßt habe. Er sollte nur, so glaubte ich damals und so glaube ich noch immer, nicht unbedingt dem Funktionärskader einer politischen Partei angehören. Aber, so schloß ich meine Ausführungen: es gäbe eine Ausnahme.

„Sie, Herr Bundeskanzler, Sie selbst sollten kandidieren, Sie würden auch gewählt werden." Raab war mit meinen Auskünften höchst unzufrieden und entließ mich eher in Ungnade, mit den Worten: „Ah, Sie wollen mich abschieben. Ich hab's ja immer gesagt, Sie san a Liberaler, da ist nichts zu machen."

Wenige Tage später wurde der Chirurg Professor Dr. Wolfgang Denk als Kandidat sowohl der ÖVP als auch der FPÖ aufgestellt. Und als es im Mai zur Wahl kam, konnte das Volk zwischen dem unpolitischen alten Professor Denk und dem bisherigen Vizekanzler und SPÖ-Obmann Dr. Adolf Schärf entscheiden. Das nichtsozialistische Lager wurde auch dadurch gespalten, daß als einer der Hauptproponenten für Dr. Denk der damalige freiheitliche Parteiführer Ing. Anton Reinthaller auftrat, der geradezu eine Belastung bedeutete: Er war im ersten NS-Kabinett Seyß-Inquart Landwirtschaftsminister gewesen und hatte den Rang eines SS-Generals bekleidet. Dadurch wurden viele Leute, die aus dem liberalen Lager kamen, aber sich nicht „national" fühlten, und auch manche Konservative aus dem antinationalsozialistischen Lager von der

Wahl des Professors Denk abgehalten. Das Resultat war eindeutig: Dr. Adolf Schärf wurde Bundespräsident, Denk hatte die Wahl verloren. Nun hatte ich vor der Wahl in der „Presse“ einen Leitartikel geschrieben, in dem ich die Leser aufforderte, für Dr. Denk zu stimmen. Ich hatte mich zu diesem Artikel sehr schwer entschlossen, glaubte aber, daß Denk als Exponent des nichtsozialistischen Lagers als Bundespräsident akzeptabel sein würde, erwähnte allerdings auch, daß Denk nicht über jene politischen Erfahrungen verfüge wie sein Opponent Dr. Schärf.

Gegen Abend des Wahltages, wie immer in Österreich ein Sonntag, ging ich, wie das hierzulande nun so üblich ist, als Journalist in die Hauptquartiere der beiden politischen Parteien: zuerst in die Kärntner Straße, wo sich das Wahlhauptquartier des Dr. Denk befand. Dort hatte sich schon eine große Anzahl von Politikern und Journalisten eingefunden. Kanzler Raab war in sein Arbeitszimmer verschwunden, wo er sich sichtlich die letzten Resultate durchgeben ließ. Der Trend war eindeutig, Schärf wurde Sieger. Ich stand im großen Salon des ÖVP-Hauptquartiers und unterhielt mich gerade mit dem damaligen Finanzminister Dr. Kamitz, als plötzlich die Tür von Raabs Arbeitszimmer aufging und der Kanzler in den Saal trat. Zufällig fiel sein Blick zuerst auf mich. Er kam verärgert und mit hochrotem Gesicht auf mich zu und sagte: „Daß Sie sich überhaupt trauen, hierher zu kommen, wo wir Ihnen die Niederlage zu verdanken haben“, drehte sich um und ging aus dem Raum. Nun, ich hatte meine kalte Abfuhr erhalten. Die um mich herumstehenden Funktionäre der Volkspartei rückten ängstlich von mir ab, und ich verließ mit einigen Herren meiner Redaktion die Kärntner Straße, um eine Lehre reicher. Raab hatte mir zwei Dinge nicht verziehen: erstens, daß ich ihm von der Aufstellung Denks abgeraten und erklärt hatte, er könne keine Mehrheit bekommen, und zweitens, daß meine Prophezeiung auch noch eingetroffen war. Nun war es doch für ihn eine ganz klare Sache, dieser liberale, sogenannte unabhängige Zeitungsschreiber, statt ordentlich für die gute Sache der ÖVP einzutreten, treibt er sich in unklaren Wassern herum; mit solchen Leuten wollte er nichts zu tun haben. Außerdem war er überhaupt schlecht aufgelegt, weil er die Wahl verloren hatte oder, besser gesagt, weil sein Kandidat die Wahl verloren hatte. Aber in Wirklichkeit war es ja Julius Raab, der sie verloren hatte, nicht zuletzt auch dadurch, daß er nicht selbst hatte kandidieren wollen.

Diese Episode hatte natürlich die Beziehung zwischen Julius Raab und mir einigermaßen negativ beeinflußt. Und einige Monate darauf war die Polcar-Affäre gekommen, in der ich wiederum gegen Raab auftreten mußte, weil er sich schützend vor einen Mann stellte, der den Vorwurf der Korruption hinnehmen mußte. Wieder wollte oder konnte Raab nicht einsehen, daß eben bedauerlicherweise sein Schützling im Unrecht war und alles, was ich und andere Journalisten schrieben, nichts anderes als die Publikation der realen Fakten darstellte. Raab vertrat den Standpunkt, es sei für einen Journalisten – und schon gar einen „bürgerlichen" – unzulässig, anderer Meinung als Julius Raab zu sein oder sich gar in Dinge einzumischen, die ihn als Kanzler und Parteichef seiner Meinung nach allein angingen, vor allem also interne Fragen der ÖVP. Er war der Meinung, daß besonders „Bürgerliche", also Menschen, die sich nicht der marxistischen Ideologie zugehörig fühlten, sich dem, was er, Julius Raab, oder andere Spitzenfunktionäre der ÖVP als richtig bezeichneten, zu unterwerfen hätten. In der Affäre um Polcar war ich daher folgerichtig für Raab der böse Mann, denn nicht der Dieb ist schuld, sondern jener, der ihn als Dieb bezeichnet. So kamen wir beide leider nicht mehr zusammen, besser gesagt, wir kamen erst dann wieder zusammen, als all diese Probleme längst der Vergangenheit angehörten und Raab als schwerkranker Mann schon im politischen Austragstübchen saß.

Raabs Einstellung zu mir erfuhr ich wohl am deutlichsten an diesem Nachmittag des März 1958, als ich bei Generaldirektor Joham in der Creditanstalt saß. Joham war höchst aufgeregt und versuchte, mich nochmals auf die „richtige Linie", wie er sie eben sah oder, besser gesagt, wie Bundeskanzler Raab sie sah, zu bringen. Als ich mich nicht bereit finden konnte, ihm beizustimmen, als ich mich vor allem weigerte, das meiner Meinung nach für uns verderbliche „Bild-Telegraf“-Abenteuer weiterzuspielen, als ich es ablehnte, die Oberhoheit dritter oder vierter Personen über das, was in der „Presse“ zu stehen habe, anzuerkennen, da sagte mir Joham: „Lieber Herr Molden, Sie befinden sich in einer großen Gefahr. Der Herr Bundeskanzler hat mir ausdrücklich gesagt: Wenn der Molden jetzt nicht nachgibt, dann zerdruck ich ihn wie eine Wanz'n.“

Mich erschütterte diese Erklärung nicht allzu sehr, denn ich sah mich noch nicht ganz als eine vom Bundeskanzler zerdrückte Wanze. Aber für Joham, der in der Welt der Regierenden jener Zeit viel stärker verankert war und überdies noch aus den zwanziger und dreißiger Jahren die Autorität von Führern der christlichsozialen Bewegung wie Seipel oder Dollfuß gekannt hatte, war das fast wie ein Todesurteil. Er bemühte sich immer wieder, mich davon zu überzeugen, ich sollte doch nicht in mein eigenes Verderben laufen. Schließlich endete auch dieses Gespräch ohne wirkliches Ergebnis, allerdings mit der Zusicherung Johams, er werde sich bemühen, nicht nur meinen Standpunkt zu verstehen, sondern ihn noch einmal dem Bundeskanzler nahezubringen. Joham sprach am nächsten Tag noch einmal mit Raab, aber dieser war nicht zu überzeugen, im Gegenteil, er beschloß, ein Exempel zu statuieren: Das „Unternehmen Wanzen-Zerdrückung“ war schon in vollem Gange. Die Durchführung allerdings sollten andere, weniger prominente und hochgeachtete Freunde des Bundeskanzlers besorgen. Denn Julius war ein ehrenwerter Mann.

12. KAPITEL

DER ZEITUNGSKRIEG

Mittwoch, der 12. März 1958 war ein kalter, spätwinterlicher Tag. Obwohl nur noch neun Tage bis Frühlingsbeginn, war vom nahenden Lenz wenig zu spüren. In den Straßen der Innenstadt lagen Reste von Schnee, ein grauer Himmel wölbte sich über Wien. Am späten Vormittag erwartete ich in meinem Büro im „Pressehaus“ den Besuch der Herren Behrmann und Rubesch, die beiden Geschäftsführer der Zeitung „Bild-Telegraf“. Die Schulden für den Druck des Blattes bei uns waren weiter gestiegen, es war keine Rede von Zahlungen. Unsere Vermutungen hatten sich zur Gewißheit verdichtet, daß der „Bild-Telegraf“ von seinen Besitzern in den Konkurs getrieben und das Blatt mit einer schnellen Aktion aus dem „Pressehaus“ zur Druckerei des „Kurier“ in die Seidengasse verlegt werden sollte. Das Ziel dieser Operation war ziemlich klar: Einerseits sollte mein „Pressehaus“ durch den „Bild-Telegraf“-Konkurs selbst finanziell in die Enge getrieben werden. Anderseits sollte der „Bild-Telegraf“ nicht mehr in der bisherigen Form erscheinen, denn er hatte eine unabhängige Linie verfolgt, jene Linie, die Dr. Gustav Canaval, der Herausgeber der „Salzburger Nachrichten“, der Zeitung seinerzeit gegeben hatte. 1954, als der „Bild-Telegraf“ gegründet wurde, gab es in Wien nur eine einzige unabhängige Zeitung, nämlich die „Presse“, alle anderen Blätter waren entweder im Besitz alliierter Mächte oder politischer Parteien oder standen diesen nahe.

Als sich kurz nach der Gründung des „Bild-Telegraf" herausstellte, daß Chefredakteur Gerd Bacher und seine engsten Mitarbeiter Claus Gatterer, Hellmut Andics, Franz Fahrensteiner und Roman Schliesser diese unabhängige Linie sehr ernst nahmen, erweckte dies bei den führenden Männern der großen politischen Parteien in Wien nur wenig Freude und gar keine Gegenliebe. Neben die „Presse" hatte sich nun ein modernes Boulevardblatt gestellt, dessen Redaktionsteam ebenfalls ohne Rücksicht auf und, wenn es sein mußte, auch gegen die Wünsche der Parteisekretariate eine freie Zeitung produzierte.

Wie schon erwähnt hatte Dr. Anton Leitner als Strohmann für Bundeskanzler Raab Anteile des Blattes erworben. Schließlich besaß er das größte Paket an Geschäftsanteilen dieser Zeitung.

Man ging nun daran, auch Einfluß auf die Geschäftsleitung des Blattes zu nehmen. Verlagsleiter des „Bild-Telegraf" war Hans Behrmann geworden; dieser bemühte sich bald, den Wünschen Dr. Leitners und der ÖVP-Führung gerecht zu werden. Das führte zu ständigen Konflikten mit dem Chefredakteur Gerd Bacher, aber auch mit dessen Mitarbeitern, die nicht daran dachten, sich von Behrmann oder Leitner Weisungen, die häufig mit ihrem Gewissen im Widerspruch standen, geben zu lassen. Der Konflikt brach schließlich offen aus, als dann im Jahre 1957 die schon erwähnte Affäre um den Wiener ÖVP-Parteiobmann Fritz Polcar platzte. Der „Bild-Telegraf" ließ sich auch durch Interventionen verschiedenster Politiker nicht daran hindern, über diesen Fall wahrheitsgemäß zu berichten und eine Initiative zu entwickeln, deren Ziel eine Offenlegung der Machinationen war. Dieser Skandal wurde damals von den meisten ÖVP-Zeitungen und auch von dem sonst unabhängig geführten „Kurier" nur in kleinen Meldungen, und auch immer erst, nachdem bereits in der „Presse" oder im „Bild-Telegraf" große Berichte erschienen waren, dem Publikum zur Kenntnis gebracht. Die ÖVP bemühte sich, den ganzen Skandal unter den Teppich zu kehren. Die Zeitungen der Sozialisten und der Kommunisten berichteten natürlich über den Skandal, aber auch nur mit halber Kraft, da schließlich nach dem alten Prinzip, daß eine Krähe der anderen kein Auge aushackt, auch hier gewisse Rücksichtnahmen spürbar wurden.

Einige meiner Berater und Freunde hatten mir abgeraten, mich in einen Kampf einzulassen, bei dem die stärkeren Bataillone ohne Zweifel von Julius Raab befehligt wurden, dem Kanzler und allmächtigen Bundesparteiobmann der Volkspartei. Als schwere Artillerie waren die Creditanstalt und das große Zeitungshaus Ludwig Polsterers aufgefahren. Bei einer Vernichtung der unabhängigen und freien Zeitungsgruppe am Fleischmarkt konnten die Angreifer zumindest mit einem gewissen schweigenden Einverständnis auch der anderen politischen Parteien rechnen. Daher meinten die besorgten Freunde, wir könnten gegen eine solche Übermacht nicht bestehen und sollten unser Heil nicht im Kampf und Widerstand, sondern in einem Kompromiß, im Nachgeben gegenüber den uns von Raab diktierten Wünschen suchen. Ich allerdings hatte zusammen mit meinen engsten Freunden die Situation gründlich überlegt und war schließlich zur Überzeugung gelangt, daß wir nur siegen konnten, wenn wir kämpfen würden.

Der erste Schritt in diesem Kampf war nun die Aufforderung an die Herren Behrmann und Rubesch, entweder unsere ultimative Forderung zur Zahlung ihrer Millionenschulden bis 12. März zu erfüllen oder gewärtig zu sein, daß wir den Druck ihres Blattes durch unsere Druckerei einstellten. Behrmann und Rubesch erschienen also um 12 Uhr bei mir. Das Gespräch dauerte nicht sehr lang. Die beiden Herren erklärten, sie seien am Ende und könnten die von uns gewünschten Zahlungen nicht leisten. Sie wären zwar zu gewissen Akontozahlungen in einigen Tagen bereit, könnten aber auch dafür keine Sicherheiten geben. Dies sei alles, was sie uns mitzuteilen hätten. Gleichzeitig bot mir Behrmann die Abonnentenlisten seines Blattes zur Übernahme an, und beide Herren fragten, ob wir bereit wären, sie in unsere Dienste zu nehmen.

Ich verwies Behrmann und Rubesch noch einmal darauf, daß

aufgrund der bestehenden Druckverträge, die von ihnen nicht eingehalten worden seien, wir nunmehr den Druck der Zeitung „Bild-Telegraf" bei uns im Hause einstellen und in Verfolgung des das Geschäftsverhältnis zwischen „Bild-Telegraf" und „Pressehaus" regelnden „Innsbrucker Protokolls" daran gehen würden, eine Nachfolgezeitung herauszugeben. Behrmann und Rubesch nahmen dies zur Kenntnis und ersuchten uns, vor allem die Redakteure, aber womöglich auch die anderen Angestellten des „Bild-Telegraf" zu übernehmen. Sodann verließen sie mein Büro.

Wenige Minuten später bat ich Gerd Bacher, der als Chefredakteur des „Bild-Telegraf" sein Büro bei uns im „Pressehaus" am Fleischmarkt hatte, zu mir. Bacher teilte mir mit, daß er in der vergangenen Nacht in seiner Wohnung eine vielstündige Diskussion mit seinen Redakteuren abgewickelt habe. Schließlich hätten alle Mitglieder der Redaktion, mit Ausnahme von zwei Redakteuren, die schon vorher der Geschäftsleitung ihre Kündigung übermittelt hatten, sich bereit erklärt, bei einer eventuellen Nachfolgezeitung mitzumachen. Bacher und seine Mitarbeiter wollten auf jeden Fall die unabhängige und freie Linie des „Bild-Telegraf", den sie seit vier Jahren aufgebaut hatten, erhalten und dieses einzige moderne Boulevardblatt Wiens nicht in die Kontrolle von Parteisekretären übergehen lassen. Natürlich waren die Redakteure auch nicht gewillt, zu einer Nebenredaktion des „Kurier" degradiert zu werden, was ihnen wahrscheinlich bei Durchführung des Raab-Polcar-Leitner-Behrmann-Planes geblüht hätte.

Erfreut nahm ich die Mitteilung von Gerd Bacher zur Kenntnis, daß er und seine Redaktion unter der Voraussetzung einer Weiterführung der unabhängigen Blattlinie bereit seien, bei einer Nachfolgezeitung mitzuarbeiten.

Wir beschlossen nach längeren Beratungen mit Dr. Fritz Czerwenka, meinem langjährigen Rechtsanwalt und Syndikus, die Nachfolgezeitung nicht „Bild-Telegraf" zu nennen, um allen etwaigen Verwechslungen oder Schwierigkeiten aus dem Wege zu gehen. Auf der Suche nach einem neuen Titel wurde schließlich nach langen Debatten der Titel „Bild-Telegramm" gewählt. Dieser Schritt wäre an sich überhaupt nicht notwendig gewesen, da wir laut dem „Innsbrucker Protokoll" berechtigt waren, die Zeitung unter demselben Zeitungstitel, also als „Bild-Telegraf", weiterzuführen. Wir sahen aber davon ab, nicht zuletzt, weil wir vermeiden wollten, als Rechtsnachfolger der Firma angesehen zu werden und dann angesichts der großen Überschuldung des „Bild-Telegraf" Schwierigkeiten über Schwierigkeiten zu bekommen.

Die Redaktion unter Führung von Gerd Bacher machte sich wie üblich an die Arbeit. Die Zeitung erschien am nächsten Tag ganz normal, so wie bisher, nur hieß das Blatt eben nun „Bild-Telegramm". Es wurde weiterhin zum Preis von 1,50 Schilling verkauft. Am Nachmittag des 12. März hatte übrigens der Verlagsleiter und Geschäftsführer des „Bild-Telegraf", Hans Behrmann, Chefredakteur Bacher und den Betriebsratsobmann Franz Fahrensteiner zu sich gerufen und die Herren davon informiert, daß der „Bild-Telegraf" nicht mehr weiterkönne. Er wiederholte auch gegenüber den beiden Herren den Ausdruck, den er in meinem Büro gebraucht hatte: „Wir sind am Ende, wir können nicht mehr weiter." Er wies die beiden Herren darauf hin, daß „glücklicherweise" Fritz Molden sich bereit erklärt habe, die Zeitung weiterzuführen und alle Redakteure, die es wünschten, zu übernehmen. Er, Behrmann, empfahl den beiden Herren, sofort mit Molden Kontakt aufzunehmen und das Blatt im „Pressehaus" weiterzuführen. Am selben Nachmittag erschien übrigens Behrmann noch einmal bei mir und machte mir den Vorschlag, die Titelmarke „Bild-Telegraf" um 220.000 Schilling von ihm zu übernehmen, da er diese Marke persönlich geschützt habe. Auf Anraten unseres Rechtsbeistands Dr. Czerwenka haben wir aus juristischen Gründen die Übernahme der Marke nicht durchgeführt, da wir etwas, was uns sowieso aufgrund des Vertrages zustand, nicht noch käuflich erwerben wollten, wozu noch die schon erwähnten Bedenken kamen.

Äußerlich herrschte in den nächsten zwei Tagen Ruhe,

jedoch hatte schon binnen weniger Stunden eine Flut von Interventionen eingesetzt. Nicht nur der Generaldirektor der Creditanstalt, Dr. Joham, sondern auch eine Reihe von Abgesandten der ÖVP machten mir schärfste Vorhaltungen und forderten mich auf, den „Bild-Telegraf" sofort wieder an ihre der ÖVP nahestehenden Eigentümer, insbesondere an Rechtsanwalt Dr. Anton Leitner, zurückzugeben. Ich weigerte mich, dies zu tun, verwies auf die unbezahlten Rechnungen und auf die Rechtslage, die uns aufgrund des „Innsbrucker Protokolls" berechtigte, das „Bild-Telegramm" als Nachfolgezeitung herauszubringen. Unser Standpunkt wurde nicht akzeptiert. Im Gegenteil, ich wurde aufgefordert, auf die Druckschulden des „Bild-Telegraf" in Höhe von zwei Millionen mehr oder weniger zu verzichten, zumindest die Eintreibung dieser Verbindlichkeiten ad calendas graecas zu verschieben.

Gleichzeitig kam es zu Verhandlungen zwischen Dr. Ludwig Polsterer, Hans Behrmann, Fritz Polcar und Dr. Johann Wollinger. Polcar und Wollinger hatten sich eingeschaltet und erreichten schließlich, daß sich Dr. Polsterer bereit erklärte, mit Redakteuren des „Neuen Kurier" die Zeitung „Bild-Telegraf" weiterzuführen. „Kurier"-Redakteure, später auch der Chefredakteur des „Kurier", Hans Dichand, wurden in die Canisiusgasse zur Druckerei Metten entsandt, wo der Druck des „Bild-Telegraf" wiederum aufgenommen werden sollte. Da sich aber die Druckerei Metten weigerte, den „Bild-Telegraf" ohne finanzielle Sicherstellungen zu drucken, wurden fünf Millionen Schilling als Sicherheit hinterlegt und eine der Creditanstalt nahestehende Bank übernahm eine Art Ausfallshaftung.

Am Montag, dem 17. März, erschien der „Bild-Telegraf" neuerlich unter dem alten Namen, aber natürlich mit neuen Redakteuren, da ja die gesamte Redaktion, mit Ausnahme von zwei Mitarbeitern, geschlossen im „Pressehaus" geblieben war und dort das „Bild-Telegramm" herausgab. Es war eine groteske Situation: Zwei einander vollkommen wie ein Ei dem anderen ähnelnde Boulevardzeitungen, die eine mit dem

Titel „Bild-Telegramm“, die andere mit dem Titel „Bild-Telegraf“, erschienen in Wien. Um unsere Forderungen an den „Bild-Telegraf“ zu schützen, schlossen wir uns nicht nur dem Konkursantrag an, der schon von der Länderbank gestellt worden war, sondern erstatteten gleichzeitig auch Strafanzeigen gegen Hans Behrmann und seinen Mitgeschäftsführer Direktor Rubesch, und zwar wegen des Verdachtes des Betruges, der Untreue und diverser Kridadelikte. Hans Behrmann und Rubesch hatten trotz offenkundiger Zahlungsunfähigkeit ihrer Firma den Hauptgläubigern weiterhin, unter Vortäuschung falscher Tatsachen, versucht, Gelder bzw. Leistungen herauszulocken und den Konkursantrag beim zuständigen Handelsgericht unterlassen.

Polsterer, Polcar und Behrmann konterten sofort. Am nächsten Tag wurde formell von Behrmann eine Strafanzeige gegen mich erstattet, und zwar wegen des Verdachtes des versuchten Betruges und der versuchten Verleitung zur Untreue. Behrmann wollte glaubhaft machen, ich hätte versucht, ihn zu veranlassen, den „Bild-Telegraf“, der nach seiner Meinung keineswegs zahlungsunfähig gewesen sei, mir quasi in die Hände zu spielen. Dadurch hätte ich ihn zur Untreue gegenüber seiner eigenen Firma verleiten wollen. Es wurde in der Strafanzeige im übrigen auch darauf hingewiesen, daß in meinem Fall akute Verabredungsgefahr zu befürchten sei und deshalb der Antrag auf Verhaftung meiner Person gestellt werden müsse.

Dieser Antrag gab uns zu denken, denn es wurde nun klar, mit welchen Methoden hier gespielt werden sollte. Es bestand offensichtlich der Plan, mich durch Verhaftung auszuschalten, dadurch das „Pressehaus“ seiner Führung zu berauben und dann mit den verbleibenden Redaktionen ein leichteres Spiel zu haben. Wir stellten uns also auf diese härtere Gangart ein. In den darauffolgenden Tagen ließ der Zeitungskrieg auch an Dramatik nichts zu wünschen übrig. Das Wort „Zeitungskrieg“ ist übrigens erstmals am 18. März im „Kurier“ erwähnt worden. Von da an haben die meisten österreichischen Zeitungen und wenige Tage darauf auch die internationale Presse diesen Terminus technicus „Zeitungskrieg“ oder „Wiener Zeitungskrieg“ laufend verwendet.

Es kam nun in den Folgetagen zu einer Reihe von Beschlagnahmeversuchen, die immer wieder von Behrmann im Auftrag von Polsterer, Polcar & Co. gegen uns beantragt wurde. Interessanterweise liefen diese Anträge auf Beschlagnahme der Zeitungstitel, die dem „Bild-Telegraf“ zu ähnlich seien, nicht – wie es sich gehört hätte – über das Handelsgericht, sondern ganz ungewöhnlich über das Strafgericht, und alle diese Anträge wurden immer wieder vom selben Richter, und zwar von einem Landesgerichtsrat Dr. Schwarz, behandelt. Dieser Dr. Schwarz, ebenso wie Julius Raab und Dr. Wollinger führendes Mitglied des CV, legte eine erstaunliche Insistenz und eine bemerkenswerte Bereitschaft an den Tag, alles, was Hans Behrmann, Dr. Polsterer und Polcar ihm zu sagen hatten, als glaubwürdig zur Kenntnis zu nehmen. Schwarz erschien täglich, manchmal sogar mehrmals, am Fleischmarkt in meinem Büro, bewaffnet mit den entsprechenden Gerichtsurkunden, um die Zeitungstitel, die wir nunmehr täglich änderten, neuerlich zu beschlagnahmen. Hatten wir ursprünglich „Bild-Telegramm“ geheißen, so gingen wir dann über zum „Bild-Kabel“ und weiter zur „Bild-Depesche“. Schließlich wurde auch dieser Titel bei uns beschlagnahmt.

Am 25. März erhielten wir – unabhängig voneinander – zwei Verständigungen, die eine von einem befreundeten Beamten der Staatspolizei, die andere von einem Funktionär des Wiener Landesgerichtes für Strafsachen, wonach aufgrund einer Intervention des Bundeskanzlers noch am selben Abend mit meiner Verhaftung zu rechnen sei. Landesgerichtsrat Dr. Schwarz werde wieder mit einer Verfügung zur Beschlagnahme des gerade eben an diesem Tag in Verwendung befindlichen Zeitungstitels – damals handelte es sich gerade um die „Bild-Depesche“ – am Fleischmarkt erscheinen. Anläßlich dieser neuerlichen Beschlagnahme werde Dr. Schwarz feststellen, daß wir durch Verwendung von neuen, aber ähnlichen Zeitungstiteln seine Verfügungen ad absurdum führten und er daher nunmehr alle Zeitungstitel, die mit dem Wort „Bild“ in Zusammenhang stünden, bei uns beschlagnahmen werde. Wir besprachen zuerst einmal diesen Sachverhalt und beschlossen, die Zeitung nunmehr als „Zeitung ohne Titel“ erscheinen zu lassen. Es war uns allerdings klar, daß das nicht sehr lange so weitergehen könne.

Aber diese Warnung war nicht die einzige, die uns von den beiden Herren zuteil wurde. Es ging noch weiter: Landesgerichtsrat Dr. Schwarz werde gleichzeitig mit der generellen Beschlagnahme aller nur möglichen Zeitungstitel für unser Boulevardblatt auch einen Haftbefehl für mich mitbringen; die Verhaftung werde er mit der Begründung vornehmen, daß ich ständig seinen Weisungen und Beschlagnahmeverfügungen zuwiderhandle. Daher könne nur durch meine Verhaftung die bestehende „Wiederholungsgefahr“ gebannt werden. Dies war nun also doch ein etwas starker Tobak, und wir beschlossen, uns mit allen nur möglichen Mitteln zur Wehr zu setzen. Denn es war klar, daß ich, erst einmal im Untersuchungsgefängnis, etliche Tage oder gar Wochen dort würde verbringen müssen. In der Zwischenzeit würde es aber täglich schwieriger werden, unsere Kampfposition im „Pressehaus“ weiterhin zu halten.

Wir leiteten daher sofort eine Gegenaktion ein, und zwar in der Form, daß ich alle in Wien anwesenden Auslandsjournalisten und auch eine Reihe von Vertretern unabhängiger Bundesländerzeitungen sowie auch die Repräsentanten der großen internationalen Agenturen zu einer Ad-hoc-Pressekonferenz eben zu jener Stunde in mein Büro einlud, zu der wir unseren Freund Landesgerichtsrat Dr. Schwarz mit seinem Haftbefehl zu erwarten hatten – also etwa gegen 23 Uhr. Ich bat darüber hinaus Dr. Emmerich Hunna, Präsident der Wiener Anwaltskammer und zugleich Vorsitzender des Aufsichtsrates der Neuen Wiener Presse Druck- und Verlagsgesellschaft, der Eigentümerin der „Presse“, einen integren und makellosen Wiener Juristen, um diese Stunde zu mir zu kommen. Dr. Hunna, der von mir laufend über die Entwicklung des „Zeitungskrieges" informiert worden war und der mit den von Dr. Czerwenka und mir getroffenen rechtlichen Maßnahmen übereinstimmte, ebenso übrigens wie auch mit meiner Aktion, den „Bild-Telegraf" vor vollendete Tatsachen zu stellen, willigte freundlicherweise ein, mir moralische Hilfestellung zu leisten. Am Abend waren also alle auftreibbaren Auslandsjournalisten, mindestens 20 bis 25, ein halbes Dutzend Pressefotografen, ferner einige Herren der Staatspolizei und Dr. Hunna sowie Dr. Fritz Czerwenka und die Herren meines Hauses in meinem Büro versammelt. Pünktlich wie die Uhr erschien auch Landesgerichtsrat Dr. Schwarz, assistiert von einer Beamtin des Gerichtes und drei Kriminalbeamten. Dr. Schwarz brachte die angekündigte Beschlagnahmeverfügung mit und hatte auch einen Haftbefehl gegen mich in seiner Aktenmappe, den er mir zeigte. Ich verwies Dr. Schwarz auf die Folgen seines Vorgehens, und Dr. Fritz Czerwenka erklärte ihm unseren rechtlichen Standpunkt. Dr. Schwarz war durch die Anwesenheit der vielen Journalisten und Pressefotografen offensichtlich außerordentlich verunsichert. Er wurde dann von Präsident Dr. Hunna zu einem Gespräch unter vier Augen gebeten. Wie mir Dr. Hunna später mitteilte, hatte er den Landesgerichtsrat Dr. Schwarz darauf aufmerksam gemacht, daß dieser mit meiner Verhaftung weit über das Ziel hinausschieße und sich wohl schwierigsten Auseinandersetzungen gegenübersehen werde. Es handle sich hier um eine klare Beugung des Rechtes. Offensichtlich machten vor allem Hunnas Vorhaltungen, wie ja überhaupt die bloße Anwesenheit einer Persönlichkeit wie Dr. Hunna in unserem Büro, einen tiefen Eindruck auf Dr. Schwarz. Ebenso war ihm die Tatsache, daß seine Amtshandlung, die ja als Nacht- und Nebelaktion gedacht gewesen war, nunmehr am nächsten Tag in allen Zeitungen nicht nur Österreichs, sondern auch in vielen Blättern des Auslandes publiziert und sogar mit Fotos dargestellt werden würde, offensichtlich sehr unangenehm. Landesgerichtsrat Dr. Schwarz erklärte mir dann, er werde auf die Verhaftung meiner Person verzichten, wenn ich meinerseits mich verpflichtete, in

Zukunft seinen Weisungen und den Beschlagnahmeverfügungen des Gerichtes Folge zu leisten. Ich erklärte ihm, daß ich mich hier höherer Gewalt beuge und unter Protest der Verfügung des Gerichtes Folge leisten würde. Schwarz begab sich dann in meiner Begleitung und gefolgt von einem ganzen Schwanz von Journalisten und Pressefotografen in die Setzerei und überwachte dort persönlich die Entfernung des Zeitungstitels „Bild-Depesche" von der Titelseite unseres Blattes; statt dessen wurde ein provisorisch von uns bereits vorbereiteter Zeitungstitel eingesetzt, und dieser lautete: „Unser Titel wurde beschlagnahmt."

Mit diesem Versuch eines Handstreichs hatten die Aktionen der Gruppe Raab–Polcar und Dr. Polsterer einen nicht gerade sehr rühmlichen Höhepunkt gefunden. Unsererseits schufen wir in der Zwischenzeit die Voraussetzungen, um der Problematik der titellosen Zeitung zu entkommen. Der Titelstreit hätte sich ja noch wochenlang hinziehen können, denn der zu erwartende Erfolg unserer Schritte bei Gericht, der dann Monate später auch eintrat, mußte eben, wie es bei der Langsamkeit aller gerichtlichen Verfahren zumindest in Österreich üblich ist, noch lange auf sich warten lassen. Wir konnten aber nicht lange ohne Titel erscheinen und beschlossen daher, in die Offensive zu gehen.

Am darauffolgenden Tag, Dienstag, dem 25. März, erschien noch einmal die „Zeitung ohne Titel" und am Mittwoch, dem 26. März, veröffentlichten wir zum erstenmal und dann dreimal täglich die neue Zeitung „Expreß". Der Name schien uns modern, er war frei, und er entsprach auch dem Tempo, in dem die ganze neue Zeitung geboren wurde. Der „Expreß" sollte das „Bild-Telegramm" ersetzen, aber auch die neue „Weltpresse", die bis zu diesem Zeitpunkt noch bei uns im Hause erschienen war. Durch dreimaliges Erscheinen pro Tag wollten wir dem „Kurier" und dem „Bild-Telegraf" das Tempo aufzwingen. Dies gelang auch, denn der „Kurier" stellte wenige Tage später sein Erscheinen ebenfalls auf dreimal täglich um. Die Folge des „Expreß"-Erscheinens war, daß innerhalb von wenigen Wochen die letzten Leser des „Bild-Telegraf", der, in der Druckerei Metten weiterhin als Dependance des „Kurier" von einigen „Kurier"-Redakteuren gemacht, sein Dasein fristete, zum „Expreß" herüberwechselten. Dr. Ludwig Polsterer verkaufte schließlich einige Monate später um den Betrag von fünf Millionen Schilling den Titel „Bild-Telegraf" an uns. Der „Bild-Telegraf" aber stellte sein Erscheinen ein. Für uns war diese Transaktion interessant, weil wir einerseits nicht auf die endgültigen Gerichtsentscheidungen nach einer endlosen Kette von Prozessen warten mußten und anderseits mit dem Verschwinden des „Bild-Telegraf" Dr. Polsterer aus dem Boulevardgeschäft ausstieg und uns der Markt allein überlassen blieb.

Der „Expreß" war ein Kind langer Gespräche und Überlegungen, die sich zwischen Dr. Christian Broda, Dr. Fritz Czerwenka, Gerd Bacher und mir in langen Nächten herauskristallisiert hatten. Dr. Christian Broda konnte die „Neue Weltpresse" in das geplante neue Unternehmen einbringen, wir die Zeitung „Bild-Telegramm" plus die Druckerei am Fleischmarkt plus die Stützung durch den gesamten „Pressehaus"-Vertriebs- und Anzeigenapparat für die neue große Boulevardzeitung „Expreß". Christian Broda erklärte sich auch bereit, einen Teil der notwendigen Mittel beizubringen. Es wurde schließlich eine Teilung vorgenommen, bei der 50 Prozent der Geschäftsanteile der neuen Expreß-Verlagsgesellschaft die Gruppe Christian Broda erhielt; 50 Prozent erhielten Gerd Bacher und ich, und zwar in der Form, daß ich 25,5 Prozent und Gerd Bacher 24,5 Prozent der Anteile bekamen. Auf diese Weise sollte auch die Redaktion klar an der Zeitung beteiligt sein. Die Gruppe Molden–Bacher stand der Gruppe Christian Broda in gleicher Stärke gegenüber. Es wurde schließlich in diesen Besprechungen auch ein gemeinsames Konzept für die Führung des Blattes und des Unternehmens erarbeitet. Um alle Mißverständnisse zu vermeiden, wurde dieses Konzept bereits am ersten Tag vollinhaltlich in der ersten Nummer des „Expreß" veröffentlicht, und solange der „Expreß" in unserem

Besitz war, also bis Ende des Jahres 1960, haben wir uns auch peinlichst, und zwar von beiden Seiten, an diese damals festgelegte Grundlinie gehalten. Sie lautete:

1. „Expreß“ ist parteiunabhängig und wird von keiner politischen Partei oder einer ihrer Gruppen direkt oder indirekt Weisungen entgegennehmen.

2. „Expreß“ bekennt sich zur Demokratie; er wird jedoch jeden Mißstand im demokratischen Staatswesen anprangern.

3. „Expreß“ tritt für die größtmögliche Freiheit des Staatsbürgers im Rahmen der Gesetze ein.

4. „Expreß“ betrachtet die Bekämpfung der Korruption, wo immer sie auch nisten möge, als eine seiner Hauptaufgaben.

5. „Expreß“ ist gegen die Auswüchse des Kammerstaates, jedoch für eine stärkere Stellung des Parlaments.

6. „Expreß“ ist ein sozialkritisches, im echten Sinne des Wortes fortschrittliches Blatt, das die Dinge schonungslos beim rechten Namen nennen wird.

Der „Expreß“ erschien, und er war vom ersten Tag an ein Erfolg. Der Typ einer modernen, großzügig gemachten Boulevardzeitung, das Experiment, dreimal am Tag zu erscheinen, „Expreß am Morgen“, „Expreß am Mittag“, „Expreß am Abend“, die Tatsache, daß eine hervorragende Redaktion von begeisterten Journalisten mit von der Partie war und ein erstklassiger Vertriebs- und Administrationsapparat zur Verfügung stand, das alles gemeinsam war das Rezept für jene geradezu wundersame Entwicklung des „Expreß“ in den ersten Wochen und Monaten seines Erscheinens. Der „Expreß“ entstand unter schwierigsten Verhältnissen, inmitten eines Zeitungskrieges, ohne jede propagandistische Vorarbeit. Erst 24 Stunden, bevor das Blatt erschien, wurde sein Name in Wien bekannt. Wir hatten weder Plakate noch sonstige Werbemittel zur Verfügung, und trotzdem gelang es, den „Expreß“ innerhalb von wenigen Wochen und Monaten zur zweitgrößten Zeitung Österreichs zu machen. Ein wirkliches Wunder in der an sich so gemächlich dahinfließenden Atmosphäre des österreichischen Zeitungswesens. Das Team, das damals den

„Expreß" gemacht hat, verdient es, in die Zeitungsgeschichte einzugehen. Gerd Bacher an der Spitze, jung, dynamisch und voll Begeisterungsfähigkeit, auch damals schon ein Tiger, wenn auch in anderer Art als in späteren ORF-Tagen. Um ihn Claus Gatterer, Hellmut Andics, Franz Fahrensteiner, Kurt Frischler, die stellvertretenden Chefredakteure. Dann in der Auslandsredaktion Wolfgang Tölle und Franz-Xaver Phillipp, im innenpolitischen Ressort Viktor Mihelitsch und Gundomar Eibegger, in der Kulturredaktion Karl Löbl, Dr. Gertrude Obzyna, Paul Blaha, Arnold Neuwirt, Franz Endler, Edwin Hartl. Beim Film Robert Löffler und Dr. Martina Rohner, für die Reportagen und Beilagen Sebastian Leitner und Gertrude Neuroth. In der Lokalredaktion Roman Schliesser, Heinz Hansen, Ernst Plaue, Inge Fluss, Walter Prskawec, Kurt Moser, Josef Kirschner und Herbert Zinnebner. In der Bildredaktion Helmut Oberhofer, Fritz Klinsky, Fritz Maier und für den Sport Franz Fahrensteiner, Kurt Zechmeister, Josef Argauer, Alice Kaufmann, als Zeichner „Ironimus" (Peichl), Mac (Machek) und Rolf Totter. Eine Redaktion, wie sie wohl in Österreich vorher in einem Boulevardblatt nicht dagewesen war, und eine Redaktion, von der man sagen kann, daß sie auch weiterhin in allen möglichen Alleen des österreichischen öffentlichen Lebens und der Medienlandschaft ihren Weg gemacht hat.

Mit dem Erscheinen des „Expreß" war der Höhepunkt des Zeitungskrieges überschritten. Es gab noch Nachzugsgefechte. Die „Österreichische Neue Tageszeitung" Julius Raabs versuchte mit einigen Leitartikeln die Situation zu retten, wo sie zu retten war, die anderen Parteiblätter, insbesondere die „Arbeiter-Zeitung", versuchten, aus dem Kampf unabhängiger Blätter Kapital zu schlagen, indem sie so taten, als ob beide Seiten zu verurteilen gewesen wären. Als Folge des Zeitungskrieges und der Tatsache, daß der „Bild-Telegraf" nach wenigen Monaten eingestellt wurde, verließ Hans Dichand die „Kurier"-Redaktion und nahm nach einiger Wartezeit schließlich die Herausgabe der „Kronenzeitung", des „Zeitungswunderkindes Nummer zwei" dieser Jahre, in Angriff. Hugo Portisch wurde Chefredakteur des „Kurier", um es viele Jahre höchst erfolgreich zu bleiben. Die Medienlandschaft Österreichs war durch diesen Zeitungskrieg in ihren Ausmaßen gewaltig ausgeweitet worden, und sie sollte so oder so jahrelang von den Akteuren dieses Zeitungskrieges beherrscht bleiben. Gerd Bacher, Hans Dichand, Hugo Portisch, Ludwig Polsterer und ich sind damals in einem heftigen Krieg miteinander und gegeneinander gestanden, aber gerade dieser Krieg und die schweren Zeiten, die wir alle damals durchmachen mußten, haben uns schließlich doch wieder in ein Boot zusammengebracht. Wahrscheinlich hat der Zeitungskrieg zu guter Letzt mehr Positives als Negatives ergeben, insbesondere aber hat er klare Verhältnisse über die Unabhängigkeit oder auch Abhängigkeit der Zeitungen gebracht und zum erstenmal das Gewissen der Allgemeinheit geweckt.

Mir hat der Zeitungskrieg neben den vielleicht aufregendsten Stunden meiner journalistischen und zeitungsverlegerischen Jahre einige wichtige Beziehungen für mein ganzes Leben beschert. Die wichtigsten waren wohl die, die in den nächtelangen Gesprächen mit Gerd Bacher und Christian Broda entstanden sind. Ich konnte hier zwei Menschen von großer Dynamik, von starker Überzeugungskraft, aber gleichzeitig auch von großer Verständnisbereitschaft für andere Meinungen finden. Broda wie auch Bacher haben in den folgenden Jahrzehnten ihren Weg gemacht, jeder auf seine Weise. Mir aber sind beide am positivsten aus den Wochen des „Zeitungskrieges" in Erinnerung geblieben.

Im Frühjahr 1958 war das „Pressehaus" zur stärksten Position im österreichischen Zeitungswesen geworden. Die „Presse", die drei Ausgaben des „Expreß", die „Presse am Montag", die „Wochenpresse", die sich damals wie die Karnikkel vermehrenden „Bezirkswochenblätter" und eine Reihe von anderen bei uns publizierten Wochenzeitungen und Monatsschriften rundeten diese Bastion der unabhängigen und freien Meinung in Österreich ab. Ich war stolz, nach diesem gewonnenen Zeitungskrieg im „Pressehaus" arbeiten zu können. Wir freuten uns, gute, freie und unabhängige Zeitungen zu machen, und wir machten sie jeden Tag aufs neue. Wir waren fröhlich, ein bißchen frech und begeistert, und wir fühlten uns als Herren der Welt. Es sollte nicht ewig dauern, dieses Gefühl, aber die drei oder vier Jahre, die wir von Anfang 1958 bis Ende 1961 in dieser Euphorie verbringen konnten, waren schöne Jahre für uns, und ich glaube, auch gute Jahre für die österreichischen Medienlandschaft.

13. KAPITEL

DAS FESTIVAL

Wir waren unser sieben, als wir im späten Frühjahr des Jahres 1958 zwei Tage im blühenden Park eines Meraner Hotels zusammensaßen, um über ein neuartiges Projekt zu sprechen. Ich fühlte mich in diesem Kreise gleich sehr wohl, denn ich kannte fast alle Gesprächspartner und spürte, daß ich ihnen vertrauen konnte:

Dr. Christian Broda, Rechtsanwalt in Wien, Mitglied des Bundesrates für die Sozialistische Partei und ein alter Freund aus Nachkriegs- und Zeitungskriegstagen. Es waren ja erst ein paar Monate her, daß Broda, Bacher und ich in stürmischen Tagen und Nächten den „Expreß" gegründet hatten.

Klaus Dohrn, ein Einzelgänger, tiefgläubiger Katholik, in Zürich wohnhaft, aus Deutschland gebürtig, bei Konrad Adenauer ebenso zu Hause wie im Vatikan und mir von langen Nächten in Friedrich und Marietta Torbergs New Yorker „Penthouse" ein lieber Begriff. Klaus Dohrn war ein großer, rundlicher Herr, der für Henry Luces Time-Life-Konzern internationale Verbindungen knüpfte.

Dr. Georg Fürstenberg, Bankier in Wien, Sohn des letzten kaiserlich-österreichischen Botschafters in Madrid, für mich seit unserer Bubenzeit der „Puka", ein Prinz, wie ihn sich die Mädchen im Märchen vorstellten. Widerständler und Patriot der ersten Stunde, wurde er erstmals 1945 berühmt, als er in Strobl am Wolfgangsee zusammen mit Theo Lingen in einer einmaligen Doppelconférence den ersten demokratischen Nachkriegsbürgermeister abgab.

C. D. Jackson, Vizepräsident des Time-Life-Konzerns aus New York, einer von jenen soignierten internationalen Herren, die man bei Konferenzen wie der von Bilderberg oder des IPI (des feudalen Internationalen Presse-Instituts) zu treffen pflegte. Jackson allerdings, im Gegensatz zu seinem Kollegen Dohrn, nicht in Zürich, sondern im großen Amerika zu Hause, war einer von denen, die in den Jahren nach dem Krieg Verbindungen über den Atlantik wieder anknüpften und die immer dann mit von der Partie waren, wenn es um dringliche Dinge ging, etwa wie hier um die Erhaltung der Freiheit.

Dr. Bruno Kreisky, zur Zeit unseres Meraner Treffens Staatssekretär im Bundesministerium für Auswärtige Angelegenheiten in Wien, Sozialdemokrat, aus großbürgerlichem, altösterreichischem Haus, aus Brünn gebürtig und in Wien aufgewachsen, nach 1934 vom Dollfuß-Schuschnigg-Regime als junger Student verfolgt und inhaftiert, wurde im März 1938 von den Nazis im Gestapo-Hotel Metropol am Donaukanal eingesperrt und konnte dann schließlich nach Schweden emigrieren.

Während meiner eigenen Untergrund-Aktivitäten hörte ich, als ich im Herbst 1944 wieder einmal illegal über die „grüne Grenze" in die Schweiz kam, zum erstenmal den Namen Kreisky. Die in Zürich lebenden österreichischen Sozialisten Anton Linder und Ludwig Klein berichteten mir von einem österreichischen Komitee in Stockholm, das sich angenehm von den häufig völlig zerstrittenen Emigrantenzirkeln in Paris, London und New York unterschied und bei dem ein junger Mann namens Bruno Kreisky den Ton angäbe. Getroffen habe ich Dr. Kreisky erstmals persönlich im Frühjahr 1946, als er am Ballhausplatz bei meinem damaligen Chef Gruber Besuch machte. In der oft recht kleinkarierten österreichischen Welt der ersten Nachkriegszeit blieb mir Kreisky als ein sehr kosmopolitischer und weltaufgeschlossener Geist in bleibender Erinnerung. Als er wieder gegangen war, unterhielt ich mich mit Gruber über ihn und dachte dann, schade, daß der gleich wieder ins Ausland geht. Kreisky wurde nämlich, nachdem er sich anscheinend mit seinen Wiener Parteifreunden bzw. Vorgesetzten vorerst nicht über seine politische Verwendung in Österreich einigen konnte, der österreichischen Gesandtschaft in Stockholm zugeteilt. „Für solche Leute müßte es doch im Lande eine vernünftige Verwendung geben", meinte ich zu Gruber. Gewöhnlich habe ich mit meinen politischen Voraussagen immer unrecht, insbesondere verliere ich unfehlbar alle Wahlwetten; hier aber sollte mein prophetischer Sinn einmal recht behalten: Aus dem jungen Kreisky ist in Österreich wirklich noch etwas geworden.

Peter Strasser, Abgeordneter zum Nationalrat, Führer der Österreichischen Sozialistischen Jugend, ein strahlender, aber doch tiefernster junger Mann, Sozialist und Demokrat. Ein Mensch, der die Freiheit liebte und den ich aus den Tagen der Schlacht um Budapest gut kannte, wo wir gemeinsam im Keller gesessen hatten. Dort kümmerten wir uns zusammen um eine junge Ungarin, die erst wenige Monate vorher aus den Gefängnissen des stalinistischen Ungarn entlassen worden war und unmittelbar in Gefahr stand, wieder inhaftiert zu werden. Es gelang unseren gemeinsamen Bemühungen, der ebenso tapferen wie reizenden Ungarin zu halbwegs passablen Papieren und schließlich auch zu einer Reisegelegenheit ins freie Österreich zu verhelfen. Diese junge Dame hieß Maria und wurde kurz darauf die Frau Peter Strassers.

Ja, das waren also die sechs Herren, die ich in Meran traf. Ein interessante und trotz ihres österreichischen Kerns recht internationale und über die normalen politischen Frontlinien hinaus wechselnde Gruppe. Man konnte wohl sagen, daß alle Teilnehmer dieses kleinen Kreises, von dem katholisch-konservativen Klaus Dohrn und Georg Fürstenberg über die „liberale Mitte" eines C. D. Jackson oder meiner Wenigkeit bis zu den Sozialisten Broda, Kreisky und Strasser, daß wir alle von dem einen Gedanken beseelt waren, daß in der Welt, in der wir lebten, in der wir dachten und die mitzugestalten jeder auf seine

Art im Begriffe war, der Gedanke der Freiheit hochgehalten, gestützt und womöglich weiterverbreitet werden müsse. Wir alle kamen ja auch irgendwo und irgendwie noch relativ frisch – obwohl es schon dreizehn Jahre nach dem Kriegsende war – aus einer Welt, in der es noch selbstverständlich schien, sich Herausforderungen zu stellen.

Diesmal gab es zweifellos eine ganz prächtige Herausforderung, mit der man sich auseinandersetzen und die man ernst nehmen mußte, aber doch nicht so bitter ernst wie die Dinge, die sich in den vergangenen 25 Jahren im Osten und Westen Europas im Kampf gegen die Diktaturen abgespielt hatten. Dies war also nun die Herausforderung, mit der wir uns in diesem kleinen Meraner Kreis zu befassen hatten:

Im Juli des Jahres 1959, also etwa dreizehn Monate, nachdem wir uns in Meran zusammengesetzt hatten, sollte in Wien das „Siebente Weltjugendfestival für Frieden und Freundschaft", eine jener mit verschiedensten Vorzeichen und Gesichtern sich immer wiederholenden und stets von Moskau gesteuerten Großveranstaltungen der Kommunisten, stattfinden. Es war damals von seiten der KP große Mode, sich zu tarnen – übrigens wird das heute auf weltweiter Ebene noch gerne in ähnlicher Weise gehandhabt. Eines dieser Tarnmanöver hieß nun „Weltjugendfestival für Frieden und Freundschaft". Die Wiener Veranstaltung unterschied sich von den bisherigen ganz wesentlich dadurch, daß sie zum ersten Male westlich des Eisernen Vorhangs, also außerhalb der Sowjetunion bzw. ihrer Satellitenstaaten stattfinden sollte.

Die österreichische Bundesregierung hatte dem Ansuchen der Organisatoren des Weltjugendfestivals, das damals unter der Präsidentschaft des italienischen Kommunisten Bruno Bernini stand, nach einigem Zögern zugestimmt. Der Ballhausplatz hatte aber unter Hinweis auf die Neutralität Österreichs gleichzeitig jede politische Betätigung während der Dauer des Festivals untersagt. Österreich hätte sich ohne Zweifel zu diesem Zeitpunkt sehr schwer getan, dem kommunistischen Jugendfestival ganz die kalte Schulter zu zeigen. Schließlich hatten wir erst vier Jahre zuvor den Staatsvertrag erhalten, hatten uns dann bereits im Jahre 1956 im Zusammenhang mit der Ungarn-Krise bei den Sowjets außerordentlich unbeliebt gemacht und mußten daher bemüht sein, unsere Position als neutraler Staat sowohl im Westen als auch im Osten klarzustellen und schließlich unsere guten Beziehungen auch mit Moskau nicht zu gefährden. Es war daher die damalige Zustimmung der österreichischen Regierung – zu jener Zeit bekanntlich eine Koalitionsregierung der Volkspartei und der Sozialisten – nicht nur verständlich, sondern wahrscheinlich die einzige Lösung.

Das kommunistische Jugendfestival stellte sich nach außen als eine internationale, von verschiedenen politischen Lagern getragene Vereinigung dar. Trotz der offiziellen Genehmigung bestand nicht die geringste positive Einstellung des österreichischen Volkes oder der Bundesregierung zu diesem Festival. Im Gegenteil, die Regierung und mit ihr die politische, geistige und kulturelle Öffentlichkeit des Landes waren über das auf Österreich zukommende Ereignis höchst bestürzt. Was sollte man dagegen unternehmen? Man konnte nicht gut eine Veranstaltung zuerst genehmigen und sie dann sabotieren. Dieser Gedanke wurde daher fallengelassen, und so herrschte eine gewisse Ratlosigkeit, was nun eigentlich zu geschehen hätte. Nach einigen Überlegungen gelangte man zu der Überzeugung, daß alle etwaigen Aktionen nicht von seiten der Regierung oder sonstiger offizieller Stellen durchgeführt werden sollten. Dies müsse individueller Initiative überlassen werden.

Kurz darauf kam es zu informellen Gesprächen, zuerst in Wien und dann auch in Zürich, Paris und New York, die schließlich zu unserem Meraner Treffen führten. Bald nahm der Gedanke Gestalt an, dem kommunistischen Festival eine Gegendemonstration der Freiheit gegenüberzustellen. Das heißt, es sollte versucht werden, eine Anzahl verschiedener Veranstaltungen – heute würde man vielleicht Happenings sagen – rund um das Festival durchzuführen, die schließlich zu einem Freiheitsfestival oder Antifestival werden sollten und die den Teilnehmern des kommunistischen Unternehmens ebenso wie der österreichischen und der Weltöffentlichkeit zeigen sollten, was man einerseits von der kommunistischen Propaganda-Veranstaltung zu halten habe und was anderseits die freie Welt selbst bieten könne.

Für unser Gespräch hatten wir einen idealen Ort und Zeitpunkt gewählt. Meran im Spätfrühling ist ungefähr das Schönste, was man sich in diesem Teil Europas wünschen kann. Wir hatten noch das Glück, schönes Wetter zu genießen und konnten unsere Gespräche und Beratungen teils im Park des Hotels, teils auf großen Spaziergängen hinauf zum Schloß Tirol führen.

Wir wußten nicht sehr viel über das, was unsere „Gegner“, nämlich die Organisatoren des bevorstehenden „Siebenten Jugendfestivals“, vorhatten. Wir kannten lediglich im großen und ganzen den Ablauf der bisherigen Veranstaltungen dieser kommunistischen Kernorganisation, aber mit diesen war ja das kommende Festival nur beschränkt vergleichbar, hatten doch alle bisherigen Kongresse dieser Art unter dem schützenden Mantel sowjetischer polizeistaatlicher Maßnahmen oder der ihnen gleichkommenden „Schutzvorrichtungen“ in Satellitenstaaten stattgefunden. Diesmal würden sich die Herren zum erstenmal außerhalb ihres riesigen Käfigs zu bewähren haben.

Das Vorbereitungskomitee des „Siebenten Festivals“ stand unter Leitung von Jean Garcias, eines aus französischen und algerischen kommunistischen Operationen wohlbekannten Mannes, der 1958 aus Budapest nach Wien gekommen war, um hier zusammen mit einigen österreichischen kommunistischen Funktionären und etlichen internationalen, ebenfalls aus der KP-Szenerie kommenden Mitarbeitern das Festival vorzubereiten. Eine Anzahl dieser Mitarbeiter waren bereits in den vergangenen Jahren prominent in Sachen der kommunistischen Jugendpropaganda tätig gewesen. So beispielweise Valentin P. Wdowin, der Vizepräsident des Zentralkomitees der Komsomolzen, der kommunistischen Jugendorganisation der Sowjetunion, oder Jiři Pelikan, Funktionär der KP der Tschechoslowakei, der seit 1948 Abgeordneter im Prager Parlament war, damals Mitglied des Weltfriedensrates und Präsident des Internationalen Studentenbundes. Zehn Jahre später sollte sich Jiři Pelikan als Anhänger Dubčeks und des Prager Frühlings und als Gegner der Restalinisierung der Tschechoslowakei entpuppen.

Auch sonst waren im damaligen Vorbereitungskader des Weltjugendfestivals eine Reihe von Leuten vertreten, die in den darauffolgenden Jahren aus dem sowjetischen Dunstkreis ausscheiden sollten, so etwa Ho Hsi Chuan, einer der prominenten Führer der Kommunistischen Partei Chinas, Vorsitzender der Föderation der demokratischen Jugend Rotchinas und wahrscheinlich neben den sowjetischen „Paten" das einflußreichste Mitglied der ständigen Kommission des Weltjugendfestivals. Der Präsident des Weltbundes der demokratischen Jugend und damit der tragenden Organisation der Jugendfestivals, Bruno Bernini, ZK-Mitglied der italienischen kommunistischen Partei, war übrigens im Jahre 1956 mit seinem Sekretariat des kommunistischen Jugendweltbundes in Budapest von der Revolution überrascht worden und hatte sich vor deren freiheitlichen Zuckungen Hals über Kopf in die benachbarte und noch brav stalinistische Tschechoslowakei geflüchtet. Doch auch dort sollte Bruno Bernini nicht glücklich werden und keinen ruhigen Wohnsitz finden. Denn ein Jahr nach unserer Meraner Tagung, wenige Tage nach Beendigung des „Siebenten Weltjugendfestivals", wurde Bernini als Präsident des Weltbundes abgesetzt und verschwand in der namenlosen Kulisse der Nomenklatura.

Aber auch von österreichischer Seite fanden sich bekannte Namen im Vorbereitungskomitee des Weltjugendfestivals ein. So beispielsweise lag die Rechtsvertretung jener Organisation, die die Festspiele in Wien aufbauen und durchführen sollte, nämlich der „ständigen Kommission des internationalen Vorbereitungskomitees für die VII. Weltfestspiele der Jugend und Studenten für Frieden und Freundschaft", in Händen des Rechtsanwaltes Dr. Heinrich Dürrmayer, der während der russischen Besatzungszeit von 1945 bis 1947 als Kommunist

Chef der Wiener Staatspolizei gewesen war. Dürrmayer hatte auch sonst eine Karriere gemacht, wie sie sich für einen kommunistischen Prominenten gebührte. Sein Lebenslauf ist geradezu ein typisches Beispiel für das, was man in Österreich tun mußte, um in der Besatzungszeit den Sowjets und nachher der KPÖ ordentlich zu dienen. Dürrmayer war Absolvent der Moskauer Lenin-Akademie, langjähriger Rechtsberater des Weltfriedensrates und Mitglied des Zentralkomitees der Kommunistischen Partei Österreichs. Unterstützt wurde Dürrmayer von einem weiteren prominenten kommunistischen Wiener Rechtsanwalt, Dr. Kurt Heitler. Alle uns bekannt gewordenen Personen und Fakten ließen darauf schließen, daß das VII. kommunistische Weltjugendfestival, das vom 24. Juli bis 4. August 1959 in Wien stattfinden sollte, eine außerordentlich wohlvorbereitete und professionell organisierte Veranstaltung darstellen würde. Wir mußten uns also als bis dato blutige Amateure auf diesem Sektor schon etwas einfallen lassen, wollten wir mit den Profis aus dem Osten gleichziehen. In Meran wurden Dutzende von Ideen geboren, oft stundenlang diskutiert und oft bald auch wieder verworfen. Schließlich kamen wir zu einer Anzahl von recht konkreten Plänen, die allerdings erst in die Tat umgesetzt werden wollten.

Vor allem gelangten wir zur Überzeugung, daß wir den voraussichtlich etwa 15.000 Teilnehmern am Jugendfestival nicht negativ, sondern positiv zu begegnen hätten. Mit anderen Worten, wir würden gegenüber der geplanten kommunistischen Propagandaveranstaltung nur mit positiven Argumenten, nicht aber mit jenen der reinen Ablehnung oder der sturen Antipropaganda bestehen können. Daher konzentrierten sich unsere Überlegungen ausschließlich auf konstruktive Veranstaltungen, die parallel zum Festival abgewickelt werden konnten und deren Zweck es sein sollte, den Teilnehmern des Festivals klarzumachen, wie die freie Welt wirklich aussieht und was sich in ihr abspielt. Wir wollten keineswegs nur ihre Glanzlichter, sondern auch ihre Schattenseiten aufzeigen. Darüber hinaus wollten wir den Festivalteilnehmern – soweit sie aus dem Westen oder der „dritten Welt“ kamen – die ihnen weitgehend unbekannte Realität des kommunistischen Machtbereiches darstellen. Ereignisse wie der erst drei Jahre zurückliegende sowjetische Überfall auf Ungarn oder wie die Invasion Tibets durch das kommunistische China, die damals eben im Gang war, sollten den Teilnehmern des Festivals in ihrer bedrückenden Brutalität vor Augen geführt werden, denen in der offiziellen KP-Propaganda ja stets nur von den „Freiheitskämpfen der ausgebeuteten und unterdrückten Arbeitermassen im kapitalistischen Staatensystem des Westens“ oder in den sogenannten Kolonialgebieten berichtet wurde.

Es wurde daher beschlossen, das Schwergewicht unserer Bemühungen auf die Information der Festivalteilnehmer zu legen und gleichzeitig Maßnahmen zu setzen, die verhindern sollten, daß die öffentliche Meinung im Westen zu einer Trägerrakete der Propagandaschlager des kommunistischen Weltjugendfestivals würde. Das sollte in einem neutralen und nichtkommunistischen Staate doch möglich sein. Wir planten daher eine Anzahl von Veranstaltungen, die der Aufklärung der Festivalteilnehmer dienen sollten. Wir beschlossen ferner, eine täglich erscheinende Zeitung mit dem Titel „Wiener Nachrichten“ herauszubringen, die in sieben Sprachen, nämlich deutsch, englisch, französisch, spanisch, ungarisch, tschechisch und russisch während der gesamten Dauer des Festivals, also vom 24. Juli bis zum 5. August jeden Morgen erscheinen und an die Festivalteilnehmer verteilt werden sollte. Ferner kamen wir überein, an möglichst vielen öffentlichen Plätzen Wiens wie etwa bei der Wiener Secession am Getreidemarkt, am Praterstern oder am Stephansplatz Festivalinformationsstellen zu errichten und diese mit Vertretern österreichischer oder auch internationaler Jugendorganisationen, die sich an unseren Aktionen beteiligen wollten (wie z. B. die Sozialistische Jugend-Internationale, die Internationale der katholischen Jugendverbände und ähnliche demokratische Jugend- oder Studentenorganisationen) zu besetzen.

Ferner sollten parallel zum Jugendfestival künstlerische Veranstaltungen durchgeführt werden sowie regelmäßig Gottesdienste der verschiedenen Konfessionen stattfinden. Auch sollten täglich für Teilnehmer des Festivals Besichtigungsfahrten per Bus an den Eisernen Vorhang – also an die österreichisch-ungarische bzw. tschechoslowakische Grenze – durchgeführt werden, um aufzuzeigen, in welcher Form die Staaten des Sowjetsblocks wie ein riesiges Konzentrationslager zusammengehalten wurden.

Zuerst einmal mußten die notwendigen Mittel für alle diese Aktionen beschafft werden. Nach einigen Anläufen gelang dies auch mit Hilfe der verschiedenen von uns kontaktierten demokratischen Institutionen, egal ob sie nun den internationalen oder den österreichischen Gewerkschaftsorganisationen nahestanden, ob es sich um die Verbände der Handelskammern und der Industrie handelte oder um Vereine, die den Kirchen oder den politischen Parteien zugehörig waren. Wir konnten auch durch unsere amerikanischen und westeuropäischen Freunde im Ausland größere Spenden auftreiben, so daß wir schließlich über ein ausreichendes Budget verfügten, um zusammen mit unseren eigenen Mitteln die geplanten Veranstaltungen durchführen zu können.

Als letzten Punkt diskutierten wir in Meran ausführlich die Frage der Berichterstattung der österreichischen Massenmedien über das Festival. Es war uns klar, daß ein Hauptzweck der kommunistischen Veranstaltung in Wien der sein würde, zu erreichen, daß die internationale und vor allem die österreichische Presse möglichst viel über das Festival berichtete. Gerade das aber galt es zu verhindern. Das Ziel mußte sein – so meinten wir damals in Meran und wagten es doch kaum zu hoffen –, die österreichische Presse und womöglich auch die internationalen Pressevertreter zu einer freiwilligen Solidarität des Schweigens, also zu einem weitgehenden Verzicht auf die Berichterstattung über das Festival zu bewegen. Hier war nicht zuletzt auch mir eine Aufgabe gestellt, denn ich war ja in diesem Kreis der einzige aktive Journalist. Es galt also alles daranzusetzen, einen

Beschluß der österreichischen Presse, das heißt der Journalisten und Zeitungsherausgeber, herbeizuführen, über das Jugendfestival während dessen Dauer nichts zu berichten. Mir persönlich war es klar, daß ich hier eine einigermaßen groteske Idee mit geboren hatte, denn wie sollte ich als Journalist und Zeitungsherausgeber meinen Kollegen einreden, über ein gerade für die Wiener Zeitungen zweifellos nicht unwesentliches Ereignis zu schweigen? Nun, ich hatte ja noch genügend Zeit, mir den Kopf darüber zu zerbrechen.

Für mich hatten die zwei Meraner Tage neben einer Menge von Anregungen für das von uns geplante „Anti-Festival" vor allem auch die Möglichkeit langer und keineswegs nur auf ein Thema beschränkter Gespräche mit sechs intelligenten und kongenialen Menschen gebracht. Es wurde über vieles, vor allem natürlich über Politik, über die internationale Lage und über die Entwicklung in Europa gesprochen. Einige der Gesprächspartner kannte ich schon lange. Der einzige, den ich bis dahin nur flüchtig gekannt hatte, war Bruno Kreisky.

Jene zwei Tage in Meran gaben mir zum erstenmal Gelegenheit, mit Kreisky in einen engeren Kontakt zu kommen. Er war damals Mitte vierzig, wirkte elastisch, fast jugendlich frisch und dennoch von einer erstaunlichen, gelassenen Reife. Er sprach schon damals langsam und, wie mir auffiel, wohlüberlegt, auch dann, wenn er – was bei diesen Gesprächen ja ununterbrochen geschah – zu extemporieren hatte. Denn wir wickelten ja in Meran keinen Kongreß ab, für den man sich vorbereitet hatte, sondern eben ein Initialgespräch, in dem jeder frei von sich heraus das zu sagen hatte, was ihm gerade zum Thema einfiel. Nun, Kreisky fielen die meisten Dinge schon damals recht druckreif ein, sie schienen das Resultat längerer Überlegungen zu sein, obwohl sie offensichtlich eben erst entstandene Gedankengänge ausdrückten. Kreisky hatte für einen Politiker erstaunlich viel Humor, und er kannte sich in der Welt aus, er war nicht nur rein geographisch gesprochen herumgekommen, sondern er hatte auch viel Zeit damit verbracht – wahrscheinlich vor allem in den Jahren seiner Stockholmer Emigration –, um sich mit den verschiedenen politischen Doktrinen, mit ihren Vor- und Nachteilen und mit den Möglichkeiten der politischen Entwicklung in der Nachkriegswelt zu befassen.

In persönlichen Gesprächen war Kreisky auch kritischen Äußerungen gegenüber seinen eigenen Gedankengängen, seiner eigenen Partei und seiner Person durchaus aufgeschlossen. Begreiflicherweise zeigte er im engeren Kreis hiefür wesentlich mehr Verständnis als in der Öffentlichkeit. Seine Empfindlichkeit, die oft gerade für einen Journalisten den sonst so angenehmen und brillanten Gesprächspartner Kreisky zu einem schwierigen Objekt der Berichterstattung macht, war in diesen persönlichen Gesprächen nicht zu spüren. Ich habe Bruno Kreisky in den mehr als zwanzig Jahren, die unserem Meraner Treffen folgten, häufig und in den verschiedensten Situationen wiedergesehen. In meiner Vorstellung freilich bleibt er doch immer jener fast noch jugendliche, begeisterungsfähige Sozialdemokrat liberaler und intellektueller Provenienz, der mich damals während unserer abendlichen Spaziergänge in Meran so zu faszinieren wußte.

Nach Wien zurückgekehrt, machten wir uns also an die Arbeit. Wir hatten ein gutes Jahr Zeit; aber diese Frist verstrich sehr schnell, gab es doch außer dem kommenden kommunistischen Jugendfestival auch noch andere Dinge, die jeder von uns in seinem Bereich hauptamtlich zu besorgen hatte. Dennoch gelang es, die geplanten Maßnahmen im großen und ganzen auf die Beine zu stellen. Ich selber mußte mich um zwei Bereiche kümmern: vor allem um die Planung und schließlich die Herausgabe der „Wiener Nachrichten", also jener in sieben verschiedenen Sprachausgaben projektierten Tageszeitung für die Festivalteilnehmer, und sodann um die Vorbereitung des „Nachrichtenboykotts" des Jugendfestivals durch die österreichische und womöglich auch durch die internationale Presse. Um die Zeitungen herauszubringen, gründeten wir eine „Junior Verlagsges.m.b.H.". Junior wurde als Wort verwendet, um auch den nicht deutschsprachigen Interessenten, Freunden und Förderern zu erklären, daß es sich hier um eine für die Jugend bestimmte Angelegenheit handelte. Als Hauptquartier für diese siebenfache Zeitungsgründung wurde unser „Pressehaus" am Fleischmarkt auserkoren. Wir hatten damals noch Platz frei und konnten ein halbes Stockwerk für die zukünftigen Juniorredakteure und Mitarbeiter freimachen. Es gelang mir, eine außerordentlich aktive und dynamische junge Amerikanerin namens Rhoda Ackerson, Tochter des damaligen amerikanischen Gesandten in Budapest, anzuheuern, die sich mit unerhörter Begeisterung für die Vorbereitung und Durchführung unserer freien „Wiener Nachrichten" einsetzte. Rhoda brachte wirklich alles fertig. Es gelang ihr in wenigen Monaten, ohne viel Hilfe von mir oder anderen, eine internationale Redaktion auf die Beine zu stellen, mit der es dann schließlich möglich war, die Zeitungen nicht nur zeitgerecht, sondern auch ordentlich herauszubringen. Die deutschsprachige Ausgabe wurde mit viel Begeisterung von Hellmut Andics und Claus Gatterer gemeistert, als Mitarbeiter konnten wir so prominente Journalisten wie Wolf In der Maur, Gerd Bacher und Hans Janitschek gewinnen.

Wir konnten die deutsche, die ungarische, die englische, die spanische und die tschechische Ausgabe in Wien drucken, die französische und die russische Ausgabe mußten aus technischen Gründen in einer Münchner Druckerei hergestellt werden. Schon diese Diversifikation, die sich zwangsweise auf dem technischen Sektor ergab, erschwerte unsere Planung. Denn um die Zeitungen rechtzeitig von München nach Wien zu bringen, mußten wir einen eigenen Flugdienst einrichten. Wir charterten von der deutschen Bavaria-Flugverkehrsgesellschaft ein Flugzeug, das jede Nacht mit den druckfrischen Exemplaren der französischen und der russischen Ausgabe von München nach Wien flog. In Wien mußten wir neben dem Vertriebsapparat des „Pressehauses" noch einen anderen Spezialvertrieb einrichten, um die Zeitung an den Mann bzw. an die Festivalteilnehmer beiderlei Geschlechts zu bringen.

Das stellte sich schließlich als eines der schwierigsten Probleme heraus, da sich die Organisatoren des Festivals in weiser

Voraussicht dessen, was möglicherweise alles an von ihnen unerwünschter Kontaktaufnahme auf sie zukommen würde, samt ihren Teilnehmern in einer Anzahl von kleinen „Konzentrationslagern" selbst eingesperrt hatten. Diese Lager befanden sich in Währing, in Sievering, im Cottage-Sanatorium Döbling, in Atzgersdorf und vor allem im Wiener Prater und im Winterhafen am Praterspitz, wo auch einige Schiffe vor Anker lagen. So hatten zum Beispiel die Rumänen ihre Teilnehmer auf einem Schiff untergebracht, das im Winterhafen vor Anker gegangen war und das von seinen Logiergästen nur in geschlossener Formation und unter strenger Begleitung verlassen werden durfte. Es war also gar nicht so leicht, unsere Zeitungen zu den potentiellen Kunden zu bringen. Schließlich ist es uns aber doch gelungen.

Am VII. kommunistischen Jugendfestival nahmen im ganzen etwa 14.000 Personen teil. Zirka 6000 davon kamen aus den Staaten des Ostblocks, weitere ungefähr 4000 aus den Ländern der „dritten Welt", ungefähr 4000 aus Westeuropa und den USA und auch aus Lateinamerika. Diese 14.000 jugendlichen Gäste des kommunistischen Festivals waren etwa zur Hälfte selbst „echte" Kommunisten, der Rest waren entweder Teilnehmer aus den Oststaaten, die eine Chance gesehen hatten, einmal die freie Welt besuchen zu können und für zehn Tage unter dem Eisernen Vorhang hindurchzuschlüpfen, oder es waren ganz einfach junge Leute aus allen Teilen der freien Welt, die die Möglichkeit ausgenützt hatten, gratis und franko eine Weltreise zu machen, ohne sich besonders den Kopf über irgendwelche ideologische Hintergründe zu zerbrechen.

Diesem Block von ungefähr 14.000 Teilnehmern plus etwa 2500 „Betreuern", bei denen es sich fast ausschließlich um geeichte Funktionäre der Kommunistischen Partei oder entsprechender Frontorganisationen der KP handelte, standen knapp 1500 in der überwiegenden Mehrzahl jugendliche Freiwillige aus Österreich und anderen Ländern gegenüber. Sie arbeiteten in den fünfzehn Informationsstellen, die im gesamten Wiener Stadtgebiet errichtet worden waren, wo sie Bücher,

Zeitungen und Zeitschriften aus aller Welt und in vielen Sprachen gratis verteilten. Insbesondere fanden Pasternaks „Dr. Schiwago" und „Die neue Klasse" von Milovan Djilas großen Anklang bei den Festivalteilnehmern. Es wurde geschätzt, daß im ganzen etwa 7000 – also etwa die Hälfte der Teilnehmer des Jugendfestivals – in diese Informationsstellen kamen. Ein Teil der restlichen Teilnehmer wurde über die von uns verteilte Zeitung in ihren sieben verschiedenen Ausgaben angesprochen. Es gelang uns, wenn auch nach großen Mühen und nur unter Anwendung unorthodoxer Methoden, die verschiedenen Hürden zu überwinden, die uns die offizielle Festivalleitung errichtet hatte, um die Infiltration freier Zeitungen in die Quartiere der Festivalteilnehmer zu verhindern. Zum Teil schafften wir dies mit Hilfe von Putzfrauen, die jeden Morgen, wenn sie in die Hotels, Pensionen oder Zeltlager der Festivalteilnehmergruppen gingen, um dort aufzuräumen, unter ihren Arbeitsröcken Zeitungen mitnahmen; zum Teil gelang es uns auch über die Frühstücksköche und das Bedienungspersonal der Kantinen, die Zeitungen einzuschleusen, zum Teil hatten wir auch Trupps eingesetzt, die bei Nacht und Nebel ihre Wege in die Quartiere der Teilnehmer fanden.

Jedenfalls sind die Zeitungen in großer Zahl angekommen, das konnten wir am besten durch die Reaktion auf ein großes Preisausschreiben feststellen, das wir in den „Wiener Nachrichten" veranstalteten. An diesem Preisausschreiben nahmen etliche tausend Teilnehmer des Festivals teil. Sie gaben allerdings ihre Namen oft nur mit Deckadressen an, und ihre Gewinne wurden ihnen vielfach anonym in Postfächer zugestellt.

Daneben gab es auch noch verschiedene andere Wege, Mitteilungen an die streng bewachten Festivalteilnehmer, besonders an jene 6000 aus dem Ostblock, heranzubringen. Es wurden Flugblätter verteilt, vor allem im Wiener Stadion und am Heldenplatz bei den sogenannten Großveranstaltungen des Festivals, an denen statt der erwarteten 100.000 nur zwischen 30.000 und 35.000 Personen teilnahmen. Da leicht auszurechnen war, daß neben den echten Festivalteilnehmern sicher auch die Organisatoren und Veranstalter – das macht schon 16.500 Personen – bei diesen Veranstaltungen voll zum Einsatz kamen, so blieben noch etwa 20.000 Besucher übrig. Zu diesem Zeitpunkt verfügte die KPÖ allein in Wien über eine Anhängerschaft von rund 60.000 bis 70.000 Menschen. Trotzdem gelang es der Partei nie, mehr als 20.000 zusätzliche Personen zu den echten Festivalteilnehmern auf die Beine zu bringen. Das zeigt, wie schwach der Widerhall des KP-Festivals in der Bevölkerung war, sogar in jenen Gruppen, die der Kommunistischen Partei damals noch nahestanden. Diese Gleichgültigkeit, um nicht zu sagen Ablehnung, die die österreichische Öffentlichkeit bis hinein ins prokommunistische Lager dem KP-Festival gegenüber zeigte, war größtenteils auf die geschlossene Haltung der österreichischen Presse zurückzuführen.

In keineswegs einfachen Gesprächen und Verhandlungen war es Anfang 1959 gelungen, die verantwortlichen Chefredakteure und Herausgeber der österreichischen Tages- und Wochenzeitungen von der moralischen und praktischen Notwendigkeit des Boykotts zu überzeugen und diesen zuständigen Machern der österreichischen Presse auch beizubringen, daß es richtig sei, eine gemeinsame Aktion des Schweigens in bezug auf das VII. kommunistische Weltjugendfestival durchzuführen. Es wurde schließlich einstimmig beschlossen, daß die österreichische Presse und auch die österreichischen Funk- und Fernsehmedien in der Zeit vom 24. Juli bis zum 5. August 1959 nichts über das kommunistische Jugendfestival, seine Eröffnung, seinen Ablauf oder über irgendwelche andere damit direkt oder indirekt in Verbindung stehende Ereignisse berichten würden. Ebenso wurde vereinbart, daß auch in dieser Zeit alle Kommentare, egal welcher Art, im Zusammenhang mit dem Festival in den österreichischen Tageszeitungen zu unterbleiben hätten. Die gesamte österreichische Presse hat sich unisono, natürlich mit Ausnahme der kommunistischen „Volksstimme", an diesen Beschluß gehalten, und auch die Nachrichtensendungen des Österreichischen Rundfunks und des damals noch recht kleinen Österreichischen Fernsehens haben fast nichts über den Ablauf des Jugendfestivals gebracht. Vorher, nämlich vor der Eröffnung am 25. Juli 1959, erklärten die österreichischen Zeitungen den Lesern in entsprechenden Mitteilungen bzw. Leitartikeln, warum sie über das Festival nichts bringen würden.

Dieser Boykott des Festivals wurde von der österreichischen Öffentlichkeit positiv aufgenommen. Es gab keinerlei Proteste von seiten der Zeitungsleser oder Rundfunkteilnehmer gegen diese freiwillig und einvernehmlich beschlossene Maßnahme der österreichischen Journalisten und Zeitungen. Es wurde diese Schweigereaktion sogar von breiten Teilen der Bevölkerung übernommen. Das zeigte sich insbesondere, als während des Jugendfestivals, von dessen Organisatoren finanziert und initiiert, ein Fußballturnier ablief, an dem nicht nur ein prominenter österreichischer Fußballklub, sondern auch der sowjetische Fußballmeister Dynamo Moskau und zwei bekannte Klubs aus der Tschechoslowakei und England teilnahmen und trotzdem nur 8000 Wiener am ersten Tag und knapp 15.000 am zweiten Tag es notwenig fanden, diese Doppelveranstaltungen zu besuchen. Nachdem der Durchschnittsbesuch von internationalen Fußballturnieren zu dieser Zeit in Wien unter normalen Verhältnissen bei etwa 30.000 bis 40.000 Zuschauern lag, erwies es sich, daß sogar die Sportfreunde mit dem Festival nichts zu tun haben wollten. Dieser erste Versuch einer freiwilligen Schweigesolidarität der Zeitungen einer Weltstadt mit immerhin einem Einzugsgebiet von etwa drei Millionen Menschen war ein faszinierendes Phänomen. Und dieses „Schweigen“ fand statt, während in der übrigen Welt über die „Ereignisse“ täglich berichtet wurde.

Die Bevölkerung Österreichs hat dem kommunistischen Festival die kalte Schulter gezeigt, nicht aber den einzelnen Teilnehmern. Die jungen Menschen wurden freundlich und liebevoll aufgenommen. Viele Familien luden Teilnehmer des Festivals in ihre Häuser zu Gesprächen, zu Mahlzeiten, zu kleinen Gesellschaften ein. Die Veranstaltungen des Bundesjugendringes oder anderer Organisationen rund um das Festival lockten insgesamt etwa 55.000 Personen an. Auch wenn man damit rechnen muß, daß etwa die Hälfte dieser Personen nicht Festivalteilnehmer waren, so würde es noch immer heißen, daß jeder einzelne Festivalteilnehmer mindestens zweimal Veranstaltungen, die von den verschiedenen Komitees des Bundesjugendringes oder ähnlicher Vereinigungen für sie durchgeführt wurden, beiwohnte.

Mehrfach wurden die Kolporteure unserer „Wiener Nachrichten" von Rollkommandos der Kommunisten angegriffen. Es handelte sich dabei im wesentlichen um Mitglieder der kommunistischen „Freien Österreichischen Jugend" oder um Angehörige der ehemaligen sowjetischen Werkschutzorganisationen aus der Besatzungszeit. Diese Rollkommandos verprügelten nicht nur Kolporteure der „Wiener Nachrichten", sondern auch Studenten oder Jugendliche, die sich in der Nähe der großen Zeltlager oder der anderen Quartiere des Festivals sich in Diskussionen mit Festivalteilnehmern einlassen wollten. Es wurden aber auch Festivalteilnehmer selbst verprügelt und geschlagen, besonders dann, wenn sie an irgendwelchen internen Diskussionen mit unliebsamen Themen teilnahmen, wie zum Beispiel über Pasternak, der damals höchst modern war, über Milovan Djilas' Buch „Die neue Klasse", über den Sowjetexperten Wolfgang Leonhard oder über die heißen Eisen Tibet oder Ungarn. Es gab aber auch ein Pfeifkonzert und ein Wutgeheul, als der damalige Vizebürgermeister von Wien Felix Slavik, der in Vertretung des sich auf Urlaub befindlichen Bürgermeisters an der Eröffnungsveranstaltung teilnahm, es wagte, dort als einziger aufzustehen und offene Worte zu sprechen. Insbesondere rief er zweimal das Wort von der Notwendigkeit einer größtmöglichen Freiheit in die kommunistische Menge. Slavik wurde von diesem Augenblick an von der kommunistischen Presse als Saboteur an Frieden und Freundschaft angegriffen. Ebenso tobten die Kommunisten über die Abwesenheit der österreichischen Bundesregierung. Bundeskanzler Raab, Vizekanzler Pittermann wie auch die diversen zuständigen Minister hatten Wien verlassen – es war ja auch schließlich Urlaubszeit –, und nur der Sektionschef im Bundeskanzleramt Dr. Chaloupka vertrat das offizielle Österreich bei den Eröffnungsfeierlichkeiten. Das konnte natürlich die Kommunisten und vor allem die Sowjets, die die Hintermänner dieses Festivals darstellten, nicht besonders freuen.

Der sowjetische Botschafter in Wien, Sergej G. Lapin, erschien schon vor Beginn des Festivals mehrfach am Ballhausplatz, um bei Bundeskanzler Raab und Außenminister Figl dagegen zu protestieren, daß die österreichischen Zeitungen und auch die österreichische Öffentlichkeit am Festival keinen positiven Anteil nehmen wollten. Die österreichische Regierung mußte Lapin und den Organisatoren des Festivals zum hundersten Mal erklären, daß sie keinerlei Einfluß auf die Schreibweise der österreichischen Presse nehmen könne. Das stieß natürlich auf wenig Verständnis bei den sowjetischen Herren.

Wenige Tage vor Beginn des Festivals wurde ich von Botschafter Lapin, den ich schon einige Zeit kannte und den ich bei verschiedenen mehr oder weniger offiziellen Ereignissen getroffen hatte, zu einem Mittagessen in seine Residenz in Purkersdorf bei Wien eingeladen. Der Botschafter teilte mir am Telefon mit, daß ich dort auch den Chef der 800 Mann starken sowjetischen Delegation zum Jugendfestival, Sergej Pawlow, treffen würde, den Präsidenten der Komsomolzen-Organisation in der Sowjetunion, also der offiziellen sowjetischen Parteijugend, sowie den „Iswestija"-Chefredakteur und Chruschtschow-Schwiegersohn Alexej Adschubej. Es war ein heißer Tag, als ich schließlich zur Residenz des Botschafters hinausfuhr. Ich hatte mir zur Unterstützung den „Presse"-Chefredakteur Milan Dubrović mitgenommen. Milan Dubrović und ich trafen dort nicht nur auf die jugendfrischen und gut aussehenden Herren Sergej Pawlow, 30 Jahre alt, und Alexej Adschubej, damals 35 Jahre, sondern auch noch auf einige andere Mitglieder der sowjetischen Delegation. Lapin machte uns bekannt, und wir wurden dann alle aufgefordert, uns doch die mitgebrachten Badehosen anzuziehen und die

Zeit mit Gesprächen und Mittagessen am Swimming-pool des sowjetischen Botschafters zu verbringen.

Schließlich saßen wir dann bei Wodka, eisgekühlt, wie es sich gehört, und ebenso kühlem Kaviar am Swimming-pool, schwammen emsig diskutierend in den kühlen Fluten und verbrachten einige faszinierende wie auch lehrreiche Stunden miteinander. Aus diesem ersten Gespräch mit Adschubej, Pawlow und ihrer Begleitung, darunter übrigens auch eine besonders hübsche und sympathische Primaballerina vom Moskauer Ballett, entwickelte sich sodann ein ständiger Kontakt, der, insbesondere was Alexej Adschubej und mich betraf, zu einer fast freundschaftlichen Beziehung führte. Während des Festivals trafen wir uns jeden zweiten Tag bei irgendwelchen Gelegenheiten, sei es bei Veranstaltungen der sowjetischen Botschaft oder bei Empfängen der sowjetischen Delegation, zu denen Adschubej mich immer einlud, sei es bei mir in der Redaktion der „Presse“ im Wiener „Pressehaus“ oder auch draußen in meinem Haus in Grinzing im Kaasgraben, wo wir an heißen Sommerabenden im Garten saßen und Adschubej meine Bibliothek studierte. Wir gingen zusammen in die Cobenzlbar oder in das beliebte Gartenrestaurant Eckel, kurz, wir waren oft und viel zusammen. Wir diskutierten, und wir erzählten uns mit einem leisen und manchmal auch grimmigen Lächeln, wie der eine dem anderen während dieses Festivals versuchte, sein Können zu beweisen.

Eines Tages erschien Adschubej bei einem unserer Zusammentreffen und legte mir mit empörtem Gesicht die neue Nummer der russischen Ausgabe der „Wiener Nachrichten“ auf den Tisch. Er sagte: „Ich finde es doch eigentlich ein starkes Stück, daß Sie mir diese Zeitung unter meinen Kopfpolster legen lassen. Ich brauche diese faschistische Propaganda-Gazette nicht, um mich zu informieren.“ Ich lächelte und versicherte ihm, daß es mich auf jeden Fall gefreut habe, daß es uns gelungen sei, auch seine Aufmerksamkeit auf unser kleines Blättchen zu lenken. Am nächsten Tag erfuhr ich, daß in der Münchner Druckerei, in der die russische Ausgabe der „Wiener

Nachrichten“ gedruckt wurde, ein Brand ausgebrochen und unter einer der Druckmaschinen ein Sprengkörper gefunden worden war. Als ich Adschubej wieder traf, fragte ich ihn, ob er auch schon von diesem sonderbaren Zufall gehört habe. Selbstverständlich versicherte er mir, in dieser Sache völlig unwissend zu sein, und betonte auch, daß er nie mit solchen Methoden arbeiten würde.

Wir unterhielten uns natürlich nicht nur über das Festival und seine Zwischenfälle, sondern auch über Fragen, die uns damals auf beiden Seiten des Eisernen Vorhangs beschäftigen mußten; es gab lange und ausführliche Diskussionen über Freiheit, Frieden, internationale Zusammenarbeit, Kommunismus, westliche Demokratie, Faschismus usw. Manchmal saßen wir bis 3 Uhr morgens in meinem Garten im Kaasgraben und mußten doch beide schon früh wieder auf. Alexej Adschubej, um sein Festival halbwegs über die Runden zu bringen, und ich, um mich zu bemühen, ihn dabei ad absurdum zu führen.

Sowohl Adschubej wie auch Sergej Pawlow waren intelligente und interessierte junge Leute. Adschubej hatte ja damals bereits ein ziemliches Ausmaß an internationaler Erfahrung, er war weit herumgekommen, kannte Amerika, England, Deutschland, Frankreich und besaß ein Weltbild, wie es sich nur ganz wenige Russen in dieser Zeit bilden konnten. Er war natürlich ein überzeugter Verfechter des Systems, in dem er eine so prominente Position als Chefredakteur der „Iswestija“ einnahm, und war als Schwiegersohn von Nikita Chruschtschow zu diesem Zeitpunkt wahrscheinlich eine der führenden Figuren im Zentrum der Nomenklatura. Wir sprachen ziemlich offen miteinander. Er verteidigte nicht nur den Kommunismus, sondern schien von dessen sicherem endgültigem Erfolg nicht nur in der Sowjetunion und in den Satellitenstaaten, die er natürlich als brüderliche sozialistische Nationen bezeichnete, überzeugt, sondern glaubte, daß über kurz oder lang – oder zumindest wollte er mir das immer wieder beibringen – der Kommunismus, wenn auch mit friedlichen Methoden, im Westen siegen werde.

Zweimal sprachen wir übrigens auch über Ungarn, nämlich über die ungarische Revolution des Jahres 1956. Ich erzählte ihm, daß ich damals in Budapest gewesen sei. Er erklärte lächelnd, daß ihm das bekannt sei, und wir tauschten unsere wenn auch diametral entgegengesetzten Auffassungen über die ungarische Revolution und den Verlauf dieser Tragödie aus. Adschubej versuchte, mich davon zu überzeugen, daß es wirklich für die Sowjetunion unumgänglich notwendig gewesen sei, dem Hilferuf der Kommunisten in Budapest zu folgen und sich dort gegen die – wie er sich ausdrückte – reaktionär-faschistische Entwicklung zur Wehr zu setzen. Er erklärte, es sei für die Sowjetunion als mächtigste Nation des sozialistischen Lagers untragbar gewesen, einer kleinen Clique in Ungarn zu gestatten, eines der wichtigsten Mitgliedsländer ganz einfach aus der sozialistischen Völkergemeinschaft herauszubrechen. Er schien davon überzeugt, daß der Aufstand eine genau geplante Maßnahme der angloamerikanischen und westeuropäischen „kalten Krieger" gewesen sei, gegen die die Sowjetunion sich nun einmal zur Wehr setzen mußte.

Dies habe aber nichts damit zu tun, daß die Sowjetunion – besonders in der nachstalinistischen Periode – selbstverständlich an eine friedliche Koexistenz glaube und durchaus auch bereit sei, andere Systeme anzuerkennen und mit Ländern, die nach westlich-demokratischen Richtlinien regiert würden, gute Beziehungen zu unterhalten. Allerdings – so fügte er immer wieder hinzu – handle es sich dabei ohnehin nur um eine begrenzte Zeit, denn auch in diesen Ländern werde der Kommunismus, natürlich auf friedlichem Wege, an die Macht kommen. Er versicherte mir damals, wenn es einmal so weit sein würde, daß der Kommunismus auch in Österreich gesiegt habe, würde er gern bereit sein, mir hilfreich zur Seite zu stehen. Er glaube, so sagte Adschubej, daß ich als vernünftiger junger Mensch sicher schließlich auch den richtigen Weg finden würde, und da wolle er mir behilflich sein. Ich bedankte mich für seine freundliche Bereitschaft und versicherte ihm meinerseits, sollten sich die Dinge in der Sowjetunion vielleicht auch einmal ändern, so würde ich mich gern bemühen, ihm jede mögliche Hilfe zu gewähren. Er fing laut zu lachen an und erklärte mir, darüber brauche ich mir wirklich keine Sorgen zu machen. Seine Position stünde nicht zur Debatte. 1964, also knapp fünf Jahre nach unserem Gespräch, wurde Nikita Chruschtschow als Ministerpräsident der Sowjetunion und Parteichef der KPdSU abgesetzt, und Alexej Adschubej verschwand irgendwo in den Weiten des russischen Reiches.

Allerdings nie ganz bestätigten Zeitungsmeldungen habe ich später entnommen, daß er Lokalredakteur einer Tageszeitung in Sibirien geworden ist. Ich habe damals versucht, mit Hilfe unserer österreichischen Botschaft in Moskau den Kontakt mit Adschubej aufrechtzuerhalten, und habe ihm Pakete geschickt. Ob er sie je bekommen hat, weiß ich nicht, jedenfalls hat er auf meine Briefe nie geantwortet.

Als das Festival in Wien zu Ende ging und Adschubej wieder in die Sowjetunion zurückkehrte, lud er mich ein, ihn doch in Moskau zu besuchen. Ich versicherte ihm, daß ich die Einladung mit Dank annehme und hoffentlich bald die Gelegenheit bekommen werde, um nicht nur die sowjetische Hauptstadt, sondern auch ihn zu besuchen. Wenige Monate später reiste Bundespräsident Adolf Schärf, übrigens als erstes westliches Staatsoberhaupt seit der Revolution von 1917, zu einem Staatsbesuch in die Sowjetunion. Ich wurde eingeladen, mit der österreichischen Delegation an der Reise teilzunehmen. Es war eine faszinierende und hochinteressante Fahrt, die uns nicht nur nach Moskau, sondern auch nach Leningrad, in die Ukraine, auf die Krim und dann von Jalta auf dem Flaggschiff der sowjetischen Schwarzmeerflotte nach Sotschi an die Küsten des Kaukasus führte. Zehn Tage, noch dazu als Mitglied einer offiziellen Delegation eines Staatsbesuches in der Sowjetunion, bedeutete nicht nur großartigste Gastfreundschaft und die übrigens außerordentlich weitgehende Möglichkeit, zu sehen, was es eben zu sehen gab, sondern es ermöglichte darüber hinaus auch ein Wiedersehen mit Alexej Adschubej. Ich besuchte ihn in der Redaktion der „Iswestija", traf ihn bei mehreren Empfängen, und er gab ein reizendes Mittagessen für mich im Hotel Sowjetskaja, bei dem er anläßlich der Geburt meiner jüngsten Tochter Andrea (von welchem Ereignis er noch vor mir erfahren hatte, was für das gute Funkionieren des sowjetischen Nachrichtendienstes sprach) einen besonders freundschaftlichen Trinkspruch darbrachte und mir die schönste aller Teepuppen schenkte. Außerdem nahm er mich eines Abends in die Datscha seines Schwiegervaters Nikita Chruschtschow mit.

Chruschtschow, damals unumschränkter Herrscher aller Reußen, war an diesem Abend guter Laune und sehr aufgeschlossen. Nach einem reichlichen, aber keineswegs luxuriösen Mahl saßen wir noch lange beisammen – Chruschtschow, einige seiner Mitarbeiter, Alexej Adschubej, ein Dolmetscher und ich. Es wurde über Österreich gesprochen, über die Position eines neutralen Staates in Europa. Chruschtschow lobte die Einstellung Österreichs, äußerte sich in sehr positiven Worten über die neutrale Politik des Landes, über dessen Bundeskanzler Raab und den neu ernannten Außenminister Kreisky, der an dieser Reise auch teilnahm. Chruschtschow sprach auch lange von der Notwendigkeit der Erhaltung friedlicher Beziehungen. Er betonte die Koexistenz und versicherte mehrfach: „Wir wollen euch ja nicht den Kommunismus beibringen, ihr müßt die Errungenschaften des Sozialismus und damit des Kommunismus von selbst entdecken. Bis dahin können wir uns auch mit euch, so wie ihr seid, gut vertragen, solange ihr für den Frieden eintretet." Es war spät geworden, als mich Adschubej nach Moskau zurückbrachte – übrigens war es nicht das letzte Mal, daß ich mit ihm und Chruschtschow zusammentraf.

Ein Jahr später war Chruschtschow in Wien. Bei dieser Gelegenheit gab es einen Empfang im Schloß Schönbrunn. Chruschtschow sah mich im Gespräch mit Adschubej, kam auf uns zu und wir unterhielten uns wiederum etwa zehn bis fünfzehn Minuten, wobei er sich genau an unser Moskauer Gespräch erinnerte und mir sagte: „Versuchen Sie doch als Chefredakteur der ‚Presse', einer so wichtigen Zeitung für die

Zusammenarbeit der Völker, dazu beizutragen, daß das, was wir hier besprechen, auch im übrigen Europa auf eine gesunde Grundlage fällt." Chruschtschow war, soweit ich das aus meinen wenigen Begegnungen mit ihm ersehen konnte, ein typisches Mitglied der sowjetischen Führungsschicht. Er war als ein Produkt der Revolution in seine große Machtposition hineingewachsen. Ich sprach Nikita Chruschtschow zum letztenmal im Sommer 1961 anläßlich seines Wiener Treffens mit dem US-Präsidenten John F. Kennedy.

Aber er war wahrscheinlich doch der erste Führer der Sowjetunion, der die Welt anders sah als nur in einer Zweiteilung, nämlich hier die schon kommunistischen Staaten und dort die noch kommunistisch zu machenden. Ich glaube, daß Chruschtschow aus sehr praktischen Erwägungen eine Koexistenz zwischen den damals so klar ausgeprägten Lagern in Ost und West befürwortete. Ich bin nicht überzeugt, daß er den endgültigen Sieg des Kommunismus im Sinne der Erreichung der Weltmacht noch für möglich hielt. Natürlich mußte er das offizielle Glaubensbekenntnis selbst deutlicher als jeder andere immer wieder herunterbeten. Aber in der Praxis hatte er erkannt, daß man nicht mit einer baldigen Weltrevolution rechnen könne und Koexistenz, wie er sie ja immer wieder predigte, für die Sowjetunion und ihr wirtschaftliches Weiterkommen dringend notwendig sei. Bekanntlich hat sich Chruschtschow von seinem Temperament zu allen möglichen Dingen hinreißen lassen, und es scheint mir durchaus nicht unrealistisch, anzunehmen, daß sein gescheitertes kubanisches Raketenabenteuer schließlich seinen Kollegen im Politbüro auf die Nerven ging und zu seinem Sturz führte. Es spricht aber auch manches dafür, daß Chruschtschows Versuche, das versteinerte und unproduktive System der Stabs- und Parteiführung bis in die lokalen Bereiche hin aufzusprengen und zu modernisieren, eine Allianz aller Bedrohten erzeugten, die unüberwindlich war. Für die westliche Welt war Chruschtschow vielleicht manchmal ein unangenehmerer Partner als seine Nachfolger, aber er war leichter zu verstehen, und man konnte mit ihm wie mit einem Menschen aus unserer eigenen Welt sprechen. Mit den Nachfolgern scheint dies ja wesentlich schwieriger zu sein.

Doch zurück in den Sommer 1959 nach Wien. Die große internationale kommunistische Propagandaschau des Jahres, das sogenannte „VII. Weltjugendfestival für Frieden und Freundschaft", ging zu Ende. Die Wiener hatten es kaum zur Kenntnis genommen. Die österreichische Jugend, die nach dem kommunistischen Plan dazu ausersehen gewesen war, den trojanischen Friedensgaul der KP auf die Bühne der freien Welt zu ziehen, war – von ein paar unentwegten KP-Jugendgruppen abgesehen – ferngeblieben.

Der Hauptschlager des VII. Festivals, nämlich seine Abhaltung in einer Stadt der freien Welt, wurde dank der kühlen Mißachtung durch Wien und seine Jugend zu einem großen Schlag ins Wasser. Niemand hatte je daran gezweifelt, daß es den Organisatoren nach jahrelanger Vorbereitungsarbeit und unter Aufwand von mehreren hundert Millionen Schilling gelingen werde, eine erstklassige Propagandaschau auf die Beine zu stellen. Aber es zeigte sich, daß nicht einmal die farbenprächtigen Circenses des Festivals allzu eindrucksvoll waren. Bei einem so großen materiellen Aufwand und dem Einsatz so vieler und so wohlgeschulter Politruks hätte man sich eigentlich mehr erwarten können. Es wurde schnell klar, daß es leichter war, im gleichgeschalteten Budapest oder Bukarest „Frieden und Freundschaft" östlicher Provenienz vorzudemonstrieren als im freien Wien. Wien erwies sich sogar als einer der ungünstigsten Plätze für die Abhaltung eines solchen kommunistischen Festivals: Denn von Goebbels bis Ernst Fischer – damals noch überzeugter Stalinist – hatten Rechts- und Linksfaschisten der Bevölkerung dieser Stadt durch allzu viele Jahre mit Zuckerbrot und Peitsche ihre Propagandaslogans einzutrichtern versucht. In den Jahren von 1938 bis 1955 konnten sich die Wiener nicht oder kaum wehren. Im Sommer 1959 aber waren sie frei und nahmen sich daher die Freiheit, lieber baden zu gehen als sich im Stadion oder in der Stadthalle die alte, seit Ungarn und Tibet noch mehr krächzende Platte von „Frieden und Freundschaft“ abermals vorspielen zu lassen.

In ihrer eigentlichen und wesentlichen Zielsetzung, nämlich der propagandistischen Infiltration kommunistischen Gedankengutes in die freie Welt, waren die Jugendfestspiele aufgrund der eisigen Ablehnung durch die Wiener ein glatter Mißerfolg. Auch sonst hatten die Arrangeure Pech. Sie konnten die umgekehrte Infiltration, nämlich die Übertragung des Gedankengutes der freien Welt in die Köpfe und Herzen ihrer Delegierten, trotz aller Absperrungen, Rollkommandos und KP-Schlägerbrigaden nicht verhindern. Eine ganze Reihe sogenannter offizieller Delegationen splitterte sich während des Festivals in kommunistische und nichtkommunistische Fraktionen auf. In den verschiedenen Seminaren tauchten plötzlich freie und keineswegs auf Vordermann zu bringende Sprecher auf, die entgegen jeder Parteilinie die angstschwitzenden Funktionäre in peinlichste Situationen brachten. Außerdem gab es viele junge Teilnehmer des Festivals, die außerhalb des offiziellen KP-Programms Wege zu einer offenen Diskussion mit der freien Jugend Wiens suchten und fanden. Diese jugendlichen Vorkämpfer der freien Welt haben ihre Bewährungsprobe ausgezeichnet bestanden. Viele hatten der guten Sache ihre Ferien geopfert, um bei dieser Gelegenheit ihren Mann zu stellen, was ihnen in zahlreichen Streitgesprächen mit den kommunistisch beeinflußten Partnern auch bestens gelang.

Es sei eindeutig und ausdrücklich klargestellt: Die Ablehnung Wiens und der Wiener richtete sich gegen den kommunistischen Propagandazirkus, den das Festival darstellte, und gegen dessen Arrangeure, nicht aber gegen die jugendlichen Teilnehmer selbst, woher immer sie auch gekommen waren. Traurig, daß die Prügelgarden der österreichischen KP einen engeren und freundschaftlicheren Kontakt zwischen den einzelnen Teilnehmern des Festivals und der österreichischen Jugend immer wieder unmöglich machten. Noch mehr haben wir bedauert, daß der größte Teil der jungen Menschen aus unseren östlichen Nachbarstaaten in Lagern am Winterhafen und in Atzgersdorf fast wie in KZs gehalten worden war. Es stellte sich heraus, daß wir keinerlei Angst vor dem Kontakt mit den Menschen aus dem Osten zu haben brauchten. Am allerwenigsten vor Gesprächspartnern aus der Sowjetunion. Es hatte sich als durchaus möglich und sinnvoll erwiesen, Gespräche von Mensch zu Mensch und von Land zu Land zu führen. Sinnlos dabei waren lediglich die ebenso überflüssigen wie unerwünschten Vermittlungsdienste des verlorenen Haufens der KPÖ. Darüber hinaus zeigte der Verlauf des Festivals ganz deutlich, daß der Versuch, uns, die Vertreter der freien Welt, mit irgendwelchen getarnten Propagandamanövern hineinzulegen, zum Scheitern verurteilt sein mußte.

Sprecher der Diktatur, mögen sie auch noch so intelligent und sympathisch sein und vor allem in Rhetorik und Dialektik den weniger geschulten und daher in den Argumentationen schwächeren Vertretern einer freien Gesellschaftsordnung zunächst überlegen scheinen, werden schließlich doch den kürzeren ziehen. Allerdings nur, solange sie Argumente und nicht Maschinengewehre zum Einsatz bringen wie in Budapest. In Wien ist jedenfalls das Experiment der KP-Politruks, die freie Welt mit Hilfe von trojanischen Pferden, von „Freundschafts- und Friedens-"festivals hineinzulegen, völlig mißglückt. Es stellte sich auch heraus, daß die Hintermänner des großen Festivals von 1959 die Lehren aus dem für sie eher kläglichen Ablauf der Veranstaltung gezogen haben. Weitere Versuche, uns Österreicher für dümmer zu verkaufen, als wir sind, oder über Wien die Propagandaantenne in die freie Welt auszustrecken, sind nicht mehr erfolgt.

Für meine sechs Meraner Freunde und für mich war es erfreulich, daß die Aktivitäten, die wir mehr als ein Jahr vorher im Südtiroler Frühling besprochen hatten, im großen und ganzen gelungen, und unsere verschiedenen Aktionen von der Zeitung mit ihren sieben verschiedensprachigen Ausgaben bis zu den Informationsständen und den täglichen Autobus-Gratisfahrten für Festivalteilnehmer zum Eisernen Vorhang nicht ohne Erfolg geblieben waren. Es freute uns, daß unsere diversen Projekte und vor allem auch das Schweigen der österreichischen Presse über das Festival ein wenig dazu beigetragen hatten, die große Sumpfblüte der KP-Propaganda am Aufgehen zu verhindern.

Wir haben dabei nicht, wie man uns natürlich in den KP-Zeitungen von Moskau bis Wien und Peking vorwarf, den kalten Krieg in ein Jugendfestival von Frieden und Freundschaft hineingetragen, sondern wir haben uns bemüht, 14.000 jungen Menschen ein wenig von den wahren Realitäten dieser Welt zu zeigen, ihnen einen Zugang zu Entwicklungen und Wissen zu ermöglichen, der ihnen in den abgeschlossenen Gettos der KP oder gar der Satellitenstaaten und der Sowjetunion nicht offenstand. Und soweit wir es in diesen Wochen feststellen konnten, waren uns die Teilnehmer des Festivals, dies allerdings im Gegensatz zu den Organisatoren und Arrangeuren, für diese Botschaft, die wir ihnen zwei Wochen lang täglich und stündlich zur Verfügung stellten, außerordentlich dankbar. Was aber das Schweigen der österreichischen Presse betrifft, so haben wir damit nicht, wie man uns ebenfalls vorwarf, Nachrichten unterschlagen oder sie gar aus Furcht nicht publiziert, sondern wir hatten einfach aufgrund langjähriger Erfahrung rechtzeitig erfaßt – und vielleicht etwas schneller als manche unserer Freunde im Westen, die weniger kommunistischer Propaganda ausgesetzt waren und sich daher auch weniger mit ihr beschäftigten –, daß es sich bei allem, was mit diesem Festival zu tun hatte, nicht um echte Nachrichten, sondern vielmehr ausschließlich um eindeutig kommunistische Propaganda handelte. Mit der Publikation solcher Propaganda hätten wir aber weder den Teilnehmern am Festival noch den Wienern noch aber schließlich der Demokratie und schon gar nicht dem Gedanken der wirklichen Pressefreiheit einen Dienst erwiesen. Daß die österreichischen Zeitungen mit dieser großartigen Solidaritätsaktion des Schweigens im Sommer 1959 recht hatten, bewies der Verlauf des Festivals, vor allem aber das ohnmächtige Wutgeschrei der Kommunisten.

14. KAPITEL

DIE FAUST IM NACKEN

Die großen politischen und ideologischen Blöcke in Österreich besaßen seit jeher eine eher gestörte Beziehung zu den Medien. Noch aus den Traditionen des 19. Jahrhunderts, aus den Anfängen moderner Gesellschaftsentwicklung und Parteiausbildung heraus, glaubten alle Interessengruppen – und Julius Raab war da geradezu ein Symbol einer fossilierten Entwicklung –, ihr eigenes „Sprachrohr" besitzen zu müssen, das natürlich nur die besondere Meinung dieser Gruppe zu vertreten, nur deren Interessen zu verteidigen hatte. Eine üble Erbschaft der Monarchie war auch die – unter den erwähnten Umständen gar nicht anders zu erwartende – Korruption im Journalismus, wo Geschäft und öffentliches Interesse kollidierten. Aber auch dort, wo saubere Zeitungspolitik gemacht wurde, glaubte eben jede Gruppe, ob es nun die katholische Kirche oder die israelitische Kultusgemeinde war, noch mehr aber die politischen Parteien, die Christlichsozialen, die Großdeutschen, der Landbund, die Sozialdemokraten, über eigene Sprachrohre verfügen zu müssen. War die Partei oder die ideologische Gruppe groß genug, so besaß sie natürlich Tageszeitungen, zumindest eine in Wien, meist aber auch noch etliche in den westlichen Zentren der alten Kronländer und später der Bundesländer. War die Gruppe, die Partei oder die Kirche, oder wer immer es sonst war, klein, dann mußte man auch mit einer Wochenzeitung vorlieb nehmen. Das war aber schon eine Klasse unter dem, was man sich unter einem wirkungsvollen Sprachrohr vorstellte. Durch diese Entwicklung gab es in Österreich und besonders in Wien eine Unzahl von Tageszeitungen.

In der Zeit der Ersten Republik, von 1918 bis 1933, gab es in Wien bis zu 38 Tageszeitungen, eine ganz erkleckliche Anzahl, selbst wenn man als Aufnahmegebiet nicht nur Wien, sondern auch Niederösterreich und das Burgenland, wo es nur wenige Lokalblätter gab, hinzunimmt. 38 Zeitungen für eine Bevölkerung von 3,5 Millionen, das ist ganz ordentlich. Es kamen etwa 90.000 Menschen einschließlich Säuglingen, Analphabeten und Greisen auf eine Zeitung. Das sieht noch merkwürdiger aus, wenn man damit etwa New York vergleicht, das in den dreißiger Jahren einschließlich der unmittelbar zum Einzugsgebiet gehörenden Vororte etwa 12 Millionen Menschen beherbergte. Für diese 12 Millionen Menschen gab es nur 12 englischsprachige Tageszeitungen von allgemeinem Interesse. Fremdsprachige Tageszeitungen, die es für Chinesen, Italiener oder auch Deutsche gegeben hat, zähle ich nicht mit, sondern lediglich Zeitungen, wie die „New York Times", die „New York Herald Tribune", den „Brooklyn Eagle", die „New York Post", die „New York Daily News", den „New York Daily Mirror", das „New York Telegramm", die „New York World", das „New York Journal", den „New York American", das „Wallstreet Journal" und das „Journal of Commerce". In New York war das Verhältnis eine Million Menschen auf eine Zeitung. Die Relation Wien–New York betrug also 1 zu 10. Die Folge dieser Überbesetzung des Wiener Zeitungsmarktes war, daß dort schon damals in den dreißiger Jahren ein Großteil der Zeitungen mit Verlust arbeitete.

Die Zeitung in Österreich und besonders in Wien besaß freilich in den dreißiger Jahren noch viel mehr als jetzt in den achtziger Jahren – damals gab es noch kaum das Radio, vom Fernsehen war keine Rede – nicht nur die Funktion als Nachrichtenübermittler, sondern gleichzeitig auch als ideologischer Hausfreund, als Berater, der auch die Politik und die

Weltanschauung möglichst überzeugend darlegte und womöglich gleich vorkaute. Dies war vor allem für die Parteien und ihre Ideologien, für die Leute, die mit Hilfe eines solchen Sprachrohres andere beeinflussen wollten, von großer Bedeutung. Jene Politiker, die in Österreich nach dem Jahre 1945 wieder an die Macht kamen und ihre Sessel erneut bezogen, waren noch ganz im alten Geiste gedrillt. Das „Sprachrohr" war für sie eine Selbstverständlichkeit. Das galt nicht nur für die Führer der Parteien, sondern auch für die maßgebenden Herren der Interessenvertretungen, zum Beispiel der Industriellenvereinigung oder des Gewerkschaftsbundes.

Die Führer der Parteien hatten es relativ leicht. Im Jahre 1945 hatten die Alliierten ihnen ziemlich schnell Lizenzen für die Herausgabe ihrer Parteizeitungen gegeben. Die Kommunisten erhielten ihre „Volksstimme", die Sozialdemokraten brachten die „Arbeiter-Zeitung" mit ihrer großen Tradition heraus, einst von Friedrich Austerlitz gestaltet, nun von seinem Nachfolger, dem hervorragenden Journalisten Oscar Pollak, geleitet. Die Österreichische Volkspartei verzichtete vorerst auf ihr altes, seriöses christlichsoziales Sprachrohr „Die Reichspost", deren letzter Chefredakteur, der achtunggebietende Friedrich Funder, die katholische Wochenzeitung „Die Furche" gegründet hatte. Dafür erweckte die ÖVP das kleinformatige „Kleine Volksblatt" zu neuem Leben. Dieses „Kleine Volksblatt" war das, was man in Wien eine Hausmeisterzeitung nannte, ein Blatt für den kleinen Mann. Mit dieser Zeitung glaubten die Führer der ÖVP – ganz in der Tradition des christlichen Wiener Arbeiterführers Kunschak –, die breite Masse der Arbeiter und Angestellten ansprechen zu können. Es war im übrigen das einzige Blatt, das unmittelbar nach dem Krieg im Kleinformat erschien. Es hatte auch zunächst Erfolg und wurde viel gelesen.

Dem starken Mann der ÖVP, Julius Raab, aber genügte das Volksblatt nicht, es hatte ihm zuwenig Niveau, es war eben, wie er sich immer wieder ausdrückte, ein „Hausmeisterblattl". Er wollte eine eigene Zeitung: „I brauch mei' Organ", sagte er, er wollte sein eigenes Sprachrohr: „Was a Politiker ist, braucht a Sprachrohr“, habe ich Raab häufig sagen gehört. Es wurde daher bald ein Sprachrohr für ihn, damals noch Präsident der Bundeswirtschaftskammer, bald aber Bundeskanzler und Parteiobmann, geschaffen: die „Österreichische Neue Tageszeitung“, finanziert und herausgegeben von den Freunden Raabs in Wirtschaft und Gewerbe, aus Wirtschaftsbund und ÖVP. In seiner klaren und eindeutigen Ausrichtung auf die Wünsche seines Herrn und Meisters erinnerte es fast schon an die Zeitungen des ständischen Österreich von 1933 bis 1938. Es kam wirklich nie vor, daß die „Österreichische Neue Tageszeitung“ in einer auch nur halbwegs wesentlichen Frage etwas geschrieben hätte, was nicht genau den Wünschen des großen Julius Raab entsprach. Es war allerdings von vornherein klar, daß diese wie eine Hofpostille gemachte Zeitung neben dem populären „Kleinen Volksblatt“ nie eine kostendeckende Auflage erreichen konnte. Nur ärgerte es die Bosse der beiden Großparteien zunehmend, daß es neben der „Österreichischen Neuen Tageszeitung“ und der „Arbeiter-Zeitung“ seit 1946, wenn auch zuerst noch mit Hilfe von reduzierten Papierzuteilungen zur Wochenzeitung degradiert, aber dann schließlich doch ab 1948 auch als Tageszeitung erscheinend, die liberale und unabhängige „Presse“ gab. In dieser „Presse“ aber konnte man alles lesen, nicht nur das, was Julius Raab oder dem Parteivorstand der Sozialistischen Partei gerade in den Kram paßte. Man konnte vor allem auch in der „Presse“ alles das lesen, was nicht in der „Volksstimme“ und in den sonstigen Blättern der Kommunisten und der Sowjets stand. Dadurch hat sich die „Presse“ in Wien schnell einen interessierten Leserkreis geschaffen, während sich die „Österreichische Neue Tageszeitung“, obwohl mit doppelt soviel Papier und mit allen angenehmen Erscheinungen und Attributen des Wohlwollens des Herrn Bundesparteiobmanns und späteren Bundeskanzlers Raab ausgestattet, nie richtig entwickeln konnte. Sie blieb ein klägliches Blättchen mit einer verkauften Auflage von unter 10.000 Exemplaren, und von diesen wurde noch mehr als die

Hälfte als „Zwangsabonnement“ an die verschiedenen Dienststellen der ÖVP sowie an Mitglieder des Wirtschaftsbundes versandt. Wenn man in jener Zeit irgendwo in den entlegensten Winkeln der Welt einen österreichischen Honorarkonsul, einen österreichischen Handelsdelegierten oder gar schon in ganz großen Metropolen einen österreichischen Botschafter besuchte, dann fand sich im Vorzimmer ganz bestimmt die „Österreichische Neue Tageszeitung“, verläßlich war auf einer der ersten Seiten ein Foto des Herrn Bundeskanzlers, im allgemeinen die Hände des liebenswerten und gemütlichen Wirtschaftsbund-Generalsekretärs Bundesrat Fritz Eckert oder eines anderen ÖVP-Funktionärs schüttelnd.

Die meisten dieser österreichischen Dienststellen im Ausland hatten natürlich auch die „Arbeiter-Zeitung“ aufliegen, denn man konnte nie wissen, wer nun gerade auf Besuch kam, und die Koalition samt schwarz-rotem Proporz stand im Vordergrund aller Erwägungen. Nur tollkühne Gesellen wagten es, etwa gar die „Presse“ in ihren Büros aufzulegen. Denn das wurde von den beiden Koalitionspartnern sicher nicht mit Freude aufgenommen, denn: „Wo kommen wir denn da hin“, äußerte sich der damalige Verteidigungsminister Graf mir gegenüber einmal, „wenn da ein jeder anfängt, die Zeitung zu lesen, die ihm paßt?“ Aber die Sprachrohrmentalität war ein teurer Spaß, der die beiden großen Parteien viele hundert Millionen Schilling gekostet hat. Denn sowohl die „Arbeiter-Zeitung“ als auch die „Österreichische Neue Tageszeitung“ waren und blieben defizitär. Genauso erging es den in der Provinz erscheinenden Parteiblättchen, die ja noch viel kleinere Auflagen hatten.

Die Volkspartei hat diese kostspielige und, wie sich stets von neuem erwies, sinn- und zwecklose Sprachrohrpraxis bald nach Raabs Tod aufgegeben. Die Sozialisten, die es sich offensichtlich auch heutzutage noch leisten können, führen ihre „Arbeiter-Zeitung“ wie einen der letzten Dinosaurier der europäischen Parteipresse unverdrossen weiter. Wesentlich vernünftiger verhielten sich die verantwortlichen Vertreter der Industriellenvereinigung. Sie beteiligten sich über einige ihrer Mitglieder, nämlich ihren Präsidenten und Generaldirektor der Veitscher Magnesitwerke Hans Lauda, den überaus populären Franz Josef Mayer-Gunthof, damals Vizepräsident der Vereinigung, den Brauherrn und Senffabrikanten Manfred Mautner Markhof senior, ob seines prächtigen Backenbartes liebevoll der „Senf-Tegetthoff" genannt, und mit Hilfe des ebenso weisen wie liberalen Präsidenten Julius Meinl und meines väterlichen Freundes, des Bankiers Friedrich Maurig an unserer Zeitung „Die Presse". Alle diese Herren waren – ad personam oder, wie man in England sagt, „in their own right" – an der Zeitung beteiligt, also völlig unabhängig davon, daß einige von ihnen Funktionen in der Industriellenvereinigung und auch in der Bundeswirtschaftskammer innehatten. Sie führten bedeutende Industriebetriebe und verfügten auch über entsprechende Mittel. Trotzdem machten sie mir, als dem für die finanziellen Geschicke der „Presse" Verantwortlichen, von vornherein klar, daß nach der Beistellung des Startkapitals mit größeren Zuschüssen nicht mehr gerechnet werden könne.

Als ich nach dem frühen Tode meines Vaters 1953 auch Herausgeber der „Presse" wurde, erklärten mir meine industriellen Partner in einer Aufsichtsratsitzung in Laudas Büro am Schwarzenbergplatz ebenso liebenswürdig wie deutlich: „Entweder, lieber Freund, kriegst du die Zeitung auf eine gesunde Basis und beschaffst dir die notwendigen Investitionsmittel woanders, oder wir werden auch ohne die ‚Presse' auskommen können. Aber du wirst es sicher hinkriegen." Im Moment saß ich etwas verdattert da, aber per saldo hat es der Unabhängigkeit der „Presse" und auch mir persönlich nur gutgetan, so abrupt ins kalte Wasser geworfen zu werden. Ich mußte mir eben mein Geld woanders holen, ich habe mich durchgeschlagen, und schon Mitte der fünfziger Jahre waren wir soweit, die „Presse" war ein aktives Unternehmen. Wir verdienten jedes Jahr Geld, ja konnten sogar eine große Druckerei pachten. Wir konnten zusätzlich Zeitungen gründen, produzierten die „Presse am Abend", die „Presse am Sonntag", wir beteiligten uns mit 50 Prozent am „Expreß“, kurz, wir waren auf dem besten Wege, zu einem für österreichische Verhältnisse gar nicht so kleinen Zeitungsimperium zu werden. Auch die „Wochenpresse“ hatte sich zu einem gutgehenden Nachrichtenmagazin entwickelt, und wirtschaftlich ging alles bestens.

Nur meine Partner, die Herren Lauda, Mayer-Gunthof und Mautner Markhof, waren ständig Vorwürfen von seiten des Bundeskanzlers Raab und anderer erzkonservativer Freunde in ihren Vereinigungen ausgesetzt. Es wurde ihnen immerfort gesagt: „Wie könnt ihr es dulden, daß diese Zeitung, die ‚Presse‘, vollkommen ohne jede Parteibeeinflussung irgendwelche liberalen Gedanken zum besten gibt? Wie könnt ihr es dulden, daß hier eine Politik gemacht wird, die nicht hundertprozentig die des Bundeskanzlers Raab ist? Wie könnt ihr es dulden, daß die ‚Presse‘ manchmal sogar auch mit der Opposition oder gar mit den Sozialisten übereinstimmt – so geht das doch nicht weiter!“ Meine Partner benützten eine sich bald bietende Gelegenheit, um mit mir zu einer Lösung zu kommen. Ich dachte damals daran, für alle unsere Zeitungen eine eigene Druckerei und ein Verlags- und Redaktionsgebäude zu bauen, da wir Schwierigkeiten hatten, die Pachtdruckerei im „Pressehaus“ am Fleischmarkt langfristig für uns zu erhalten. Das schien meinen Kompagnons denn doch etwas zu riskant, und es kam zur angestrebten „Lösung“. Sie meinten: „Wie wär’s mit einer freundschaftlichen Trennung, dann kannst du schreiben und machen, was du willst, dir deine Druckerei aufbauen, kannst Erfolg haben oder pleite gehen, wir wünschen dir viel Glück, uns geht’s nichts mehr an.“ Und sie boten mir, höchst korrekt und ebenso anständig wie fair, ihre 50 Prozent Anteile an der „Presse“ und den anderen „Pressehaus“-Unternehmungen zum Nominale, damals eine Million Schilling, an. Das Gesamtkapital betrug zwei Millionen Schilling, 50 Prozent aber besaß ich zusammen mit meinem Bruder. Ich nahm ihr Angebot an, zahlte die Million aus und war damit Alleineigentümer der „Neuen Wiener Presse Druck- und Verlagsgesellschaft“ mit dem gepachteten „Pressehaus“ am Fleischmarkt.

Damit waren die „Pressehaus"-Blätter zunächst einmal aus der Einflußmöglichkeit jedweder konservativen Pressure-group herausgenommen. Bald sollte sich allerdings zeigen, daß unsere Unabhängigkeit den Bossen der „linken Reichshälfte" ebenso ein Dorn im Auge war. Schon kurze Zeit später waren es andere politische Kräfte, diesmal nicht die großbürgerliche Industriellenvereinigung oder der biedermännische Bundeskanzler Raab, sondern mächtige Männer des Gewerkschaftsbundes und der Wiener Sozialisten, die unsere Zeitungen ihren Interessen untertan machen wollten. Als die sozialistischen Spitzenfunktionäre Franz Olah und Felix Slavik eingriffen, zeigte es sich, daß ein österreichisches Medien-Imperium nur schwer und unter kaum vertretbaren Gewissensopfern zwischen Scylla und Charybdis der Politik aufrechtzuerhalten ist.

Die Gewerkschaften haben seit 1945 in Österreich stets eine wesentliche und im allgemeinen konstruktive Rolle im politischen Leben gespielt. Manchmal mag die Rolle übermäßig groß gewesen sein, manchmal mag man sich beschwert gefühlt haben, daß die Gewerkschaft sich zu sehr in Dinge hineinmischte, die sie eigentlich nichts anging. Aber sehr oft war man dann auch sehr glücklich, daß es den Österreichischen Gewerkschaftsbund gab, der besänftigend und beruhigend einwirkte. Auf jeden Fall gibt es ein paar Fakten im Leben dieser Nation, die uns unendlich viel Unglück und vielleicht eine ganz andere Entwicklung, die sicher nicht zur „Insel der Seligen" geführt hätte, erspart haben und die nicht zuletzt auf den Österreichischen Gewerkschaftsbund und seine Politik zurückzuführen sind. Daß wir seit 35 Jahren praktisch keine Streiks kennen, daß keine Radikalisierung der politischen Auseinandersetzungen zwischen Arbeitnehmern und Arbeitgebern stattgefunden hat, daß die Sozialpartnerschaft – ursprünglich über die berühmte Paritätische Kommission entstanden – sich von 1945 bis heute bestens bewährt hat, ist sicher auch auf das vernünftige Denken der Führer der Wirtschaftskammer und der Industriellenvereinigung zurückzuführen. Aber mindestens ebenso, wenn nicht mehr, auf die Vernunft und auf die realistische und verantwortungsbewußte Haltung der Führer des Gewerkschaftsbundes in allen Fragen.

Johann Böhm, der erste Gewerkschaftspräsident, war hier sicher für viele ein Vorbild. Und die Auseinandersetzungen oder, besser gesagt, das Miteinanderreden des „Schani" Böhm mit Julius Raab hat Österreich manches Unglück erspart. Aber Böhm gehörte der älteren Generation an, und für viele Gewerkschafter waren seine Methoden altmodisch, nicht mehr den neuen Tatsachen entsprechend. Es brodelte in den mittleren Rängen des Gewerkschaftsbundes. Dort saßen jene dynamischen jungen Sekretäre, die mehr wollten als nur jedes Jahr eine Lohnerhöhung, eine Sicherung der Arbeitsplätze, während sonst alles im alten Trott weiterging. Man wollte auch in der Politik mit dabeisein, man wollte mitzureden haben, man wollte mitmischen. Dies konnte nun über verschiedene Kanäle eingeleitet werden. Der landläufig übliche Weg war, daß man sich bei Ereignissen einschaltete, bei denen eben auch der Gewerkschaftsbund oder Betriebsräte, die vom Gewerkschaftsbund abhängig waren, sich lautstark bemerkbar machen konnten. In jener Zeit ereignete sich ein historisch gewordener Zwischenfall von an sich nicht besonderer Bedeutung.

In der Wiener Lastwagen- und Autobusfabrik Gräf & Stift kam es zu einer Auseinandersetzung zwischen einem Betriebsrat und der Betriebsleitung. Es ging eigentlich um gar nichts Wichtiges, aber die Betriebsleitung war stur, und der Betriebsrat beschloß, auch stur zu spielen. Der Betriebsrat ging zur Gewerkschaft, und die Gewerkschaft gab ihm volle Deckung. Die Auseinandersetzung wurde etwas wilder, verglichen mit England und Italien war es noch immer ein harmloses Sonntagsvergnügen, aber für österreichische Verhältnisse, wo man ja bis vor kurzem angesichts des permanenten Drucks der sowjetischen Besatzungsmacht sich innere Konflikte nicht leisten konnte und wollte, war die Affäre Gräf & Stift schon eine kräftige Angelegenheit. In der Öffentlichkeit begann man Notiz davon zu nehmen.

Ich fand, daß es hier um eine grundsätzliche Frage ging, und beschloß, sowohl in der „Wochenpresse“, die damals ihre ersten Gehversuche als Nachrichtenmagazin unternahm und sich daher besonders hervorzutun hatte, wie auch in der „Presse“ das Thema aufzugreifen. Die „Faust im Nacken“ hieß die große Titelgeschichte und der damit verbundene Leitartikel der „Wochenpresse“. Die „Faust im Nacken“ war die Gewalt, die durch nichts eingedämmte Gewalt einiger Gewerkschaftsführer in einer Auseinandersetzung an sich betriebsinterner Natur. Nun, die Angelegenheit Gräf & Stift ging relativ schnell zu Ende; wie das in Österreich üblich war, setzten sich die Arbeitgeber schnell mit den Gewerkschaftsfunktionären an einen Tisch, und während wir in den Zeitungen anfingen, Kreuzzüge vorzubereiten, hatten die Betroffenen selbst längst wieder Frieden geschlossen.

Die Affäre Gräf & Stift und noch ein paar andere ähnliche waren erste Zeichen dafür, daß die Funktionäre und Führer des Österreichischen Gewerkschaftsbundes und auch der großen Einzelgewerkschaften sich ihrer Macht und ihrer Möglichkeiten zunehmend bewußt wurden. Sie kamen zu dem Schluß, daß sie im österreichischen politischen Leben, in dieser sonderbaren Mischung von parlamentarischen, parteiproporzbedingten und berufsständischen Konstruktionen, nicht genügend vertreten seien. Da gab es einen dynamischen jüngeren Gewerkschaftsfunktionär, der sich vorgenommen hatte, all dies und vieles andere zu ändern: Franz Olah, Vorsitzender der Bau- und Holzarbeitergewerkschaft. Seit er 1950 den letzten kommunistischen Putschversuch im besetzten Österreich mit seinen Bau- und Holzarbeitern verhindert hatte, war Olah bekannt geworden und dann stetig in der Hierarchie des Gewerkschaftsbundes emporgeklettert. Franz Olah war in der Zwischenzeit Vizepräsident des ÖGB und, als Johann Böhm 1959 starb, Präsident dieser wichtigsten privaten Institution Österreichs geworden. Der Gewerkschaftsbund ist an sich nur ein Verein wie jeder andere auch und als solcher weder in der Verfassung verankert noch als Körperschaft öffentlichen Rechts anerkannt. Aber er stellt mit seinen heute mehr als 1,6 Millionen Mitgliedern die mit Abstand mächtigste Vereinigung des Landes dar. An deren Spitze stand also nun ein jüngerer Mann, ein Dynamiker, der schon Ständestaat und Nationalsozialismus und den Zweiten Weltkrieg mitgemacht hatte. Olah war im Konzentrationslager gesessen, draußen in Dachau, hatte dort Leute wie Figl, Maleta und andere kennengelernt und hatte daher zum politischen Gegner ein anderes Verhältnis als viele seiner primär austromarxistischen Vorgänger und Genossen. Franz Olah war übrigens auch Katholik, er verstand sich gut mit den Vertretern der Kirche. Er war gewiß ein schwieriger Mann, aber man kann ihm eine Reihe von Qualitäten nicht absprechen: Großzügigkeit, Ehrlichkeit, Treue zur Arbeiterbewegung, wenn auch nicht bis zur Selbstverleugnung gegenüber der Sozialistischen Partei. Für ihn stand der Arbeiter im Vordergrund. Er hatte auch einige Schattenseiten: sein starkes Machtbedürfnis, seine weitgehende Intoleranz im Verkehr mit Andersdenkenden, Unfähigkeit, größere Zusammenhänge rechtzeitig zu erkennen, und schließlich seine oft falsche Einschätzung der jeweils gegebenen realen Möglichkeiten.

Eine Zeitlang schienen die Vorteile in Franz Olahs Temperament und Charakter die Nachteile weit in den Schatten zu stellen. Er machte seine Karriere in der Partei und hatte bald Möglichkeiten, wie kaum ein anderer sozialistischer Führer vor ihm sie gehabt hatte. Denn er besaß auch alle Eigenschaften eines Volkstribuns. Seine Arbeiter, die Männer der „Bau-Holz“, aber auch viele seiner Wähler in seinem Wahlkreis im Westen Wiens in den großen Arbeiterbezirken waren begeisterte Olah-Anhänger. Und auf diesen Anhang konnte er sich verlassen. Vielleicht verließ er sich zu lang auf ihn. Auf jeden Fall war Franz Olah vielen weniger populären und weniger selbstbewußten Führern in der SPÖ bald ein Dorn im Auge.

Olah – übrigens auch seine Nachfolger und Gegner im ÖGB – stand im Hintergrund jener Politik, die ich als die „Faust-im-Nacken“-Phase des ÖGB bezeichnen möchte. Sie begann, als Olah und Genossen erkannten, daß sie angesichts der Stärke des Gewerkschaftsbundes viel zuwenig Anteil an der Macht in Österreich und in der SPÖ besaßen. Sie begriffen, daß der Gewerkschaftsbund stärker auf den Tisch hauen, mehr durchsetzen könne. Und dann kam bald ein zweites dazu: Sie merkten, daß der Gewerkschaftsbund als einzige wesentliche Kraft im politischen Kräftespiel in Österreich über keinerlei „Sprachrohr" verfügte. Hier Abhilfe zu schaffen, schien Olah und seinen Freunden dringend notwendig.

Zuerst dachte man an die „Neue Weltpresse", die die SPÖ von den Engländern geerbt hatte. Das scheiterte, denn die „liberalen Kaufleute", die die „Neue Weltpresse" übernommen hatten, waren andere Typen als jene, die rund um Olah eine härtere Politik anstrebten. Die Gruppe Broda-Ockermüller wollte nicht mit einer Politik der „Faust im Nacken" operieren, im Gegenteil, sie wollte versuchen, endlich von den immer wieder zum Scheitern verurteilten Experimenten, mit deutlich als Parteiblättern erkennbaren Organen Nichtparteianhänger zu beeinflussen, abzugehen. Sie hatten gemerkt, daß dies zu nichts Gutem führen konnte. Deswegen kam es ja auch im Frühjahr 1958 am Ende des Wiener Zeitungskrieges zu einer durchaus effektiven Zusammenarbeit zwischen der Gruppe Broda-Ockermüller und mir bzw. Gerd Bacher.

Diese Zusammenarbeit funktionierte blendend, die Fragen der Geschäftsführung und die grundsätzlichen Probleme der Herausgabe der Zeitung wurden von mir wahrgenommen, die gesamte Redaktion wurde von Bacher geführt, und die Partner, also die Gruppe Broda-Ockermüller, wurde laufend informiert; es fanden regelmäßig Besprechungen der Gesellschafter statt, es erfolgten keinerlei Einmischungen, die Zeitung konnte normal und ruhig erscheinen und war nicht zuletzt deshalb außerordentlich erfolgreich. Sie war auf dem besten Wege, den „Kurier", damals die größte Tageszeitung Österreichs, zu erreichen und zu überholen. Anfang des Jahres 1960, also nach zwei Jahren Bestehen, hatte der „Expreß" eine Auflage von 320.000 Exemplaren erreicht, das war nur knapp unter der damaligen Auflage des „Kurier", und wir konnten uns bei

Weiterlaufen der sich noch immer aufwärts entwickelnden Kurve der „Expreß"-Leser ausrechnen, daß wir spätestens 1961 die größte Zeitung Österreichs sein würden.

Da geschahen allerdings zwei Dinge, die wesentlich in das Geschehen eingriffen. Anfang des Jahres 1959 war Hans Dichand, der ehemalige Chefredakteur der „Kleinen Zeitung" in Graz und dann durch Jahre Chef des „Wiener Kurier", bei mir erschienen, um mir vorzuschlagen, mit ihm zusammen die „Kronenzeitung" herauszugeben. Dichand hatte nämlich schon im Sommer 1958 seinen Posten als Chefredakteur des „Bild-Telegraf" verloren, nachdem Dr. Ludwig Polsterer diese Zeitung eingestellt und den Zeitungstitel um fünf Millionen an uns, nämlich die „Expreß"-Gruppe, verkauft hatte. Damit hatte der „Kurier" den Anspruch auf eine zusätzliche Boulevardzeitung aufgegeben, und es schien klar etabliert, daß in Wien neben der seriösen und daher in ihrer Auflage von vornherein limitierten „Presse" zwei unabhängige Massenzeitungen existieren würden, und zwar bei Dr. Polsterer in der Seidengasse der „Kurier" und bei mir am Fleischmarkt der „Expreß". Von einer dritten Zeitung, nämlich der „Kronenzeitung", war noch keine Rede. Aber im Laufe des Jahres 1958 wurden wieder einmal, wie schon so oft seit dem Ende des Zweiten Weltkrieges, Versuche gestartet, dieses Phänomen einer erfolgreichen Zeitung, die um die Jahrhundertwende von einem gewissen Kommerzialrat Gustav David gegründet und groß gemacht worden war, neuerlich zum Leben zu erwecken. Auch ich hatte schon in den frühen fünfziger Jahren zusammen mit meinem Vertriebsdirektor Dr. Georg Zakraisek, der sich noch bei der „Kronenzeitung" seine ersten Sporen verdient hatte, versucht, mit dem alten Kommerzialrat David Verhandlungen zu führen, um die „Kronenzeitung" erneut herauszubringen. Es wurden damals sogar die alten Gebäude der „Kronenzeitung" in der Pramergasse im neunten Wiener Gemeindebezirk besichtigt. Es kam aber schließlich nicht dazu, wir konnten uns nicht einigen.

Ein paar Jahre später bemühte sich nun Hans Dichand. Ich

konnte seinen Vorschlag, bei diesem Projekt mitzumachen, nicht aufgreifen, denn ich hatte mich im Rahmen meiner Verhandlungen anläßlich der Gründung des „Expreß“ verpflichtet, mich an keiner anderen Wiener Zeitungsgründung zu beteiligen. Verständlicherweise hatten meine Partner diesen Wunsch geäußert, denn ich war ja nicht nur der Druckereibesitzer, ich war auch der Mann, der beim „Expreß“ die verlegerischen Entscheidungen zu treffen hatte. Wenn ich nun im eigenen Hause eine Konkurrenzzeitung gegen den „Expreß“ herausgegeben hätte, hätte dies für meine Partner in der „Expreß“-Gesellschaft Nachteile bringen können. Nun mußte ich natürlich zu meinem Wort stehen und Hans Dichand mitteilen, daß ich zu meinem Leidwesen nicht in der Lage wäre, die „Kronenzeitung“ mit ihm zu machen. Dichand erschien dann einige Wochen später wieder bei mir, und diesmal hatte er bereits einen anderen Partner gefunden. Es handelte sich um einen jungen Kaufmann namens Kurt Falk, der bei der Wiener Persil-Niederlassung tätig war und dessen Vater ein Freund des Gewerkschaftspräsidenten Olah war. Dichand war mit den finanziellen Dingen nicht so sehr befaßt; Falk erklärte mir, daß er mit Hilfe – wie er sich ausdrückte – der Hohenstaufengasse (dem Sitz des Österreichischen Gewerkschaftsbundes) die Zeitung finanzieren könne. Ich ersuchte um irgendwelche Garantien, daß er die Rechnungen auch bezahlen würde, und diese Garantien erfolgten auch. Dichand und Falk haben dann im Frühsommer des Jahres 1959 die „Kronenzeitung“ wieder herausgebracht. Sie wurde bei uns am Fleischmarkt gedruckt, woanders wäre damals in Wien auch keine Möglichkeit gewesen, ein solches Objekt herzustellen. Die beiden Herren richteten sich eine bescheidene kleine Redaktion und Verwaltung in einem der Hinterhäuser unseres großen Gebäudekomplexes am Fleischmarkt ein und begannen, ihre kleinformatige Zeitung mit einer Auflage von 70.000 Stück am Tag zu publizieren. Schon bald zeichnete sich ein gewisser Aufstieg ab, aber bevor diese Entwicklung auch nur in die Nähe des „Expreß“ bzw. des „Kurier“ kommen sollte – wenige

Jahre später hatte sich die „Kronenzeitung“ bereits zur größten aller österreichischen Tageszeitungen hinaufgearbeitet –, kam es zum „Expreß“-Drama, bei dem die „Faust im Nacken“ eine wirklich große Rolle spielte.

Die traurige Geschichte begann damit, daß Dr. Christian Broda – was für ihn wahrscheinlich gar nicht so traurig war – anläßlich der Regierungsumbildung im Juni 1960 als Justizminister in die Bundesregierung berufen wurde. Gleichzeitig damit beendete er natürlich seine Tätigkeit als Rechtsanwalt und fiel daher als Partner in unserem kleinen Trio – das aus ihm, Gerd Bacher und mir bestand und das die Geschicke des „Expreß“ so sicher und erfolgreich auf der Basis unseres seinerzeitigen liberalen Sechspunkteprogramms gesteuert hatte – aus.

Anfänglich änderte sich nicht viel, doch schon nach wenigen Wochen zeigte es sich, daß nunmehr ein anderer Wind zu wehen begann. An Stelle von Christian Broda hatten wir nun plötzlich drei Gesprächspartner. Der eine war Franz Olah, der zweite der damalige Wiener Vizebürgermeister Felix Slavik und der dritte der Zentralsekretär der Sozialistischen Partei Alois Pieberger. Die drei Herren waren anfangs sehr freundlich und höflich, schlugen uns aber unmißverständlich vor, an der künftigen Gestaltung des „Expreß“ einige Änderungen vorzunehmen. Insbesondere wollte Olah die Möglichkeit haben, auf die redaktionelle Gestaltung des Blattes Einfluß zu nehmen. Wir verwiesen auf das vorliegende Papier, unser Sechspunkteprogramm, das ursprünglich zwischen Dr. Broda und mir einvernehmlich festgelegt worden war und dem auch sofort am ersten Tage im März 1958 Gerd Bacher seine volle Zustimmung gegeben hatte. Aufgrund dieses Papiers, das die Freiheit und die Unabhängigkeit des Blattes von irgendwelchen Parteigremien unterstrich, sei die Zeitung nicht nur aufgebaut, sondern sehr erfolgreich gestaltet worden. Wir betonten, daß die Zeitung ständig an Auflage zunehme, daß sie in Wien zum populärsten Boulevardblatt geworden und bei entsprechender weiterer Förderung dieses freien und unabhängigen Kurses auf dem besten Wege sei, zur größten Zeitung in Österreich zu werden. Während Slavik und Pieberger sich unseren Auffassungen im wesentlichen anzuschließen schienen, um so mehr, als ja Dr. Christian Broda diese voll bejaht und sie wahrscheinlich auch in Gesprächen, die ohne uns stattfanden, seinen Nachfolgern als den richtigen Weg hingestellt hatte, wollte sich Franz Olah hier keinesfalls einverstanden erklären.

Olah stellte fest, seine Gruppe verkörpere nun einmal die sozialistischen Auffassungen, sie besitze 50 Prozent der Zeitung und könne aufgrund der seinerzeitigen Hilfe bei der Anfangsfinanzierung des Blattes, wie es im Grundvertrag des „Expreß" vorgesehen sei, ein Optionsrecht auf ein weiteres, ein 51. Prozent in Anspruch nehmen. Ich antwortete Olah daraufhin, daß, als die Klausel über das „Zusatzprozent" im Jahre 1958 in den Gesellschaftsvertrag aufgenommen worden war, Dr. Broda erklärt hatte, er werde dieses Optionsrecht für sich nie in Anspruch nehmen, weil ihm klar gewesen sei, daß bei einem sozialistischen Übergewicht in der Zeitung Bacher und ich die Zeitung nicht mehr länger erfolgreich führen könnten. Würde die Zeitung aber wiederum nicht von Profis wie Bacher und mir geführt, so sei die Garantie einer gesunden und erfolgreichen Entwicklung des „Expreß" als freies Organ nicht mehr gegeben. Olah erklärte damals wörtlich: „Was uns guttut, lassen Sie nur unsere Sorge sein. Wir werden die Zeitung schon ordentlich führen. Wir Sozialisten wissen schon, was Pressefreiheit ist. Da brauchen Sie uns keine Lehren zu erteilen."

Wir kamen hier nicht weiter. Die Gespräche wurden zunächst abgebrochen, um jedoch nach wenigen Tagen fortgesetzt zu werden. Diesmal lud uns Franz Olah in seine Wohnung ein – sie befand sich damals in einem neuen Apartmenthaus draußen in Neuwaldegg. Ich nahm Gerd Bacher und den damaligen Generalsekretär des Pressehauses, Wolf In der Maur, mit. Olah hatte Felix Slavik und Pieberger mitgebracht. Es wurde eine lange und nicht sehr erquickliche Nacht. Zweimal wurde das Gespräch so scharf, daß ich vorschlug, es abzubrechen, und schon dabei war, nach dem Hut zu greifen.

Dann kam Olah jedesmal auf mich zu, legte mir die Hand auf die Schulter, sagte: „Aber, Herr Molden, wir haben uns immer vertragen, bleiben S' doch da", und rief hinaus zu seiner Frau: „Geh, bring uns doch noch einen Kaviar und was zum Trinken." Trotz Kaviar und guten Getränken konnten wir uns wiederum nicht einigen. Die Fronten waren ganz klar. Olah wollte das Sagen haben innerhalb des „Expreß". Seine beiden Partner Pieberger und Slavik strebten einen Kompromiß an und wollten, daß Bacher und ich weiterhin – er als Chefredakteur und ich als Herausgeber des „Expreß" – fungieren sollten, um die Position des Blattes als freie und unabhängige liberale Zeitung nicht zu gefährden. Das schien Olah, der eben aus der Welt der „Sprachrohre" kam und die Machtposition einer großen Zeitung zum Greifen nahe sah, vom Zeitungmachen selbst aber keine Ahnung hatte, nicht so wesentlich. Überdies agierte Olah – was wir damals nicht wußten – schon für die „Kronenzeitung".

Wir aber wollten die Zeitung *nur* so weiter machen, wie sie bisher gemacht wurde. Das heißt, wir erklärten uns bereit, als Herausgeber und Geschäftsführer bzw. als Chefredakteur den „Expreß" mit all seinen Ausgaben weiterhin nach bestem Wissen und so erfolgreich wie möglich zu führen. Wir waren auch bereit, uns genauso wie bisher an das Sechspunkteprogramm, das die Führung einer fortschrittlichen liberalen und parteiunabhängigen Zeitung vorsah, zu halten. Wir erklärten aber ganz offen, daß wir nicht bereit seien, im Falle einer Übernahme des 51. Optionsprozentes, das der sozialistischen Gruppe, die nun nicht mehr wie früher unter Christian Broda liberal war, die Mehrheit geben würde, beim „Expreß" weiter mitzumachen. Dies wäre für uns ein Grund, um sowohl als Gesellschafter auszuscheiden und auch als Herausgeber, Geschäftsführer und Chefredakteur zurückzutreten. In dieser Nacht kamen wir zu keinem Resultat; es war schon sehr spät, als Bacher, In der Maur und ich die schöne Wohnung Olahs verließen, um durch das heiße, sommerliche Wien nach Hause zu fahren. Im Grunde war es klar, daß die Zusammenarbeit beim „Expreß" sich nicht länger halten würde. Denn Olah war offensichtlich auf die ganze Macht im „Expreß" erpicht, und ebenso offensichtlich war es, daß er das Sagen hatte, während Slavik und Pieberger mehr oder weniger nur als Begleitung und Beruhigungsmittel für uns ausersehen waren. Zu reden hatten sie in diesem Zusammenhang an diesem Abend und auch bei den folgenden Verhandlungen jedenfalls nicht viel. In den nächsten Wochen wurde noch weiter verhandelt. Es gab noch einige Vermittlungsversuche von Wohlmeinenden auf beiden Seiten. Die Verhandlungen wurden schließlich in der Kanzlei des Vizebürgermeisters Slavik im Wiener Rathaus zu Ende geführt.

Das Resultat war für uns, rein geschäftlich gesehen, ein gutes, politisch für die SPÖ im Augenblick ein triumphales, nämlich die Übernahme des gesamten „Expreß"; langfristig betrachtet war es das Todesurteil für den „Expreß" und das Ende einer starken, unabhängigen Presseposition im „Pressehaus". Das Übereinkommen, das wir schließlich im November 1960 abschlossen, sah so aus, daß ich per 31. Dezember 1960 als Herausgeber bzw. Gerd Bacher als Chefredakteur und wir beide als Geschäftsführer des „Expreß" zurücktreten würden und die Expreß-Verlagsgesellschaft unsere 50 Prozent der Anteile in einem übernehmen würde. Bis zum 31. Dezember sollte das Blatt von uns wie bisher weitergeführt werden, ab 1. Januar hatten wir mit der Zeitung nichts mehr zu tun. Die Expreß-Gesellschafter mußten sich allerdings dazu verpflichten, die Zeitung weiterhin im „Pressehaus" am Fleischmarkt bzw. später dann in dem im Bau befindlichen „Pressehaus" am Donaukanal in Heiligenstadt zu drucken. Bacher und ich sind damals materiell gut ausgestiegen. Wir waren aber über das von uns Erreichte nicht glücklich, denn die Zeitung, die wir gemeinsam aufgebaut hatten und die – eine Novität im parteipolitisch so festgelegten Wien – eine wirklich parteifreie, liberale Boulevardzeitung modernster Art geworden war, diese Zeitung mußten wir aufgeben. Wir konnten uns schon vorstellen, was geschehen würde, wenn ein Mann mit der Mentalität und dem so sichtbar gewordenen Machthunger eines Franz Olah das Blatt in die Hand bekam.

Wie schon erwähnt, war uns damals noch nicht in voller Klarheit bewußt, in welchem Umfang Franz Olah auch hinter der Gründung der „Kronenzeitung" stand. Natürlich wußten wir auch nicht, daß Olah die Gelder, die die „Kronenzeitung" für ihren Start benötigte, mit Hilfe von Sparbüchern gewerkschaftlicher Organisationen aufgebracht hatte. Alles dies sollte erst später in diversen Sensationsprozessen um Franz Olah und die „Kronenzeitung" an das Licht der Öffentlichkeit kommen. Ich wußte zwar, daß Falk, als er die Finanzierung der „Kronenzeitung" im Jahre 1959 durchführte, auch mit Hilfe von Freunden, die gewerkschaftsnahe waren, seine Gelder aufbrachte. Ich wußte, daß Olah der „Kronenzeitung" zumindest sehr freundlich gegenüberstand, das war auch in den Gesprächen mit ihm über den „Expreß" deutlich zum Ausdruck gekommen. So hatte er mir damals zum Beispiel gesagt, wenn wir beim „Expreß" gut kooperierten, würde er dafür sorgen, daß die „Kronenzeitung" immer bei uns drucken werde. Aber wie eng in Wirklichkeit die Zusammenhänge waren, war mir damals noch nicht im vollen Umfang klar.

Klar war mir aber eindeutig, daß mit Franz Olah und der Art, wie er die Dinge in den Medien und in der Politik zu gestalten wünschte, ein neuer und sehr scharfer Wind in die österreichische Medienlandschaft und in die österreichische Innenpolitik eingezogen war. Bacher und ich hatten uns geweigert, mitzumachen, also mußten wir ausgebootet werden. Daß diese Ausbootung auf Kosten der Substanz ging, daß das Verschwinden von Bacher und Molden aus dem „Expreß" innerhalb von wenigen Jahren das jämmerliche Absterben dieser Zeitung herbeiführte, die von einem Chefredakteur zum anderen weitergegeben und immer mehr zur Zeitung der SPÖ gemacht wurde, immer weniger den Charakter einer freien, liberalen Boulevardzeitung wahren konnte, schließlich von fast allen guten Redakteuren verlassen wurde, und dann, als sie schon am Ende war, als herumschwimmendes Strandgut noch von der „Kronenzeitung“ erworben wurde – das alles störte Franz Olah nicht im geringsten. Dann versuchte man in einem letzten, nicht lange genug durchgezogenen Experiment, die Zeitung noch einmal in die Höhe zu bringen. Ernst Trost war der letzte redaktionelle Leiter des sterbenden „Expreß“. Er hat sich damals noch redlich bemüht, aus dem „Expreß“ wieder etwas zu machen. Aber es war zu spät.

Zehn Jahre lang hatte hier eine politische Partei, hatte die SPÖ mit einer gut gemachten und höchst erfolgreichen Zeitung Schindluder getrieben. Sie hatte die Zeitung zuerst mit brutaler Macht an sich gerissen, hatte die feingesponnene, gesunde und richtige Zusammenarbeit, wie sie Christian Broda und ich in der ersten Phase erdacht hatten, wie ein Spinnennetz zerstört, ohne etwas Gleichwertiges dafür bieten zu können. Es war eine neue klägliche Niederlage der Sozialisten auf dem Gebiet der Massenpublizistik. Wobei sie sich im übrigen nicht allzusehr zu schämen brauchten, denn die ÖVP hat stets ähnliche Mißerfolge erzielt. Weder die SPÖ noch die ÖVP haben in Österreich je die geringste Begabung bewiesen, Zeitungen zu gründen, Zeitungen zu gestalten, aus Zeitungen etwas zu machen. Das einzige, was sie fertigbrachten, war, Subventionen zu geben und die dahinsiechenden Blätter dann einzustellen.

Zeitungen sind in Österreich immer nur dann erfolgreich gewesen, wenn sie frei vom Einfluß politischer Parteien waren. Das ist ja auch das Geheimnis, warum in den letzten zwei Jahrzehnten, also in jener Periode, in der ich schon nichts mehr mit österreichischen Zeitungen zu tun hatte, die „Kronenzeitung“ zu einem so immensen Erfolg geworden ist. Auch wenn die „Kronenzeitung“ 1959 mit Hilfe von Gewerkschaftsmillionen gegründet worden ist, so wurde sie doch nur durch die Leistungen des Journalisten und Zeitungsherausgebers Hans Dichand und die kaufmännischen Fähigkeiten des Geschäftsführers Kurt Falk zu einem Erfolgsphänomen, wie es auf dem Zeitungssektor in Europa kaum ein zweites gibt. Das ist ihr aber nur gelungen, weil sie sich nie in ein Naheverhältnis zu einer politischen Partei begeben hat. Sie hat sich manchmal im

Kampf ums Überleben gegen die eine oder andere Partei gestellt und an die eine oder andere Partei angelehnt. Das ist begreiflich, denn anders kann man ja in einem Land wie Österreich, wo alles politisch auszementiert ist, nicht bestehen. Aber der große Erfolg der „Kronenzeitung" war und ist, daß sie als unabhängige Zeitung geführt wird.

Das ist auch der große Erfolg anderer unabhängiger Zeitungen, es ist der Grund, warum der „Expreß" von 1958 bis Ende 1960 gegenüber dem „Kurier" einen solchen Erfolg haben konnte. Der „Kurier" war zu diesem Zeitpunkt aufgrund eines Vertrages Dr. Polsterers mit der ÖVP als parteinahe Zeitung abgestempelt. Ich glaube, daß die Entwicklung, wie sie sich im Jahre 1960 beim „Expreß" gezeigt hat, im Grunde schon der Anfang vom Debakel der SPÖ bei der Wahl des Jahres 1966 gewesen ist.

Die Arroganz, mit der damals Franz Olah mit uns über den „Expreß" gesprochen hat, die Arroganz, mit der man, ohne einen Moment an berufliche oder andere Erfahrungen zu denken, nur um kurzfristiger taktischer politischer Ziele willen, Zeitungen und Menschen hin und her werfen wollte, diese Arroganz hat sich dann in vielen anderen Dingen fortgesetzt. Es war dieselbe Arroganz, die dazu geführt hat, daß man das Fernsehen, das Julius Raab – in völliger Verkennung der modernen Entwicklung – der SPÖ geradezu geschenkt hatte, daß man dieses Fernsehen wiederum verlor, indem man ein Volksbegehren provozierte und, als es durchgeführt war, zuschauen mußte, wie Gerd Bacher, den man gerade erst aus dem „Expreß" hinausgedrängt hatte, ORF-Generalintendant wurde. Man hat es wohl noch bei anderen Dingen sehen können. Beispielsweise in Fussach, dem kleinen Dörfchen am Bodensee, wo im November 1964 ein Bodenseeschiff vom Stapel laufen sollte, dem der damalige sozialistische Verkehrsminister Otto Probst unbedingt den Namen „Karl Renner" geben wollte. Die Vorarlberger fanden aber, daß dieses Schiff „Vorarlberg" heißen sollte. Alle Gesuche und Proteste bei Probst führten zu nichts. Probst war nicht gewohnt, daß man ihm widersprach. Er bestand auf dem Namen Karl Renner. Als es nun zur Schiffstaufe kommen sollte, ereignete sich statt dessen ein Rieseneklat; der Verkehrsminister, der, trotz Warnungen der Sicherheitsdirektion, nicht zu erscheinen, doch hingefahren war, wurde ausgepfiffen, mit faulen Eiern und Tomaten beworfen und mußte sich eher kläglich wieder zurückziehen. Auch hier hatte die Arroganz der Sozialistischen Partei eine kräftige und verdiente Niederlage erlitten. Im Grunde war es immer wieder dasselbe Phänomen, daß sozialistische Politiker, besonders wenn es sich um so dynamische und selbstbewußte Leute wie eben Franz Olah handelte, ganz einfach die Möglichkeit einer liberalen, einer toleranten Lösung nicht einmal in Betracht zogen, wenn es darum ging, die eigene Macht zu festigen.

Ich hatte Franz Olah schon etliche Jahre früher kennengelernt, als wir die auch wiederum auf Umwegen über die BAWAG dem Gewerkschaftsbund nahestehende Druckerei der Steyrermühl AG am Fleischmarkt pachteten, um dort unser „Pressehaus“ zu errichten. Zu jenem Zeitpunkt besuchte ich Olah, der gerade in Bad Goisern im Salzkammergut Urlaub machte, und führte mit ihm ein langes Gespräch. Damals war er noch keineswegs arrogant, sondern sehr aufmerksam, interessierte sich für alles und schien mir ein höchst vernünftiger Mensch zu sein. Damals allerdings war er auch „bloß“ – es war im Jahre 1956 – Obmann seiner Bau-Holz-Gewerkschaft und Vizepräsident im ÖGB. Fünf Jahre später war er allmächtiger ÖGB-Präsident und bereitete sich darauf vor, die Führung der Sozialistischen Partei zu übernehmen. Dazu glaubte er anscheinend „Expreß“ und „Kronenzeitung“ zu benötigen. Denn mit der „Arbeiter-Zeitung“ konnte er ja wohl nicht rechnen, der Parteivorstand war ihm ja schon damals nicht sehr freundlich gesinnt. Um sein Ziel zu erreichen, war Olah bereit, wenn es sein mußte, über Zeitungs-Leichen zu gehen. Olah ist in meiner Sicht persönlich ein grundanständiger und auch integrer Mann, aber er war zumindest in jenen Jahren von einer fast krankhaften Machtgier, er war besessen von den Dingen, die er erreichen wollte, und konnte manchmal geradezu furchterregend wirken. Bacher und ich haben uns zwar nicht vor ihm gefürchtet, aber wir weigerten uns, mit ihm zusammenzuarbeiten, denn es wurde uns schnell klar, daß man uns dort zu dem degradiert hätte, wogegen wir unser ganzes berufliches und erwachsenes Leben lang gekämpft haben, nämlich zu Befehlsempfängern irgendwelcher Politiker, zu den Wasserträgern der Mächtigen in der Medienpolitik.

Franz Olah aber gab sich mit seinem Pyrrhussieg beim „Expreß“ nicht zufrieden. Molden war ja weiterhin der Herr des „Pressehauses“ am Fleischmarkt. Der ganze Gebäudekomplex des Fleischmarktes aber gehörte eben jener schon erwähnten Steyrermühl AG, die vor allem Papierfabriken in Oberösterreich betrieb. Diese Steyrermühl AG wiederum befand sich aktienmäßig im Besitz der gewerkschaftlichen BAWAG und der den Sozialisten nahestehenden Länderbank. Ich begab mich zu den Direktoren der Steyrermühl, um über eine langfristige Regelung unseres Pachtverhältnisses am Fleischmarkt zu sprechen. Ich bot ihnen an, das Gebäude zu kaufen oder aber die Pacht, die im Jahre 1966 ablaufen sollte, um weitere fünfzehn Jahre, bis zum Jahre 1980, zu verlängern. Klarheit darüber war für uns von unbedingter Notwendigkeit: Die völlig veralteten Maschinen des Pachtbetriebes mußten durch neue Maschinen ersetzt werden. Das erforderte natürlich große Investitionen, da wir schließlich vier Tageszeitungen am Fleischmarkt druckten, „Die Presse“, den „Expreß am Morgen“, den „Expreß am Abend“ und die „Kronenzeitung“. Dazu noch viele Wochenblätter. Alles das zusammen konnte mit den alten Maschinen nicht mehr bewerkstelligt werden.

Wollten wir also unsere Druckerei erfolgreich weiterführen, wollten wir unsere Kunden behalten, mußten wir entweder in einer langfristigen Pacht frei arbeiten können oder den Betrieb selbst besitzen, um die notwendigen Umbauten durchzuführen. Die Leute der Steyrermühl weigerten sich, den einen oder auch den anderen Weg mit uns einzuschlagen. Sie hatten klare Weisungen. Sie gaben dies in privaten Gesprächen auch offen zu. Man wollte mich in die Hand bekommen. Wäre ich nämlich am Fleischmarkt geblieben, ohne den Pachtvertrag zu verlängern, so hätte man spätestens im Jahre 1962, wenn es nämlich zu spät gewesen wäre, irgendeine Alternativlösung noch zeitgerecht anzugehen, mich erfolgreich unter Druck setzen und mit der bevorstehenden Beendigung des Pachtverhältnisses erpressen können. Das hätte die Möglichkeit einer Einflußnahme auf die redaktionelle Gestaltung der „Presse", der „Wochenpresse" und überhaupt unserer gesamten Gebarung gegeben. Damit konnte ich mich nicht abfinden. Das war aber genau der Plan, der damals von seiten Franz Olahs und seiner Freunde ausgeheckt worden war: zuerst den „Expreß" in die Hand bekommen und dann über das zu Ende gehende Pachtverhältnis auch noch die „Presse" und alles sonst, was zur Molden-Gruppe gehörte.

Ich war in einer sehr schwierigen Situation. Die Führung der ÖVP – noch immer stand Raab an der Spitze – war mir seit dem Zeitungskrieg, seitdem wir die Affäre Polcar bloßgelegt hatten und seit der Auseinandersetzung um den „Bild-Telegraf" bei Gott nicht wohlgesinnt. Sie wartete mit großer Ungeduld auf die Möglichkeit der Revanche. Auch Julius Raab hätte – wie ich schon mehrfach feststellen konnte – gerne die „Faust im Nacken" spielen lassen. Auch er stellte sich vor, daß „der Molden schon noch in seine Gass'n kommen werde", wie er sich Anfang 1961 einem gemeinsamen Freund gegenüber ausgedrückt hatte. Ich mußte also zwischen den beiden mächtigsten Lagern im Lande, nämlich dem großen Block der Volkspartei und dem ebenso mächtigen Block des Gewerkschaftsbundes und der Sozialisten, versuchen, einen für mein Haus und für mich möglichen Weg zu finden. Nach langen Überlegungen und Beratungen mit meinen engsten Mitarbeitern, vor allem mit Gerd Bacher und Wolf In der Maur, wurde mir klar, daß es im Grunde nur drei echte Alternativen gab.

Die eine war, ein „Arrangement" mit den Sozialisten durchzuführen, am Fleischmarkt zu bleiben, einen langjährigen Pachtvertrag mit der Steyrermühl AG abzuschließen und sich dann als SPÖ-nahe Zeitungsgruppe weiterhin durchzuschlagen. Nach den eben mit Franz Olah gemachten Erfahrungen konnten wir uns dazu keineswegs entschließen. Es hätte nicht nur langfristig die Vernichtung aller von uns einzubringenden Zeitungen bedeutet, es hätte uns auch auf die Dauer das moralische Genick brechen müssen. Wir wären dabei sicher nicht glücklich geworden, wahrscheinlich nicht einmal reich. Denn die Sozialisten pflegen bei ihren Druck- und Verlagsabenteuern keine glückliche Hand zu haben. Daher fiel diese Alternative weg.

Die zweite Möglichkeit war ein ähnliches „Arrangement" mit der ÖVP bzw. mit deren Sprechern in der Industrie. Auch hier hätten wir uns politisch unterwerfen, das heißt uns verpflichten müssen, in der „Presse", der „Wochenpresse" und unseren anderen Blättern eine ÖVP-nahe Linie zu verfolgen. Wir hätten unser Konzept als Druckerei in das Gesamtkonzept der ÖVP in Sachen Medien eingliedern müssen. Diese Möglichkeit war noch weniger verlockend als die schon im Geiste abgelehnte Kooperation mit den Sozialisten. Denn das Medienkonzept der SPÖ war zwar unerfreulich und langfristig zum Mißerfolg verurteilt, das der ÖVP aber war überhaupt nicht vorhanden. Die ÖVP lebte, was die Zeitung betraf, von der Hand in den Mund. Der alternde und verbitterte Julius Raab wollte ja im Grunde genommen nur sein „Sprachrohr", nämlich die „Österreichische Neue Tageszeitung"; daneben sollte die „Presse" zwar das schreiben, was er für richtig hielt, aber ansonsten interessierte sie ihn nicht. Sie war ihm zu hochgestochen, zu intellektuell, für die Begriffswelt des St. Pöltner Baumeisters ein fremdes Machwerk. Materielle Vorteile hätte es auch im ÖVP-Konzept gegeben. Im Falle der Annahme des ÖVP-Vorschlages, der mir damals wiederum durch einige Freunde aus der Industrie und aus den Großbanken vorgelegt wurde, wären die notwendigen Millionen zur Errichtung eines Druckereihauses sofort zur Verfügung gestanden. Aber auch hier hätten wir unser mediales Erstgeburtsrecht und unsere Freiheit für ein Linsengericht hergeben müssen. Wir hätten

Leuten entscheidendes Mitspracherecht in Fragen unserer Zeitungen und unserer Druckerei geben müssen, die dieses Mitspracherecht zwangsläufig und von ihrem Gesichtspunkt aus konsequent mißbraucht hätten. Daher war auch der Vorschlag, mit der ÖVP zusammenzugehen, nicht annehmbar.

So blieb schließlich im Grunde genommen nur der dritte Weg, nämlich sich Schritt für Schritt und in honoriger Weise aus dem Zeitungsbereich zurückzuziehen, gleichzeitig aber zur Erhaltung der materiellen Substanz eine neue Druckerei aufzubauen, in der die Zeitungen, egal ob sie noch in unserem Besitz waren oder ob wir sie bereits abgegeben hatten, als Kunden langfristig gebunden sein würden. Und in diesem Konzept lag dann ein ferneres Ziel, nämlich die Schaffung eines vom täglichen politischen Spiel der Kräfte und von der „Faust im Nacken" unberührtes mediales Gebiet neu anzugehen und einen Buchverlag zu gründen. Einen Buchverlag, der mit seiner Produktion nicht nur die 7,5 Millionen Österreicher, sondern alle Menschen deutscher Zunge ansprechen sollte, sich auf einen Markt von 75 Millionen Menschen ausrichten konnte und der damit den Erpressungs- und Druckmöglichkeiten der kleinkarierten österreichischen Politik entzogen war.

Die letzten Konsequenzen dieses Planes habe ich natürlich im Frühjahr des Jahres 1961, als ich mich daranmachte, ihn in die Tat umzusetzen, noch nicht genau sehen können. Aber es war mir klar, daß für einen, der die Zeit von 1938 bis 1945 so wie ich erlebt hatte, daß für einen, der gewohnt war, die Dinge zu denken, zu sagen und zu publizieren, die er für richtig hielt, daß für so einen, wenn er nicht den Mund halten, kuschen und sich unterwerfen wollte, ein anderer Weg auf die Dauer nicht gangbar sein würde. Dies um so mehr, als ich nicht über eigene Kapitalmittel größeren Umfanges verfügte und daher immer wieder – Zeitungen und besonders Zeitungsgründungen kosten sehr viel Geld – auf die Kooperation mit anderen angewiesen war. In Österreich waren aber die anderen, nämlich die Banken, soweit es sich um große Institute handelte, fest in der Hand der beiden großen Koalitionspartner und deren Pressuregroups. Ich entschloß mich daher schließlich, den Weg aus den Zeitungen heraus über die Zwischenstation der Großdruckerei zum Buch zu beschreiten. Im Laufe der Jahre 1961 und 1962 habe ich begonnen, mich von der „Faust im Nacken“ freizumachen. Ich gab alle in meinem Besitz befindlichen Zeitungen auf und trat als Herausgeber und Chefredakteur der „Presse“ und der „Wochenpresse“ zurück. Keiner dieser Schritte war sehr leicht und einfach. Handelte es sich doch durchwegs, schon beginnend beim „Expreß“, dann bei der „Wochenpresse“ und schließlich bei der „Presse“, um Organe, bei deren Geburt oder Wiedergeburt ich Pate gestanden war, die mir wie eigene Kinder am Herzen lagen. Aber es schien richtig, auf sie zu einem Zeitpunkt zu verzichten, zu dem ich Herr meiner eigenen Entschlüsse war und honorig und mit erhobenem Kopf neue Wege beschreiten konnte. Im Jahre 1962 besaß ich keine Tageszeitungen und keine politischen Wochenzeitungen mehr. 1963 wurde meine neue Großdruckerei, das „Pressehaus“ in Heiligenstadt, fertiggestellt, und 1964 gründete ich den „Verlag Fritz Molden“ und begann, Bücher zu verlegen.

EPILOG MIT TORENFALLE

Wenn ich ehrlich sein will und mir die Zeit von 1945 bis zum Anfang der sechziger Jahre genau ansehe, dann muß ich zugeben, daß es den Biedermännern, den mächtigen Herren der großen politischen Blöcke in Österreich, schließlich und endlich um das Jahr 1960/61 herum doch gelungen war, mich, den Toren, nach fünfzehn Jahren des Kampfes mit leider sehr real vorhandenen Windmühlen, einzuholen und zu stellen. Der Tor saß in der Falle. Die Biedermänner in Frack und Orden und selbstverständlich mit Zylinder (Steirerhut oder Schirmmütze waren längst aus der Mode gekommen) führten rund um diese einer riesigen Mausefalle gleichenden Torenfalle den Freudentanz auf. Es war gelungen. Der Tor konnte ihnen zwar noch ein Schnippchen schlagen und sich durch die Hintertür wieder aus der Falle hinausbegeben, doch das, was er von 1945 bis 1962, also immerhin eine halbe Generation lang, aufgebaut und zum Erfolg geführt hatte, das mußte er zurücklassen, zum freundlichen Gebrauch für Biedermänner und deren schlaue Erben.

Kein Grund zum Trauern. Die siebzehn Jahre waren schöne und aufregende Jahre gewesen. Alles, was in dieser Zeit geschehen ist: die letzten Zuckungen des Krieges und des Widerstandes, die Besetzung durch die Alliierten und der Aufbau der Zweiten Republik, dann das Mitaufbauen der Zeitungen im Lande; der kalte Krieg, die Abwehr neuerlicher Gefährdung für Land und Menschen in Österreich; das Erlebnis des Staatsvertrages, die glorreichen und verzweifelten Wochen in Budapest; das spannende Katz-und-Maus-Spiel des Zeitungskrieges; das aufregende Jahr des Festivals und schließlich der letzte Kampf gegen die „Faust im Nacken" – alles in allem gesehen: aufregende, spannende, amüsante und halt manchmal auch ein bissel traurige siebzehn Jahre.

Aber wärst nicht aufig'stiegen, wärst nicht abig'fallen, sagt ein altes österreichisches Sprichwort. Kein Grund zum Trauern, denn das Land als solches hat offensichtlich die Besetzer ebenso wie die Biedermänner und schließlich auch uns Toren ganz gut überstanden. Vielleicht hat es sogar von allen ein wenig profitiert. Die Helden (in diesem Falle die Toren) waren müde geworden, und die vergoldete und innen so weich ausgepolsterte Torenfalle schien ihnen gar nicht mehr so abschreckend. Vielleicht sind die Toren auch überflüssig geworden im Österreich der sechziger und siebziger Jahre, im Lande des Wohlstandes, des Proporzes und der immerwährenden Neutralität. Josef Klaus und Bruno Kreisky haben ab 1966 eine neue Periode in der österreichischen Geschichte eingeleitet. Es ist ein anderes, ein selbstbewußteres, ein freieres und ein illusionsloseres Österreich, das jetzt in die achtziger Jahre eintritt. Auf der „Insel der Seligen" braucht man keine Toren – Technokraten der Macht reichen völlig aus. Aber vielleicht, irgendeinmal, wenn die Luft wieder kälter wird und Konflikte statt in Afghanistan wieder in Mitteleuropa ausgetragen werden, dann könnten auch Toren wieder gefragt sein. Wer weiß?

DOKUMENTATION: BEILAGE I

ABKOMMEN ZWISCHEN DEN REGIERUNGEN DES VEREINIGTEN KÖNIGREICHES, DER VEREINIGTEN STAATEN VON AMERIKA, DER UNION DER SOZIALISTISCHEN SOWJETREPUBLIKEN UND DER FRANZÖSISCHEN REPUBLIK ÜBER DEN KONTROLLAPPARAT IN ÖSTERREICH, VOM 28. JUNI 1946 (2. KONTROLLABKOMMEN)

Die Regierungen des Vereinigten Königreiches von Großbritannien und Nordirland, der Vereinigten Staaten von Amerika, der Union der Sozialistischen Sowjetrepubliken und der Französischen Republik (im folgenden die „Vier Mächte" genannt):

Im Hinblick auf die Erklärung, die am 1. November 1943 in Moskau im Namen der Regierungen des Vereinigten Königreiches, der Vereinigten Staaten von Amerika und der Union der Sozialistischen Sowjetrepubliken abgegeben wurde, durch welche die drei Regierungen ihrer Zustimmung Ausdruck gaben, daß Österreich von deutscher Herrschaft befreit werden sollte, und erklärten, daß sie die Wiedererstehung eines freien und unabhängigen Österreich wünschten und im Hinblick auf die später erfolgte Erklärung von Algier vom 16. November 1943 des Französischen Nationalen Befreiungskomitees über die Unabhängigkeit Österreichs.

Im Hinblick auf die Errichtung einer von den Vier Mächten anerkannten österreichischen Regierung, als Ergebnis der am 25. November abgehaltenen freien Wahlen, unter Berücksichtigung der Notwendigkeit, Art und Machtbereich der österreichischen Regierung, sowie die Funktionen der alliierten Behörden und Streitkräfte in Österreich neu zu bestimmen, und um somit Artikel 14 des Übereinkommens, das vom Beratenden Ausschuß für Europäische Angelegenheiten am 4. Juli 1945 unterzeichnet wurde, zu verwirklichen;

haben folgendes vereinbart:

ARTIKEL 1

Die Autorität der österreichischen Regierung erstreckt sich uneingeschränkt über ganz Österreich, mit Ausnahme folgender Vorbehalte:

a) Die österreichische Regierung und alle untergeordneten österreichischen Behörden haben die Anweisungen, die sie von der Alliierten Kommission empfangen, auszuführen.

b) Bezüglich der im nachfolgenden Artikel 5 aufgezählten Angelegenheiten kann weder die österreichische Regierung noch irgendeine untergeordnete österreichische Behörde ohne vorherige schriftliche Zustimmung der Alliierten Kommission Maßnahmen ergreifen.

ARTIKEL 2

a) Die Alliierte Organisation in Österreich besteht aus:

(1) einem Alliierten Rat, bestehend aus vier Hochkommissaren, von denen je einer von jeder der Vier Mächte bestellt wird;

(2) einem Exekutiv-Komitee, bestehend aus je einem Vertreter hohen Ranges der vier Hochkommissare;

(3) den von jeder der vier einzelnen Mächte eingesetzten Stäben; eine Organisation, die in ihrer Gesamtheit als Alliierte Kommission für Österreich bekannt ist.

b) (1) Die Machtbefugnisse der Alliierten Kommission sollen in Angelegenheiten, die Österreich als Ganzes betreffen, vom Alliierten Rat oder vom Exekutiv-Komitee oder von den durch

die Vier Mächte eingesetzten Stäben, die gemeinsam wirken, ausgeübt werden.
(2) Die Hochkommissare haben innerhalb ihrer entsprechenden Zonen die Durchführung der Anweisungen der österreichischen Zentralbehörden zu überwachen.
(3) Die Hochkommissare haben weiterhin innerhalb ihrer entsprechenden Zonen zu gewährleisten, daß Maßnahmen der österreichischen Landesbehörden, die sich aus deren autonomen Stellung ableiten, nicht im Gegensatz zur Politik der Alliierten Kommission stehen.
c) Die Alliierte Kommission soll nur über die österreichische Regierung oder über andere entsprechende österreichische Behörden handeln, außer
(1) um Recht und Ordnung aufrechtzuerhalten, falls die österreichischen Behörden dazu nicht imstande sind;
(2) wenn die österreichische Regierung oder andere entsprechende österreichische Behörden die von der Alliierten Kommission im Falle einer der im nachfolgenden Artikel 5 aufgezählten Angelegenheiten direkte Maßnahmen ergreift.
d) Falls der Alliierte Rat keine Maßnahmen ergreift, können die vier verschiedenen Hochkommissare in jeder Angelegenheit, auf die sich Paragraph (c), Absatz (1) und (2) dieses Artikels und Artikel 5 beziehen, sowie in allen Angelegenheiten, bei denen ihnen hinsichtlich der nach Artikel 8 (a) dieses Abkommens zu treffenden Übereinkunft, die Macht übertragen ist, unabhängig in ihren entsprechenden Zonen Maßnahmen ergreifen.
e) Die Besatzungstruppen der Vier Mächte sollen ihre Standorte in den entsprechenden Besatzungszonen Österreichs und Wiens haben, so wie es in dem Abkommen über die Besatzungszonen von Österreich und die Verwaltung der Stadt Wien, das vom Beratenden Ausschuß für Europäische Angelegenheiten am 9. Juli 1945 unterzeichnet wurde, festgelegt ist. Beschlüsse des Alliierten Rates, die durchzuführen sind von den Besatzungstruppen, werden von diesen gemäß den Weisungen ihrer entsprechenden Hochkommissare durchgeführt.

ARTIKEL 3

Die vornehmlichsten Aufgaben der Alliierten Kommission für Österreich sind:

a) Die Einhaltung der Bedingungen der Erklärung über die Niederlage Deutschlands, die am 5. Juni 1945 in Berlin unterzeichnet wurde, in Österreich zu sichern.

b) Die Trennung Österreichs von Deutschland vollständig zu machen, die unabhängige Existenz und Integrität des österreichischen Staates aufrechtzuerhalten und, bis zur endgültigen Festlegung seiner Grenzen, die Unantastbarkeit derselben nach dem Stande vom 31. Dezember 1937 zu sichern.

c) Die österreichische Regierung zu unterstützen, ein gesundes und demokratisches nationales Leben neu zu schaffen, gestützt auf eine wirksame Verwaltung, stabile wirtschaftliche und finanzielle Zustände und auf die Achtung von Recht und Ordnung.

d) Die frei gewählte österreichische Regierung zu unterstützen, so bald wie möglich die volle Kontrolle der Staatsgeschäfte Österreichs auszuüben.

e) Die Aufstellung eines fortschrittlichen Erziehungsprogramms auf lange Sicht, das die Aufgabe hat, alle Spuren der Nazi-Ideologie auszumerzen und der österreichischen Jugend demokratische Grundsätze einzuprägen, zu sichern.

ARTIKEL 4

a) Um die volle Ausübung der Machtbefugnisse der österreichischen Regierung gleichmäßig in allen Zonen zu erleichtern und die wirtschaftliche Einheit Österreichs zu fördern, wird der Alliierte Rat, vom Zeitpunkt der Unterzeichnung dieses Abkommens an, die Aufhebung aller noch bestehenden Beschränkungen des Personen- und Güterverkehrs und anderen Verkehrs innerhalb Österreichs verwirklichen, mit Ausnahme solcher Beschränkungen, die vom Alliierten Rat beson-

ders vorgeschrieben werden oder die in Grenzgebieten für die Aufrechterhaltung einer wirksamen Kontrolle des internationalen Verkehrs notwendig sind. Die Zonengrenzen werden dann keine andere Wirkung haben als die Machtbereiche und die Verantwortlichkeit der entsprechenden Hochkommissare sowie die Standorte der Besatzungstruppen zu begrenzen.
b) Die österreichische Regierung kann eine Zoll- und Grenzverwaltung errichten, und die Alliierte Kommission wird Schritte einleiten, ihr, sobald dies möglich ist, die Zoll- und Reisekontrolle, soweit sie Österreich betreffen und nicht die militärischen Erfordernisse der Besatzungstruppen behindern, zu übertragen.

ARTIKEL 5

Im folgenden sind die Angelegenheiten angeführt, in denen die Alliierte Kommission direkte Maßnahmen ergreifen kann, so wie es im obigen Artikel 2 c) (3) vorgesehen ist:
(1) Entmilitarisierung und Entwaffnung (militärische, wirtschaftliche, industrielle, technische und wissenschaftliche).
(2) Schutz und Sicherheit der alliierten Streitkräfte in Österreich und die Erfüllung ihrer militärischen Erfordernisse entsprechend des nach Artikel 8 a) zu treffenden Übereinkommens.
(3) Schutz, Obsorge und Rückerstattung von Eigentum, das den Regierungen einer der Vereinten Nationen oder deren Staatsbürgern gehört.
(4) Die Verfügung über deutsches Eigentum gemäß den bestehenden Vereinbarungen zwischen den Alliierten.
(5) Betreuung und Abtransport von Kriegsgefangenen und Versetzten Personen sowie Ausübung der rechtlichen Gewalt über dieselben.
(6) Die Kontrolle des Ein- und Ausreiseverkehrs in Österreich, bis österreichische Reisekontrollen errichtet werden können.
(7) (a) Ausforschung, Verhaftung und Auslieferung irgendwel-

cher Personen, die von einer der Vier Mächte oder vom Internationalen Gerichtshof für Kriegsverbrechen und Verbrechen gegen die Menschlichkeit gesucht werden.
(b) Ausforschung, Verhaftung und Auslieferung irgendwelcher Personen, die von anderen Vereinten Nationen wegen Verbrechen gesucht werden, die im vorhergehenden Absatz genannt sind, und die in den Listen der Kommission der Vereinten Nationen für Kriegsverbrechen enthalten sind.
Die österreichische Regierung wird weiter zuständig sein, alle anderen Personen, die solcher Verbrechen beschuldigt sind und unter ihre rechtliche Gewalt fallen, abzuurteilen, vorbehaltlich des Kontrollrechtes des Alliierten Rates hinsichtlich Verfolgung und Bestrafung solcher Verbrechen.

ARTIKEL 6

a) Alle legislativen Maßnahmen, so wie sie vom Alliierten Rat bestimmt sind, und internationale Abkommen, die die österreichische Regierung abzuschließen wünscht, ausgenommen Abkommen mit einer der Vier Mächte, sollen – bevor sie in Kraft treten oder im Staatsgesetzblatt veröffentlicht werden – von der österreichischen Regierung dem Alliierten Rat vorgelegt werden. Im Falle von Verfassungsgesetzen bedarf es der schriftlichen Zustimmung des Alliierten Rates, bevor ein solches Gesetz veröffentlicht werden und in Kraft treten kann. Im Falle aller anderen legislativen Maßnahmen und internationalen Abkommen darf angenommen werden, daß der Alliierte Rat seine Zustimmung erteilt hat, wenn er binnen einunddreißig Tagen nach Einlangen bei der Alliierten Kommission die österreichische Regierung nicht benachrichtigt, daß er gegen eine legislative Maßnahme oder gegen ein internationales Abkommen Einspruch erhebt.
Solche legislative Maßnahmen oder internationale Abkommen können dann veröffentlicht werden und in Kraft treten. Die österreichische Regierung hat den Alliierten Rat über alle

internationalen Abkommen in Kenntnis zu setzen, die sie mit einer oder mehreren der Vier Mächte geschlossen hat.
b) Der Alliierte Rat kann die österreichische Regierung oder die entsprechende österreichische Behörde jederzeit von seinem Einspruch gegen eine legislative oder Verwaltungsmaßnahme der Regierung oder einer solchen Behörde in Kenntnis setzen und verfügen, daß die betreffende Maßnahme rückgängig gemacht oder abgeändert wird.

ARTIKEL 7

Es steht der österreichischen Regierung frei, diplomatische und konsularische Beziehungen mit den Regierungen der Vereinten Nationen aufzunehmen. Die Aufnahme von diplomatischen und konsularischen Beziehungen mit anderen Regierungen bedarf der vorherigen Genehmigung des Alliierten Rates. Diplomatische Missionen in Wien haben das Recht, direkt mit dem Alliierten Rat in Verbindung zu treten. Beim Alliierten Rat akkreditierte Militärmissionen sollen, sobald ihre entsprechenden Regierungen diplomatische Beziehungen mit der österreichischen Regierung aufnehmen, zurückgezogen werden, jedenfalls jedoch binnen zwei Monaten nach der Unterzeichnung dieses Abkommens.

ARTIKEL 8

a) Ein weiteres Abkommen ist zwischen den Vier Mächten abzuschließen und der österreichischen Regierung sobald wie möglich und innerhalb von drei Monaten vom heutigen Tage zu übermitteln, durch das die Immunität der Mitglieder der Alliierten Kommission und der Truppen der Vier Mächte in Österreich umschrieben wird, sowie die Rechte, die sie genießen werden, um ihre Sicherheit und ihren Schutz sowie die Erfüllung ihrer militärischen Erfordernisse zu sichern.

b) Bis zum Abschluß eines weiteren Abkommens, wie in Artikel 8 (a) vorgesehen, bleiben die gegenwärtigen Rechte und die Immunität der Mitglieder der Alliierten Kommission und der Streitkräfte der Vier Mächte in Österreich, die entweder aus der Erklärung über die Niederlage Deutschlands oder aus der Machtvollkommenheit eines Oberstkommandierenden im Felde entspringt, unverändert in Kraft.

ARTIKEL 9

a) Mitglieder des Alliierten Rates, der Exekutiv-Komitees und Mitglieder der Stäbe, die von einer der Vier Mächte zur Alliierten Kommission berufen wurden, können sowohl Zivilisten als auch Militärangehörige sein.
b) Jede der Vier Mächte kann als ihren Hochkommissar entweder den Oberstkommandierenden ihrer Streitkräfte in Österreich oder ihren diplomatischen oder politischen Vertreter in Österreich einsetzen oder je nach Belieben einen anderen Funktionär ernennen.
c) Jeder Hochkommissar kann einen Stellvertreter bestimmen, der während seiner Abwesenheit für ihn die Agenden führt.
d) Ein Hochkommissar kann im Alliierten Rat von einem politischen Berater oder von einem militärischen Berater unterstützt werden, der entweder der diplomatische oder politische Vertreter seiner Regierung in Wien oder der Oberstkommandierende der Truppen seiner Regierung in Österreich sein kann.
e) Der Alliierte Rat tritt mindestens zweimal im Monat oder auf Wunsch eines der Mitglieder zusammen.

ARTIKEL 10

a) Die Mitglieder des Exekutiv-Komitees sollen, falls nötig, den Sitzungen des Alliierten Rates beiwohnen.
b) In Angelegenheiten, die ihm vom Alliierten Rat überantwor-

tet werden, handelt das Exekutiv-Komitee im Namen des Alliierten Rates.
c) Das Exekutiv-Komitee hat dafür zu sorgen, daß die Beschlüsse des Alliierten Rates und seine eigenen Beschlüsse ausgeführt werden.
d) Das Exekutiv-Komitee hat die Tätigkeiten der Stäbe der Alliierten Kommission miteinander in Einklang zu bringen.

ARTIKEL 11

a) Die Stäbe der Alliierten Kommission in Wien setzen sich aus Abteilungen („Divisionen") zusammen, die sich mit einem oder mehreren der österreichischen Ministerien oder Ämtern dekken, zusätzlich gewisser Abteilungen, die keinem österreichischen Ministerium oder Amt entsprechen. Eine Liste der Abteilungen ist im Anhang I zu diesem Abkommen gegeben; diese Einteilung kann vom Alliierten Rat jederzeit geändert werden.
b) Die Abteilungen sollen mit den entsprechenden Ämtern der österreichischen Regierung Fühlung aufrechterhalten und im Rahmen der Politik, die vom Alliierten Rat oder vom Exekutiv-Komitee angenommen wurde, handeln und Anordnungen treffen.
c) Die Abteilungen sollen dem Exekutiv-Komitee, wenn nötig, Bericht erstatten.
d) An der Spitze jeder Abteilung stehen vier Direktoren, einer für jede der Vier Mächte, die zusammen das Direktorium dieser Abteilung genannt werden. Direktoren der Abteilung oder deren Vertreter dürfen solchen Sitzungen des Alliierten Rates oder des Exekutiv-Komitees beiwohnen, in denen Angelegenheiten, welche die Arbeiten ihrer Abteilung berühren, besprochen werden. Die vier Funktionäre, die als Direktoren der Abteilung handeln, können zeitweilige Unter-Ausschüsse, wenn sie es für erwünscht halten, einsetzen.

ARTIKEL 12

Die Beschlüsse des Alliierten Rates, des Exekutiv-Komitees und anderer bestellter Körperschaften der Alliierten Kommission müssen einstimmig gefaßt werden.
Der Vorsitz im Alliierten Rat, im Exekutiv-Komitee und in den Direktorien soll turnusmäßig eingenommen werden.

ARTIKEL 13

Die bestehende Inter-Alliierte Kommandantur in Wien, früher die „Komendatura" genannt, soll weiterhin als das Organ der Alliierten Kommission in Angelegenheiten handeln, die Wien als Ganzes berühren, bis diejenigen ihrer Funktionen, die die zivile Verwaltung betreffen, der Gemeinde Wien übertragen werden können. Diese Funktionen sollen schrittweise und so schnell wie möglich übertragen werden. Die Art der Kontrolle, die dann angewendet werden wird, wird vom Alliierten Rat bestimmt werden. In der Zwischenzeit soll die Inter-Alliierte Kommandantur die gleichen Beziehungen zu der Gemeindeverwaltung von Wien unterhalten wie die Alliierte Kommission zu der österreichischen Regierung.

ARTIKEL 14

Das vorliegende Abkommen wird mit heutigem Tage wirksam und soll in Kraft bleiben, bis es auf Grund einer Vereinbarung zwischen den Vier Mächten abgeändert oder aufgehoben wird. Mit dem Inkrafttreten des vorliegenden Abkommens verliert das Abkommen, welches vom Beratenden Ausschuß für Europäische Angelegenheiten am 4. Juli 1945 unterzeichnet wurde, seine Gültigkeit. Die Vier Mächte sollen nicht später als sechs Monate nach dem heutigen Tage bezüglich seiner Abänderung gemeinsame Beratungen aufnehmen.

Urkundlich dessen ist das vorliegende Abkommen im Namen jeder der Vier Mächte von ihren Hochkommissaren in Österreich unterzeichnet.
Gegeben am 28. Tag des Monates Juni 1946 zu Wien in vierfacher Ausfertigung, in englisch, französisch und russisch, wobei jeder Text gleicherweise authentisch ist. Eine Übersetzung ins Deutsche soll von den vier Hochkommissaren genehmigt und von diesen so bald wie möglich der österreichischen Regierung übermittelt werden.

Für die Regierung des Vereinigten Königreiches:
General-Leutnant J. S. Steele
Für die Regierung der Vereinigten Staaten von Amerika:
General Mark W. Clark
Für die Regierung der Union der Sozialistischen Sowjet-Republiken:
General-Oberst V. V. Kurasov
Für die Regierung der Französischen Republik:
Armeekorps-General M. E. Béthouart
Für die Richtigkeit der Übersetzung und in Übereinstimmung mit den englischen, französischen und russischen Originaltexten:
Oberst G. L. Munier, Chef-Sekretär
des Alliierten Sekretariates.
Munier e. h.

1955
STAATSVERTRAG BETREFFEND DIE WIEDERHERSTELLUNG EINES UNABHÄNGIGEN UND DEMOKRATISCHEN ÖSTERREICH

PRÄAMBEL

Die Union der Sozialistischen Sowjetrepubliken, das Vereinigte Königreich von Großbritannien und Nordirland, die Vereinigten Staaten von Amerika und Frankreich, in der Folge die Alliierten und Assoziierten Mächte genannt, einerseits und Österreich anderseits;
Im Hinblick darauf, daß Hitler-Deutschland am 13. März 1938 Österreich mit Gewalt annektierte und sein Gebiet dem Deutschen Reich einverleibte;
Im Hinblick darauf, daß in der Moskauer Erklärung, verlautbart am 1. November 1943, die Regierung der Union der Sozialistischen Sowjetrepubliken, des Vereinigten Königreiches und der Vereinigten Staaten von Amerika erklärten, daß sie die Annexion Österreichs durch Deutschland am 13. März 1938 als null und nichtig betrachten, und ihrem Wunsch Ausdruck gaben, Österreich als einen freien und unabhängigen Staat wiederhergestellt zu sehen und daß das Französische Komitee der Nationalen Befreiung am 16. November 1943 eine ähnliche Erklärung abgab;
Im Hinblick darauf, daß als ein Ergebnis des alliierten Sieges Österreich von der Gewaltherrschaft Hitler-Deutschlands befreit wurde;
Im Hinblick darauf, daß die Alliierten und Assoziierten Mächte und Österreich unter Berücksichtigung der Bedeutung der Anstrengungen, die das österreichische Volk zur Wiederher-

stellung und zum demokratischen Wiederaufbau seines Landes selbst machte und weiter zu machen haben wird, den Wunsch hegen, einen Vertrag abzuschließen, der Österreich als einen freien, unabhängigen und demokratischen Staat wiederherstellt, wodurch sie zur Wiederaufrichtung des Friedens in Europa beitragen;

Im Hinblick darauf, daß die Alliierten und Assoziierten Mächte den Wunsch haben, durch den vorliegenden Vertrag in Übereinstimmung mit den Grundsätzen der Gerechtigkeit alle Fragen zu regeln, die im Zusammenhange mit den oberwähnten Ereignissen einschließlich der Annexion Österreichs durch Hitler-Deutschland und seiner Teilnahme am Kriege als integrierender Teil Deutschlands noch offenstehen; und

Im Hinblick darauf, daß die Alliierten und Assoziierten Mächte und Österreich zu diesem Zwecke den Wunsch hegen, den vorliegenden Vertrag abzuschließen, um als Grundlage freundschaftlicher Beziehungen zwischen ihnen zu dienen und um damit die Alliierten und Assoziierten Mächte in die Lage zu versetzen, die Bewerbung Österreichs um Zulassung zur Organisation der Vereinten Nationen zu unterstützen;

Haben daher die unterfertigten Bevollmächtigten ernannt, welche nach Vorweisung ihrer Vollmachten, die in guter und gehöriger Form befunden wurden, über die nachstehenden Bestimmungen übereingekommen sind:

TEIL I
POLITISCHE UND TERRITORIALE BESTIMMUNGEN

Artikel 1.

Wiederherstellung Österreichs als freier und unabhängiger Staat

Die Alliierten und Assoziierten Mächte anerkennen, daß Österreich als ein souveräner, unabhängiger und demokratischer Staat wiederhergestellt ist.

Artikel 2.

Wahrung der Unabhängigkeit Österreichs

Die Alliierten und Assoziierten Mächte erklären, daß sie die Unabhängigkeit und territoriale Unversehrtheit Österreichs, wie sie gemäß dem vorliegenden Vertrag festgelegt sind, achten werden.

Artikel 3.

Anerkennung der Unabhängigkeit Österreichs durch Deutschland

Die Alliierten und Assoziierten Mächte werden in den deutschen Friedensvertrag Bestimmungen aufnehmen, welche die Anerkennung der Souveränität und Unabhängigkeit Österreichs durch Deutschland und den Verzicht Deutschlands auf alle territorialen und politischen Ansprüche in bezug auf Österreich und österreichisches Staatsgebiet sichern.

Artikel 4.

Verbot des Anschlusses

1. Die Alliierten und Assoziierten Mächte erklären, daß eine politische oder wirtschaftliche Vereinigung zwischen Österreich und Deutschland verboten ist. Österreich anerkennt voll und ganz seine Verantwortlichkeiten auf diesem Gebiete und wird keine wie immer geartete politische oder wirtschaftliche Vereinigung mit Deutschland eingehen.
2. Um einer solchen Vereinigung vorzubeugen, wird Österreich keinerlei Vereinbarung mit Deutschland treffen oder irgendeine Handlung setzen oder irgendwelche Maßnahmen treffen, die geeignet wären, unmittelbar oder mittelbar eine politische oder wirtschaftliche Vereinigung mit Deutschland zu fördern oder seine territoriale Unversehrtheit oder politische oder wirtschaftliche Unabhängigkeit zu beeinträchtigen. Österreich verpflichtet sich ferner, innerhalb seines Gebietes jede

Handlung zu verhindern, die geeignet wäre, eine solche Vereinigung mittelbar oder unmittelbar zu fördern, und wird den Bestand, das Wiederaufleben und die Tätigkeit jeglicher Organisationen, welche die politische oder wirtschaftliche Vereinigung mit Deutschland zum Ziele haben, sowie großdeutsche Propaganda zugunsten der Vereinigung mit Deutschland verhindern.

Artikel 5.

Grenzen Österreichs

Die Grenzen Österreichs sind jene, die am 1. Jänner 1938 bestanden haben.

Artikel 6.

Menschenrechte

1. Österreich wird alle erforderlichen Maßnahmen treffen, um allen unter österreichischer Staatshoheit lebenden Personen ohne Unterschied von Rasse, Geschlecht, Sprache oder Religion den Genuß der Menschenrechte und der Grundfreiheiten einschließlich der Freiheit der Meinungsäußerung, der Presse und Veröffentlichung, der Religionsausübung, der politischen Meinung und der öffentlichen Versammlung zu sichern.
2. Österreich verpflichtet sich weiters dazu, daß die in Österreich geltenden Gesetze weder in ihrem Inhalt noch in ihrer Anwendung zwischen Personen österreichischer Staatsangehörigkeit auf Grund ihrer Rasse, ihres Geschlechtes, ihrer Sprache oder ihrer Religion, sei es in bezug auf ihre Person, ihre Vermögenswerte, ihre geschäftlichen, beruflichen oder finanziellen Interessen, ihre Rechtsstellung, ihre politischen oder bürgerlichen Rechte, sei es auf irgendeinem anderen Gebiete, diskriminieren oder Diskriminierungen zur Folge haben werden.

Artikel 7.

Rechte der slowenischen und kroatischen Minderheiten

1. Österreichische Staatsangehörige der slowenischen und kroatischen Minderheiten in Kärnten, Burgenland und Steiermark genießen diesselben Rechte auf Grund gleicher Bedingungen wie alle anderen österreichischen Staatsangehörigen einschließlich des Rechtes auf ihre eigenen Organisationen, Versammlungen und Presse in ihrer eigenen Sprache.
2. Sie haben Anspruch auf Elementarunterricht in slowenischer oder kroatischer Sprache und auf eine verhältnismäßige Anzahl eigener Mittelschulen; in diesem Zusammenhang werden Schullehrpläne überprüft und eine Abteilung der Schulaufsichtsbehörde wird für slowenische und kroatische Schulen errichtet werden.
3. In den Verwaltungs- und Gerichtsbezirken Kärntens, des Burgenlandes und der Steiermark mit slowenischer, kroatischer oder gemischter Bevölkerung wird die slowenische oder kroatische Sprache zusätzlich zum Deutschen als Amtssprache zugelassen. In solchen Bezirken werden die Bezeichnungen und Aufschriften topographischer Natur sowohl in slowenischer oder kroatischer Sprache wie in Deutsch verfaßt.
4. Österreichische Staatsangehörige der slowenischen und kroatischen Minderheiten in Kärnten, Burgenland und Steiermark nehmen an den kulturellen, Verwaltungs- und Gerichtseinrichtungen in diesen Gebieten auf Grund gleicher Bedingungen wie andere österreichische Staatsangehörige teil.
5. Die Tätigkeit von Organisationen, die darauf abzielen, der kroatischen oder slowenischen Bevölkerung ihre Eigenschaft und ihre Rechte als Minderheit zu nehmen, ist zu verbieten.

Artikel 8.

Demokratische Einrichtungen

Österreich wird eine demokratische, auf geheime Wahlen gegründete Regierung haben und verbürgt allen Staatsbürgern ein freies, gleiches und allgemeines Wahlrecht sowie das Recht, ohne Unterschied von Rasse, Geschlecht, Sprache, Religion oder politische Meinung zu einem öffentlichen Amte gewählt zu werden.

Artikel 9.

Auflösung nazistischer Organisationen

1. Österreich wird die bereits durch die Erlassung entsprechender und von der Alliierten Kommission für Österreich genehmigter Gesetze begonnenen Maßnahmen zur Auflösung der nationalsozialistischen Partei und der ihr angegliederten und von ihr kontrollierten Organisationen einschließlich der politischen, militärischen und paramilitärischen auf österreichischem Gebiet vollenden. Österreich wird auch die Bemühungen fortsetzen, aus dem österreichischen politischen, wirtschaftlichen und kulturellen Leben alle Spuren des Nazismus zu entfernen, um zu gewährleisten, daß die obgenannten Organisationen nicht in irgendeiner Form wieder ins Leben gerufen werden, und um alle nazistische oder militaristische Tätigkeit und Propaganda in Österreich zu verhindern.
2. Österreich verpflichtet sich, alle Organisationen faschistischen Charakters aufzulösen, die auf seinem Gebiete bestehen, und zwar sowohl politische, militärische und paramilitärische als auch alle anderen Organisationen, welche eine irgendeiner der Vereinten Nationen feindliche Tätigkeit entfalten oder welche die Bevölkerung ihrer demokratischen Rechte zu berauben bestrebt sind.
3. Österreich verpflichtet sich, unter der Androhung von Strafsanktionen, die umgehend in Übereinstimmung mit den österreichischen Rechtsvorschriften festzulegen sind, das Bestehen und die Tätigkeit der obgenannten Organisationen auf österreichischem Gebiete zu untersagen.

Artikel 10.

Besondere Bestimmungen über die Gesetzgebung

1. Österreich verpflichtet sich, die Grundsätze, die in den von der österreichischen Regierung und vom österreichischen Parlament seit dem 1. Mai 1945 angenommenen und von der Alliierten Kommission für Österreich genehmigten, auf die Liquidierung der Überreste des Naziregimes und auf die Wiederherstellung des demokratischen Systems abzielenden Gesetze und Verordnungen enthalten sind, aufrechtzuerhalten und ihre Durchführung fortzusetzen, die seit dem 1. Mai 1945 bereits getroffenen oder eingeleiteten gesetzgeberischen und administrativen Maßnahmen zu vollenden und die in den Artikeln 6, 8 und 9 des vorliegenden Vertrages festgelegten Grundsätze zu kodifizieren und in Kraft zu setzen und, soweit dies nicht schon geschehen ist, alle gesetzgeberischen und administrativen Maßnahmen, die zwischen dem 5. März 1933 und dem 30. April 1945 getroffen wurden und die in Widerspruch mit den in den Artikeln 6, 8 und 9 festgelegten Grundsätzen stehen, aufzuheben oder abzuändern.

2. Österreich verpflichtet sich ferner, das Gesetz vom 3. April 1919, betreffend das Haus Habsburg-Lothringen, aufrechtzuerhalten.

Artikel 11.

Anerkennung der Friedensverträge

Österreich verpflichtet sich, die volle Geltung der Friedensverträge mit Italien, Rumänien, Bulgarien, Ungarn und Finnland und anderer Abkommen oder Regelungen anzuerkennen, die von den Alliierten und Assoziierten Mächten bezüglich Deutschlands und Japans zur Wiederherstellung des Friedens herbeigeführt worden sind oder künftig herbeigeführt werden.

TEIL II
MILITÄRISCHE UND LUFTFAHRTBESTIMMUNGEN

Artikel 12.

Verbot der Dienstleistung in den österreichischen Streitkräften für ehemalige Mitglieder nazistischer Organisationen und Angehörige bestimmter anderer Personenkreise

Folgenden Personen ist es in keinem Falle erlaubt, in den österreichischen Streitkräften zu dienen:

1. Personen, die nicht die österreichische Staatsangehörigkeit besitzen.

2. Österreichische Staatsangehörige, die zu irgendeiner Zeit vor dem 13. März 1938 deutsche Staatsangehörige waren.

3. Österreichische Staatsangehörige, die in der Zeit vom 13. März 1938 bis zum 8. Mai 1945 in der deutschen Wehrmacht im Range eines Obersten oder in einem höheren Range gedient haben.

4. Österreichische Staatsangehörige, die in eine der folgenden Kategorien fallen, mit Ausnahme solcher Personen, die von den zuständigen Stellen gemäß dem österreichischen Recht entlastet worden sind:

a) Personen, die zu irgendeiner Zeit der Nationalsozialistischen Deutschen Arbeiterpartei (NSDAP) oder den SS-, SA- oder SD-Organisationen, der Geheimen Staatspolizei (Gestapo) oder dem nationalsozialistischen Soldatenring oder der nationalsozialistischen Offiziersvereinigung angehört haben;

b) Führer im nazionalsozialistischen Fliegerkorps (NSFK) oder im nationalsozialistischen Kraftfahrerkorps (NSKK) in einem Range nicht geringer als der eines Untersturmführers oder Gleichgestellten;

c) Funktionäre in einer der von der NSDAP kontrollierten oder ihr angegliederten Organisationen in keinem niedrigeren Range als dem entsprechend einem Ortsgruppenleiter;

d) Verfasser von Druckwerken oder von Drehbüchern, die wegen ihres nazistischen Charakters von den von der österreichischen Regierung bestellten zuständigen Kommissionen in die Kategorie verbotener Werke eingereiht wurden;

e) Leiter industrieller, kommerzieller und finanzieller Unternehmungen, die auf Grund von offiziellen und authentischen Berichten von bestehenden industriellen, kommerziellen und finanziellen Vereinigungen, Gewerkschaften und Parteiorganisationen von den zuständigen Kommissionen als schuldig befunden wurden, an der Durchführung der Ziele der NSDAP oder einer der ihr angeschlossenen Organisationen aktiv mitgearbeitet, die Prinzipien des Nationalsozialismus unterstützt, nationalsozialistische Organisationen oder ihre Tätigkeit finanziert oder für sie Propaganda getrieben und damit den Interessen eines unabhängigen und demokratischen Österreich geschadet zu haben.

Artikel 13.

Verbot von Spezialwaffen

1. Österreich soll weder besitzen noch herstellen noch zu Versuchen verwenden:

a) irgendeine Atomwaffe,

b) irgendeine andere schwere Waffe, die jetzt oder in der Zukunft als Mittel für Massenvernichtung verwendbar gemacht werden kann und als solche durch das zuständige Organ der Vereinten Nationen bezeichnet worden ist,

c) irgendeine Art von selbstgetriebenen oder gelenkten Geschossen, Torpedos sowie Apparaten, die für deren Abschuß und Kontrolle dienen,

d) Seeminen,

e) Torpedos, die bemannt werden können,

f) Unterseeboote oder andere Unterwasserfahrzeuge,

g) Motor-Torpedoboote,

h) spezialisierte Typen von Angriffs-Fahrzeugen,

i) Geschütze mit einer Reichweite von mehr als 30 km,

j) erstickende, ätzende oder giftige Stoffe oder biologische Substanzen in größeren Mengen oder anderen Typen als solchen, die für erlaubte zivile Zwecke benötigt werden, oder irgendwelche Apparate, die geeignet sind, solche Stoffe oder Substanzen für kriegerische Zwecke herzustellen, zu schleudern oder zu verbreiten.

2. Die Alliierten und Assoziierten Mächte behalten sich das Recht vor, zu diesem Artikel Verbote von irgendwelchen Waffen hinzuzufügen, die als Ergebnis wissenschaftlichen Fortschritts entwickelt werden könnten.

Artikel 14.

Verfügung über Kriegsmaterial alliierten und deutschen Ursprungs

1. Alles Kriegsmaterial alliierten Ursprungs in Österreich wird der betreffenden Alliierten oder Assoziierten Macht gemäß den von dieser Macht gegebenen Weisungen zur Verfügung gestellt werden. Österreich verzichtet auf alle Rechte an dem obenerwähnten Kriegsmaterial.

2. Innerhalb eines Jahres vom Inkrafttreten des vorliegenden Vertrages soll Österreich für Militärzwecke unbrauchbar machen oder vernichten:

alles überschüssige Kriegsmaterial deutschen oder nichtalliierten Ursprungs;

insoweit als sie sich auf modernes Kriegsmaterial beziehen, alle deutschen und japanischen Zeichnungen einschließlich vorhandener Werkszeichnungen, Muster und Experimentiermodelle und Pläne;

alles Kriegsmaterial, das durch Artikel 13 des vorliegenden Vertrages verboten ist;

alle spezialisierten Einrichtungen einschließlich Forschungs- und Produktionsausrüstung, die durch Artikel 13 verboten sind und nicht für eine erlaubte Forschung, Entwicklung oder Konstruktion umgeändert werden können.

3. Österreich wird innerhalb von sechs Monaten nach Inkrafttreten des vorliegenden Vertrages den Regierungen der Sowjetunion, des Vereinigten Königreiches, der Vereinigten Staaten

von Amerika und Frankreichs eine Liste von Kriegsmaterial und Einrichtungen übermitteln, die in Paragraph 2 aufgezählt sind.

4. Österreich soll kein Kriegsmaterial deutschen Entwurfes herstellen.

Österreich soll kein Kriegsmaterial deutscher Erzeugung oder deutschen Ursprungs oder Entwurfes öffentlich oder privat oder durch irgendwelche andere Mittel erwerben oder besitzen, mit der Ausnahme, daß die österreichische Regierung zur Aufstellung der österreichischen Streitkräfte beschränkte Mengen von Kriegsmaterial deutscher Erzeugung, deutschen Ursprunges oder Entwurfes, das nach dem Zweiten Weltkrieg in Österreich verblieben ist, verwenden kann.

5. Eine Definition und Liste des Kriegsmaterials für die Zwecke des vorliegenden Vertrages sind in Annex I enthalten.

Artikel 15.

Verhinderung der deutschen Wiederaufrüstung

1. Österreich arbeitet mit den Alliierten und Assoziierten Mächten voll zusammen, um zu gewährleisten, daß Deutschland nicht in der Lage ist, außerhalb des deutschen Territoriums Schritte für eine Wiederaufrüstung zu unternehmen.

2. Österreich soll in der militärischen oder zivilen Luftfahrt oder bei Experimenten, Entwürfen, bei der Produktion oder Instandhaltung von Kriegsmaterial weder verwenden noch ausbilden:

Personen, die deutsche Staatsangehörige sind oder zu irgendeiner Zeit vor dem 13. März 1938 deutsche Staatsangehörige waren;

oder österreichische Staatsangehörige, die von der Dienstleistung in den Streitkräften gemäß Artikel 12 ausgeschlossen sind;

oder Personen, die nicht österreichische Staatsangehörige sind.

Artikel 16.

Verbot betreffend Zivilflugzeuge deutscher und japanischer Bauart

Österreich soll zivile Luftfahrzeuge deutscher oder japanischer Bauart oder solche Luftfahrzeuge, die eine größere Zahl von Teilen deutscher oder japanischer Herstellung oder Bauart enthalten, weder erwerben noch erzeugen.

Artikel 17.

Dauer der Beschränkungen

Jede der militärischen und Luftfahrtsbestimmungen des vorliegenden Vertrages bleibt in Kraft, bis sie zur Gänze oder zum Teil durch ein Abkommen zwischen den Alliierten und Assoziierten Mächte und Österreich oder, nachdem Österreich Mitglied der Vereinten Nationen geworden ist, durch ein Abkommen zwischen dem Sicherheitsrat und Österreich abgeändert wird.

Artikel 18.

Kriegsgefangene

1. Österreicher, die derzeit Kriegsgefangene sind, sollen so bald als möglich gemäß Regelungen, die zwischen den einzelnen Mächten, die solche Kriegsgefangene festhalten, und Österreich zu vereinbaren sind, heimbefördert werden.
2. Alle Kosten einschließlich der Unterhaltskosten, die sich aus dem Transport von Österreichern, die derzeit Kriegsgefangene sind, aus den in Betracht kommenden Sammelstellen, wie sie von der Regierung der betreffenden Alliierten oder Assoziierten Macht ausgewählt worden sind, bis zum Punkte ihres Eintrittes auf österreichisches Gebiet ergeben, werden von der österreichischen Regierung getragen werden.

Artikel 19.

Kriegsgräber und Denkmäler

1. Österreich verpflichtet sich, die auf österreichischem Gebiet befindlichen Gräber von Soldaten, Kriegsgefangenen und zwangsweise nach Österreich gebrachten Staatsangehörigen der Alliierten Mächte und jener der anderen Vereinten Nationen, die sich mit Deutschland im Kriegszustand befanden, zu achten, zu schützen und zu erhalten; desgleichen die Gedenksteine und Embleme dieser Gräber sowie Denkmäler, die dem militärischen Ruhm der Armeen gewidmet sind, die auf österreichischem Staatsgebiet gegen Hitler-Deutschland gekämpft haben.

2. Die österreichische Regierung wird jede Kommission, Delegation oder andere Organisation anerkennen, die von dem betreffenden Land ermächtigt ist, die in Paragraph 1 angeführten Gräber und Bauten zu identifizieren, zu registrieren, zu erhalten und zu regulieren; sie wird die Arbeit solcher Organisationen erleichtern, sie wird hinsichtlich der obenerwähnten Gräber und Bauten die für nötig befundenen Abkommen mit dem betreffenden Land oder mit jeder von ihm bevollmächtigten Kommission oder Delegation oder mit irgendeiner anderen Organisation abschließen. Sie erklärt desgleichen ihr Einverständnis, in Übereinstimmung mit angemessenen sanitären Vorsichtsmaßnahmen jede Erleichterung für die Exhumierung und Überführung der in den erwähnten Gräbern bestatteten Überreste in deren Heimatland zu gewähren, sei es auf Ansuchen der offiziellen Organisationen des betreffenden Staates oder auf Ansuchen der Angehörigen der beerdigten Personen.

TEIL III

Artikel 20.

Zurückziehung der Alliierten Streitkräfte

1. Das Übereinkommen über den Kontrollapparat in Österreich vom 28. Juni 1946 verliert mit dem Inkrafttreten des vorliegenden Vertrages seine Wirksamkeit.

2. Mit dem Inkrafttreten des vorliegenden Vertrages hört die gemäß Paragraph 4 des Abkommens über Besatzungszonen in Österreich und die Verwaltung der Stadt Wien vom 9. Juli 1945 errichtete interalliierte Kommandantur auf, irgendwelche Funktionen hinsichtlich der Verwaltung der Stadt Wien auszuüben. Das Übereinkommen über die Besatzungszonen in Österreich tritt mit der Beendigung der Räumung Österreichs durch die Streitkräfte der Alliierten und Assoziierten Mächte gemäß Paragraph 3 dieses Artikels außer Kraft.

3. Die Streitkräfte der Alliierten und Assoziierten Mächte und die Mitglieder der Alliierten Kommission für Österreich werden innerhalb von neunzig Tagen, angefangen vom Inkrafttreten des vorliegenden Vertrages, *soweit irgend möglich, spätestens bis zum 31. Dezember 1955, aus Österreich zurückgezogen.*

4. Die österreichische Regierung wird den Streitkräften der Alliierten und Assoziierten Mächte und den Mitgliedern der Alliierten Kommission für Österreich bis zu ihrer Zurückziehung aus Österreich alle Rechte, Immunitäten und Begünstigungen gewähren, die ihnen unmittelbar vor dem Inkrafttreten dieses Vertrages zustanden.

5. Die Alliierten und Assoziierten Mächte verpflichten sich, der österreichischen Regierung nach Inkrafttreten dieses Vertrages und innerhalb der in Paragraph 3 dieses Artikels vorgesehenen Frist zurückzustellen:

a) alles Geld, das den Alliierten und Assoziierten Mächten für Okkupationszwecke kostenlos zur Verfügung gestellt worden und im Zeitpunkt der Beendigung der Zurück-

ziehung der alliierten Streitkräfte unverausgabt geblieben ist;
b) alles österreichische Eigentum, das von alliierten Streitkräften oder von der Alliierten Kommission requiriert wurde und sich noch in deren Besitz befindet. Die sich aus diesem Absatz ergebenen Verpflichtungen sind vorbehaltlich der Bestimmungen des Artikels 22 dieses Vertrages zu erfüllen.

TEIL IV
AUS DEM KRIEG HERRÜHRENDE ANSPRÜCHE

Artikel 21.

Reparationen

Von Österreich werden keine Reparationen verlangt, die sich aus dem Bestehen eines Kriegszustandes in Europa nach dem 1. September 1939 ergeben.

Artikel 22.

Deutsche Vermögenswerte in Österreich

Die Sowjetunion, das Vereinigte Königreich, die Vereinigten Staaten von Amerika und Frankreich haben das Recht, über alle ehemaligen deutschen Vermögenswerte in Österreich gemäß dem Protokoll der Berliner Konferenz vom 2. August 1945 zu verfügen.
1. Die Sowjetunion erhält für eine Geltungsdauer von dreißig Jahren Konzessionen auf Ölfelder, die 60% der Ölförderung in Österreich im Jahre 1947 entsprechen, sowie Eigentumsrechte an allen Gebäuden, Konstruktionen, Ausrüstung und anderen Vermögenschaften, die gemäß Liste Nr. 1 und Karte Nr. 1, welche dem Vertrag angeschlossen ist, zu diesen Ölfeldern gehören.
2. Die Sowjetunion erhält Konzession auf 60% aller im

östlichen Österreich gelegenen Schurfgebiete, die deutsche Vermögenschaften sind, auf welche die Sowjetunion gemäß dem Potsdamer Abkommen Anspruch hat und welche derzeit in ihrem Besitz sind, gemäß der Liste Nr. 2 und der Karte Nr. 2, welche dem Vertrag angeschlossen ist.
Die Sowjetunion hat das Recht, in den in diesem Paragraph erwähnten Schurfgebieten acht Jahre hindurch Schurfarbeiten durchzuführen und anschließend durch einen Zeitraum von 25 Jahren, beginnend mit dem Zeitpunkt des Fündigwerdens, Öl zu gewinnen.
3. Die Sowjetunion erhält Ölraffinerien mit einer jährlichen Gesamtproduktion von 420.000 Tonnen Rohöl gemäß Liste Nr. 3.
4. Die Sowjetunion erhält jene mit der Verteilung von Ölprodukten befaßten Unternehmungen, die sie zur Verfügung hat, gemäß der Liste Nr. 4.
5. Die Sowjetunion erhält die in Ungarn, Rumänien und Bulgarien gelegenen Vermögenswerte der DDSG; desgleichen gemäß der Liste Nr. 5 100% der im östlichen Österreich gelegenen Vermögenswerte der Donau-Dampfschiffahrts-Gesellschaft.
6. Die Sowjetunion überträgt an Österreich Vermögenschaften, Rechte und Interessen, die sie als deutsche Vermögenswerte mit der vorhandenen Ausstattung innehat oder beansprucht, und überträgt auch Kriegsindustrie-Unternehmungen zusammen mit vorhandenen Ausstattungen, Häusern und ähnlichem Immobiliarvermögen einschließlich von in Österreich gelegenen Grundstücken, die sie als Kriegsbeute innehat und beansprucht mit Ausnahme der in den Paragraphen 1, 2, 3, 4 und 5 dieses Artikels erwähnten Vermögenswerte. Österreich verpflichtet sich seinerseits, der Sowjetunion 150,000.000 USA-Dollar in frei konvertierbarer Währung innerhalb eines Zeitraumes von sechs Jahren zu zahlen.
Die angeführte Summe wird der Sowjetunion von Österreich in gleichen dreimonatlichen Raten von 6,250.000 Dollar in frei konvertierbarer Währung gezahlt werden. Die erste Zahlung

wird am ersten Tag des zweiten Monats geleistet werden, der auf den Monat folgt, in dem der vorliegende Vertrag in Kraft tritt. Die folgenden dreimonatlichen Zahlungen werden am ersten Tag des entsprechenden Monates geleistet werden. Die letzte dreimonatliche Zahlung wird am letzten Tag des Zeitraumes von sechs Jahren nach dem Inkrafttreten des Vertrages geleistet.

Die Grundlage für die in diesem Artikel vorgesehenen Zahlungen ist der USA-Dollar zu seiner Goldparität am 1. September 1949, das sind 35 Dollar für eine Unze Gold.

Als Sicherstellung für die pünktliche Zahlung der obenerwähnten der Sowjetunion zustehenden Summen wird die Oesterreichische Nationalbank der Staatsbank der UdSSR innerhalb von zwei Wochen nach Inkrafttreten des vorliegenden Vertrages Wechsel über die Gesamtsumme von 150,000.000 USA-Dollar ausstellen, die zu den im vorliegenden Artikel vorgesehenen Zeitpunkten fällig zu stellen sind.

Die von Österreich auszustellenden Wechsel sind unverzinslich. Die Staatsbank der UdSSR beabsichtigt nicht, diese Wechsel weiterzugeben, sofern die österreichische Regierung und die Oesterreichische Nationalbank ihre Verpflichtungen pünktlich und genau erfüllen.

7. Rechtsbestimmungen betreffend die Vermögenswerte:

   a) Alle ehemaligen deutschen Vermögenswerte, die gemäß Paragraph 1, 2, 3, 4 und 5 dieses Artikels Eigentum der Sowjetunion geworden sind, bleiben grundsätzlich unter österreichischer Staatshoheit und dementsprechend finden die österreichischen Gesetze auf sie Anwendung.

   b) Hinsichtlich Gebühren und Abgaben, Vorschriften für Handel, Gewerbe und Industrie und der Einhebung von Steuern, unterliegen diese Vermögenswerte nicht weniger günstigen Bestimmungen als jenen, die auf Unternehmungen Anwendung finden oder Anwendung finden werden, die Österreich oder seinen Staatsangehörigen und auch anderen Staaten und Personen gehören, denen Meistbegünstigungsbehandlung gewährt wird.

c) Alle ehemaligen deutschen Vermögenswerte, die Eigentum der Sowjetunion geworden sind, sollen nicht ohne Zustimmung der Sowjetunion enteignet werden.

d) Österreich wird hinsichtlich der Ausfuhr von Gewinnen und anderen Einkommen (das sind Miet- und Pachtzinse) in Form von Produkten oder irgendeiner erhaltenen frei konvertierbaren Währung keine Schwierigkeiten bereiten.

e) Die der Sowjetunion übertragenen Rechte, Vermögenschaften und Interessen sowie die Rechte, Vermögenschaften und Interessen, welche die Sowjetunion Österreich überträgt, werden ohne Lasten oder Ansprüche seitens der Sowjetunion oder seitens Österreichs übertragen. Unter den Ausdrücken „Lasten und Ansprüche" sind nicht nur Gläubiger-Ansprüche zu verstehen, die sich aus der Ausübung der Alliierten Kontrolle über diese Vermögenschaften, Rechte und Interessen nach dem 8. Mai 1945 ergeben, sondern auch alle anderen Ansprüche einschließlich Ansprüchen hinsichtlich Steuern. Der gegenseitige Verzicht der Sowjetunion und Österreichs auf Lasten und Ansprüche bezieht sich auf alle Lasten und Ansprüche, die im Zeitpunkt bestehen, in dem Österreich die Rechte der Sowjetunion auf die ihr übertragenen deutschen Vermögenswerte formell einträgt, und die im Zeitpunkt der tatsächlichen Übertragung der von der Sowjetunion überlassenen Vermögenswerte an Österreich bestehen.

8. Die Übertragung aller in Paragraph 6 des vorliegenden Artikels vorgesehenen Vermögenschaften, Rechte und Interessen auf Österreich sowie die formelle Eintragung der Rechte der Sowjetunion auf die zu übertragenden deutschen Vermögenswerte wird innerhalb von zwei Monaten vom Tag des Inkrafttretens dieses Vertrages durchgeführt.

9. Die Sowjetunion erhält desgleichen das Eigentum an den Vermögenschaften, Rechten und Interessen hinsichtlich aller Vermögenswerte, die zum Betrieb der in den nachstehenden Listen 1, 2, 3, 4 und 5 aufgezählten Vermögenschaften von sowjetischen Organisationen seit dem 8. Mai 1945 geschaffen

oder käuflich erworben wurden, wo immer sie im östlichen Österreich gelegen sein mögen.
Die in den Absätzen a, b, c und d des Paragraph 7 dieses Artikels angeführten Bestimmungen finden auf diese Vermögenswerte entsprechend Anwendung.
10. Meinungsverschiedenheiten, die sich hinsichtlich der Anwendung der Bestimmungen des vorliegenden Artikels ergeben, sind im Wege von zweiseitigen Verhandlungen zwischen den beteiligten Parteien beizulegen.
Im Falle, daß eine Einigung im Wege von zweiseitigen Verhandlungen zwischen den Regierungen der Sowjetunion und Österreichs innerhalb von drei Monaten nicht erreicht wird, werden Meinungsverschiedenheiten zwecks Beilegung einer Schiedskommission überwiesen, die aus einem Vertreter der Sowjetunion, einem Vertreter Österreichs und zusätzlich einem dritten Mitglied besteht, das Staatsangehöriger eines dritten Landes ist und auf Grund einer Einigung zwischen den beiden Regierungen ausgewählt wird.
11. Das Vereinigte Königreich, die Vereinigten Staaten von Amerika und Frankreich übertragen hiemit Österreich alle Vermögenschaften, Rechte und Interessen, die von ihnen oder in ihrem Namen in Österreich als ehemalige deutsche Vermögenswerte oder Kriegsbeute innegehabt oder beansprucht werden.
Die Österreich gemäß diesem Paragraphen übertragenen Vermögenschaften, Rechte und Interessen gehen seitens des Vereinigten Königreiches, der Vereinigten Staaten von Amerika oder Frankreichs frei von allen Lasten oder Ansprüchen, die sich aus der Ausübung ihrer Kontrolle dieser Vermögenschaften, Rechte oder Interessen nach dem 8. Mai 1945 ergeben, auf Österreich über.
12. Nach Erfüllung aller Verpflichtungen, die in den Bestimmungen des vorliegenden Artikels festgesetzt oder aus solchen Bestimmungen abgeleitet werden, durch Österreich sind die Ansprüche der Alliierten und Assoziierten Mächte hinsichtlich ehemaliger deutscher Vermögenswerte in Österreich, die sich

auf die Beschlüsse der Berliner Konferenz vom 2. August 1945 gründen, als voll befriedigt anzusehen.

13. Österreich verpflichtet sich, mit Ausnahme der erzieherischen, kulturellen, caritativen und religiösen Zwecken dienenden Vermögenschaften keine der ihm als ehemalige deutsche Vermögenswerte übertragenen Vermögenschaften, Rechte und Interessen in das Eigentum deutscher juristischer Personen oder – sofern der Wert der Vermögenschaften, Rechte oder Interessen 260.000 Schilling übersteigt – in das Eigentum deutscher physischer Personen zu übertragen. Österreich verpflichtet sich ferner, diejenigen in den Listen 1 und 2 dieses Artikels erwähnten Rechte und Vermögenschaften, welche von der Sowjetunion gemäß dem österreichisch-sowjetischen Memorandum vom 15. April 1955 an Österreich übertragen werden, nicht in ausländisches Eigentum zu übertragen.

14. Die Vorschriften dieses Artikels unterliegen den Bestimmungen des Annexes II dieses Vertrages.

Liste Nr. 1

Ölfelder im östlichen Österreich, an denen der Sowjetunion Konzessionen eingeräumt werden sollen

Laufende Nr.	Name des Ölfeldes	Name der Gesellschaft
1	Mühlberg	ITAG
2	St. Ulrich – D. E. A.	D. E. A.
3	St. Ulrich – Niederdonau	Niederdonau
4	Gösting – Kreutzfeld – Pionier 50% der Produktion	E. P. G.

Bemerkung: A. Die gesamten Vermögenschaften der oben aufgezählten Ölfelder werden der Sowjetunion übertragen einschließlich aller ergiebigen wie auch unergiebigen Bohrlöcher mit ihrer gesamten Obertags- und Untertagsausrüstung, dem Ölsammelsystem, Einrichtungen und Ausrüstung für

Bohrungen, Kompressor- und Pumpstationen, mechanischen Werkstätten, Benzinanlagen, Dampfkesselanlagen, Elektrizitätswerke und Unterstationen mit Leitungssystem, den Bohrleitungen, Wasserversorgungsanlagen und Wasserleitungs-Hauptrohren, elektrischem Leitungssystem, Dampfleitungen, Gashauptleitungen, Werkstraßen in den Ölfeldern, Zufahrtsstraßen, Telephonleitungen, Feuerlöschausrüstung, den Motorfahrzeugen und Traktorenparks, die zu den Ölfeldern gehörenden Dienst- und Wohnräume und andere Vermögenschaften, die mit der Ausbeutung der oben aufgezählten Ölfelder im Zusammenhang stehen.

B. Das Eigentumsrecht und Pachtrechte an den gesamten Vermögenschaften der oben erwähnten Produktionsfelder werden der Sowjetunion in dem Ausmaße übertragen, in dem eine natürliche oder juristische Person, welche Eigentümer dieser Felder war, sie ausbeutete oder an ihrer Ausbeutung teilnahm, Rechte, Titel oder Interessen an den besagten Vermögenschaften besaß.

In Fällen, in denen eine der Vermögenschaften gepachtet war, wird die in den Pachtverträgen vorgesehene Pachtdauer vom Zeitpunkt des Inkrafttretens des vorliegenden Vertrags an berechnet und die Pachtverträge können nicht ohne die Zustimmung der Sowjetunion beendet werden.

Liste Nr. 2

Konzession auf Ölschurfgebiete im östlichen Österreich, die der Sowjetunion übertragen werden sollen

Lfd. Nr.	Name der Konzession	Name der Gesellschaft	Flächenausmaß des der UdSSR zu überlassenden Gebietes in Hektar
1	Neusiedlersee	Elverat	122.480
2	Leithagebirge	Kohle Öl Union	52.700

3	Groß-Enzersdorf (einschließlich des Aderklaa-Feldes)	Niederdonau	175.000
4	Hauskirchen (einschließlich des Altlichtenwarth-Feldes)	ITAG	4.800
5	St. Ulrich	D. E. A.	740
6	Schrattenberg	Kohle Öl Union	3.940
7	Großkrut	Wintershall	8.000
8	Mistelbach	Preussag	6.400
9	Paasdorf (50% des Gebietes)	E. P. G.	3.650
10	Steinberg	Steinberg Naphta	100
11	Hausbrunn	D. E. A.	350
12	Drasenhofen (Gebiet auf österr. Staatsgebiet)	Kohle Öl Union	8.060
13	Ameis	Preussag	7.080
14	Siebenhirten	Elverat	5.000
15	Leis	ITAG	14.800
16	Korneuburg	Ritz	30.000
17	Klosterneuburg (50% des Gebietes)	E. P. G.	7.900
18	Oberlaa	Preussag	51.400
19	Enzersdorf	Deutag	25.800
20	Ödenburger Pforte	Kohle Öl Union	55.410
21	Tulln	Donau Öl	38.070
22	Kilb (50% des Gebietes)	E. P. G.	18.220
23	Pullendorf	Kohle Öl Union	60.700
24	Nordsteiermark (50% des Gebietes in der Sowjetzone)	E. P. G.	55.650
25	Mittelsteiermark (Gebiet in der Sowjetzone)	Wintershall	9.840
26	Gösting (50% des Gebietes)	E. P. G.	250
	Totalsumme . . .	26 Konzessionen	766.340

Bemerkung zu Liste Nr. 2

A. Die gesamten Vermögenschaften der oben angeführten Ölschurfgebiete werden der Sowjetunion übertragen.

B. Das Eigentumsrecht und Pachtrechte an den gesamten Vermögenschaften der oben angeführten Ölschurfgebiete werden der Sowjetunion in dem Ausmaß übertragen, in dem jede natürliche oder juristische Person, welche Eigentümerin dieser Ölschurfgebiete war oder sie ausgebeutet hat oder an ihrer Ausbeutung beteiligt war, an den besagten Vermögenschaften, Rechte, Titel oder Interessen hatte.

In Fällen, in denen irgendein Eigentum gepachtet war, werden die Pachtfristen, wie sie in den Pachtverträgen vorgesehen sind, vom Zeitpunkt des Inkrafttretens des vorliegenden Vertrages an gerechnet, und die Pachtverträge können nicht ohne Zustimmung der Sowjetunion beendet werden.

Liste Nr. 3

Ölraffinerien im östlichen Österreich, deren Eigentumsrechte der Sowjetunion übertragen werden sollen

Lfd. Nr.	Name der Raffinerie	Jahresproduktions-kapazität in 1000 Tonnen Rohöl im Jahre 1947
1	Lobau	240,0
2	Nova	120,0
3	Korneuburg	60,0
4	Okeros (Wiederveredelung)	–
5	Ölraffinerie „Moosbierbaum“ ausschließlich der Ausrüstung, welche Frankreich gehört und der Rückstellung unterliegt	–
	Totalsumme . . .	420,0

Bemerkung zu Liste Nr. 3

A. Die Raffinerien werden mit ihren Vermögenschaften übertragen einschließlich technologischer Anlagen, Elektrizitätswerke, Dampfkesselanlagen, mechanischer Werkstätten, Ausrüstung für die Öldepots und Lageranlagen, Laderampen und Flußanlegeplätzen, Rohrleitungen einschließlich der Rohrleitung Lobau–Zistersdorf, Straßen, Zufahrtsstraßen, Dienst- und Wohnräumen, Feuerlöschausrüstung usw.

B. Das Eigentumsrecht und Pachtrechte an den gesamten Vermögenschaften der oben angeführten Ölraffinerien werden der Sowjetunion in dem Ausmaß übertragen, in dem jede natürliche oder juristische Person, welche Eigentümerin dieser Ölraffinerien war oder sie ausgebeutet hat oder an ihrer Ausbeutung beteiligt war, an den besagten Vermögenschaften Rechte, Titel oder Interessen hatte.

In Fällen, in denen irgendein Eigentum gepachtet war, werden die Pachtfristen, wie sie in den Pachtverträgen vorgesehen sind, vom Zeitpunkt des Inkrafttretens des vorliegenden Vertrages an gerechnet und die Pachtverträge können nicht ohne Zustimmung der Sowjetunion beendet werden.

Liste Nr. 4

Unternehmungen im östlichen Österreich, die mit der Verteilung von Ölprodukten befaßt sind und die in das Eigentum der Sowjetunion übertragen werden sollen

Lfd. Nr.	Name des Unternehmens
1	Deutsche Gasolin A.G., Verteilungsstelle in Österreich, G. m. b. H.
2	„A.G. der Kohlenwerkstoffsverbände Bochum; Gruppe Benzin-Benzol-Verband“ – Zweigstelle in Österreich, einschließlich des ihr gehörenden Öllagers am Praterspitz
3	„Nova“ Mineral Öl Vertrieb Gesellschaft m. b. H.

4 „Donau-Oel G. m. b. H.“
5 „Nitag“ mit Öllager am Praterspitz
6 Die mit der Gasverteilung beschäftigten Firmen „Erdgas G. m. b. H.“, „Fern Gas A.G.“, „Zaya Gas G. m. b. H.“, „Reintal Gas G. m. b. H.“ und „B. V. Methan G. m. b. H.“
7 Öllager „Praterspitz Winter Hafen“ und „Mauthausen“
8 „Wirtschaftliche Forschungsgesellschaft m. b. H.“ (W. I. F. O.), Öllager in der Lobau und Grundstücke
9 Rohrleitung Lobau (Österreich) – Raudnitz (Tschechoslowakei) auf dem Abschnitt von der Lobau bis zur tschechoslowakischen Grenze

Bemerkung zu Liste Nr. 4

A. Die Unternehmungen werden der Sowjetunion vollständig mit ihren gesamten im östlichen Österreich gelegenen Vermögenschaften übertragen, einschließlich von Öllagern, Rohrleitungen, Verteilungspumpen, Lade- und Entladerampen, Flußanlegeplätzen, Straßen, Zufahrtsstraßen usw.
Außerdem werden der Sowjetunion die Eigentumsrechte über den gesamten Park der sich jetzt im Besitz sowjetischer Organisationen befindlichen Eisenbahnkesselwagen übertragen.
B. Das Eigentumsrecht und Pachtrecht an den gesamten Vermögenschaften der oben angeführten, im östlichen Österreich gelegenen Unternehmungen, die mit der Verteilung von Ölprodukten befaßt sind, werden der Sowjetunion in dem Ausmaß übertragen, in dem jede natürliche oder juristische Person, welche Eigentümerin dieser Unternehmungen war oder sie ausgebeutet hat oder an ihrer Ausbeutung beteiligt war, an den besagten Vermögenschaften Rechte, Titel oder Interessen hatte.

In Fällen, in denen irgendein Eigentum gepachtet war,

werden Pachtfristen, wie sie in den Pachtverträgen vorgesehen sind, vom Zeitpunkt des Inkrafttretens des vorliegenden Vertrages an gerechnet und die Pachtverträge können nicht ohne Zustimmung der Sowjetunion beendet werden.

Liste Nr. 5

Vermögenswerte der DDSG im östlichen Österreich, die der Sowjetunion übertragen werden sollen

I. Schiffswerft in der Stadt Korneuburg

Die Eigentumsrechte an der Schiffswerft in der Stadt Korneuburg, die auf dem linken Ufer der Donau bei Kilometer 1943 gelegen ist und auf beiden Seiten des alten Donaubettes Grundstücke umfaßt, mit einer Gesamtfläche von 220.770 Quadratmetern, werden der Sowjetunion übertragen. Die Kaianlage beträgt 61.300 Quadratmeter und die Ankerplatzanlage 177 Meter.
Weiters werden der Sowjetunion Pachtrechte auf Schiffswerftgebiet von 2946 Quadratmetern übertragen.
Die Eigentumsrechte und andere Rechte auf die gesamten Vermögenschaften der Schiffswerft bis zu dem Ausmaß, in dem die DDSG an den erwähnten Vermögenschaften Rechte, Titel oder Interessen hatte, einschließlich aller Grundstücke, Gebäude, Werften und Hellinge, schwimmender Geräte, Werkstätten, Gebäude und Räume, Kraftstationen und Transformatorunterstationen, Eisenbahnnebengeleise, Transportausrüstung, technologischer und Betriebsausrüstung, Werkzeuge und Lagerbestände, Verkehrsanlagen und aller gemeinnützigen Anlagen, Wohngebäude und Baracken sowie alles übrige Eigentum, das zur Schiffswerft gehört, werden der Sowjetunion übertragen.

a) Erstes Gebiet
(Nordbahnbrücke)

1. Das Hafengebiet von Kilometerpunkt 1931, 347,35 entlang des Laufes der Donau bis Kilometerpunkt 1931, 211,65 einschließlich des „Donausandwerkplatz"-Gebietes, und von Kilometerpunkt 1931, 176,90 bis Kilometerpunkt 1930, 439,35 entlang des Laufes der Donau, einschließlich der Gebiete „Nordbahnbrücke" und „Zwischenbrücke", die sich entlang der Kaiseite auf eine Gesamtdistanz von 873,2 Meter und mit einer durchschnittlichen Breite von etwa 70 Meter erstrecken.

b) Zweites Gebiet
(Nordbahnlände)

2. Das Hafengebiet von Kilometerpunkt 1929, 803,00 bis Kilometerpunkt 1929, 618,00 entlang des Laufes der Donau, das sich entlang der Kaiseite auf eine Distanz von 185,00 Meter und mit einer durchschnittlichen Breite von etwa 15 Meter erstreckt, mit den beiden anliegenden Eisenbahnen und auch dem Stück des „Kommunalbäder"-Gebietes.

c) Drittes Gebiet
(Praterkai)

Das Hafengebiet von Kilometerpunkt 1928, 858,90 bis Kilometerpunkt 1927, 695,30 entlang des Laufes der Donau auf eine Distanz von 1163,60 Meter und einer durchschnittlichen Breite von etwa 70 Meter.

d) Viertes Gebiet

Das an Kilometerpunkt 1925, 664,7 der Donau auf dem Gebiet des von der Ungarischen Dampfschiffahrtsgesellschaft benützten Hafengebietes angrenzende Hafengebiet bis Kilometerpunkt 1925, 529,30 auf dem von der Eisenbahn (Kaibahnhof) verwendeten Gebiet, welches sich entlang der Kaiseite auf eine Gesamtdistanz von 135,4 Meter und mit einer durchschnittlichen Breite von etwa 70 Meter erstreckt.

Die vier aufgezählten Gebiete des Hafens werden mit den gesamten wasserbaulichen Konstruktionen, Lagerhäusern, Magazinen, Schuppen, der Schiffsstation, dem technischen Dienst und den Wohnhäusern, Hilfsgebäuden und Hilfsanlagen, der mechanischen Lade- und Entladeausrüstung und den mechanischen Einrichtungen, den Reparaturwerkstätten mit Ausrüstung, Transformatorunterstationen und der elektrischen Ausrüstung, den Verkehrsanlagen und gemeinnützigen Anlagen, den gesamten Straßen- und Transportanlagen und ebenso mit den gesamten Vermögenschaften und dem gesamten Lagerbestand übertragen.

III. Vermögenschaften und Anlagen der Agentien, der Flußstationen und Lagerhäuser

Lfd. Nr.	Name
	Niederranna
1	Agentie- und Lagerhaus-Gebäude
	Obermühl
2	Agentie- und Lagerhaus-Gebäude
3	Grundstück von 536 Quadratmetern
	Neuhaus
4	Warteraum
	Mauthausen
5	Agentie-Gebäude
	Wallsee
6	Agentie-Gebäude
7	Lagerhaus
	Grein
8	Agentie- und Lagerhaus-Gebäude
	Sarmingstein
9	Agentie-Gebäude
	Ybbs
10	Agentie-Gebäude
	Pöchlarn

11 Wohnräume
12 Agentie-Gebäude
13 Grundstück von 1598 Quadratmetern
Melk
14 Lagerhaus (in der Stadt)
15 Warteraum und Büro
16 Lagerhaus
Schönbühel
17 Warteraum
Aggsbach-Dorf
18 Agentie-Gebäude
19 Lagerhaus
Spitz
20 Agentie-Gebäude
21 Lagerhaus
22 Grundstück von 1355 Quadratmetern
Weißenkirchen
23 Büro und Warteraum
24 Lagerhaus
25 Grundstück von 516 Quadratmetern
Dürnstein
26 Agentie-Gebäude
Stein
27 Wohnstätten
28 Warteraum und Lagerhausgebäude
29 Grundstück entlang dem Haus
Krems
30 Agentie-Gebäude
Hollenburg
31 Warteraum
Tulln
32 Agentie-Gebäude
Greifenstein
33 Schuppen
Korneuburg
34 Warteraum und Fahrkartenschalter-Gebäude

Hainburg

35 Wohnräume
36 Agentie-Gebäude
37 Lagerhaus
38 Grundstück von 754 Quadratmetern

Arnsdorf

39 Agentie-Gebäude

Landungsstellen

40 Melkstrom
41 Isperdorf
42 Marbach
43 Weitenegg
44 Deutsch-Altenburg
45 Zwentendorf
46 Kritzendorf

Die in Abschnitt III aufgezählten Vermögenschaften werden mit der gesamten Ausrüstung und dem gesamten Lagerbestand übertragen.

IV. Eigentum in der Stadt Wien

1. Wohnhaus Erzherzog-Karl-Platz 11 (früher Hausnummer 6), 2. Bezirk, das auf seinem eigenen Grund steht.
2. Eigentum an Grund und Gebäude, Handelskai 204, 2. Bezirk.
3. Eigentum an Baugrundstücken in der Wehlistraße, 2. Bezirk, Katastralregister Nr. 1660, 1661, 1662.
4. Das gepachtete Grundstück Handelskai Nr. 286, 2. Bezirk.

Die erwähnten in Abschnitt IV aufgezählten Vermögenschaften werden mit der gesamten Ausrüstung und dem gesamten Inventar übertragen.

Bemerkung zu den Abschnitten II, III und IV

Der Grund, der von dem in Abschnitt II der vorliegenden Liste erwähnten Hafengebiet und ebenso von den in Abschnitt III und IV der vorliegenden Liste aufgezählten Agentiegebäuden,

Stromstationen, Lagerhäusern und anderen Gebäuden eingenommen wird, und alle in den Abschnitten II, III und IV angeführten Vermögenschaften sind der Sowjetunion unter denselben gesetzlichen Bedingungen zu übertragen, unter denen die DDSG diesen Grund und die anderen Vermögenschaften innegehabt hat, mit der Maßgabe, daß am 8. Mai 1945 im Eigentum der DDSG gestandener Grund in das Eigentum der UdSSR übergeht.
In Fällen, in denen Vereinbarungen, die die gesetzliche Grundlage für die Übertragung von Gründen an die DDSG herstellten, nicht die Übertragung der Eigentumsrechte an diesen Gründen an die DDSG vorsahen, wird die österreichische Regierung verpflichtet, die Übertragung der von der DDSG durch solche Vereinbarungen erworbenen Rechte an die UdSSR zu verbüchern und die Gültigkeit dieser Vereinbarungen für eine unbestimmte Zeitdauer unter dem Vorbehalt zu verlängern, daß in der Zukunft die Gültigkeit solcher Vereinbarungen nicht ohne die Zustimmung der Regierung der UdSSR widerrufen wird.
Das Ausmaß der Verpflichtungen der Sowjetunion hinsichtlich dieser Vereinbarungen ist durch ein Abkommen zwischen der Regierung der UdSSR und der österreichischen Regierung festzusetzen. Diese Verpflichtungen sollen nicht die Verpflichtungen überschreiten, die von der DDSG in Übereinstimmung mit den vor dem 8. Mai 1945 abgeschlossenen Vereinbarungen eingegangen worden waren.

V. Im östlichen Österreich gelegene und der DDSG gehörige Schiffe, die der UdSSR zu übertragen sind

Nr.	Schiffstype	Gegenwärtiger Name	Früherer Name	Leistung in PS	Ladefähigkeit
1	Schlepper	„Vladivostok“	„Persenbeug“	1000	–
2	Schlepper	„Cronstadt“	„Bremen“	800	–

3	Passagier-dampfer	„Caucasus“	„Helios“	1100	
4	Tankkahn	104	„DDSG-09714“	–	967
5	Tankkahn	144	„DDSG-09756“	–	974
6	Tankkahn	161	„DDSG-05602“	–	548
7	Tankkahn	09765	„DDSG-09765“	–	952
8	Tankkahn	29	„DDSG-XXIX“	–	1030
9	Schleppkahn	22	(wird nach Vollendung über-nommen)	–	972
10	Schleppkahn	23	(wird nach Vollendung über-nommen)	–	972
11	Schleppkahn	EL-72	„DDSG-EL-72“	–	180
12	Schleppkahn	654	„DDSG-67277“	–	669
13	Schleppkahn	689	„DDSG-6566“	–	657
14	Schleppkahn	1058	„DDSG-1058“	–	950
15	Schleppkahn	5016	„DDSG-5016“	–	520
16	Schleppkahn	5713	„DDSG-5713“	–	576
17	Schleppkahn	5728	„DDSG-5728“	–	602
18	Schleppkahn	6746	„DDSG-6746“	–	670

19	Schleppkahn	65204	„DDSG-65204“	–	650
20	Schleppkahn	67173	„DDSG-67173“	–	670
21	Schleppkahn	10031	„DDSG-10031“	–	942
22	Schleppkahn	5015	„DDSG-5015“	–	511
23	Schleppkahn	6525	„DDSG-6525“	–	682
24	Schleppkahn	67266	„DDSG-67266“	–	680
25	Leichter	304	„Johanna“	–	30
26	Leichter	411	„V-238“	–	40
27	Rohrponton	„RP-IV“	„RP-IV“	–	–
28	Rohrponton	„RP-VI“	„DDSG-RP-VI“	–	–
29	Rohrponton	„RP-XX“	„DDSG-RP-XX“	–	–
30	Landungsbrücke	„EP-97“	„DDSG-EP-9721“	–	–
31	Ponton	„EP-120“	„DDSG-EP-120“	–	–
32	Leichter ohne Deck	„Trauner“	„Trauner“	–	–
33	Schwimmkran	P-1	(namenlos)	–	–
34	Schwimmkran	P-2	„DDSG-21“	–	–
35	Ponton	Pt-7	–	–	–
36	Ponton	Pt-8	–	–	–

Artikel 23.

Österreichisches Vermögen in Deutschland und Verzicht Österreichs auf Forderungen gegenüber Deutschland

1. Vom Zeitpunkt des Inkrafttretens des vorliegenden Vertrages ist das in Deutschland befindliche Vermögen der österreichischen Regierung oder österreichischer Staatsangehöriger einschließlich von Vermögen, das nach dem 12. März 1938 gewaltsam aus dem österreichischen Staatsgebiet nach Deutschland verbracht worden ist, seinen Eigentümern wieder zurückzugeben. Diese Bestimmung bezieht sich nicht auf das Eigentum von Kriegsverbrechern oder Personen, die den Strafbestimmungen der Entnazifizierungsmaßnahmen unterliegen; solches Vermögen wird der österreichischen Regierung zur Verfügung gestellt, sofern es nicht gemäß den in Deutschland nach dem 8. Mai 1945 in Kraft stehenden Gesetzen oder Verordnungen blockiert oder konfisziert wurde.

2. Die Wiederherstellung österreichischer Vermögensrechte in Deutschland ist im Einklang mit Maßnahmen durchzuführen, die durch die Besatzungsmächte in Deutschland in ihren Besatzungszonen festgelegt werden.

3. Unbeschadet dieser und aller anderen zugunsten Österreichs und österreichischer Staatsangehöriger getroffenen Verfügungen der Besatzungsmächte in Deutschland verzichtet Österreich, unbeschadet der Giltigkeit bereits getroffener Regelungen, im eigenen Namen und im Namen der österreichischen Staatsangehörigen auf alle am 8. Mai 1945 noch offenen Forderungen gegen Deutschland und deutsche Staatsangehörige, mit Ausnahme jener, die aus Verträgen und anderen Verpflichtungen stammen, die vor dem 13. März 1938 eingegangen wurden sowie der vor dem 13. März 1938 erworbenen Rechte. Dieser Verzicht umfaßt alle Forderungen hinsichtlich der während der Zeit der Annexion Österreichs durch Deutschland durchgeführten Transaktionen und alle Forderungen hinsichtlich der während dieses Zeitraumes erlittenen Verluste oder Schäden, insbesondere hinsichtlich der im Besitz

der österreichischen Regierung oder österreichischer Staatsangehöriger befindlichen öffentlichen deutschen Schulden und der Zahlungsmittel, die zur Zeit der Geldkonversion eingezogen wurden. Solche Zahlungsmittel sind bei Inkrafttreten des vorliegenden Vertrages zu vernichten.

Artikel 24.

Verzicht Österreichs auf Ansprüche gegen die Alliierten

1. Österreich verzichtet im Namen der österreichischen Regierung oder österreichischer Staatsangehöriger auf alle Ansprüche irgendwelcher Art gegen die Alliierten und Assoziierten Mächte, soweit sich solche Ansprüche unmittelbar aus dem Krieg in Europa nach dem 1. September 1939 oder aus Maßnahmen, die infolge des Kriegszustandes in Europa nach diesem Datum ergriffen wurden, ergeben, gleichgültig, ob sich die Alliierte oder Assoziierte Macht zu jenem Zeitpunkt mit Deutschland im Krieg befand oder nicht. Dieser Verzicht umfaßt folgende Ansprüche:

a) Ansprüche für Verluste oder Schäden, die infolge von Handlungen der Streitkräfte oder Behörden Alliierter oder Assoziierter Mächte erlitten wurden;

b) Ansprüche, die sich aus der Anwesenheit, aus Operationen oder Handlungen von Streitkräften oder Behörden Alliierter oder Assoziierter Mächte auf österreichischem Staatsgebiet ergeben;

c) Ansprüche hinsichtlich der Entscheidungen oder Anordnungen von Prisengerichten der Alliierten oder Assoziierten Mächte, wobei Österreich damit einverstanden ist, alle Entscheidungen und Anordnungen solcher Prisengerichte, die vom 1. September 1939 an ergangen sind und sich auf österreichischen Staatsbürgern gehörige Schiffe oder Güter oder auf die Bezahlung von Kosten beziehen, als gültig und bindend anzuerkennen;

d) Ansprüche, die sich aus der Ausübung oder vermeintlichen Ausübung von Rechten der Kriegsführenden ergeben.

2. Die Bestimmungen dieses Artikels schließen vollständig und endgültig alle Ansprüche der hierin angeführten Natur aus, die von nun an erloschen sein sollen, welche Vertragsteile auch immer ein Interesse daran haben mögen. Die österreichische Regierung stimmt zu, eine billige Entschädigung in Schillingen den Personen zu leisten, die den Streitkräften der Alliierten oder Assoziierten Mächte im österreichischen Staatsgebiet auf Grund von Requisition Güter geliefert oder Dienste geleistet haben und ebenso eine Entschädigung zur Befriedigung von Ansprüchen aus Nichtkampfschäden gegen die Streitkräfte der Alliierten oder Assoziierten Mächte, die auf österreichischem Staatsgebiet entstanden sind.
3. Desgleichen verzichtet Österreich im Namen der österreichischen Regierung oder österreichischer Staatsangehöriger auf alle Ansprüche der in Paragraph 1 dieses Artikels bezeichneten Art gegen jede Vereinte Nation, deren diplomatische Beziehungen mit Deutschland zwischen dem 1. September 1939 und dem 1. Jänner 1945 abgebrochen waren und die mit den Alliierten oder Assoziierten Mächten aktiv zusammengearbeitet hat.
4. Die österreichische Regierung wird für alliiertes Militärgeld im Nennwert von fünf Schilling und darunter, das in Österreich von alliierten Militärbehörden ausgegeben wurde, einschließlich jenes Geldes, das sich beim Inkrafttreten des vorliegenden Vertrages im Umlauf befindet, die volle Einlösepflicht übernehmen. Von den alliierten Militärbehörden ausgegebene Noten im Nennwert von mehr als fünf Schilling werden vernichtet und Ansprüche in diesem Zusammenhang können gegen keine der Alliierten und Assoziierten Mächte erhoben werden.
5. Der Verzicht auf Ansprüche durch Österreich nach Paragraph 1 dieses Artikels umfaßt alle Ansprüche, die sich aus Maßnahmen ergeben, die von irgendeiner Alliierten oder Assoziierten Macht hinsichtlich solcher Schiffe ergriffen wurden, die österreichischen Staatsangehörigen im Zeitraum zwischen dem 1. September 1939 und dem Inkrafttreten des

vorliegenden Vertrages gehörten, und ebenso alle Ansprüche und Schulden, die sich aus jetzt in Kraft befindlichen Abkommen über Kriegsgefangene ergeben.

TEIL V
EIGENTUM, RECHTE UND INTERESSEN

Artikel 25.

Vermögen der Vereinten Nationen in Österreich

1. Soweit Österreich dies nicht schon durchgeführt hat, wird es alle den Vereinten Nationen und ihren Staatsangehörigen gehörenden gesetzlichen Rechte und Interessen in Österreich wiederherstellen, wie sie an dem Tag bestanden, an dem die Feindseligkeiten zwischen Deutschland und der betreffenden Vereinten Nation begannen, und wird alles Vermögen der Vereinten Nationen und ihrer Staatsangehörigen in Österreich zurückgeben, wie es jetzt vorhanden ist.

2. Die österreichische Regierung verpflichtet sich, alle unter diesen Artikel fallenden Vermögenschaften, Rechte und Interessen frei von allen Belastungen und Kosten jeder Art wiederherzustellen, denen sie als Folge des Krieges mit Deutschland unterworfen sein mögen, und ohne Auferlegung irgendwelcher Kosten durch die österreichische Regierung aus Anlaß ihrer Rückgabe. Die österreichische Regierung wird alle Maßnahmen der Beschlagnahme, Sequestrierung oder Kontrolle für nichtig erklären, die gegen Vermögen von Vereinten Nationen in Österreich in der Zeit zwischen dem Tag des Beginns der Feindseligkeiten zwischen Deutschland und der betreffenden Vereinten Nation und dem Inkrafttreten des vorliegenden Vertrages ergriffen wurden. In Fällen, in denen das Eigentum nicht innerhalb von sechs Monaten nach Inkrafttreten dieses Vertrages zurückgegeben worden ist, ist die Anmeldung zwecks Rückgabe des Eigentums bei den österreichischen Behörden spätestens innerhalb von zwölf Monaten nach

Inkrafttreten des Vertrages vorzunehmen, ausgenommen in Fällen, in denen der Anspruchstellende beweisen kann, daß er innerhalb dieser Zeit seine Anmeldung nicht vornehmen konnte.

3. Die österreichische Regierung wird Übertragungen in bezug auf Staatsangehörigen der Vereinten Nationen gehörende Vermögenschaften, Rechte und Interessen jeder Art, für ungültig erklären, soferne solche Übertragungen durch von Regierungen der Achsenmächte oder deren Dienststellen in der Zeit zwischen dem Beginn der Feindseligkeiten zwischen Deutschland und der betreffenden Vereinten Nation und dem 8. Mai 1945 ausgeübten Zwang zustande gekommen sind.

4. a) In Fällen, in denen die österreichische Regierung eine Entschädigung für Verluste leistet, die auf Grund einer während der deutschen Besetzung Österreichs oder während des Krieges erlittenen Verletzung oder einer Schädigung an Vermögen in Österreich entstanden sind, soll den Staatsangehörigen der Vereinten Nationen keine weniger vorteilhafte Behandlung eingeräumt werden, als österreichischen Staatsangehörigen gewährt wird; und in solchen Fällen sollen Staatsangehörige der Vereinten Nationen, die unmittelbar oder mittelbar Eigentumsinteressen an Gesellschaften oder Vereinigungen besitzen, die nicht Staatsangehörige der Vereinten Nationen im Sinne des Paragraphen 8 a dieses Artikels sind, eine Entschädigung erhalten, die unter Zugrundelegung des gesamten Verlustes oder Schadens, den diese Gesellschaften oder Vereinigungen erlitten haben, berechnet ist, und in jenem Verhältnis zu diesem Verlust oder Schaden steht, das der kapitalsmäßigen Beteiligung eines solchen Staatsangehörigen an der Gesellschaft oder Vereinigung entspricht.

b) Die österreichische Regierung wird den Vereinten Nationen und deren Staatsangehörigen in der Zuteilung von Material für die Reparatur oder den Wiederaufbau ihres Eigentums in Österreich und in der Zuteilung von Devisen für die Einfuhr von solchem Material die gleiche Behandlung wie den österreichischen Staatsangehörigen gewähren.

5. Alle angemessenen Ausgaben, die in Österreich im Zusammenhang mit der Geltendmachung von Ansprüchen, einschließlich der Kosten für die Festsetzung des Verlustes oder Schadens, erwachsen, werden von der österreichischen Regierung getragen.
6. Staatsangehörige der Vereinten Nationen und deren Vermögen sind von allen außerordentlichen Steuern, Abgaben und Auflagen befreit, mit denen ihre Kapitalswerte in Österreich durch die österreichische Regierung oder irgendeine österreichische Behörde zwischen dem Zeitpunkt der Übergabe der deutschen Streitkräfte und dem Inkrafttreten dieses Vertrages zu dem besonderen Zwecke belastet worden sind, Ausgaben, die sich aus dem Kriege ergeben, oder die Kosten der Besatzungstruppen damit zu decken. Beträge, die aus diesem Titel bezahlt wurden, sind zurückzuerstatten.
7. An Stelle der Bestimmungen dieses Artikels können der Eigentümer des betreffenden Vermögens und die österreichische Regierung eine Vereinbarung treffen.
8. Die in diesem Artikel gebrauchten Ausdrücke:
a) „Staatsangehörige der Vereinten Nationen" bedeuten physische Personen, die im Zeitpunkt des Inkrafttretens dieses Vertrages Staatsangehörige irgendeiner der Vereinten Nationen sind, oder Gesellschaften oder Vereinigungen, die im Zeitpunkt des Inkrafttretens dieses Vertrages gemäß dem Recht irgendeiner der Vereinten Nationen errichtet worden sind, vorausgesetzt, daß diese physischen Personen, Gesellschaften oder Vereinigungen diesen Status auch am 8. Mai 1945 besessen haben.
Der Ausdruck „Staatsangehörige der Vereinten Nationen" schließt auch alle physischen Personen, Gesellschaften und Vereinigungen ein, die gemäß den während des Krieges in Österreich geltenden Gesetzen als Feinde behandelt worden sind.
b) „Eigentümer" bedeutet eine der Vereinten Nationen oder einen Staatsangehörigen einer der Vereinten Nationen im Sinne der Definition des oben angeführten Absatzes a), der einen

Rechtsanspruch auf das in Frage stehende Vermögen hat, und umfaßt auch den Rechtsnachfolger des Eigentümers, vorausgesetzt, daß der Rechtsnachfolger gleichfalls eine Vereinte Nation oder ein Staatsangehöriger einer Vereinten Nation im Sinne der Definition des Absatzes a) ist. Wenn der Rechtsnachfolger das Vermögen in einem beschädigten Zustand erworben hat, behält der Übertragende seine Rechte auf Entschädigung gemäß diesem Artikel; Verpflichtungen nach Landesrecht zwischen dem Übertragenden und dem Erwerber werden hiedurch nicht berührt.

c) „Vermögen" bedeutet alles bewegliche oder unbewegliche, materielle oder immaterielle Vermögen einschließlich gewerblichen, literarischen und künstlerischen Eigentums sowie alle Eigentumsrechte und -interessen jeder Art.

9. Die Bestimmungen dieses Artikels finden keine Anwendung auf die Übertragung von Vermögen, Rechten oder Interessen von Vereinten Nationen oder von Staatsangehörigen Vereinter Nationen in Österreich, die in Übereinstimmung mit Gesetzen und Verordnungen erfolgte, die als österreichisches Recht am 28. Juni 1946 in Kraft waren.

10. Die österreichische Regierung anerkennt, daß das Abkommen von Brioni vom 10. August 1942 null und nichtig ist. Sie verpflichtet sich, mit den anderen Signataren des Abkommens von Rom vom 21. März 1923 an Verhandlungen teilzunehmen, die den Zweck verfolgen, in die Bestimmungen des Abkommens die nötigen Modifikationen einzufügen, um eine billige Regelung der darin vorgesehenen Annuitäten sicherzustellen.

Artikel 26.

Vermögenschaften, Rechte und Interessen von Minderheitsgruppen in Österreich

1. Soweit solche Maßnahmen noch nicht getroffen worden sind, verpflichtet sich Österreich in allen Fällen, in denen Vermögenschaften, gesetzliche Rechte oder Interessen in Österreich seit dem 13. März 1938 wegen der rassischen

Abstammung oder der Religion des Eigentümers Gegenstand gewaltsamer Übertragung oder von Maßnahmen der Sequestrierung, Konfiskation oder Kontrolle gewesen sind, das angeführte Vermögen zurückzugeben und diese gesetzlichen Rechte und Interessen mit allem Zubehör wiederherzustellen. Wo eine Rückgabe oder Wiederherstellung nicht möglich ist, wird für auf Grund solcher Maßnahmen erlittene Verluste eine Entschädigung in einem Ausmaß gewährt, wie sie bei Kriegsschäden österreichischen Staatsangehörigen jetzt oder späterhin generell gegeben wird.

2. Österreich stimmt zu, alle Vermögenschaften, gesetzlichen Rechte und Interessen in Österreich, die Personen, Organisationen oder Gemeinschaften gehören, die einzeln oder als Mitglieder von Gruppen rassischen, religiösen oder anderen Naziverfolgungsmaßnahmen unterworfen worden sind, unter seine Kontrolle zu nehmen, wenn, falls es sich um Personen handelt, diese Vermögenschaften, Rechte und Interessen ohne Erben bleiben oder durch sechs Monate nach Inkrafttreten des vorliegenden Vertrages nicht beansprucht werden oder wenn, falls es sich um Organisationen und Gemeinschaften handelt, diese Organisationen und Gemeinschaften aufgehört haben zu bestehen. Österreich soll diese Vermögenschaften, Rechte und Interessen geeigneten, von den vier Missionschefs in Wien im Wege von Vereinbarungen mit der österreichischen Regierung zu bestimmenden Dienststellen oder Organisationen übertragen, damit sie für Hilfe und Unterstützung von Opfern der Verfolgung durch die Achsenmächte und für Wiedergutmachung an solche verwendet werden; diese Bestimmungen sind dahin zu verstehen, daß sie von Österreich keine Zahlungen in fremder Währung oder andere Überweisungen an fremde Länder erfordern, die eine Belastung der österreichischen Wirtschaft darstellen würden. Diese Übertragung wird innerhalb von achtzehn Monaten nach Inkrafttreten des vorliegenden Vertrages durchgeführt werden und Vermögenschaften, Rechte und Interessen, deren Wiederherstellung in Paragraph 1 dieses Artikels verlangt wird, einschließen.

Artikel 27.

Österreichisches Vermögen im Gebiete der Alliierten und Assoziierten Mächte

1. Die Alliierten und Assoziierten Mächte erklären ihre Absicht, österreichische Vermögenschaften, Rechte und Interessen, so wie sie sich derzeit in ihren Gebieten vorfinden, zurückzustellen oder, soweit solche Vermögenschaften, Rechte und Interessen einer Liquidierungs-, Verwendungs- oder sonstigen Verwertungsmaßnahme unterzogen worden sind, den Erlös, der sich aus der Liquidierung, Verwendung oder Verwertung solcher Vermögenschaften, Rechte und Interessen ergeben hat, abzüglich der aufgelaufenen Gebühren, Verwaltungsausgaben, Gläubigerforderungen und anderen ähnlichen Lasten auszufolgen. Die Alliierten und Assoziierten Mächte sind bereit, zu diesem Behufe Vereinbarungen mit der österreichischen Regierung abzuschließen.

2. Unbeschadet der vorstehenden Bestimmungen wird der Föderativen Volksrepublik Jugoslawien das Recht eingeräumt, österreichische Vermögenschaften, Rechte und Interessen, die sich im Zeitpunkt des Inkrafttretens des vorliegenden Vertrages auf jugoslawischem Gebiet befinden, zu beschlagnahmen, zurückzubehalten oder zu liquidieren. Die österreichische Regierung verpflichtet sich, österreichische Staatsangehörige, deren Vermögen auf Grund dieses Paragraphen herangezogen wird, zu entschädigen.

Artikel 28.

Schulden

1. Die Alliierten und Assoziierten Mächte anerkennen, daß Zinsenzahlungen und ähnliche Auflagen, die österreichische Staatspapiere belasten und nach dem 12. März 1938 und vor dem 8. Mai 1945 fällig wurden, einen Anspruch gegen Deutschland und nicht gegen Österreich darstellen.

2. Die Alliierten und Assoziierten Mächte erklären ihre

Absicht, von den Bestimmungen von Anleiheabkommen, die von der österreichischen Regierung vor dem 13. März 1938 abgeschlossen wurden, keinen Gebrauch zu machen, insoweit diese Bestimmungen den Gläubigern ein Kontrollrecht über die österreichischen Staatsfinanzen einräumen.

3. Das Bestehen des Kriegszustandes zwischen den Alliierten und Assoziierten Mächten und Deutschland berührt an sich nicht die Verpflichtung zur Bezahlung von Geldschulden, die entweder aus vor Bestehen des Kriegszustandes stammenden Verpflichtungen und Verträgen herrühren oder aus Rechten hervorgehen, die vor Bestehen des Kriegszustandes erworben wurden, soweit diese Schulden vor dem Inkrafttreten des vorliegenden Vertrages fällig geworden sind und die der Regierung oder den Staatsangehörigen einer der Alliierten und Assoziierten Mächte gegen die Regierung oder Staatsangehörige Österreichs zustehen, oder die der Regierung oder Staatsangehörigen Österreichs gegen die Regierung oder Staatsangehörige einer der Alliierten und Assoziierten Mächte zustehen.

4. Soweit nicht in dem vorliegenden Vertrag ausdrücklich etwas anderes bestimmt ist, ist darin nichts dahin auszulegen, daß dadurch das Schuldner-Gläubigerverhältnis beeinträchtigt wird, das sich aus Verträgen ergibt, die zu irgendeinem Zeitpunkt vor dem 1. September 1939 entweder von der österreichischen Regierung oder von Personen, die am 12. März 1938 österreichische Staatsangehörige waren, abgeschlossen worden sind.

TEIL VI
ALLGEMEINE WIRTSCHAFTSBEZIEHUNGEN

Artikel 29.

1. Bis zum Abschluß von Handelsverträgen oder -abkommen zwischen einzelnen der Vereinten Nationen und Österreich gewährt die österreichische Regierung während eines Zeitraumes von achtzehn Monaten vom Inkrafttreten des vorliegenden

Vertrages jeder der Vereinten Nationen, die Österreich tatsächlich in reziproker Weise eine gleichartige Behandlung in analogen Angelegenheiten einräumt, folgende Behandlung:

a) In allem, was Abgaben und Lasten auf die Ein- oder Ausfuhr, die innerstaatliche Besteuerung eingeführter Waren und sämtliche einschlägigen Regelungen betrifft, wird den Vereinten Nationen die bedingungslose Meistbegünstigung gewährt.

b) In jeder anderen Hinsicht wird Österreich Güter, die aus dem Gebiet einer der Vereinten Nationen stammen oder für deren Gebiet bestimmt sind, im Verhältnis zu den gleichen Gütern, die aus dem Gebiet einer anderen der Vereinten Nationen oder irgendeinem anderen fremden Lande stammen oder dorthin bestimmt sind, nicht willkürlich diskriminierend behandeln.

c) Staatsangehörigen der Vereinten Nationen, einschließlich juristischen Personen, wird in allen Angelegenheiten, die Handel, Industrie, Schiffahrt und andere Formen der Geschäftstätigkeit innerhalb Österreichs betreffen, die gleiche Behandlung wie den Inländern und der meistbegünstigten Nation gewährt. Diese Bestimmungen finden auf die Handelsluftfahrt keine Anwendung.

d) Österreich gewährt keinem Land für den Betrieb von Handelsflugzeugen im internationalen Verkehr ausschließliche oder präferenzielle Rechte, es bietet allen Vereinten Nationen gleiche Möglichkeiten, internationale Handelsluftfahrtsrechte auf österreichischem Staatsgebiet zu erwerben, einschließlich des Rechtes der Landung zur Brennstoffaufnahme und Reparatur, und gewährt hinsichtlich des Betriebes von Handelsflugzeugen im internationalen Verkehr allen Vereinten Nationen auf Grundlage der Gegenseitigkeit und nicht diskriminierender Behandlung das Recht, über österreichisches Gebiet zu fliegen ohne zu landen. Diese Bestimmungen dürfen die Interessen der österreichischen Landesverteidigung nicht beeinträchtigen.

2. Es besteht Einverständnis darüber, daß die obigen Verpflichtungen Österreichs den Ausnahmen unterworfen sind,

die üblicherweise in den vor dem 13. März 1938 von Österreich abgeschlossenen Handelsverträgen enthalten waren; die Bestimmungen bezüglich der von jeder der Vereinten Nationen gewährten Gegenseitigkeit sind gleichfalls mit jenen Ausnahmen zu verstehen, die üblicherweise in den von diesem Staat geschlossenen Handelsverträgen enthalten sind.

TEIL VII
REGELUNG VON STREITFÄLLEN

Artikel 30.

1. Alle Streitfälle, die bei Ausführung des Artikels über das Eigentum der Vereinten Nationen in Österreich dieses Vertrages entstehen könnten, werden einer auf paritätischer Grundlage gebildeten Vergleichskommission, die aus einem Vertreter der Regierung der in Betracht kommenden Vereinten Nation und einem Vertreter der österreichischen Regierung besteht, überwiesen werden. Wenn innerhalb von drei Monaten, nachdem der Streitfall der Vergleichskommission überwiesen wurde, keine Einigung erzielt worden ist, kann jede der Regierungen die Zuziehung eines dritten Mitgliedes zur Kommission beantragen, das von den beiden Regierungen einvernehmlich aus den Angehörigen eines dritten Landes ausgewählt wird. Sollten die beiden Regierungen innerhalb von zwei Monaten zu keinem Einverständnis über die Wahl eines dritten Mitgliedes der Kommission gelangen, kann jede der beiden Regierungen die Chefs der diplomatischen Missionen der Sowjetunion, des Vereinigten Königreiches, der Vereinigten Staaten von Amerika und Frankreichs in Wien ersuchen, die Bestellung vorzunehmen. Wenn sich die Missionschefs innerhalb eines Zeitraumes von einem Monat nicht über die Bestellung dieses dritten Mitgliedes einigen können, kann der Generalsekretär der Vereinten Nationen von jeder der beiden Parteien ersucht werden, die Bestellung vorzunehmen.

2. Wenn eine Vergleichskommission nach Paragraph 1 dieses Artikels bestellt ist, hat sie die Jurisdiktion über alle Streitfälle,

die in Hinkunft zwischen der in Betracht kommenden Vereinten Nation und Österreich bezüglich der Anwendung oder der Auslegung des in Paragraph 1 dieses Artikels genannten Artikels entstehen könnten, und übt die ihr durch diese Bestimmungen zugewiesenen Funktionen aus.

3. Jede Vergleichskommission bestimmt ihr Verfahren selbst, wobei eine der Gerechtigkeit und der Billigkeit entsprechende Geschäftsordnung anzunehmen ist.

4. Jede Regierung bezahlt das Honorar des von ihr bestellten Mitgliedes der Vergleichskommission und jedes Bevollmächtigten, den sie zu ihrer Vertretung vor der Kommission bestimmt. Das Honorar des dritten Mitgliedes wird durch besondere Vereinbarung zwischen den in Betracht kommenden Regierungen festgesetzt und zusammen mit den gemeinsamen Auslagen jeder Kommission zu gleichen Teilen durch die beiden Regierungen bezahlt.

5. Die Parteien verpflichten sich, daß ihre Behörden der Vergleichskommission direkt jeden in ihrer Macht stehenden Beistand leisten werden.

6. Die Entscheidung der Mehrzahl der Mitglieder der Kommission stellt die Entscheidung der Kommission dar und ist von den Parteien als endgültig und bindend anzunehmen.

TEIL VIII
VERSCHIEDENE WIRTSCHAFTLICHE BESTIMMUNGEN

Artikel 31.

Bestimmungen betreffend die Donau

Die Schiffahrt auf der Donau ist für die Angehörigen, die Handelsschiffe und die Waren aller Staaten auf Grundlage der Gleichstellung bezüglich der Hafen- und Schiffahrtsgebühren und der Bedingungen für die Handelsschiffahrt frei und offen. Vorstehendes findet keine Anwendung auf den Verkehr zwischen Häfen desselben Staates.

Artikel 32.

Transiterleichterungen

1. Österreich wird soweit wie möglich den Eisenbahn-Transitverkehr durch sein Staatsgebiet zu angemessenen Tarifen erleichtern und ist bereit, mit den Nachbarstaaten zu diesem Zwecke notwendige Gegenseitigkeitsabkommen abzuschließen.
2. Die Alliierten und Assoziierten Mächte verpflichten sich, die Aufnahme von Bestimmungen zwecks Erleichterung des Transits und der Verbindungen ohne Zölle und sonstige Lasten zwischen Salzburg und Lofer (Salzburg) über den Reichenhall-Steinpaß und zwischen Scharnitz (Tirol) und Ehrwald (Tirol) über Garmisch-Partenkirchen in die Regelung hinsichtlich Deutschlands zu unterstützen.

Artikel 33.

Anwendungsbereich

Die mit „Vermögen der Vereinten Nationen in Österreich" und „Allgemeine Wirtschaftsbeziehungen" überschriebenen Artikel dieses Vertrages sind auf die Alliierten und Assoziierten Mächte und diejenigen der Vereinten Nationen anzuwenden, die diesen Status am 8. Mai 1945 hatten und deren diplomatische Beziehungen mit Deutschland im Zeitraum zwischen dem 1. September 1939 und 1. Jänner 1945 abgebrochen worden sind.

TEIL IX
SCHLUSSBESTIMMUNGEN

Artikel 34.

Missionschefs

1. Für einen Zeitraum, der achtzehn Monate vom Inkrafttreten dieses Vertrages an gerechnet nicht zu überschreiten hat, werden die Chefs der diplomatischen Missionen der Sowjet-

union, des Vereinigten Königreiches, der Vereinigten Staaten von Amerika und Frankreichs in Wien im einvernehmlichen Vorgehen die Alliierten und Assoziierten Mächte in allen die Durchführung und Auslegung des vorliegenden Vertrages betreffenden Fragen der österreichischen Regierung gegenüber vertreten.

2. Die vier Missionschefs werden der österreichischen Regierung Anleitung, technischen Rat und Aufklärung geben, die etwa erforderlich sein sollten, um die rasche und wirksame Durchführung des vorliegenden Vertrages sowohl dem Wortlaut als dem Sinne nach zu gewährleisten.

3. Die österreichische Regierung wird den genannten vier Missionschefs jede notwendige Information erteilen und jeden Beistand leisten, den sie zur Erfüllung der ihnen aus diesem Vertrage erwachsenden Aufgaben benötigen sollten.

Artikel 35.

Auslegung des Vertrages

1. Soweit kein anderes Verfahren in irgendeinem Artikel des vorliegenden Vertrages besonders vorgesehen ist, wird jede Meinungsverschiedenheit über die Auslegung oder die Durchführung des Vertrages, die nicht durch unmittelbare diplomatische Verhandlungen beigelegt wird, den vier Missionschefs überwiesen, die gemäß Artikel 34 vorgehen, jedoch mit der Maßgabe, daß die Missionschefs in diesem Fall nicht durch die in diesem Artikel vorgesehene Frist beschränkt sind. Jede Meinungsverschiedenheit dieser Art, die von ihnen nicht innerhalb eines Zeitraumes von zwei Monaten beigelegt worden ist, wird, falls sich die streitenden Parteien nicht über andere Mittel der Beilegung einigen, auf Ersuchen einer der beiden Parteien einer Kommission überwiesen, die aus einem Vertreter jeder Partei und einem dritten Mitglied besteht, das von den beiden Parteien einvernehmlich aus Angehörigen eines dritten Staates ausgewählt wird. Sollten sich die beiden Parteien innerhalb eines Monats nicht über die Bestellung des dritten Mitgliedes

einigen können, kann der Generalsekretär der Vereinten Nationen von jeder der beiden Parteien ersucht werden, die Bestellung vorzunehmen.
2. Die Entscheidung der Mehrzahl der Mitglieder der Kommission stellt die Entscheidung der Kommission dar und ist von den Parteien als endgültig und bindend anzunehmen.

Artikel 36.

Geltung der Annexe

Die Bestimmungen der Annexe haben als integrierende Bestandteile dieses Vertrages Geltung und Wirksamkeit.

Artikel 37.

Beitritt zum Vertrage

1. Jedes Mitglied der Vereinten Nationen, das am 8. Mai 1945 sich mit Deutschland im Kriegszustand befunden und den Status einer Vereinten Nation besessen hat und nicht Signatar des vorliegenden Vertrages ist, kann dem Vertrag beitreten und ist nach Beitritt für die Zwecke des Vertrages als Assoziierte Macht anzusehen.
2. Die Beitrittsurkunden sollen bei der Regierung der Union der Sozialistischen Sowjetrepubliken hinterlegt werden und treten mit der Hinterlegung in Kraft.

Artikel 38.

Ratifikation des Vertrages

1. Der vorliegende Vertrag, dessen russischer, englischer, französischer und deutscher Text authentisch ist, soll ratifiziert werden. Er tritt unmittelbar nach Hinterlegung der Ratifikationsurkunden durch die Union der Sozialistischen Sowjetrepubliken, durch das Vereinigte Königreich von Großbritannien und Nordirland, durch die Vereinigten Staaten von Amerika und durch Frankreich einerseits und durch Österreich

andererseits in Kraft. Die Ratifikationsurkunden sollen in möglichst kurzer Zeit bei der Regierung der Union der Sozialistischen Sowjetrepubliken hinterlegt werden.

2. Der Vertrag soll bezüglich jeder Alliierten oder Assoziierten Macht, deren Ratifikationsurkunde hienach hinterlegt wird, am Tag der Hinterlegung in Kraft treten. Der vorliegende Vertrag soll in den Archiven der Regierung der Union der Sozialistischen Sowjetrepubliken hinterlegt werden, die jedem der Signatarstaaten und beitretenden Staaten beglaubigte Abschriften übermitteln wird.

Zu Urkund dessen haben die unterzeichneten Bevollmächtigten den vorliegenden Vertrag unterzeichnet und mit ihren Siegeln versehen.

Geschehen in der Stadt Wien in russischer, englischer, französischer und deutscher Sprache am 15. Mai 1955.

L. S. *V. Molotow*
L. S. *J. Iljitschow*
L. S. *Harold Macmillan*
L. S. *Geoffrey Wallinger*
L. S. *John Foster Dulles*
L. S. *Llewellyn E. Thompson*
L. S. *Ant. Pinay*
L. S. *R. Lalouette*
L. S. *Leopold Figl*

TATSACHEN UND KLARSTELLUNGEN ZUM ZEITUNGSKRIEG

Eine zusammenfassende Darstellung der Zeitung „Die Presse" vom 27. März 1958

Im Zusammenhang mit den Vorgängen auf dem Wiener Zeitungsmarkt wurde eine Reihe von Angriffen gegen das „Pressehaus" auf dem Fleischmarkt gerichtet. Den Vogel schoß dabei die „Österreichische Neue Tageszeitung" mit ihrem Leitartikel vom Mittwoch, dem 26. März, ab. „Die Presse" begnügt sich, im folgenden der Öffentlichkeit die dem „Fall Bild-Telegraf" zugrunde liegenden vertraglichen und wirtschaftlichen Tatbestände dokumentarisch zu unterbreiten und dem Leser das Urteil selbst zu überlassen.

1. Die Zeitung „Bild-Telegraf" wurde seit Anfang Mai 1957 in der Pressehaus-Druckerei am Fleischmarkt hergestellt. Schon im April 1957 war die „Bild-Telegraf"-Zeitungs- und Zeitschriften Ges.m.b.H. seit längerem konkursreif. Ihre Geschäftsführer Hans Behrmann und Karl Rubesch hatten das Insolvenzverfahren lediglich deshalb nicht angemeldet, da sie auf eine ihnen versprochene Sanierung der Gesellschaft hofften. Die Gesellschafter und Geschäftsführer erwogen dabei naturgemäß eine Verbilligung der ein erhebliches Defizit bewirkenden Herstellungskosten der Zeitung „Bild-Telegraf". Man versprach sich auch eine Verbesserung des Vertriebserlöses durch Übergang auf eine Morgenausgabe der Zeitung: Aus technischen Gründen war jedoch die Herstellung einer solchen in der Druckerei Erwin Metten Nachf. nicht möglich, ganz abgesehen

davon, daß diese Druckerei eine weitere Kreditierung der Druckkosten an die „Bild-Telegraf“ Ges.m.b.H. nicht zu gewähren bereit war.

SANIERUNGSPLÄNE DES „BILD-TELEGRAF“

In dieser Situation wandten sich die Geschäftsführer und der Gesellschafter Josef Moser, Innsbruck, namens der „Bild-Telegraf“ Ges.m.b.H. an Fritz Molden mit dem Ersuchen, den Druck der Tageszeitung „Bild-Telegraf“ unter Gewährung eines Druckkredites zu billigeren Bedingungen als Metten zu übernehmen. Im Hinblick auf das Versprechen einer baldigen Sanierung erklärte sich Fritz Molden zum Druck bereit, verlangte jedoch zusätzliche Sicherungen, zumal da er nicht an einer kurzfristigen Druckübernahme, sondern nur an einem langfristigen Druckkunden geschäftlich interessiert sein konnte. Die Gesellschaft und die Geschäftsführer der „Bild-Telegraf“ Ges.m.b.H. erklärten damals, daß zwei Möglichkeiten einer Sanierung bestünden: eine sogenannte „große“ Sanierung mit einem Betrage von 7 Millionen Schilling, welche eine langfristige Herausgabe der Zeitung auf gesunder Grundlage ermöglichen, oder eine sogenannte „kleine“ Sanierung mit einem Betrage von 2 Millionen Schilling, die die Fortsetzung der Gesellschaft auf wenigstens ein Jahr sichern sollte.

Bezüglich des vom „Bild-Telegraf“ angestrebten Druckkredites von 1 Million Schilling wurde vereinbart, daß hierüber ein eigenes Abkommen mit allen Einzelheiten verfaßt werden sollte. Nachdem jedoch die verschiedenen versprochenen Sanierungen nicht stattfanden und die Geschäftsführung des „Bild-Telegraf“ sich trotz mehrfachen Aufforderungen weigerte, ein Kreditabkommen zu treffen, ist dieses nie durchgeführt worden. Dies geht auch eindeutig aus der Tatsache hervor, daß der von den Geschäftsführern des „Bild-Telegraf“ am 23. Dezember 1957 unterzeichnete Druckvertrag mit der Neuen Wiener Presse Druck- und Verlagsgesellschaft m.b.H.

keinerlei Hinweise auf irgendein Kreditabkommen enthält, jedoch ausdrücklich festlegt, daß die Neue Wiener Presse Druck- und Verlagsgesellschaft m.b.H. einen Druckkredit in der Höhe von zwei Wochenrechnungen, das sind etwa 500.000 Schilling, gewähren wird, und daß sodann alle anderen Rechnungen jeweils sofort zu bezahlen sind.

DAS „INNSBRUCKER PROTOKOLL"

In Anbetracht der Unsicherheit, welche der beiden Sanierungen vorgenommen werde würde, und sohin der Ungewißheit, ob eine langfristige Druckkundschaft gewonnen war oder nicht, wurde über Verlangen des Fritz Molden mit dem Geschäftsführer Behrmann (Rubesch stimmte später zu) und Moser als Vertreter der Gesellschafter in der richtunggebenden Besprechung in Innsbruck am 29. April 1957 folgendes vereinbart: Falls die Herausgabe der Tageszeitung „Bild-Telegraf" einmal eingestellt wird – für den Fall der „kleinen" Sanierung sohin in einem Jahr – sollte die Neue Wiener Presse Druck- und Verlagsgesellschaft m.b.H. (oder eine von ihr namhaft gemachte Gruppe oder Person) berechtigt sein, eine andere Zeitung gleichen Typs herauszubringen, wobei die Geschäftsführer und Gesellschafter der „Bild-Telegraf" Ges.m.b.H. sich auch schon damals verpflichteten, diesem neuen Blatt durch möglichste Überleitung des Goodwill des „Bild-Telegraf" (Kundenkreis und dergleichen) behilflich zu sein. Dem Geschäftsführer Behrmann wurde auch ein Angestelltenvertrag für eine Tätigkeit bei der Herstellung dieser Zeitung, Josef Moser (Vertreter der Gesellschafter) unter bestimmten Umständen eine Gewinnbeteiligung zugesichert.

Diese Vereinbarung wurde in einem Protokoll festgehalten und bildete die Grundlage der weiteren Zusammenarbeit. Die „Bild-Telegraf" Ges.m.b.H. hat auch in der Folge sich oftmals – unter anderem bei der Übermittlung des schriftlichen Druckvertrages – auf diese Vereinbarung („Innsbrucker Protokoll") bezogen.

Beweismittel: Aktennotiz über die Besprechung am 29. April 1957 („Innsbrucker Protokoll") Beilage Nr. 1 und Schreiben des „Bild-Telegraf" an die „Presse", Beilage Nr. 2.

2. Die „Bild-Telegraf" Zeitungsgesellschaft schuldet der Neuen Wiener Presse Druck- und Verlagsgesellschaft m.b.H. (im weiteren kurz „Presse" genannt) den Betrag von 2,004.103,60 Schilling für offene Druckrechnungen, für beigestelltes Papier, für Miete und für diverse Dienstleistungen. Dieser Saldo bestand in der gleichen Höhe bereits am Mittwoch, dem 12. März 1958.

Beweismittel: Saldoaufstellung der Buchhaltung der „Presse" (Beilage 3), welche vom „Bild-Telegraf" bei der Konkurstagsatzung anerkannt wurde.

3. Die „Presse" hat seit mehr als einem halben Jahr versucht, den sich ständig erhöhenden Debetsaldo ihres Druckkunden „Bild-Telegraf" zu bereinigen. Die Übernahme des Druckauftrages „Bild-Telegraf" ist im vorigen Mai überhaupt nur – und dies ist jederzeit nachweisbar – unter der Voraussetzung einer baldigen Sanierung dieser Gesellschaft durch ihre Gesellschafter erfolgt. Der „Bild-Telegraf" wurde jedoch trotz ununterbrochenen Versprechungen nicht saniert, und seine Zahlungsweise hat sich ständig verschlechtert. Die Geschäftsführung der „Presse" hat sich bereits im vergangenen Herbst mehrfach veranlaßt gesehen, diese Frage vor den zuständigen Instanzen ihrer Gesellschaft aufzuwerfen, und wurde ihr von ihrem Aufsichtskomitee immer wieder die klare Weisung gegeben, den Saldo des „Bild-Telegraf" zu bereinigen und alle notwendigen Maßnahmen zu treffen.

VOR EINER KATASTROPHALEN SITUATION

Die Geschäftsführung der „Presse" hat immer wieder versucht, in Gesprächen mit den Gesellschaftern des „Bild-Telegraf", insbesondere Herrn Dr. Anton Leitner, Herrn Direktor

Moser, Herrn Direktor Behrmann und auch Herrn Generaldirektor Joham, einer Lösung der Probleme des „Bild-Telegraf“ näherzukommen und eine Saldoabdeckung in dieser oder jener Form zu erreichen. Alle diese Gespräche blieben erfolglos. Die Zahlungen des „Bild-Telegraf“ haben sich von Woche zu Woche weiter verschlechtert. Mit Datum vom 3. März 1958 hat die „Presse“ mittels eingeschriebener Briefe die Geschäftsführung des „Bild-Telegraf“ sowie die Gesellschafter Dr. Anton Leitner, Direktor Josef Moser und schließlich den Herrn Generaldirektor Joham auf die unhaltbare Situation hingewiesen, die genaue Höhe des Saldos bekanntgegeben und ausdrücklich schriftlich mitgeteilt, daß, falls bis zum 12. März 1958, 12 Uhr, keine Bereinigung des Saldos erfolgen sollte, auf Grund Par. II, Ziffer 2 und 3, des Druckvertrages mit dem „Bild-Telegraf“ die entsprechenden Konsequenzen, das heißt die Einstellung des Druckes, durchgeführt werden müssen.

Keiner der Gesellschafter des „Bild-Telegraf“ hat es für notwendig gefunden, auch nur auf diese Briefe zu antworten, und auch Herr Generaldirektor Joham hat sich dazu nicht geäußert. Die Geschäftsführung hat sodann täglich die Geschäftsführung des „Bild-Telegraf“ ebenso wie auch die zuständigen Herren der Creditanstalt von der weiteren Entwicklung am laufenden gehalten und immer wieder darauf hingewiesen, daß eine katastrophale Situation bevorstünde.

Beweismittel: Schreiben der „Presse“ an „Bild-Telegraf“ vom 3. und 5. März (Beilage Nr. 4 und 5) sowie Schreiben der „Presse“ an Dr. Anton Leitner vom 5. März 1958 (Beilage Nr. 6). Gleichlautende Schreiben gingen auch an Herrn Direktor Moser und Herrn Generaldirektor Joham.

VERKAUFSVERHANDLUNGEN

4. Gleichzeitig war es der „Presse“ bekannt, daß die Geschäftsführer des „Bild-Telegraf“ mit verschiedenen Gruppen Verhandlungen über den Verkauf des „Bild-Telegraf“ führten.

Obwohl ein Teil dieser Gruppen keineswegs als geeignet erschienen wäre, die politische Linie des Blattes in seiner bisherigen Form zu garantieren, wollte die Geschäftsführung der „Presse“ trotzdem diese Verhandlungen nicht stören, um eine Sanierung zu erleichtern.

Die „Presse“ konnte jedoch die Tatsache, daß von seiten der Geschäftsführung des „Bild-Telegraf“ auch direkt mit Vertretern von Konkurrenzverlagen über eine Überführung der Zeitung „Bild-Telegraf“ in eine andere Druckerei, unter gleichzeitiger Hinterlassung des Schuldenstandes am Fleischmarkt, verhandelt wurde, nicht akzeptieren, und sie hat dagegen Maßnahmen in Erwägung ziehen müssen. Es ist der „Presse“ bekannt, daß zwischen der Geschäftsführung des „Bild-Telegraf“ und den bevollmächtigten Vertretern eines großen Konkurrenzverlages konkrete Verhandlungen dahingehend geführt wurden, daß dieser durch Ankauf von Forderungen den „Bild-Telegraf“ in Konkurs treiben solle, wodurch die Forderungen der „Presse“ uneinbringlich geworden wären und gleichzeitig der Goodwill des „Bild-Telegraf“ von besagtem Konkurrenzverleger übernommen worden wäre.

5. Als die Situation des „Bild-Telegraf“ sich weiterhin verschlechterte und weder die Gesellschafter noch die Geschäftsführung des „Bild-Telegraf“ in irgendeiner Weise die Abtragung des Saldos mit der „Presse“ überhaupt nur diskutierten und als schließlich der „Bild-Telegraf“ auch die täglich laufenden Rechnungen nicht mehr bezahlen konnte, mußte die Geschäftsführung der „Presse“ mit der ihr auferlegten Obsorge für das eigene Unternehmen endlich die notwendigen Maßnahmen einleiten.

6. Die Gesamtsituation des „Bild-Telegraf“ war der Geschäftsführung der „Presse“ bekannt und sie wußte, daß einem Schuldenstand von mehr als 7 Millionen Schilling nur einbringliche Forderungen von maximal zirka einer Million Schilling gegenüberstanden.

Die Hauptverbindlichkeiten des „Bild-Telegraf“ setzen sich zusammen:

Länderbank		S 2,060.000,–
„Presse“		S 2,005.000,–
Fa. Metten		S 750.000,–
AVA		S 1,200.000,–
diverse Kleingläubiger u. Steuerschulden	ca.	S 900.000,–
andere Verbindlichkeiten	ca.	S 400.000,–
		S 7,315.000,–

Dem gegenüber stehen Außenstände aus dem Vertrieb und Inseratengeschäft, von denen höchstens 800.000 S einbringlich erscheinen und etwa 200.000 S an verwertbarem Anlagevermögen.

DER ERSTE KONKURSANTRAG

Am Dienstag, dem 11. März 1958, vormittags wurde der Geschäftsführung der „Presse“ bekannt, daß bereits ein Konkursantrag von einem dritten Gläubiger (nicht etwa von der „Presse“) beim Handelsgericht Wien gegen den „Bild-Telegraf“ eingebracht worden sei. Trotzdem wartete die „Presse“ nochmals einen Tag zu, warnte neuerlich die Geschäftsführung des „Bild-Telegraf“ und erklärte erst Mittwoch, den 12. März 1958 um 12 Uhr die sofortige Auflösung des Druckvertrages und die Einstellung des Druckes.

Es ist selbstverständlich, daß die „Presse“ darum besorgt sein mußte, an Stelle des bisherigen Druckkunden, bei dem sie notabene mehr als zwei Millionen Schilling an ungedeckten Forderungen stehen hatte, einen neuen Druckauftrag zu erhalten. Im übrigen hat die „Presse“ keinerlei Abonnentenlisten übernommen oder gar entwendet, ganz davon abgesehen, daß der „Bild-Telegraf“, nicht wie behauptet wurde, 37.000, sondern insgesamt nur etwa 2500 echte Abonnenten besaß, während der Rest der Auflage in den Trafiken oder im freien Verkauf abgesetzt wurde, wie dies bei Boulevardblättern üblich ist.

In Entsprechung der im April 1957 anläßlich der Druckübernahme des „Bild-Telegraf" getroffenen Vereinbarungen wurde dessen Geschäftsführung bekanntgegeben, daß vorgesehen sei, das damals bereits vereinbarte neue Blatt ähnlichen Typs nunmehr durch die Fritz Molden & Co. Ges.m.b.H. herauszugeben.

Beweismittel: Schreiben des Syndikus der „Presse", Rechtsanwalt Dr. Fritz Czerwenka, vom 11. März 1958, betreffend Insolvenz „Bild-Telegraf" (Beilage 7).

BEHRMANN EMPFIEHLT DIE NEUE ZEITUNG

7. Die Geschäftsführer der „Bild-Telegraf" Ges.m.b.H. stimmten diesen Plänen, ihrer übernommenen Verpflichtung entsprechend, zu und versprachen loyalste Unterstützung. Demgemäß unterrichteten sie auch die Redakteure und anderen Angestellten der „Bild-Telegraf" Ges.m.b.H. davon, daß der bereits lange erwartete Zeitpunkt der Einstellung des „Bild-Telegraf" zufolge finanzieller Schwierigkeiten nunmehr gekommen sei und dem Personal unter gleichzeitiger Enthebung seiner dienstlichen Verpflichtungen zur „Bild-Telegraf"-Gesellschaft die Annahme von Diensten bei der Fritz Molden & Co. Ges.m.b.H. empfohlen wurde. Behrmann gab Anweisung, der Fritz Molden & Co. Ges.m.b.H. zwar nicht die Abonnentenlisten selbst zu übergeben, da diese die „Bild-Telegraf" Ges.m.b.H. noch benötige, jedoch die Fritz Molden & Co. Ges.m.b.H. in Kenntnis der Abonnenten zu setzen. Er traf weiter Vorkehrungen über die Übernahme des Vertriebsapparats und der Kolporteure.

Herr Behrmann hat im übrigen den von ihm geschützten Titel „Neuer Bild-Telegraf" der neuen Zeitung zum Preis von 220.000 S am 12. März mittags an Molden & Co. zum Kaufe angeboten.

Es wurde in der Öffentlichkeit behauptet, daß die „Presse"

beziehungsweise Fritz Molden das gesamte Personal des „Bild-Telegraf" für sich „gekapert" und dadurch ein weiteres Erscheinen dieses Blattes unmöglich gemacht hätte. Dies ist unrichtig. Die Geschäftsführer des „Bild-Telegraf", Direktor Behrmann und Direktor Rubesch, haben dem Betriebsratsobmann der „Bild-Telegraf"-Redaktion ebenso wie dem Chefredakteur des „Bild-Telegraf" wörtlich am Mittwochmittag erklärt: „Wir sind am Ende, gehen Sie zu Herrn Molden und schauen Sie, daß Sie dort unterkommen." Die beiden Geschäftsführer des „Bild-Telegraf" sind am Mittwoch, 12 Uhr, auch selbst bei Fritz Molden erschienen. Sie haben diesen ausdrücklich ersucht, die Redakteure und womöglich auch alle anderen Angestellten des „Bild-Telegraf" bei sich anzustellen, weil sie ihre Arbeitsplätze beim „Bild-Telegraf" verlieren. Erst auf Grund dieser beiderseitigen Aufforderungen wurden die Redakteure sowie diverse andere ehemalige Angestellte des „Bild-Telegraf" von Fritz Molden angestellt.

8. Es wurde die Behauptung erhoben, daß von seiten der „Presse" Abonnentenlisten oder andere Vertriebshilfen des „Bild-Telegraf" übernommen worden seien. Dies ist unrichtig. Es hat vielmehr Herr Josef Odolozilyk, Vertriebsleiter des „Bild-Telegraf", in den frühen Nachmittagsstunden des 12. März 1958 von Herrn Behrmann den ausdrücklichen Auftrag erhalten, für das neue Blatt genau so zu arbeiten, wie bisher und alle notwendigen Maßnahmen zu treffen, um die Herausgabe zu ermöglichen. Herr Odolozilyk hat daher, dieser Weisung entsprechend, weitergearbeitet und die vorhandenen Kartierungsunterlagen für die Ausgabe des „Bild-Telegramm" vom 13. März 1958 verwendet. Der Geschäftsführung der Neuen Wiener Presse Druck- und Verlagsges.m.b.H. beziehungsweise der Molden & Co. Ges.m.b.H. war hiervon nichts bekannt und sie hat, sobald sie am 13. März 1958 hiervon Kenntnis erhielt, sogar sofort den Auftrag erteilt, etwaige alte Abonnenten des „Bild-Telegraf" nicht mit der neuen Zeitung zu beliefern, und dies ist sodann auch nicht erfolgt.

9. Es ist ferner behauptet worden, die Neue Wiener Presse Verlagsges.m.b.H. beziehungsweise Fritz Molden hätten die Druckerei Metten & Co., „um Millionen gebracht". Dies ist ebenfalls völlig unwahr. Die Neue Wiener Presse Druck- und Verlagsges.m.b.H. hat vielmehr bei der Übernahme der Druckerei am Fleischmarkt mit der Firma Metten & Co. eine durchaus einvernehmliche Regelung gefunden, und der Druckvertrag der „Presse" bei der Druckerei Metten wurde einvernehmlich aufgelöst. Die Neue Wiener Presse hat an die Druckerei Metten für etwaigen Gewinnentgang usw. den Betrag von 850.000 S zugesichert. Dieser Betrag wurde zur Gänze ausbezahlt.

Was die Übersiedlung der Zeitung „Bild-Telegraf" von der Druckerei Metten auf den Fleischmarkt betrifft, so war dies keineswegs eine Angelegenheit der Neuen Wiener Presse Druck- und Verlagsges.m.b.H., sondern wurde von der Geschäftsführung des „Bild-Telegraf" beschlossen und durchgeführt. Die Neue Wiener Presse Druck- und Verlagsges.m.b.H. hatte keinerlei Einfluß auf die Einhaltung oder Nichteinhaltung etwaiger Vereinbarungen zwischen der Druckerei Metten und der „Bild-Telegraf" Zeitungsverlagsges.m.b.H.

BEILAGE NR. 1
AKTENNOTIZ ÜBER DIE BESPRECHUNG AM 29. APRIL 1957

Anwesend: Direktor Josef Moser; Direktor Hans Behrmann, Direktor Fritz Molden, Dr. Czerwenka.

Es wurde besprochen, daß die Herren Behrmann und Moser einerseits und Herr Molden andererseits zu der im folgenden festgehaltenen einvernehmlichen Auffassung über die zu treffenden Maßnahmen zwecks Herbeiführung einer für alle Teile günstigen Lösung der derzeitigen Druck-, Vertriebs- und anderen Herstellungsprobleme des „Bild-Telegraf“ gelangt sind.

DIE „GROSSE SANIERUNG“

1. Wie die Herren Behrmann und Moser mitteilen, sind Bestrebungen im Gange, eine großzügige Sanierung des „Bild-Telegraf“ herbeizuführen und damit eine langfristige Gesundung des Objektes zu ermöglichen. Die Herren Behrmann und Moser sind der Auffassung, daß die Übersiedlung des Druckes des „Bild-Telegraf“ in die Druckerei am Fleischmarkt und eine weitestmögliche Zusammenarbeit auf dem Sektor des Vertriebs, der Anzeigengebarung usw. mit der „Neuen Wiener Presse Verlagsgesellschaft“ eine unabwendbare Notwendigkeit für eine solche Gesundung darstellen. Herr Molden seinerseits ist daran interessiert, den Druckauftrag „Bild-Telegraf“ im Rahmen seiner Druckerei zu übernehmen und ist bereit, auch die notwendigen Zusammenlegungsmaßnahmen auf den anderen Betriebssektoren durchzuführen. Um einen langfristigen Druckvertrag mit dem „Bild-Telegraf“ zu sichern und gleichzeitig dazu beizutragen, daß dieser seine Sanierung erfolgreich durchführen kann, ist Herr Molden bereit, nicht nur bei der Preisgestaltung entsprechende Opfer zu bringen, sondern darüber hinaus dem „Bild-Telegraf“ für die Anlaufzeit einen Druckkredit bis zur Höhe von 1,000.000 Schilling in der Form zu gewähren, daß 25 Prozent der laufenden Druckrechnung (außer Papier- und Sachleistungen aller Art) jeweils kreditiert werden.

ORGANISATORISCHE VERBESSERUNGEN

Die Zusammenlegung des bisherigen selbständig bestehenden Vertriebs- und Anzeigenapparates des „Bild-Telegraf“ mit dem der „Presse“ verfolgt insbesondere den Zweck, die Herstellungskosten des „Bild-Telegraf“ auch auf diesem Sektor entsprechend herabzusetzen und gleichzeitig durch die Gemeinschaftsarbeit die Leistung der in Frage stehenden Betriebsabteilungen entsprechend zu vergrößern. Gleichzeitig erklärt sich Herr Molden bereit, auch auf allen anderen Sektoren, etwa bei der Bild- und Klischeeherstellung, bei der Werbung sowie, soweit dies möglich ist, auf redaktionellem Gebiet eine enge Kooperation mit dem „Bild-Telegraf" durchzuführen und diesem jene Möglichkeiten aufzuschließen, die ein großes Zeitungshaus bietet.

Seitens des Herrn Molden ist projektiert, die Fleischmarktdruckerei künftighin anzukaufen. Unter der Voraussetzung des Aufrechtbestehens des Druckvertrages für den „Bild-Telegraf" und unter der weiteren Voraussetzung, daß ein kommerziell erfolgversprechendes Zusammenarbeiten dieses Blattes auch für die Zukunft gewährleistet erscheint, wird Herr Molden im Falle eines derartigen Ankaufes den Herren Moser und Behrmann die Möglichkeit eröffnen, an dem Ankauf der Druckerei teilzuhaben, und zwar zumindest mit 20 Prozent, maximal aber in dem verhältnismäßigen Umfang, als die Druckereirechnung des „Bild-Telegraf" im Verhältnis zum Gesamtumsatz der Pachtdruckerei steht. Es wird festgehalten, daß diese Maßnahme nur entsprechend den Verpflichtungen des Herrn Molden gegenüber den Gesellschaftern der „Neuen Wiener Presse Verlagsgesellschaft" durchgeführt wird. Sofern der „Bild-Telegraf" effektiv am Fleischmarkt erscheint, wird Herr Molden während des angekündigten Laufes eines langfristigen Druckvertrages für den „Bild-Telegraf" eine Konkurrenzzeitung zu diesem nicht herausgeben.

EINE MÖGLICHE „SOFORTHILFE"

2. Soferne eine langfristige Sanierung des „Bild-Telegraf" nicht durchgeführt werden kann, so berichten die Herren Moser und Behrmann, daß zur Abwendung eines Insolvenzverfahrens eine Soforthilfe ins Auge gefaßt ist. Auch in diesem Falle herrscht Übereinstimmung darüber, daß der Druck des „Bild-Telegraf" auf den Fleischmarkt verlegt werden soll, um eine Verbilligung

der Herstellungskosten herbeizuführen und die prekäre Liquiditätslage zu verbessern. Auch in diesem Falle wäre Herr Molden bereit, 25 Prozent der laufenden Druckrechnungen bis zu einem noch festzulegenden Höchstbetrag zu im übrigen noch zu vereinbarenden Bedingungen zu kreditieren.

Herr Molden ist aber naturgemäß daran interessiert, das Druckobjekt möglichst langfristig der Fleischmarktdruckerei zu erhalten. Für den Fall einer bloß kurzfristigen Sanierung des „Bild-Telegraf" und falls sein Weitererscheinen trotz allen Anstrengungen nicht mehr möglich werden kann, wird daher von ihm ins Auge gefaßt, an seiner Stelle ein anderes Blatt herauszubringen. Dies ist vom Standpunkt des „Bild-Telegraf" schon deshalb anzustreben, um die im Falle einer Liquidation anfallenden Kosten zu erniedrigen.

In diesem Falle werden die Herren Moser und Behrmann ihre Tätigkeit und ihre Bemühungen zur Verfügung stellen, um die verwertbaren Teile des Goodwill des „Bild-Telegraf" diesem neuen Blatt zur Verfügung stellen zu können. Herr Behrmann wird bei diesem neuen Blatt in einer entsprechenden Position mit einem Monats-Netto-Einkommen von 8500 Schilling angestellt werden. Es wird ihm ein Anstellungsvertrag für eine Dauer von mindestens drei Jahren unter der Voraussetzung zugesichert werden, daß das neu herauszugebende Blatt so lange erscheint. Falls das neue Blatt früher eingestellt wird, löst sich sein Anstellungsverhältnis unter Beibehaltung der normalen gesetzlichen Kündigungsfristen automatisch. Falls jedoch das neue Blatt eine durchschnittlich verkaufte Auflage von 60.000 Exemplaren täglich im Monatsdurchschnitt erreicht, verlängert sich die Kündigungsfrist des Vertrages des Herrn Behrmann, die sonst ein Jahr betragen soll, auf zwei Jahre. Falls das neue Blatt eine Durchschnittsauflage von 80.000 verkauften Exemplaren im Monatsdurchschnitt täglich erreichen sollte, verlängert sich die oben erwähnte Kündigungsfrist auf drei Jahre. Es wird schon jetzt festgehalten, daß eine solche Anstellung des Herrn Behrmann im Rahmen des neuen Blattes als Verlagsleiter erfolgen wird.

BEILAGE NR. 2
SCHREIBEN DES „BILD-TELEGRAF" AN DIE „PRESSE"

Wien, 23. Dezember 1957

Sehr geehrter Herr Molden!

In der Anlage überreichen wir Ihnen, wie besprochen, den nunmehr schriftlich bestätigten Druckvertrag. Im Zusammenhang damit möchten wir aber noch auf folgende Absprachen hinweisen:

1. Es soll ausdrücklich festgehalten werden, daß während der Laufzeit des Vertrages laut Innsbrucker Protokoll keine wie immer geartete direkte Konkurrenzzeitung in Ihrem Betrieb gedruckt, verlegt oder vertrieben wird. Diese Einschränkung bezieht sich nicht auf solche Objekte, die Sie bei Übernahme unserer Zeitung bereits im Druck oder Verlag hatten.
2. Die Festhaltung des gegenwärtigen Umfanges in Absatz I., 2., ist keine Umfangsbindung auf 16 oder 10 Seiten, sondern nur die Feststellung des momentanen Rahmens.

Wir dürfen hoffen, daß der nunmehr auch formell übergebene Vertrag zu einer langfristigen, engen Zusammenarbeit führt, und zeichnen

mit vorzüglicher Hochachtung
Behrmann Rubesch

BEILAGE NR. 3
FORDERUNGEN DER „PRESSE" AN „BILD-TELEGRAF" PER 12. MÄRZ 1958

1. Alter Druckereisaldo:			S 812.918,81
2. Fakturen	18. bis 24. 2.	S 79.218,92	
	25. 2. bis 3. 3.	S 236.888,19	
	4. bis 10. 3.	S 290.756,00	
	11. und 12. 3.	S 62.846,99	S 669.710,10

3. Sonstige Forderungen:

Telephonrechnung I	S 116,80		
Telephonrechnung II	S 1.238,20		
Telephonrechnung III	S 2.100,92		
Telephotodienst II	S 5.200,00		
Telephotodienst III	S 5.200,00		
Miete III	S 7.493,77		
Manuspapierrechnung	S 125,00	S	21.474,69
		S	1,504.103,60

4. Wechsel

Fälligkeit 12. 3. 1958	S 100.000,00		
Fälligkeit 13. 3. 1958	S 150.000,00		
Fälligkeit 12. 4. 1958	S 250.000,00	S	500.000,00
Gesamtforderung		S	2,004.103,60

BEILAGE NR. 4
SCHREIBEN DER „PRESSE" AN „BILD-TELEGRAF"

3. März 1958
FM/P

Sehr geehrte Herren!

Nachdem es uns leider trotz allen Bemühungen unmöglich ist, mit Ihrer geschätzten Geschäftsführung persönlich Kontakt aufzunehmen und Sie außerdem schon seit Wochen nicht nur Ihre Zahlungsverpflichtungen, sondern auch die uns immer wieder gegebenen verbindlichen Zusagen auf Zahlungen nicht einhalten, sehen wir uns veranlaßt, unter Bezugnahme auf Paragraph II, Punkt 2 und 3, unseres Druckvertrages vom 25. 10. 1957 bzw. 23. 12. 1957 Sie zu ersuchen, den noch offenen Rest unserer längst überfälligen drei Fakturen vom 18. 2. 1958 in der Gesamthöhe von S 101.205,59 bis morgen, den 4. März 1958, 12 Uhr, bei unserer Kassa erlegen zu wollen. Wir ersuchen Sie ferner, die gesamten ebenfalls überfälligen Fakturen vom 25. 2. 1958 in offener Gesamthöhe von

S 228.654,53 minus Gutschriften in Höhe von S 662,20 bis spätestens Freitag, den 7. 3. 1958, 12 Uhr, bei uns zu erlegen.

Wir ersuchen Sie ferner, uns bis Freitag, den 7. 3. 1958, einen verbindlichen Vorschlag für die Abzahlung Ihres verbliebenen offenen Saldos von S 812.918,81 plus sonstigen Forderungen in derzeitiger Höhe von S 19.248,77 zu machen, um endlich die Bestimmungen des zwischen Ihnen und uns abgeschlossenen Druckvertrages, wonach die von uns erstellten Rechnungen 14 Tage nach Ausstellung fällig sind, in Kraft zu setzen.

Wir bedauern außerordentlich, nicht in der Lage gewesen zu sein, diese Fragen mit Ihnen auch noch mündlich abzusprechen und zeichnen

mit dem Ausdruck unserer
vorzüglichsten Hochachtung
Fritz P. Molden e. h.

BEILAGE NR. 5
SCHREIBEN DER „PRESSE“ AN „BILD-TELEGRAF“

5. März 1958
FM/P

Sehr geehrte Herren!

Wir bestätigen den Empfang Ihres geschätzten Schreibens vom 4. März 1958 und erlauben uns dazu folgendes festzustellen: Unsere Gesellschaft hat Ihrer geschätzten Firma niemals einen Kredit in der Höhe von einer Million Schilling eingeräumt. Es wurde lediglich von der Möglichkeit einer Kreditgewährung für die Anlaufzeit Ihres Lohndruckverhältnisses in unserem Hause gesprochen. Sowohl Ihre beiden Geschäftsführer wie auch einzelne Ihrer Herren Gesellschafter haben ausdrücklich immer wieder darauf hingewiesen, daß für ein solches etwaiges Kreditverhältnis natürlich ein Kreditvertrag mit Festlegung von Zinsen usw. zu schaffen wäre. Sie haben jedoch dann später immer wieder erklärt, daß Sie einen solchen Kreditvertrag derzeit nicht einzugehen wünschen. Es kann daher von der Einräumung oder auch nur verbindlichen Zusage eines Kredits keine Rede sein und sind darüber auch keinerlei wie immer geartete Vereinbarungen vorhanden. Im übrigen räumt Ihnen der von Ihnen unterzeichnete Druckvertrag ein Zahlungsziel von zwei Wochenrechnungen, das entspricht einem Betrag von S 450.000,– bis S 500.000,– ein, was ohnedies de facto einer Kreditgewährung in dieser Höhe gleichkommt.

Ihr derzeitiger Debetsaldo beträgt jedoch einschließlich der von uns an Zahlungs Statt angenommenen und demnächst für uns fällig werdenden Wechsel S 1,873.253,49. Ihre Barschuld an uns (ohne Wechsel) beträgt derzeit S 1,373.253,49 und nicht, wie Sie irrtümlich in Ihrem Schreiben angeben, S 1,161.602,47.

Nachdem Sie leider die von uns zur Abdeckung des Saldos mit unserem Schreiben vom 3. d. geforderten Zahlungen nicht durchgeführt haben, hat sich die Belastung, die durch Ihre Zahlungsunwilligkeit bei uns entsteht, neuerlich vergrößert und uns in eine schwierige und keineswegs mehr länger tragbare Situation gebracht. Wir sind auch leider nicht in der Lage, Ihre freundlichen Zusagen, daß Sie zwar an uns keine Zahlungen leisten können, jedoch laufend Verhandlungen zur Sanierung der Gesellschaft führen, an Zahlungs Statt zu akzeptieren. Seit dem Beginn Ihres Druckverhältnisses in unserer Druckerei im vergangenen Mai wurden wir immer wieder aufs neue mit solchen Zusagen vertröstet, ohne daß diese bisher in die Tat umgesetzt wurden oder die von Ihnen laufend gemachten Zahlungsversprechen eingehalten werden konnten.

Wir müssen Sie daher nochmals und in aller Form auffordern, Ihren Saldo bei uns schnellstmöglich abzudecken, um die in unserem Druckvertrag festgelegten Ziele zu erreichen. Wir ersuchen Sie daher höflichst, uns bis Freitag, den 7. März 1958, den Betrag von S 541.085,91 (es handelt sich um die bereits in unserem Schreiben vom 3. f. angeführten noch offenen sowie um neue, in der Zwischenzeit fällig gewordene Druckrechnungen) bei unserer Kassa zu erlegen.

Wir müssen Sie ferner ersuchen, spätestens innerhalb einer

Woche, also bis Mittwoch, den 12. März 1958, 12 Uhr mittags, bei unserer Kassa einen weiteren Betrag in Höhe von S 595.279,39 einzuzahlen. Damit werden Sie endlich im Rahmen Ihres im Druckvertrag vorgesehenen Zahlungszieles bleiben und können Ihre laufenden Verbindlichkeiten, die sodann voraussichtlich ca. S 500.000,– betragen werden, im Rahmen der im Druckvertrag vorgesehenen Termine an uns abzahlen.

Wir ersuchen Sie, den Inhalt dieses Schreibens im Zusammenhang mit dem Paragraph II, Punkt 2 und 3 unseres Druckvertrages zur Kenntnis nehmen zu wollen und den Ernst der Lage, der durch Ihre ständige und anwachsende Zahlungsunwilligkeit entstanden ist, nicht zu verkennen.

Mit dem Ausdruck unserer vorzüglichen Hochachtung,

Fritz Molden e. h.

BEILAGE NR. 6
SCHREIBEN AN RECHTSANWALT DR. LEITNER

5. März 1958
FM/P

Sehr geehrter Herr Dr. Leitner!

Nachdem es mir leider nicht möglich ist, Sie persönlich zu erreichen, erlaube ich mir, Sie auf folgenden Sachverhalt hinzuweisen: Die „Bild-Telegraf“ Ges. m. b. H. schuldet uns für Druckrechnungen den Betrag von S 1,373.253,49. Dazu kommen noch Wechsel in Höhe von S 500.000,–, die wir an Zahlungs Statt angenommen haben und deren Fälligkeit bevorsteht. Seit einigen Wochen hat sich die Zahlungswilligkeit des „Bild-Telegraf“ neuerlich uns gegenüber weiterhin verschlechtert und der Debetsaldo hat den oben angeführten untragbaren Umfang angenommen. Seit vielen Monaten sind wir immer wieder bemüht, mit der „Bild-Telegraf“ Ges. m. b. H. zu einem Abkommen über die Abzahlung seiner Millionenverbindlichkeiten an uns zu gelangen. Leider war dies bisher nie möglich und die Gesellschaft hat überdies nunmehr die ohnedies schon sehr zurückbleibenden Zahlungen weitgehend eingestellt.

Ich darf Sie, sehr geehrter Herr Dr. Leitner, in aller Form darauf aufmerksam machen, daß dieser Zustand nicht länger andauern kann und wir daher, wie bereits wiederholt angekündigt, in verschiedenen Besprechungen mit der Geschäftsführung des „Bild-Telegraf" festgehalten und schließlich neuerlich in unserem Schreiben vom 3. März 1958 präzisiert, gezwungen sind, ernste Konsequenzen, die sich aus den Punkten 2 und 3 des Paragraphen II des Druckvertrages zwischen der „Bild-Telegraf" Ges. m. b. H. und unserer Gesellschaft ergeben, ins Auge zu fassen, wenn nicht bis Freitag, den 7. März 1958 S 541.085,91 (es handelt sich um die bereits in unserem Schreiben vom 3. März 1958 angeführten noch offenen sowie um neue in der Zwischenzeit fällig gewordene Druckrechnungen) bei unserer Kassa erlegt werden. Wir müssen den „Bild-Telegraf" ferner ersuchen, spätestens innerhalb einer Woche, also bis Mittwoch, den 12. Mai 1958, 12 Uhr mittags, bei unserer Kassa den Betrag von S 595.279,39 zu erlegen. Damit wird der „Bild-Telegraf" im Rahmen seines im Druckvertrag vorgesehenen Zieles bleiben und könnte seine laufenden Verbindlichkeiten, die sodann voraussichtlich circa S 500.000,– betragen werden, im Rahmen der im Druckvertrag vorgesehenen Termine an uns abstatten.

Wir dürfen Sie darauf aufmerksam machen, daß unsere Gesellschaft dem „Bild-Telegraf" in den vergangenen zehn Monaten immer wieder mit allen Fragen entgegengekommen ist und daß wir jedes nur denkbare Verständnis für die Notwendigkeiten Ihrer Gesellschaft und die Schwierigkeiten, denen Sie ausgesetzt waren, an den Tag gelegt haben. Bedauerlicherweise haben sich aber die von den verschiedenen Funktionären Ihrer Gesellschaft immer wieder zum Ausdruck gebrachten Versprechungen bezüglich Bezahlung des Saldos und der Rechnungen niemals auch nur annähernd realisiert. Als ordentliche Kaufleute sehen wir uns daher, nachdem alle anderen Versuche, Ihre Gesellschaft zur Bezahlung ihrer Verpflichtungen an uns zu bewegen, immer gescheitert sind, veranlaßt, nunmehr mit allem Nachdruck, und unter Hinweis auf die möglichen Konsequenzen, die Bezahlung der offenen Druckrechnungen zu fordern.

Mit dem Ausdruck unserer vorzüglichsten Hochachtung,

Fritz P. Molden e. h

BEILAGE NR. 7
SCHREIBEN DR. CZERWENKA AN DIE „PRESSE“

Rechtsanwalt Dr. Fritz Czerwenka,
Wien VI, Blümelg. 1, Ecke Gumpendorferstraße 54,
Tel. 43 21 36

Titl. Neue Wiener Presse, Druck- und Verlagsges.m.b.H.,
Wien I., Fleischmarkt

Betrifft: Insolvenz „Bild-Telegraf“

Hiermit erlaube ich mir, Sie darauf aufmerksam zu machen, daß ich zu meiner großen Bestürzung heute anläßlich eines Besuches beim Handelsgericht Wien feststellen mußte, daß dortselbst gegen die Bild-Telegraf-Zeitungs- und Zeitschriften Verlagsgesellschaft m.b.H. ein Antrag auf Eröffnung des Konkurses eingebracht ist. In diesem Antrag ist die Zahlungsunfähigkeit dieser Gesellschaft und die Überschuldung überzeugend dargetan. Bei dieser Situation kann ich nur empfehlen, daß sich die „Presse“ diesem Antrag auf Konkurseröffnung anschließt und den Druck des „Bild-Telegraf“ sofort einstellt, da andernfalls nur mit weiteren erheblichen Verlusten gerechnet werden müßte.

Ich empfehle gleichzeitig, unbedingt zu verhindern, daß irgendwelche Fahrnisse, besondere Büromaschinen und dergleichen des „Bild-Telegraf“ aus dem Pressehaus verbracht werden. Ich rate, eine etwa beabsichtigte Verbringung unter Hinweis auf Pfand- und Zurückhaltungsrechte der „Presse“ zu unterbinden, damit wenigstens teilweise die erhebliche Forderung der „Presse“ aus dem Anlagevermögen des „Bild-Telegraf“ realisiert werden könne.

Fritz Czerwenka

ERKLÄRUNG EINIGER ABKÜRZUNGEN UND BEZEICHNUNGEN

AVO	Stalinistische Geheimpolizei Ungarns bis zum Volksaufstand 1956.
NKWD	Sowjetischer Sicherheits- und Polizeiapparat; heute KGB.
Nomenklatura	Russische Bezeichnung für die herrschende Klasse der Sowjetunion.
05	Sammelbecken der österreichischen Widerstandsbewegung, in der seit Anfang 1944 wesentliche Fraktionen des Untergrundes, insbesondere die militanten Widerstandsgruppen, zusammenkamen. Die Null stand für „O“, die Fünf für den fünften Buchstaben im Alphabet „E“: „OE“ = Österreich.
OSS	Office for Stratetic Services; amerikanischer Geheim- und Kommandodienst, der unter anderem Verbindungen zu den europäischen Widerstandsbewegungen herstellte; heute CIA.
POEN	Provisorisches Österreichisches Nationalkomitee; seit Herbst 1944 politische Führungsgruppe der österreichischen Widerstandsbewegung 05.
UNRRA	United Nations Relief and Rehabilitation Administration; Lebensmittelhilfe der Vereinten Nationen.
USIA	Holding-Gesellschaft für die bei Kriegsende von den Sowjets in ihrer Besatzungszone als deutsches Eigentum beschlagnahmten Industriebetriebe.
VO	Volksopposition; gemeinsame Fraktion der Kommunisten und Linkssozialisten im Nationalrat von 1953 bis 1956 (1956–1959: KLS).

PERSONENREGISTER

Ackerson, Rhoda 287
Adenauer, Konrad, Dr., Bundeskanzler d. BRD 116, 275
Adschubej, Andrej 293 ff., 298
Altbach, Lilli 68
Altenburger, Erwin 76
Altmann, Karl, österr. Bundesminister 53, 91
Amonn, Erich 32
Amonn, Walther 32
Andics, Hellmut 68, 260, 272, 287, 312
Argauer, Josef 272
Auer, Alexander 93
Austerlitz, Friedrich 307

Bacher, Gerd 238 f., 243 f., 248, 260, 262 f., 270, 272 f., 275, 287, 316, 319 ff., 325, 327 f.
Baier, Robert 19, 94
Baljan, Hendrik 191 f.
Bálványi, Hans 206, 209
Barcata, Louis 84, 234
Bauer, Otto 51
Baumann, Herbert 69
Becker, Hans, Dr. 15, 68
Behrmann, Hans 238, 243 f., 246 f., 249, 259 ff.
Benedikt, Ernst, Dr. 21, 84
Benedikt, Ilse, Dr. 21
Berchthold, Leopold, Graf 45
Beria, Lawrentij P. 139
Bernini, Bruno 278, 281
Béthouart, Marie-Emile, franz. Botschafter 52, 147
Biedermann, Karl, Major 15, 69
Bischof, Norbert, Dr., österr. Botschafter in Moskau 50, 150
Blaha, Paul 272
Bleyleben, Alfred 95
Bleyleben, Karl-Anton 95
Bleyleben, Max 95
Böhm, Anton, Dr. 24
Böhm, Johann, Präs. d. österr. Gewerkschaftsbundes 75, 77 ff., 313 f.
Bovey, Deleg. d. Int. Roten Kreuzes in Budapest 1956 181, 206
Braunsteiner, Herbert, Dr. 15, 22, 69, 94
Braunsteiner, Liesl 94
Broda, Christian, Dr., österr. Bundesminister 15, 21, 247, 270, 273 f., 277, 316, 319 ff., 324
Bulganin, Nikolaj A., sowj. Ministerpräsident 148 ff., 157, 172
Bumballa, Raoul, Dr. 15, 68, 73

Cadorna, Luigi, General 35
Cadorna, Raffaele, General 35
Caccia, Harold, Sir, engl. Botschafter 96, 147

Canaval, Gustav Adolf, Dr. 238, 259
Cavett, Dick 110
Chagall, Marc 119
Chaloupka, Eduard, Dr. 44, 293
Chapin, Howard, Colonel 119, 121
Charmatz, Richard 83
Chorherr, Thomas, Dr. 85, 235
Chouvel, Jean, franz. Botschafter 148
Chruschtschow, Nikita S., sowj. Ministerpräsident 132, 139, 151, 163 f., 167, 172, 299
Chuan, Ho Hsi, KP-Führer Chinas 281
Clark, Mark W., General 52, 57
Cles, Ferdinand von 84
Coreth, Hans, Graf 46
Cyrankiewicz, Josef, poln. Ministerpräsident 164
Czerwenka, Dorli 94
Czerwenka, Fritz, Dr. 94, 262, 268, 270

David, Adolf 86
David, Gustav 317
Denk, Wolfgang, Dr. 245, 253 f.
Derka, Ludwig 85
Deutsch, Julius 75
Dewey, Thomas 145
Dichand, Hans 239 f., 242, 264, 272 f., 318, 324
Djilas, Milovan 161, 289, 292
Dohrn, Klaus 275 ff.
Dollfuß, Engelbert, Dr., österr. Bundeskanzler 67 f., 257
Donnelly, Walter J., amerik. Botschafter 147
Doppler, Hans 231
Dowling, Walter 147
Draskovich, Karl 95
Dubček, Alexander, 1. Sekr. des ZK d. KPČ 281
Dubrović, Milan 84, 233, 293
Dulles, Allan Welsh 96, 120, 130, 145 f.
Dulles, Eleanor Lansing 96
Dulles, Joan 96, 122, 146
Dulles, John Foster, amerik. Außenminister 96, 145 ff., 153 f., 163, 168, 222
Dunn, James 89
Dürmayer, Heinrich, Dr. 54, 281

Eckert, Fritz 309
Eibegger, Gundomar 272
Eidlitz, Johannes 15, 19, 69, 86
Eisenhower, Dwight D., General, US-Präsident 145, 168, 197, 222
Enderl, Kurt, Dr. 48
Endler, Franz, Dr. 48, 272
Erb, Peter, Dr. 41 f.
Erhart, John 52

Fahrensteiner, Franz 260, 263, 272
Falk, Kurt 318, 323 f.
Falke v. Lilienstein, Johann Nepomuk, Freiherr von 45
Figl, Leopold, österr. Bundeskanzler 11, 23, 41, 51, 53, 61, 73, 76 f., 79, 127, 144, 146, 151 ff., 293, 315
Fischer, Ernst, Dr. 25, 69, 225, 300
Flajnik, Bruno 235
Fleischmann, Bruno 85
Fluss, Inge 272
Frankenstein, Joseph, Leutnant 13 f.
Franz-Ferdinand, Erzherzog, Thronfolger 155
Franz Joseph I., Kaiser 164
Fraser, Georg 68
Frederiksen, Harald, amerik. Diplomat 94
Frei, Bruno 225
Frenzel, Hans, Dr. 30
Fried, Jakob 68
Frischler, Kurt 272
Fürstenberg, Georg, Dr. 19, 95, 275, 277
Fuchs, Martin, Dr. 136
Funder, Friedrich, Dr. 307

Gaevernitz, Gero S. von 116 ff.
Gamper, Michael 32
Garcias, Jean 280

Gasperi, Alcide de, ital. Ministerpräsident 88 f.
Gatterer, Claus 260, 287
Gaulle, Charles de, franz. Ministerpräsident 131
Geneste, Josef de la 174
Gentz, Friedrich 11
Germani, Hans 183, 185 f., 190, 192 f., 196
Gerö, Ernö, Sekr. d. KP Ungarns 171
Gleißner, Heinrich, Dr. 76, 253
Goebbels, Joseph, Dr., Reichsminister 224, 300
Gomulka, Wladislaw, 1. Sekretär des ZK Polens 164, 166, 171
Gorbach, Alfons, Dr., österr. Bundeskanzler 19, 48
Gordey, Michel 198
Görz, Willi 31, 34
Gottwald, Klement, tschech. Staatspräsident 121, 129
Graf, Ferdinand, österr. Bundesminister 76, 127, 309
Gredler, Wilfried, Dr. 19, 69
Greitemann, Professor 192
Grillparzer, Franz 23
Grohs, Fritz, Dr. 19
Größl, Franz 225
Gruber, Karl, Dr., österr. Bundesminister 13 f., 16 f., 23., 27, 31, 40 f., 43 ff., 51, 60 f., 65 f, 74 f., 87 ff., 92, 106, 114, 127, 136, 143 ff., 153, 276 f.
Gruber, Karl, Dr., Kreisleiter v. Königsberg-Ost 106

Haeusserman, Ernst, Dr. 239
Häussler, Emmanuel 84
Hansen, Heinz 272
Hansen-Löwe, Friedrich 94
Hartl, Edwin 272
Hartl, Franz 20
Haymerle, Heinz 48
Hegedüs, Andraś 165 f., 170
Heinl, Eduard 78
Heiterer-Schaller, Paul, Dr. 44
Heitler, Kurt, Dr. 282
Hellmensdorf, Erich 86
Helmer, Oskar, österr. Bundesminister 82, 127
Henkel, Gabriele 233
Henkel, Konrad, Dr., 233
Heringer-Fritsch, Elli 83
Herz, Marielene 95
Herz, Martin S., Dr., amerik. Diplomat 147
Hiller, Rudolf, Dr. 95
Hitler, Adolf, Reichskanzler 14, 33, 43, 66 ff., 81, 92, 104, 110 ff., 122, 139, 223
Höflinger, Karl 74
Hofmannsthal, Hugo von 95
Högner, Wilhelm, bayer. Ministerpräsident 115 f.
Holzer, Rudolf 85
Holzmeister, Judith 94
Hrdlicka, Hermine 68 f.
Hühnermann, Gabriele s. Henkel
Hunna, Emmerich, Dr. 267 f.
Hurdes, Felix, Dr., österr. Bundesminister 22, 75 f.
Huth, Adolf 69

Igler, Hans, Dr. 130 f.
Igler, Wolfgang, Oberleutnant 69, 86
Ilg, Ulrich 76
Iljitschow, Iwan, sowj. Botschafter 147 f.
Imhof, Johannes, amerik. Diplomat 94, 147
In der Maur, Wolf 95, 234, 287, 320 f., 328

Jackson, C. D. 276 f.
Janitschek, Hans 287
Jeschko, Kurt, Dr. 86
Joham, Josef, Dr. 78, 245 f., 250, 256 f., 264
Jones, Russel 185
Josef II., Kaiser 11

Kaan, Maidy 94
Kadár, János, ung. Ministerpräsident 192, 202, 215, 217

Kagan, Ted 225
Kahn, Eugen, Dr. 83, 85
Kaiser, Jakob 117
Kalmar, Rudolf 225
Kaltenbrunner, Ernst, Dr. 113
Kamitz, Reinhard, Dr., österr. Bundesminister 109, 255
Karas, Anton 95
Karl I., Kaiser 51
Karl VI., Kaiser 11
Karmel, Franz 241 f.
Kauf, Robert, amerik. Diplomat 94
Kaufmann, Alice 272
Kaunitz, Wenzel Anton, Fürst 44
Kennedy, John F., US-Präsident 299
Kessler, Fritz, Dr. 84
Keyes, Geoffrey, General 147
Kidd, Coburn, amerik. Diplomat 147
Kitt, Ferdinand 93
Klaus, Josef, Dr., österr. Bundeskanzler 334
Klemperer, Clemens von 130
Klein, Ludwig 276
Kleinwächter, Ludwig, Dr. 50
Klinsky, Fritz 272
Köhler, Dir. d. Splendid Bar 95
Konjew, Iwan, Marschall 52
Konradi, Inge 94
Koplenig, Johann 25, 70
Körner, Theodor, österr. Bundespräsident 67, 75, 252
Kossuth, Lajos 189, 205
Kottulinsky, Kunata, Dr. 19, 95
Kralik, Heinrich 84
Krasser, Willi 209
Krauland, Peter, Dr. 241
Kreisky, Bruno, Dr., österr. Bundeskanzler 71, 130, 151 f., 276 f., 285 f., 298, 334
Kudrjawtschew, S. M. 148
Kunschak, Leopold 67, 70, 307

Lampe, Jörg 86
Lamprecht, Josef 85
Lapin, Sergej G., sowj. Botschafter 148, 293
Lattre de Tassigny, Jean de 120
Lauda, Hans, Dr. 78, 82, 295 f.
Lebedenko, H. F. 52
Leitenberger, Ilse 86
Leitner, Anton, Dr. 228, 246 f., 260 ff.
Leitner, Sebastian 272
Lemberger, Bertha 20
Lemberger, Ernst, Dr. 20, 66, 127, 136
Leonhard, Wolfgang 292
Libsch, Egon, Dr. 181
Lindner, Anton 276
Lingen, Theo 275
Löbl, Karl 272
Löffler, Robert 272
Löwenstein, Hubertus, Prinz zu 177
Löwenthal, Max, Dr. 47
Luce, Henry 275

Maasburg, Nikolaus 69, 72
Machart, Heinz 85
Macmillan, Harold, engl. Außenminister 153
Maier, Fritz 272
Malenkow, Georgij M., stellvertretender sowj. Ministerpräsident 139, 148
Maleta, Alfred, Dr. 108, 241 f., 315
Maléter, Pál 177, 180, 183, 185, 187, 205
Manthey, Marlene 84
Marek, Anton 129
Maria Theresia, Kaiserin 11, 44
Marton, Ludwig 85
Masaryk, Jan, tschech. Außenminister 129
Matteotti, Gian Matteo 177
Maurig, Friedrich 82, 92, 310
Mauthe, Hans 85
Mautner Markhof, Manfred sen. 82, 310 f.
Mayer-Gunthof, Franz Josef, Dr. 78, 310 f.
McCreery, Richard, Sir 52
Meinl, Julius 310
Melchinger, Siegfried, Dr. 86

Metternich, Clemens Wenzel von, Fürst 44
Meysels, Theodor F. 84
Michail, König von Rumänien 120
Mihelitsch, Viktor 272
Miklas, Wilhelm, österr. Bundespräsident 131
Mikojan, Anastas I., stellvertretender sowj. Ministerpräsident 172
Mindszenty, Joszef 171, 185 f.
Mittag, Erwin, Dr. 84
Molden, Andrea 298
Molden, Berthold 45, 51 87
Molden, Ernst, Dr. 45, 51, 81 ff., 87, 101 f., 135, 227 ff., 235, 310
Molden, Otto 93, 96, 218, 232, 311
Molotow, Wjatscheslaw, sowj. Außenminister 50, 139, 145, 148 ff., 153
Monti, Dorothea 94
Morawa, Emmerich, Dr. 86, 227
Moser, Alfons 98
Moser, Josef 238, 242
Moser, Kurt 272
Moser, Simon 96
Mosing, Christl 94
Müller, Josef, Dr. 119 f.
Müllner, Viktor 68
Münnich, Ferenc, Dr. 192
Mussolini, Benito 33, 57, 122

Nagy, Ferenc 121, 165, 168
Nagy, Imre, ung. Ministerpräsident 165 f., 171, 173, 177, 179 f.
Neeb, Fritz 94
Nehru, Pandit J. 143
Neuroth, Gertrude 272
Neuwirth, Arnold 272
Nixon, Richard, US-Präsident 221
Nußbaum, Ernst W., Dr. 85

Oberhofer, Helmut 272
Oberleitner, Wolfgang 85
Obzyna, Gertrude, Dr. 272
Ockermüller, Franz, Dr. 247 f., 314
Olah, Franz, Präs. d. österr. Gewerkschaftsbundes 15, 75, 128, 138, 314 ff., 318 ff., 325 ff.
Ollenhauer, Erich 116
Oster, Achim 116
Oswald, Emil 15, 68
Ottilinger, Margarethe, Dr. 29, 129

Pammer, Maximilian, Dr. 127
Pasternak, Boris 289
Pawlow, Sergej 293 ff.
Payart, Jean, franz. Botschafter 148
Peichl, Gustav 86, 272
Peinsipp, Walter, Dr. 181, 183, 190, 194, 198, 204 f., 207
Pelikan, Jiři 280 f.
Phillipp, Franz-Xaver 272
Pieberger, Alois 319 ff.
Pinay, Antoine, franz. Außenminister 153
Pittermann, Bruno, DDr., österr. Vizekanzler 11, 292
Pius XII., Papst 84
Plaue, Ernst 272
Pogany, Eugen Géza 169, 175, 178 f., 194, 206, 209, 213
Polcar, Fritz 243 ff., 247, 257, 260, 264 ff., 269, 328
Pollak, Oscar 130, 225, 251, 307
Polsterer, Ludwig, Dr. 237, 239 ff., 247, 249, 261, 264 ff., 269 f., 273, 317, 325
Portisch, Hugo, Dr. 273
Preradović, Paula von 43, 101, 135, 232
Prims, Kreisleiter v. Innsbruck 34 f.
Probst, Otto 78, 325
Prohaska, Bruno 86
Proksch, Anton 78
Prskawec, Walter 272

Quadt, Dr., bayer. Arzt 187

Raab, Julius, österr. Bundeskanzler 11, 23, 48, 73, 76 f., 79, 143, 151 f., 168 f., 220, 236 ff., 243 ff., 247, 249 ff., 255 ff., 261 f., 266, 269, 272, 292 f., 298, 305, 307 ff., 325, 328 f.

Rákosi, Mathias 165
Raschke, Rudolf 69
Rehrl, Franz 76
Reinthaller, Anton 254
Reither, Josef 76
Reitzes, Bankier 227
Renner, Karl, Dr., österr. Bundespräsident 15, 22, 51, 57, 65 ff., 70, 73, 75, 224 f.
Resseguier, Olivier, Dr. 46
Reuth-Nicolussi, Eduard, Dr. 74
Ripper, Rudolf Charles von 91, 94, 218
Rismondo, Piero 85
Rohner, Martina, Dr. 272
Rokossowski, Konstantin, Marschall 164
Ross, Fritz 240 f.
Ross, Thomas, Dr. 84
Rubak, Erich 69
Rubesch, Karl 249, 259, 261 f., 265
Rubl, Peter 21

Salis-Soglio, Rudolf 95
Salten, Felix 86
Scharf, Erwin 91
Schärf, Adolf, Dr., österr. Bundespräsident 11, 53, 66 f., 69 f., 77, 79, 151 f., 254 f., 297
Scheichelbauer, Bernhard 44
Scheltow, A. S., sowj. Generaloberst 52
Schirach, Baldur von 44
Schliesser, Roman 260, 272
Schlumberger, Georg, Dr. 48
Schnitzler, Arthur 95
Schoeller, Fritz, Dr. 19
Scholik, Otto 69
Schukow, Georgij K. 173
Schulmeister, Otto, Dr. 85, 94, 235
Schumacher, Kurt, SPD-Führer 116
Schuschnigg, Kurt von, Dr., österr. Bundeskanzler 68, 131
Schwarz, Dr., Landesgerichtsrat 266 ff.
Seefranz, Dieter, Dr. 86
Seipel, Ignaz, Dr., österr. Bundeskanzler 257
Seitz, Eduard 68
Seitz, Karl, Bürgermeister v. Wien 67, 75
Seyß-Inquart, Arthur, Dr., Reichsstatthalter 112, 131, 254
Seydoux, François, franz. Botschafter 148
Skalnik, Kurt, Dr. 19
Slavik, Felix 15, 21, 68, 292, 312, 319 ff.
Slezak, Leo 110
Slezak, Walter 110
Sobek, Franz, Dr. 44, 68
Soukup, Gustav 93
Spann, Rafael 94, 129
Srbik, Lisa 94
Stalin, Josef, Generalissimus 53, 132, 138 f., 145, 147, 161 f.
Stanglauer, Oskar 85
Steinböck, Johann 128
Steiner, Ludwig, Dr. 48
Stifter, Adalbert 23
Strasser, Maria 277
Strasser, Peter 182, 204, 277
Strasser, Rudolf 95
Strauß, Franz Josef 117
Strohal, Eberhard 234
Svetlik, Ralph 69
Swiridow, Wadim 147
Szokoll, Carl, Major 69, 72

Thalberg, Hans, Dr. 20 f.
Thompson, Llewellyn, amerik. Botschafter 147
Thorn, Gaston, Dr., Außenminister von Luxemburg 23
Thurn-Valsassina, Philipp 95
Thurn und Taxis, Willy 69
Tildy, Zoltan 177
Tito, Josip Broz, jug. Staatspräsident 90, 108, 120, 137, 161
Tölle, Wolfgang 272
Tončić-Sorinj, Lujo, Dr. 19
Torberg, Friedrich 85, 275
Torberg, Marietta 275
Totter, Rolf 272

Treichl, Heinrich, Dr. 94, 240 f.
Treichl, Helga 94
Treu, Emanuel, Dr. 21
Trost, Ernst 324
Truman, Harry S., US-Präsident 121, 145

Ulmer, Alfred C. 91
Ullstein, Familie 240
Urbanek, Walther 85

Vas, Zoltan 177
Viridus, Johann 129
Volgger, Friedl 31
Vollgruber, Alois 50

Waibel, Max, Oberst 119 f.
Waldheim, Kurt, Dr., UN-Generalsekretär 47
Waldstein, Familie 95
Wallinger, Geoffrey, Sir, engl. Botschafter 147
Wandruszka, Adam, Dr. 85
Wasserbauer, Arnold 85
Wdowin, Valentin P. 280
Weber, Eva 93
Weinberger, Alois 76
Weißgatterer, Alfons 48
Weys, Rudolf 85
Wildgans, Anton 23
Wildner, Heinrich 44, 50
Wimmer, Lothar, Dr. 50
Winterton, John, Sir 147
Wittgenstein, Fritz 19, 94
Wollinger, Johann 247, 264, 266
Wotruba, Fritz 99

Yost, Walter, amerik. Diplomat 147

Zakraisek, Georg, Dr. 231, 317
Zechmeister, Kurt 272
Zerbs, Hans 86
Zimmer-Lehmann, Georg, Dr. 69, 93 f.
Zimmer-Lehmann, Inge 93 f.
Zinneber, Herbert 272
Zucker-Schilling, Erwin 25, 225

AUSTRIACA

Literatur für Österreicher und alle, die Österreich lieben.

Dorothy Gies McGuigan
Familie Habsburg
1273 bis 1918
(26701)

Otto Friedländer
Letzter Glanz der Märchenstadt
(26702)

Ernst Trost
Die Donau
Lebenslauf eines Stromes
(26707)

Ernst Trost
Das blieb vom Doppeladler
Auf den Spuren der versunkenen Donaumonarchie
(26708)

Marcel Prawy
Johann Strauß
Weltgeschichte im Walzertakt
(26710)

Edward Crankshaw
Die Habsburger
(26711)

Richard Heinersdorff
Die K.u.K.privilegierten Eisenbahnen
1828-1918 der Österreichisch Ungarischen Monarchie
(26724)

GOLDMANN VERLAG

AUSTRIACA

Literatur für Österreicher und alle, die Österreich lieben.

Fritz Molden
Fepolinski & Waschlapski
auf dem berstenden Stern
(26709)

Jörg Mauthe
Die große Hitze
oder Die Errettung Österreichs durch den Legationsrat Dr.Tuzzi
(26712)

Johannes Kunz
Hoffnungslos, aber nicht ernst
Der politische Witz in Österreich seit 1918
(26713)

Heinz Conrads
Meine ersten 60 Jahre
(26714)

IRONIMUS
Mein Österreich
Karikaturen
(26716)

GOLDMANN VERLAG

AUSTRIACA

Literatur für Österreicher und alle, die Österreich lieben.

Hellmut Andics
Neue Österreichische Geschichte in 4 Bänden

Band 1:
Das österreichische Jahrhundert
Die Donaumonarchie
1804 - 1900
(26703)

Band 2:
Der Untergang der Donaumonarchie
Österreich-Ungarn von der Jahrhundertwende bis zum November 1918
(26704)

Band 3:
Der Staat, den keiner wollte
Österreich von der Gründung der Republik bis zur Moskauer Deklaration
(26705)

Band 4:
Die Insel der Seligen
Österreich von der Moskauer Deklaration bis zur Gegenwart
(26706)

GOLDMANN VERLAG

AUSTRIACA

Literatur für Österreicher und alle, die Österreich lieben.

Marcel Prawy
DIE WIENER OPER

Band 1 / (26719)
Band 2 / (26720)
Band 3 / (26721)

Ernst Haeusserman
DAS WIENER BURGTHEATER

(26722)

GOLDMANN VERLAG

AUSTRIACA

Literatur für Österreicher und alle, die Österreich lieben.

Franz J.Grieshofer
Die Lederhose
(26901)

André Heller
Die Ernte der Schlaf-
losigkeit in Wien
(26902)

Federico von Berze-
viczy-Pallavicini
Die k.u.k. Hof-
zuckerbäckerei Demel
(26903)

GOLDMANN
VERLAG

AUSTRIACA

Literatur für Österreicher und alle, die Österreich lieben.

Dorothy Gies McGuigan
Familie Habsburg
1273 bis 1918
(26701)

Otto Friedländer
Letzter Glanz der Märchenstadt
(26702)

Hellmut Andics
Neue Österreichische Geschichte in 4 Bänden
Band 1:
Das österreichische Jahrhundert
Die Donaumonarchie 1804-1900
(26703)
Band 2:
Der Untergang der Donaumonarchie
Österreich-Ungarn von der Jahrhundertwende bis zum Nov.1918
(26704)
Band 3:
Der Staat, den keiner wollte
Österreich von der Gründung der Republik bis zur Moskauer Deklaration
(26705)
Band 4:
Die Insel der Seligen
Österreich von der Moskauer Deklaration bis zur Gegenwart
(26706)

Ernst Trost
Die Donau
Lebenslauf eines Stromes
(26707)

Ernst Trost
Das blieb vom Doppeladler
Auf den Spuren der versunkenen Donaumonarchie
(26708)

Fritz Molden
Fepolinski & Waschlapski
auf dem berstenden Stern
(26709)

Marcel Prawy
Johann Strauß
Weltgeschichte im Walzertakt
(26710)

Edward Crankshaw
Die Habsburger
(26711)

Jörg Mauthe
Die große Hitze
oder Die Errettung Österreichs durch den Legationsrat Dr.Tuzzi
(26712)

Johannes Kunz
Hoffnungslos, aber nicht ernst
Der politische Witz in Österreich seit 1918
(26713)

Heinz Conrads
Meine ersten 60 Jahre
(26714)

IRONIMUS
Mein Österreich
Karikaturen
(26716)

Marcel Prawy
Die Wiener Oper
Band 1 / (26719)
Band 2 / (26720)
Band 3 / (26721)

Ernst Haeusserman
Das Wiener Burgtheater
(26722)

Richard Heinersdorff
Die K.u.K. privilegierten Eisenbahnen
1828-1918 der Österreichisch-Ungarischen Monarchie
(26724)

Franz J.Grieshofer
Die Lederhose
(26901)

André Heller
Die Ernte der Schlaflosigkeit in Wien
(26902)

Federico von Berzeviczy-Pallavicini
Die K.u.K. Hofzuckerbäckerei Demel
(26903)

GOLDMANN VERLAG

GOLDMANN SCHOTT

TASCHENPARTITUREN

Diese Ausgaben enthalten neben dem Notenteil eine umfassende Werkeinführung mit einem Anhang, Abbildungen, Erläuterungen zur Werkentstehung und über die Stellung des Werkes in der Öffentlichkeit mit analytischen und die Interpretation betreffenden Betrachtungen sowie werkbezogenen Literaturhinweisen.

L. v. Beethoven
Sinfonie Nr. 5, c-Moll, op. 67
Hrsg.: Wulf Konold
(33006)

Sinfonie Nr. 6, F-Dur, op. 68 »Pastorale«
Hrsg.: Hubert Unverricht
(33026)

Sinfonie Nr. 9, d-Moll, op. 125
Hrsg.: Dieter Rexroth
(33010)

W. A. Mozart
Serenade G-Dur »Eine kleine Nachtmusik«, KV 525
Hrsg.: Dieter Rexroth
(33033)

Sinfonie g-Moll, KV 550
Hrsg.: Manfred Wagner
(33035)

Sinfonie C-Dur, »Jupiter-Sinfonie«, KV 551
Hrsg.: Manfred Wagner
(33016)

J. Brahms
Sinfonie Nr. 1, c-Moll, op. 68
Hrsg.: Giselher Schubert
(33031)

Sinfonie Nr. 3, F-Dur, op. 90
Hrsg.: Christian Martin Schmidt
(33032)

Sinfonie Nr. 4, e-Moll, op. 98
Hrsg.: Christian Martin Schmidt
(33025)

R. Schumann
Konzert für Klavier und Orchester, a-Moll, op. 54
Hrsg.: Egon Voss
(33018)

Sinfonie Nr. 3, Es-Dur, op. 97 »Rheinische«
Hrsg.: Reinhard Kapp
(33048)

Sinfonie Nr. 4, d-Moll, op. 120
Hrsg.: Egon Voss
(33034)

Goldmann Taschenbücher

Aktuell · Informativ Vielseitig · Unterhaltend

Fordern Sie unser neues Gesamtverzeichnis an!

Große Reihe

Klassiker
mit Erläuterungen

Großschrift

Gesetze

Ratgeber

Magnum
Citadel-Filmbücher

Sachbuch
Stern-Bücher

Grenzwissen-schaften

Austriaca

Science Fiction

Fantasy

Krimi

Roman der Leidenschaft

Goldmann-Schott

Erotikon
mit Illustrationen

Bitte senden Sie mir das neue Gesamtverzeichnis

Name________

Straße________

Ort________

Goldmann Verlag
Neumarkter Straße 18
8000 München 80